KB106767

에세

3

에세

Les Essais

3

미셸 드 몽테뉴

최권행 옮김

민음사

일러두기

1 원본으로는 몽테뉴가 남긴 '보르도본'을 따른 Michel de Montaigne, *Les Essais*, Edition Villey-Saunier, PUF. 2004를 주 텍스트로, 마리 드 구르네가 몽테뉴 사후에, 보르도본의 복사본에 기반해 출간한(1595) Michel de Montaigne, *Les Essais*, I, II, III, Pléiade, 2007/ *Les Essais*, édition réalisée par Jean Céard et autres, La Pochothèque, 2002를 함께 고려했다.

2 더불어 주석과 번역상의 난제 해결을 위해 현대프랑스어판 Montaigne *Les Essais* Adaptation en français moderne par André Lanly, Quarto Gallimard 2009/ 영어 번역판(미국) *The complete Essays of Montaigne*, translated by Donald M. Frame, Stanford University Press, 1958, 영어 번역판(영국) Michel de Montaigne, *The complete Essays*, translated by M. A. Screech, Penguin Books, 2003/ 독일어 번역판 Michel de Montaigne, *Essais*, Erste moderne Gesamtübersetzung von Hans Stilett, Eichborn Verlag, Frankfurt am Main, 1998을 참조했다.

3 당대와 몽테뉴 특유의 어휘나 주제들은 *Dictionnaire de Michel de Montaigne*, Publié sous la direction de Philippe Desan, Honoré Champion, 2007을 참고했다.

차례

에세 3

에세 1

에세 2

1장
실리와 도리에 관하여[1]

[B] 시시한 소리야 누구라도 할 수 있는 법이다. 딱한 것은 그것을 진지하게 말하는 일이다.

> 이 사람은 필경 몹시도 하찮은 이야기를 하려고 대단한 수고를 들일 참이다.
>
> 테렌티우스

이런 이야기는 나하고는 관계없다. 내 객설이야 실없는 그만큼 내게서 무심히 흘러나오니 말이다. 그 객설로서는 다행스런 일이다. 조금이라도 내가 그 대가를 치러야겠다 싶어지면 나는 언제라도 그만둘 것이다. 그리고 나는 그 값어치만큼만 사거나 혹은 판다. 나는 누구하고나 〔편하게〕 이야기하듯, 종이에 대고 말한다. 내 말이 사실이라는 증거가 여기 있다.

티베리우스마저도 그 큰 손해를 감수하면서까지 거절했던 것

1
'실리'와 '도리'는 각각 'l'utile'과 'l'honneste'를 옮긴 표현이다. '이로운 것'과 '정직한 것'이라고 옮길 수도 있지만, 특히 후자의 경우 '명예로움', '떳떳함'의 의미를 함축하고 있어서 문맥에 따라 적절하다 싶은 번역을 택했다.

으로 보아, 누구에게인들 배신이란 가증스럽지 않겠는가? 게르마니아 쪽에서 그에게 전갈이 오기를, 그가 좋다고만 하면 아리미니우스를 독살해서 제거해 주겠다는 것이었다.(이자는 로마인들에 맞선 최강의 적으로서, 바루스가 지휘하고 있던 로마인들에게 치욕스런 패배를 안겼으며 티베리우스의 지배권이 이 지역에 확대되는 것을 혼자서 막아 내고 있었다.) 적에게 복수할 때 로마인들은 무기를 손에 들고 공개적인 방식으로 하지, 속임수를 쓰지도 숨어서 하지도 않는 것이 로마인의 관습이라고 그가 답했다. 도리를 위해 실리를 버린 것이다. 당신은 그가 뻔뻔한 위선자 아니냐고 말할 것이다. 나도 그렇게 생각한다. 그 같은 직분을 가진 사람들에게는 그것이 놀라운 일이 아니다. 그러나 덕성의 고백이 덕성을 증오하는 사람의 입에서 나왔다고 하여 덕성 자체의 무게가 덜 나가는 것은 아니다. 진리가 강제로 그에게서 그런 진술을 받아 내는 것인 만큼, 그리고 그가 덕성을 자신 안에 받아들이려고 하지 않아도 적어도 자기를 치장하려고 덕성의 탈을 쓰니 말이다.

정부이건 가정이건 우리가 세운 건축물은 불완전함으로 가득하다. 그러나 자연 안에는 그 무엇도 불필요한 것이 없으니, 무용함마저도 필요하다. 이 세계에 들어와 있는 것 치고 무엇이건 적절한 자기 자리를 차지하지 않은 것이 없다. 우리 존재는 병적 자질들에 의해 단단히 결합되어 있으니, 야심, 질투, 시기, 복수심, 미신, 절망 같은 것들은 우리 내부에 너무나 자연스레 단단히 자리하고 있어서 우리는 그것들의 모습을 짐승들에게서도 알아본다. 심지어 너무나 자연과 어긋나는 잔인성마저도 그렇다. 타인이 고통받는 것을 보며 연민을 느끼는 중에도, 우리는 내면에서 무엇인가 달콤 쌉싸름한 쾌락의 자극을 느끼니 말이다. 어린애들마저 그것을 느낀다.

> 태풍이 몰아치고 바람이 파도를 뒤집을 때,
> 악전고투하는 뱃사람을 바닷가에서 바라보는 것은
> 즐거운 일이로다.
>
> 루크레티우스

인간에게서 이 같은 자질의 씨앗을 없애 버리려 하는 사람은 우리 삶의 근본적인 조건들을 파괴하게 되리라. 마찬가지로 어떤 정부에든 비천하고 심지어 사악하기도 하지만 그러나 꼭 필요한 직책들이 있다. 그 안에는 악덕들이 제자리를 차지하고 있어서 마치 우리 건강의 유지를 위해 독극물이 쓰이듯 우리 사회를 지탱하는 데 사용되고 있다. 그런 직책이 우리에게 유익하기도 하고 또 공통의 필요성에 의해 그 참된 성격이 지워지는 만큼 용서할 만한 것이라고 한다면, 시민들 중에서 보다 거침없고 두려움이 덜한 사람들을 골라서, 마치 옛 사람들이 자기 나라의 안녕을 위해 자기 목숨을 버렸듯 그들이 이 일을 수행하게 해야 하리라. 더 허약한 우리 같은 사람들은 더 쉽고 덜 과감한 일을 맡는 것이다. 공공의 선은 배반하고 속이며 [C] 학살할 것을 [B] 요구한다. 이런 심부름은 더 복종적이고 더 융통성 있는 사람들에게 맡겨 두자.

판관들이 기만을 통해 또 선처 혹은 사면이라는 헛된 희망을 갖게 하면서 죄인으로 하여금 사실을 고백하게 하는 것이나, 속임수와 파렴치한 언행을 동원하는 것을 보며, 나는, 정말이지, 멸시하고픈 생각이 더러 들곤 했다. 나로서는 내게 보다 적절한 다른 방책들을 마련하는 것이, 정의를 위해서도, 또한 이런 관행을 두

둔하는 플라톤에게도 도움이 될 성싶다.[2] 그것은 사악한 정의이며, 나는 그런 식의 정의란 다른 것 못지않게 자기 스스로에 의해 상처받는다고 여긴다. 얼마 전 나는 이렇게 대답한 적이 있다. 어떤 특정한 이를 위해 군주를 배신하기가 몹시 어려울 나로서는 군주를 위해 어떤 이를 배신하는 것도 대단히 거북하리라고 말이다. 그리고 나는 속이는 것을 혐오할 뿐 아니라 나를 두고 사람들이 잘못 짚어 생각하는 것도 싫다. 그런 일에는 무슨 재료나 기회마저도 제공하고 싶지 않다.

우리네 군주들 사이에서 협상을 주선해야 했던 얼마 동안, 지금 우리를 갈기갈기 찢고 있는 사분오열의 시기에 사람들이 나에 대해 오해하거나 내 외양 때문에 현혹되는 일이 없도록 나는 각별히 조심했다. 전문적 협상가들은 어떻게 해서라도 자기 의도를 숨기며, 가능한 가장 온화한 모습으로 타협적인 태도를 가장한다. 나로서는 가장 생생한 나의 의견과 가장 나다운 방식으로 나를 드러낸다. 나 자신을 저버리기보다 일 자체를 망치는 쪽으로 가려 하는 나는 미숙한 풋내기 협상가가 아닌가! 그러나 이것이 지금까지는 아주 운이 좋아서 (그렇게 된 것은 분명 행운의 역할이 크다.) 이쪽저쪽 협상 당사자 사이를, 그렇게 의심받지 않고 그렇게 호의를 받으며 또 격의 없이 오간 사람은 나 말고 거의 없을 정도이다. 나는 처음 만나는 자리에서도 쉽게 스며들고 또 신뢰를 얻는 터놓고 대하는 방식을 가지고 있다. 순수한 솔직함과 진실함은 어떤 시대든 여전히 기회를 갖고 통하는 법이다. 자기 이해관계를 조금

2
플라톤은 『국가 3』에서 통치자들이 국익을 위해 자기 나라 사람들에게 거짓말을 할 수도 있다고 인정한다.

도 고려하지 않는 사람들, 또한 히페리데스처럼 말할 수 있는 사람들의 경우, 그들이 하는 거침없는 말이란 수상쩍을 것도 혐오스러울 것도 별로 없다. 그는 말을 거침없이 한다고 불평하는 아테네 사람들에게, '여러분, 내가 하는 말이 거침없는지를 따지지 말고, 내가 아무것도 취하는 것 없이 또 그렇게 하여 내 사적 이익을 노리는 것 없이 말을 거침없이 하고 있는지를 따져 보시라.'했던 것이다. 나의 거침없는 태도는 또한 그 기운으로 말미암아 (〔당사자가〕 없는 자리에서라도 그보다 더 심하게는 할 수 없이, 아무리 불쾌하고 신랄한 말이라도 나는 가리지 않았다.), 그리고 그 명백한 단순성과 태평함으로 인해 꾸민 것 아닐까 하는 의심에서 쉽게 벗어나게 해 주었다. 나는 행동하면서 행동 그 자체 말고 다른 과실을 추구하지 않으며, 먼 나중의 결과와 목적을 거기에 연결시키지도 않는다. 각 행동마다 저 나름의 한 판 시합을 하는 것이니, 그럴 수 있다면 매번 과녁에 딱 맞히게 되기를!

그런데 나는 대공들을 향한 증오나 애정의 정념에 떠밀려 가지는 않는다. 또한 특별한 모욕감이나 고마움에 내 의지가 속박되는 것도 아니다. C 나는 우리 왕들을 그저 합당하고 신민으로서 마땅한 애정으로 바라볼 뿐 개인적 이해로 고양되거나 시들해지지는 않는다. 그 점에 대해 나는 스스로를 만족스럽게 여기고 있다. B 나는 그저 온건하게 그리고 열에 들뜨지 않은 상태로서만 세상의 의로운 대의를 소중히 여긴다. 내면 저 깊숙이까지 〔그 대의에〕 나를 내주고 저당잡히는 것은 아니다. 분노와 증오는 정의의 의무 저 건너에 있는 것이어서, 단순한 이성으로써 자기 의무에 충실할 수 없는 사람들에게나 소용되는 정념들이다.[3] 정당하고 균형 잡힌 의도는 언제든 그 자체로 고르고 절제되어 있으니, 그렇지 않으면 그것은 선동적이고 부당한 태도로 변질된다. 바로 그 때문에 나는 어디서나 머리를 높이 들고 얼굴과 가슴은 활짝 펴고 다닌다.

사실, 나는 이렇게 고백하는 것이 조금도 두렵지 않지만, 저 노파의 생각을 따라 필요하다면 얼마든지 촛불 하나는 성 미카엘에게 바치고 또 하나는 그 뱀에게 바칠 것이다.[4] 나는 선한 파당을 따라 화형대까지도 따라가겠지만, 그럴 수 있다면 〔그곳에 까지는〕 안 가고 싶다. 만약 필요하다면 나라가 무너질 때 몽테뉴[5]도 함께 거기 휩쓸리게 하라. 그러나 그럴 필요가 없다면 그를 안전하게 해 줄 행운에 나는 감사드릴 것이다. 내 의무를 다하고도 내게 허락되는 자유가 있다면 나는 그것을 최대한 몽테뉴의 보전을 위해 쓴다. 아티쿠스는 의로운 당파를 지지했으나 그 당파가 패배했다. 그럼에도 그는 절도 있게 처신함으로써 온 세상이 난파하는 그 많은 격동과 분란의 와중에서도 스스로를 구하지 않았던가?[6]

아티쿠스처럼 사적인 사람들로서는 그렇게 처신하기가 더 쉽다. 그리고 이런 종류의 일에서는 스스로 나서서 끼어들려는 야심

3
1595년판에는 이 부분에 "이성을 사용할 줄 모르는 자, 정념을 사용하라."(키케로)라는 라틴어 문장이 삽입되어 있다.

4
미카엘 천사는 선한 힘을 상징하며 악의 상징인 용을 쓰러뜨린다. 민간 설화에 나오는 노파는 초 하나를 성 미카엘에게 바치면서 잘되게 해 주기를 빌었고 또 하나를 악마에게 바치면서 해코지를 하지 말아 달라고 빌었다고 한다.

5
이것은 몽테뉴 자신만이 아니라 몽테뉴의 성(城)도 의미할 수 있다.

6
아티쿠스는 키케로의 친구로서 서로 서신을 교환했는데, 내전 중 그리스에 물러나 있던 그는 처음에 폼페이우스의 지지자들을, 나중에는 브루투스의 지지자들을 도왔다.

을 품지 않더라도 정당화될 수 있다고 생각한다. 자기 조국이 혼란에 처하고 분열되어 있을 때라면, 동요하면서 양쪽 편을 다 들거나 어느 쪽으로도 마음을 주지 않고 꼼짝 않는 것은 내 생각에 시원스럽지도 않거니와 명예롭지도 못하다. [C] "그것은 중도를 가는 것이 아니며, 어떤 길도 가지 않는 것이다. 운이 붙는 쪽으로 줄을 대려고 판세를 엿보는 식이다."(티투스 리비우스) 이웃 나라 사이에서 벌어지는 일들이라면 그런 태도도 허락될 수 있다. 시라쿠스의 참주 겔론은 그리스인들과 이민족들의 전쟁이 한창일 때, 어느 쪽에 가담할 것인지를 미룬 채, 〔자기가 파견한〕 대사에게 선물을 준비시켜 델피 신전에 머무르게 했는데, 어느 쪽으로 운이 기우는가를 지켜보다 적절한 순간에 승자의 마음을 얻기 위해서였다. 나라 안에서 벌어진 내분을 두고 그런 태도를 보인다면 일종의 반역 행위가 될 테니, 이런 경우 [B] 우리는 [C] 반드시 [B] 심사숙고해 어느 편인가를 택해야 한다. 그러나 책임도 없고 그를 압박하는 분명한 지시도 받지 않은 사람이라면 그런 일에 전혀 구애받지 않는다 해도 외국으로 나가는 원정 전쟁에 가담하지 않는 경우보다 — 우리 법에는 외국과의 전쟁에 나가기를 원치 않는 자는 나가지 않아도 되지만 — 더 변명할 만하다고 생각한다. (그래도 나는 나 자신을 위해 이런 변명을 하진 않는다.) 하지만 적극적으로 가담하는 사람들일지라도 아무런 피해도 입지 않고 폭풍이 그냥 머리 위로 지나갈 만큼 질서와 절도로써 행동할 수가 있다. 작고한 오를레앙의 주교 모르빌리에 경[7]을 보더라도 우리의 이런 기대가 옳지 않았던가? 그리고 지금 이 순간 용맹하게 싸우고 있는 이들 중에 내가 아는 어떤 이들은 그 처신이 너무나 균형 잡히거나 온유해서, 하늘이 우리에게 어떤 위험한 혼란과 붕괴를 마련하고 있을지라도 그들은 두 발로 곧추서 있을 것 같다. 나는 왕들에 맞서 다투는 것은 본래 왕들의 일이라고 생각하며 그토록 균형 잡히지 않는 싸움에 거리낌 없이 나서는 성품들을 우습게 여긴다. 자신의 명예를 위해 또 의무에 따라 공개적으로 당당하게 마주 보며 걸어오는 군주를 향해 개인적 시비를 거는 사람은 없기 때문이다. 그런 군주를 좋아하지는 않을지라도 더 낫게 처신하며 그를 존중해 주는 것이다. 특히 법과 오랜 질서를 수호하는 일의 대의는 항상 자기들의 특정한 목적을 위해 그것을 어지럽히는 자들조차 그것을 옹호하려는 자들을 명예롭게 대접하지는 않더라도 그럴 만하다고 인정하게 만든다.

그러나 이해관계와 사적 정념에서 비롯한 모질고 가혹한 마음을, 우리가 일상적으로 하듯, 의무라고 불러서는 안 되며, 사악하고 배신하는 행위를 용기라고 불러서도 안 된다. 폭력과 증오로 기우는 자기들의 성정을 그들은 열성이라고 부르는 것이다. 그들을 끓어오르게 하는 것은 대의가 아니라 이해관계이다. 그들은 전쟁이 의로워서가 아니라 전쟁이기 때문에 불을 붙인다.

적대적인 두 집단 사이에서 편안하고 정직하게 처신하는 것을 막는 것은 아무것도 없으며, 똑같이는 아닐지라도 (정도의 차이는 있을 수 있으니) 적어도 절제된 호의를 통해 처신하고, 어느 한 쪽에 너무 기울어 그들이 당신에게 무엇이나 요구할 수 있도록 하지는 말아야 한다. 그들의 친절도 적당한 정도에 만족하면서, 거

7
온건한 입장을 지닌 가톨릭 성직자로서 1568~1571년 사이 국새상서(國璽尙書)직을 지냈으며 1579년 임종 시까지 왕들이 귀 기울이는 조언자였다.

친 물결 위에서 낚시까지 해 보려는 마음을 품지 말고 그저 흘려 보낼 일이다.

이편과 저편에 온 힘을 다해 자기를 내주는 것은 양심에도 어긋나지만 분별력은 더욱 없는 태도이다. 당신을 똑같이 잘 맞아주는 한쪽을 배신하며 다른 쪽을 유리하게 해 주면, 〔유리하게 된〕 그 다른 쪽은 자기 역시 똑같이 당하리라는 것을 모르겠는가? 그는 당신을 사악하다고 여기지만 당신 말에 귀 기울여 쓸 만한 것을 캐내면서 당신의 배신 행위를 통해 자기 장사를 한다. 왜냐하면 이중적 인간들은 가져다주는 것이 있어서 유익한 존재이지만 〔그들이〕 가져가는 것은 최소한에 그치도록 해야 하기 때문이다.

나는 다른 사람을 만나 이야기할 참이 되면 어조를 조금 바꿔서라도 할 수 없을 말을 누군가에게 하지는 않는다. 그리고 무관하거나 알려진 내용 혹은 공통으로 도움이 되는 것만을 이야기한다. 그들 앞에서 거짓말을 해도 좋다고 스스로에게 허용할 만한 유익함이란 없다. 나는 나의 침묵에 맡겨 둔 이야기를 경건할 정도로 감춘다. 그러나 감춰 둬야 할 이야기는 가급적 적게 받아 둔다. 그것을 두고 달리 할 일이 없는 사람에게 왕공들의 비밀이란 간직하기 거북한 무엇이다. 나는 기꺼이 이런 거래를 제안하고 싶다. 왕공들이 나에 대해서는 좀체로 신뢰하지 말되 내가 그들에게 가져오는 것은 통 크게 믿어 달라고 말이다. 나는 항상 스스로 원하는 것보다 더 많은 것을 알게 되었다.

C 마음을 열고 솔직히 터놓는 이야기는 마치 포도주나 사랑이 그렇게 만들듯 상대도 마음을 열고 다가오게 만든다.

B "내가 가진 것 중 무엇을 자네에게 건네주길 원하나." 하고 묻는 리지마쿠스 왕에게 필리피데스는 지혜롭게도 "당신이 원하

는 것을 주시되, 단 당신의 비밀은 빼고 주소서." 하고 말했다. 내가 보니 누구든 자기가 고용되어 하는 일의 근본 핵심에 대해 사람들이 감추거나 일의 숨은 의도를 알려 주지 않으면 분개하는 것이다. 나로서는 사람들이 내가 수행하기를 바라는 일 이상의 것은 내게 이야기해 주지 않는 것으로 만족하며, 내가 아는 것이 과도하여 내 입을 거북하게 만들지 않았으면 싶다. 내가 속임수의 도구로 쓰이지 않을 수 없다 하더라도 적어도 내 양심은 다치지 않기를 바란다. 누군가를 속이는 데 써먹기 좋다 싶을 정도로 그렇게 〔맹목적으로〕 헌신하는 충직한 봉사자로 내가 여겨지기를 나는 바라지 않는다. 자기에게 불성실한 사람이라면야 그가 자기 주인에게 불성실해도 얼마간 변명의 여지는 있다.

그러나 왕공들이란 자기의 절반만 내놓는 사람을 용납하지 않으며 제한적이고 조건이 붙는 봉사를 경멸한다.

달리 방법이 없는 셈이니 나는 그들에게 내 한계를 솔직히 이야기한다. 왜냐하면 노예로 치면 나는 이성의 노예밖에 될 수 없는 데다 그마저도 철저히 하지는 못하기 때문이다. [C] 그리고 자유로운 인간을 향해, 자기들이 만들어 냈거나 사들인 사람, 혹은 그 운명이 자기들 운명에 특별히 또 명백하게 매여 있는 사람에게나 요구할 정도로 자기네 일에 책임을 지고 매달리라 요구하는 것은 그들의 잘못이기도 하다. [B] 법은 내게 큰 수고를 덜어 주었다. 법 자체가 나의 파당을 선택해 주고 나의 주인을 보내 주었으니 말이다. 다른 모든 우월성이나 의무는 이에 따르는 상대적이고 제한적인 것이다. 그렇다고 내 마음이 다른 쪽으로 향하면 그 즉시 내 손을 그리 뻗겠다는 것은 아니다. 의지와 욕망은 스스로 그 자신의 법이 된다. 〔그러나〕 행동은 공공의 규율로부터 그 법을 받아와야 한다.

내 방식대로 하는 이 모든 처신은 우리의 풍속과는 다소 엇나가는 것이다. 그것은 대단한 결과를 낳기에도 또 계속 유지해 가기에도 적절치 않을 것이다. 〔이 시대〕 우리 사이에는 순진함 자체라 할지라도 자기를 위장하지 않고는 협상이 불가능하고, 서로 속이지 않고는 흥정을 할 수 없을 판이다. 그래서 공직이란 내게 전혀 어울리지 않는다. 내 직분상 요구되는 것이 있으면 나는 가장 사사로운 방식으로 그것을 제공할 뿐이다. 철없을 때는 귀까지 잠길 정도로 〔온몸으로〕 그런 일을 해야 했고, 또 제법 잘해 내기도 했다.[8] 그러나 나는 공직에서 일찍이 몸을 뺐다. 그 뒤로는 거기 섞여 들어가는 것을 웬만하면 삼갔고, 드물게 승낙했으며, 한 번도 내가 요청한 적은 없었다. 야심에 등을 돌린 채로. 그러나 노를 저어 반대 방향으로 나아가는 조정수들처럼은 아니지만 그래도 내가 아예 몸을 담지 않을 수 있었던 것은 내 단호함보다는 운이 좋았던 덕분이다. 왜냐하면 내 기질에 덜 적대적이고 내 역량에 더 맞는 길들도 있어서, 그것을 통해 만약 운명이 나를 공직이나 세상이 알아주는 출세 길로 불러들였다면 나는 내 이성의 판단을 간과하고 그 길을 따라갔을 것이기 때문이다.

내가 밝히는 이런 사정과 달리, 어떤 사람들은 나 스스로 솔직, 단순, 천진함이라고 부르는 내 처신이 사실은 기교이고 세련이며, 선량함보다는 치밀함이고, 자연스러움이라기보다는 능란함이며, 운이 좋다기보다 감각이 좋아서라고 흔히 말하는데, 그들은 내 영예를 덜어 내기보다 더해 주는 셈이다. 하지만 분명 그들은

8
몽테뉴가 법원에 근무하던 시절을 말한다.

나의 세련됨을 너무 세련되게 만들고 있다. 나를 따라다니며 가까이서 엿본 사람으로서, 그렇게 구불거리고 다양한 길을 가면서도 그렇게 한결같고 휘지 않는 자유로움과 제멋대로의 외양을 유지하며 자연스런 움직임을 따라 하게 가르칠 규칙이란 자기네 학교에서는 찾을 수 없다는 사실을, 그리고 아무리 주의를 기울이고 머리를 써 봐야 자기네가 그것을 따라 할 수 없다는 점을 고백하지 않을 수 있다면 나는 그들이 이겼다고 해 주리라.

진실의 길은 하나이고 단순하며, 개인적 이익과 자기 사업의 편익을 따르는 길은 이중적인 데다 고르지 않고 제멋대로이다. 인위적 자유로움을 꾸며서 해 보려는 경우도 이따금 봤지만, 대부분 성공하지 못했다. 그런 경우는 이솝의 당나귀 이야기가 절로 생각나게 되는데, 이 당나귀는 개와 경쟁하려던 나머지 두 다리를 펄쩍 들어 주인 어깨에 얹으려 한 것이다. 똑같은 애정의 표현을 두고 주인은 개를 쓰다듬어 주는 곱절로 불쌍한 당나귀에게 몽둥이찜질을 했다. C "우리에게 가장 자연스런 것이 우리에게 가장 적절한 것이다."(키케로) B 나는 속임수를 그 지위에서 밀어내고 싶지 않다. 그렇게 한다면 세상을 잘못 이해하는 셈이다. 나는 그것이 때로 유익한 역할을 했다는 것도 알며, 사람들이 가진 직업 대부분을 유지하고 키워 준다는 것도 안다. 불법적이지만 선한, 혹은 용서할 만한 행동이 있듯 합법적이지만 악행인 것들도 있다.

자연스럽고 보편적인 정의 그 자체는, 우리 사회의 필요에 따라 강제되는, C 나라마다 특수한 B 또 다른 정의〔로서의 법〕와 다른 방식으로 보다 고상한 규범을 갖는다. C "진정한 법과 완벽한 정의에 대한 정확하고 견실한 표본을 우리는 전혀 가지고 있지 않다. 우리가 쓸 수 있는 것은 그것의 그림자, 그것의 윤곽일 뿐이다."(키케로) B 그래서 지혜로운 단다미스[9]는 소크라테스와 퓌타고라스, 디오게네스의 생애에 대한 이야기를 듣고 그들이 다른 모든 점에서는 위대한 인물이지만 법을 존중하는 데 너무 얽매여 있었다고 판단했는데, 법의 권위를 인정하고 지지하기 위해서는 진정한 덕이 그 원래 활력을 많이 잃을 수밖에 없다. 법이 허락해 주어서뿐만 아니라 법이 부추기는 바람에도 적잖은 사악한 행동이 이루어진다. C "원로원과 평민회의 의결로써 용인되는 범죄들이 있다."(세네카) B 나는 실리적인 것과 도리에 맞는 것을 구분하는 일반적 어법을 따르는데, 실리적일 뿐만 아니라 필요한 일부 자연스런 행동을 이 어법은 도리에 맞지 않고 추하다고 부른다.

다시 배신에 대한 우리의 예를 계속 이어가 보자. 트라키아 왕국의 계승권을 주장하는 두 사람이 자기네 권리를 두고 논박을 벌이게 되었다. 황제는 그들이 무력을 쓰는 일을 금했다. 그러나 그 둘 중 하나가, 서로 만나 우호적인 합의를 이끌어 내 보자며 상대를 자기 집에 불러 주연을 베푸는 척하다 그를 감금시킨 뒤 살해하고 말았다. 정의는 로마인들에게 이 범죄에 대한 응분의 조처를 요구했다. 그렇게 하기란 까다로워서 정상적 방식은 곤란했다. 전쟁이나 위험을 통하지 않고는 합법적으로 이룰 수 없는 것을 그들은 배신을 통해 처리하기로 했다. 도리로 풀 수 없는 일을 실리적으로 푼 것이다. 폼포니우스 플라쿠스라는 인물이 그 일에 적절하게 보였다. 그는 지어낸 말과 다짐을 통해 상대를 덫에 다가오게 꾀어 내어, 약속한 명예와 호의 대신 손발을 묶어 로마로 보냈

9
알렉산드로스 시대에 살았던 인도의 현자. 『플루타르코스 영웅전』에 그에 관한 이야기가 나온다.

다. 이 일에서는 보통 세상사와는 달리 배신자가 다른 배신자를 배신한 것이다. 배신자들은 불신에 가득 차 있어서 그들의 방식으로 그들의 허를 찌르기는 어려운 일이기 때문이다. 우리가 이제 막 느끼게 된 저 고통스런 경험이 그 증인이다.

원하는 자는 폼포니우스 플라쿠스처럼 될 일이다. 그리고 세상에는 그렇게 되기를 원하는 자들로 가득하다. 나로서는 내 말도 내 충성심도 나의 나머지 부분과 마찬가지로 우리 공동체의 일부이다. 그 최상의 용도는 공공의 이익에 쓰이는 것이다. 나는 그 점을 당연하게 전제한다. 그러나 내게 법원과 소송 일을 맡으라고 요구한다면 그런 일은 내가 조금도 이해하지 못한다고 대답하고, 혹은 공병대를 지휘하라고 한다면 나는 좀 더 위엄 있는 일에 부름받았다며 응대하듯, 마찬가지로 나를 고용해 무슨 대단한 봉사를 위해 살인과 독살이 아니라도 거짓말하고 배신하고 맹세를 저버리게 하려는 이가 있다면 나는 말하겠다. 내가 누군가에게서 무엇을 훔치고 빼앗았다면 차라리 나를 강제 노역선으로 보내라고. 왜냐하면 명예로운 사람이라면 안티파트로스에게 패배한 라케다이몬인들이 협상 내용을 두고 했던 것처럼 말할 수 있기 때문이다. 그들은 "당신은 당신 원하는 대로 얼마든지 감당하기 어렵고 무거운 요구들을 우리에게 할 수 있다. 그러나 수치스럽고 불명예스런 것을 우리에게 강제하려다간 시간만 낭비하게 될 것이다."라고 말했던 것이다. 이집트의 왕들이 자기네 판관들더러 엄숙하게 맹세하도록 한 것을 누구나 스스로에게 맹세해 두어야 할 일이다. 왕들 자신이 어떤 요구를 하더라도 자기의 양심에서 벗어나지 않겠다고 말이다. 그런 일들에는 치욕과 비난의 낙인이 선명하게 찍혀 있다. 당신에게 그것을 주는 자는 당신을 고발하는 것이며, 당신이 제대로 이해한다면 그것을 고역으로서, 징벌로서 당신에게 주는 것이다. 당신의 공적으로 공공의 일이 개선되는 만큼 당신 자신의 일은 그 때문에 악화된다. 당신이 더 잘할수록 그만큼 더 잘못하는 셈이다. 당신에게 그 일을 맡긴 당사자가 당신을 처벌한다 해도 새로울 것 없는 일이며, 아마도 무슨 정의의 심판 같은 분위기가 감돌기도 할 것이다. [C] 어떤 경우에는 배신이 용서받을 수도 있다. 배신을 배반하고 처벌하기 위해 사용될 오직 그때만 말이다.

[B] 그들을 위해 행한 것인데 당사자들이 거절할 뿐만 아니라 처벌하기까지 한 배반 행위는 아주 많다. 퓌루로스의 의사를 두고 파브리시우스가 내린 결정을 모르는 이가 누구인가?[10] 그러나 또 이런 경우도 있으니, 일을 시킨 자가 그 일을 위해 쓰인 자에게 일의 책임을 혹독하게 물음으로써, 그토록 절제를 모르는 스스로의 영향력과 권력을 거부하고, 그토록 맹목적이고 그토록 나약한 상대의 노예 상태와 굴종하는 태도를 비난하는 것이다.

러시아 공작인 자로펠크는 헝가리 귀족 한 사람을 매수하여, 폴란드 왕 볼레슬라우스를 배신함으로써, 그 왕을 죽이거나 아니면 러시아인들이 그 왕에게 심대한 타격을 가할 수 있는 방법을 얻게 해 달라고 했다. 그 귀족은 능란한 처신으로 예전보다 더욱 왕을 위해 봉사해 그의 자문 회의에 참여하면서 왕이 가장 신임하는 사람 중 하나가 되었다. 이런 이점에다 자기 주군이 자리를 비운 틈을 적절하게 선택한 그는 부유한 대도시였던 비엘리치카를

10
그리스 에페이로스 지방의 왕이었던 퓌루로스의 의사가 당시 집정관이던(B. C. 278년) 파브리시우스에게 편지를 써서 그의 주군을 독살해 주겠다고 제안했다. 로마가 적들을 상대로 비열한 수단을 사용했다는 비난을 원치 않았던 그는 이 편지를 퓌루로스에게 보내 주었다.

러시아인들에게 넘겨주었다. 러시아인들은 이 도시를 남김없이 약탈하고 불태웠으며, 남녀노소 가리지 않고 모든 주민을 학살했을 뿐만 아니라 일부러 불러 모은 그 주변 수많은 귀족들도 살해했다. 자로펠크의 복수심과 분노는 까닭이 없지 않았는데(볼레슬라우스는 비슷한 행위로 그에게 심대한 타격을 입힌 바 있었기 때문이다.) 갈증을 채운 그는 이 배신의 열매에 포만감을 느끼게 되었고, 그 벌거벗은 추악함을 그 자체로만 바라보며, 더 이상 정념으로 흐려지지 않은 건강한 눈길로 그것을 응시하다 보니 너무 후회스럽고 역겨워진 나머지, 그 일을 집행한 자의 두 눈을 뽑고 혀와 치부를 자르게 했다.

안티고노스는 은방패 부대 병사들을 설득해 자기의 적인 그들의 총사령관 에우메네스를 자기에게 넘겨 달라고 했다.[11] 그들로부터 에우메네스를 넘겨받자마자 바로 그를 살해하게 한 뒤, 이번에는 그토록 가증스러운 범죄 행위를 처벌하기 위해 스스로가 신성한 정의의 집행자가 되기를 바라게 되었다. 이들 병사를 지방 총독의 손에 넘기면서 그는 수단 방법을 가리지 말고 그들을 파멸시키고 끝장 내라는 아주 분명한 지시를 했다. 결국 수많은 병사 중 그 후 단 한 사람도 마케도니아의 대기를 다시 숨 쉬게 된 이는 없었다. 그는 그들이 맡은 일을 더 잘할수록 그들이 그만큼 더 사악하고 더 단죄할 만한 짓을 한 것으로 판단했다.

C 자기 주인인 술피시우스의 은신처를 고발한 노예는 술라의

11
두 사람은 알렉산드로스의 장수들로서 그가 남겨 놓은 여러 왕국의 계승권을 두고 대립했다. 에우메네스가 안티고노스 부대를 이기고 난 직후 자기 경호 부대인 은방패 부대로부터 배신을 당한다.

포고령에 약속된 대로 자유를 얻게 되었지만, 공공의 정의가 약속한 바에 맞게 타르페이아의 바위 위에서 자유인 신분으로 내던져졌다. 배신자들의 목에 보수를 넣은 주머니를 걸어 준 뒤 목매달았던 것인데, 이는 부차적이고 특수한 약속을 지킨 뒤 보편적이고 일차적인 약속을 이행하는 셈이었다.

메흐메트 2세는 자기 왕조의 전통에 따라 권력을 경쟁자 없이 행사하기 위해 동생을 제거하고 싶어서, 자기 관리 중 한 명을 고용했는데, 이자는 그 동생의 목으로 다량의 물을 한꺼번에 들이부어 숨이 막혀 죽게 했다. 일이 되고 나자 메흐메트는 이 살인 행위의 속죄를 위해 살인자를 죽은 이의 어머니 손에 넘겨주었다.(둘은 아버지만 같은 배다른 형제였다.) 그녀는 그가 보는 앞에서 살인자의 배를 가르고 아직 뜨거운 그의 심장을 두 손으로 뒤져 꺼내더니 개들에게 먹잇감으로 던져 주었다. 우리 옛적 왕 클로비스는 카나크르의 세 하인이 자기를 위해 주인을 배신하자 그들의 목을 달게 했다. 그런데 그들을 매수해 배신을 사주한 것은 그 자신이었다.[12]

B 그리고 사악한 행위로부터 이익을 얻고 난 뒤에는 마치 양심에 따른 보상과 교정을 하려는 듯, 아무 위험 없이 선의와 정의의 포장을 할 수 있다는 것은 별 대수롭지 않은 인간들에게도 달콤한 일인 것이다.

C 게다가 그들은 그런 끔찍한 범죄를 저지른 하수인들이 자

12
이 이야기를 전하고 있는 뒤아이양(Du Haillan)의 『프랑스 왕들의 역사』라는 책에서는 "군주들은 배신 행위를 사랑하는 것이지, 그 행위를 저지르는 자들을 사랑하지는 않는다."라고 결론 맺고 있다.

기에게 그 죄를 비난하고 있는 듯 여긴다. 그리고 그들을 없앰으로써 이런 음모를 누군가가 아는 것, 그리고 그에 대해 누군가가 증언할 가능성을 질식시켜 버린다.

B 그런데 공공의 필요가 그런 극단적이고 절망스런 치유책이나마 결여되지 않도록, 혹시 운 좋게도 당신에게 비열한 행위에 대한 보상을 해 준다 하더라도, 보상해 주는 사람은 자기가 그런 자가 아니라면 필경 당신을 저주받은 사람, 혐오스런 인물로 여기게 될 것이다. 그리고 당신에 대해, 당신에게 배반당하는 이가 생각하는 것보다 더욱 고약한 배반자라고 여길 것이다. 왜냐하면 그는 반박도 항의도 없는 당신의 두 손으로 직접 당신 심장의 사악함을 만져 보기 때문이다. 그럼에도 그가 당신을 그 일에 고용하는 것은 법원 최종심을 집행하는 일에 망나니를 쓰는 것과 꼭 같은데, 그 일은 좀처럼 명예롭지 못한 그만큼 유용한 직책인 것이다. 그런 일은 비천할 뿐만 아니라 양심을 팔아넘기는 것이기도 하다. 세자누스의 딸의 경우, 로마 시대 어떤 형식의 판결에서는 처녀에게 사형을 집행할 수 없었기 때문에 그녀를 교살하기 전 망나니가 그녀를 유린했다. 그자는 손만이 아니라 영혼까지 공공의 편익에 쓰이는 노예인 것이다.

C 무라트 1세[13]는 아비인 자기를 죽이려 든 반란을 도와 아들 편에 섰던 신하들을 처벌하면서 벌을 더욱 혹독하게 만들고자, 그 신하들의 가장 가까운 혈족들로 하여금 직접 그들을 처형하도록 명령했는데, 어떤 이들은 제 손으로 존속 살해를 저지르며 정의에 봉사하느니 다른 자의 존속 살해에 대해 부당하게 혐의를 받는 쪽

13
1326-1389. 오스만 제국의 제3대 통치자.

을 택했는데, 나는 그 선택이 아주 명예로운 일이었다고 생각한다. 우리 시대에 허름한 집들을 약탈하다 잡힌 몇몇 불량배가 제 목숨을 부지하려고 자기 친구와 패거리들의 목을 다는 일을 거절하지 않았는데, 나는 그들의 처지가 교수형을 당한 자들보다 더 고약하다고 생각했다. 리투아니아인들의 군주인 비톨드는 유죄 판결을 받은 자들이 자기에게 내려진 사형 선고를 제 손으로 직접 집행하게 하는 법을 만든 적이 있다고 하는데, 그 죄와 무관한 제삼자가 살인 행위에 이용되어 괴로움을 당하는 것이 부당한 일이라 생각했다는 것이다.

B 국가에 관련된 급작스런 상황이나 예기치 않은 돌발 사태 때문에 군주로서 자기 말과 신념을 저버리게 됐을 때, 혹은 자기의 일상적 의무에서 벗어나게 됐을 때 군주는 이 불가피한 일을 신의 채찍질로 여겨야 한다. 악덕은 아닌 것이, 그는 자기 이성을 접고 보다 보편적이고 강력한 이성을 따랐기 때문이다. 그러나 그것은 분명 불행한 일이다. 그래서 누군가 내게 대책이 무엇이냐고 물었을 때, 나는 어떤 대책도 없다고 답했다. 군주가 만약 이 두 가지 극단 사이에 정말로 끼여 있다면 C "그러나 그가 약속 파기에 대한 무슨 변명을 찾지는 않게 하라."(키케로), B 그렇게 하지 않을 수가 없다. 그러나 아무런 회한도 없고 고통스러워하지도 않으며 그렇게 한다면 그것은 그의 양심이 잘못돼 가고 있다는 조짐이다.

C 혹시 아주 예민한 양심을 가진 군주가 있어서 어떤 치유도 그렇게 고통스런 방책을 동원할 만한 가치는 없다고 여긴다 할지라도 나는 여전히 그를 존중하리라. 자신의 몰락을 그만큼 용서할 만하게 또 어울리게 맞이할 수는 없을 것이다. 우리가 모든 것을 다 할 수는 없다. 어쨌건 우리는 마지막 남은 닻에 우리를 맡기

듯 우리 배의 안전을 그저 하늘의 가호에 맡기는 수밖에 없을 때가 흔히 있다. 군주가 각오해야 할 불가피한 일 중 그보다 더 정당한 것이 있을 수 있겠는가? 자기의 약속과 명예를 저버리고서만 할 수 있는 일보다 더 하기 어려운 일이 그에게 무엇일까? 이런 것들은 아마도 그 자신의 안위는 물론 자기 백성의 안위보다 더 그에게 중요한 일이 되어야 하지 않겠는가? 두 팔을 포갠 채 그저 하느님을 부르며 도와달라고 하면,[14] 순결하고 의로운 손을 향해 당신의 특별한 손을 내밀어 주는 호의를 신의 선량함이 내치지 않으리라 기대해도 좋지 않을까?

B 〔언약과 명예를 저버리는〕 이런 짓은 위험한 예들이며 우리의 자연스런 규범에 대한 드물고 병든 예외들이다. 이 예외를 수용해야 한다면 그것은 대단한 절도와 숙고 끝에만 가능해야 한다. 어떤 사적 이익도 우리의 양심을 거스르는 이런 일을 하기에 마땅하지 않다. 공적 이익을 위해서라면 그럴 수 있으리라, 그러나 그것도 아주 분명하고 아주 중요할 때만 그렇다.

C 티몰레온은 독재자를 죽인 것이 형제의 손이라는 사실을 기억하며 눈물을 흘림으로써 자기 행위의 섬뜩함으로부터 스스로를 적절하게 지켜 냈다. 공적 이익을 그렇게 도리에 어긋나는 방법으로 사야만 했다는 사실이 바로 그의 양심을 아프게 했던 것이다.[15] 원로원 자신도 그의 손으로 굴종 상태에서 벗어난 터이지만,

14
당시에는 두 팔을 하늘로 벌려 기도하는 것이 아니라 가슴 위에 포갠 채 하늘을 보며 기도했다고 한다.

15
몽테뉴가 『에세 1』 38장에서 이미 언급하고 있는 티몰레온은 B. C. 364년, 친형제인 티모파네스가 조국 코린토스의 독재자가 되려는 것을 막기 위해 다른 이들의 손을

그토록 상반되고 중대한 두 가지 면모로 나뉜 그렇게 심각한 일을 명쾌하게 결론지으려 덤빌 엄두가 나지 않았다. 그런데 바로 그 순간, 시라큐스인들이 때맞춰 사람을 보내 코린토스인들의 보호를 요청하면서, 자기 도시에 예전의 존엄성을 되찾아 줄 것과 시칠리아를 억압하고 있는 몇몇 작은 독재자들을 제거해 달라고 했으며, 원로원은 티몰레온을 그곳으로 파견하면서 그럴 법한 새로운 구실을 대며 이렇게 밝혔다. 그가 소임을 제대로 수행하는지 여부에 따라 원로원은 자기 나라의 해방자에게 유리하거나 아니면 자기 형제를 살해한 자에 대해 불리한 결정을 내리겠노라고 말이다. 이 기묘한 결론은 그러나 이처럼 복잡한 일의 예와 중요성이 갖는 위험 때문에 변명이 된다. 자기들 판결에서 그들이 이런 위험을 제거한 것이나 그 근거를 다른 데서, 그리고 제삼의 고려를 통해 보강한 것은 잘한 일이다. 그런데 티몰레온이 이 여행에서 보인 행적은 곧 그의 대의를 더욱 명확히 해 주었으니, 그는 모든 점에서 더없이 의연하고 덕성스럽게 처신했던 것이다. 그리고 이 고상한 임무를 수행하며 그가 극복해야만 했던 어려움에는 행운이 함께했으니, 그 행운은 그를 정당화해 주려고 힘을 모은 신들이 그에게 보내 준 것으로 보였다.

목적이 변명될 수 있다고 한다면 티몰레온의 목적은 변명할 만한 것이다. 그러나 내가 지금 이야기하려 하는 로마 원로원의 결정은 공공 수입의 증대라고 하는 유익함을 그 핑계로 내세웠지만, 그런 부당함이 면책될 만큼 강력한 것은 못 된다. 몇몇 도시가

빌려 눈앞에서 그를 살해했다. 플루타르코스의 기록에는 몽테뉴와 조금 다르게, 티몰레온이 조금 떨어진 자리에서 얼굴을 가리고 흐느끼기 시작하는 동안 다른 두 사람이 칼을 뽑아 티모파네스를 죽인 것으로 되어 있다.

배상금을 지불하고 원로원의 법령 및 허가를 통해 실라의 손아귀로부터 자유를 얻은 적이 있었다. 이 점을 다시 판단하게 된 원로원은 이들 도시가 예전처럼 세금을 지불해야 한다고 결정하면서 전에 부담을 면하기 위해 지불한 배상금은 되돌려 줄 수 없다고 했다. 내전은 흔히 이같이 비열한 예들을 만들어 내니, 우리가 다른 당파였을 때 우리에게 신뢰를 보냈다는 점을 들어 우리는 사적 개인들을 처벌한다. 그리고 똑같은 행정관이 자기 판단이 바뀐 데 대한 책임을 그것에 대해 아무것도 할 수 없었던 이들에게 지운다. 선생이 학생더러 고분고분하다고 매질하는 것이며 길 안내인이 자기를 따르는 장님을 때리는 격이다. 이 무슨 끔찍한 정의의 모습인가!

철학에는 부당한데도 애매한 규칙들이 있다. 약속한 말보다 사적 이익을 중시하게 하느라 우리에게 제시된 다음의 예가 그렇지만, 거론된 사정이 그렇다고 하여 납득할 만한 것은 아닌 것이다. 도적 떼가 당신을 붙들었는데 일정한 금액을 내놓겠다는 당신의 맹세를 받은 뒤 그들이 당신을 풀어 주었다. 재력가일망정 그들 손아귀에서 벗어난 이상 돈을 지불하지 않아도 약속을 어긴 셈이 아니라고 말한다면 잘못이다. 천만에. 두려움 때문에 내가 일단 하려고 한 것은 두려움이 사라진 뒤라도 해야 한다. 두려움이 내 의지가 아닌 혀만을 강제했다고 해도 나는 여전히 내 말에 대해 마지막 한 푼까지 지불해야 할 의무가 있다. 나로서는 때로 내 혀가 무심코 내 생각을 앞질러 가 버렸을 때에도, 그렇다고 해서 내 말을 부인하는 것은 꺼림칙했다. 그렇지 않다면 우리는 차츰차츰 제삼자가 우리 약속이나 맹세에 대해 갖게 될 온갖 권리를 뒤엎어 버리고 말리라. "마치 용맹한 자에게 폭력으로 강제할 수 있다는 듯이"(키케로) 약속을 저버린 우리를 용서하는 권리를 개인적 이해가 갖는 경우가 있다면, 그것은 우리가 그 자체로 사악하고 부당한 것을 약속했을 때이다. 왜냐하면 덕의 권리는 우리 의무의 권리보다 우선해야 하기 때문이다.

B 나는 언젠가 에파미논다스를 빼어난 인간 중에서도 맨 앞줄에 둔 적이 있는데,[16] 지금도 같은 생각이다. 자기의 개인적 의무를 그는 얼마나 드높이 올려 놓고 있었던 것일까? 자기가 굴복시킨 인간을 단 한 사람도 죽인 적이 없는 그, 자기 조국을 자유롭게 한다는 지고의 선을 위해서도, 폭군을 C 그리고 그의 공범들을 B 적절한 사법 절차 없이 처단하기를 삼갔던 그, 적들 사이에서 전투 중에도 자기를 손님으로 맞아 준 적 있는 이나 벗이 된 사람을 피해 비켜 갈지 모르는 자는 아무리 선량한 시민일지언정 사악한 인간이라고 판단하던 그. 그는 가장 거칠고 격렬한 인간 행위에 선함과 인간미를, 그것도 철학 학파에 존재하는 가장 섬세한 것을 결합시켰던 것이다. 고통과 죽음, 가난에 맞선 저 크고 당당하고 끈질긴 용기를 부드럽게 해 저렇듯 지극한 인자함과 선한 성품으로 만든 것은 천성인가 노력인가? 칼과 피로 무시무시한 모습인 그가 자기 말고는 그 누구에게도 불패인 민족을 부수고 깨뜨리며 나아가다, 대혼전의 한복판에서도 자기를 맞아 주었던 이나 자기 벗을 만나면 몸을 돌렸던 것이다. 전쟁이 그 격렬함의 정점에 있고 분노와 살육의 거품을 물면서 타오르고 있을 때, 거기에 온화함의 재갈을 물릴 줄 알았던 이야말로 전쟁을 참으로 지휘하고 있었던 것이다. 그런 행동들에 정의의 어떤 모습을 섞을 줄 아는 것

16
『에세 2』, 36장을 말한다.

으로도 〔이미〕 기적이다. 그러나 가장 온유한 태도의 부드러움과 편안함을, [C] 그리고 순수한 무구함을 [B] 거기에 섞을 수 있는 것은 오직 에파미논다스의 힘 안에서만 가능한 일이다.

마메르티니 용병들을 향해 어떤 사람은 무장한 자들에게 법이란 통용되지 않는다고 말했고, 또 다른 사람은 평민 호민관에게 법의 시간과 전쟁의 시간은 서로 다르다고 말했으며, 세 번째 사람은 무기 소리가 자기로 하여금 법의 소리를 듣는 것을 방해한다고 말했던 데 비해,[17] 에파미논다스는 예의의 소리, 흠 없는 정중함의 소리까지 들을 수 있었던 것이다. 그는 전쟁터로 떠나면서 뮤즈 신들에게 제를 올리는 풍습을 자기 적들로부터 배워[18] 이들 신의 온유함과 쾌활함을 통해 전쟁 신의 분노와 사나움을 완화하려 하지 않았던가?

그렇게 위대한 스승이 있었으니 [C] 적들에 대해서마저 불법적인 일이 있다는 것, 그리고 [B] 공공의 이익이라 해도 개인적 이해를 짓밟으며 모든 사람에게 모든 것을 요구할 수는 없다는 것을 두려워 말고 받아들이자. [C] "개인적 도리의 기억은 공적 대립의 한복판에서도 여전히 살아 있는 것이니."(티투스 리비우스)

> [B] 어떤 권력도
> 친구에 대한 배반을 옹호하거나
> 승인할 수는 없는 법이다.

17
처음 사람은 폼페이우스를 말하며 두 번째는 카이사르, 세 번째는 마리우스를 가리킨다.

18
라케다이몬 사람들을 가리킨다.

오비디우스

그리고 C 자기 왕을 위해서나 B 일반적 대의와 법을 위해서라고 할지라도, 선한 인간에게 모든 것이 다 허용되는 것은 아니라는 사실도 말이다. C "왜냐하면 조국에 대한 의무가 다른 모든 의무를 숨죽이게 하는 것은 아니며, 조국 자신에게도 시민들이 자기 부모에게 공손하게 대하는 것이 중요하기 때문이다."(키케로) B 이것은 우리 시대에 적절한 가르침이다. 이 강철 갑옷으로 우리 심장까지 굳게 만들 필요는 없으니 우리 어깨를 단단히 하는 것으로 족하다. 우리 펜을 잉크에 적시면 족하지 피에 적실 필요가 무엇이랴. 공동의 선과 공권력에 대한 복종을 위해 우정과 개인적 의무, 자기가 한 말과 혈연을 경멸하는 것이 심정의 위대함이자 드물고 특별한 덕성의 결과라고 한다면, 정말이지 그러지 못하는 우리에 대한 변명으로써, 그런 식의 위대함은 에파미논다스의 심정의 위대함 안에 깃들 수 없는 종류의 것이라는 사실만으로 충분하다.

통제되지 않은 저 또 다른 영혼의 광포한 훈계가 나는 혐오스럽다.[19]

> 칼이 번쩍이는 한, 어떤 광경도 그대들 연민을
> 자극하지 않게 하라, 심지어 그대들 앞에 그대 부모가
> 나타날지라도. 공경해야 할 얼굴들을 그대 검으로 베어
> 버리라.
>
> 루키아누스

19
율리우스 카이사르의 말을 루키아누스가 적은 것이다.

사악하고 피를 좋아하며 배신하는 천성을 가진 자들에게서 그럴싸한 구실을 제거해 버리자. 이 괴물 같고 광기에 사로잡힌 정의란 것을 내버리자. 그리고 보다 인간다운 것을 끝까지 본받기로 하자. 시간과 본보기는 얼마나 많은 것을 할 수 있는가! 신나에 세 맞선 내전 중 어떤 전투에서 폼페이우스의 군인 한 사람은 적진에서 싸우던 자기 형제를 미처 몰라보고 죽이게 된 뒤, 수치와 회한으로 그 자리에서 스스로 목숨을 끊고 말았다. 그리고 몇 년 뒤 같은 사람들이 벌인 또 다른 내전 가운데 어떤 군인은 자기 손으로 형제를 죽였다며 장수들에게 보상금을 요구했다.

어떤 행위의 명예로움과 아름다움을 그 실리를 내세워 주장하는 것은 잘못이며, 유익한 것이면 누구나 그것을 행해야 하고 C 누구에게나 명예로운 것이라고 B 생각하는 것도 잘못된 결론을 내리는 셈이다.

> C 모든 것이 모든 사람에게 똑같이 적절한 것은 아니다.
>
> 프로페르티우스

B 인간 사회에서 가장 필요하고 유익한 일을 골라 보자. 그것은 결혼일 것이다. 그러나 성자들의 말씀은 그 반대편이 더 명예로운 것이라 하며 인간의 직업 중 가장 존경할 만한 〔사제〕 직업에서 결혼을 배제하게 하니, 이는 마치 제일 별 볼일 없는 말들을 골라 종마장으로 보내는 셈이다.

2장
후회에 관하여

[B] 다른 이들은 사람을 만든다. 나는 사람을 이야기하며, 한참 잘못 만들어진 특정한 인간을 그려 보이는데, 그를 내가 새롭게 만들어야 한다면 지금 모습과는 정말 다르게 만들리라. 하지만 이미 이루어진 일. 그런데 내 그림의 면모들은 비록 변화하고 다채로워지기는 해도 조금도 샛길로 빠지지는 않는다. 세계는 영원한 널뛰기에 지나지 않는다. 거기서는 모든 것이 쉴 새 없이 흔들린다. 땅도 코카서스의 바위들도 이집트의 피라미드도 모두가 함께 흔들리고 또 각자 따로 흔들린다. 항구성마저 더 느슨한 동요일 뿐이다. 나는 나의 대상을 고정시킬 수가 없다. 그것은 본래의 취기 속에서 흐릿한 의식으로 흔들거리며 간다. 나는 내가 거기 주목하는 순간에 있는 그대로를, 그 상황 속의 그것을 붙드는 것이다. 나는 존재를 그리지 않는다. 그 추이를 그린다. 이 시대에서 저 시대가 아니라, 혹은 사람들이 이야기하듯 7년에서 다른 7년이 아니라, 하루하루, 순간순간의 추이를 그린다. 나에 대한 이 이야기는 흐르는 시간에 맞춰야 한다. 나는 금방이라도 변할 수가 있으니, 우연하게만이 아니라 의도적으로도 그럴 수 있다. 이것은 다양하고 변화무쌍한 세상사와 막연하고 때로 모순되는 생각들의 기록인데, 혹은 내가 다른 나이기 때문이기도 하고, 혹

은 같은 대상을 내가 다른 상황과 다른 고려에서 파악해서 그렇기도 하다. 그런즉 어쩌면 내가 내 말을 반박하는 경우가 있겠지만, 그러나 진실에 대해서는, 데마데스가 이야기하듯,[20] 조금도 반박하는 것이 아니다. 만일 내 영혼이 고정될 수 있다면 나를 시험해 보려 하지 않고[21] 마음을 결단하리라. 그러나 내 영혼은 늘 수련의 과정, 실험의 과정에 있다.

나는 보잘것없고 광채 없는 삶을 내놓지만 그거야 아무래도 상관없다. 더 풍성한 소재로 된 삶과 마찬가지로 평범하고 개인적인 삶에도 도덕 철학 전체가 연결된다. 사람은 누구나 인간 조건의 온전한 형태를 지니고 있는 것이다.

C 작가들은 어떤 특수하고 독특한 표식을 가지고 사람들에게 이야기를 건네지만, 나는 최초로, 문법학자나 시인, 법학자가 아니라 미셸 드 몽테뉴라고 하는 나의 보편적 존재를 가지고 이야기한다. 세상 사람들이 내가 너무 내 이야기를 한다고 불평한다면, 나는 세상 사람들이 자기에 대해 생각해 보는 일조차 없다고 투덜댄다.

B 그러나 내밀한 생활을 추구하는 내가 나를 세상에 알리겠다고 하는 것은 온당한 일인가? 격식과 수완이 그렇게 대접받고 장려되는 세상에, 날것의 단순한 본성, 거기에다 몹시 허약하기까지 한 본성의 산물들을 내보이는 것이 과연 마땅한 일인가? 학

20
데모스테네스가 살던 시대에 그의 적수였던 아테네 웅변가. 그는 데모스테네스 쪽을 향해, 자기는 자기가 앞서 한 말과 배치되는 이야기를 했을 수는 있어도 한 번도 공공의 이익에 반하는 말은 한 적이 없다고 대꾸했다고 한다.

21
'시험해 보다'는 '에세'가 파생한 독자의 의미이기도 하다.

식도 기예도 없는 책들을 짓는다는 것은 돌 없는 벽을 쌓거나 그 비슷한 일이 아닐까? 음악의 착상은 기예가 이끌어 가지만 나의 것은 우연이 인도한다. 적어도 나는 다음의 점에서는 〔기예의〕 규율을 따르니, 일찍이 어떤 사람도 내가 시도하는 주제에 대해 내가 알고 이해하는 것보다 자기가 다루는 주제를 더 잘 알거나 이해한 적이 없었으며, 또한 나의 주제에 대해서는 살아 있는 이 중 내가 제일 해박한 사람인 것이다. 두 번째로, 일찍이 그 누구도 [C] 자기 소재를 더 깊이 파고들고, 그 각 부분들과 거기 딸린 전체를 더 면밀히 헤아리며, [B] 자기 작업에 설정해 둔 목표에 더 정확하고 완전하게 이르지는 못했다. 그것을 완수하기 위해서 나는 그저 거기에 성실성만 가져오면 된다. 내 작업에는 있을 수 있는 가장 진지하고 순수한 상태로 성실성이 깃들어 있다. 나는 진실을 말한다. 마음껏 다는 아니지만, 내가 감히 이야기할 수 있는 만큼은 말이다. 그리고 나이가 들어 갈수록 좀 더 과감해지니, 우리 풍속은 수다를 떨 더 많은 자유와 자기에 대해 이야기할 더 많은 경박함을 이 나이에는 용인해 주는 듯싶기 때문이다. 그렇게 빼어난 대화를 하는 사람이 이렇게 바보 같은 글을 썼단 말인가, 라거나 혹은 이렇게 박식한 글이 그렇게 버벅거리는 사람에게서 나왔단 말인가, 하는 식으로 장인과 그의 작품이 서로 충돌하는 일을 내가 자주 보곤 하지만, 여기서는 그런 일이 일어날 수가 없다.

[C] 대화는 평범한데 글은 드물게 빼어나다면 그의 능력은 그가 그 능력을 빌려 온 곳에 자리하고 있지 그 자신 속에 있는 것은 아닌 셈이다. 박식한 사람은 만사에 다 박식한 것이 아니다. 그러나 역량 있는 사람은 어디에나 유능하며 심지어 무지한 경우에도 그렇다.

[B] 여기서 내 책과 나는 발 맞춰 나란히 나아간다. 다른 곳에서라면 만든 사람과 별개로 작품을 칭찬하거나 비난할 수 있다. 여기서는 아니다. 하나를 건드리는 것은 나머지 하나도 건드리는 셈이다. 그것을 모른 채 작품을 판단하는 사람은 나에게보다는 자기에게 더 잘못하는 셈이다. 그것을 이해하게 된 사람이 있다면 나로서는 대만족이다. 분별력 있는 사람들이 느끼기에, 행여 가졌다 하더라도 얼마 되지 않을 학식이나마 내가 유익하게 사용할 줄 알았고, 또 기억력으로부터 더 나은 도움을 받을 만한 사람이다 싶다면 그것만으로도 나는 분수 이상의 행운을 누리는 셈이다.

나는 후회하는 적이 별로 없다고, [C] 또 내 양심은 저 자신에게, 천사나 말의 양심이 아니라 한 인간의 양심으로서 만족한다고 여기서 이따금 말하는 것에 대해 변명해 보자. [B] 그렇게 말하면서 나는 항상 의례적으로가 아니라 진지하고 현실적인 겸양으로서 이렇게 덧붙이곤 한다. 즉 나는 무지한 탐색자로서 말하고 있으며, 해법을 찾는 일로 말하자면, 분명하고 단순하게, 공통의 합법적인 믿음에 의지한다고 말이다. 나는 가르치는 것이 아니라 이야기한다.

악덕 중에 진짜 악덕치고 혐오스럽지 않은 것이 없으며 흠결 없는 판단력이 비난하지 않는 것이 없다. 왜냐하면 그것은 너무나 명백하게 추하고 거북해서, 악덕이 행해지는 것은 주로 어리석음과 무지 때문이라고 이야기하는 사람들이 아마도 옳을 성싶기 때문이다. 그것을 알고도 미워하지 않기를 상상하기란 그만큼 어렵다. [C] 사악함은 그 자체의 독 대부분을 들이마시며 스스로 그 독에 오염된다. [B] 악덕은 궤양이 살에 흔적을 남기듯 영혼에 회한을 남기며, 이것은 줄곧 스스로 상처 내고 피를 흘린다. 왜냐하면 이성은 다른 슬픔이며 괴로움들은 지워 주지만 회한의 슬픔을 만들어 내는데, 이것은 내면에서 태어나는 것이기 때문에 더욱 괴롭다. 밖에서 오는 한기나 열기보다 열병에서 생기는 오한과 고열이 더 매서운 것과 마찬가지이다. 나는 이성과 자연이 비난하는 악덕뿐만 아니라 법과 관습이 용인하면 그릇되고 빗나간 세론이 만들어 낸 악덕도 악덕으로 여긴다.(그러나 각자 자기 잣대로 판단할 일이다.)

마찬가지로, 선한 성품을 타고난 사람이 기뻐하지 않는 선행은 없다. 선한 일을 하면 우리 내면을 기쁘게 하는 뭔지 모를 어떤 뿌듯함이 있는 게 분명하며, 양심이 편안하니 거기 수반되는 고상한 자긍심이 있다. 꿋꿋하게 악한 영혼은 어쩌면 자신에게 평정심을 확보해 두었을 수는 있겠지만, 흐뭇함과 만족감은 자신에게 줄 수 없다. 이토록 타락한 시대에 내가 물들지 않을 수 있었다고 스스로 느끼는 것이나, 누군가 내 영혼을 그 속까지 들여다본다 할지라도 그는 내가 어떤 이의 고통이나 파멸에 관여하지도, 복수심과 증오심에 차 있거나 법을 공공연히 위반하지도, 쇄신이니 분쟁이니 도모하지도 않은 것을 알게 되리라고 혼자 말할 수 있는 것은 결코 작은 즐거움이 아니다. 이 시대의 타락은 각자에게 그것을 허락하고 또 가르치지만, 나는 어떤 프랑스인의 재산이나 주머니에 손을 댄 적이 없으며, 전쟁 시든 평화 시든 내 재산으로 살아왔다. 그리고 봉급을 주지 않고 누군가의 노동을 사용한 적도 없다. 이 같은 양심의 증언은 기분이 좋다. 이 자연스런 기쁨은 우리에게 주어진 큰 은혜이며, 우리에게 주어지는 결코 없어지지 않을 유일한 보수이다.

덕스런 행동의 보상을 타인의 인정이라는 토대 위에 세우는 것은 그 기초가 너무 불확실하고 흔들린다. [C] 특히 이 시대처럼 부패하고 무지한 세기에 대중의 호평이라는 것은 모욕이다. 찬미할 만한 것이 무엇인지 보기 위해 당신은 누구에게 의지하겠는가? 누구나 매일 자랑 삼아 자기 이야기하는 것을 목도하지만, 행여 내가 그런 방식으로 만들어진 덕 있는 사람이 되지 않도록 하느님이 지켜 주시기를. "예전의 악덕이 오늘의 풍속이 되었다."(세네카) 내 친구들 중 어떤 이들은 자기들이 해야 할 일이라고 생각해 자발적으로 오거나 아니면 나에게 도와달라고 부탁하고 이따금 나를 닦아세우며 터놓고 비난하는 일이 있었는데, 그 쓸모나 유쾌함에 있어서 그것은 제대로 형성된 영혼에게는 어떤 우정의 봉사도 넘어서는 것이었다. 나는 항상 정중함과 감사의 마음으로 두 팔을 최대한 활짝 벌려 그것을 맞아들였다. 그러나 지금 와서 양심적으로 말하자면, 그들의 비난이나 칭찬에서 잘못된 척도를 너무 많이 보게 되는 일이 잦아서, 그들의 방식으로 잘 처신하느니 차라리 잘못 처신하더라도 그다지 잘못했을 리가 없었다. B 우리처럼 대체로 우리 자신에게 보이기 위해서일 뿐인 사적인 삶을 사는 이들은 우리 내면에 후견인을 확보해 두고, 그를 우리 모든 행동의 시금석으로 삼으며, 그에 따라 때로는 우리 자신을 어루만져 주거나 때로는 벌해야 할 것이다. 나는 나를 재판하기 위한 나의 법과 나의 법정이 있으며, 다른 곳보다 그곳에 더 많이 나를 세운다. 나는 다른 사람을 고려해 내 행동을 제한하지만, 나 자신에만 의지해 내 행동을 확장한다. 당신이 비겁하고 잔인한지 혹은 충직하고 헌신적인지를 아는 사람은 당신밖에 없다. 다른 사람들은 당신을 보지 못하며, 그저 막연한 추측으로 당신을 짐작할 뿐이다. 그들은 당신의 천성이 아니라 당신의 기교를 본다. 그러니 그들의 판단에 매달리지 말라. 당신 자신의 판단에 의지하라. C "사용해야 할 것은 당신 자신의 판단력이다. 악과 미덕에 대해 양심 스스로가 내리는 판단이야말로 무겁디무거운 것이다. 그것을 없애 보라, 모든 것이 무너진다."(키케로)

그러나 죄를 지으면 곧 후회하게 된다고 하는 사람들 말은, 마치 자기 집인 양 우리 내면에 기세등등하게 거주하고 있는 죄와는 상관없는 것 같다. 갑자기 우리를 사로잡는 바람에 우리가 정념에 휩쓸려 저지르게 되는 악덕은 부인하거나 부정할 수 있다. 그러나 오랜 습관에 의해 강력하고 세찬 의지 안에 뿌리내리고 닻을 내리게 된 악덕은 거역할 수가 없는 것이다. 후회란 우리의 의지를 부인하는 일이요, 상념들의 변덕일 뿐이며, 그것은 우리를 온갖 방향으로 끌고 다닌다. 후회는 후회하는 자에게 지난날의 미덕과 순결을 부인하게 만든다.

> 왜 나의 지금 느낌을 젊을 적엔 가질 수 없었을까,
> 혹은 지혜를 가진 지금은 왜 옛날 그 빛나던 두 뺨을
> 되찾지 못하는가?
>
> 호라티우스

사생활에서까지 흐트러짐 없이 유지되는 삶은 비범한 삶이다. 누구나 어릿광대짓에 한몫하면서도 무대 위에서는 점잖은 사람 역을 할 수 있다. 그러나 내면에서, 즉 우리에게 모든 것이 허용되고 모든 것이 감춰지는 그 가슴 안에서 절제가 이루어진다는 것, 그 점이 중요하다. 그다음 단계는 자기 집 안에서, 일상 행동에서 그럴 수 있다는 것인데, 이 경우 우리는 누구에게도 설명할 필요가 없고, 어떤 것도 꾸미거나 억지로 하지 않는다. 그래서 비아

스[22]는 좋은 가족의 모습을 그리면서 다음과 같이 말했다. 그 주인이 법이나 사람들의 평판을 두려워하여 밖에서 그러하듯이 집 안에서는 (그 자신의 뜻에 따라) 그러할 때 그것이 좋은 가족이라고 말이다. 금화 3000냥을 주면 이웃들이 더 이상 그 안을 들여다 볼 수 없게 집을 고쳐 주겠다고 한 일꾼들에게 "6000냥을 줄 테니 누구나 어디든 들여다볼 수 있게 만들어 달라."고 했던 드루수스 율리우스[23]의 말은 훌륭하다. 여행을 할 때면 성당에 숙소를 정해 사람들과 신들마저 그가 사사로운 곳에서 어찌 처신하는지를 보게 하려던 아게실라우스의 행습을 사람들은 드높여 이야기한다. 이 세상이 보기에 불가사의한 사람이었던 그에게서 아내와 하인마저 그저 눈에 띌 만한 것을 하나도 목도하지 못했다. 집안 사람들로부터 찬탄의 대상이 된 사람은 거의 없는 법이다.

C 어느 누구도 자기 집에서는 물론 자기 고장에서도 예언자인 적이 없다는 것을 역사의 경험이 말해 준다. 별다른 의미가 없는 것들의 경우도 마찬가지이다. 그리고 다음의 하찮은 예에서도 더 큰 일들에서 벌어질 일이 드러나 보인다. 내 고장 가스코뉴에서는 내가 쓴 글이 인쇄된다는 것을 허튼 농담으로 여기고 있다. 사람들이 나를 〔읽고〕 알게 되는 것이 내 둥지에서 더 멀어져 있을수록 나는 더욱 높이 평가된다. 기엔 지방에서는 내가 인쇄업자들에게 돈을 내밀고, 다른 곳에서는 그들이 내게 돈을 내민다. 살아생전에는 제 몸을 감춤으로써 죽어 없을 때 좋은 평판을 얻어 보려는

22
이오니아 사람인 비아스는 그리스의 7대 현인 중 한 사람이다.

23
B. C. 14~23. 로마 시대 호민관이었던 그는 자신의 엄격한 생활 태도에 대해 자부심을 가지고 있었다고 한다.

사람들은 이런 현상에 기댄다. 나는 차라리 평판이 덜하기를 더 원한다. 내가 지금 얻는 오직 그만큼의 평판을 위해서만 나는 세상에 뛰어든다. 세상을 떠날 때면 그 뒤 영광이야 무슨 상관이랴.

[B] 공무를 수행하고 돌아가는 저분을 사람들은 찬탄하며 집 앞까지 모신다. 그러나 그는 법복을 벗으면서 그 역할도 내려놓으며, 높이 올라갔던 그만큼 더 아래로 떨어진다. 안쪽 자기 집에서는 모든 것이 엉망이고 비루하다. 거기서 규율이 보인다 해도, 이 사적이고 저급한 행동거지에서 그것을 알아보려면 민첩하고 희귀한 판단력이 필요하다. 더욱이 단정함이란 맥없고 시시한 미덕이다. 성벽을 뚫고 돌진해 간다거나 사절단을 이끌거나 백성을 다스리는 것은 눈부신 활동이다. 야단치고, 웃고, 팔고, 지불하고, 사랑하고, 미워하고, 자기 가족, 자기 자신과 부드럽고 정확하게 이야기하고, 되는대로 살아가지 않고, 자기 말을 결코 번복하지 않는 것은, 더 드물고 더 어려우며 덜 눈에 띄는 일이다. 그러므로 사람들이 뭐라고 이야기하건, 은거하는 삶은 다른 삶만큼이나 혹은 그보다도 더 가혹하고 긴장된 의무들을 지게 된다. [C] 그리고 아리스토텔레스에 의하면 민간인들이 공직에 있는 사람들보다 더 힘들고 고상하게 덕을 섬긴다. [B] 우리는 양심보다 공명심 때문에 절호의 기회에 대비한다. [C] 영광에 도달하는 가장 빠른 길은 우리가 영광을 위해 하는 일을 양심에 의해 하는 것일 텐데 말이다. [B] 알렉산드로스의 덕성이 그 거대한 무대 위에서 보여 주는 활력은 소크라테스의 덕성이 그 속되고 눈에 띄지 않는 활동에서 보여 주는 강력함보다 훨씬 덜하다고 느껴진다. 나는 소크라테스가 알렉산드로스의 자리에 있는 것을 쉽게 상상할 수 있다. 그러나 알렉산드로스가 소크라테스의 자리에 있는 것은 생각할 수 없다. 전자에

게 할 줄 아는 게 뭐냐고 물으면 그는 세상을 정복하는 것이라고 답할 것이다. 후자에게 묻는다면 그는 인간의 삶을 그 타고난 본성에 어울리게 이끄는 것이라고 말할 것이다. 이것이야말로 훨씬 더 보편적이고 더 묵직하며 더 합당한 지혜이다. 영혼의 가치는 높이 올라가는 것이 아니라 질서 있게 나아가는 데 있다.

C 영혼의 위대함은 커다란 일들이 아니라 평범한 일들 속에서 발휘된다. 우리의 내면을 판단하고 시험하는 이들이 우리의 공적 행동의 광휘에 대해 별로 개의치 않고, 그것이 따지고 보면 두꺼운 진흙 바닥에서 맑은 물줄기가 가늘게 솟는 것에 불과하다고 보는 것처럼, 이와 비슷하게 우리의 그럴싸한 외양을 근거로 우리 내면에 대해 판단하는 사람들은 우리 내면도 비슷하리라 결론 내린다. 멀리서 보느라 놀랍게 여겨지는 이 능력들이 사실은 자기들도 간직하고 있는 지극히 익숙한 특질들과 밀접히 연결돼 있음을 모르는 것이다. 이런 식으로 우리는 다이몬[24]들에게 거친 형상을 부여한다. 치솟은 눈썹과 벌어진 콧구멍, 무시무시한 얼굴과 그의 이름에 딸린 소문을 듣고 우리가 품게 된 상상의 크기만큼 거대한 키를 티무르에게 부여하지 않을 자가 어디 있는가? 누군가 내게 에라스무스를 한번 만나게 해 주었다면, 그가 자기 하인이나 초대해 준 여주인에게 하는 말은 무엇이건 내 귀에 격언이나 잠언으로 들리기가 어려웠으리라.[25] 품행이나 역량으로 보아 존경할 만한

24
다이몬은 그리스 신화나 철학에서 대체로 신성과 인성 사이의 중간적 존재이며, 인간의 운명을 정해 주는 힘이라는 의미로 받아들여졌다.

25
에라스무스의 독서 노트라고 할 수 있는『격언집』은 방대한 주제와 다양한 길이의 책으로서 교황청의 금서 목록에 오를 때까지 16세기 유럽의 베스트셀러였다.

고위직 법원장보다는 어떤 일꾼이 변기 위에 혹은 자기 마누라 위에 올라 있는 모습을 우리는 더 쉽게 상상한다. 저 대단한 분들은 그저 생활 자체를 위해서일지언정 저 높은 옥좌에서는 내려올 것 같지 않다.

B 못된 영혼들이 때로 이상한 충동에 의해 선한 행동을 하고 싶어지는 것처럼, 덕스런 영혼들도 나쁜 짓을 하고 싶어질 때가 있다. 그러므로 어쩌다 그럴 때가 있다면 영혼이 제자리에 있을 때, 그 고요한 상태를 두고 우리는 영혼을 판단해야 한다. 혹은 적어도 영혼이 휴식 상태나 그 타고난 위치에 가장 가까이 있을 때를 두고 말이다. 타고난 경향은 교육으로부터 도움과 힘을 얻는다. 그러나 그것은 거의 바뀌지도 극복되지도 않는다. 우리 시대에 수많은 천성이 반대 방향의 교육을 받았음에도 불구하고 〔결국은 타고난 경향대로〕 미덕으로 혹은 악덕으로 도망쳐 나갔다.

> 숲의 기억을 잊은 맹수들이 우리에 갇혀 순치되었듯,
> 그 위협적인 표정을 벗고 인간의 지배에 복종하기를
> 배웠듯,
> 그러다 피 한 방울 그들 입술 닿기라도 하면,
> 그들의 흥분과 흉포함 깨어나, 피 맛에 입은 벌어지고,
> 흥분하여 날뛰는 가운데 겁먹은 주인을 물어 찢을 판.
> 루키아누스

원래 타고난 이런 자질들은 뿌리 뽑을 수가 없다. 그저 덮고 숨길 수 있을 뿐이다. 라틴어는 내게 마치 타고난 천성 같아서, 나는 프랑스어보다 라틴어를 더 쉽게 이해한다. 그러나 내가

이 언어를 전혀 말하지도 쓰지도 않은 지 사십 년이나 되었다. 그래도 내 생애에서 두세 차례 갑작스런 극단의 감정에 빠졌을 때는 — 그중 하나가 멀쩡하시던 아버지가 의식을 잃고 내 품으로 쓰러졌을 때이다 — 내 속 깊이에서 내가 토해 내는 처음 몇 마디는 늘 라틴어였다. [C] 본바탕이 〔나중의〕 오래된 덧작업을 뚫고 밀려 나와 마침내 자기를 표현했던 것이다. [B]그리고 이런 경험은 다른 사람들에게서도 많이 들을 수 있다.

우리 시대에 새로운 견해를 통해 세상의 풍속을 교정해 보려고 했던 사람들은 외양의 악덕을 고쳐 보는 중이다. 본질의 악덕은 설혹 증대시키지는 않는다 하더라도 건드려 보지도 못한 채 말이다. 염려스러운 것은 그것이 증대되는 일이다. 사람들은 이 표피적이고 자의적인 개변을 빌미로 여타의 모든 선행을 그만두기 십상인데, 〔그렇게 하면〕 비용은 적게 들고 평판은 높아진다. 그리고 타고난 내면의 다른 불가분한 악덕들은 싼 값으로 만족시킨다. 우리 경험이 그것을 어떻게 증거하고 있는지를 조금만 숙고해 보라. 스스로에게 귀를 기울이면 온전히 자기만의 것인 어떤 지배적인 모습, 됨됨이를 내면에서 발견하지 못하는 사람은 없다. 사람마다의 됨됨이는 교육과 맞서며, 그것과 모순되는 어떤 격정의 폭풍과도 맞서 싸우게 된다. 나로 말하자면, 나는 좀처럼 충격으로 흔들리지 않으며, 마치 무겁고 둔중한 물체가 그렇듯 거의 항상 제자리에 있다. 내 집에 있지 않다고 해도 늘 그 근처, 아주 가까운 곳에 있는 셈이다. 어쨌든 나는 건강하고 활기찬 기분 전환의 기회를 가지려 하지만 일탈이라고 해 봐야 거기 극단적이거나 엉뚱한 점은 하나도 없다.

우리 시대 사람들의 공통된 방식을 진정으로 단죄하게 만드는 것은 그들의 은거 생활마저 부패와 타락으로 가득하다는 사실이다. 그들의 개과천선 개념은 모호하다. 그들의 회개는 거의 그들의 죄만큼이나 병들고 떳떳하지 못하다. 타고난 경향으로 악덕에 집착하는 탓인지 혹은 오랜 습관으로 그러는 것인지 그들 중 누구도 그것의 추함을 더 이상 자각하지 못한다. 다른 이들의 경우 (내가 그 무리에 속한다.) 악덕이 마음을 짓누르지만 그들은 쾌락이나 다른 요소로써 그것과의 균형을 저울질해 보는데, 견뎌 보다 일정한 값을 받고서야 거기에 자신을 맡기는 식이다. 그래도 부도덕하고 비열한 것은 여전하다. 하지만 그 불균형한 정도가 너무 커서, 우리가 유용성에 대해 이야기하듯, 쾌락이 죄에 대한 정당한 변명이 되는 수도 어쩌면 있으리라. 절도의 경우처럼 쾌락이 부수적이고 죄 안에 포함되지 않을 때뿐만 아니라, 그 충동이 격렬하고 때로 불가항력이라고들 말하는, 여자들과의 통정의 경우처럼 죄의 실행 자체에 쾌락이 들어 있을 때도 마찬가지이다.

요전번 어느 날 내가 아르마냑의 친척 영지에 있을 때 농부를 한 사람 보았는데, 사람들이 누구나 그를 '도적'이라고 부르는 것이었다. 그는 자기가 살아 온 이야기를 이렇게 하고 있었다. 거지로 태어난 그는 두 손으로 일을 해 빵을 벌어 봐야 결코 가난을 면할 길이 없다는 생각이 들어 도둑이 되기로 결심했다. 그리고 자기 육체의 힘을 이용해 젊은 시절 내내 별탈 없이 이 직업에 종사했다. 다른 사람들의 땅에 가서 곡식을 털고 포도를 따 담았는데, 멀리 가서 어찌나 가득 가지고 돌아왔는지, 남자 하나가 그 많은 양을 하룻밤 사이에 두 어깨에 메고 온다는 것은 생각할 수 없는 노릇이었다. 그 밖에도 그는 자기가 끼친 손해가 고루 분산되게 마음을 썼다. 그래서 개개인이 입은 피해는 견딜 만한 것이 되었다. 늙은이가 된 지금은 자기 신분 사람치고는 부유하며, 그것이 다 이 직업 덕분이었음을 내놓고 이야기하고 다닌다. 그리고 자기 소득에 대해 하느님과 화해하기 위해 자기에게 털린 사람들의 상속자들에게 매일 적선을 베풀며 지낸다는 것이다. 그리고 만약 자기가 그 일을 다 해내지 못하면 (왜냐하면 그 모두를 한꺼번에 해내기는 불가능하기 때문에) 자기 후손들에게 그 일을 맡길 터인데, 자기가 각자에게 끼친 해가 얼마인지를 오직 자기만 아는 정도만큼 할 것이라고 한다. 이 이야기가 진짜이든 허구이든, 이 사람은 도둑질을 부끄러운 짓으로 알고 미워하지만 가난보다는 덜 미워한 것이다. 그에 대해 정말 뉘우치고는 있지만, 그러나 그 죄를 이처럼 상쇄시키고 보상하고 있는 한 그는 후회가 없다. 이것은 우리를 악덕에 동화시키고 우리의 판단력 자체를 거기에 순응하게 만드는 저 습관과는 다르며, 갑자기 몰아치면서 우리 영혼을 줄곧 혼란시키고 눈멀게 하며, 지금 우리를, 판단력과 그 모든 것을, 악덕의 권능 속으로 휘몰아 가는 저 격렬한 바람과도 다른 것이다.

나는 무슨 일을 하든 습관적으로 전심을 다해 하며 한걸음에 내닫는다. 내 이성에게 감추거나 이성을 피하는 행동도 취하지 않으며, 내 존재의 모든 부분들이 분열도 내적 갈등도 없이 동의해 주지 않는 행동이라면 나서지도 않는다. 내 판단력은 그에 대해 온전한 비난을 하거나 온전한 찬사를 보낸다. 일단 잘못된 행동이라고 느낀 다음에는 내 판단력은 그 입장을 줄곧 유지하는데, 거의 내가 태어날 때부터 그것은 동일한 경향, 동일한 행로, 동일한 기운을 가진 같은 것이기 때문이다. 일반적인 견해에 관해서는 어릴 적부터 나는 내가 고수해야 마땅할 지점에 자리 잡았다.

어떤 죄들은 격렬하고 순간적이며 돌연하다. 그런 것들은 그냥 두자. 그러나 그토록 자주 되풀이되고 숙고해 결심한 다른 죄들, 혹은 기질과 관련한 죄 [C] 나아가 직업이나 일거리와 관련된 죄[B]는, 이성과 양심을 지닌 사람의 판단이 끊임없이 그것을 원하고 그렇게 인정하지 않고서야 그렇게 오랫동안 한 사람의 가슴에 뿌리내리고 있을 리가 없으리라. 미리 정해진 순간이 오면 자기들에게 다가온다는 후회라는 것을 나로서는 상상하기도 이해하기도 조금 어렵다.

[C] 사람들이 신탁을 받기 위해 신들의 형상에 다가갈 때 새로운 영혼을 갖게 된다는 퓌타고라스 학파의 생각을 나는 따르지 않는다. 그들 스승이 이야기하고자 하는 바가, 그들의 원래 영혼은 그런 일을 수행할 만큼 순결하고 맑지 못한 만큼 낯설고 새로우며 이 계제에 어울리는 영혼을 빌려 와야 한다는 뜻이 아니라면 말이다.

[B] 스토아 학파는 우리 내면에서 확인하는 불완전성과 악덕을 고치라고 하지만 그 때문에 회한을 느끼거나 우울해하는 것은 금하는데, 퓌타고라스 학파는 스토아 학파의 가르침과는 정반대로 행하는 셈이다. 스토아 학파는 우리에게 자기들이 속으로 크게 후회하며 뉘우치고 있다고 믿게 만든다. 그러나 개심하고 교정됐는지 [C] 단절했는지는 [B] 우리에게 내비치지 않는다. 악을 벗어 버린 것이 아니라면 치유가 아니다. 저울추에서 후회 쪽이 무겁다면 죄는 없앨 수 있으리라. 행실과 삶을 거기 합당하게 바꾸는 것이 아니라면 경건한 신앙만큼 위장하기 쉬운 덕성도 없다. 그 신앙의 본질은 어렵고 감춰져 있으되 그 외양은 쉽고 화려하다.

나로 말하자면, 나는 내가 온전히 〔현재와〕 다른 사람이기를 원할 수도 있다. 내 존재 방식 전체를 타기하고 싫어하며, 하느님께 나를 통째로 바꿔 달라고, 내 타고난 결함을 용서해 달라고 간청할 수도 있다. 그러나 내 보기에 이것을 후회라고 불러서는 안 된다. 천사나 카토가 아닌 것이 불만스러운 것을 후회라고 부를 수 없듯이 말이다. 내 행동은 지금 있는 그대로의 내 모습과 내 처지에 맞게 조절되고 부합된다. 나는 그보다 더 잘할 수는 없다. 후회란 원래 우리 힘으로 어쩔 수 없는 것과는 관계없다. 애석할 수는 있지만 말이다. 나는 내 천성보다 더 고상하고 더 절제된 무수히 많은 천성들을 상상해 본다. 그렇다고 내 역량이 고쳐지지는 않는다. 마치 내 팔이나 내 정신이 더 힘찬 다른 모습을 생각해 본다고 해서 그렇게 되지 않는 것처럼 말이다. 우리 것보다 더 고상하게 행동하는 것을 상상하고 바란다는 것이 우리 것에 대해 후회하게 만든다면 가장 순진무구한 우리네 신체 기능에 대해서도 회한을 품어야 하리라. 보다 뛰어난 기질을 가지고 태어난 사람들의 경우 그 기능들은 보다 완벽하고 보다 품위 있게 행해졌으리라는 것을 우리가 능히 판단할 수 있을 것이고 우리도 그렇게 할 수 있기를 바랄 것이니 말이다. 내 젊은 시절의 행실을 내 노년과 비교해 보면, 어느 때나 다 내 식으로 차분히 처신해 왔다고 생각된다. 그것이 내가 버틸 힘으로 할 수 있는 전부이다. 내 자랑을 하는 것이 아니다. 비슷한 상황에서 나는 늘 마찬가지일 것이다. 점 하나가 아니라 전체에 퍼진 것이 내 얼룩이다. 나는 피상적이고 어중간하며 의례적인 회개는 모른다. 그것이 내 전부를 건드려야, 내 오장육부를 꼬집고 하느님이 나를 바라보듯 그렇게 깊숙이 고통스러우며 그렇게 내 모두가 아플 때, 그때 나는 그것을 회개라고 부른다.

사업으로 말할 것 같으면, 제대로 관리하지 못한 탓에 몇 차례 좋은 기회가 내게서 빠져나가 버렸다. 그러나 벌어진 상황에 따라 내 결정은 항상 잘 이루어졌다. 그것은 늘 가장 쉽고 확실한 길을 택하는 방식이었다. 과거에 내가 내린 결정들은 내게 제시된 문제의 상태에 따라 지혜롭게 숙고해 내려진 것이었다. 지금부터 천년 뒤까지도 나는 비슷한 경우에는 마찬가지로 하겠다. 나는 지금 이 순간 그것이 어떤지를 고려하지 않고, 내가 숙고하던 그때 그것이 어땠는지를 본다.

[C] 어떤 계획이건 그 성패는 시기에 달렸다. 기회와 일감은 굴러가며 끊임없이 변화한다. 내 인생에서 몇 가지 중대하고 심각한 실수를 저질렀는데 좋은 견해가 없어서가 아니라 좋은 시기를 놓쳐서였다. 사람들이 다루는 대상에는 비밀스럽고 예측 불가능한 부분들이 있다. 특히 사람들의 천성에는 침묵에 싸여 드러나지 않고 때로 그 당사자마저 모르는 조건들이 있는데, 이것들은 뜻밖의 기회에 그 모습을 드러내고 깨어난다. 내 예지가 그것을 꿰뚫어 보거나 예견할 수 없었다 해도 나는 조금도 그것을 원망하지 않는다. 예지력의 책임은 그것의 한계 안으로 제한된다. 나를 쓰러뜨리는 것은 결과이다. 그리고 [B] 그것이 내가 거부했던 길을 두둔한다면 별 도리가 없다. 나는 나를 원망하지 않는다. 내 운수를 탓하지 내 작업은 아니다. 이것을 후회라고 부르지는 않는다.

포키온이 아테네인들에게 어떤 충고를 했으나 그들은 따르지 않았다. 그런데 일은 그의 생각과 반대로 잘 되어 갔고, 누군가가 그에게 말했다. "자, 포키온, 사태가 잘 풀려 가는 것이 만족스러운가?" 그가 대답하기를 "물론 그렇게 풀리니 만족한다. 그렇지만 다른 길을 충고한 것에 대해 내가 후회하는 것은 아니다."라고 했다. 내 친구들이 조언을 얻고자 내게 말을 건네 오면 나는 자유롭고 분명하게 충고해 주며, 대부분 사람들이 그렇듯 일이란 운에 달려서 내가 생각한 것과 반대가 될 수 있고 그런 까닭에 내가 한 조언을 두고 나를 비난할 것이라는 생각으로 주춤거리지 않는다. 그것은 내가 걱정할 바가 아니다. 왜냐하면 나는 그들에게 이 역할을 거절해서는 안 되었던 것이고 〔만일 나를 비난한다면〕 그들의 잘못이기 때문이다.

나는 내 잘못이나 불운에 대해 나 말고 남 탓을 할 일이 좀처럼 없다. 왜냐하면 사실상 깊은 학식이나 사실 확인 자체가 필요한 경우가 아니라면, 나는 정중한 의례로서 말고는 남의 의견을 청하는 경우가 거의 없기 때문이다. 그러나 오직 판단만이 필요한 일들의 경우에는 다른 논변들이 내 견해를 지탱해 주는 데 쓰일 수는 있으되 내 생각을 바꾸게 하는 데는 거의 소용되지 않는다. 나는 모든 견해를 호의적으로 그리고 점잖게 듣는다. 그러나 내 기억이 미치는 한 지금까지 나는 오직 내 의견만을 신뢰했었다. 내 생각으로는 내 의지를 산만하게 만드는 것은 파리와 티끌뿐이다. 나는 내 의견을 별로 평가하지 않지만 남들의 의견에 대해서도 그다지 무게를 두지 않는다. 운수가 내게 적절하게 보상해 준다. 나는 다른 사람의 충고를 받아들이지도 않지만 충고하는 일도 그만큼이나 드물다. 내게 조언을 요청하는 사람도 드물지만 내 충고를 믿고 따르는 이는 더 드물다. 국가의 것이건 개인의 것이건 내 조언에 따라 다시 일어나 제 길을 가게 된 사업은 내 알기로 하나도 없다. 어쩌다 내 조언에 얼마간 솔깃했던 사람들도 어느새 전혀 다른 생각을 하는 사람들에게 자기를 내맡기고 따라가는 것이었다. 그렇게 되는 것이 더 좋은 것은, 내가 자신이 가진 통찰력에 대한 자긍심만큼이나 자신의 평온에 대한 권리에 집착하기 때문이다. 나를 그냥 내버려 둠으로써 그들은 내 원칙을 따라 주는 것이니, 나를 내 안에 온전히 맞아들이고 나를 확립하는 것이 바로 그것이다. 남들의 일에 괘념치 않고 그들에 대한 책임에서 풀려나는 것은 내게 기쁨이다.

무슨 일이건 지나고 나면 어떤 결과가 나타나도 나는 별로 아쉬워하는 법이 없다. 그것은 그렇게 일어나게 돼 있었다는 생각이 나를 고통에서 벗어나게 해 주기 때문이다. 이제 저것은 우주의 거대한 흐름 속에, 스토아 학파가 말하는 인과의 고리[26] 속에 들어가 있는 것이다. 바란다고 혹은 상상한다고 해서 그대의 몽상이 점 하나라도 움직이지 못하니, 그렇게 되면 만상의 질서 전체와 과거, 미래까지도 뒤집히는 것이다.

게다가 나는 노년이 그렇듯 바깥 사정에서 비롯되는 후회가 싫다. 쾌락에서 몸을 떼게 해 준 세월에 감사한다고 옛날에 말했던 이[27]는 나하고는 다른 견해를 가지고 있는 셈이다. 그것이 내게 어떤 유익함이 있더라도 나는 성 불능에는 감사할 수가 없다. C "하늘의 섭리가 자신의 작업 자체에 대해 가장 적대적으로 보일 때는 쇠약함을 덕성으로 치켜세울 때일 것이다."(퀸틸리아누스) B 노년에는 욕정이 드물어진다. 행위 뒤에는 끝 모를 포만감이 우리를 사로잡는다. 거기에 무슨 도덕심은 관계가 없다. 울적함과 허약함은 우리에게 활기 없고 지친 덕성을 새겨 놓는 것이다. 자연스런 풍화에 우리의 전부를 내맡긴 나머지 우리의 판단력마저 퇴화하게

26
스토아 학파는 이 우주 안의 모든 것은 서로 연결되어 있으며, 모든 것이 필연적이라고 한다.
27
소포클레스를 말한다.

해서는 안 된다. 그 옛날 젊음과 쾌락은 관능 속에 깃든 악덕의 얼굴을 내가 못 알아보게 하지는 않았다. 지금 세월이 가져오는 욕구 감퇴가 악덕에 깃든 쾌락을 못 알아보게 하는 것도 아니다. 내가 지금 그 〔젊음의〕 상태에 있지 않으니, 마치 거기 있는 듯 판단해 보는 것이다.

[C] 주의 깊게 힘껏 내 이성을 흔들어 깨워 보면서 나는 [B] 아마도 늙어 가면서 약화되고 또 악화됐을 수는 있겠지만, 그러나 지금의 이성이, 가장 방탕하던 시절에 내가 지니고 있던 바로 그 이성이라고 생각한다. [C] 그리고 내 육체 건강에 이로운 쪽으로 고려하느라 이 쾌락의 화로 속으로 나를 밀어 넣는 것을 이성이 거절하겠지만, 옛날이나 마찬가지로 지금도 역시 내 영혼의 건강을 위해서도 나를 그쪽으로 향하게끔 부추기지는 않을 것이다. [B] 이성이 〔욕망과의〕 전투를 멈추고 있다고 해서 내 이성이 더 용맹해졌다 여기지는 않는다. 내 욕망은 너무 부서지고 상해서 이성이 거기 맞설 가치도 없는 판이다. 욕망에 두 손을 내밀려고만 해도 〔액막이라도 한 듯〕 욕망은 뒷걸음쳐 물러서니 말이다. 예전의 음욕을 다시 마주하게 되면 이성은 거기에 버텨 낼 힘이 예전보다는 덜하지 않을까 걱정스럽다. 이성이 그때와는 다른 판단을 혼자 내릴 것이라거나, 새로운 빛을 갖게 된 것으로는 보이지 않는다. 그러니 건강을 되찾았다 해도 그것은 결함투성이 건강이다.

[C] 병 덕택에 갖게 되는 건강이라니, 치사한 치료법 아닌가! 이런 일은 우리의 불행이 맡아 해 줄 일이 아니다. 〔건전한〕 우리 판단력의 행운에 맡겨야 할 일인 것이다. 고통과 낙담을 통해서는 사람들이 나더러 하게 할 일이 하나도 없다. 그것들을 저주하는 것 말고는 말이다. 이런 일은 채찍질을 해야만 깨어나는 사람

들에게 적합하다. 만사가 잘 풀리는 때면 내 이성은 더 자유로이 활보한다. 기쁨을 맛볼 때보다는 고통을 소화시켜야 할 때 나의 이성은 더 산만해지고 힘들어한다. 맑은 날 나는 더 또렷하게 세상을 본다. 건강은 질병보다 나를 더 유쾌하게, 그러므로 더 유익하게 깨우쳐 준다. 즐길 수 있는 건강이 있을 때야말로 나는 가장 많이 개선과 절제 쪽으로 나아갔다. 건강하고 발랄하며 활력 넘치던 시절보다 노쇠의 비참과 역경이 더 나은 것이라고 생각해야 한다면, 그리고 사람들이 그동안의 내 모습이 아니라 그것이 멈춘 모습으로 나를 생각할 것이라면 부끄럽고 분할 것 같다. 내 생각에는 인간의 행복을 만드는 것은 행복하게 사는 것이지 안티스테네스[28]가 말한 것처럼 행복하게 죽는 것이 아니다. 다 끝난 사람의 머리와 몸에 철학자의 꼬리를 기괴하게 달아 매려는 노력을 나는 해 본 적이 없다. 그리고 이 초라한 끝자락이 내 삶의 가장 아름답고 완전하며 긴 부분을 취소하고 부인하게 하려는 짓도 말이다. 나는 처음부터 끝까지 한결같은 모습으로 나를 내보이고 또 그렇게 비치기를 바란다. 내가 다시 살게 된다면 나는 내가 살아온 것처럼 다시 살 것이다. 나는 과거를 한탄하지도 않으며 미래를 두려워하지도 않는다. 그리고 내가 잘못 생각하는 것이 아니라면 내 삶은 속에서도 겉에서와 비슷하게 진행되었다. 내 몸 상태의 변화가 하나씩 모두 제 시절을 따라 이루어져 왔다는 것은 내가 나의 운수에게서 받은 중요한 덕 중 하나이다. 나는 그 잎과 꽃과 열매를 보았다. 그리고 지금은 그것이 말라 가는 상

28
B. C. 444년 아테네에서 태어난 철학자. 견유학파의 창시자며 "행복은 덕의 실천에 있다."라고 믿었다.

태를 보는 중이다. 다행이다. 자연의 순리대로이니 말이다. 나는 지금 내가 가진 병들을 훨씬 더 순하게 견딘다. 그것이 제때에 온 것이기 때문에, 그리고 내 지난 삶의 긴 행복을 더 애틋하게 추억하게 해 주니 말이다.

마찬가지로 내 지혜는 옛날이나 지금이나 마찬가지 크기일 수 있으리라. 그러나 그때가 지금보다는 더 빛나고 더 우아하고 더 싱싱하며 명랑하고 천진했을 것이다. 지금은 콜록거리고 투덜거리며 굼뜨기만 하다. 그러므로 나는 노년의 고통 때문에 어쩌다 해 보려 드는 저 쇄신이라는 것을 단념하는 바이다.

[B] 하느님이 우리 가슴을 건드려야 하리라. 우리 욕망의 약화가 아니라 우리 이성의 강화를 통해서 우리 양심이 스스로 고쳐져야 한다. 감각적 쾌락은 흐릿하고 침침한 눈으로 본다고 해도 그 자체 창백하지도 칙칙하지도 않다. 절제란 그 자체로서, 그리고 우리에게 그것을 명령하신 하느님에 대한 존경에서 사랑해야 하는 것이며, 정숙함도 그렇다. 염증 때문에 우리 것인 양 하거나, 결석증 덕으로 내가 갖게 된 것이라면, 그것은 절제도 아니고 정숙함도 아니다. 감각적 쾌락을, 그 우아함과 강력함, 가장 매혹적인 그 아름다움을 보지 못하고 알지 못한다면 그것을 경멸하고 그것을 물리치노라고 자랑할 수 없는 법이다.

나는 두 가지를 다 안다. 그리고 그렇게 말할 권리가 있다. 그러나 노년에는 젊은 시절보다 더 우리 영혼이 훨씬 귀찮은 병과 결함에 시달리도록 되어 있는 것 같다. 젊을 때 나는 그렇게 말하곤 했다. 그때는 사람들이 수염도 안 난 애숭이의 말이라며 코웃음 쳤다. 내 [C] 회색 [B] 수염이 신뢰감을 주는 지금도 나는 그렇게 이야기한다. 우리 기질의 까다로움과 현재의 것에 대한 싫증을 우리는 지혜라고 부른다. 그러나 사실 우리는 우리의 악덕을 버리기보다는 바꾸는 것이며 그것도 내 생각에는 더 나쁜 쪽으로 바꿔 놓는다. 어리석고 노쇠한 우쭐대기, 따분한 수다, 까칠하고 비사교적인 성미, 미신, 이제는 쓸 일이 없는 재물에 대한 우스꽝스런 근심, 그런 것 말고도 노년에는 더 많은 시기심과 불공정, 더 많은 악의가 깃든다고 나는 생각한다. 그것은 우리 얼굴보다는 정신에 더 많은 주름을 새긴다. 늙어 가면서 시큼하고 눅눅한 냄새가 나지 않는 영혼은 하나도, 혹은 거의 없다. 사람은 그 전체로서 성장해 가고 또 쇠락해 간다.

[C] 소크라테스의 지혜나 그가 형을 선고받던 몇 가지 정황들을 보면, 일흔 살이 되니 조만간 자기 정신의 풍요로운 활동이 점차 둔해지고 익숙하던 그 총기가 흐려지는 것을 견뎌야 할 판이라, 얼마간은 일부러 얼버무리면서 스스로 자기를 내놓은 것이 아닌지 감히 생각해 본다.

[B] 내가 아는 많은 이들에게 노년이 매일 행하는 것이 내 눈에 보이는 저 변모라니! 그것은 강력한 병이며 그 병은 자연의 이치대로 그리고 지각할 수 없게 천천히 진행해 간다. 노년이 우리에게 지우는 결함들을 피하거나 혹은 적어도 그 진행을 약화시키기 위해서는 대단한 노력의 온축과 깊고 깊은 성찰이 필요하다. 내가 느끼기로는 내가 구축한 온갖 방어 진지에도 불구하고 그것은 한발 한발 나를 침식해 들어오고 있다. 나는 할 수 있는 만큼 버티는 중이다. 그러나 마지막에는 그것이 나 자신을 어디로 데려갈지 알 수가 없다. 어떻거나 간에 나는 내가 어디서 쓰러졌을지를 사람들이 알아보는 것으로 만족한다.

3장
세 가지 사귐에 관하여

B 자기 기질이나 성향에 너무 강하게 붙들려 있어서는 안 된다. 우리의 주요한 능력은 다양한 일에 적응할 줄 아는 것이다. 별수 없이 오직 한 가지 생활 방식에만 매달린 채 지내는 것은 존재하고 있는 것일 뿐 사는 것이 아니다. 가장 고매한 영혼은 가장 많은 다양성과 유연성을 지닌 영혼이다.

C "여기 대(大) 카토에 대한 고개 끄덕일 만한 증언이 있다. 그는 무슨 일에나 마찬가지로 적응할 줄 아는 유연한 정신을 지니고 있어서, 그가 맡게 된 일이 무엇이든 이 사람이야말로 오직 이 일을 위해 태어난 자라고 말할 수 있을 정도였다."(티투스 리비우스)

B 내 식으로 나를 만들어 가는 것이 내게 달린 일이라 해도, 벗어날 길을 모르게 매달려 있고 싶을 만큼 훌륭한 방식이란 없다. 삶은 고르지 않고 불규칙하며 다형적인 움직임이다. 자기 모습을 끊임없이 따라가기만 하고, 자기가 가진 경향에 너무 얽매여 그로부터 거리를 두지도 그것을 고치지도 못한다면 우리는 자신의 벗이 될 수 없으며, 자신의 주인은 더욱 되지 못하고, 자신의 노예가 될 뿐이다. 내가 지금 이 이야기를 하는 것은 내 영혼의 까다로움을 쉬 떨쳐 버릴 수 없기 때문인데, 몰입된 주제가 아니면 보통 내 영혼은 흥을 느끼지 못하며, 긴장된 상태에서 통째로가 아니면 움

직이려 하지도 않는다. 주제가 아무리 가벼워도 영혼은 그것을 일부러 확대하고 늘려서 자신의 온 힘을 다 동원하지 않으면 안 될 정도까지 만드는 것이다. 그런 까닭에 영혼이 빈둥거리는 것은 내게 고통스런 일이고 내 건강을 해친다. 남들은 대부분 정신의 마비를 풀고 훈련시키려고 외적 소재를 필요로 하지만 내 정신은 되레 안정과 휴식을 위해 그것을 필요로 한다. "한가로움에서 생긴 폐단은 일을 해서 고쳐라."(세네카) 왜냐하면 내 정신이 행하는 가장 중요하고 힘든 공부는 자기 자신에 대한 공부이기 때문이다.

C 내 정신에게 책이란 자기 자신에 대한 공부에서 빠져나오게 해 주는 기분 전환에 속한다. B 내 정신은 자기에게 어떤 생각이 떠오르자마자 요동을 치며 온갖 방향으로 제 활력을 시험해 보고 때로는 힘을 향해, 때로는 질서와 우아함을 향해 솜씨를 부려보며, C 자신을 정돈하고 조절하며 강화한다. B 그것은 스스로 자기 능력을 깨어나게 할 힘을 가졌다. 자연은 다른 모든 이의 정신과 마찬가지로 내 정신에게도 혼자 쓰기에 충분한 그 몫의 소재를 주었고, 착안하고 판단하는 데 쓸 만한 그 몫의 주제들을 넉넉히 주었다.[29]

C 자신을 기운차게 시험해 보고 또 활동하게 할 줄 아는 이에게 명상은 강력하고 풍요로운 공부이다. 나는 내 영혼에 무엇을 채워 넣기보다 그것을 단련하고 싶다. 흐릿한 영혼의 모습이 어떤가에 따라 자기 생각들을 헤아려 나가는 일보다 더 흐릿한 일

29
1588년판에는 다음과 같은 내용이 덧붙어 있다. "정신이 겨냥하는 이 중요한 교정과 열매에 비하면 사람들이 다른 이의 것들로 자기 기억력을 채우고 담기 위해 하는 공부에 대해서는 탐탁지 않게 여겼다. 거의……."

도 혹은 더 강인한 작업도 없다. 가장 위대한 정신들은 생각하기를 자신의 일로 삼으니, "그들에게 산다는 것은 곧 생각한다는 것이다."(키케로) 자연은 이 생각하기에 특별한 혜택을 주었으니, 우리가 그처럼 오랫동안 할 수 있는 일도 달리 없고, 우리가 그처럼 아무렇지 않게 또 쉽사리 몰두할 수 있는 일도 따로 없는 것이다. 아리스토텔레스가 말하기를, 그것은 신들의 작업으로서 바로 거기에서 신들의 지복(至福)과 우리의 지복이 비롯된다고 했다. 독서는 특별히 갖가지 주제를 통해 내 성찰을 일깨우며 기억력이 아닌 내 판단력이 작동하게 한다.

B 그러므로 활력도 정성도 없는 대화는 거의 내 흥미를 끌지 못한다. 진지함과 깊이만큼 혹은 그보다 더욱 우아함과 아름다움이 나를 만족스럽게 하고 내 관심을 끄는 것은 사실이다. 그 밖의 대화에서는 늘 졸리고 시늉으로만 경청하니, 틀에 박힌 지루한 말이나[30] 그저 의례적인 말 같은 것이 오갈 때는 어린애만도 못한 우스꽝스러운 헛소리나 허튼소리를 하며 대꾸하던가, 아니면 더 어이없고 또 무례하게도 입을 꾹 닫고 있거나 한다. 나는 혼자 생각에 잠기곤 하는 몽상하는 버릇이 있는 데다 또 한편 누구나 익숙한 것에 대해서는 어린애처럼 아둔할 만큼 모르는 경우가 허다하다. 이 두 가지 특성 때문에 나는 대여섯 가지 나에 대한 이야기가 정말로 사람들 입살에 오르내리는 지경에 이르렀는데, 누구에게도 지지 않을 만큼 바보 같은 모습이었다.

내 이야기를 계속하자면, 이 까다로운 성미 때문에 나는 사람들을 상대할 때 따져 보는 편이 되어 그들을 채에 받쳐 내듯 골

30
1588년판에는 "무게도 우아함도 없고 틀에 박힌……."이라고 표현한다.

라 내야 하며, 평범한 일을 하는 데도 서툴게 된다. 우리는 민중과 더불어 살고 그들과 거래한다. 만약 그들과의 교제가 우리에게 짐스럽고, 지체 낮은 평민들에게 우리를 맞춰 가기를 경멸한다면 — 그러나 이들 평범한 하층민들은 가장 섬세한 사람들만큼이나 견실한 경우가 흔하다 — [C] (어떤 지혜건 공통의 바보스러움에 맞추지 못하는 지혜란 따분하거니와) [B] 우리는 우리 자신의 일에도 남들의 일에도 참견하려 들지 말아야 할 것이다. 공적인 일이건 사적인 일이건 그 사람들과 함께해 풀리는 법이다.

우리 영혼은 가장 덜 긴장되고 가장 자연스러운 모습일 때가 가장 아름다우며, 가장 좋은 일거리는 가장 억지스럽지 않은 것들이다. 세상에, 지혜로운 덕분에 욕망을 자기 능력에 맞추는 이들은 지혜로부터 얼마나 좋은 보살핌을 받는 것이랴! 그보다 더 유익한 지혜란 없다. '자기 할 수 있는 만큼'은 소크라테스가 즐겨 되풀이 이야기하는 바로서 많은 양분을 담고 있는 말이다. 우리의 욕망은 가장 쉽고 가까운 것들로 향하게 하고 또 거기서 멈추게 해야 한다. 나와 접촉하는 일 없는 한 사람이나 두 사람을 위해, 혹은 그보다 더욱 나로서는 얻을 수 없는 것에 대한 비현실적 욕망을 위해, 내 운명이 나와 맺어 주고, 그들 없이는 내가 살 수 없는 다수의 사람들과 불화하는 것은 어리석은 기질 아니겠는가? 어떤 신랄함이나 매서움도 싫어하는 내 여린 성품 때문에 나는 시기심이나 적대감의 대상이 되는 일은 피할 수 있었다. 사랑받는 것이라고 말하지는 않겠지만 조금도 미움받지 않는 데 있어서 나만큼 그럴 만한 경우는 없었다. 그러나 내 교제 방식의 차가움 때문에 당연히 여러 사람의 호의를 놓치게 되었는데, 그 사람들이 내 태도를 〔내 속마음과〕 다른 식으로 혹은 그보다 더 나쁜 방향으로 해석해도 탓할 수는 없는 일이다.

나는 드물고 빼어난 우정을 맺고 또 유지해 가는 데는 대단히 유능하다. 내 마음에 맞는 교제에는 몹시 굶주린 듯 매달리기 때문에, 먼저 나서서 청하고 얼마나 게걸스레 나를 내던지는지, 나는 늘 쉽사리 거기 매달리고 내 지나간 흔적을 반드시 거기 남기게 된다. 여러 차례 운 좋은 경험을 한 바가 있다. 평범한 우정에는 나는 좀 건성이고 냉담한 편인데, 돛을 한껏 펴고 가는 식이 아니면 내 배는 자연스럽게 나아가지 않기 때문이다. 운명은 젊은 시절부터 나를 하나이고 완벽한 우정으로 이끌고 그것을 기뻐하게 만들면서 다른 것에는 정말이지 얼마간 싫어하는 마음이 들게 만들었고, 고대인이 이야기하듯, 우정이란 둘이 있는 짐승이지 떼지어 있는 짐승이 아니라는 것을 내 머릿속에 너무 깊이 각인시켜 놓았다. 또한 나는 반쯤만 그리고 적당히 내 생각을 전하는 것을 천성적으로 힘들어하거니와, 불완전한 다수의 우정을 맺을 때 사람들이 우리더러 주문하는 저 비굴하고 의심에 찬 신중함을 유지하기도 힘들다. 그런데 세상 이야기를 주고받는 것이 위험하고 허위에 불과할 수밖에 없는 이 시대에는 사람들이 특별히 우리에게 그 점을 주문하는 것이다.

그러나 나처럼 목표를 인생의 안온함에 둔 사람은 (내 말은 본질적인 안온함을 뜻한다.) 까다롭고 섬세한 기질을 마치 페스트처럼 피해야 하리라고 나는 생각한다. 능소능대할 줄 알며 여러 층위를 제 안에 두고 있는 영혼을 나는 찬양하리라. 제 운명이 자기를 어디로 데려가든 편안하고, 자기 집 짓는 일이나 사냥, 송사에 대해 제 이웃과 이야기 나눌 수 있으며, 목수나 정원사와 기분 좋은 대화를 이어 갈 수 있는 영혼 말이다. 자기 시종 중 가장 미천한 사람에게도 친근하게 대하고, 자기 집 하인들과 대화를 나눌 수 있는 사람들이 나는 부럽다.

C 여자이건 남자이건 자기 하인들에게는 항상 위엄 있는 말투로, 장난기나 친숙함 없이 이야기하라는 플라톤의 충고가 나는 마음에 들지 않는다. 내가 말한 이유 말고도, 운명 덕에 가지게 된 이러저런 특권을 그렇게까지 거들먹거리며 내세우는 것은 비인간적이고 부당한 일이다. 하인과 주인 사이의 불평등이 최소한으로 용인되는 사회가 내 보기엔 가장 공정한 사회이다.

B 다른 사람들은 자기 정신을 드높이고 저 높이 나부끼게 하려고 열심이지만, 나는 그것을 낮추고 편히 쉬게 하려고 노력한다. 정신은 빳빳하게 긴장될 때만 결함이 생긴다.

> 자네는 아에아쿠스의 족보와
> 성스런 트로이 전쟁에서 행해진 전투를 노래하지만,
> 키오의 포도주를 얼마에 살 것인지
> 어느 노예가 내 욕조를 덥힐 것이며
> 누구 집에서 몇 시에 내가 펠리나 계곡의
> 추위를 피할 수 있는지는, 아무 말 않는군.
>
> 호라티우스

라케데모니아인들의 용맹함이 절도를 필요로 하고, 전쟁에서 그들을 다독여 줄 피리 연주의 부드럽고 우아한 음색이 필요했던 것은, 그 용맹이 행여 무모함과 분노로 변질될까 염려해서였는데, 보통 다른 민족은 누구나 군인들의 용기를 과도하게 뒤흔들고 들끓게 하는 날카롭고 강력한 음향과 음성을 사용했던 것과 달랐다.

나 역시 일반의 생각과 달리, 우리가 가진 정신을 사용하는 데 있어서 대부분 날개보다는 납덩이가, 열기와 동요보다는 차가움과 평안이 더 필요하다고 생각한다. 특히 아는 것이 없는 사람들 사이에서 아는 체하는 것, 항상 긴장되어 이야기하는 것, '포크 날 끝으로 단어를 찍어 내어 〔우아하게〕 이야기하는 것'은 내 생각에 바보짓이다. 당신과 함께 있는 사람들의 보조에 맞추기도 하고 때로 모르는 척하기도 해야 한다. 힘과 능란함은 곁에 치워 두시라. 함께 있는 자리에서는 평온함을 유지하는 것으로 족하다. 나머지는, 그들이 원한다면, 땅바닥을 기어가시라.

식자들은 걸핏하면 이 돌부리에 걸려 비틀거린다. 그들은 늘 자기들이 습득한 것을 자랑하며, 책에서 배운 내용을 도처에 씨뿌리고 다닌다. 이즈음 그들은 부인네들의 규방과 귀 안에 책 이야기를 얼마나 쏟아부었던지, 여성들은 내용이 무엇인지는 몰라도 다 아는 듯한 표정을 하고 다닌다. 저급하고 속된 것일지언정 온갖 종류의 이야기와 소재에 대해 그네들은 새롭고 유식한 말투며 문투를 사용하니,

> 이것이 여성들이 자기네 두려움과 분노를 표현하는
> 어투인즉,
> 그런 식으로 여성들은 기쁨과 고통을, 자기들 영혼의 온갖
> 비밀을 늘어놓으며
> 또 뭐랄까, 그렇게 침상 위에서도 박학하게 넋을 잃는
> 것이다.
>
> 유베날리스

여성들은 길거리에서 처음 만난 누구라도 그만한 증인이 될 일을 두고, 플라톤과 토마스 아퀴나스를 들먹인다. 그들의 영혼에까지 이를 수 없었던 배움은 혀끝에 머물러 있다. 좋은 재주를 타고난 여성들이 내 충고를 받아들인다면 자연이 그들에게 허락한 재산을 값있게 하는 것으로 만족해도 좋으리라. 그네들은 바깥에서 가져온 아름다움으로 자기네의 아름다움을 감추고 덮어 버린다. 빌려 온 빛으로 빛나기 위해 자기 빛을 꺼 버리는 것은 너무 어리석다. 그네들은 인위의 아래 묻혀 매장되는 셈이다. C "머리에서 발끝까지 여성들은 화장품 상자에서 막 나온 모습이다."(세네카) B 그것은 그네들이 자신을 충분히 알지 못하기 때문이다. 세상에는 그보다 더 아름다운 것이 없다. 기예를 영예롭게 하고 연지에 아름다움을 더해 주는 것은 바로 그네들이다. 사랑받고 공경받으며 사는 것 말고 그네들에게 필요한 일이 무엇이겠는가? 그러기 위해서는 이미 너무 많은 것을 가지고 있고 또 알고 있다.

그네들 안에 있는 능력들을 조금 깨우고 북돋기만 하면 된다. 그네들이 수사학이나 점성술, 논리학, 기타 자기들의 필요에는 하등 쓸모없고 공허한 그 비슷한 약재들에 매달리는 모습을 볼 때면, 나는 그네들에게 그것을 권유하는 남자들이, 그것을 구실로 그네들을 뜻대로 해 볼 수단을 가지려 하는 것이 아닌지 염려되기 시작한다. 왜냐하면 그것 말고는 다른 어떤 사유를 그들에게서 찾을 수 있겠는가? 우리 없이도 그네들은 눈매의 우아함을 명랑함, 가혹함, 달콤함에 맞춘다거나, '아니요'[31]에 싸늘함, 애매함, 다정함

31
르네상스 시대 프랑스 작가인 클레망 마로의 유명한 팔행시 「그래요와 아니요에 대해(De Oui et de Nenny)」를 떠올린 표현이다.

의 풍미를 섞을 수 있는 것으로 충분하며, 그네들 마음을 얻으려고 하는 말에 누군가의 〔박식한〕 해석을 구하려 하지 않아도 그만인 것이다. 이 정도 지식으로도 그네들은 말채찍을 휘두르며 선생과 학교를 다스리는 것이다.

그러나 만약 어떤 영역이건 자기들이 우리보다 뒤처져 있는 것이 화가 나고, 또 호기심에서 책을 두고도 제 몫을 나눠 갖고 싶다면 시가(詩歌)는 여성들의 필요에 적절한 소일거리이다. 그것은 그네들처럼 변덕스럽고 섬세한 예술로서, 꾸미고 말로 이루어지며, 온통 즐거움과 과시로 돼 있다. 여성들은 또 역사에서 다양한 이익을 얻을 수 있다. 철학의 경우, 삶에 보탬이 되는 부분에서 그네들은, 우리 남성의 기질과 처지에 대해 판단하고, 우리의 배신으로부터 자기를 지키며, 저 자신의 욕망이 경솔해지는 것을 다스리고, 방종을 조심하면서 삶의 즐거움을 연장하고, 구애자의 변심과 남편의 거친 태도, 세월과 주름의 서글픔 등을 도량으로써 견뎌 내게 이끌어 주는 이야기들을 취하게 될 것이다. 학문에서 그들에게 동의할 수 있는 부분은 그 정도가 최대치이다.

천성이 비사교적이고 폐쇄적이며 내성적인 사람들이 있다. 내 본질적 면모는 대화와 드러내기에 적합하다. 나는 바깥에, 환히 열린 곳에 서 있으며, 사교와 우정에 이끌리는 성품을 타고났다. 내가 사랑하고 옹호하는 홀로 있음[32]이란 주로 내 마음과 생각을 내게로 가져오는 것이며, 바깥일에 대한 근심을 줄이고, 구속되기와 책임 맡기를 필사적으로 피하고, C 또한 사람의 무리보다는 일의 무리를 피함으로써 B 내 발걸음이 아니라 내 욕망과 근심

32
『에세 1』 39장의 「홀로 있음에 관하여」를 가리킨다.

을 제한하는 것이다. 진실을 말하자면, 공간의 고독은 차라리 나를 더 확대하며, 외부로 확장한다. 나는 홀로 있을 때 더 기꺼이 국가며 세계 속에 뛰어든다. 루브르궁이나 대중 속에 있을 때면 나는 내 껍질 속으로 웅크리고 오그라든다. 대중은 나를 나에게로 밀어내며, 엄숙한 자세가 요구되는 근엄한 자리에서만큼, 내가 제멋대로 혼자 생각에 잠겨 터무니없는 이야기를 나 자신과 나누는 일도 없다.

우리의 어리석은 양태가 나를 웃게 하는 것이 아니라 우리의 지혜라는 것이 나를 웃긴다. 타고난 것으로 치면 나는 궁정의 소란스러움과 적이 아니다. 내 인생의 일부를 그곳에서 보내기도 했거니와, 이따금 그리고 내가 원하는 시간일 경우 많은 사람들과 즐겁게 어울리는 데 익숙해지기도 했다. 그러나 내가 이야기하는 나의 까다로운 분별심 때문에 나는 어쩔 수 없이 홀로 있기에 애착한다. 더욱이 식솔과 하인들이 다 모이고 방문객들이 빈번한 내 집에서도 그렇다. 거기서 사람들은 충분히 만나지만 내가 이야기를 나누고 싶은 사람은 드물다. 나는 나 자신과 타인들을 위해 그곳에 이례적인 자유를 마련해 두고 있다. 내 집에서는 까다로운 예절과 접대, 안내, 그리고 우리네 예의범절이 요구하는 여타 고통스러운 것들이 정지된다.(오, 맹목적이고 귀찮은 관례여!) 각자가 자기 방식으로 처신하며, 원하는 사람은 자기 생각을 이야기한다. 나는 내 손님 누구도 기분 나쁘지 않게 말없이 몽상에 잠겨 내 안으로 침잠한다.

내가 어울리며 친밀해지고 싶은 사람은 사람들이 고결하고 유능하다고 부르는 이들이다. 이런 사람을 염두에 두고 있으면 다른 사람들에 대해서는 관심이 사라진다. 제대로 이해한다면, 이 같은 됨됨이는 우리 가운데 가장 드물게 보이는 모습이자 주로 타고난 천성이다. 이런 교제의 목적은 그저 무람없이 지내는 것, 자주 만나고 이야기하는 것이다. 그리고 다른 열매를 기다리지 않고 영혼을 수련하는 것이다. 우리 이야기 중에는 어떤 주제도 내게 마찬가지이다. 무게나 깊이가 없다고 해도 내겐 상관없다. 거기에는 늘 우아함과 적절함이 있다. 모든 것이 성숙하고 변함없는 판단력으로 물들어 있으며, 모든 것에 선의와 솔직함, 명랑함과 우정이 섞여 있다. 대리 상속권 순서를 지정할 때만 우리 정신이 그 아름다움과 힘을 보여 주는 것은 아니며 왕들의 일에 대해서만 그러는 것도 아니다. 사적인 대화에서도 그만큼 드러난다.

내게 어울리는 사람들을 나는 침묵에서도, 그들의 미소 가운데서도 알아보며, 평의회 석상보다도 식탁에서 우연히 더 잘 찾아낸다. 히포마쿠스는 길을 가는 모습만 봐도 좋은 검투사들을 알아볼 수 있다고 말하곤 했다. 학문이 우리 한담에 끼어들기를 원한다면 그것이 배척되는 일은 없을 것이다. 흔히 그렇듯 장엄하고 당당하며 귀찮은 태도가 아니라 다소곳하고 고분고분한 모습으로 온다면 말이다. 거기서 우리가 찾는 것은 시간을 보내고자 하는 것뿐이다. 배우고 설교 들어야 할 시간에는 옥좌에 앉아 있는 학문을 찾아갈 것이다. 그러나 이 경우만은 부디 학문이 우리에게 몸을 낮춰 줄 일이다. 왜냐하면 아무리 유용하고 바람직한 것이라 해도, 내 생각에, 필요하면 우리는 얼마든지 그 무엇 하나 없이도 지낼 수 있고, 학문 없이도 우리 목적을 이룰 수 있기 때문이다. 좋은 소질을 갖고 태어나 사람들과의 사귐을 통해 단련된 영혼은 스스로 온전히 유쾌한 존재가 된다. 예술이란 이런 사람이 만들어 내는 것을 검토하고 수집하는 데 지나지 않는다.

정숙하고 [C] 아름다운 [B] 여인들과 사귀는 것은 내게도 역시 달콤한 교제이다. [C] "왜냐하면 우리 역시 알아보는 눈이 있기 때문이다."(키케로) [B] 영혼이 즐기는 몫은 우정만 못하지만, 대신 이 교제에 더 많이 관여하는 육체의 감각은, 비록 내 생각에 동등하지는 않아도, 첫 번째 경우와 이웃할 정도까지는 된다. 그러나 이것은 얼마간 조심해야 할 사귐이다. 특히 나처럼 육체가 큰 영향력을 가지는 사람들은 그렇다. 젊을 때 나는 거기 데인 적 있는데, 절제를 모른 채 분별없이 거기 빠져드는 자들에게 닥친다고 시인들이 말하던 온갖 광증을 다 앓았던 것이다. 그 뒤로 이 채찍질이 내게 교훈이 되었던 것은 사실이다.

> 카파레아의 암초에서 살아남은 그리스 선원은
> 그 누구도 다시는 에우보에의 바다로 항해하려 하지
> 않았다.[33]
> 오비디우스

자기 생각 전부를 한 곳에 쏟으면서 격렬하고 무분별한 정념에 빠져드는 것은 미친 짓이다. 그러나 다른 한편, 사랑도 없이 진실한 의지도 없이, 마치 배우들이 하듯 이 시대에 유행해 풍속이 된 역할이나 하면서, 자기 것이라고는 〔마음이 아닌〕 말만 읊조리며 관계를 맺으려 하는 것은, 과연 자신의 안전을 도모하는 길이긴 하지만, 위험이 두려워 자기 명예나 혹은 이익, 혹은 쾌락을 포

33
트로이아 전쟁에서 돌아오던 그리스 함대는 에게해 에우보에섬에서 바다로 돌출한 곳에 부딪쳐 난파했다.

기하는 자처럼 몹시 비겁한 태도이다. 왜냐하면 그런 수작을 부려봐야 여성의 영혼을 만족시키기는커녕 그저 건드려 놓지도 못할 것이 분명할 테니 말이다. 즐기는 기쁨을 정말 누려 보고 싶은 대상에 대해서는 참으로 그것을 갈구했어야 하기 때문이다. 운수가 그들의 가면 놀이에 부당하게 호의를 베푼다고 해도 나는 똑같이 말하리라. 이런 일이 가끔 일어나는 것은, 여성들 중 그 누구도, 비록 볼품없이 태어났다 해도, 자신이 사랑스러우며 [C] 자기 젊음이나 웃음, 혹은 거동이 내세울 만하다고 [B] 여기지 않는 사람이 없기 때문이다. [C] 모든 면에서 아름다운 이들이 없는 것처럼 모든 면에서 빠짐없이 추한 이들도 없으니 말이다. 그리고 내세울 것이 없는 브라만의 딸들은 광장으로 나아가, 이 일로 소리쳐 불러 모은 사람들 앞에서 자기 신체 중 부부 생활에 관련된 부분을 내보임으로써 적어도 자기들이 신랑감을 얻을 만한 가치가 있는지 알아본다고 한다.

[B] 그러니 자기를 섬기겠노라는 최초의 맹세를 듣자마자 쉽게 거기 넘어가지 않는 여자는 하나도 없다. 그런데 오늘날의 남자들이 너나없이 예사롭게 하는 배신으로부터 우리가 경험에서 알게 된 일이 일어나게 돼 있으니, 여자들은 우리를 피하기 위해 동맹을 맺고 다른 여자에게 혹은 자기 자신에게 도움을 구한다. 또 혹은 그네들 쪽에서도 역시 우리가 보여 준 예를 따르며, 소극(笑劇)에서 자기들이 맡은 역할을 연기하고, 정념도 정성도 사랑도 없는 협상에 동참한다. [C] "자기 자신의 것이건 다른 이의 것이건, 어떤 정념도 그네들에게 다가가지 못하나니."(타키투스) 플라톤에 나오는 리시아스의 논변에 따라, 우리가 그네들을 덜 사랑하면 할수록 그만큼 자기들은 부담 없고 편안하게 우리에게 자신을 내줄 수 있다고

생각하는 것이다.

B 연극에서와 똑같은 일이 생길 것이다. 관객들은 배우들만큼이나 혹은 그보다 더 기쁨을 느끼게 되리라.

나로 말하자면, 나는 임신 없는 모성을 생각할 수 없듯이 큐피드 없는 비너스를 생각할 수 없다. 이 둘은 서로 그 본질을 상대에게 빌려주고 빚지고 있는 존재들이다. 그러니 이런 식의 속임수는 그것을 행하는 남자에게 되돌아간다. 그로서는 아무런 값을 치르지 않지만 그 역시 값진 무엇도 얻지 못한다. 비너스를 여신으로 만든 자들은 그녀의 주된 아름다움이 비육체적이고 정신적인 것이라고 생각했다. 그러나 이들 남자들이 찾는 비너스는 인간에도 심지어 짐승에도 속하지 않는다. 짐승들이 비너스가 그렇게 우둔하고 속악하기를 바랄 리가 없을 테니 말이다! 우리가 보니, 짐승들은 흔히 육체보다 먼저 상상력과 욕구로 달아오르고 자극된다. 수컷이건 암컷이건 무리 중에서 애정의 대상을 선택하고 차별이 이루어지며, 자기들끼리도 좋아하는 마음을 오랫동안 서로 나눈다. 노쇠해 기력이 없는 짐승도 사랑으로 여전히 몸을 떨고 히힝거리며 소스라친다. 일을 벌이기 전에 기대와 열정으로 가득한 모습을 보이기도 한다. 그리고 육체가 제 유희를 다 마치고 나면 아직도 그 달콤함을 기억하며 서로를 쓰다듬는다. 일이 끝나 으쓱해하는 놈들도 있고, 지치고 흡족한 채 환희와 승리의 노래를 부르는 녀석들도 있다. 육체의 본능적 욕구를 해소시켜야 할 뿐이라면 그렇게 세심한 준비를 하며 상대의 관심을 끌 필요는 없을 것이다. 사랑은 거칠고 충동적인 굶주림을 처리하는 음식이 아니다.

남들이 나를 있는 그대로의 모습보다 더 좋게 봐 주기를 조금도 요구하지 않는 사람으로서, 나는 젊은 날의 내 과오들에 대해 이야기해 볼까 한다. 그러다 맞게 되는 C 건강상의 B 위험 때문만이 아니라, C (그래도 나는 제대로 대처할 줄 몰라 두 번이나 걸렸는데 그나마 가볍고 짧은 것이었다) B 경멸하는 마음도 있어서 돈을 주고 공공연히 맺는 관계에는 결코 깊이 빠져들지 않았다. 까다롭고 애타게 하며 어딘가 뿌듯함도 곁들이게 함으로써 나는 내 쾌락을 더 날카롭게 만들고 싶었다. 나는 티베리우스 황제의 연애 방식이 좋았는데, 그는 다른 자질과 마찬가지로 정숙함과 고귀성에도 자극을 받았다. 또 최소한 비상 통치관이나 집정관, 감찰관에게만 자신을 내주면서 구애자들의 위엄에서 쾌락을 느꼈던 고급 창녀 플로라의 기질도 좋았다. 확실히 진주와 금은실 양단은 어딘가 쾌락을 더해 주며, 직위와 수행단도 그렇다.

요컨대 나는 정신을 중시했지만, 그러나 육체도 자기 몫을 대접받는다는 조건에서만 그랬던 것인데, 양심적으로 말해서, 두 가지 아름다움 중에 어느 하나가 반드시 빠져야 한다면 나는 정신적인 것을 먼저 단념했을 것이기 때문이다. 그것은 더 훌륭한 일들에 용도가 있다. 그러나 사랑이라는 것은 주로 보고 만지는 것과 관계되니, 정신의 우아함이 없더라도 무엇인가를 할 수 있지만 육체의 우아함 없이는 아무것도 되는 일이 없는 것이다. 아름다움이란 여성들의 진정한 이점이다. C 그것은 너무나 여성적인 것이어서, 우리 남성들의 아름다움이란, 그네들의 것과 조금 다른 특징들이 요구되긴 하지만, 아직 어리고 털이 나기 전, 그네들의 것과 혼동될 즈음에 그 절정에 이른다. 터키 황제의 궁에는 미모로써 그를 섬기는 남자들이 무수히 많은데 길어야 스물두 살이면 궁을 떠난다고 한다.

B 판단력과 신중함, 우정을 가꾸는 일은 남자들에게서 더 자

주 보인다. 그 때문에 세상 일을 관리하는 것은 남성들이다. 이 두 가지 사귐은 우연히 이루어지고, 상대에게 의지하는 것이기도 하다.

세 번째 것이라고 할 수 있는 책과의 사귐은 더 확실하고 더 우리에게 달려 있다. 다른 장점들은 앞의 두 가지 사귐에 양보하지만, 그러나 변함없이 손쉽게 섬겨 준다는 그 나름의 장점을 가지고 있다. 책은 나의 행로 어디에나 내 곁에 있으며 어디든 나를 동반한다. 그것은 노년에, 홀로 있을 때, 나를 위로해 준다. 지루한 권태의 무게를 내게서 덜어 주며, 불쾌한 사람들로부터 언제나 나를 떼어 준다. 그것은 고통이 극단적이고 압도적이 아니라면 그 날을 무디게 한다. 머리 아픈 생각에서 벗어나기 위해서 나는 그저 책에 매달리면 된다. 책은 나를 쉬 자기에게 향하게 하며 힘든 생각을 잊게 해 준다. 그러면서도 보다 현실적이고 생생하며 본능적인 다른 안락함이 없어서 자기를 찾는다는 것을 알아도 조금도 대들지 않는다. 책은 항상 같은 얼굴로 나를 맞아 주는 것이다.

사람들 이야기로는 자기 말 고삐를 잡고 걸어가는 사람은 〔언제든 말을 탈 수 있으니〕 걷는다 할 수 없다고 한다. 나폴리와 시칠리아의 왕이었던 우리의 자크[34]는 잘생기고 젊고 건강했는데, 프랑스로 오면서 들것에 실려 왔다. 질 나쁜 털 베개에 누운 채 회색 직물로 된 옷을 입고, 비슷한 재질의 헝겊 모자를 썼으나, 그의 뒤로는 성대한 왕족풍 행렬이 따르며 가마들과 손으로 이끄는 온갖 종류의 말들, 귀족과 관리들이 줄지어 가니 아직 연약하고 동요하는 검박함을 보여 준 셈이다. 소맷부리에 치유법을 넣고 다니

34
부르봉가의 자크 2세를 말한다.

는 병자는 안타까워하지 않아도 된다. 책들에서 내가 얻는 열매 전부가 대단히 진실한 이 격언을 실천하고 적용하는 데 담겨 있다. 사실 책을 전혀 모르는 사람들과 마찬가지로 나 역시 책을 별로 꺼내 읽지 않는다. 구두쇠들이 자기 보물을 즐기듯 그렇게 나도 기분이 나면 그때 즐기려니 하면서 즐기는 것이다. 소유의 권리로 내 영혼은 배부르고 만족스럽다. 평화 시나 전쟁 시나 나는 책 없이 여행하지는 않는다. 하지만 내가 책을 들여다보는 일 없이 며칠이 또 몇 달이 마냥 흘러갈 수도 있다. 곧 혹은 내일, 또 혹은 기분 내키면 하고 나는 말한다. 그동안 시간이 흐르고 지나가 버리더라도 나는 괘념치 않는다. 왜냐하면 내가 원할 때 내게 기쁨을 주기 위해 책들이 내 곁에 놓여 있다는 생각을 하거나, 책들이 내 삶에 얼마나 많은 도움을 주는지를 깨달으면서, 내가 얼마나 편안하게 쉬고 있는지를 말로는 다 담아낼 수가 없기 때문이다. 인생이라고 하는 여행길에 내가 발견한 최고의 장비가 바로 이것이며, 분별력 있는 사람들이 그것을 못 가진 경우 나는 그 처지가 극도로 안타깝다. 아무리 하찮을지라도 어떤 종류의 기분 전환이든 내가 즉각 받아들이는 것은 책이 내 곁에서 빠져나갈 일이 없기 때문이다.

집에 있을 때면 나는 조금 빈번하게 내 서재로 몸을 돌리는데 거기서 보면 집안 전체가 내려다보인다. 입구에 서면 아래쪽으로 정원과 뒷마당, 앞뜰, 건물 대부분의 안이 보인다. 거기서 나는 어떨 때는 이 책을 또 어떨 때는 저 책을 뒤적이며, 순서도 목적도 없이 되는대로 펼쳐 본다. 때로는 부질없는 상념을 따라가기도 하고, 때로는 서재를 오가며 기록하고 구술하는 나의 백일몽이 바로 이 책이다.

C 내 서재는 탑의 4층에 있다. 2층은 내 예배실이고 3층엔 침실과 거기 딸린 탈의실이 있는데, 혼자 지내려 할 때는 이따금 거기에 눕기도 한다. 위쪽에는 커다란 옷장이 있다. 옛날에는 집에서 가장 쓸모없는 곳이었다. 나는 서재에서 내 삶의 나날 대부분을 보내며, 하루 시간 대부분을 보낸다. 밤에는 결코 머물지 않는다. 서재 곁에는 꽤나 우아한 작은 방이 있는데, 겨울에는 화로를 들여 놓을 만하고 창이 나 있어 기분 좋게 햇빛이 든다. 그리고 내가 비용이나 수고로움이 염려되지 않는다면 — 내가 다른 일을 다 그만두게 될지 모를 수고 말이다 — 아마도 쉽사리 양쪽에 같은 높이로 길이 백 보에 넓이 열두 보쯤 하는 회랑을 붙일 것이다. 다른 용도로 내게 필요한 만큼의 높이로 쌓아 올린 담벽들이 보이니 말이다. 은거하는 장소에는 어디나 걷는 공간이 필요하다. 내 생각은 앉아 있게 두면 잠이 든다. 내 정신은 두 다리가 그것을 움직여 주지 않으면 나아가질 않는다. 책 없이 공부하는 사람들은 다 그렇다.

서재의 모양은 둥글고 내 탁자와 의자에 필요한 부분만 평평하다. 그리고 벽면 전체에 다섯 층으로 정렬된 내 책 전체가 빙 둘러 한눈에 들어온다. 시선은 삼면으로 막힘이 없고 다채로운 조망을 가지며, 직경 열여섯 보 정도가 빈 공간이다. 겨울에는 줄곧 머무르는 일이 덜하다.

우리 집은 이름이 말해 주듯 언덕에 걸쳐 있는데 내 서재보다 더 바람이 센 방은 없다. 다가가기가 어렵고 떨어져 있으니 운동이 되기도 하고 사람들을 내게서 물러서게 하는 이점도 있어서, 마음에 든다. 이곳이 내 거처이다. 나는 이곳의 온전한 지배권을 내게 주려고 노력하며, 이 한 구석만은 부부건 자식이건 시민이건 그 모든 공동체로부터 벗어나게 하려고 애쓴다. 다른 곳에서는 어디나, 내가 가진 것이라곤 말뿐인 권위이다. 사실은 함께 나누어 갖는 것 말이다. 내 생각에 제 집 안에, 온전히 자기 자신일 수 있는 곳, 자기에게 특별히 아첨하고 자기를 숨길 수 있는 곳을 갖지 못한 자는 비참하다! 야심이 자기 하인들에게 주는 보수란 그저 장터에 서 있는 입상처럼 남의 시선 앞에 서 있게 해 주는 것이다. "위대한 운명이란 거대한 예속일 뿐"(세네카), 그들에게는 구석방마저도 쉬기 위한 곳이 아니다. 우리네 수도사들이 행하는 엄격한 생활 중에, 어떤 수도회에선가 항상 함께 있는 것을 규칙으로 하고 어떤 행동을 하건 자기들 중 여럿이 있는 자리에서 하도록 한 것은, 내 보기에 가장 혹독한 것이었다. 그리고 한 번도 홀로 있을 수 없는 것보다는 차라리 영원히 혼자 있는 것이 좀 더 견딜 만하다고 생각한다.

B 만약 누군가가 뮤즈 신들을 장난감이나 심심풀이로 사용하는 것은 그 신들의 품위를 떨어뜨리는 것이라고 내게 말한다면, 그 사람은 나와 달리, 즐거움이나 C 놀이가, 심심풀이가 B 얼마나 값진 것인지를 모르는 것이다. 나는 다른 목적은 모두 다 우스꽝스러운 것이라고 말하고 싶을 지경이다. 나는 하루하루를 산다. 그리고 언짢게 생각하지 말기를 바라지만, 나는 나 자신만을 위해 산다. 내 목표는 거기까지가 전부이다. 젊을 때 나는 과시하고 싶어서 공부를 했다. 그 뒤에는 얼마쯤, 지혜로운 사람이 되려고 공부했으며, 지금은 소일거리 삼아 재미로 공부할 뿐, 탐구하고자 한 적은 한 번도 없다. 저런 유의 가재 도구〔책〕를 C 오직 내 필요를 채우기 위해서가 아니라, 저만치 내게서 세 발 쯤 떨어진 곳에 B 나를 두르고 장식하기 위해 쫓아다니던, 허영기 있고 비싸게 먹

히는 기질은 오래전에 포기했다.

책은 고를 줄 아는 사람들에게는 매력적인 장점을 많이 가지고 있다. 그러나 고통 없는 좋은 것은 없으니 그것 역시 다른 쾌락들과 마찬가지로 순진무구한 쾌락은 아니다. 그것은 불리한 점들을 가지고 있으니 그것도 아주 심각한 것이다. 〔책을 읽노라면〕 정신은 단련되지만 육체는 그렇지 않아, 가꾸는 것을 내가 잊지는 않았지만 그런데도 아무런 움직임 없이 있노라면, 몸은 축 늘어지고 병들게 된다. 노쇠해져 가는 지금 이 시기에 이보다 더 내게 해롭고 내가 더 피해야 할 지나침도 없다.

이것이 내가 아끼는 세 가지 개인적 관심사이다. 공동체에 대한 의무로서 내가 세상에 해야 할 일거리에 대해서는 여기서 이야기하지 않는다.

4장
기분 전환에 관하여

B 예전에 나는 정말로 애통해하는 어떤 부인을 위로하느라 마음을 쓴 일이 있다. 〔정말로라고 하는 것은〕 여성들의 슬픔이란 대부분 인위적이고 의례적이기에 하는 말이다.

> 여성은 언제나 가득한 눈물 마련해 두고 있으니
> 어느 때나 흐를 채비 마친 채로
> 신호 보내 오기 기다린다네.
> 유베날리스

이 정념에 맞서려고 하는 것은 접근이 잘못된 것이다. 억누르려고 하면 그네들은 더 자극을 받고 더 깊숙이 슬픔 속으로 빠져들기 때문이다. 그럴 일 아니라고 혹독하게 반박하면 아픔이 더 심해진다. 평범한 대화 중에도 내가 무심코 지나가며 했을 말에 대해 상대가 반박하기라도 하면, 나는 열이 올라 내 말을 옹호하게 된다. 내가 흥미를 가질 문제라면 더욱 그렇다. 이런 식으로 하는 것은 도와주려는 작업의 서두를 거칠게 여는 셈인데, 의사가 자기 환자를 처음 맞을 때는 점잖고 명랑하며 싹싹하게 해야 하는 법이다. 너절하고 시무룩한 의사치고 효험을 보게 하는 적이 없다.

그러므로 반대로 처음부터 그들의 하소연을 거들고 맞장구치며 인정하고 두둔해 줘야 한다. 그렇게 통하게 됨으로써 당신은 더 멀리 나아가도 된다는 신용을 얻게 되고, 편안하고 완만한 경사면을 따라 보다 단호하고 그들의 치유에 보다 적합한 이야기로 들어갈 수 있는 것이다.

내 관심사는 그저 내게 시선을 두고 있는 사람들에게 뭔가를 보여 주는 것이어서, 그 괴로움에 약이나 발라 주려니 마음먹었다. 게다가 경험으로 보아 나는 설득하는 솜씨도 없고 거두는 소득도 없었다. 내 논거를 너무 날카롭고 건조하게 제시하거나 혹은 지나치게 갑작스레 내놓거나 혹은 너무 덤덤하게 말하는 것이 내 식이다. 한동안 그녀의 고통을 들어 준 뒤에 나는 강력하고 생생한 논거를 들어 그것을 고치려 하지는 않았다. 그럴 만한 거리가 없어서거나 혹은 다른 식으로 하면 좀 더 효과적일 수 있겠다 생각했기 때문이다. C 위로를 위해 철학이 처방해 준 갖가지 말씀들을 골라 보려 하지도 않았는데, 우리가 한탄하는 그 무엇은 전혀 불행이 아니라고 한 클레안테스,[35] 그것은 작은 불행이라고 한 소요학파, 이 한탄은 올바르지도 칭찬할 만하지도 않은 행위라고 한 크리시푸스,[36] 그리고 내 식과 가까운 것으로서 괴로운 생각을 즐거운 생각으로 바꾸라고 한 에피쿠로스의 방식 그 어느 것도 나는 따르지 않았다. 또한 키케로처럼 그 모두를 다 갖춰 놓고 때에 따라 꺼내 쓰는 것도 하지 않았다. B 그러나 우리 이야기의 방향을

35
B. C. 331~232년경. 제논의 뒤를 이은 스토아 학파 지도자.
36
B. C. 277~208. 클레안테스의 뒤를 이은 스토아 학파 지도자.

아주 부드럽게 바꾸고, 조금씩 가장 근접한 주제 쪽으로 옮기다가, 그녀가 내 말을 좀 더 경청하는 정도에 따라 약간 더 멀리 나아가, 그 고통스러운 생각을 알아차리지 못하는 사이 그녀에게서 떼어 놓고 그녀가 차분한 마음을 가지게 만들어, 내가 거기 있는 동안은 완전히 평정을 되찾게 했다. 나는 기분 전환을 시도한 것이다. 나 다음에 그녀를 도와주려고 온 사람들은 그녀가 별로 나아진 것을 느낄 수 없었는데, 내가 도끼를 그 뿌리에까지 대지는 않았기 때문이다.

C 내가 아마 다른 곳에서 국가 차원에서 행해지는 모종의 관심 돌리기에 대해 언급했던 듯싶다.[37] 그리고 페리클레스가 펠레폰네소스 전쟁에서 사용한 군사 훈련이나 자기 나라에서 나가도록 외국군을 유인하느라 동원된 다른 많은 작전들은 역사책에서 흔히 보게 된다.

B 엥베르쿠르 경이 리에쥐시에서 자신과 다른 사람들 목숨을 구한 것은 교묘한 책략 덕이었다. 이 도시를 포위하고 있던 부르고뉴 공작은 합의된 항복 조건을 문서화하도록 그에게 도시 안으로 들어가라고 했다. 이에 대비해 밤중에 모여 있던 도시 주민들은 체결된 협정에 반대해 폭동을 일으켰는데, 그중 상당수가 자기들 손안에 들어와 있던 협상자들을 공격하기로 결정했다. 자기 숙소로 몰려들고 있던 이들 무리의 첫 물결을 감지한 엥베르쿠르 경은 갑자기 그들 쪽으로 도시 주민 두 사람을 보내어 (몇 사람이 그와 함께 있었다.) 주민 회의에 내놓을 더 유연하고 새로운 제안들을 통고했는데, 이는 자신의 필요에 따라 그가 즉석에서 만든 것

37
『에세 2』 23장, 「선한 목적을 위한 나쁜 수단에 관하여」를 이야기한다.

이었다. 이 두 사람은 태풍의 앞머리를 멈춰 세우고, 흥분한 군중을 시청홀로 데려가 자기들이 가져온 안을 들어 보고 검토하게 했다. 토의 시간은 짧았다. 다시 두 번째 폭풍우가 몰려오는데 첫 번째만큼이나 격렬했다. 그는 다시 네 명으로 된 비슷한 중개자들을 앞세워 그들에게 보내면서, 이번에는 그들이 완전히 만족하고 흡족해할, 훨씬 통 큰 제안들을 밝히려는 참이라고 확언했다. 그 즉시 군중은 다시 자기들끼리 회의에 들어갔다. 간단히 말해 이렇게 지연술을 구사함으로써 그들의 분노를 누그러뜨리고 헛수작일 뿐인 회의로 흩뜨려 놓으면서, 그는 마침내 그 분노를 잠재우고 새날을 맞았으니, 이것이야말로 그가 해내려던 일이었다.

여기 또 다른 이야기도 마찬가지 내용이다. 빼어난 미모와 경이로운 민첩성을 가진 처녀였던 아탈란타는 그녀에게 결혼을 청하는 수많은 구애자들을 떼어 버리기 위해, 자기와 달리기 시합을 해 이긴 자를 받아들이기로 정하되 내기에 진 자는 목숨을 내놓아야 한다는 조건을 걸었다. 이 상은 그만한 위험을 감수할 만하다고 생각해 이 잔인한 계약의 고통을 무릅쓴 자가 많았다. 다른 사람들보다 뒤에 자기 차례를 시험하게 된 히포메네스는 이 사랑의 열정을 지켜 주는 여신에게 호소하며 자기를 보호해 달라고 청했다. 여신은 그의 기도를 들어줘 그에게 황금 사과 세 개와 그 사용법을 알려 주었다. 경기가 열리고 사랑하는 여인이 발뒤꿈치를 바짝 쫓아오는 것이 느껴짐에 따라 히포메네스는 부주의로 그런 양 사과 중 하나를 떨어뜨렸다. 그 아름다움에 눈이 간 처녀는 그것을 주우려고 어김없이 몸을 돌렸는데,

젊은 처녀는 놀라 반짝이는 과일에 매혹되니,

달리던 길에서 몸을 돌려 굴러가는 황금을 줍는다.

오비디우스

적당한 시점에 그는 두 번째, 세 번째 사과를 떨어뜨려, 처녀가 정신을 팔고 길에서 벗어나는 사이, 경기는 결국 그의 승리가 되었다.

의사들은 염증을 치료할 수 없으면 그것을 다른 쪽으로 유도해 덜 위험한 부분으로 옮겨 가게 한다. 나는 이것이 마음의 질환에도 가장 일상적으로 쓰이는 요법이라고 느낀다. C "정신은 이따금 다른 취미, 다른 관심, 다른 임무, 다른 일 쪽으로 방향을 바꿔 줘야 한다. 결국 정신을 보살피기 위해서는 흔히, 회복이 더딘 환자들의 경우처럼, 장소를 바꿔 줘야 하는 것이다."(키케로) B 의사들이 사람 마음을 병과 직접 맞닥뜨리게 하는 일은 드물다. 병의 타격을 견디도록 하지도 혹은 이겨 내도록 하지도 않는다. 그 타격을 피하고 슬쩍 비켜서 있게 하는 것이다.

지금 이야기하려는 예는 너무 고상하고 너무 어렵다. 오로지 문제 자체에만 주목하면서 그것을 고찰, 판단하는 것은 일급의 인간들에게만 가능한 일이다. 평소의 얼굴로 죽음과 안면을 트고 익숙해지며 즐기는 것은 오직 한 사람, 소크라테스만이 할 수 있는 일이다. 그는 문제를 떠난 다른 데서 위로를 찾으려 하지 않았다. 죽는다는 것은 그에게 자연스럽고 별스러울 것 없는 귀결이었다. 그는 바로 거기에 시선을 고정하고, 다른 데를 바라보는 일 없이 마음을 정리한다.

헤게시아스의 제자들은 스승의 멋진 말씀에 고무되어 곡기를 끊고 죽어 갔는데, C 그 수가 너무 많아 프톨로메 왕은 이 학파에서 더 이상 사람 죽이는 이론을 설하지 못하게 했다. [B] 이들은 죽음을 그 자체로서 검토한 것도 아니고, 그것을 판단한 것도 아니다. 그들이 생각을 집중하는 곳은 죽음이 아니다. 그들은 새로운 존재를 겨냥하며 그리 내달리는 것이다. 열렬한 신앙심에 가득 차 가능한 한 모든 감각을 한데 모으고, 자기들 들으라고 일러 주는 훈계에 두 귀를 기울이며, 두 눈과 손은 하늘을 향한 채, 쉼 없는 격렬한 감정 속에 높은 소리로 기도드리는 저 화형대 위에 올라가 있는 가련한 사람들은 분명 그런 긴박한 사정에 적절한, 칭찬할 만한 태도를 취하는 것이다. 그들의 신앙심은 찬양해야 할 것이다. 그러나 그들의 의연함은 꼭 그렇지는 않다. 그들은 대결을 피하고 있다. 죽음으로부터 생각을 비켜 보려 하는 것이 마치 접종을 하려 팔을 절개하는 동안 그 아이들을 얼러 주는 식이다. 몇몇은 내가 보니, 자기 주위에 펼쳐지는 저 끔찍한 죽음의 채비 위로 어쩌다 시선이 떨구어지면 전율을 느끼며 미친 듯 생각을 다른 쪽으로 돌리는 것이었다. 무시무시한 심연을 건너는 사람에게는 눈을 감거나 혹은 돌리라고 하는 법이다.[38]

[C] 수브리우스 플라비우스는 네로의 명령으로 처형을 당하게 되었는데, 같은 장수인 니제르에게 일이 맡겨졌다. 처형을 집행할 들판으로 그를 데려가는데, 니제르가 자기를 묻으려고 파게 한 구덩이가 고르지 않고 보기 흉한 모습이었다. 플라비우스는 그 자리에 있던 군인들에게 몸을 돌리며, "이런 것마저도 군대다운 규율

38
몽테뉴는 보르도 고등법원 판사였기 때문에 실제 형 집행 광경을 목도했을 것이지만, 여기서 묘사되는 것이 일반 범죄자들의 형 집행인지 아니면 종교적 이유에 의한 것인지는 명료하지 않다고 한다.

을 따르지 않았군." 하고 말했다. 그리고 머리를 곧추들고 있는 것이 나을 거라고 말하는 니제르에게 "자네나 확실하게 내려치게!" 하고 말했다. 그의 짐작이 틀리지 않은 것이, 팔이 덜덜 떨렸던 니제르는 여러 차례 목을 내리쳐야 했기 때문이다. 플라비우스의 정신은 대상을 똑바로, 흔들림 없이 직시했던 것으로 보인다.[39]

[B] 혼전 중에 무기를 손에 들고 죽는 자는 그때 죽음을 성찰해 보는 것이 아니다. 그것을 느끼지도 생각해 보지도 못하는 것이다. 전투의 격렬함이 그를 쓸어가 버린다. 내가 아는 어떤 귀족은 결투장에서 싸우다가 땅에 떨어져 적수의 단검이 아홉, 열 번쯤 찌르는 것을 느꼈는데, 곁에 있던 사람들 모두가 하느님께 마지막 회개를 드리라고 그에게 외쳤다고 한다. 나중에 그가 하는 이야기는 사람들 목소리가 귀에 들렸지만 조금도 마음이 움직이지 않고 그저 여기서 빠져나와 복수를 해야겠다는 생각밖에 없었다는 것이다. 그는 이 결투에서 그자를 죽였다.

[C] 루시우스 실라누스[40]에게 사형 선고를 통보하러 온 군인은 그에게 적잖은 봉사를 해 준 셈이다. 자기는 기꺼이 죽을 준비가 돼 있지만 너 같은 범죄자의 손에 죽지는 않겠다는 대답을 듣자, 그 군인은 강제로 형을 집행하기 위해 부하들과 함께 그에게 달려

39
타키투스는『연대기』에서 수브리우스 플라비우스에 대해 적고 있다. 군단 사령관이었던 그는 네로에 대한 역모에 가담했다는 부당한 누명을 썼지만, 그것을 인정하는 쪽을 택하면서 네로에게 "당신이 사랑받을 자격이 있었을 때는 당신 군사 중 나보다 더 당신을 사랑한 자는 없지만, 당신이 어머니와 아내를 죽인 살인자가 되고, 마부, 어릿광대, 방화범이 된 날부터는 당신을 증오하기 시작했노라."라고 말했다고 한다.

40
그는 네로에 맞선 역모에 가담했었다.

들었다. 실라누스는 전혀 무장이 되지 않았지만 두 손 두 발로 완강히 저항해 서로 싸우는 와중에 죽게 되었다. 그의 운명으로 정해져 있던 길고 준비된 죽음의 고통스러운 느낌이 돌연하고 격렬한 분노 속에 흩어져 간 것이다.

B 우리는 항상 〔죽음의 순간에〕 다른 것을 생각한다. 〔저 세상에서의〕 보다 나은 삶의 희망이 우리를 지탱해 주고 든든하게 만들거나, 혹은 우리 자식들의 능력, 혹은 우리 명성이 미래에 빛날 일, 혹은 이 삶의 고통이 사라지는 일, 혹은 우리 죽음의 원인이 된 자들을 위협하는 복수극을 떠올리니 말이다.

> 나는 희망하노라, 정의로운 신들 아직 힘이 있다면,
> 바다 가운데 암초 위에서 고통의 잔, 네가 마시기를,
> 살려 달라 빌며 너는 디도의 이름 외치리니,
> 그 소리 나 들으리, 저 심연, 죽은 넋들의 세계까지 와닿을 테니.
>
> 베르길리우스

C 크세노폰은 왕관을 쓴 채 신에게 제물을 드리던 중에 사람들이 와서 그의 아들 그릴루스가 만티네아 전투에서 죽었다고 전하는 소식을 듣게 되었다. 그 소식을 처음 듣는 순간 그는 왕관을 땅에 내동댕이쳤다. 그러나 그다음 이야기를 들어 보니 그 죽음이 아주 용맹스러운 것이었다고 하자, 왕관을 주워 다시 자기 머리에 썼다. B 에피쿠로스마저 마지막에 자기 저작의 영원성과 유용성에서 위로를 얻는다. C "영광과 명성이 수반되는 노고는 무엇이나 견디기 쉬운 법이다."(키케로) 그리고 크세노폰이 말하기를, 같은 상

처, 같은 수고가 장군에게는 병사에게만큼 고통스럽지 않다고 한다. 승리가 자기네 쪽에 있다는 소식을 들은 에파미논다스는 훨씬 더 태평스럽게 죽음을 맞았다. "가장 큰 고통에 대한 위안이 이것이요, 진정제가 이것이로다."(키케로) B 그리고 다른 비슷한 상황들이 우리를 달래 주고, 문제 자체를 고찰하는 데서 우리가 돌아서고 비켜 가게 한다.

C 사실 철학의 논변들은 항상 문제의 결을 따라가고 비틀며 겨우 그 껍질이나 건드릴 뿐이다. 최초의 철학 학파이자 다른 학파들의 감독관격인 학파의 일인자인 저 위대한 제논은 죽음에 맞서 이렇게 말했다. "어떤 악도 명예롭지 않다, 죽음은 명예롭다, 그러니 죽음은 악이 아니다." 술주정에 맞서서는 "아무도 자기 비밀을 주정꾼에게 털어놓지 않는다. 누구나 현자에게는 털어놓는다. 현자는 그러므로 주정뱅이가 아닐 것이다." 이것이 정곡을 찌르는 말인가? 나는 이들 대단한 영혼들이 우리 공통의 운명에서 벗어나지 못하는 모습을 보고 싶다. 그들이 아무리 완전한 인간이라 해도 그들은 여전히 그리고 아주 육중하게 인간인 것이다.

B 복수심은 달콤한 정념이며 우리 안에 천성으로 깊이 뿌리내리고 있다. 그런 경험이 내겐 전혀 없지만 나는 그것이 잘 보인다. 최근에 한 젊은 군주[41]를 이 정념에서 벗어나게 하려던 나는, 자비의 의무를 위해 자기 뺨을 때린 자에게 나머지 뺨도 내주시라고 말하지는 않았다. 또한 문학에서 이 정념 탓에 생기는 것으로 묘사하는 비극적 사건들을 이야기해 주지도 않았다. 복수 이야기

41
이 군주는 장차 프랑스 왕 앙리 4세가 되는 앙리 드 나바르일지 모른다. 앙리 드 나바르는 몽테뉴의 성으로 찾아와 유숙한 적이 있다.

는 놔둔 채, 그 반대되는 그림의 아름다움을 그가 맛보게 하는 데 전념하며, 그가 관용과 선함으로써 얻게 될 수 있는 명예, 인기, 호의 등을 보여 주었다. 그의 주의를 야심으로 돌린 것이다. 〔복수심은〕 이런 식으로 다뤄야 한다.

사랑에 빠진 당신의 정념이 너무 강렬하다면 그것을 분산시켜 버리라고 사람들은 말한다. 그것은 사실이다. 내가 가끔 해 보니 쓸모가 있었다. 그것을 여러 개의 욕망으로 잘게 부수고, 원한다면 그중 하나가 나머지를 이끌고 지휘하게 두라. 그러나 행여 그가 당신을 지배하고 군림하려 들까 염려스러우니, 그것을 나누고 한눈 팔게 하여, 약화시키고 붙들어 놓으라.

> 격렬한 욕망으로 그대 몸 어느 곳 고통스러울 때
>
> 페르시우스

> 무엇이든 맨 처음 다가온 것에 당신 몸 안, 차오른 물을 뿌려라.
>
> 루크레티우스

그것이 일단 당신을 사로잡고 나면 골칫거리가 될까 염려스러우니, 일찍이 조처를 취해 두시라.

> 처음 입은 타격에 새로운 상처를 뒤섞지 않으면,
> 그리고 아직 생생한 그 흔적, 변덕스런 연애로 치유하지 않으면.
>
> 루크레티우스

나는 예전에, 내 천성에는 압도적인 슬픔에 짓눌린 적이 있는데 압도적이기보다는 당연한 쪽이라고 해야겠다.[42] 내가 그저 내 힘에만 의지하려 했다면 아마도 이겨 내지 못하고 말았을 것이다. 거기서 빠져나오기 위해 어떤 격렬한 관심 돌리기가 필요했던 나는 일부러 노력해 사랑에 빠졌는데, 나이가 나를 도와주었다.[43] 사랑은 나를 진정시켜 주었고, 우정이 원인이었던 고통에서 나를 빼내 주었다. 다른 어디서나 마찬가지이다. 고통스런 생각이 나를 사로잡으면 그것을 극복하기보다는 바꾸는 것이 더 손쉽게 보인다. 정반대되는 생각으로 대체할 수가 없으면 적어도 다른 생각으로 대신한다. 변화는 항상 누그러뜨리고 녹여 주며 가시게 한다. 싸울 수가 없으면 나는 회피한다. 그리고 도망가면서 나는 길을 벗어나 〔추격을 피해〕 방향을 튼다. 장소, 일거리, 어울리는 사람을 바꿈으로써 나는 갖가지 다른 일과 다른 생각 속으로 빠져나가며, 그곳에서는 〔고통스런 생각이〕 내 자취를 놓치고 나를 잃어버리는 것이다.

자연은 이처럼 덧없음이라는 은혜를 우리에게 베풀어서 일해 나간다. 우리의 고통에 대한 최상의 의사로서 자연이 우리에게 준 것은 시간이며, 시간은 우리 상상력에 다른 일거리들을 연이어 제공함으로써 아무리 강력한 것이었을지언정 처음의 느낌을 해소하고 부셔 버리며, 주로 이 방식을 통해 자신의 목적을 달성하는 것이다. 지혜로운 이라면 죽어 가는 자기 벗의 모습을 이십오 년 지

42
친구 라 보에시가 1563년에 죽은 일을 말한다.
43
당시 몽테뉴의 나이는 서른 살이었다.

났다고 해서 그 이듬해보다 덜 〔생생하게〕 보게 되는 일은 별로 없다.[44] C 그리고 에피쿠로스에 따르면 그것은 조금도 덜해지지 않는다고 한다. 그가 생각하기에 고통이란 미리 예견해 봐도, 지난지 오래되어도 그 때문에 완화되는 것이 아니기 때문이다. B 그러나 너무 많은 다른 생각들이 처음의 생각을 가로질러 넘어 다니다 보니 결국 처음 생각은 약화되고 지치게 된다.

사람들 사이 소문의 방향을 바꾸기 위해 알키비아데스는 잘생긴 자기 집 개의 두 귀와 꼬리를 잘라 광장으로 내몰았는데, 사람들이 떠들 거리를 줌으로써 자기의 다른 행동들에 대해서는 그만 놔두게 하려는 것이었다. 이처럼 사람들의 생각과 추측을 다른 데로 돌리고 수다쟁이들이 헛다리를 짚도록 하기 위해, 여성들이 자기들 진심에 있는 애정을 가짜 애정으로 가리는 모습도 나는 보았다. 그러나 가짜로 꾸미려다 정말로 사랑에 빠지게 되어 원래의 진짜 사랑을 버리고 가짜를 택하는 여자도 봤다. 그녀를 통해 나는 자기 사랑이 안전하다고 믿는 남자들이 이런 가면극에 동의하는 것은 바보짓이라는 것을 알게 되었다. 공적으로 맞이하고 대화를 나누는 것은 이런 눈속임용 구애자 몫으로 돼 있기 때문에, 당신 자리를 차지한 그가 당신을 그의 자리로 보내지 못한다면, 그자는 별로 유능한 사람이 못 된다는 것을 생각해 둘 일이다. C 그것은 정말이지 기껏 가죽을 자르고 기워 만든 신발을 다른 자가 신게 하는 격이다.

B 대수롭지 않은 일이 우리 기분을 풀어 주고 관심을 다른 데로 돌리게 한다. 대수롭지 않은 일이 우리를 붙들어 매기 때문이

44
이 글을 쓸 때가 라 보에시 사후 25년이었다.

다. 우리가 사물들을 크게, 그것만 바라보는 일은 드물다. 우리에게 충격을 주는 것은 그 세부적이고 피상적인 상황과 영상들이며, 사물들로부터 벗겨 떨어지는 공허한 껍질들이니,

> 여름에 매미들 몸에서 벗는 저 가벼운
> 날개들처럼
> 루크레티우스

플루타르코스마저도 자기 딸이 어린 시절에 했던 우스꽝스런 짓들을 떠올리며 애통해한다.[45] 어떤 작별, 어떤 행동, 어떤 특별한 호의, 어떤 마지막 충고의 기억이 우리를 가슴 아프게 하는 것이다. 카이사르의 죽음 자체는 정작 그러지 않았는데 피가 낭자해진 그의 겉옷은 온 로마를 동요시켰다. 우리 귓가를 울리는 저 이름 부르는 소리들, '불쌍한 우리 주인 나리!'라거나 '내 귀한 친구여!' '아, 사랑하는 내 아빠!' 혹은 '내 착한 딸아!'처럼, 늘 듣는 말이 내 마음을 아프게 해 내가 자세히 들여다보면, 그것은 단지 문법과 음성으로 된 탄식이라는 것을 알게 된다. 단어와 어조가 나를 아프게 하는 것이다. 마치 설교자들이 청중의 마음을 흔드는 것은 흔히 그들의 추론보다는 외침이듯이, 그리고 우리가 쓰려고 도살하는 짐승의 구슬픈 울음이 그렇듯이 말이다. 그렇다고 내가 사태의 참되고 진실한 본질을 꿰뚫어 본다거나 그 무게를 가늠할

45
플루타르코스는 「딸의 죽음에 대해 아내를 위로하느라 보낸 글」에서 "그 녀석은 유모더러 자기랑 노는 다른 애들에게는 물론, 인형들과 다른 장난감에도 젖을 주라고 부탁하곤 했소."라고 적고 있다.

수 있는 것은 아니다.

> 고통이 격화되는 것은 바로 이런 강렬한 자극들을
> 통해서다.
>
> 루크레티우스

이것이 바로 우리들 애통함의 토대들이다.

C 내 신장 결석의 완강함, 특히 생식기에 그것이 정체되어 사흘, 나흘 되도록 오랫동안 소변을 막고 있을 때는 너무 죽음 가까이 다가간 나머지, 이 상태가 가져오는 잔인한 발작을 고려할 때, 죽음을 피하고자 기대하거나 나아가 열망하는 것은 미친 짓이었을 정도였다. 아, 죄인들의 생식기를 붙들어 매게 해 소변을 못 봐 죽게 만들려 했던 저 착한 황제께서는 진실로 고문 기술에 있어서 위대한 분이셨도다![46] 이런 처지에 빠지고 보니, 내 속에서 갈수록 삶을 아쉽게 만드는 상념이 얼마나 사소한 이유와 대상들 때문인지를 곰곰 생각하게 되었다. 세상을 하직하기의 무게와 어려움은 내 영혼 안에 어떤 티끌들로 이루어져 있는지, 그렇게 막중한 일을 놓고 우리는 얼마나 시시한 생각들에 자리를 마련해 주는지, 개 한 마리, 말 한 마리, 책 한 권, 술 한 잔, 그리고 또 그 비슷한 것들이 손실 항목으로 떠오르는 것이다. 다른 사람들은 자기네의 야심 찬 희망들이나 자기 돈주머니, 자기 학식을 떠올리겠지만, 내 보기에 그것도 다 똑같이 어리석은 생각이다. 죽음을 보편적으

46
티베리우스를 말한다. 2대 로마 황제로서 재위 초기에는 지혜롭고 절제된 통치를 행했으나 마지막 기간에 고문과 처형을 빈번히 행했다고 한다.

로 생각하며, 삶의 종말이라고 여겼을 때는 대수롭지 않게 보았다. 나는 통째로는 그것을 제압하지만 그것은 세부 하나하나로 나를 집요하게 공격한다. 하인의 눈물, 내 옷가지들 나눠 주기, 잘 아는 손길이 와닿는 것, 평범한 위로의 말이 나를 울컥하게 하고 슬프게 한다.

[B] 이처럼 허구의 이야기 속에 나오는 탄식도 우리 영혼을 동요시키며, 베르길리우스와 카툴루스 작품 속 디도와 아리아드네의 비탄은 그들의 존재를 믿지 않는 사람들마저도 감동시키는 것이다. [C] 그것을 보고도 아무런 감정을 느끼지 않는 것은 완고하고 냉혹한 천성의 예이며, 폴레몬[47]의 이런 특징을 사람들은 기적 같은 경우라고 이야기한다. 하지만 그는 미친 개가 그를 물어 다리 살점을 뜯어 가는 순간에도 낯빛 하나 바뀌지 않았다. [B] 사소한 외적 자극을 통해서만 동요하는 부분인 두 눈과 두 귀가 직접 보고 들으며 함께함으로써 더 깊이 이해하기 전에는, 어떤 지혜라 할지라도 그렇게 생생하고 전적인 슬픔의 원인을 판단력만으로 공감할 수는 없다.

예술 자체가 우리의 타고난 허약함과 어리석음을 이용해 자기 이롭게 쓴다는 것이 마땅한 일인가? 수사학에서 이야기하는 바로는, 웅변가란 자기를 변호하는 저 소극(笑劇) 중에 자기 목소리의 어조와 꾸며 보이는 감정에 스스로 감동하고 자기가 표현하는 정념에 스스로 속아 넘어갈 것이라고 한다. 그는 자기가 맡은 어릿광대 짓을 통해, 일과는 더욱 관계가 없는 판관들에게 그것을 전달하기 위해 진실하고 참된 슬픔을 스스로에게 새기게 된다. 마

47
B. C. 340~270. 크세노크라트의 뒤를 이어 아카데미의 수장이 된 플라톤파 철학자.

치 장례식에 애도 행사를 돕기 위해 고용된 〔곡하는〕 사람들이 자기들의 눈물과 슬픔을 근수 달고 치수 재어 파는 것처럼 말이다. 왜냐하면 그들은 비록 빌려 온 외양으로 시작하긴 하지만, 그럼에도 불구하고 자기네 표정을 가다듬고 조절하면서 흔히 완전히 격앙되고 마음속 깊이 정말 슬픔을 느끼게 되기 때문이다.

나는 라페르 포위 공격에서 타계한 그라몽 공[48]의 유해를 그분 친구들 몇몇과 함께 거기서 수아송까지 운구하러 갔었다. 내가 보니 어디를 가든 우리가 만나는 사람들은 엄숙한 우리 운구 행렬이 보이기만 해도 탄식과 눈물로 어쩔 줄 몰라 했다. 그런데 그들은 돌아가신 이가 누구인지도 모르는 판이었다.

C 퀸틸리아누스는 자기가 본 어떤 배우들은 슬픈 역할에 얼마나 깊이 빠졌던지 집에 돌아와서도 그 때문에 울고 있더라고 한다. 그리고 자기 자신도 어떤 이에게 슬픈 마음을 불러일으키려 해 봤는데, 상대가 얼마나 공감을 했는지, 눈물만이 아니라 창백한 얼굴과 정말로 슬픔에 짓눌린 사람의 태도를 보며 그 자신이 놀랐다고 한다.

B 우리 지역 산들에 가까운 고장에서는 여성들이 마르탱 사제 역할을 한다.[49] 왜냐하면 죽은 남편이 가지고 있던 훌륭하고 좋은 면들을 회상하며 안타까움을 확대시키면서도, 곧이어 마치

48
수아송에서 30킬로미터 떨어진 라페르 포위 공격은 1580년 8월에 있었다. 필리베르 드 그라몽은 기쉬 백작이며, '아름다운 코리장드'로 불리는 디안 당두엥과 1567년 결혼했는데, 몽테뉴는 『에세 1』 29장에서 라 보에시의 소네트 스물아홉 편을 그녀에게 바치고 있다.

49
전설적인 사제로서, 미사 때 다른 성직자가 없어서 혼자서 질문과 답변을 다 했다고 한다.

자기들이 뭔가 균형을 취하기라도 하려는 듯 그리고 연민에서 경멸 쪽으로 방향을 바꾸려는 듯 그의 결점들을 하나하나 밝히는 것이다. [C] 우리보다는 훨씬 우아하다고 할 수 있으니, 우리는 우연히 알게 된 사람이 세상을 떠나면 그에게 어울리지 않는 새로운 칭찬을 무슨 자랑처럼 해 대고, 못 보게 된 연후의 그의 모습을 만나며 느꼈던 모습과 다르게 만든다. 마치 애석한 마음이 교육적인 무엇이고, 혹은 눈물이 우리의 이해력을 씻어 줘 그것이 더 명석하게라도 된 듯이 말이다. 내가 그에 마땅해서가 아니라 그저 죽었기 때문에 내게 해 주려고 할 호의적 증언을 나는 지금 당장부터 인정하지 않으련다.

[B] 누군가에게 "이 포위 공격이 당신에게 무슨 이익이 있소?" 하고 물으면 그는 이렇게 말할 것이다. "그저 남들이 보여 주는 본보기를 따르는 것이요, 그리고 나의 군주에게 누구나처럼 복종한다는 것이지요. 무슨 이익이건 거기서 내가 원하는 것은 없소. 영광으로 치면 나 같은 개인이 누릴 것이야 조금뿐이라는 것을 압니다. 이 일에는 정념도, 다툴 거리도 내게 없소이다." 그러나 다음날 그를 보라. 완전히 달라진 모습으로 공격을 위한 전투 대열에서서 분노로 들끓는 벌건 얼굴이 돼 있다. 그의 핏줄이 이처럼 새로운 가혹성과 증오를 담게 된 것은 그 많은 창검이 번쩍이고 대포가 발사되며 북소리가 요란하기 때문이다.

"동기가 시시하네!" 하고 당신은 말하리라. 동기라니, 무슨 뜻인가? 우리 영혼을 동요시키기 위해서는 아무것도 필요치 않다. 실체도 없고 종잡기 어려운 몽상이 그것을 지배하고 동요시킨다. 내가 스페인에 성을 몇 채 지어 보려니 하는 식으로 황당한 생각을 하면, 내 상상력은 안락함과 쾌락을 내게 만들어 주고 내 영혼은 정말로 스르르 흔들리면서 즐거워한다. 그런 환영들 때문에 우리는 얼마나 자주 우리 정신을 분노나 슬픔으로 혼미하게 만드는 것이며, 가공의 정념 속에 우리를 밀어 넣어 우리 영혼과 육체 모두를 변질시키는 것인가! [C] 몽상은 우리 얼굴에 왜 그리 놀라고, 웃고, 당황하는 표정을 그려 넣는 것인가! 왜 그리 팔다리가 절로 움직이고 목소리는 흔들리게 하는 것인가! 이 사람은 혼자 있지만 한 무리 다른 사람들을 상대로 엉뚱한 허상을 보고 있거나 혹은 그를 박해하는 어떤 귀신이 안에 들어 있다고 여겨지지는 않는가? [B] 이 변화를 낳는 실체가 무엇인지 당신 자신에게 물어보라. 무(無)로부터 기운을 얻으며, 무를 떠받치고 있는 것이 자연 안에 우리 말고 무엇이 있는가?

캄비세스는 잠을 자다, 자기 동생이 페르시아 왕위에 오르게 되어 있는 꿈을 꾸고 나서 그를 죽이게 했다. 그가 사랑하고 항상 믿어 왔던 동생이었는데 말이다![50] 메세니아인들의 왕 아리스토다모스는 자기 개들이 우짖는 무슨 소리를 불길한 전조로 생각해 혼자 상상하다 자살했다. 그리고 미다스 왕 역시 자기가 꾼 어떤 기분 나쁜 꿈에 어수선해지고 화가 나서 같은 일을 저질렀다. 꿈 하나 때문에 자기 삶을 버린다는 것은 자기 삶을 정확히 그 실제 가치만큼 평가하는 셈이다.

[C] 하지만 [B] 우리 영혼이 육체의 비참을 딛고, 그 허약함을 딛고, 그리고 육체가 온갖 종류의 상처며 변질의 과녁이 된 사실을

50
키루스 대왕의 아들로서 B. C. 6세기경 활동한 캄비세스 2세를 말한다. 그는 제국을 이집트까지 확장했으나, 술을 좋아해 취중에 여러 죄를 저지르면서 몰락을 재촉했다고 한다. 동생을 죽인 것은 가장 큰 죄였다.

딛고 일어서는 소리를 들어 보라. 참으로 우리 영혼은 그런 이야기를 할 만한 근거가 있다!

> 오 최초의 진흙, 프로메테우스가 그토록 잘못 빚은
> 것이여!
> 자기 작품을 만들면서 그렇게도 신중하지 못했다니.
> 솜씨를 부려 몸은 어찌어찌 만들었으되, 영혼은 생각지
> 못하였구나.
> 하지만 영혼부터 만들기 시작했어야 할 것을.
>
> 프로페르티우스

5장
베르길리우스의 시 몇 구절에 관하여

B 유익한 생각들은 더 빈틈없고 더 견고할수록 그만큼 더 성가시고 고통스럽다. 악덕, 죽음, 빈곤, 질병들은 심각하고 우리를 슬프게 하는 주제들이다. 우리는 악을 버텨 내고 그것과 싸울 방법을 교육받은 영혼, 바르게 살고 바르게 믿는 규칙을 숙지한 영혼을 가져야 하며, 이 고상한 공부를 하면서 그것을 깨우고 훈련시켜야 할 것이다. 그러나 평범한 부류의 영혼에게는 쉬엄쉬엄 온건하게 해야 한다. 너무 계속하여 긴장돼 있다가는 미치게 된다.

젊은 시절에는 내가 의무를 소홀히 하지 않도록 스스로에게 경고하고 타일러야 했다. C 사람들 말로는 B 명랑함과 건강함이란 이런 진지하고 현명한 말들과 그다지 어울리지 않는다. 지금 나는 다른 상태에 있다. 노년의 조건은 넘치도록 내게 경고하고 침착하라 타이르며 설교한다. 과도한 쾌활함에서 그보다 고약한 과도한 심각함으로 떨어진 것이다. 그래서 나는 지금은 의도적으로 얼마간 나를 방탕으로 가도록 놔둔다. 그리고 이따금 내 영혼이 젊고 쾌활한 생각을 하게 두는데 그러면서 영혼은 휴식을 얻는다. 앞으로의 나는 너무 차분하고 너무 무겁고 너무 원숙하기만 할 것이다. 세월은 내게 매일 냉정과 절도를 가르친다. 지금의 이 내 몸은 무절제를 피하며 두려워한다. 이제는 몸이 내 정신을 개과천선 쪽으로 이끌어 갈 차례인 것이다. 몸은 자기에게 넘어온 지배권을 더 거칠고 더 강압적으로 휘두른다. 잘 때도 깨어 있을 때도 몸은 단 한 시간도 쉬지 않고 내게 죽음과 인내와 회개의 교훈을 전한다. 지난날 환락에 저항했던 것처럼 이제 나는 절제에 저항한다. 절제는 나를 너무 뒤로 물러서게 하며, 마비 상태에 이르게까지 만드는 것이다. 그런데 나는 어떤 방향으로든 나의 주인이고 싶다. 지혜도 과도함이 있으며, 어리석음 못지않게 중용을 필요로 한다. 그래서 행여 내가 마르고 쇠잔하거나 둔해지지 않도록 병이 잠잠해지는 틈틈이

> 내 영혼이 늘 병에만 매달려 있지 않도록.
>
> 오비디우스

나는 내 앞에 놓인, 저 한바탕 퍼부을듯 구름 낀 찬 하늘에서 내 시선을 가만히 거두어 다른 곳으로 돌린다. 다행스럽게도 그 하늘을 나는 두려움 없이 바라보긴 하지만, 그러나 노력이나 집중 없이도 그리 되는 것은 아니다. 젊은 시절을 회상하며 나는 즐겁다.

> 내 영혼은 잃어버린 것을 갈구하며,
> 상상 속에서 과거로 뛰어든다.
>
> 페트로니우스

유년은 제 앞을 바라보고, 노년은 제 뒤를 바라보게 하라. 야

누스의 두 얼굴이 의미하는 바가 이것이 아니었던가? 원한다면 세월이 나를 데려가도록 할 일이지만, 그러나 뒷걸음쳐서 그렇게 하라! 끝나 버린 저 아름다운 시절을 내 두 눈이 알아볼 수 있는 한 나는 이따금 내 눈길을 그리 향하게 한다. 내 피와 핏줄에서 그 시절이 빠져나간다 해도, 적어도 기억 속에서 그 영상을 걷어 내고 싶지는 않으니,

> 지난 인생을 즐길 수 있다면,
> 인생을 두 배로 사는 셈이다.
> 마르시알리스

C 플라톤은 늙은이들에게 청년들의 경기와 춤과 놀이를 참관하라고 하는데, 다른 이의 모습에서 이제는 더 이상 자기에게 없는 육체의 유연함과 아름다움을 즐기고, 추억 속에서 이 꽃피는 나이의 우아함과 특혜를 떠올리라는 것이며, 이렇게 뛰노는 자리에서 가장 많은 수의 노인을 가장 즐겁게 해 준 젊은이에게 승리의 영광을 돌리고자 한다.

B 이전에는 힘들고 침울한 날들을 특별하다고 여겼다. 지금은 그런 날이 내겐 거의 일상이 되었다. 특별한 날은 오히려 기분 좋고 평온한 날이다. 아무런 고통이 없으면 그것이 특별한 혜택인 양 소스라치는 단계로 곧 들어가게 되리라. 내 몸을 간지러도 이 고약한 몸에서는 더 이상 희미한 웃음 하나도 끌어낼 수가 없을 지경이다. 나는 상상과 몽상으로 나를 즐겁게 하려 하니, 노년의 우울을 책략으로 우회하기 위해서다. 그러나 확실히 몽상 속에서 말고 다른 치료법이 필요할 듯싶으니, 자연에 맞서는 인위의 싸움

이란 허약한 것이다. 그러나 누구나 그렇게 하듯이, 인간이 겪는 곤란을 늘여 빼고 지레 걱정하는 것은 너무 단순한 태도이다. 나는 내가 나이 들어 늙게 되기도 전에 미리 늙어 있고 싶지는 않다. 기쁨을 만날 수 있는 기회라면 아무리 사소한 것이라도 나는 붙든다. 들리는 말로는 신중하고 탄탄하며 영광스러운 쾌락이 몇 가지 있다고들 하는데, 사람들 말이란 내가 그런 것을 추구하고 싶은 생각이 들게 할 만큼 강력한 힘을 가진 것은 아니다. 나는 쾌락이 고결하고 멋지며 화려하기를 바라기보다는 달콤하고 편안하며 바로 눈앞에 있기를 바란다. "우리는 자연에서 멀어지고 있다. 어떤 것에서도 좋은 안내자가 될 수 없는 다중을 우리는 따라가고 있다."(세네카)

[B] 내 철학은 행동에, 그리고 자연스러운 [C] 현재의 [B] 실천에 있지 공상에 있는 경우는 거의 없다. 다른 것 없이 그저 개암 열매 놀이나 팽이 놀이만으로 나는 즐거울 수 있다.

> 그는 대중의 웅성거림을 개의치 않았으니
> 나라의 안녕보다 중한 것은 없었기 때문이다
> 엔니우스, 키케로가 인용

감각적 쾌락의 속성은 명예욕과 별 관계가 없다. 그것은 명성이라는 포상까지 따라오지 않아도 스스로 부유하다고 생각하며, 그늘에 있기를 더 좋아한다. 젊은 놈이 포도주나 소스의 맛을 가리려 든다면 회초리를 들어야 하리라. 그런 것보다 내가 더 모르고 덜 중시했던 것은 없다. 이제 와서야 나는 알아 가고 있다. 몹시 부끄럽지만 그러나 어쩌겠는가? 나를 그런 쪽으로 밀어 넣는 〔노년의〕 형편이 더 부끄럽고 더 화가 난다. 바보짓하고 시시한 짓하는 것은 우리가 할 일이고, 청년은 명성과 최선의 자리를 지켜야 한다. "청년은 세상을 향해, 평판을 향해 나아가고, 우리는 거기서 돌아오는 중이다. C 그들에겐 무기를, 그들에겐 말을, 그들에겐 투창을, 그들에겐 방망이를, 그들에겐 정구를, 그들에겐 수영과 달리기를, 그리고 하고 많은 놀이 중에 주사위와 개암 열매 공기 놀이는 우리 늙은이들에게 맡기길."(키케로) B 법 자체가 〔정년제를 통해〕 우리를 집으로 보낸다. 나이가 나를 허약한 처지로 밀어 넣고 있는 판이니, 마치 어린애에게 하듯 장난감과 오락거리라도 제공해 줘야 하는 것 아닌가. 사실 우리는 유년기로 되돌아가는 중이다. 지혜와 어리석음은 노년이라는 이 성가신 처지에 나를 돕고 구하기 위해 번갈아 가며 각자 할 일이 많으리라.

> 그대 지혜에 한 조금 어리석음을 섞으시라.
>
> 호라티우스

마찬가지로 나는 극히 가벼운 고통도 피해 간다. 예전에는 내 살갗도 스치지 않았을 것들이 지금은 뼛속까지 뚫고 들어온다. 내 몸의 습관은 그렇게 쉽게 병에도 적응하기 시작하고 있는 것이다. C 연약한 육신은 아무리 하찮은 고통도 견디기 어려운 법,

> B 그리고 아픈 정신은 힘겨운 일을 전혀 견디지 못한다.
>
> 오비디우스

나는 항상 고통에는 예민하고 섬약했다. 지금은 더욱 연약해

사방이 무방비로 노출되어 있으니,

> 이미 금이 간 것은 살짝 건드리기만 해도 부서지게 돼 있다.
>
> 오비디우스

나의 판단력은 내게, 자연이 나더러 견뎌 보라고 마련해 둔 불편함들에 맞서 반항하고 으르렁거리는 것은 금지하지만, 그러나 내가 그것들을 느끼는 것을 막지는 않는다. 살아가고 즐거워하는 것 말고는 다른 목적이 없는 나는, 기분 좋고 경쾌한 평온함으로 채워진 한 해를 보내기 위해서라면 이 세상 끝에서 다른 끝까지라도 달려갈 참이다. 울적하고 둔중한 평온함이야 내게 충분히 있지만 그것은 나를 잠재우고 혼미하게 만든다. 내 마음이 채워지지 않는 것이다. 시골에건 도시에건 프랑스건 다른 나라건, 제 집에 살건 여행 중이건, 누군가, 어떤 모임이, 내 기질을 기꺼워하고 내가 그 기질을 기꺼워할 사람들이 있다면, 그들은 손바닥을 마주 모아 휘파람을 불기만 하면 된다. 나는 그들에게 피와 살로 된 새로운 에세들을 보여 주러 가겠다.

노년으로부터 자신을 되찾으려는 것이 정신의 특권인 이상, 나는 정신에게 그렇게 하라고, 될 수 있는 한 강력하게 충고한다. 마치 죽은 나무에서 피어나는 겨우살이처럼 정신은 푸르러지고 그 사이 꽃을 피우도록 말이다. 그러나 행여 정신이란 믿기 어려운 자가 아닐지 염려스럽기도 하다. 그것은 육체에 너무 밀접하게 형제인 양 연결되어 있어서 매번 자기 필요에 따라 육체를 따라가느라 나를 저버리곤 한다. 나는 정신을 따로 불러 아첨도 해 보고 달라붙어 공을 들여 보기도 하지만 별무 소득이다. 이처럼 밀접한 관계에서 정신을 떼어 내 보려고 하면서 세네카와 카툴루스[51]를, 귀부인들과 왕궁의 춤을 그에게 소개해 봐야 소용없다. 자기 동반자가 결석을 가지고 있으면 정신도 그것을 가지게 되는 모양이다. 정신만이 가능한 특별하고 고유한 활동[52]도 그때는 발휘될 수 없게 된다. 그 활동에서는 김빠진 느낌이 난다. 육체에 민첩함이 없으면 정신의 산물에도 그것은 존재하지 않는다.

C 우리 스승들이 정신의 비상한 도약을 두고 그 원인을 찾으면서 신적 황홀경, 사랑, 호전적 격렬성, 시혼(詩魂), 술을 거론했을 뿐 건강에 제 몫을 돌려주지 않은 것은 잘못이다.[53] 옛날 내 푸르던 나이와 평온이 이따금 내게 가져다주던 것과 같은, 끓어오르고 활기차고 팽팽하며 태평하던 건강에 말이다. 이 가뿐함의 불길은 우리가 타고난 능력 이상으로 강렬하고 환한 섬광을 정신 속에 번쩍이게 하고, 아예 정신이 나갈 정도는 아니더라도 가장 쾌활한 열광 같은 것을 느끼게 한다.

그렇다면 그와 반대 상태가 우리 정신을 가라앉게 하고 꼼짝 못하게 하며 그와 반대의 효과를 낸다고 해도 놀랄 일이 아닌 것이다.

51
자기 통제력을 중시하는 세네카의 스토아 철학이나 혹은 고대 로마 서정 시인 카툴루스의 보다 관능적이고 따뜻한 사유를 말한다.

52
원문은 opérations. 1595년판에는 '힘, 역량'을 뜻하는 puissances로 바뀌어 있다.

53
플라톤은 네 가지의 열광을 언급했는데 르네상스 시대 이탈리아의 신플라톤주의자인 피치노는 거기에 더해 호전적 격렬성을 추가했다.

[B] 어떤 일에도 일어날 생각을 않은 채, 그것은 육체와 함께
시들어 간다.
막시미아누스

내 정신은 더구나 나더러 자기에게 고마운 줄 알라고 하는 판이니, 사람들 대부분의 경우에 비해 자기는 육체로부터 훨씬 독립적인 편이라는 것이다. 적어도 우리가 휴전을 하고 있는 동안에는 우리 관계에서 갈등과 장애는 잊도록 하자.

그렇게 할 수 있는 동안에는, 노년이 자기 이마에서
주름을 지우게 하자.
호라티우스

"울적한 심사는 농담으로 흥겹게 하는 것이 좋다."(시도니우스 아폴리나리스) 나는 즐겁고 사교적인 지혜가 좋으며, 풍속의 조야함과 엄격함을 피하고, 모든 따분한 얼굴을 수상쩍게 여긴다.

[C] 그리고 불쾌한 얼굴의 음울한 오만을
부캐넌

[B] 또한 준엄한 표정의 저 무리들도 저 나름 난봉질 짝들을
가지고 있으리
마르시알리스

[C] 편안한 기질이냐 까다로운 기질이냐가 영혼의 선함과 악함

에 중요한 의미를 갖는다고 말했던 플라톤의 견해에 나는 진심으로 동의한다. 소크라테스는 늘 한결같은 얼굴이었지만, 그것은 평온하고 웃음 띤 얼굴로서, 한 번도 웃는 얼굴을 보이지 않았던 늙은 크라수스의 한결같은 표정과는 달랐다.

B 덕성이란 기분 좋고 유쾌한 자질이다.

C 자기들 생각의 외설스러움에 더 많이 눈살을 찌푸릴 필요가 없는 사람들이라면 내 글의 외설스러움에 눈살을 찌푸릴 사람도 그다지 없으리라는 것을 나는 잘 안다. 이런 이들에게라면 그들의 심장에는 내가 잘 어울려도, 그들의 눈길에는 내가 거슬리는 것이다.

플라톤의 저술을 비판하면서도 그가 파에도, 디온, 스텔라, 아르케아나사와 맺었다고들 하는 관계에 대해서 그냥 넘어가는 것은 퍽이나 온당한 기질이겠다. "생각하는 것이 부끄럽지 않은 일에 대해서는 말하기를 부끄러워하지 말자."(작자 미상) B 나는 자기 삶의 즐거움들에 무감각한 채 그 위로는 미끄러지듯 스쳐 가면서도, 불행과 드잡이하며 그것을 먹고 사는 까다롭고 음울한 정신을 싫어한다. 윤기 나고 매끄러운 몸에는 견디지 못하고 우툴두툴하고 거친 곳에만 달라붙어 쉬는 파리들처럼, 또한 나쁜 피만을 들이마시며 찾아다니는 거머리처럼 말이다.

게다가 나는 스스로에게, 감히 하려 드는 일은 감히 이야기하도록 지시해 두었으며, 공개할 수 없는 것이라면 그런 일을 생각하는 것마저도 내게는 불편하다. 내 행위나 생활 방식 중 최악의 것이라 할지라도 그것을 감히 고백하지 못하는 태도의 추하고 비겁함만큼 추하지는 않으리라. 누구나 고백하는 일에는 조심스러운즉, 행동으로 옮기는 일에서도 그래야 할 것이다. 과오를 저

지르는 무모함은 그것을 고백하는 무모함에 의해 어느 정도는 상쇄되고 제어된다. [C] 모든 것을 말하기로 다짐하는 사람은 침묵해야만 하는 일 따위는 조금도 저지르지 않겠다고 다짐을 하는 셈이다. 내 과도한 무모함이 우리 시대 사람들로 하여금 우리의 불완전성에서 오는 저 비겁하고 허울뿐인 미덕을 넘어 자유로 나아가게 해주기를! 그리고 나의 무절제함을 대가로 내가 그들을 이성의 지점으로 이끌어 올 수 있기를! 자신의 악덕을 이야기하기 위해서는 〔먼저〕 그것을 바라보고 검토하지 않으면 안 된다. 다른 이에게 그것을 숨기는 자들은 대개 자기 자신에게 그것을 숨기고 있다. 그리고 그것이 보이면 충분히 감추지 못했다고 생각한다. 그들은 자기 자신의 양심 앞에서 그것을 따로 빼내어 감추는 것이다. "패덕한 자가 자기 악덕을 고백하지 않는 이유는 무엇인가? 그것은 아직도 그가 그 악덕의 노예이기 때문이다. 자기가 꾼 꿈을 이야기하기 위해서는 잠에서 깨어나야 한다."(세네카)

몸의 질병은 커 갈수록 또렷해진다. 우리는 감기나 접질림이라고 생각했던 것이 통풍인 것을 점차 알게 된다. 영혼의 병은 강력해질수록 더 모호해진다. 제일 많이 아픈 자가 병을 제일 적게 느끼는 것이다. 그 때문에 흔히 이 병은 대낮에 치료해야 하며, 가차 없는 손길로 열어젖히고 우리 가슴 텅 빈 곳에서 떼어 내야 한다. 선행의 경우와 마찬가지로 악행의 경우에도 때로는 그저 고백하는 것만으로도 치유가 된다. 어떤 잘못의 추악함이 우리가 그에 대해 고백해야 하는 것을 면제시켜 줄 수 있겠는가?

[B] 나는 가장하는 것이 고통스럽다. 그래서 다른 사람의 비밀을 내가 담아 두는 것을 피하는데, 알고 있는 것을 모른다 할 수 있는 심장을 가지고 있지 못해서이다. 침묵할 수는 있지만 그것을

모른다 하려면 억지로, 불쾌한 느낌으로 해야 한다. 정말로 비밀스럽기 위해서는 타고나기를 그렇게 해야지 의무로 해서는 안 된다. 군주들을 섬길 때는, 거짓말쟁이 노릇을 아울러 못한다면 그저 비밀을 지키는 것만으로는 아무 짝에도 쓸모가 없다.

밀레토스의 탈레스에게 자기가 간통을 저지른 사실을 엄숙하게 부인해야 할지를 물었던 사람이 만약 내 생각을 물어 왔다면, 나는 "그래서는 안 된다, 거짓말하는 것은 내 보기에 간통을 저지르는 것보다 훨씬 더 나쁜 일이기 때문이다."라고 대답했을 것이다. 탈레스는 그에게 전혀 다르게 조언했으니, 보다 작은 과오로 보다 큰 과오를 가리라는 것이었다. 하지만 이 조언은 〔두 가지〕 악덕 사이에서의 선택이라기보다는 악덕을 배가시키는 셈이다.

그래서 지나가며 덧붙이는 말이지만, 어떤 양심적인 사람에게 악덕을 상쇄시키기 위해 곤란한 일을 해 내라고 하는 것은 그에게 도움이 되는 제안을 하는 셈이다. 그러나 두 가지 악덕 사이에 그를 가두는 것은 그에게 가혹한 선택을 하게 만드는 것이니, 오리게네스에게 한 것이 그랬다. 우상을 숭배하거나, 아니면 이 자가 그의 육체를 농락하는 꼴을 당해 보라며 그의 눈앞에 거대하고 추악한 에티오피아인을 데려다 놓은 것이다. 그는 첫 번째 조건을 견디기로 했으니, 사람들은 그가 잘못 선택했다고들 말한다.[54] 그러나 이즈음 미사 한 번보다는 열 남자 때문

54
Origen 혹은 Origenes Adamantius. 184/185~253/254. 알렉산드리아 출신의 학자, 초기 기독교 신학자. 금욕적이고 검박한 생활 속에서 학문과 교육에 전념한 것으로 알려져 있다. 생애 말년, 황제 데시우스의 기독교 박해 시 혹독한 고문과 투옥을 경험했다.

에 양심의 가책을 받는 쪽이 낫다고 우리에게 항변하는 여성들은 〔개신교라는〕 그들의 잘못된 신앙에 따르자면, 정당성이 없지 않으리라.[55]

자기 잘못을 이처럼 공개한다는 것이 무모한 노릇이긴 하지만, 그것이 본보기가 되고 관례가 될 위험성은 크지 않다. 왜냐하면 아리스톤은 사람들이 가장 두려워하는 바람은 그들을 드러나게 하는 바람이라고 했기 때문이다. 우리 습속을 가리고 있는 이 어리석은 누더기를 걷어 치워야 한다. 그들은 양심은 매음굴로 보내고 몸가짐은 단정하게 한다. 배신자, 살인자들까지도 예법은 끼고 살며, 그것이 제 의무인 양 한다. 하지만 막되게 구는 것을 불의가 나서서 탄식할 일은 아니며, [C] 무례한 것을 사악함이 탓하고 나설 일은 아니다. 악한 인간이 꼭 바보는 아니라는 것, 점잖음이 그의 악덕을 얼버무려 준다는 것은 유감스럽다. 벽면을 장식하는 것은 보존할 만하고 다듬을 가치가 있는 튼실하고 아름다운 내벽에나 어울리는 일이다.

[B] 사적으로 귀에 대고 하는 우리들 〔가톨릭식〕 고해 성사를 비난하는 개신교도들이 그럴 법하다고 여기는 나는, 양심적으로 온전하게 대중 앞에 나를 고백한다. 성 아우구스티누스, 오리게네스 그리고 히포크라테스는 자기들이 가진 견해의 오류를 공개했다. 나는 그것 말고도 내 행실의 오류까지 공개한다. 내게는 자신을 알리고자 하는 갈망이 있으며, 진실이기만 하다면 얼마나 많은 사람이 알든 상관없다. 혹은 더 정확히 말해서 나는 아무것도 갈

55
가톨릭 미사와 고해 성사를 부정하는 개신교에 대한 비판이자, 당대 풍속에 대한 풍자이다.

망하지 않지만, 내 이름을 알게 된 이들이 나를 나 아닌 다른 사람으로 생각하게 될까 봐 몹시 걱정스럽다.

명예와 영광을 위해 모든 것을 다하는 사람은 자신의 참모습을 사람들이 모르게 한 채 가면을 쓰고 세상에 나서서 무엇을 얻을 수 있다 생각하는 것일까? 꼽추인 사람에게 체격이 날렵하다고 칭찬하면 그는 자기를 모욕한다고 생각할 것이다. 당신이 겁쟁이인데 사람들이 당신더러 용맹한 자라고 추켜세우면, 그 이야기는 당신에 대한 것일까? 사람들은 당신을 다른 이로 착각하고 있는 것이다. 수행원 중 제일 미미한 쪽에 속하는 사람에게 그가 부대장인 줄 알고 사람들이 모자를 벗어 경례를 하면 그것을 기뻐하는 자의 모습이 볼 만하리라.

마케도니아 왕인 아르켈라우스가 길을 가고 있는데 누군가가 그에게 물을 쏟아부었다. 그와 함께 있던 이들이 그자를 처벌해야 한다고 말하자 그가 말했다. "그래야겠지, 그러나 그가 물을 부은 것은 나에게가 아니라 그가 생각한 다른 사람에게였잖은가."

[C] 소크라테스는 사람들이 그에 대해 험담을 하고 있다고 알려준 이에게, "내 이야기가 아니네. 내 안에는 그들이 이야기하는 내용이 하나도 없거든." 하고 말했다.

[B] 나로서는 누가 나더러 훌륭한 항해사라거나 대단히 검박하다거나 혹은 아주 정결하다거나 하는 찬사를 보낸다면 조금도 고맙지가 않을 것이다. 그리고 마찬가지로 누가 나를 배신자라거나 도둑 혹은 주정뱅이라고 부른다 해도 〔내 이야기가 아니니〕 조금도 언짢아지지 않을 것이다. 자기를 모르는 사람들은 잘못된 칭찬에 배가 부를 수 있다. 그러나 나는 아니다. 나를 보고 있고, 배 속까지 나를 연구하며 내게 속하는 것이 무엇인지를 잘 알고 있으니

말이다. 내가 더 정확히 알려져 있기만 하다면 칭찬을 덜 받아도 나는 기쁘다. C 내게는 어리석다고 보이는 것을 지혜로움이라고 여기며 사람들이 나를 현자로 생각할 수도 있는 노릇이다.

B 내 책 『에세』가 부인들에게 그저 평범한 가구, 거실에 놓인 장식으로 쓰인다는 사실이 나는 괴롭다. 이 장은 내가 안방에 들어가도록 허락해 줄 것이다. 나는 그네들과 조금은 사적인 교류를 하고 싶다. 공공연한 것에는 호의도 풍미도 깃들이지 않는다. 헤어질 때가 되면 우리는 버려 두고 가는 것들에 대해 보통 이상으로 뜨거운 애정을 보이게 된다. 나는 이 세상의 유희와 마지막 작별을 하는 것이니, 이것이 우리의 마지막 포옹이다. 이제 내 이야기의 주제로 돌아오자.

그렇게 자연스럽고 그렇게 필수적이며 그렇게 당연한 성 행위는 무슨 짓을 했길래 우리가 술에 취하지 않고는 감히 그것에 대해 이야기하지 못하며, 진지하고 절제된 이야기에서 그것이 제외되는 것일까? 우리는 아무렇지 않게 '죽인다', '훔친다', '배신한다'는 말을 발음한다. 그런데 이 말만은 입안에서 어물거리기밖에 더하는가? 우리가 말로 덜 내뱉을수록 그에 대한 생각은 더 키울 수 있는 권리를 갖는다는 뜻일까?

C 왜냐하면 가장 덜 사용되고 글로 덜 쓰이며 더 잘 건너뛰는 단어들이야말로 가장 속속들이 알려지고 가장 널리 알려진 어휘라는 사실이 흥미롭기 때문이다. 어떤 연배도 어떤 습속도 빵에 대해서만큼이나 그것들을 잘 알고 있다. 표현되지 않고도, 목소리나 문자 없이도 그것들은 누구에게나 새겨진다.[56] 또한 그것은

56
1595년판은 다음과 같이 덧붙인다. "그리고 그것을 가장 많이 하는 성(性)은 그것을

우리가 침묵의 보호 아래 둔 행위로서, 그것을 거기서 끌어내 오는 것은 심지어 고발하고 단죄하기 위해서일 경우라도 범죄가 된다는 점도 재미있다. 우리는 그것을 매도할 때도 에둘러서 그리고 상징적으로밖에 하려 들지 않는다. 어떤 범죄자가 너무도 혐오스러워 그를 만지거나 바라보는 것도 부당하다고 법원이 판결한다면 이 범죄자에게는 큰 호의가 된다. 그 준엄한 단죄 때문에 자유롭고 안전해지니까 말이다. 판매 금지가 된 덕분에 더 잘 팔리고 더 알려지는 책들의 경우와 같지 않은가? 나로서는 아리스토텔레스의 견해를 그대로 좇아 수줍음은 청년에게 장식이 되지만 노년에게는 결함이라고 생각한다.

[B] 이 시구는 고대 시인들에서 다뤄지던 것인데, 나는 근대 시인들보다는 그들에게 더 호감을 느낀다. [C] (내게는 고대 시인들이 장점은 더 많고 단점은 덜하다고 보인다.)

> [B] 비너스를 과도하게 피하는 이들은
> 지나치게 쫓아다니는 이들 못지않게 과오를 범하는 것.
> 플루타르코스(아미오 역)

> 그대 여신이여 그대만이 홀로 만물을 지배하는구나
> 그대 없이는 그 무엇도 환한 세상의 신성한 기슭에 오르지 못하니
> 그대 없이는 기쁘고 사랑스러운 것 무엇 하나 이루어지지 않네.

가장 많이 침묵해야 하는 일을 맡는다."

루크레티우스

누가 아테나 여신과 뮤즈 들을 비너스와 틀어지게 하고 큐피드에게 냉담하게 만들 수 있었는지를 나는 모른다. 그러나 내가 알기로 이들 신만큼 서로 잘 어울리고 서로 기대고 있는 경우도 없다. 뮤즈들에게서 사랑의 상념을 제거하려 들면 그녀들이 가진 가장 아름다운 주제와 그녀들 작품의 가장 고상한 소재를 빼앗게 되리라. 사랑으로 하여금 시가(詩歌)와 친교를 맺지 못하게 하고 시가를 섬길 가능성을 차단해 버리는 자는 사랑이 가진 최상의 무기를 빼앗아 사람을 무력하게 만드는 셈이리라. 그렇게 함으로써 친교와 선의의 신에게, 그리고 인간다움과 정의를 보호하는 여신들에게 배은망덕하다고 비난하는 것이다.

이 신의 시종 명부와 수행원단에서 이름이 지워진 지 아주 오래지는 않아서 나는 그의 힘과 장점이 무엇인지 아직 기억하고 있으니,

> 내 옛 불길의 흔적을 나 아직 알아보노라.
>
> 베르길리우스

> 열병의 뒤에는 아직 열기와 느낌이 얼마간 남아 있으며,
> 그리고 내 인생의 겨울에도 이 열기가 사라지지 말기를.
>
> 장 스공

바짝 마르고 무거워진 몸이기는 하나, 지난 시절 격렬함의 미지근한 잔재를 나는 아직 얼마간 느끼고 있다.

북풍이나 남풍이 에게해를 흔들고 뒤집은 뒤
잠잠해지더라도
바다는 바로 평온해지지 않으니
오랫동안 뒤척이고
파도는 여전히 솟구치며 부서진다.

타소

내가 이해하기로는 이 〔사랑의〕 신의 힘과 능력은, 실제보다는 시가 그리는 광경에 더 생생하고 구체적으로 나타난다.

시구에도 손가락이 있어 우리를 건드린다.

유베날리스

거기에는 사랑 자체보다 더욱 사랑에 찬 노래가 흐르는 것이다. 비너스가 실오라기 하나 없이 발가벗고 생생한 모습에 헐떡이고 있어도 여기 베르길리우스가 그리는 것만큼 아름답지는 않다.

말을 마친 여신은 그가 머뭇거리는 동안
흰 눈의 두 팔로 그를 껴안고 부드럽게 조이며 그를
덥히니
그는 돌연 익숙한 불길 느끼고 낯익은 열망이 골수를
엄습하며
뒤흔들린 뼈 사이로 휘돌아 간다
이처럼 가끔은 천둥소리에 놀라 찢겨 나온 섬광 한 조각이
구름 사이 그 빛이 흐르게 한다 (……)

이 말을 마친 그는 비너스가 기다리던 포옹을 해 주었다.
이제 그는
아내의 가슴 위에 마침내 몸을 부리고
달콤한 졸음의 마법에 온몸을 맡긴다.

베르길리우스

여기서 내가 생각해 볼 만하다고 여긴 점은, 결혼한 비너스치고는 어딘가 너무 열정적인 모습으로 시인이 그리고 있다는 사실이다. 〔결혼이라는〕 맨숭맨숭한 흥정에서는 관능적 욕망이 그렇게 발랄하지는 않다. 그것은 느른하고 보다 무디다. 사랑은 그 자체에 의해서 말고 다른 식으로 서로 결합되는 것을 싫어하며, 결혼이라거나 하는 다른 명목으로 시작되고 유지되는 관계에는 잘 섞여 들지 않으려 한다.

결혼에는 우아함, 아름다움만큼이나 혹은 그 이상으로 혼맥과 재산이, 당연히, 고려된다. 무슨 말을 하더라도 결혼은 자기 자신을 위해 하는 것이 아니다. 자신만큼이나 혹은 그 이상으로 자기 후대를 위해, 그리고 집안을 위해 결혼하는 것이다. 결혼의 관행과 이익은 우리 다음의 먼 후세에까지 영향을 미친다. 그러므로 나는 결혼이 당사자들에 의해서보다는 제삼자에 의해서, 그리고 자신의 판단보다는 타인의 판단에 따라 진행되는 것이 더 마음에 든다. 이 모든 것이 얼마나 사랑의 관례와 반대되는 것인가! 그러므로 이 존경스럽고 성스런 친족 관계에서 사랑의 방종에 깃들 노력과 괴이함을 사용하려 하는 것은, 내가 다른 곳에서 이야기했던 것 같지만, 일종의 근친상간이다. 아리스토텔레스는 말하기를, 아내는 조심스럽고 심각하게 만져야 할 것인 바, 행여 너무 방탕하게 애무함으로써 쾌락이 그녀로 하여금 이성의 돌쩌귀에서 벗어나게 할지도 모르기 때문이라는 것이다.

그는 분별력에 대해 이야기했지만, 의사들은 건강을 두고 그렇게 말한다. 너무 뜨겁고 향락적이며 멈추지 않는 쾌락은 종자를 변질시키고 수태를 막는다고 말이다. 다른 한편 그들은 따분한 성적 결합이 그 원래 속성이니, 적정하고 비옥한 열기로 그것을 채우기 위해서는 드물게 그리고 상당한 시간 간격을 갖고 거기 임해야 하리라고 한다.

> 비너스의 선물을 탐욕스레 움켜쥐어 제 몸속 깊숙이 묻어두기 위해.
>
> 베르길리우스

미모와 사랑의 욕망으로 진행되는 경우보다 더 빨리 좌초하고 갈등에 빠지는 결혼은 보지 못했다. 결혼은 보다 탄탄하고 변함없는 기초가 필요하며 조심스럽게 나아가야 한다. 저 들끓는 환희는 결혼에 무익하다.

결혼에 사랑을 덧붙임으로써 결혼을 명예롭게 한다고 생각하는 이들은, 내 보기에, 덕성을 옹호한다면서 귀족이란 덕성 외에 다른 것이 아니라고 말하는 사람들과 마찬가지로 구는 셈이다. 이것들은 서로 사촌간은 된다. 그러나 다른 점도 많다. 두 가지의 이름과 지위를 섞어서 무엇하겠는가. 뒤섞으면 이쪽 혹은 저쪽에 잘못하게 된다. 귀족이란 멋진 지위이며 까닭이 있어 도입된 것이다. 그러나 그것은 다른 이에게 종속된 지위이며 사악하고 내용 없는 인간에게도 떨어질 수 있는 지위인 만큼, 그것은 덕성에 비해 한

참 낮게 평가된다. 설사 귀족인 것이 덕성이라고 해도 그것은 인위적이고 외적인 덕성이다. 시절과 운수에 따른 것이며, 어느 지역이냐에 따라 형태가 다양하고, 살아 있다가 죽는 것이자, 나일강처럼 근원을 알 수 없는 것이다. 혈통에 따르고 많은 이가 공유하고 계승과 닮음에 의거한 자질이자, 추론에 따른 것이지만, 그 추론은 매우 허약하다. 학식, 힘, 선함, 아름다움, 부유함 등 다른 모든 자질들은 상호 소통되고 교환되는 것이다. 귀족이라는 것은 그 자신에게서만 가치 있는 것일 뿐 타인을 위해서는 아무런 쓸모가 없다.

우리 왕 중 한 분에게 같은 자리를 놓고 두 경쟁자 중 하나를 골라 달라고 했다. 둘 중 하나는 귀족이고 하나는 아니었다. 그는 귀족 여부를 따지지 말고 능력이 더 출중한 자를 뽑으라고 지시하면서, 그러나 만일 두 사람의 능력이 완전히 똑같다면 그 경우에는 귀족 신분을 고려해 주라고 했다. 이것이야말로 귀족에게 그 합당한 자리를 찾아주는 것이다. 처음 보는 젊은이가 안티고누스 왕을 찾아와 얼마 전 죽은 자기 아버지의 지위를 자기에게 달라고 요구했는데, 그 아버지는 용맹한 사람이었다. 안티고누스는 이렇게 말했다. "젊은 친구, 그런 특혜를 베풀 때면, 나는 내 군인들의 신분이 귀족인가를 따지지 않고 그들의 용맹함이 어땠나만을 본다네."

C 사실 스파르타 왕들이 관리들을 뽑는 식으로 해서는 안 될 것이다. 나팔수며 가수, 요리사 등의 자리를 승계하는 것은 그 직업에서 가장 경험 많은 자들이 아니라, 아무리 그 일에 무지할 지라도 그 자식들이었다. 캘리컷 사람들[57]은 귀족을 일종의 초인간적 부류로 만든다. 그들에게는 결혼이 금지되어 있으며 전사(戰

士) 외의 어떤 직업도 허락되지 않는다. 남성은 마음껏 내연녀를 거느릴 수 있고 여성 또한 원하는 대로 기둥서방을 둘 수 있으며, 서로 간에 조금도 질투를 느끼지 않는다. 그러나 자기들 외의 다른 신분의 사람과 몸을 섞는 것은 용서할 수 없는 중범죄로 처단된다. 그들은 길을 가다 그저 스치기만 해도 자신들이 더럽혀졌다 생각하며 자기들의 고귀함이 심하게 손상되고 훼손됐다는 듯 자기들 곁에 조금이라도 가까이 다가온 자는 죽여 버린다. 그래서 귀족이 아닌 자들은 길을 가며 소리를 지르게 돼 있는데, 마치 베니스에서 모퉁이를 돌아가는 곤돌라 사공들이 충돌을 피하려 외치는 식이다. 그리고 귀족들은 자기들 원하는 쪽으로 저리 비키라고 그들에게 요구한다. 이렇게 하여 그들은 평생 간다고 여기는 치욕을 피하고, 다른 자들은 뻔히 보이는 죽음을 피하는 것이다. 아무리 긴 시간이 지나도, 군주가 어떤 호의를 베풀어도, 어떤 직책이나 덕성이나 재산도 평민이 귀족이 되게 할 수는 없다. 이것을 거드는 풍속이 있으니, 이 직업을 가진 자는 다른 직업을 가진 자와 결혼할 수 없다. 밧줄 제조인 집안 여성은 목수와 결혼할 수 없고, 부모들은 자식들이 다른 직업 말고 정확히 아버지의 직업을 이어 가도록 교육할 의무가 있으며, 이렇게 하여 그들의 운명은 차별성과 영속성이 유지된다.

[B] 좋은 결혼이란, 혹시 그런 것이 있다면, 사랑이 동반되는 것도 사랑의 조건들도 거부한다. 그것은 우정의 조건들을 내세우려

57
인도 서부의 말리바르 해안에 위치하고 있으며 현재 지명은 코지코드이다. 아라비아 상인들이 정착한 이래 1498년에는 바스코 다가마가 도착한 뒤 포르투갈인들의 무역소가 설치되기도 했다.

노력한다. 좋은 결혼은 아늑한 삶의 공동체로서 한결같음, 신뢰, 무수히 많은 유익하고 견실한 봉사와 서로간의 보살핌으로 가득한 것이다. 누구라도 그 아취를 맛보는 여성,

> 혼례의 횃불 속에 사랑하는 이와 맺어진 여인은.
>
> 카툴루스

자기 남편의 정부나 애인 노릇 하기를 원하지 않으리라. 그녀가 만일 남편의 애정 속에 아내로서 자리 잡고 있다면 그녀의 자리는 더욱 명예롭고 더욱 견고한 것이다. 그가 다른 데서 사랑에 빠지고 비위를 맞추고 있다면, 그래도 그에게 물어보라. 아내와 정부 중에 누가 수치를 당하는 쪽을 택하겠느냐고. 어느 쪽의 불행이 더 고통스럽겠냐고. 어느 쪽의 명예로움이 더 기분 좋겠냐고. 건전한 결혼이라면 이런 질문의 답은 의문의 여지가 없다.

좋은 결혼이 그렇게 드물다는 것은 결혼의 가치와 귀함의 표시이다. 그것을 잘 벼려 가고 잘 꾸려 간다면 우리 사회에 그보다 더 아름다운 요소는 없다. 우리는 결혼 없이는 살 수 없는데, 그런데도 그것의 가치를 갈수록 더 떨구고 있다. 그 결과 새장에서 목격되는 일이 생긴다. 바깥에 있는 새들은 거기 들어가지 못해 절망한다. 그리고 그 안에 있는 새들은 마찬 가지 노력으로 거기서 나오려고 한다. [C] 아내를 갖는 것과 안 갖는 것 중 어느 쪽이 더 나은지를 묻는 이에게 소크라테스는 "어느 쪽으로 결정하건, 후회하게 되리라."라고 말했다. [B] "인간은 인간에 대해" 혹은 "신이거나" 혹은 "늑대이다"(세실리우스, 플라우투스)라는 말이 가장 잘 들어맞는 계약이 결혼이다. 그것을 건설하기 위해서는 많은 자질들이 함께 어

우러져야 한다. 요즘에는 탐락이나 호기심, 나태함 따위로 힘들어 하지 않는, 단순하고 평범한 사람들에게 결혼이 더 어울린다. 나처럼 모든 종류의 구속과 의무를 혐오하는 제멋대로인 기질인 경우 결혼에는 딱히 적절하지가 않으니,

> 나 또한 목에 매는 저 사슬 없이 지내기가 훨씬
> 아늑하여라.
>
> 막시미아누스

내 의도대로라고 한다면, 나는 설사 지혜가 그것을 원했을지라도 지혜와의 결혼마저 피했을 것이다. 그러나 우리가 무슨 이야기를 한들 공동 생활의 습속과 관행이 우리를 이긴다. 내 행동의 대부분은 선택에 의해서가 아니라 본보기에 의해서 이루어진다. 어떻든 나 스스로 그 길로 간 것이 아니라 〔풍속을 따라〕 이끌려 간 것이며 외적 이유들에 의해 그리 간 것이다. 왜냐하면 불편한 것들만이 아니라, 아무리 추하고 악하며 피할 수 있는 일들마저도, 어떤 조건과 상황에 의해 받아들일 만한 것이 되지 못하는 경우는 없기 때문이다. 인간의 태도란 이토록 공허하다. 그리고 분명 그때는 그것을 경험해 보고 난 지금보다도 훨씬 준비가 덜 된 채, 그리고 더 거부감을 느끼며 결혼으로 들려 간 것이다. 사람들은 나를 몹시 방종하다 여기지만, 사실 나는 내가 약속하거나 희망했던 것 이상으로 결혼의 법칙을 엄격하게 준수해 왔다. 제 몸에 족쇄가 채워지도록 두고 나면, 더 이상 버텨 봐야 소용없다. 〔이제는〕 지혜롭게 자신의 자유를 관리하지 않으면 안 되는 것이다. 그러나 의무에 복종한 이상 공동의 의무라는 법 아래 자신을 두어야 하며,

적어도 그렇게 하려고 노력해야 한다. 이 협상을 체결하고도 나중에 결혼 생활을 증오와 경멸로써 이어 가는 자들의 처신은 부당하고도 해롭다. 그리고 마치 성스런 신탁인 양 여자들 사이에서 손에서 손으로 전해지는 것이 눈에 보이는 저 멋진 규칙은,

> 남편을 너의 주인처럼 섬겨라,
> 그리고 배신자 대하듯 그를 경계하라.

라고 가르치는데, 사실은 "남편을 향해서는 억지로, 적대적이며 불신에 찬 공손함으로 (전쟁과 도전의 외침으로) 대하라."라는 것이니, 이 역시 부당하고 가혹하다. 그렇게 가식투성이인 계획에 맞서기에는 나는 너무 연약하다. 사실을 말하자면, 이성을 불의와 뒤섞고, 내 경향에 맞지 않는 모든 질서와 규칙을 조롱거리로 삼을 정도로 완벽한 정신적 능란함과 우아함에는 나는 아직 이르지 못했다. 미신을 증오한다고 해서 내가 곧 종교를 부정하는 데까지 나가지는 않는다. 자기 의무를 늘 행하지는 않는다 하더라도 적어도 그 의무를 사랑하고 인정하기는 해야 한다. [C] 짝으로 맞아들이지 않고 결혼한다는 것은 배신이다. [B] 다른 이야기로 넘어가자.

우리 시인은〔베르길리우스〕 화기애애하고 잘 어울리는 결혼을 그리고 있는데, 그렇다고 이 결혼에 충실성이 가득한 것은 아니다. 사랑의 충격에 무릎을 꿇으면서도 결혼에 대한 일정한 의무는 남겨 두는 것이 불가능하지 않다는 것, 그리고 결혼을 완전히 파괴하지는 않고 상처를 입힐 수 있다는 것을 시인은 말하고 싶었던 것일까? [C] 어떤 하인은 당나귀에 말발굽을 해 넣었다는 식으로 주인을 속여 먹지만, 그가 주인을 미워하는 것은 전혀 아니다.

[B] 미모, 기회, 운명(운명은 여기에도 손을 뻗으니 말이다.)은,

> 우리 옷이 감춰 준 부분을
> 지배하는 운명이 있으니, 만약 별들이 너를 싫어한다면,
> 네 물건의 터무니없는 길이도 아무 소용없을 테니.
>
> 유베날리스

그녀를 외간 남자에게 붙여 주었다. 너무 완전히는 아마 아니어서, 그녀에게는 아직 얼마간 남편과 연결된 무엇이 남아 있다. 그것은 두 개의 다른 기획으로서 서로 구분되고 뒤섞이지 않는 것이다. 여자는 자기가 전혀 결혼하고 싶지 않았을 사람에게 자신을 내줄 수도 있다. 그 남자의 재산 상태 때문이라는 의미가 아니라 개인적 자질 때문에 말이다. 정부와 결혼하고 나서 후회하지 않은 남자는 거의 없다. [C] 그리고 다른 세상에서도 그렇다. 주피터는 처음 만나 풋사랑을 즐기고 결혼한 아내와 얼마나 고약한 살림을 이어 갔던가? 그것은 사람들이 말하는, "바구니에 똥 누더니 머리에 이고 간다."라는 식이다.

[B] 나는 우리 시대에 어떤 지체 높은 집안에서 연애 사건을 수치스럽고 정직하지 못하게 결혼으로 〔마무리해〕 치유하는 것을 보았다. 두 경우의 고려 사항은 너무 다르다. 서로 다르고 서로 모순되는 두 가지를 우리는 거북해하지 않고 사랑한다. 이소크라테스는, 사람들이 아테네라는 도시를 좋아하는 것은 마치 자기네가 사랑으로 섬기는 부인들을 좋아하는 식이라고 했는데, 누구나 그곳에 와서 산보하고 시간을 보내려 하지만 아무도 그곳을 사랑하고 결혼하려 하진 않는다고, 즉 거기 와서 자리를 잡고 살려 하지

는 않는다고 말했다. 나는 남편들이 자기가 아내에게 불성실했다는 바로 그 이유 하나로 부인들을 증오하는 것을 보며 분통이 치밀었다. 적어도 우리의 잘못을 이유로 덜 사랑해서는 안 될 것이다. 적어도 가책과 연민 때문에라도 그녀들은 우리에게 더욱 귀한 존재가 되어야 한다.

이 두 가지 일의 목적은 서로 다르지만 어떤 점에서는 상보적이라고 이소크라테스는 말한다. 결혼의 몫은 유용성, 공정함, 명예로움, 변함없음이다. 김빠진 것이지만 보다 보편적인 쾌락인 것이다. 사랑의 토대는 오직 한 가지, 쾌락이며, 사실 그 쾌락은 보다 자극적이고 생생하고 날카롭다. 어렵기 때문에 불붙는 쾌락이다. 거기에는 찔리고 타오르는 무엇이 분명 있으리라. 화살도 불꽃도 없다면 그것은 더 이상 사랑이 아니다. 결혼에서는 여성들의 너그러움이 넘치고 흘러 애정과 욕망의 뾰족한 끝을 무디게 한다. [C] 이 난점을 피하기 위해 리쿠르구스와 플라톤이 법에 관한 대목에서 들이는 수고를 생각해 보라.[58]

[B] 세상에 도입된 인생살이의 규칙을 여성들이 거부한다고 해도 그네들은 전혀 잘못하는 바가 없으니, 그것은 남성들이 그네와 아무런 상의 없이 만들어 낸 것이기 때문이다. 그네들과 우리 사이에는 당연히 갈등과 논쟁이 있다. 우리가 그네와 나누는 가장 긴밀한 교감마저 요란하고 폭풍이 친다.

우리 작가〔베르길리우스〕의 견해로는 우리가 그네들을 분별

58
두 사람 다 부부의 합방을 엄격하게 제한했다고 한다. 리쿠르구스에 관해서는 플루타르코스가 전하고 있으며, 플라톤의 경우는 저서 『법률』에서 이 점을 적고 있다.

없이 대하는 모습이 다음과 같다. 즉 우리는 사랑의 행위에 있어서 그네들이 우리보다 비할 바 없이 더 유능하고 열렬하다는 사실을 알고, 한 번은 남자이고 또 한번은 여자인 적이 있는 저 옛날의 제관[59]이

> 그는 두 가지 모습으로 비너스를 알았으니
>
> 오비디우스

그것을 증언하고 있으며, 게다가 우리가 그들 자신의 입에서 직접, 예전 서로 다른 세기에 그 분야의 명장(明匠)이고 유명인이던 로마의 황제와 황후[60]가 해 준 증언을 알게 되었다. 황제는 사실 하룻밤에, 포로로 잡은 열 명의 사르마샤 지역[61] 처녀를 범했다. 그러나 황후는 하룻밤에 정말로 스물다섯 명을 상대로 자기 필요와 기호에 따라 짝을 바꿔 가며 상대했던 것이다.

> 쾌락으로 긴장되고 불타오르는 그녀 몸속
> 기진하여 물러나지만 아직 충족된 것은 아니다.
>
> 유베날리스

59
티레시아스를 말한다. 뱀 두 마리의 교미를 방해했다는 이유로 여성이 된 그는 칠 년 뒤 같은 상황에서 다시 원래의 성을 되찾게 된다. 이 이야기는 오비디우스의 『변신』에 소개되고 있다.

60
황제는 3세기의 로마 황제인 프로쿨루스를 가리키며 황후는 1세기의 로마 황제 클라우디우스의 세 번째 아내 메살리나를 가리킨다.

61
현재의 폴란드에 속한다.

우리는 카탈로냐에서 한 여인이 남편의 지나치게 집요한 요구에 대해 불평하며 벌인 분쟁에 대해 알고 있지만, 내 생각에는 그녀가 남편 때문에 귀찮았다기보다는(기적이라는 것을 나는 신앙의 경우에만 믿는다.) 결혼의 근본적 행위인 바로 그것에서 남편들이 아내에게 행사하는 권위를 이 핑계로 제한하고 고삐 조이려 하는 것이며, 남편들의 적대감과 악의가 혼인의 침대를 넘어서서 비너스의 우아함과 감미로움을 짓밟아 버린다는 것을 보여 주기 위한 것이다. 이 불평에 대해 정말 짐승 같고 병적인 사람이었던 그 남편이 대답하기를, 금식하는 날에도 열 번 이상 하지 않고는 지나갈 수가 없다는 것이었다.

아라곤 여왕은 이에 주목할 만한 결정을 내렸다. 자문 회의를 통해 충분히 숙고한 나머지 이 선한 여왕은, 정당한 결혼에 요구되는 절도와 겸손의 규칙과 본보기를 모든 시대에 통용되게끔 제시하기 위해, 합당하고 필수적인 횟수를 하루 여섯 번으로 결정한 것이다. 그녀 말로는, 자기네 여성의 필요와 욕구의 상당 부분을 포기하고 내주는 것이로되, 쉽고 따라서 항구적이며 변경할 수 없는 공식을 확립하기 위함이라는 것이었다.

이에 대해 학자들이 외친다. "여자들의 이성, 그네들의 개심(改心), 그리고 그네들의 덕성이 이런 정도를 적절하게 여긴다니, 그네들의 욕구와 정욕은 어느 정도란 말인가?" C 우리 〔남녀의〕 욕구에 대한 판단이 이렇게 다르다는 사실을 고려하고, 또 입법파의 수장이던 솔론[62]이 부부 관계의 의무를 저버리지 않기 위해 남

62
플루타르코스에 의하면 솔론은 결혼에 관해서도 법을 만들었는데, 남편은 적어도 한 달에 세 번은 아내를 보러 가도록 되어 있다고 한다. 플루타르코스, 『사랑에 관하여』.

편이 한 달에 세 번만 가도록 정하고 있는 점도 고려했던 것이다. [B] 이 모든 것을 믿고 또 이것을 사람들에게 강조한 뒤 우리는 여성들에게 가서 그네들의 특별한 몫으로 금욕을 할당하고, 어길 시 최후의 극단적 처벌을 면치 못하리라 통고한 것이다.

이보다 더 절박한 정념은 없는데도 우리는 그네들 홀로 여기에 저항하기를 바라고 있으니, 그 본래 정도의 악덕으로서가 아니라, 불신앙이나 친족 살해보다 더 끔찍한 혐오와 증오의 대상으로서 멀리하라는 식이다. 그러나 우리가 정작 거기 빠지는 것은 과오도 비난의 대상도 아니다. 우리 중 이 문제를 극복해 보려고 했던 사람들은 물질적인 치료법을 통해 육체를 억제하고 약화시키고 냉담하게 만드는 것이 얼마나 어렵고 차라리 불가능한지를 충분히 고백했다.

우리는 반대로 여성들이 건강하고 힘차고 생기에 넘치고 포동포동하기를, 그러면서도 동시에 정숙하기를 원하니, 다시 말해 뜨겁고 차갑기를 동시에 요구하는 셈이다. 왜냐하면 결혼이란, 여성들이 타오르는 것을 막아 주는 기능을 한다고 우리가 말들 하지만, 우리 풍속에 따르면, 그녀들을 시원하게 해 줄 만한 것을 내놓지 못한다. 그네들이 혹시 청춘의 활력으로 아직 들끓고 있는 신랑을 취한다고 해도, 그자는 그 힘을 다른 데서 펼치는 것을 영광으로 삼을 것이니,

> 이제 그만 부끄러운 줄 알아라, 아니면 함께 법정으로
> 가자
> 네 물건을 내가 수천 냥 은화를 주고 샀느니라
> 그러니 바수스여, 네가 판 그 물건은 더 이상 네 것이

아니란다.

마르시알리스[63]

[C] 철학자 폴레몬은 아내가 그를 법정에 불러 세웠던 바, 생식의 밭에 심어야 할 과일 씨앗을 불모지에 심고 다닌다는 것이 그 이유였다.[64] [B] 다른 노쇠한 신랑감들을 맞은 경우는 여자들의 처지가 결혼 생활 한복판인데도 처녀들이나 과부들보다 더 고약하다. 곁에 남자가 하나 있으니 그네들이 갖출 것은 갖췄다고 여기는 것이, 마치 로마인들이 베스타 신전의 여사제였던 클로디아 라에타에 대해 칼리굴라가 그녀에게 가까이 갔으니 그녀는 능욕을 당한 것이라고 여겼던 식인데, 확인된 사실은 그가 그녀에게 그저 다가갔다는 것 말고는 없었다.[65] 그러나 그렇게 되면 여성들의 욕구를 부추기는 셈이니, 혼자 살면 더 잠잠히 있을 열기가 누가 됐건 수컷이 옆에 있고 건드리면 깨어나기 때문이다. 그리고 자기들의 순결함을 보다 칭송받을 만한 것으로 만들고자 하는 이유에서, 폴란드의 왕 볼레슬라우스와 왕비 킨가는 결혼 초야의 침상에 함

63
고대 로마의 풍자 시인이다. 자기를 내팽개쳐 두고 애인들 찾아다니느라 지참금을 탕진하는 남편을 아내가 타박하는 말이다.

64
그리스 역사가이고 전기 작가인 디오게네스 라에티오스의 『철학자 전기』에 따르면, 폴레몬의 부인은 남편이 젊은이들과 성관계를 가짐으로써 자기를 학대하고 있다고 남편을 법정에 고소했다.

65
로마 3대 황제 칼리굴라(37~41년 재위)는 로마 황제 카라칼라(211~217년 재위)의 오기로 보인다.(P. Villey) 불의 여신 베스타를 모시고 있는 신전은 로마에 있으며 나라의 운명을 좌우하는 성화가 타고 있다. 이 신전을 지키는 여사제는 순결한 처녀여야 한다.

께 누워 한마음으로 순결을 맹세했으며, 결혼 생활의 갖가지 기회에도 불구하고 순결을 유지했다.[66]

우리는 여성들을 어린 시절부터 사랑의 방식을 깨우치게 가르친다. 그네들의 우아함이며 옷 입는 방식, 학식과 언어, 교양 전체는 오직 이 목적만을 염두에 두고 있다. 설사 가정교사가 그네들에게 사랑을 묘사하는 것이 줄곧 그에 대해 역겹게 느끼도록 만들려는 것일지언정, 그네들 머리에 새겨지는 것은 바로 사랑의 얼굴인 것이다. 내 딸은 (내 슬하에 둔 유일한 자식인데) 결혼하고 싶어 몹시 애가 닳은 이들에게 법이 허용하는 나이이다.[67] 이 아이는 늦되는 편인 데다 호리호리하고 여리며, 그런 연유로 제 어미가 밖에 내놓지 않고 개인적으로 키웠다. 그래서 이제 겨우 유년기의 천진함에서 막 벗어나는 중이다.

그 애가 내 앞에서 불어책을 읽고 있던 참에 익숙한 나무 이름인 '푸토(fouteau)'[68]라는 단어가 나왔다. 딸의 불어 지도를 하던 여자가 갑자기 좀 거칠게 독서를 중단시키더니 이 고약한 대목을 건너뛰게 했다. 나는 두 사람의 규칙을 어지럽히고 싶지 않아 그녀가 하는 대로 그냥 두었다. 왜냐하면 딸애의 교육에 관해서는

66
헝가리 공주였던 킨가의 라틴식 이름은 쿠네군다이다. 두 사람의 결혼은 1239년에 있었으며, 왕은 왕비를 흡족하게 여겼음에도 신혼 중에 그녀와 접촉하지 않았으며, 두 사람은 이후 영원히 순결을 지키기로 함께 약속하고 실제 그렇게 했으며, 왕은 '정결한 이'라는 별칭을 얻었다.

67
몽테뉴 딸은 1571년생이다.

68
'푸토(fouteau)'는 너도밤나무를 가리킨다. 비슷한 발음의 '푸트르(foutre)'는 성교하다는 뜻의 비속어이다.

내가 전혀 신경을 쓰지 않기 때문이다. 여성들의 통치는 신비로운 존재 방식이 있어서 그것은 그들에게 맡겨 둬야 한다. 그러나 혹시 내가 잘못 생각하는 것이 아니라면, 남자 하인 스무 명이 여섯 달 동안 내 아이 곁에서 시중을 든다 하더라도, 저 범죄적인 음절들의 소리에 대한 이해와 용도, 그 모든 결과들에 대해, 이 착한 노파가 책망과 금지를 통해 이룬 정도만큼 딸아이의 뇌리에 각인시킬 수는 없었을 것이다.

> 혼기가 찬 처녀들은
> 색정적인 이오니아 춤 배우기를 즐기니
> 팔다리를 비틀며 추는 춤, 여린 소녀 적부터
> 외설스런 사랑을 꿈꾸는구나.
> 호라티우스

그네들에게 의례는 좀 생략하고 마음대로 이야기하라 해 보라. 이쪽 분야 지식에 있어서 우리는 그네들에 비하면 어린애에 지나지 않는다. 우리의 구애와 대화를 그네들이 어떻게 묘사하나 들어 보시라. 그네들은 자기들이 우리 없이 〔이미〕 알게 되고 소화시킨 것 말고는, 우리가 아무것도 그네들에게 가르쳐 주는 것이 없음을 깨닫게 해 준다. C 플라톤이 이야기한 것처럼, 그네들은 전생에 방탕한 총각들이었을까?[69] B 어느 날인가 내 귀는 우연히 그네들

69
플라톤의 『티마이오스』에서 조물주(데미우르고스, 즉 우주 창조신)는 영혼을 남성의 몸에 들어가게 하면서, 정념을 다스려 보게 한다. 만약 이 시험을 통과하지 못하면 두 번째 태어날 때는 그 본성을 여성의 것으로 바꾸게 된다.

끼리 하는 이야기 중 얼마를 별 의심 없이 흘려듣게 되었는데, 그대로 옮길 수만 있다면 좋으련만! 나는 혼자 생각에 '맙소사, 지금 아마디스[70]의 표현법과 보카치오나 아렌티노의 이야기 모음집[71]을 공부해 기지에 찬 모습을 보여 주려 해 보자.' 싶었다. 〔그런들〕 우리가 시간을 퍽이나 잘 쓰는 셈이겠다! 말 한 마디, 본보기 하나, 술수 하나라도 그네들이 우리 책보다 더 모르는 것이 없으니 말이다. 그것은 그네들 핏줄 속에 타고나는 학문이니,

> 비너스신이 직접 그네들에게 영감을 준 것.
>
> 베르길리우스

그것은 저 훌륭한 교사들인 자연과 젊음, 그리고 건강이 계속하여 그들 영혼에 불어넣고 있는 것이다. 그네들이 무엇하러 그것을 배우겠는가, 자기들이 낳아 키우는 것인데.

> 어느 흰빛 비둘기가 혹은 그보다 더욱 관능적인
> 어떤 다른 새라 하더라도, 달콤하게 쪼아 대며
> 입맞춤 기다리는 모습, 넋 잃고 사랑에 빠져

70
『아마디스 드 골』은 용맹성과 세련미를 갖춘 주인공 아마디스를 그리는 스페인 기사도 소설로서 프랑스에 번역, 소개되어 귀족 계급의 예법과 세련된 언어 생활에 큰 영향을 미쳤다. 1559년 이후 이 작품에서 가장 멋진 편지글, 탄식, 웅변 등을 가려 뽑은 책이 발간되기도 했다.

71
보카치오는 이탈리아 초기 르네상스 시대 작가로서 『데카메론』을 저술했고, 아렌티노는 16세기 이탈리아의 가장 영향력 있는 작가로서 특히 권력자들을 공개적으로 비판했다.

여인이 느끼는 쾌락만 하랴.

카툴루스

그네들 욕망의 타고난 격렬함이 그네들에게 마련된 두려움과 명예심으로 얼마간 고삐 묶여 있지 않았더라면 우리는 치욕을 겪었으리라. 세상의 모든 움직임은 이 짝짓기로 나아가고 그것으로 귀결된다. 그것은 도처에 스며든 질료이고, 만물이 시선을 향하고 있는 중심이다. 오래되고 지혜로운 로마가 사랑의 봉사를 위해 내린 몇몇 처방들과, 화류계 여성의 교육을 위해 소크라테스가 내놓은 가르침들이 아직도 우리 앞에 있지만,

스토아 학파 철학자들의 소책자들도
비단 방석들 사이 한가로이 뒹구는 것을 싫어하지
않는다네.

호라티우스

제논[72]은 자신이 구상한 법률 가운데, 꽃봉오리를 꺾기 위해 얼마 정도 벌리고 어느 정도 두드려야 하는지를 규정해 두었다. [C] 철학자 스트라토가 『육체적 결합에 관해』에서 쓴 책의 의미는 무엇인가? 그리고 테오프라테스가 한 권은 『사랑하는 사람』이라

72
B. C. 4~3세기에 생존했던 고대 그리스 철학자, 키티온의 제논을 가리킨다. 그의 저작이 남아 있는 것은 없으며, 플루타르코스는 『식탁의 대화』에서 "제논이 '다리를 얼마나 벌려야 할까'를 논한 대목은 연회에 관한 책이나 가벼운 주제의 책에다 쓸 일이지 공공의 것을 다스리는 법을 다루는 책들처럼 그렇게 진지하고 심각한 각축장에 내놓을 일은 아니다."라고 쓰고 있다.

고 하고 다른 한 권은 『사랑』이라고 제목을 붙인 책에서 다루는 바가 무엇인가? 아리스티푸스가 『오래된 즐거움에 관하여』 한가운데서 이야기하는 것은? 플라톤이 자기 시대의 거침없는 연애에 대해 그렇게 광범위하고 생생하게 묘사하는 것은 무엇을 위해서인가? 그리고 데메트리우스 팔레레우스의 『사랑하는 사람의 책』은? 헤라클리데스 폰티쿠스의 『클리니아스 혹은 강요된 사랑』은? 또 안티스테네스의 『애 낳기 혹은 혼인』이나 또 다른 책인 『주인 혹은 애인에 관하여』는? 아리스토의 『사랑의 수련에 관하여』는? 클레안테스의 『사랑에 관하여』와 『사랑의 기술에 관하여』는? 스페루스의 『사랑에 관한 대화』는? 크리시푸스의 감당 안 될 만큼 뻔뻔스런, 주피터와 주노 이야기며, 몹시 외설스런 쉰 편의 서한들은? 〔쾌락을 추구하는〕 에피쿠로스 학파를 추종하는 철학자들의 저작은 저만치 밀어 두고서라도 말이다. B 옛날에는 사랑에 봉사하는 신이 오십 명이었다. 어떤 나라들에서는 기도를 드리러 오는 사람들의 음욕을 잠재우기 위해 나이 어린 처녀와 사내들을 예배소에 둬 즐기도록 했는데, 기도를 드리러 가기 전에 그 아이들을 이용하는 것이 격식에 맞는 행위였다.

C "확실한 것은, 절제를 위해서는 무절제가 필요하고, 화재는 불을 써서 끌 수 있다는 사실이다."(테르툴리아누스)

B 세상 대부분의 지역에서 우리 몸의 이 부분은 신격화되어 있었다. 똑같은 지방에서 어떤 자들은 제 몸에서 그 껍질을 벗겨 한 조각을 신에게 바치는가 하면, 다른 자들은 정액을 공물로 바친다. 다른 지방에서는 젊은 남자들이 공중 앞에서 그 부분을 찌르며, 살과 껍질 사이 여러 곳을 뚫어 그 뚫린 사이로 자기들이 견딜 수 있는 가장 길고 굵은 꼬챙이를 찌르고 다녔다. 그리고 나중

에 이 꼬챙이들에 불을 피워 자기 신들에게 공물로 바치는데, 그 고통이 너무 심해 놀라기라도 하면 원기도 순결함도 부족하다고 치부되었다. 다른 곳에서는 가장 존엄한 관직은 이 부분으로 존중되고 인정되었는데, 어떤 의식을 진행할 때면 여러 신들을 기리기 위해 그 모형을 엄숙하게 운반했다.

바쿠스 신 축제 때 이집트 귀부인들은 정교한 형상의 목각으로 된 이것을 목에 매고 다녔는데, 각자 힘에 맞게 크고 무거운 것이었으며, 또한 바쿠스 신의 조각상 역시 그것을 재현하고 있는데, 그 크기는 신체 나머지 부분보다 더 컸다.

이 부근 결혼한 여성들은 머리 두건으로 그 형상을 만들어 이마 위에 내보이는데, 자기들이 그로부터 맛본 쾌락을 뽐내기 위해서이다.[73] 그러다 과부가 되면 그것을 뒤로 숙여 머리 장식 아래 감춘다.

로마에서는 가장 현명한 부인들을 골라 꽃과 화관을 프리아푸스 신[74]에게 바치는 영예가 주어졌다. 그리고 처녀들은 결혼할 때 이 신상의 제일 점잖지 못한 부위에 주저앉게 했다. 내가 본 것은 아닐지라도 이 비슷한 경건함이 내 시대에 있는 것을 나는 안다. 우리 조상들이 바지에 걸치고 다니던, 저 우스꽝스런 천 조각

73
바스크 지방 풍속이라고 한다. 가브리엘 드 미뉘의 『아름다움에 관하여』에 따르면, 바이욘의 부르주아 여인들은 "멋지게 꾸미기 위해 머리 맨 위쪽에 아름답고 화려한 띠를 두르는 대신, 옛 로마인들이 정원의 주재자라 불렀던 것, 남성이 후세를 만들기 위해 여성과 결합하는 도구의 형상을 붙이고 다녔다."

74
아프로디테와 디오니소스 사이에서 태어난 성욕과 풍요의 신으로서 남성 생식력을 주관한다.

은,[75] 지금도 우리 스위스인들[76]이 걸치고 있지만 무엇을 말하는 것이었을까? 이즈음 우리가 반바지 아래 급소 부분의 모습을 과시하는 것은 무엇을 하겠다는 것인가? 더 고약하게는 흔히들 가짜와 사기를 통해서 원래의 크기 이상으로 말이다.

[C] 이런 종류의 복장은 사람들을 속이지 않으려는 의도로 좀 더 훌륭하고 양심적인 시대에 고안되었으며, 누구든지 점잖게 자기 능력을 공중에 알리려는 것이었다고 생각하고 싶어진다. 가장 단순한 민족들은 지금도 실제 크기와 얼추 맞게 하고 다닌다. 옛날에는 직공들에게, 팔이나 다리를 재듯이, 그곳을 재게 했다.

[B] 내 젊은 시절에, 눈길이 타락하지 않게 하기 위해, 자기 사는 대도시의 수많은 아름답고 오래된 조각상들을 거세시킨 점잖은 분은[77] [C] 또 다른 점잖은 분의 견해를 따랐던 것인데,

> 공중 앞에 벌거벗은 몸을 드러내는 것이 풍속 타락의 근원이라.
>
> 엔니우스, 키케로의 인용

[B] 풍요의 신의 신통력을 위해 무엇이든 남성의 모습은 배제

75
braguette를 말한다. 남성용 바지 앞쪽에 붙이던 삼각형 천 조각으로서, '앞가리개'쯤으로 옮길 수 있다.

76
프랑스 왕의 경호를 맡던 스위스 용병들을 가리킨다.

77
교황 파울로스 3세(1536~1549)이거나 혹은 그 후계자인 파울로스 4세(1554~1559)로 추정되며, 대도시는 로마를 말한다.

했던 것처럼,[78] 말들이나 당나귀, 필경에는 자연 전체를 거세시키지 않고서는 아무 쓸모가 없다는 것을 염두에 두었어야 하리라.

> 그렇다, 지상의 모든 종들, 사람이고 들짐승이고,
> 모든 물고기들, 짐승 떼며 온갖 색깔의 새들, 이 모두가
> 사랑의 열기, 그 불길로 달려가고 있다.
>
> 베르길리우스

[C] 플라톤은 신들이 우리에게 말 안 듣고 폭군 같은 기관을 주었다고 한다. 이 기관은 마치 거친 짐승처럼 그 욕망의 광포함으로 모든 것을 자기에게 복종시키려 한다는 것이다. 마찬가지로 여성에게는 게걸스럽고 탐욕스런 짐승을 붙여 주었는데, 제때에 양식을 주지 않으면, 지체되는 것을 견뎌 내지 못하고 광증을 보이며, 여성들의 몸 안에 자기의 광기를 불어넣어, 기혈을 막히게 하고 호흡을 멈추게 하는 등 수많은 병증을 낳게 하는데, 너나없이 갈망하는 과실을 빨아들여 자궁 바닥까지 충분히 적시고 씨앗이 뿌려지고 나서야 멈춘다고 한다.

[B] 그런데 내가 말한 그 입법자는[79] 여성들이 상상의 자유와 열기에 따라 그것을 스스로 짐작하게 하는 것이 아니라 일찍부터 실제를 알도록 해 주는 것이 보다 정숙하고 효과적인 방법임을 알았어야 했다. 그네들은 실제 모습 대신에, 욕구와 기대에 따라, 세

78
풍요의 신(Bona Dea)은 로마 여인들이 숭배하던 신이며, 이 신에게 예경을 바칠 때는 집에서 남자들뿐만 아니라 남성성과 관계된 모든 것을 밖으로 내보냈다고 한다.

79
앞 대목의 조각상 일부분을 없애게 한 '점잖은 분', 교황을 의미한다.

배나 더 큰 기이한 물건을 상상한다. C 그래서 내가 아는 어떤 사람은 가장 심각한 용도에 쓸 수 있는 처지가 아닌 곳에서 자기 물건을 드러내는 바람에 기회를 망쳤다.

B 어린애들이 왕궁 통로며 층계에 그려 놓고 다니는 저 거대한 물건 그림이 얼마나 큰 폐해를 가져온 것인가? 그 때문에 여성들은 우리가 자연에서 받아 온 능력을 잔인하게 경멸하는 것이다. C 플라톤이 좋은 제도를 갖춘 다른 국가들을 따라서, 남성과 여성이 나이 들었건 젊건, 운동을 하며 서로의 벗은 몸을 볼 수 있도록 한 것은 이러한 목적 때문이 아니었을까? B 사람들의 벌거벗은 모습만 보는 신대륙인들은 적어도 눈의 감각은 차분해진 셈이다. C 그리고 저 드넓은 페구 왕국[80]의 여성들이 무슨 말을 하건, 허리 아래는 그저 앞쪽 트임이 있는 천조각만으로 몸을 가리고, 그 천의 폭이 너무 좁아 그네들이 아무리 엄숙하게 예를 갖추려 해도, 걸음걸이마다 몸이 다 보이니, 그것은 나라 전체가 푹 빠져 있는 남자 동성애의 풍습에서 남자들을 끌어내어 자기들에게로 오게 하려고 생각해 낸 방법인데, 여자들이 얻는 것보다는 잃는 것이 많다고 할 수 있으리라. 적어도 눈길로나마 포만을 맛본 굶주림보다는 완전히 주리는 것이 차라리 더 날카로울 테니 말이다.

B 또한 리비아[81]는 덕성스러운 여성에게 벌거벗은 남자란 그

80
인도 동부 지역의 왕국. 『에세 1』에서 언급된 바 있다.

81
로마 황제 아우구스투스의 부인. 디온 카시우스의 『티베리우스』에 따르면, "어느 날 벌거벗은 남자들이 그녀를 보러 찾아왔는데 그 때문에 목숨을 잃게 될 처지들이 되었다. 그녀는 분별 있는 여자에게는 그런 남자들이 그저 조각상이나 같은 것이라고 이야기하며 그들의 목숨을 구해 주었다."라고 한다.

림에 지나지 않는다고 말하곤 했다. [C] 라케데모니아 여자들은 우리네 여자애들보다 더 정결하지만, 자기 도시의 젊은 남자들이 벌거벗고 연마하는 모습을 매일 보고 다녔으며, 자기들 자신이 걸어 다니면서도 둔부를 가리려고 별로 조심하지도 않았는데, 플라톤이 이야기하는 것처럼,[82] 〔테두른〕 불룩치마[83] 없이도 자기들 미덕이 충분히 몸을 가려 주고 있다고 생각하는 것이었다.

그러나 성 아우구스티누스가 언급하고 있는 사람들은, 벌거벗은 나신에 경이로운 유혹의 능력을 부여한 셈이니, 이들은 여성들이 최후의 심판 때, 우리 남성으로 부활하는 것이 아니라 자기네들 성으로 부활해 행여 〔부활의〕 저 거룩한 상태에서 또 우리를 유혹하게 되지나 않을지 염려했던 것이다.[84]

[B] 요컨대 우리는 온갖 수단을 동원해 그녀들을 유혹하고 미끼를 던진다. 우리는 끊임없이 그녀들의 상상력을 덥히고 자극하며, 그리고 나서는 왜 배가 불러 오는 것이냐며 야단을 친다. 사실을 고백하자. 우리 중에, 자기 자신의 악덕이 아니라 아내의 악덕에서 비롯한 수치를 더 두려워하지 않는 자는 드물다. 자기 자신

82
플라톤은 『국가』 5장에서 여성 〔질서〕 수호자(femmes de gardiens)에 대해 이야기하며 "그녀들은 의복 대신에 미덕을 입고 다닐 것이기에, 벌거벗고 다니도록 한다."라고 썼다.

83
vertugade. 옛날 프랑스 여성들이 입던 치마로서 속에 테를 둘러 불룩하게 했다. vertugade를 vertu-garde, 즉 '미덕을 지킨다'는 의미로 쓴 언어 유희이다.

84
성 아우구스티누스가 『신국 22』 17장에서 언급한 내용. 사도 바울은 로마서 8장에서 부활한 이들은 '하느님의 아들과 같은 모습을 가지도록 정하셨다.'고 했다. 아우구스티누스는 이것이 모든 기독교인들이 남녀를 불문하고 남성으로 부활한다는 의미가 아니라고 지적했다.

의 양심보다는 선한 아내의 양심에 더 마음 쓰지 않는 자도 드물다.(경이로운 자비심이라니!) 아내가 남편보다 더 정숙하게 지낼 줄 모르느니, 차라리 자기가 도둑이 되고 신성 모독자가 되며 아내는 살인자가 되고 이단자가 되는 편이 더 낫다고 생각하지 않을 이도 드물다.

그리고 여자들은 그렇게 한가로운 즐거움들 한복판에서 〔정숙하기 위해〕 그렇게 힘든 방어를 해야 하느니, 차라리 남자들처럼 기꺼이 돈을 벌러 법정에 나가고,[85] 명예를 얻으러 전장에 나가겠다고 나설 것이다. 상인이고 법관이고 혹은 군인이고 이 또 다른 〔연애〕 사업을 뒤쫓아 가려 자기 일을 관두지 않을 자가 없다는 것, 그리고 짐꾼이고 신기료장수고 간에 노동과 굶주림에 지치고 녹아떨어져도 역시 마찬가지라는 것을 여자들이 모르고 있겠는가?

비옥한 프리지아의 왕 미그도니아스의 황금 전부나
아케메네스의 재산 전부,
혹은 아라비아의 보석 전체하고
리시니아의 삼단 같은 머릿단 하나를 바꾸겠는가?

그대 달콤한 입맞춤에 그녀 눈부시게 하얀 목을 숙이고,
혹은 달콤한 싸늘함으로 입맞춤 거절하면서도 그녀
그대보다
더욱 갈망하는 가운데 갑자기 먼저 입맞춤 훔쳐 가는데.
호라티우스

85
당시 법조계는 많은 돈이 오가는 것으로 알려졌다고 한다.

C 악덕에 대한 이 얼마나 불공정한 평가인가! 우리나 그녀들이나 음행보다 더 해롭고 더 타락한 부패 행위를 몇백 가지라도 할 수 있다. 그러나 우리는 본성이 아니라 우리 이해관계에 따라 악덕을 만들어 내고 평가하며, 그 때문에 악덕들의 모습이 우리 눈에 그토록 달리 보이는 것이다. 우리가 내리는 판단의 엄혹성으로 인해 여성들의 악덕은 본래 성격보다 훨씬 맹렬하고 고약하게 취급되며, 그래서 원인보다 더 나쁜 결과를 빚게 만든다.

B 우리 식으로 교육받고 이 세상을 온전히 보고 접했으며, 〔정숙함과〕 반대되는 그 많은 예와 부딪히면서, 쉴 새 없는 끈질긴 구애의 한복판에서 자신을 순결하게 유지하고 있는 한 아름다운 처녀의 꿋꿋함을, 그 혹독함에 있어서 카이사르나 알렉산드로스의 위업이 능가할 수 있을지 나는 알지 못하겠다. 이 무위의 몸가짐보다 더 가시투성이이고 또한 더 능동적인 행동은 없다. 나는 갑옷을 평생 입고 다니는 것이 처녀성을 간직하기보다 더 쉽다고 생각한다. 그리고 처녀성의 맹세가 모든 맹세 중에 가장 고귀하니, 그것이 가장 어려운 일이기 때문이다. C 성 예로니모는 "악마의 힘은 허리에 있다."라고 했다.

B 확실히, 인간의 의무 중에서 가장 까다롭고 힘든 것을 우리는 부인들에게 떠넘겼으니, 나는 그 영광도 그녀들에게 양보한다. 이것은 그녀들이 거기 집착하게 하는 특별한 자극이 될 것이 틀림없다. 이 좋은 재료 덕에 그녀들은 우리에게 맞설 만하며, 우리가 여성보다 더 우월하다고 내세우는 용맹과 미덕을 능멸하려 할 만하다. 그녀들이 주의해서 보면, 그 때문에 자기들이 몹시 존경받을 뿐만 아니라 더욱 사랑받는다는 것을 알게 되리라. 마음을 얻으려는 남성은, 거절당했다고 하더라도 그 이유가 〔다른 이를〕 선

택한 탓이 아니라 정숙함 때문일 경우 구애를 포기하지 않는 법이다. 맹세를 하고 위협을 하고 탄식을 한들 우리는 거짓말하는 것이며, 그 때문에 더욱 그녀들을 사랑하는 것이다. 거칠지도 찌푸리지도 않은 정숙함만 한 유혹은 없다. 증오하고 경멸하는데도 고집을 피우는 것은 어리석고 비굴한 짓이다. 그러나 고마워하는 호의가 섞인, 덕성스럽고 의연한 꿋꿋함을 지닌 여성이라면 고상하고 담대한 영혼이 부딪혀 볼 만하다. 그녀들은 우리의 봉사에 대해 어느 정도까지는 고맙게 느낄 수 있을 것이며, 자기들이 우리를 멸시하지 않는다는 사실을 우리가 적절하게 느끼도록 해 줄 수 있으리라.

C 우리가 자기들을 흠모한다는 이유로 우리를 혐오하도록 명령하고 우리가 자기들을 사랑한다는 이유로 우리를 증오하도록 명령하는 이 규범은 분명 그 까다로움 때문에라도 잔인하다. 우리가 절도를 지키는 한, 섬기려 하는 우리의 제안과 요구에 그녀들이 귀 기울이지 말아야 할 이유가 무엇인가? 왜 우리는 그녀들이 속으로는 뭔가 훨씬 음란한 생각을 하고 있을지 모른다고 추측해야 한단 말인가? 우리 시대의 왕비 한 분[86]은 기발하게 이야기하기를, 〔남성들의〕 이 같은 접근을 거절하는 것은 나약함의 증거이고 자신의 경박함을 고백하는 것이며, 유혹받은 경험이 없는 여성은 자신의 정결함을 자랑할 것도 없다고 했다.

B 명예의 경계는 결코 그렇게 협소하게 정해져 있지 않다. 그것은 느슨해지는 공간도 있으며, 과오에 빠지지 않고도 어느 정도 자유로울 수 있다. 그 경계선의 끝에는 자유롭고 무심하며 중

86
프랑수아 1세의 누나인 마르그리트 드 나바르를 가리키는 것으로 추정된다.

립적인 영역도 얼마간 있다. 누군가 여성의 명예를 그 마지막 구석과 요새 안까지 밀어붙일 수 있었으면서도 자기 운명에 만족하지 않는다면 그는 어리석은 사람이다. 승리의 가치는 그 어려움으로 측정된다. 당신의 지극한 봉사와 잘난 점이 그녀 가슴에 어떤 인상을 남겼는지 알고 싶은가? 그것은 그녀의 품성에 따라 측정하라. 그다지 주지 않으면서도 많은 것을 주는 셈인 여성이 있다. 친절에 대한 고마움의 정도는 전적으로 친절을 베푼 자의 의도가 무엇이냐에 관련된다. 친절과 관련된 다른 사정들은 말이 없고 죽은 것, 우연한 것일 뿐이다. 남자가 여자에게 주는 자기 전부보다 여자가 주는 얼마 안 되는 것이 여자로서는 더 비싼 대가일 수 있다. 어떤 일에서는 희소성이 그 가치를 더한다면 바로 이 경우가 그럴 것이다. 그것이 얼마나 적은지는 살피지 말라, 대신 그것을 가지게 된 사람이 얼마나 소수인가를 보라. 화폐의 가치는 주형(鑄型)과 주조 장소가 어디냐에 따라 달라진다.[87]

어떤 사람들이 원한과 무분별함 때문에 불만이 꽉 찬 상태에서 무엇을 이야기하게 되더라도, 미덕과 진실은 항상 우위에 서게 된다. 그 명성이 오랫동안 부당하게 침해되었다가도 무슨 수완도 노력도 없이 그저 의연함만으로 남성들 모두가 존경하게 된 여성들을 나는 보았다. 남자들은 자기들이 그녀에 대해 지녔던 생각을 후회하고 부인하게 된다. 그녀들은 어딘가 미심쩍었던 여자에서 선량하고 정숙한 귀부인들의 맨 앞 열에 서게 되는 것이다. 누군가 플라톤에게 말했다.[88] "세상 모두가 당신을 나쁘게 말합니다."

87
얼마라고 새겼으며 어느 나라 화폐인지에 따라 그 가치가 다르듯이, 친절을 베푸는 사람의 기준에 따라 같은 친절도 그 가치가 다르다는 뜻이다.

그러자 그가 말했다. "그렇게 말하라고 두게. 나는 그들이 말을 바꾸게 되도록 살아갈 것이네."

신에 대한 두려움이나 그렇게 희귀한 영광의 가치가 여성들로 하여금 자신을 지키도록 자극하겠지만, 그것 말고도 이 시대의 부패가 그렇게 하도록 강요하기도 한다. 내가 만약 그녀들 처지라면 그렇게 위험한 손에 내 평판을 맡겨 두는 것보다 더 피하고 싶은 일도 없을 것이다. 내 시절에는 그것에 관해 이야기하는 기쁨이 (이것은 달콤함에 있어서 실제 그것의 기쁨에 조금도 뒤지지 않는데) 충직하고 단 하나뿐인 친구를 가진 이들에게만 허락되었다. 요즘은 함께 모이거나 식탁에서 하는 일상적 이야기가 자기네가 여성들에게서 받은 호의와 비밀스런 너그러움에 대한 것들이다. 이런 다정한 배려를 은혜도 모르고 신중함도 없고 그렇게 지조 없는 사람들로 하여금 이처럼 잔인하게 박해하고 짓이기며 휘젓게 놔두다니, 참으로 비열하고 천박한 심성이다.

여성의 관능에 대한 우리의 과도하고 부당한 분노는 인간 영혼을 고통스럽게 하는 가장 헛되고 격렬한 질병에서 비롯하는 바, 그것은 질투이다.

> 옆에 있는 횃불에서 불씨를 얻으려 할 때 누가 그것을 막으랴
>
> 오비디우스

> 끝없이 주어도 여성의 그 불길 줄어들지 않으니.[88]

88
수도사 안토니우스 멜리사와 막시모스가 그들의 『성찰록』에서 인용한 말이다.

내 보기에 질투와 그 누이인 시기는 〔우리네 악덕의〕 무리 중 가장 어리석은 축에 드는 것으로 보인다. 후자에 대해서는 내가 아예 무슨 말을 할 수가 없는 것이, 이 정념은 사람들이 그토록 강렬하고 드세다고 묘사하는데, 고맙게도 나를 비켜서 줘 내 안에는 전혀 깃들지 않았기 때문이다. 다른 정념 〔질투〕의 경우, 나는 적어도 본 적이 있어서 그것을 안다. 짐승들도 그것을 느낀다. 목동인 크라티스가 암염소와 사랑에 빠졌는데, 그가 잠든 사이 질투를 느낀 그의 숫염소가 머리로 그의 머리를 들이받아 으깨 버린 것이다.[89] 우리는 몇몇 야만적인 나라들을 본보기로 해 이 열기를 과도한 정도까지 올려놓았다. 가장 자제력 있는 이들도 그 때문에 흔들리지만, 그것은 당연한 일이며, 그래도 그들은 눈이 뒤집히지는 않는다.

> 남편의 칼에 찔린 간부(姦夫)치고 누구도
> 그 진홍빛 피로 황천(黃泉)을 물들인 자 없다.
> 장 스콩

루쿨루스나 카이사르, 폼페이우스, 안토니우스, 카토, 기타 다른 용맹한 남자들은 오쟁이를 졌지만, 그 사실을 알고도 소동을 일으키지는 않았다. 그때는 레피두스[90]라는 바보 한 사람만 그로

89
로마의 역사가이자 저술가인 클라우디우스 아엘리아누스(175년경~235년경)의 『동물지』에 나오는 이야기이다.

인한 괴로움으로 죽었다.

> 아, 불행한 자, 불행한 운명의 희생물이여,
> 사람들은 너의 두 다리를 벌려 네 몸의 문을 통해
> 숭어와 순무가 지나가게 하리라.[91]
>
> 카툴루스

그리고 우리 시인이 묘사하는 신[92]은 자기 동료 중 하나가 자기 아내와 있는 것을 우연히 보게 되었을 때 그들을 수치스럽게 하는 것으로 만족했으니,

> 그다지 금욕적이지는 않은 신 하나는
> 그런 수치를 기꺼이 맛보려 하였다.
>
> 오비디우스

그러면서도 아내의 달콤한 애무에 몸이 달아오르게 두면서, 그런 일〔아내의 부정〕로 자기 애정을 의심해서 되느냐고 투덜거린다.

90
플루타르코스의 『폼페이우스 전기』 중 나오는 이야기로, 우연히 보게 된 편지 중에 아내가 자기를 속였다는 사실을 알게 된 삼두정치 지도자 마르쿠스 아에밀리우스 레피두스는 그로 인한 정신적 번뇌에 시달리다 죽음을 맞았다고 한다.

91
간통을 저지른 자에 대한 로마의 형벌. 이 시는 방탕한 아우렐리우스가 시인의 애인을 넘볼 경우 가만두지 않겠다는 위협이다.

92
베르길리우스의 불카누스를 가리킨다.

무엇 때문에 구구절절 이유를 대려 하오?
여신이여 이젠 나를 믿지 못하는 것이요?
베르길리우스

사실 그녀는 자기가 낳은 사생아 중 하나를 위해 그의 호의를 구하기까지 하는 중이다.

어미로서 제 자식을 위해 무기를 만들어 달라는 것이니.
베르길리우스

그 청을 너그러이 들어주는 불카누스는 아에네아스에 대해 자랑스러워하며

용사를 위해서라면 무기를 만들어야지.
베르길리우스

하고 말하니, 진실로 인간보다 훨씬 더 인간적이다. 그리고 이 같은 극도의 선함은 신들의 것으로 두어야 한다는 데 나는 동의한다.

인간을 신들과 견주는 것은 마땅한 일이 아니다.
카툴루스

아이들이 뒤섞이는 데 대해서는, [C] 가장 신중한 입법자들이 자기들 국가에서 그렇게 하도록 규정하고 그것을 선호할 뿐 아니

라, [B] 이 〔질투의〕 정념이, 무슨 일인지 몰라도 더욱 깊이 뿌리 내리고 있는 여성들은, 이 문제를 개의치 않는다.

> 신들의 여왕인 주노마저도 자주
> 남편이 일상 저지르는 과오 때문에 질투에 불탔다.
> 카툴루스

연약하고 저항력 없는 이들 가여운 영혼을 질투가 사로잡으면, 그녀들이 그 힘에 이리저리 끌려 다니느라 가혹하게 시달리는 모습은 가련하다. 질투는 우정을 구실로 스며들어 오지만, 일단 이들 영혼을 사로잡고 나면 호의의 토대가 되었던 똑같은 이유가 극심한 증오의 기초가 된다. [C] 마음의 병 중에서, 키우는 것들은 너무 많으나 치료해 주는 것은 거의 없는 병이다. [B] 남편의 덕성, 건강, 장점, 명성이 그들의 증오심과 분노의 폭약 심지가 되는 것이다.

> 증오 치고 사랑에서 오는 증오만큼 집요한 것은 없다
> 프로페르티우스

이 열병은, 그렇지 않았다면 아름답고 선량할 그녀들의 모든 것을 추하게 만들고 부패시킨다. 아무리 정숙하고 살림 잘하는 부인일지언정 질투하는 여성의 행동은 어느 것이나 가시 돋힌 듯 악감정이 느껴진다. 그것은 광적인 흥분으로서 그녀들을 이 감정의 원인〔즉 사랑〕과 정반대되는 극단적 상태로 던져 놓는다. 좋은 예가 로마에 사는 옥타비아누스라는 인물에 관한 것이다.[93] 폰티아

포스트후미아와 잠자리를 했던 그는 향락을 맛본 터라 애정이 더욱 커져, 즉각 그녀와 결혼하고 싶어 했다. 그녀를 설득할 수 없자 이 극단적 애정은 그를 가장 잔인하고 파괴적인 적대감의 표현으로 몰아감으로써, 그는 그녀를 죽이고 말았다. 마찬가지로 사랑에서 오는 이 또 다른 질병의 일반적 증세는 뼛속 깊은 증오와 간계, 음모이니,

> 여성의 분노가 무슨 일을 저지를지 우리는 알고 있다.
>
> 베르길리우스

그리고 선의임을 내세워 자기 변명을 할 수밖에 없는 까닭에 이 자기 파괴적 분노는 더욱더 자기를 물어뜯게 된다.

그런데 정숙함의 의무는 그 범위가 넓다. 여자들이 억제해 주었으면 하고 우리가 바라는 것은 그녀들의 의지인가? 의지란 대단히 유연하고 능동적인 것이다. 붙들어 놓기에는 대단히 민첩한 것이 그것이다. 어쩔 것인가? 행여 몽상이 그녀들을 이따금 아주 멀리 끌고 가기라도 해서 그녀들이 그것을 되돌릴 수 없게 된다면? 음욕과 욕망으로부터 자신을 지킨다고 하는 것은 그녀들에게도, 그리고 아마도 정숙함 자체에마저도 가능하지 않은 일이니, 정숙함도 여자이기 때문이다. 우리가 만사를 그녀들의 의지에만 맡기기로 한다면 우리 처지는 어떻게 되는가? 만약 어떤 남자가, 볼 수 있는 눈도 말할 수 있는 혀도 없이, 새처럼 날개 단 듯 재빠르게, 자기를 받아 주려는 여성 하나하나의 품으로 날아다니는 특권을

93
이 이야기는 타키투스의 『연대기』에 실려 있다.

누린다면 얼마나 그가 바빠질지 생각해 보라.

[C] 스키타이 여성들은 모든 노예와 전쟁 포로들의 눈을 도려내는데, 그들을 보다 자유롭고 남모르게 써먹기 위해서라고 한다.

[B] 오, 기회라는 것은 얼마나 대단한 이점인가! 누군가 내게 사랑에서 으뜸가는 요체가 무엇이냐 묻는다면, 때를 놓치지 않는 것이라고 대답하고 싶다. 버금가는 요체도 그것이고 셋째도 그것이다. 그것은 무엇이든 해낼 수 있는 핵심인 것이다.

나는 여러 차례 운이 없었지만 이따금은 적극성도 없었다. 이것을 비웃을 수 있는 자는 하느님이 보호하실 일이다. 이즈음에는 사랑에 훨씬 더 많은 무모함이 필요하니, 우리 젊은이들은 그것이 열정 때문이라고 변명한다. 그러나 여성들이 가까이서 그것을 살펴본다면 그것이 오히려 경멸에서 비롯되는 것을 알게 되리라. 나는 미신적일 만큼 상처 주는 일을 꺼려 한다. 그리고 내가 사랑하는 것은 진심으로 존중한다. 게다가 〔사랑이라는〕 이 거래에서는 존경심이 빠지면 광채도 흐려지는 법이다. 거기서는 어딘지 아이 같고 겁쟁이 같으며 하인 같은 태도를 했으면 좋겠다. 내가 사랑에서는 전적으로 그렇지 못하지만, 그래도 다른 상황에서는 플루타르코스가 이야기하는 저 바보 같은 부끄러움의 태도를 얼마간 가지고 있는데, 내 인생살이가 그 때문에 갖가지로 상처받고 멍들었던 것이다. 그것은 나의 전반적 성격에는 걸맞지 않는 자질이다. 그렇지만 우리의 속성에 모순과 불협화음 말고 무엇이 있을까? 나는 거절을 당하는 일도 거절하는 일에 그렇듯 순한 눈매로 〔견디듯〕 치러 낸다. 그리고 남을 곤란하게 하는 일이 너무나 거북하기 때문에, 그 사람이 행여 대가를 치르게 되는 미심쩍은 일을 놓고 의무상 누군가의 의지를 시험해 보지 않을 수 없을 때면, 나는 하는 둥 마는 둥 어거지로 내 역할을 하게 된다. 그러나 만약 그 일이 나 자신의 이해와 관계되는 것이라면, [C] (비록 곤궁한 자에게 부끄러움은 어리석은 덕성이라고 호메로스가 일갈한 바 있지만,) [B] 나는 그 일을 대개는 나 대신 얼굴을 붉힐 수 있는 제삼자에게 맡긴다. 그리고 내게 청탁을 하러 온 사람들도 마찬가지로 어렵사리 돌려보내야 해서, 이따금 거절하고 싶은 의지는 있는데 그럴 힘이 없을 때도 있었다.

그러니 여성들이 지닌 그토록 자연스럽고 [C] 그토록 강렬한 [B] 욕망을 억제하려 드는 것은 어리석은 짓이다. 그리고 여성들이 자기들 마음은 그토록 순결무구하고 냉정하다고 자랑하는 이야기를 들으면 나는 코웃음을 친다. 뒷걸음질을 쳐도 너무 뒤로 물러선 것이다. 그 여성이 이 빠지고 노쇠한 파파 할미라면, 또 혹은 폐를 앓는 바짝 여윈 젊은 여자라면, 온전히 다 믿을 수는 없어도, 적어도 그렇게 말함 직은 하다. 그러나 아직 몸을 움직이고 숨을 쉬는 여자라면, 그녀들은 거래를 불리하게 만드는 셈이니, 분별없는 변명은 〔오히려〕 죄상을 드러내는 역할을 하기 때문이다. 내 이웃에 사는 귀족 한 사람은 성불구라는 의심을 받고 있었는데,

> 그의 물건은 시든 근대보다 더 나른하여
> 속옷 중간 고지에도 이르지 못했다
> 카툴루스

결혼식 사나흘 뒤쯤 그가 자기 변명을 한답시고 당돌하게 자신하는 말이, 전날 밤 스무 번을 뛰었다고 하는 것이었다. 나중에 이 사실은 〔이 방면에 대한〕 그의 완전한 무지를 판단하는 근거

가 되어 그의 결혼을 무효로 하게 되었다. 그리고 저들 여성이 하는 말은 귀 기울일 만한 것이 하나도 없다. 왜냐하면 〔유혹을 이겨내려고 하는〕 반대 방향의 노력이 없다면 절제나 미덕도 없기 때문이다. "유혹을 느끼는 것은 사실이다, 그러나 나는 거기 넘어갈 준비가 돼 있지 않다."라고 말해야 할 것이다. 성자들마저도 그렇게 이야기한다. 내 이야기는, 자기네의 냉정함과 무감각함을 진심으로 자랑하고 진지한 표정으로 자기를 믿어 달라고 하는 여성들을 두고 하는 것이다. 왜냐하면 꾸민 표정일 경우, 하는 말을 두 눈이 부정하고 허튼 고백이 반대 효과를 내니, 재미있다고 생각한다. 나는 순진하고 솔직한 것에 매료되지만 그런 경우는 해 볼 도리가 없다. 그것이 완전한 천진함이나 어린애다움이 아니면, 귀부인들에게 어울리지 않으며, 이런 사귐에서는 적절하지가 않다. 그것은 곧장 뻔뻔스러움으로 바뀌게 된다. 그녀들의 위장과 얼굴 표정에 속아 넘어가는 것은 바보들뿐이다. 이들 여성들 사이에서는 거짓말하는 것이 명예로운 자리를 차지한다. 뒷문을 통해 우리를 진실로 이끄는 것은 우회로이다.

우리가 여자들의 공상을 억제할 수 없다면 우리가 그녀들에게서 뭘 기대할 수 있을까? 행실일까? 전혀 밖으로 알려지지 않는 수많은 행동이 있으니, 그를 통해 정숙함이 부패할 수 있는 법이다.

> 그녀는 증인 없을 때 하는 행동을 자주 한다.
>
> 마르시알리스

그리고 우리가 설마 그럴 리가 하며 가장 마음 놓고 있는 행동들이야말로 어쩌면 가장 두려워해야 할 것들이리라. 그녀들의 비밀스런 범죄야말로 최악의 것이다.

> 보다 솔직한 창녀는 나를 덜 놀라게 한다.
>
> 마르시알리스

[C] 부정하지 않은데도, 더욱이 그것도 모르는 사이에, 그 때문에 순결을 잃게 하는 행동들이 있다. "어쩌다 산파 여인은 젊은 아가씨가 처녀인지를 손으로 검사하다가, 악의로건 서툴러서건 혹은 운이 나빠서건, 그녀의 처녀성을 훼손시키는 일이 있었다."(성 아우구스티누스) 어떤 여자들은 처녀성을 찾아보다가 그것을 잃어버리는가 하면, 또 어떤 여자들은 뛰놀다 그것을 망가뜨리기도 했다.

[B] 우리가 여성들에게 금지하려는 행동들을 정확하게 규정하려 들 수는 없으리라. 우리의 규칙을 일반적이고 불분명한 언어로 표현해야만 하는 것이다. 여성들의 정조에 대해 우리가 품는 생각 자체가 우스꽝스러운 것이다. 왜냐하면 내가 아는 가장 극단적인 〔정조의〕 예 중에 파우누스의 아내인 파투아가 있는데,[94] 그녀는 혼례를 마친 이후 그 어떤 남자에게도 자기 모습을 드러내지 않았으며, 또 히에로의 아내[95]는 자기 남편의 악취를 의식하지 못했는데, 남자들은 모두 그렇다고 여겼기 때문이다. 여성들이 우리를

94
파투아 혹은 파우나는 로마의 여신으로서 예언과 풍요의 상징이며, 그녀의 남편 혹은 오빠나 아버지로 등장하는 파우누스는 숲과 들을 제어하는 뿔 달린 반수신이다.

95
B. C. 3세기경 시라쿠스를 지배한 지도자, 아르키메데스의 조언을 구하고 또 그를 후원한 것으로 알려졌으며 그의 치세하에서 시라쿠스는 번영을 누렸다. 그의 아내는 필리스티스이다.

만족시키기 위해서는 감각이 없고 투명 인간이 되어야 하리라.

그런데 이 의무에 대한 판단의 핵심은 주로 의지에 놓여 있음을 고백하자. 〔아내가 정조를 잃는〕 이런 사고를 당하고도 자기 아내를 비난하거나 분노하지 않을 뿐만 아니라 특별한 고마움과 그 덕성에 대한 존경심까지 갖게 된 남편들이 있다. 어떤 여인은 자기 목숨보다도 명예를 더 사랑하던 사람인데도, 불구대천의 원수의 날뛰는 정욕 앞에서 자기 남편의 목숨을 구하기 위해 몸을 팔고, 자신을 위해서는 조금도 하지 못할 일을 남편을 위해 하기도 했다. 여기가 이런 예들을 늘어놓을 자리는 아니다. 이 장에서 이야기하기에는 너무나 고귀하고 풍요로운 것들이라, 보다 고상한 자리를 위해 남겨 놓도록 하자.

C 그러나 보다 범속한 광채의 예로서는, 그저 제 남편이 유리하라고 그리고 그 남편들의 명백한 요청과 중개에 의해 자신을 빌려 주는 여성들을 매일 볼 수 있지 않은가? 그리고 옛날에는 아르고스의 파울리우스가 야망 때문에 자기 아내를 필리푸스 왕에게 제공했다.[96] 갈바라는 인물이 메세나스에게 저녁 식사 대접을 하다가 자기 아내와 초대객이 눈빛과 신호로 수작을 꾸미는 것을 보고, 예의를 차린다며 방석 위에 스르르 쓰러져 잠에 곯아떨어진 듯 해 보임으로써 두 사람의 내통을 도와준 것처럼 말이다. 그는 이 사실을 다소 우아하게 인정하기까지 했으니, 그 순간에 하인 하나가 대담하게도 식탁 위 포도주 병에 손을 대는 것을 보고, "이 몹쓸 녀석아, 내가 잠든 것은 메세나스를 위해서였던 것뿐인데 그걸 모르겠냐?" 하고 소리를 질렀던 것이다.

96
로마인 갈바의 예와 함께 플루타르코스가 『연애론』에서 전하는 이야기이다.

B 어떤 여성은 문란한 행동을 하지만, 겉보기에 엄격한 처신을 하는 다른 여성보다 더 단단하게 마음을 고쳐먹고 있기도 하다. 마치 철들 나이가 되기 전에는 정절밖에 몰랐다고 탄식하는 여성들을 우리가 보듯이, 철들기도 전에 문란한 생활에 빠져 있었다고 진심으로 탄식하는 여성들을 나는 보았다. 부모들의 악덕이 그 원인일 수도 있고, 혹은 막되먹은 조언자인 본능의 힘이 그럴 수도 있다. 동인도에서는 정절이 특별히 중시되지만, 결혼한 여성이 자기에게 코끼리를 한 마리 바치겠다고 나타난 남성에게 자신을 내주는 일은 풍속으로 허락된다. 그리고 그렇게 높은 값으로 평가받은 데 대한 영예로움도 거기 담겨 있는 것이다.

C 철학자 파에도는 좋은 가문 태생인데, 자기 나라 엘리스가 함락된 뒤에는 생계를 위해, 자기 젊음의 아름다움이 지속되는 동안 내내 몸 파는 것을 직업으로 했다. 그리고 솔론은 사람들 이야기로 그리스에서 처음으로 법을 제정해 여성들이 생계가 곤궁하면 정조를 팔 수 있게 해 주었는데, 헤로도투스에 따르면 그 이전에도 여러 나라에서 인정되던 풍습이라고 한다.

B 그리고 〔질투라고 하는〕 이 고통스런 심려의 열매는 무엇인가? 왜냐하면 이 정념 속에 어떤 정당성이 있다고 하더라도, 그것이 과연 우리를 유익한 곳으로 데려가는지는 알아야 할 것이니 말이다. 자신은 능숙한 솜씨로 여성들에게 코뚜레를 끼울 수 있다고 생각하는 이가 있을까?

> 그녀를 열쇠로 채우고 감시하게 해 보라. 하나 감시자들은 누가 감시하나?
> 그대 아내 교활하여 감시자들부터 녹일 테니 말이다.

이렇게 술수가 무궁한 시대에 여자들에게 무슨 기회가 부족하겠는가?

호기심은 만사에 두루 사악한 것이지만, 〔배우자의 부정이라고 하는〕 이 일에서도 파괴적이다. 어떤 약도 증세를 악화시키고 더 심각하게만 만드는 병에 대해 속속들이 알아보려 하는 것은 어리석은 짓이다. 그로 인한 치욕은 주로 질투에 의해 증대되고 널리 알려지게 된다. 그에 대한 복수는 우리를 치료해 주기보다 우리 아이들에게 상처를 준다. 그대는 그토록 흐릿한 증거를 찾다가 몸이 마르고 죽어 간다.

우리 시대 사람들 중 끝까지 갔던 이들은 얼마나 가련한 모습으로 종착점에 서 있던가? 알려 준 자가 치료법과 위로까지 함께 내놓지 않는다면 그가 가져다주는 내용은 해로운 것이며, 당신에게 거짓말쟁이라고 하는 것보다 더욱 〔결투를 통해〕 칼침을 받아 마땅하다. 사람들은 아내의 부정을 모르는 남자에 대해 못지않게 그 일에 대해 어떻게 해 보려 애쓰는 남자에 대해서도 재미있어 한다. 오쟁이 지는 일은 사람들 뇌리에서 잊히지 않는 법이다. 한번 누군가에게 달라붙으면, 그것은 평생 간다. 과오보다 징벌이 그것을 더 잘 보이게 한다. 우리의 개인적 불행, 그것도 특히 이야깃거리가 되어야만 속을 뒤집는 불행을 어둠과 의혹 속에서 끄집어내어 비극 무대 위에서 나팔 부는 것을 보게 되다니, 퍽이나 유쾌한 일이겠다. 왜냐하면 점잖은 여성과 좋은 결혼이란, 실제 그럴 경우여서가 아니라 그에 대해 입을 다물 경우만 사람들이 입에 올리게 되는 것이기 때문이다. 괴롭고 무익하게 이런 소식을 아는 것을 피하려면 기민해야 한다. 그리고 로마인들은 여행에서 돌아올 때면, 행여 불시에 닥치는 형편이 되지 않도록 하기 위해 미리 집에 사람을 보내 아내에게 도착을 알리는 습관이 있었다. 그래서 어떤 나라에서는 신혼 첫날 사제가 신부에게로 가는 길을 열어 주는 관습이 있는데, 그녀가 자기에게 처녀로서 오는지 아니면 다른 낯선 사랑으로 인해 망가져서 오는지 의심쩍어하는 신랑이 이 첫 시험대에서 그것을 알아보려 하는 호기심을 버리게 하기 위해서였다.

"그러나 세상이 말들을 한다."라고 이야기하려는가. 내가 알기로 점잖고 수치스럽지 않게 오쟁이를 지고 있는 귀족이 백여 명은 된다. 의젓한 남자는 그 때문에 동정을 받기는 하지만 업신여김을 당하지는 않는다. 당신의 미덕이 당신의 불행을 질식시키게 하라. 선한 사람들이 그 원인을 저주하게 만들고, 당신을 모욕한 자로 하여금 자기가 모욕한 자가 당신이라는 사실을 생각하기만 해도 떨리게 만들라. 그리고 소인배에서 가장 대단한 인물까지 이런 일로 이야기되지 않는 사람이 어디 있는가?

> 수많은 부대를 지휘했으며, 가련한 너보다
> 무수히 많은 점에서 더 빼어난 장군에 이르기까지.
> 루크레티우스

그대 면전에서 그 많은 점잖은 이들이 비난의 대상이 되는 것을 그대 보고 있는가? 다른 자리에서는 그대 역시 그런 대상이 되는 일을 피할 수 없다는 것을 생각하라. "그러나 여성들까지 나를 조롱할 것이다."라고? 이즈음에 여성들이, 평온하고 잘 맺어진 결혼보다 더 거리낌 없이 조롱하는 것이 무엇이란 말인가? C 당신들 각자는 누군가를 오쟁이 지게 만들었다. 그런데 자연은 어디서나 비슷하게 작용해, 상쇄시키고 자리를 바꾸게 하는 것이다. [B] 이런 사건의 빈번함이 어느새 그 쓰라림을 완화시켰음이 분명하다. 그것은 이윽고 관습으로 바뀌게 되리라. 이 비참한 정념은, 더욱이 남에게 말할 수도 없는 것이기도 하여,

> 운명의 여신도 우리의 탄식에 귀를 빌려주려 하지 않는다.
>
> 카툴루스

왜냐하면 그대 괴로움을 어느 친구에게 감히 털어놓을 수 있겠는가? 조롱하지는 않더라도, 그 역시 사냥물에서 제 몫을 차지하려고 그것을 사다리나 요긴한 정보로 이용하려 들지 않을 사람으로 말이다.

[C] 결혼의 쓰라림은 그 달콤함과 마찬가지로 지혜로운 이들이 비밀스레 감추는 것이다. 그리고 결혼 생활에 따르는 다른 사정들 중에서도 나처럼 수다스러운 사람에게 몹시 거북한 것 중 하나는, 관습은 결혼에 대해 알고 있거나 느끼는 것을 조금이라도 다른 이에게 말하는 것을 부적절하고 해로운 일로 여기게 한다는 점이다.

[B] 여자들이 질투에 대해 혐오스러워 하도록 마찬가지 충고를 해 주는 것은 시간 낭비일 것이다. 여성의 본질은 의심과 허영, 호기심으로 가득 차 있으므로, 합당한 방법이면 그녀들을 고칠 수 있다는 희망은 버려야 할 것이다. 여성들은 흔히 질병 자체보다 훨씬 더 염려해야 할 형태의 건강비법을 통해 이 거북한 상태를 벗어난다. 왜냐하면 다른 사람에게 옮겨 주고서밖에는 병을 고칠 줄 모르는 마법이 있듯이, 여성들도 마찬가지로 곧잘 자기 남편에

게 이 열병을 던져 주고서야 열이 가라앉기 때문이다.

하지만 진실을 말하자면, 여성들을 두고 견뎌야 하는 것 중 질투보다 더 감당하기 어려운 것이 또 있을지 모르겠다. 그것은 마치 여자 몸에서 머리가 그렇듯 그녀들의 품성에서 가장 위험한 부분이다.[97] 피타쿠스는 누구나 자기의 단점을 가지고 있다고 하며, 자기 단점은 자기 아내의 〔의심에 찬〕 찌푸린 얼굴이라고 했다.[98] 그것만 아니라면 자기는 어떤 점에서도 행복하다고 생각했던 것이다. 그것은 정말 심각한 불행인 셈이니, 그렇게 의롭고 지혜로우며 용맹한 사람이 자기 인생의 모든 상태가 〔그로 인해〕 변질됐다고 느꼈으니 말이다. 그러니 우리처럼 평범한 소인들은 어떻게 해야 하는 것인가?

[C] 마르세유의 상원이 아내의 폭풍우를 피하기 위해 자기가 자살하는 것을 허락해 달라던 자의 요구를 들어준 것은 옳은 일이었다.[99] 왜냐하면 그것은 모든 것을 함께 쓸어가 버리지 않고는 사라지지 않는 질병이며, 도망가거나 견뎌 내는 것 말고는 아무런 해결책이 없는데, 두 가지 다 무척 어렵기 때문이다.

[B] 좋은 결혼이란 눈먼 아내와 귀먹은 남편으로 이루어진다고

97
프랑스 속담 “Bonne femme, mauvaise tête.”(“좋은 아내, 고약한 머리〔찌푸린 얼굴〕/훌륭한 아내도 결점이 있다.”)에서 빌려 온 이야기로 추측된다.

98
플루타르코스의 『정신의 만족과 휴식』에 나오는 이야기로서 피타쿠스는 고대 그리스의 정치가이자 그리스 일곱 현인 중 하나로 불리는 인물이다.

99
카스티글리오네의 『궁정인』에 언급된 이야기. 어떤 불운한 남편이 자기 아내의 끝없는 잔소리를 도저히 견딜 수 없으니 자기가 목숨을 버리는 것은 정당한 일이라고 주장했다.

말한 사람은 내 보기에 뭘 좀 알고 있었다.

우리가 여성들에게 분부하는 이 의무의 방대하고 잔혹한 엄정함이 우리 목적과는 반대되는 두 가지 효과만을 낳을 뿐이라는 사실도 고려해 보자. 다시 말해 그것은 구애자들을 더 애타게 하고, 여성들이 더 쉽사리 넘어가게 만든다. 왜냐하면 첫 번째 경우, 우리는 그 자리의 가격을 높임으로써 정복의 가치와 욕망을 증대시키기 때문이다. 비너스 자신도, 상상과 높은 가격으로 그 가치를 얻게 되지 않는 한 그것이 얼마나 김빠진 쾌락일지를 알고서, 법〔의 엄금하는 힘〕을 뚜쟁이 삼아 교묘하게 자기 상품의 가치를 이렇듯 높인 것이 아니던가? 결국 플라미니우스를 초대한 이가 그렇게 말한 것처럼, 모두 다 같은 돼지고기인데 소스가 맛을 다르게 하는 것이다.[100] 큐피드는 믿을 수 없는 신이다. 그는 헌신과 올바름을 상대로 싸우는 것을 재미로 삼는다. 자기 권능이 다른 모든 권능과 충돌하는 것이, 그리고 다른 모든 규칙이 자신의 규칙에 무릎 꿇는 것이 그의 영광이다.

> 그는 끊임없이 죄지을 기회를 찾는다.
>
> 오비디우스

그리고 두 번째 점으로 말하자면, 여성들의 본성을 따라, 우리

100
플루타르코스의 『위인전』에 소개된 이야기. 고대 로마 집정관이었던 플라미니우스는 안티오키우스의 사절들이 동맹을 제안하며 자기 왕의 군대가 얼마나 다양한지를 이야기하자 이 제안을 거절하면서, 그 군대를 어느 날 자기가 대접받았던 푸짐한 저녁에 비유하며 이렇게 말했다. "전부가 다 돼지고기뿐이었는데, 여러 가지 소스와 다양한 방식의 모양 내기로 색다른 요리가 되었을 뿐이었다."

가 오쟁이 지는 것을 덜 두려워하면 덜 오쟁이 지게 되는 것이 아닐까? 왜냐하면 여자들은 금기에 의해 자극받고 유혹되니 말이다.

> 원해 보라, 여자들은 거절한다. 거절해 보라, 원하는 쪽은 이번엔 여자들이다.
>
> 테렌티우스

> 허락된 길을 따라가는 것을 그녀들은 수치로 여긴다.
>
> 루카누스

메살리나의 행동에 대해 이보다 더 나은 해석이 어디 있겠는가?[101] 사람들이 하듯이, 처음에는 그 여자도 몰래 남편에게 오쟁이를 지웠다. 그러나 남편이 아둔한 나머지 바람 피우기가 너무 쉬운지라 그녀는 갑자기 이 습속을 경멸하게 되었다. 이제 그녀는 내놓고 연애를 하며, 애인들이 누군지 공개하고, 누구나 보는 자리에서 그들을 대접하고 환대했다. 그녀는 남편이 무엇인가 느끼기를 원했다. 이 모든 것에도 불구하고 이 동물이 깨어날 줄을 모르자, 그리고 남편이 너무 맥없이 쉽사리 허가하고 인정하는 듯하여 그녀의 쾌락이 나른하고 무미해지자, 그녀가 무슨 짓을 했던가? 황제가 건강하게 생존해 있는데, 그의 아내가, 온 세계의 극장

101
발레리아 메살리나(Valeria Messalina, 17/20경~48). 로마 황제 클라우디우스의 세 번째 아내. 네로의 사촌이자 아우구스투스의 후손이기도 하다. 강력하고 영향력 있는 여성으로서 난잡한 남성 관계를 가졌다고 알려졌다. 남편에 대한 음모를 이유로 처형되었으며, 그녀의 악명은 정치적 이유로 만들어진 것일 수도 있다고 한다. 많은 그림과 문학 작품, 영화의 소재가 되었다.

무대인 로마에서, 대낮에, 공개된 축제와 예식을 열어, 앞서 오래 전부터 즐겨 온 실리우스와 함께, 남편이 도시 밖에 나간 어느 날 결혼을 한 것이다. 그녀는 자기 남편의 무관심을 통해 정숙해지는 길을 밟게 되든가, 혹은 질투를 일으켜 자기의 욕망을 날카롭게 해 주는, [C] 그리고 그녀에게 저항하면서 그녀를 자극할 [B] 새로운 남편을 찾으려 하지 않을까? 그러나 그녀가 처음 만난 어려움은 또한 마지막 어려움이기도 했다. 이 짐승은 깜짝 놀라 깨어난 것이다. 잠들어 있는 이들 둔감한 자들과의 거래는 흔히 고약한 법이다. 내가 경험으로 본 바는, 이 극단적 관용의 매듭이 풀리게 되면 혹독하기 짝이 없는 복수를 낳게 된다. 왜냐하면 갑자기 불붙은 분노와 발작은 한 무더기를 이루어 그 모든 기운을 첫 공격에 폭발시키기 때문이다.

> 그리고 분노의 고삐를 완전히 놓아 버린다.
>
> 베르길리우스

그는 그녀를 죽이게 하고 그녀와 내통했던 수많은 남자들도 그렇게 했으니, 그녀가 채찍질로 위협해 자기 침상에 끌어들이는 바람에 어쩔 수 없이 끌려간 자까지 마찬가지 신세가 되었다.[102] 베르길리우스가 〔부부인〕 비너스와 불카누스에 대해 이야기하고 있는 것을 루크레티우스는 비너스와 마르스 사이의 은밀한 향락을 주제로 보다 그럴싸하게 노래했다.

102
황실의 총애를 받던 무언극 배우였던 므네스테르(Mnester)를 말한다.

싸움터 거친 작업을 다스리는
강력한 전쟁의 신 마르스는
이따금 그대 품안으로 몸을 숨기곤 하니
달랠 길 없는 사랑의 상처에 휘청이는 그가
두 눈 들어 그대를 바라본다네
부드러운 목덜미 뒤로 젖히고
입은 헤벌린 채 삼킬 듯 그대 응시하는데
여신이여 그의 숨결은 그대 입술에 매달려 있도다
그대 그를 껴안고
그의 몸 아름다운 그대 몸 아래 누웠을 때
속삭여 주시라 그에게, 달콤한 말들을

루크레티우스

rejicit(내던지다), pascit(먹이를 먹이다), inhians(입을 벌린), molli(부드러운), fovet(애무하다), medullas(골수), labefacta(떨림), pendet(걸리다), percurrit(찌르다) 같은 단어와, 점잖은 infusus(뿌려진)의 어머니 말인 저 고상한 circumfusa(감싸인) 같은 단어를 되새김해 보면, 나는 그 이후로 태어난 시시한 착상들이나 말재주를 경멸하게 된다. 이 멋진 사람들에게는 날카롭고 섬미한 기지가 필요 없었다. 그들의 언어는 자연스럽고 한결같은 활력으로 가득 차 풍성하다. 그들은 온통 시 자체이며, 꼬리 부분만이 아니라 머리이며, 위장, 두 발까지 모두가 시이다. 억지도 없고 늘여 빼는 것도 없다. 모두가 한결같은 걸음으로 나아간다. C "글의 짜임새 전체가 남성적이며, 그들은 예쁜 작은 꽃들에 관심이 없었다."(세네카) B 그것은 무르고 아무런 충격이 없는 능변이 아니라, 활기차고 견고하며, 환심을 사려 하기보다는 마음을 채우고 넋을 앗아 가며, 가장 강력한 정신들을 가장 강하게 압도하는 것이다. 자신을 표현하는 이 멋진 형식들이 그토록 생생하고 그토록 심오한 것을 보고서 나는 그것이 잘 말해졌다고 하지 않고, 잘 생각되었다고 이야기한다. 말을 드높이고 확장시키는 것은 상상력의 활기이다. C "가슴이 사람을 웅변가로 만든다."(퀸틸리아누스) B 우리 시대 사람들은 판단력에 속하는 것을 문체라 하고, 풍부한 착상을 멋진 어휘라고 〔잘못〕 부른다.

이 같은 묘사는 능숙한 손놀림의 결과이기보다 대상이 영혼 안에 보다 생생하게 각인되어 있기 때문이다. 갈루스가 단순 명료하게 이야기하는 것은 그가 단순 명료하게 생각하기 때문이다. 호라티우스는 피상적인 표현으로는 만족하지 않는다. 그런 표현은 그를 왜곡하는 셈이리라. 그는 사물을 보다 명료하게, 보다 깊이 뚫어 본다. 그의 정신은 자기를 표현하기 위해, 어휘와 문체의 상점 전체를 빗장을 열고 샅샅이 뒤진다. 그에게는 보통 이상으로 이것들이 필요하니, 그의 생각이 보통 이상의 것이기 때문이다. 플루타르코스는 자기가 사물을 통해 라틴어 단어를 깨우쳤다고 말한다. 여기서도 마찬가지이다. 단어들을 생산하고 이해 가능하게 만드는 것은 의미이다. 이 단어들은 더 이상 바람으로 된 것이 아니고, 살과 뼈로 된 것이다. C 단어들은 그것들이 말하는 것보다 더 많은 것을 의미한다. B 허튼 사람들도 여기에 대해 어떤 느낌을 갖고는 있다. 아닌 게 아니라, 이탈리아에서 나는 보통의 대화에서는 무엇이든 마음 내키는 대로 이야기했다. 그러나 심각한 이야기의 경우, 내가 휘어 볼 수도 없고 일반적 용법에서 벗어나게 쓸 수도 없는 표현법이라면 그것을 감히 믿고 써 볼 엄두를 내지 못했으리라. 중요한 논의를 위해서는 뭔가 나 자신의 언어를 쓰고 싶은 것이다.

언어에 가치가 부여되는 것은 훌륭한 정신이 그것을 다루고 사용함으로써이다. 그것을 쇄신하기보다 활기차고 다채로운 용법으로 그것을 부풀리고 늘리고 구부리면서 말이다. 그들은 언어에 새로운 단어를 가져오는 것이 아니고, 자기네 단어를 풍요롭게 하며, 그 의미와 용법에 더 큰 무게와 깊은 심도를 부여하고, 익숙하지 않은 움직임을 언어에 부여하되, 신중하고 창의적으로 작업하는 것이다. 사람들 일반에게 주어진 이런 재능이 얼마나 조금인지는 이 시대의 수많은 프랑스 작가들을 통해 알 수 있다. 그들은 상투적 길을 따르지 않으려 할 만큼 충분히 대담하고 오만하다. 그러나 창의성과 판단력이 부족해 실패하게 된다. 보이는 것은 한심한 독창성의 가식과 냉랭하고 어이없는 겉치레로서, 그것들은 소재를 고양시키기보다 무너뜨린다. 참신하다고 번쩍거리며 거들먹거릴 수만 있다면, 그들은 효과에 대해서는 괘념치 않는다. 새로운 단어를 붙들기 위해 범상한 것을 버리는데, 흔히 이 평범한 표현이 더 강력하고 더 기운차다.

우리 언어는 어휘는 충분하지만 용법이 좀 다양하지 못하다. 왜냐하면 우리네 사냥이나 전쟁 때 쓰는 말을 가지고 만들지 못할 문장이 없을 테니 말이다. 이쪽은 빌려 쓰기에 넉넉한 토양이다. 그리고 말의 형태는 식물들이 그렇듯, 옮겨 놓으면 개량되고 튼튼해진다. 우리 언어는 넉넉하리만큼 풍성하다 싶지만, [C] 유연하거나 [B] 충분히 활기차 보이지는 않는다. 그것은 강력한 개념을 만나면 주저앉고 만다. 당신의 걸음이 긴장해 있으면 언어가 점점 힘이 빠지다 다리가 풀려 버리는 느낌이 자주 들 것이다. 그리고 그

대신에 라틴어가 구조하러 등장하거나 또 다른 곳에서는 그리스어가 나타나는 것이다. 내가 앞에 골라 본 〔베르길리우스 시에 나오는〕 단어들 중 몇 개는 우리가 그 기운을 느끼기가 쉽지 않은데, 빈번하게 사용하다 보니 그 우아함을 얼마간 훼손시키고 비속하게 만든 탓이다. 우리 속어 〔프랑스어〕의 경우에도 빼어난 표현들이나 은유가 낡은 탓에 그 아름다움이 시들고, 너무 일상적으로 사용한 탓에 그 빛깔이 퇴색한 것처럼 말이다. 그러나 후각이 좋은 사람에게는 그것이 조금도 아취를 빼앗지 못하며, 필경 처음으로 이 말들에 광채를 부여했을 것으로 보이는 고대 작가들의 영광을 덜어 내지도 않는다.

학문은 만상을 너무 섬세하게, 공통의 자연스런 방식과는 다른 너무 인위적인 방식으로 다룬다. 내 시동은 자기 여자와 동침도 하고, 또 그 일이 무엇인지를 잘 안다. 그에게 레온 헤브레오나 피치노를 읽어 줘 보라.[103] 자기에 대해, 자기 생각과 행적에 대해 말하고 있건만 그 아이는 한 마디도 이해하지 못한다. 아리스토텔레스의 글 가운데서 나는 내가 늘 하는 행동들을 거의 알아보지 못한다. 학자님들이 걸칠 만하게, 거기 다른 가운을 입혀 놓은 것이다. 하느님이 보우하사 이들이 잘한 것이기를! 만일 내가 그 일을 한다면, 나는[104] C 그들이 자연을 인위로 만드는 만큼, 인위를

103
전자는 포르투칼 출신 유대계 학자로서 1535년 이탈리아어로 『사랑의 대화(Dialoghi d'Amore)』를 썼고 후자는 15세기 피렌체의 중심 인물로서 플라톤과 신플라톤주의 철학자인 플로티누스를 번역했다. 두 사람 다 당대의 주요한 철학 흐름인 신플라톤주의를 대표한다.

104
1588년 판에는 이 구절이 "나는 인위를 내가 할 수 있는 한 가장 자연에 따르는 방식으로(naturellement) 다루겠다."로 끝난다.

자연으로 만들겠다. B 벰보와 에키콜라는 접어 두자.[105]

내가 글을 쓸 때는 책들을 옆에 두거나 혹은 기억에 떠올리며 작업하진 않는다. 그것이 내 형식을 방해할까 염려되어서이다. 사실 좋은 작가들은 나를 너무 초라하게 하고 낙담하게 만들기 때문이기도 하다. 어떤 화가는 수탉이랍시고 몇 마리를 한심하게 그려 놓고서 시중드는 아이들에게 진짜 수탉이 작업실로 들어오지 못하게 하라고 지시했다는데, 나는 기꺼이 저 화가의 책략을 따른다.

C 또한 내 글에 광채를 좀 보태려면 차라리 음악가 안티노니데스의 계략이 필요할 것이다. 그는 음악을 연주해야 할 때면, 자기 앞이나 자기 뒤에 몇몇 엉터리 가수들을 청중들이 맛보도록 지시해 두었다.

B 그러나 플루타르코스는 쉽게 치워 놓지를 못하겠다. 그는 너무도 빠짐없이 두루 그리고 풍성하게 다루고 있어서, 어떤 경우건, 당신이 어떤 기이한 주제를 골랐건, 당신의 필요에 다가오며, 관대하고 마르지 않는 풍요와 윤색의 손을 당신에게 내민다. 그를 손에서 떼지 못하는 사람들의 글 도적질에 내가 이토록 심하게 노출되어 있는 것이 분하다.[106] C 그의 글을 다시 읽다 보면 넓적다리 살이건 날개 살이건 반드시 한 점을 떼어 오게 된다.

B 이 같은 나의 목적을 위해서는 내 집, 아무도 나를 도울 이

105
몽테뉴 시대 직전에, 사랑에 관한 책들을 펴낸 이탈리아 철학자들이다.

106
몽테뉴 역시 플루타르코스를 많이 인용한터라, 그를 인용하는 사람들은 결국 『에세』를 인용하는 셈이라고 하는 유머를 담고 있는 말이다.

없고 교정해 줄 이 없는 인적 드문 고장이 적당하다. 자기가 외우는 주기도문의 라틴어를 이해하는 사람은 거의 만날 수 없고, 〔파리식〕 프랑스어를 아는 이는 더 드문 곳 말이다. 다른 장소에서는 더 나은 작업을 할 수도 있었겠지만, 그러나 작품이 덜 내 것이었을 것이다. 그런데 내 작품의 주요한 목적이자 완결점은 그것이 정확히 나의 것이라는 데 있다. 우연한 과오는 얼마든지 고치겠지만, 그리고 내가 무심히 내닫는 이상 내 책은 그런 과오투성이지만 내 안에 있는 일상적이고 항시적인 불완전성, 그것들을 쏙 빼놓는 것은 배신 행위일 것이다. 누군가 내게, 혹은 내가 나 자신에게 "글에 비유를 너무 많이 넣는다, 그것은 가스코뉴 포도주 용어이다, 이건 가스코뉴 냄새가 나는 단어이다, 이건 위험한 표현이다."라거나, (나는 프랑스 길거리에서 쓰이는 어떤 표현도 피하지 않는다. 문법을 들어 실제 용법에 싸움을 거는 자들은 자기를 조롱하는 셈이다.) "이것은 무식한 논법이다, 저것은 역설적 논법이다, 이 논법은 너무 무모하다, C 자네는 농이 잦은데, 사람들은 자네가 꾸며 하는 말을 두고 진지한 이야기라고 생각할 것이다." B 라고 말했을 때, 나는 이렇게 말한다. "그렇다, 그러나 나는 부주의한 과오는 교정하지만, 습관이 된 과오는 고치지 않는다. 나는 어디서나 그런 식으로 말하지 않는가? 나는 생생한 내 모습을 재현하지 않는가? 그럼 됐어."

그런데 나는 원숭이처럼 모방하는 경향이 있다. 내가 시를 써 보겠다고 나섰을 때(라틴어로밖에는 써보지 않았지만), 사람들은 내가 최근 읽은 시인이 누구인지를 확실하게 찾아내곤 했다. 그리고 내가 쓴 초기 에세이들 중에서도 어떤 것들은 낯선 이의 냄새가 난다. C 파리에서 나는 몽테뉴 성에서와는 어딘가 다른 말을 쓴다. [B] 주의 깊게 바라보면 나는 응시하고 있는 것을 내 것으로 만들어 버린다. 바보 같은 표정이건, 불쾌한 찌푸린 얼굴이건, 우스꽝스레 말하는 버릇이건 말이다. 결점은 더 그렇다. 그것은 나를 자극하는 까닭에 더욱더 내게 달라붙으며, 그것을 흔들어 털어 버리지 않으면 사라지지 않는다. 사람들은 내가 기질 탓으로가 아니라, 따라 하느라고 욕하는 모습을 더 자주 보았다. [C] 알렉산드로스 왕이 인도 어느 지역에서 만난 적 있는, 힘과 크기가 끔찍한 원숭이들의 경우처럼, 스스로를 해치는 모방을 하는 셈이다.[107] 달리 해서는 원숭이들을 이기기가 어려웠을 것이다. 그러나 원숭이들은 남이 하는 것을 보면 무엇이나 따라 하는 경향이 있어서 그 때문에 〔상대에게〕 이 방법을 제공해 준 것이다. 왜냐하면 이것을 안 사냥꾼들이 원숭이들 보는 데서 신발을 신으며 많은 매듭으로 꽁꽁 묶고, 올가미가 달린 우스꽝스러운 머리 장식을 뒤집어쓰며, 두 눈에는 짐짓 끈끈이를 바르는 척했다. 이렇게 해서 이 불쌍한 짐승들은 그 흉내 내는 기질을 신중치 못하게 잘못 발휘했으니, 눈에는 끈끈이를 바르고 비틀거리다 스스로 목을 졸랐다. 다른 사람의 말이나 행동을 일부러 감탄스러우리만큼 재현해 내는 또 다른 능력은 가끔 즐거움과 찬탄을 불러오지만, 나무 밑둥이 그렇듯 내 안에도 없는 것이다. 내가 내 식으로 맹세할 때는, 그저, "하느님을 두고" 하는데, 모든 맹세 중에 가장 곧은 것이다. 사람들 말로는 소크라테스는 개를 두고 맹세를 했고, 제논은 지금 이탈리아

107
B. C. 1세기의 역사학자이자 연대기 작가인 시칠리아의 디오도로스가 전하는 바에 따르면, "원숭이들은 자기들이 사람들에게 가르친 술책으로 사람들에게 붙잡히는데, (……) 이 짐승은 남들이 하는 것을 보면 따라 하는 것이 본성이기 때문이었다."

인들이 쓰는 것과 같이 '카파리'라고 외쳤다고 하며,[108] 퓌타고라스는 물과 바람을 두고 맹세했다고 한다.

[B] 나는 생각 없이 너무 쉽사리 피상적 인상을 받아들이는 편이라, 사흘 연속 '폐하'나 '전하'를 입에 담고 있으면, 일주일 뒤에는 '각하'나 '예하' 대신 이 칭호가 튀어나온다. 이러니 내가 농담 삼아 우스개로 무슨 말을 했다면 다음 날은 그 말을 심각하게 하리라. 그 때문에 글을 쓸 때는 진부한 주제를 다루기가 더 거북한데, 다른 누군가가 한 말을 갖다 쓸까 봐 걱정되기 때문이다. 어떤 주제도 내게는 마찬가지로 비옥하다. 파리 한 마리를 두고서 내 이야기를 펼칠 수도 있다.[109] 그리고 하느님이 살피셔서 부디, 여기 내가 쓰고 있는 것은 그렇게 변덕스런 의지의 명령을 따른 것으로 여겨지지 않기를 바란다. 내 마음에 드는 주제로 내 글을 시작하게 하라, 어차피 글 소재는 모두 서로 연결되기 때문이다.

그러나 내 정신이 보통, 가장 심오하고 엉뚱하며 가장 내 마음에 드는 몽상을 불시에, 내가 가장 덜 찾을 때 지어 내는 것은 언짢다. 그것들은 붙들어 둘 곳 〔종이〕을 바로 찾지 못하니 갑자기 사라지고 마는 것이다. 말 등에서, 식탁에서, 침상에서, 그러나 주로 말을 탔을 때 내 생각은 제일 넓게 펼쳐진다. 말을 할 때는, 진지하게 이야기하는 동안은 침묵 속에 주목해 주기를 고집하는데, 누구든 끼어들면 내 말은 끊긴다. 여행 중에는 주의 깊게 길을 살펴야 하는 까닭에 대화가 길게 이어지지 않는다. 게다가 나는 대개 이렇

108
카파리(cappari)는 이탈리아어로, 염소를 뜻한다. 제논이 '염소들을 두고' 맹세했다는 뜻이다.

109
루키아누스가 쓴 『파리 예찬』을 암시한 것일 수도 있다.

게 긴 토론에 적절한 동반자 없이 여행을 하며, 그럼으로써 나 자신과만 이야기할 수 있는 일종의 여가를 충분히 누리게 된다.

그것은 내 꿈에서와 비슷하다. 꿈속에서 나는 내용을 기억해 두려니 한다.(나는 꿈속에서 쉬 또 꿈을 꾸기 때문이다.) 그러나 다음 날이면 그 색깔을 떠올리며, 즐거웠는지 슬펐는지 혹은 기이했는지는 알겠지만, 나머지는 어땠는지 생각나지 않고, 떠올려 보려 할수록 더 깊이 망각 속으로 밀어 넣는 식이다. 마찬가지로 어쩌다 내게 떠오른 생각들도 그저 막연해, 되살려 보려고 속이 썩고 안달이 날 딱 그만큼만 기억에 남아 있다.

그러니 이제 책들은 치워 두고, 보다 물질적이고 단순하게 이야기하자면, 나는 결국 사랑이란 C 욕망하는 대상을 B 향유하려는 갈구일 뿐이며, C 비너스 역시 자신의 그릇을 비우는 쾌감에 불과하다고 생각하는데,[110] 이것은 과도하거나 절도를 잃으면 악덕이 된다. 소크라테스에게 사랑이란 아름다움이 매개가 된 생식의 욕구이다.[111] B 그리고 이 쾌락의 우스꽝스런 스멀거림과 그것 때문에 제논과 크라티푸스가 자극받은 경솔하고 얼떨떨한 기이한 동작들, 사랑의 가장 감미로운 효과에 따라 열광과 잔인함으로 벌개지는 저 얼굴, 그리고 그토록 얼빠진 행위 속에 담긴 심각하고 근엄하며 황홀한 거들먹거림, C 또한 우리 희열과 배설물을 함께 뒤섞어 놓았다는 사실, B 또한 최상의 황홀이 고통과 마찬가지로 실신과 신음을 담고 있다는 사실 등을 여러 차례 생각해 보면서, 나

110
1595년판에는 다음 구절이 덧붙여진다. "다른 부분들을 비우도록 자연이 우리에게 준 쾌감처럼."

111
플라톤은 『향연』에서 "사랑의 목적은 아름다움 안의 생식과 출산이다."라고 했다.

는 인간이란 신들의 장난감이라는 C 플라톤의 말[112]이 옳다고 B 수긍하게 된다.

> 즐기는 방법 치고는
> 잔인하도다!
> 클라우디우스

자연이 가장 혼돈스러운 행위를 가장 일상적인 일로 우리에게 남긴 것은 인간에 대한 조롱이라고 생각한다. 우리 모두를 동등하게 만들고, 바보와 현자, 인간과 짐승을 대등하게 만들기 위해서 말이다. 가장 명상적이고 지혜로운 사람이라 해도, 이 일을 하는 자세를 상상해 보면, 지혜롭고 명상적 인간입네 하는 것이 속임수다 싶어진다. 공작새의 두 발이 그 오만한 자태를 묵사발로 만드는 것이다.

> 무엇이 가로막기에 진리를
> 웃으며 말하지 못한다는 것이냐?
> 호라티우스

C 누군가 말하기를, 놀이 중에는 진지한 생각하기를 거부하는 사람들은 성인의 조각상 앞에서 그 부위에 휘장이 쳐 있지 않다면서 예를 표하기를 꺼리는 이와 마찬가지로 행동하는 것이라

112
『법률』에 나온 이야기로서, 인간은 꼭두각시 인형의 형상을 따라 신의 장난감 같은 것으로 만들어졌다고 한다.

고 한다.

B 우리는 짐승처럼 먹고 마신다. 그러나 이런 것이 우리 정신의 작용을 가로막는 행위들은 아니며, 정신의 작용을 통해 우리는 짐승에 대한 우리의 우위를 유지한다. 그러나 그 행위만은 다른 모든 생각을 통제하며, 그 강압적인 권위로써 플라톤 안에 있는 모든 신학과 철학을 우둔하게 만들고 바보로 만든다. 그래도 플라톤은 그에 대해 불평하지 않는다. 다른 면에서는 어디나 당신이 어느 정도 품위를 유지할 수 있다. 다른 모든 행동은 점잖기 위한 규칙을 견딘다. 그런데 이 행위만은 방종하고 우스꽝스런 모습 말고는 달리 상상조차 되지 않는다. 한번 보기 위해, 그것을 행하는 지혜롭고 조심스런 방법을 찾으려고 시도해 보라. 알렉산드로스는 이 행위와 잠을 통해서 자기가 죽게 되어 있는 존재임을 각별히 알게 된다고 말하곤 했다. 잠은 우리 정신의 능력들을 질식시키고 억누른다. 이 일은 이 능력들을 빨아들이고 흐트러뜨린다. 단연코 이것은 우리의 원초적 타락의 표징일 뿐만 아니라 우리의 공허함과 기형성의 표징이기도 하다.

한편으로 자연은 자기 행위 중 가장 고귀하고 유용하며 즐거운 행위를 이 욕망에 연결해 놓고 우리를 그리 밀어붙이는가 하면, 또 한편으로는 그 행위를 뻔뻔하고 추잡하다며 우리가 비난하고 멀리하게 하면서, 그에 대해 낯을 붉히고 절제를 권유하게 한다.

C 우리를 만들어 내는 행위를 짐승 같다고 부르다니 우리야말로 짐승인 것은 아닌가?

B 자기 종교를 가진 다양한 민족들은 희생 제물, 향과 초, 금식, 봉헌 같은 여러 가지 유사점을 가졌는데, 다른 것들 중에서도 이 행위를 비난하는 것 역시 마찬가지였다. C 그 행위에 대한 징벌

인 [B] 할례처럼 널리 퍼져 있던 관습은 관두고라도 모든 종교가 다 성행위를 비난하고 있다. 인간이라고 하는 이다지도 어리석은 산물을 만드는 것을 비난하고, 그 행위를 수치스럽다 부르며, 거기 쓰이는 부분을 치부라고 부르는 것은 아마 옳은 일일 것이다. [C] (요새 내 몸의 그 부분은 그야말로 수치스럽고 한심하다.) 플리니우스가 이야기하는 에세네파 사람들은[113] 수백 년 동안 유모도 〔젖먹이의〕 기저귀도 모른 채 살아갔다는데, 그 멋진 기질을 따라 계속해서 그들과 합류하러 오는 이방인들 덕택이었다. 그들은 여성의 포옹에 구속되느니 절멸되는 위험을 감수하며, 사람을 하나 만드느니 인간의 씨가 마르는 쪽을 나라 전체가 택한 것이다. 사람들 말로는 제논이 인생에 딱 한 번 여자를 가까이 했다고 하는데, 자기가 여성을 너무 고집스럽게 경멸한다는 인상을 주지 않기 위해서 예의상 그랬다는 것이다. [C] 누구나 아이 태어나는 것은 보기를 피하고, 사람 죽는 것은 보려고 줄곧 쫓아다닌다. [C] 사람을 파괴하기 위해서는 백주 대낮에 너른 들판을 찾고, 사람을 만들기 위해서는 어둡고 비좁은 구석을 찾는다. [B] 만들기 위해서는 숨고 얼굴을 붉히는 게 의무가 되어 있다. 그리고 파괴할 줄 아는 것은 영광이자, 거기서 여러 가지 미덕도 태어난다. 전자는 해를 끼치는 일이고 후자는 은혜를 베푸는 일이다. 왜냐하면 아리스토텔레스가 이르기를,

113
『자연사』에 나오는 이야기이다. "사해 서쪽에는 에세네파 사람들이 산다. 그들은 아내를 두지 않고 있으며, 여자에 대해 육체적으로 아는 것이 없다. (……) 그럼에도 그들 지역은 어느 때보다 인구가 넘치는데, 빈곤과 비참을 견디지 못하고 절망에 찬 사람들 다수가 매일 그곳으로 가고자 하며, 이 고약하고 불행한 삶을 선택하고 거기 적응하려 하는 것이다. 그래서 이 나라는 생식을 통하지 않고도 천년 이상을 존속해 왔다."

자기 나라 어떤 표현법에 의하면, “누군가에게 호의를 베풀다.”라는 표현이 그를 죽여 주는 것을 의미한다고 하니 말이다.

C 아테네 사람들은 델로스섬을 정화하고 아폴로 신 앞에서 자신을 정당화할 필요 때문에 이 두 가지 행동의 볼품없음을 같은 수준으로 하려고 섬 안에서의 모든 매장과 출산을 함께 금지했다.

> B 우리 자신이 우리를 부끄럽게 여긴다.
>
> 테렌티우스

C 우리는 우리 존재를 악으로 여긴다.

B 먹을 때는 모습을 숨기는 나라들이 있다. 내가 아는 어떤 부인은 지체가 높은 이인데, 마찬가지 생각을 가지고 있어서, 씹는 모습은 불쾌해 여성의 우아함과 아름다움을 많이 떨어뜨린다는 것이었다. 그래서 식욕을 느낄 때는 사람들 앞에 별로 모습을 보이려 하지 않았다. 또 내가 아는 어떤 사람은 남이 먹는 모습을 보는 것도, 남이 자기 먹는 모습을 보는 것도 견딜 수가 없어서 몸을 비울 때보다도 몸을 채울 때 더 옆에 누가 있는 것을 피한다.

C 터키 제국에서는 남보다 더 우월하기 위해 식사 중에는 결코 자기 모습을 드러내지 않는 사람들이 아주 많이 있다. 일주일에 한 번만 식사하는 사람도 있고, 얼굴과 손발을 베고 찢는 사람도 있으며, 아무에게도 말을 걸지 않는 사람도 있는데, 온갖 광신적인 사람들이 자기 천성을 변질시킴으로써 천성을 명예롭게 한다고 생각하며, 자기를 경멸함으로써 스스로를 드높였다 여기고, 자신을 손상시킴으로써 스스로를 개선시킨다고 생각한다.

B 자기 자신을 끔찍하게 여기고 C 쾌락을 고통으로 알며, 스

스로를 불행으로 여기다니 [B] 이 무슨 끔찍한 괴물이란 말인가! 세상에는 자기 삶을 숨기는 사람들도 있다.

> 유배를 위해 아늑한 집도 벽난로도 버린다.
>
> 베르길리우스

그들은 남들의 시선에서 자기 삶을 가리며, 건강과 유쾌함을 해로운 적인 양 피한다. 어떤 종파들만이 아니라 어떤 민족들은 자기 탄생을 저주하고 자기네의 죽음을 축복하는 것이다. [C] 태양을 혐오하고 암흑을 찬미하는 나라들도 있다.

[B] 우리는 우리를 학대하는 일에만 기발하다. 그것이야말로 우리 정신의 힘의 진정한 먹잇감이니, [C] 정신이란 통제되지 않으면 위험한 연장이로다!

> [B] 오, 불행한 자들이여! 자기들 기쁨을 두고 자신을 비난하는구나.
>
> 막시미아누스

저런, 가련한 인간이여, 너는 머리 써서 더 늘리지 않아도 불가피한 어려움을 이미 충분히 가지고 있다. 인위적으로 꾸며 내지 않아도 네 조건은 충분히 비참하다. 상상으로 만들어 내지 않아도 너는 실제로, 그리고 본질적으로 추한 점들을 충분히 가지고 있다. [C] 너의 안락함이 네게 불행으로 되지 않으면 네가 너무 안락한 상태에 있다 싶은 건가? [B] 자연이 부과하는 의무를 모두 채우고 나니 스스로에게 새로운 의무를 부과하지 않고서는 자연이 불완전하고 게으르다고 느껴지는가? 너는 보편적이고 의심의 여지없는 자연의 법을 거스르는 것을 두려워하지 않고, 편파적이고 허구적인 너의 법을 두고 우쭐댄다. 그 법이 특수하고 모호하며 더 모순될수록 너는 더욱 거기에 네 노력을 바친다. C 네가 고안한 것이 분명한 자의적 규칙들이 너를 사로잡고 붙들어 매니, 네 사는 구역만의 규칙들 또한 그렇다. 하느님의 규칙, 이 세계의 규칙에 대해 너는 눈도 깜짝 않는다. B 이 점을 밝혀 주는 예들을 좀 둘러보라, 네 삶 전체가 그런 것으로 돼 있으니 말이다.

우리 저 두 시인[114]의 시구들은 자기들이 실제 그렇게 하듯, 외설에 대해 신중하고 조심스럽게 그리고 있는데, 내 보기에는 그래서 오히려 더욱 가까이 드러내고 밝게 비추는 듯싶다. 여성들은 가슴을 뜨개질한 천으로 가리며, 사제들은 제사 도구들을 수건으로 덮어 둔다. 화가들은 작품 속 빛을 강조하기 위해 어둡게 칠을 한다. 그리고 사람들 말로는 햇빛과 돌풍은 바로 만날 때보다 한 차례 굴절됐을 때 더 강렬하다고 한다. 어떤 이집트인은 "자네, 외투 밑에 무엇을 감추고 가는가?" 하고 묻는 사람에게 지혜로운 답을 했다. "내가 외투 밑에 감추고 가는 것은 자네가 그게 뭔지 모르도록 하려는 걸세." 그렇지만 더 잘 보여 주려고 일부러 감추는 것들도 있다. 더 터놓고 이야기하는 다음 사람의 말을 들어 보라.

> 그녀 벗은 몸을 내 몸에 꼭 끌어안았다.
>
> 오비디우스

114
앞에 나오는 시인들로서 베르길리우스와 루크레티우스를 말한다.

나는 그가 나를 거세시킨다는 느낌이 든다. 마르시알리스는 비너스의 옷자락을 아무리 제 마음대로 들춰도, 이렇게 완전하게 내보이진 않는다. 모든 것을 다 말해 버리는 사람은 우리를 포만하게 하고 물리게 한다. 표현하기를 머뭇거리는 사람은 글에 담긴 것보다 더 많은 것을 우리가 생각하게 한다. 따라서 억제된 표현은 일종의 묘책인 바, 특히 두 시인들처럼 우리의 상상력을 위한 그토록 멋진 길을 반쯤만 열어 보여 줄 때 그러하다. 사랑의 경우에는 실제 행위에서건 문학적 묘사에서건 어딘가 훔친 물건의 느낌이 나야 한다.

스페인 사람들과 이탈리아 사람들의 사랑은 더 정중하고 소심하며, 더 수줍고 덜 개방적이어서 내 마음에 든다. 누군지 모르겠지만[115] 옛날에 자기가 삼키고 있는 것을 더 오래 맛보기 위해 목이 마치 두루미의 것처럼 길어지기를 바란 이가 있었다. 이런 식의 소망은 다급하고 서두르는 이 성적 쾌감의 경우에 더 적절하다. 특히 나처럼 조급해하는 결점을 가진 성정에 그러하다. 그 쾌감이 급히 날아가듯 사라지는 것을 막고 예비 단계에서 더 오래 지속되도록 하기 위해, 이들 두 나라 사람들 사이에서는 어느 것이든, 한 번의 눈짓이나 몸 갸웃 숙이기, 한 마디 말, 신호 하나도 호의와 보상을 의미한다. 고기 굽는 연기만 맡은 것으로 식사할 수 있는 사람이라면 괜찮은 절약을 하는 셈 아닐까?[116] 사랑은 아주 약간의 견고한 본질에 훨씬 많은 허영과 들뜬 공상이 뒤섞인

115
아리스토텔레스의 『니코마코스 윤리학』에서 언급된 미식가.

116
천장에 매단 굴비를 반찬 삼아 밥을 먹는 구두쇠 이야기처럼, 구운 고기 냄새를 맡으며 빵을 먹던 사내의 이야기는 라블레가 쓴 연작 소설로 『에세 3』에 나온다.

정념이다. 마찬가지 값을 거기 지불하고 마찬가지로 대접해야 할 것이다.

여성들에게 스스로를 귀하게 만들고, 자신을 존중하며, 우리를 속이고 바보 취급하도록 가르쳐 주자. 우리는 최후의 공격을 맨 처음에 해 버린다. 항상 프랑스식 격렬함이 거기 있는 셈이다. 여성들이 그 호의를 실 뽑듯 늘여 빼고 조금씩 흩뿌려 놓는다면, 모든 남자가 비참한 노년이 되어서까지도 자신의 가치와 장점에 따라 어떤 쾌락의 자투리나마 가질 수 있으리라. 향유에서만 향유를 아는 인간, 만점을 받아야만 이긴다는 인간, 사냥감을 잡아야만 사냥을 좋아하는 인간은 우리 학파를 기웃거릴 자격이 없다. 계단과 단계가 많을수록 마지막 자리는 더 높고 더 명예로운 것이다. 우리는 그리 이끌려 가는 것을 기뻐해야 하리라. 마치 장려한 궁궐을 갖가지 문과 통로, 길고 기분 좋은 회랑들을 지나 이리저리 휘돌아가면서 찾아가듯이 말이다. 이렇게 유유자적하듯 나아가는 것은 결국 우리에게 이익이다. 우리는 줄곧 다시 거기 머물고 싶어 할 것이며, 우리의 사랑은 그래서 더욱 오래 지속될 것이니 말이다. 희망이나 욕망이 사라지면 우리는 더 이상 나아갈 가치를 못 느낀다. 지배권과 완전한 소유권을 우리가 갖는 것은 여성들에게는 무한히 두려워해야 할 일이다. 우리의 충실성과 지조에 완전히 항복하고 난 뒤라면 이제 그녀들이 얼마간 위험한 상태에 놓이게 되는 셈이다. 충실성과 지조라는 덕성은 드물고 어려운 것이다. 여자들이 우리에게 속하게 되는 순간 우리는 더 이상 그녀들에게 속하지 않게 된다.

우리 정념의 변덕을 만족시키고 나면 곧

우리는 약속과 맹세를 아무렇지도 않게 여긴다.

카툴루스

C 그리스 청년인 트라소니데스[117]는 자기의 사랑을 너무 사랑한 나머지 애인의 마음을 얻고 난 후에도 그녀를 향유하기를 거부했는데, 스스로 자랑스럽게 여기고 또 그를 통해 자기를 키워 온 불안한 열정이 향유를 통해 죽어 버리거나 포만을 느끼며 약화되지 않도록 하기 위해서였다.

B 비싸면 음식이 맛있어진다. 우리나라에 독특한 인사법이 그 손쉬움 때문에 얼마나 입맞춤의 우아함을 망치고 있는지를 보라. 소크라테스는 입맞춤이란 너무 강렬하고 위험한 것이라 우리 가슴을 훔쳐 갈 정도라고 말한다.[118] 누구든 시종을 세 명 거느리고 있는 자에게는 내키지 않아도 자기 입술을 내줘야 하다니, 이것은 부인들에게 불쾌하고 부당한 관습이다.

개의 코인 듯, 푸르스름한 얼음 조각 콧구멍에 걸려 있고
뻣뻣한 턱수염 끈적거리며 붙어 있어
차라리 나 백 번도 더 그 작자의 엉덩이에 입 맞추겠네.

마르시알리스

117
유실된 메난드로스의 희극 주인공 이름.

118
크세노폰이 쓴 『기억할 만한 이야기』에는 "만약 네가 (……) 자유로운 상태의 (……) 아름다운 소년에게 입맞춤을 하게 되면, 한순간에 노예가 되고 말 것이다."라고 쓰여 있다.

그리고 우리 자신도 거기서 별로 얻는 것이 없다. 왜냐하면 세상이란 나누어 갖게 되어 있어서, 미녀 세 명에게 한 입맞춤을 오십 명의 추녀에게도 해야 하니 말이다. 그리고 내 나이의 사람들이 그렇듯 위장이 약하면 고약한 입맞춤은 좋은 입맞춤의 대가로 너무 비싸다.

이탈리아에서는 남자들이 구애를 할 때 소심한 애인처럼 구는데, 몸을 파는 여인들에게까지 그렇게 하면서 정작 이렇게 변명한다. 즉 즐기는 데에는 단계가 있으며, 자기들은 그렇게 섬김으로써 가장 완전한 섬김을 받고자 하기 때문이라고 말이다. 그 여자들은 단지 몸만을 판다. 의지는 팔 수 있는 것이 아니며, 사고 팔기에는 너무 자유롭고 너무 자율적인 것이다. 그러니 자기들이 원하는 것은 여성의 의지라고 말하는 그들이 옳다. 섬기고 실행해야 하는 것은 의지인 것이다. 애정이 결여된 육체를 내 것이라고 상상하는 것은 끔찍하다. 이런 식의 흥분이야 프락시텔레스가 만들어 놓은 아름다운 비너스 상[119]을 사랑 때문에 더럽힌 저 소년의 것과 별반 다르지 않다. 혹은 죽은 여인의 시신을 향유 처리하며 수의에 싸고 있던 저 이집트 사람이 열이 올라 눈이 뒤집힌 경우도 마찬가지이다. 그 때문에 이집트에서는 이후 젊고 아름다운 여인이나 부잣집 여성들의 몸은 매장 일을 맡은 사람들 손에 맡기기 전 사흘 동안은 지키고 있도록 하는 법이 만들어졌다.

페리안드로스의 행태는 더욱 괴기스러웠으니, 그는 (훨씬 견실하고 합법적일) 부부애를 죽은 아내 멜리사를 향유하는 데까지

119
발레리우스 막시무스에 따르면 이 조각상은 소아시아 지방 크니도스의 신전에 있었는데, 마치 살아 숨 쉬는 듯했다고 한다.

확장했다.[120]

[C] 사랑하는 엔디미온을 다른 방식으로는 즐겨 볼 수가 없어서 여러 달 동안 그를 잠에 빠지게 하고 꿈속에서나 뒤척일 뿐인 소년을 향유하며 만족을 얻는 달의 여신 루나는 달밤에 체조하는 기질로 보이지 않는가?[121]

[B] 비슷하게 나는 이렇게 말한다. 당사자의 동의나 욕망이 없는 육체를 사랑할 때 우리는 영혼이나 감정이 없는 육체를 사랑하는 셈이라고. 모든 향유가 다 동일한 것은 아니다. 앙상하고 시들한 향유도 있다. 호의가 아닌 다른 수많은 이유들이 우리에게 여성들의 허락을 얻어 줄 수 있다. 그러나 그것이 애정의 충분한 증거는 아니다. 다른 경우와 마찬가지로 여기에도 속임수가 있을 수 있으니, 여성들은 때때로 그저 엉덩이 한쪽만 내밀고 있는 것이다.

> 유향과 포도주를 신에게 바치고 있기라도 한 듯
> 마치 그녀는 부재하는 듯 혹은 대리석으로 된 여자인 듯.
> 마르시알리스

내가 아는 어떤 여성들은 자기네 마차보다 더 기꺼이 그것을 빌려주려 하며, 오직 그 방식으로만 소통한다. 당신과 함께하는 것이 어떤 다른 목적을 위해 그녀들에게 즐거운 것인지, 아니면 어떤 튼튼한 마구간지기 소년하고 그렇듯 오직 그 자체로 즐거

120
페리안드로스는 코린토스의 참주(B. C. 629~585년 재위). 이 이야기는 헤로도토스의 『역사』에 실려 있다.

121
엔디미온은 미모가 뛰어났던 그리스의 목동이다.

운 것인지를 잘 살펴야 한다. 당신이 어떤 지위에서 어떤 가격으로 그 자리에 있는지,

> 그녀가 오직 당신에게만 자기를 내주고 있는지,
> 그리고 그날을 하얀 돌로 표시하고 있는지를.
> 카툴루스

어쩔 텐가, 그녀가 당신 빵을 좀 더 기분 좋은 상상의 소스에 발라 먹고 있다면?

> 그녀가 품에 안고 있는 것은 너지만, 그녀 한숨은
> 거기 없는 자, 그녀가 사랑하는 자를 향하고 있다.
> 티불루스

아니, 뭐라고? 하지만 알다시피 우리 시대에 어떤 남성 하나는 끔찍한 복수를 위해 이 행위를 써먹으려 하지 않았던가? 그는 정숙한 여성에게 독을 주입해 그녀를 죽음에 이르게 했던 것이다.[122]

이탈리아를 아는 사람들은 내가 이 주제와 관련하여 다른 데 예들을 찾지 않는 것을 이상하게 여기지 않으리라. 왜냐하면 이 나라는 이 점에서 여타 다른 나라들의 교사라고 불릴 수도 있기 때문이다. 일반적으로 이 나라는 우리 프랑스에 비해 예쁜 여자들이 못

122
브랑톰(1540-1614)이 『우아한 귀부인들』에서 기술하고 있는 바에 의하면, 어떤 프랑스 귀족 남성은 다른 여성과 결혼할 생각으로 부부 잠자리에서 자기 부인의 몸에 독이 스며들어 죽게 했다고 한다.

난 여자들보다 더 많다. 그러나 드물고 빼어난 미녀로 치면, 우리와 어금버금하다고 생각된다. 그리고 두뇌의 경우도 마찬가지라고 나는 판단한다. 그저 그런 두뇌로 치면 이탈리아인들이 훨씬 더 많이 가지고 있는데, 얼뜨기도 비교할 수 없을 만큼 더 드물다. 그러나 독특하고 가장 높은 단계의 정신으로 치면, 우리가 그들에게 뒤지는 바가 전혀 없다. 이런 식의 비교를 더 넓혀 봐야 한다면, 용맹함의 경우 반대로 그 미덕은 그들보다 우리 쪽에 더 널리 또 더 자연스레 자리하고 있는 듯하다. 그러나 때때로 그들 손으로 이루어지는 용맹함이 너무나 충만하고 강건한 것인지라, 그것은 우리가 가진 가장 억센 예들마저 넘어서 버리는 것을 보게 된다.

저 나라의 결혼은 절뚝이고 있으니 그들의 관습은 아내들에게 보통 너무 혹독하고 노예 같은 법을 강요하여, 낯선 이와의 아주 소원한 관계마저 가장 친근한 관계와 마찬가지로 심각하게 취급한다. 이 법에 따라 모든 접촉은 불가피하게 실체가 있는 것이 된다. 그리고 여성들에게는 어떻게 해도 마찬가지 결과이니, 선택이 쉽다. C 그녀들이 일단 이 칸막이 벽을 부수고 나면, 정말이지 그때는 아예 불과 화염이 된다. "쇠고리에 묶여 자극된 맹수처럼, 육욕은 이제 고삐가 풀린다."(티투스 리비우스) B 여성들에게는 고삐를 어느 정도 놔줄 필요가 있다.

> 얼마 전 내가 보니 고삐를 거부하는 말 하나가
> 완강한 주둥이로 뿌리치며 번개 치듯 뛰쳐나가는
> 것이었다.
>
> 오비디우스

얼마간의 자유를 주면 짝을 찾는 욕망은 약해지게 되니 말이다.[123]

하지만 우리가 가는 길도 그들 못지않게 위험하다. 우리도 그와 비슷한 위험을 무릅쓰게 될 것이다. 그들은 강제가 너무 극단적이고, 우리는 방관하는 것이 그렇다. 우리 나라의 좋은 습속은 양갓집에서 우리 아이들을 받아들여 마치 귀족 학교에서인 듯 시동으로 교육시키고 키우는 점이다. 그리고 귀족 가문 아들에게 이것을 거절하는 것은 실례이자 모욕이라고들 한다. 내가 본 바는 (집안마다 다들 다른 양식과 형식이 있으니) 자기를 수행하는 여자아이들에게 가장 엄격한 규칙을 배우게 하려던 귀부인들은 별로 좋은 결과를 얻지 못했다는 사실이다. 여기서 필요한 것은 적절함이다. 거동의 좋은 부분은 여자아이들 자신의 분별력이 알아서 배우도록 해야 한다. 왜냐하면 이렇든 저렇든 그들을 어디서나 통제할 수 있는 수양법은 없기 때문이다. 그러나 자유로운 학교에서 아무 탈 없이 빠져나온 여자아이는 엄격하고 감옥 같은 학교에서 무탈하게 나온 여자아이보다 훨씬 더 믿음이 간다는 것이 정말이지 사실이다.

우리 선조들은 딸들의 얼굴을 수치심과 두려움 쪽으로 길들였다.(그들의 감정과 욕구도 지금이나 마찬가지였다.) 우리는 대담함 쪽으로 길들이는데, 우리가 무슨 짓을 하고 있는지도 잘 모르면서 말이다. C 사르마티아 여인들은 제 손으로 전쟁터에서 다른

123
1588년판은 보르도본에서 지워진 다음 문장을 덧붙이고 있다. "그녀들은 사회생활에서 여러 가지 역할을 하는 사람들이다. 그런데 우리는 어느 역할이나 다 마찬가지라고 여겨 그녀들이 최후의 역할만 하도록 이끄는 것이다."

남자를 죽여 본 연후라야 남자와 잘 수 있도록 법이 정하고 있었다. [B] 그에 대해 두 귀로 듣고 있는 것밖에는 다른 권리가 없는 나로서는, 여성들이 내 나이의 특권을 이용해 의견을 달라고 나를 붙드는 것으로 충분하다. 그래서 그녀들에게 충고하는 것은 [C] 우리에게나 마찬가지로, [B] 금욕인 바, 그러나 만약 이 시대가 그것을 너무 적대시한다면 적어도 신중함과 절제를 권한다. [C] 자기가 고급 창녀 집에 들어가는 것을 보고 얼굴을 붉히는 젊은이들에게 아리스티푸스[124]가 한 마디 했다는 이야기처럼, “악덕은 거기 들어가 나오지 않는 것이지, 거기 들어가는 것은 아닌 것이기” 때문이다. [B] 여성이 자기 양심을 보전하려 하지는 않더라도 자기 이름은 보전해야 할 일이다. 마음속이 가치가 없다 하더라도 겉모양은 잘 지키도록 할 일이고 말이다.

나는 여성들이 호의를 베풀 때의 단계와 그 느릿함을 찬탄한다. [C] 플라톤은 모든 종류의 사랑에서 용이함과 조급함은 방어하는 쪽에게 금기라는 것을 보여 준다. [B] 그렇게 경솔하게 통째로 급격히 항복하는 것은 탐식의 기미로서 여성들이 온갖 기교로 감춰야 하는 것이다. 고르고 절도 있게 베푸는 호의를 통해 여성들은 우리의 욕망을 더 잘 이끌어 가며 자기들의 것은 감추는 것이다. 그녀들은 우리 앞에서 늘 달아날 일이다. 자기를 붙들리게 하려는 의도가 있는 여성들까지도 말이다. 그녀들은 마치 스키타이인들처럼 도망가면서 더 쉽게 우리를 정복한다.[125] 참으로 자연이 그

124

B. C. 435~356년경. 소크라테스의 제자로서 키레네 학파의 창시자이다. 스승과 다른 입장을 택해, 인생의 목표는 상황을 자신에게 적응시켜 역경과 순경을 적절히 통제함으로써 쾌락을 추구하는 것이라고 가르쳤다.

125

녀들에게 준 법칙에 따라, 원하고 욕망하는 것은 여성들에게 적절한 것이 아니다. 그녀들의 역할은 견디는 것이며 복종하고 동의하는 것이다. 그 때문에 자연은 여성들에게 영원한 능력을 주었고, 우리에게는 드물고 불확실한 능력을 주었다. 그녀들은 항상 자기네의 시간을 가지고 있으니, 우리의 시간에 늘 준비되어 있도록 하기 위해서이다. [C] "수동적이도록 태어나도다."(세네카) [B] 그리고 자연은 우리의 욕망이 그 모습을 드러내고 돌출하며 표현되도록 만든 데 비해 여성들의 욕망은 숨겨져 있고 안으로 있게 했으며, 그녀들에게는 [C] 내보이기에는 부적절하고 또 [B] 그저 방어적인 용도에만 필요한 기관을 달아 준 것이다.

[C] 다음과 같은 경우도 아마존 여인들의 방종한 풍속에서 비롯되는 것이리라. 알렉산드로스가 히르카니아를 지나고 있을 때, 아마존 여왕인 탈레스트리스가 그녀를 따르는 대군의 나머지는 부근 산 너머에 남겨 두고, 멋진 말에 훌륭한 무장을 한 300명의 여전사를 데리고 그를 보러 나왔다. 그녀는 말 위 저 높이에서 공개적으로 말하기를, 그가 거둔 승리와 그의 용기에 대한 소문을 듣고 그를 보기 위해, 그리고 자기가 가진 수단과 힘으로 그의 사업을 돕기 위해 여기 왔노라고 했다. 그리고 그렇게 아름답고 젊으며 힘찬 모습을 보니, 모든 면에서 완벽한 자기로서 그에게 충고하건데, 함께 잠을 자며 세상에서 가장 용감한 여자와 살아 있는 자 중 가장 용감한 남자로부터 무엇인가 위대하고 희귀한 것이 장차 태어나도록 해 보는 게 어떻겠느냐 했다. 알렉산드로스는 여타의 제안은 사양했지만, 마지막 요청을 들어주려고 시간을

『에세 1』 12장에 이들의 도망가는 기술에 관한 언급이 있다.

내기 위해 열사흘을 그 장소에 머물렀는데, 그는 이 모든 날을 그토록 용기 있는 여왕을 위해 가능한 가장 즐거운 주연을 베풀었던 것이다.

[B] 우리는 거의 매사에 여성들의 행동에 대한 불공정한 판관이며, 여성들 역시 우리 행동에 대해 그러하다. 진실이 나를 도울 때와 마찬가지로 내게 해가 될 때도 나는 진실을 인정한다. 여성들을 그렇게 자주 변덕으로 내몰고 대상이 무엇이건 애정을 공고히 하지 못하게 방해하는 것은 꼴사나운 무절제함이니, 저 비너스 여신에 대해서도 사람들은 하고많은 변덕과 〔바뀌는〕 애인들을 이야기한다. 그러나 사랑이 격렬하지 않다면 그것은 사랑의 본성에 거스르는 일이요, 그것이 변치 않는 것이라면 격렬함과 배치된다. 그리고 그 점에 대해 놀라고 비명을 지르며, 여성들에게 이 병은 본성에 어긋나는 믿을 수 없는 것이다 싶어 원인을 찾으려 드는 사람들은, 자기들 안에 그 병이 들어올 때는 경악하지도 않고 기적이라 부르지도 않으며 맞이한 적이 얼마나 여러 번이었는지를 왜 못 보는 것일까!

거기서 어떤 차분함을 본다면 그것이야말로 더 이상할지 모른다. 그것은 단순히 육체적인 정념이 아니다. 인색함과 야심에 아무런 한계가 없듯이 음욕에도 한계가 없다. 포만한 뒤에도 그것은 여전히 살아 있으며, 거기에는 어떤 한결같은 만족도 없고 끝을 규정할 수도 없다. 음욕은 자기가 소유하게 된 것 그 너머로 계속 나아간다.

그리고 또 여성들의 변심이란 우리의 경우보다 어쩌면 더 용서할 만한지도 모른다. 그녀들도 다양성과 새로움에 끌리는 남녀 공통의 경향을 우리처럼 내세울 수 있고, 두 번째로는 우리와 달리, 자기들은 호주머니 속에 들었던 고양이를 산 것이라고 주장할 수도 있다.[126] C (나폴리 왕비였던 잔은 금실과 명주실을 섞어 자기가 직접 꼰 동아줄을 창문살에 걸어 첫 번째 남편인 안드레아소를 목매달아 죽이게 했는데, 남편의 키며 잘생긴 얼굴, 그의 젊음과 활력 따위를 보고 자기가 품었던 기대에 남편의 물건이며 능력이 충분히 부응하지 않는 바람에 자기가 속았다는 것이 그 동기였다.)[127]

B 결국 여성들은 자기네 몫이란 수동적인 역할이고 항상 준비가 돼 있는 데 비해, 우리 남성은 능동적인 역할이라 먼저 준비가 돼야 하는데 그것이 제대로 될지는 미심쩍다고 주장할 수 있다. C 이 때문에 플라톤은 지혜롭게도 자기의 『법률』 안에 결혼의 기회를 결정할 때면 신랑감으로 나서는 총각들은 완전히 벗고 처녀들은 허리까지만 벗은 채로, 판관들이 나서서 그 몸을 보게 했다. 여성들은 우리를 시험해 보다 우리가 자기들이 선택할만한 대상이 아니라는 것을 알게 되는 일이 있으니,

> 물러진 가죽이나 진배없는 물건이며 허리를 더듬어 보다
> 손으로 아무리 곧추 세워 보려 해도 헛수고인지라
> 그녀는 전투에 적당치 않은 침상을 떠나 버린다.
> 마르시알리스

바로 세워 보려는 의지만으로는 충분치가 않은 것이다. 허약

126
'자기가 사게 되는 것이 무엇인지 모르고'라는 뜻이다.

127
결혼 생활에 대한 왕비의 불만 외에도 왕비 가문의 사람들이 왕권을 탐내 음모를 꾸몄다는 설도 있다.

함과 불능은 결혼을 합법적으로 파기하는 이유가 된다.

> 처녀성의 허리띠를 풀어 줄, 뭔가 더
> 억센 것을 그녀는 다른 데서 찾아야 했다.
> 카툴루스

왜 아니겠는가? 그리고 그녀의 기준에 따라 더욱 외설스럽고 더욱 능동적인 사랑의 관계도 마찬가지니,

> 만일 그가 그 달콤한 일을 다 끝내지 못한다면 말이다.
> 베르길리우스

그러나 우리가 기쁘게 해 주려 하고 우리에 대한 좋은 평판과 성과를 남기고 싶은 관계에, 우리의 불완전함과 허약함을 가지고 나타나는 것은 심히 뻔뻔한 짓 아닌가? 요즘 내가 필요로 하는 저 약간의 것을 위해,

> 단 한 번의 그 일로 파김치가 될 나는
> 호라티우스

내가 공경해야 하고 두려워해야 할 여성을 거북하게 만들지는 않으련다.

> 조금도 두려워 마시라,
> 그의 나이, 오호라,

이제 쉰이 넘은 사람은!

호라티우스[128]

자연은 이 나이를 비참하게 만드는 것으로 만족해야지 우스꽝스럽게까지 만들지는 말아야 한다. 나는 그것이 일주일에 세 번쯤, 엄지 손가락만 한 기운으로 열이 올라 소란을 피우며, 마치 뱃속에 무슨 대단하고 당당한 하루 온종일을 채비해 놓기라도 한듯, 거칠게 으스대는 것이 가증스럽다. 이거야말로 요란하기만 한 헛방 아닌가.[129] C 그리고 그렇게 요란하게 활활 타던 불길이 한순간에 죽은 듯 얼어붙고 불씨마저 꺼지는 것이 나는 늘 놀랍다. 이런 욕망은 꽃피는 저 아름다운 젊음에 속해야 마땅한 것이다. B 어찌 되는지 보려면 그 욕망을 믿고 당신 안에 있는 이 지칠 줄 모르고 충만하며 한결같고 담대한 열정을 북돋아 보라. 그대는 얼떨떨한 상태로 길을 헤매게 되리라. 그 욕망은 차라리, 어느 여리고 당황한, 철모르는 사춘기로 담대하게 보내 주시라. 아직도 회초리 아래 떨면서,

짙은 자주색으로 물들인 인도 상아처럼
혹은 수많은 장미꽃과 섞어 놓은 하얀 백합이 붉어지듯.

베르길리우스

128
호라티우스의 원시에는 쉰이 아니라 마흔으로 되어 있다.

129
본문의 un vrai feu d'estoupe는 당시 쓰이던 화승총의 불통 안에서 화약만 타고 정작 탄환은 발사되지 않은 상태를 뜻한다.

욕망에 대해 얼굴 붉어지는 나이에게로 말이다.

그다음 날 아침이면, 그의 허약함과 무능함을 증거하는 저 아름다운 눈길의 경멸을 수치스러워 죽을 지경이 되지 않고도 견딜 수 있는 자는,

> 그녀의 말없는 눈길 그래도 그를 비난하고 있어도
>
> 오비디우스

그는 한 번도 적극적이고 능동적인 밤의 힘찬 작업을 통해 그 눈길 정복하고 그 눈가에 검은 무리 만들어 줌으로써 만족과 뿌듯함을 느껴 본 적 없는 사람이다. 어떤 여자가 나에 대해 지루해하는 것을 보고 나는 곧장 그녀를 방종한 여자라고 비난하지 않았다. 그보다는 차라리 내가 자연을 원망하는 것이 옳지 않을까 자문했다. 확실히 그녀는 나를 부당하고 예의 없이 대한 것이며,

> 그러나 내 물건이 충분히 길지 않고 충분히 굵지 않은지
> 유부녀들은 그 점을 잘 알아, 작은 물건에는 곱지 않은
> 눈길을 보낸다.
>
> 프리아페아

C 그리고 내게 엄청난 타격을 입혔다.

내 몸의 각 부분은 어느 부분이나 동등하게 나를 이룬다. 그런데 다른 어떤 부분도 이 부분보다 더 적절하게 나를 남자로 만들지는 못한다. 나는 세상에 나의 온전한 초상화를 드려야 한다.

내 이야기의 지혜는 오롯이 진실과 자유, 실상(實相)[130]에 있다. 그 진정한 의무의 목록에서 꾸며내거나 관례적이고, 편협한, 저 하찮은 규칙들은 무시하고, 전적으로 자연스럽고 변함없으며 보편적인 것이 이 지혜이니, 예절과 의례는 그 딸들, 그러나 사생아인 딸들일 뿐이다. 우리가 실재의 악덕을 살펴보고 난 연후에는 외양의 악덕을 살펴보게 될 것이다. 전자를 끝내고 나면, 필요하다고 생각될 경우, 후자에 달려들 것이다. 왜냐하면 우리는 상상으로 새로운 의무들을 지어내어, 자연스런 의무를 우리가 소홀히 하는 데 대해 변명하고, 그리고 양자를 뒤섞어 버리려 할 위험이 있기 때문이다. 이에 대한 증거로서 과오가 범죄인 어떤 곳들에서는 범죄는 그저 과오에 불과한 것을 우리는 안다. 헤아릴 수 없이 많은 의무들이 우리의 관심을 질식시키고 약화시키며 소멸시키는 동안 어떤 나라들에서는 예절의 법칙이 훨씬 드물고 느슨한데, 원초적이고 공통된 법은 훨씬 잘 지켜진다는 것도 말이다. 사소한 것에 몰입하느라 우리는 다급한 일에서 몸을 돌린다. 오오, 저 천박한 사람들은 우리의 것에 비해 얼마나 더 쉽고 칭찬할 만한 길을 걷는 것이랴![131] 우리가 분이랍시고 얼굴에 바르고, 서로에게 지불하는 것은 그림자일 뿐이다. 그러나 우리는 지불하는 것이 아니라 차라리 저 위대한 판관에게 진 빚을 더 늘려 가는 것이니, 그는 우리가 걸친 옷과 우리 부끄러운 곳 주위의 누더기까지 들춰 보시며, 우리 가장 내밀한 부정(不淨)에 이르기까지 우리의

130
essence로 표기된 본문은 현대어에서 réalité에 해당한다. '있는 그대로의 현실'이라는 의미이다.

131
몽테뉴가 자주 언급하는 신대륙, 신세계인들의 사회를 가리키는 것으로 보인다.

모든 것을 보기를 마다하지 않으신다. 그분이 이렇게 〔속속들이〕 찾아내는 것을 막을 수만 있다면 우리네 처녀 같은 수줍음도 쓸모가 있으련만.

간단히 말해, 누가 말〔표현〕에 대한 그 지나친 조심스러움에서 사람들이 벗어나게 한다고 해도 그가 세상에 별다른 해악을 끼치지는 않으리라. 우리의 삶은 얼마간 어리석음으로, 그리고 얼마간 지혜로 이루어져 있다. 삶에 대해 조심스럽고 예법을 따라서만 글을 쓰는 사람은 절반 이상을 뒤에 내버리고 있는 셈이다.[132] 나는 나를 향해 스스로를 변명하지 않는다. 그리고 내가 설혹 그렇게 한대도 그것은 나의 다른 면모에 대해서가 아니라 내가 변명한 것에 대한 변명일 것이다. 내 쪽에 속하는 사람들보다 수가 훨씬 많다고 생각되는 어떤 유형의 사람들에게 나는 지금 변명을 하고 있다. 그들을 고려해 나는 여전히 이렇게 말하리라. "단 하나인 사람이 풍속과 말과 뜻의 저 거대한 다양성에 적응한다는 것"(키케로)이 무척 어려운 일이긴 하지만 나는 누구나 다 만족시키고 싶기 때문인데, 수세기 동안 받아들여지고 인정된 권위 있는 작가들을 빌려 말한 것을 가지고 나를 비난할 것은 없으며, 우리 시대의 성직자들, 최고위 성직자들까지 즐기고 있는 자유를 내 글은 시가 아니라는 이유로 내게 거절하는 것은 온당치 않다. 여기, 그 중 두

132
프레임의 영역판 주석은, 보르도본에 몽테뉴가 직접 써 넣었다가 줄을 그어 지워 놓고 있는 내용을 소개하고 있다. 해독 불가능한 부분을 제외하고 그 내용은 다음과 같다. "내가 책머리에 쓴 서문은 그 정도까지 희망하고 있지는 않다는 것을 보여 준다. 작가들이 쓴 가장 지혜롭고 건전한 글들이나 내 기획에 대해 보여 준 반응이 나를 더욱 대담하게 만들었던 바, 나는 스스로에게 박차를 가해 얼음을 깨면서 우리의 (……)를 보여 주려 한 것이니 (……)"

사람의 시를 보라.

> 네 금간 부분이 그저 희미한 줄 이상의 것이라면, 내가 죽을 일이로다.
>
> 베즈[133]

> 애인의 음경은 그녀를 만족시키며 좋은 대접을 하는구나.
>
> 생즐레[134]

그 밖의 수많은 사람에 대해선 뭐라 할 것인가? 나는 수줍음을 좋아한다. 내가 이런 추잡한 말투를 택한 것은 그게 더 좋다는 판단에서가 아니다. 바로 자연이 나를 위해 그 방식을 선택해 준 것이다. 나는 그것을 칭찬하지 않는다. 관용적인 방식에 어긋나는 모든 것과 마찬가지로 말이다. 나는 그것을 변명해 주는 것이며, 특수하고도 보편적인 정황들을 들어 비난을 완화하려는 것이다.

계속해 보자. 마찬가지로 [B] 자기를 희생해서 당신들에게 호의를 베푸는 여성들에게 지존의 권위를 행사하려는 그 월권은 대체 어디서 나오는가?

133
테오도르 드 베즈(1519~1605). 제네바에서 칼뱅의 협력자이자 후계자였다 그는 젊은 시절에 캉디다라는 아름다운 여인의 매력을 세세히 묘사한 난잡한 시들을 몇 편 썼다. 몽테뉴가 이 개신교 시인을 찬양한 『에세 2』 17장의 내용 때문에 이 책은 로마 교황청의 금서 목록에 올랐다.

134
「네 명의 귀부인이 연장을 두고 다툰 일에 관한 롱도」. 궁정 시인이었던 생즐레는 프랑수아 1세와 앙리 2세의 궁정 신부이기도 했다.

> 밤의 어둠 속에서 그녀가 남몰래 작은 호의라도 베풀었다
> 치면.
>
> 카툴루스

즉각 당연시하는 권리, 냉담한 거절, 그리고 남편인 듯 내세우는 권위는 어디서 나오는가? 사랑은 자유로운 합의이다. 왜 당신들은 지키지 않으면서 여자들에게는 그것을 지키기 원하는가? [C] 자발적으로 합의한 일에 대해서는 어떤 규정도 없는 법이다.

[B] 〔내가 이야기하려는 것은〕 예법에는 어긋나는 일이지만 그러나 사실인 것이, 나는 내 시절에 이런 거래를 했었는데, 이 거래의 본성이 용인해 줄 만한 바에 따라 다른 거래만큼이나 양심적으로, 어느 정도는 정의로운 분위기를 갖고서 했던 것이다. 그리고 나는 내 애정에 대해, 내가 느끼는 그만큼만 그녀들에게 맹세했으며, 성실하게 그것의 쇠락과 활력과 탄생에 대해, 그것이 북받치고 시드는 것에 대해 알려 주었다. 이 영역에서는 한결같은 걸음으로 나갈 수 없다. 나는 약속하기를 몹시 아끼기 때문에 약속하거나 혹은 지켜야 했던 것보다 더 많이 지켰다고 생각한다. 그녀들은 자기들의 변심을 시중들 정도로 내가 충실했던 것을 알게 되었다. 고백한 변심, 때로는 여러 차례의 변심까지도 말이다. 내가 비록 실끝으로 나마 연결돼 있는 동안은 나는 결코 그녀들과의 관계를 끊지 않았다. 그리고 내게 어떤 이유를 주었건 간에, 내가 그 관계를 끊으며 경멸과 증오에 이를 정도로 되지는 않았다. 왜냐하면 그 같은 친밀함은 비록 가장 부끄러운 합의에 의해 얻어진 것이라 할지라도 내게 여전히 어느 정도의 선의를 요구하기 때문이다. 그녀들의 술책과 핑계를 보고 생기는 조금 심한 분노와 초조,

그리고 우리의 항의 같은 것은 내가 이따금 그녀들에게 보게 했다. 왜냐하면 내 기질은 갑작스레 동요되기 쉽기 때문인데, 그것이 가볍고 짧은 것이긴 하지만 내 거래를 자주 해치곤 했다. 그녀들이 내 판단의 자유로움을 시험해 보려고 할 때 나는 주저없이 그녀들에게 아버지 같은 매서운 견해를 밝히는 걸 마다하지 않았고, 아픈 곳을 꼬집곤 했다. 그녀들이 나에 대해 불평하도록 여지를 둔 것은, 그것은 차라리 요즘 풍속에 비하면 어리석을 만큼 성실한 애정을 거기서 본 탓이다. 나는 〔설혹 어겼을 경우에도〕 사람들이 쉽게 넘어가 줄 만한 일에서도 내 말을 지켰다. 여성들은 이따금 조건을 붙여 명예롭게 자신을 내주곤 하는데, 이 조건들이야 정복자가 어겨도 곧잘 견뎌 주는 식이었다. 나는 그녀들의 명예를 위해, 가장 격렬한 상태의 욕망을 여러 차례 멈추곤 했다. 그리고 이성이 나를 압박하면 나는 그녀들을 나에 맞서 무장시켰다. 그래서 내가 세운 규칙에 그녀들이 단호하게 의지할 때면, 자기들 자신의 규칙에 의지했을 경우보다 훨씬 더 안전하고 엄격하게 처신할 수 있었던 것이다.

C 나는 그녀들의 부담을 덜어 주기 위해 우리 밀회의 위험을 가능한 한 혼자 떠맡았다. 그리고 우리의 밀애를 가능한 한 가장 어렵고 예기치 않은 방식으로 계획했는데, 그것이 가장 덜 의심받고, 게다가, 내 생각으로는 가장 용이하기 때문이었다. 사람들은 자기들 생각에 숨겨진 곳이라고 생각하는 곳에서 드러나는 법이다. 덜 염려한 것들일수록 더 무심해져서 방비가 소홀해진다.[135] 누구도

135
군사적인 비유로 보인다. 요새를 지킬 때 안심할수록 더 허점이 드러나 적이 쉽게 침투한다는 것이다.

당신이 감히 하지 않으리라고 생각하는 것을 당신은 더 쉽게 해 볼 수 있는 것이며, 그것은 그 어려움 때문에 쉬워지는 법이다.

[B] 정작 작업에 착수할 때는 나보다 더 노골적으로 성적인 사람도 없었지만, 〔세심하게 주의하며 연애하는〕 이런 방식의 사랑은 보다 규범에 따르는 것이다. 그러나 그것이 우리 시대 사람들이 보기에 얼마나 우스꽝스럽고 비효과적인 줄을 나보다 더 잘 아는 사람이 누구이겠는가? 하지만 그것을 내가 후회하는 일은 없을 것이다. 거기서 내가 더 이상 잃을 것도 없다.

신전 벽 봉헌물 석판은
난파선에서 날 구해 준 바다 신께
소금물 젖은 내 옷 바쳤다고 알려 주누나.
호라티우스

지금은 여기에 대해 터놓고 이야기해야 할 시간이다. 그러나 아마도 내가 누군가에게 "이 친구야, 자네 꿈꾸는 거야, 자네 시대에는 사랑이 충실성이나 고결함과는 별 관계가 없지." 하고 말하는 것처럼,

규범을 지키라고 그녀를 다그치는 것은
이성적으로 헛소리하겠다고 애쓰는 것과
진배없을 것이다.
테렌티우스

그러니 다시 시작해야 하는 게 나라면 그것은 아마도 같은 방

법, 같은 과정을 거칠 것이다. 아무리 내게 얻어지는 소득이 없다 해도 말이다. C 비난받을 행동에서의 무능함과 어리석음은 칭찬할 만하다. B 이 점에서 내가 남들의 기질로부터 멀어질수록 나는 나 자신의 것에 가까워진다. 결국 이 거래에서 나는 완전히 몰입하지는 않았다. 거기서 즐거움을 누리면서도 나를 잊지는 않았던 것이다. 나는 자연이 준 저 얼마 안 되는 분별력과 신중함을 온전히 보존해, 여자들과 나를 위해 썼다. 약간의 흥분이었지 얼이 빠진 것은 아니었다. 내 양심도 거기 관여되어 방탕과 난봉에 이르긴 했지만, 그러나 배은망덕과 배신, 악의와 잔인함까지는 아니었다. 나는 이 악덕의 쾌락을 어떤 값을 지불해서라도 사려고 하지는 않았다. 그저 그에 적절한 단순한 비용으로 만족했다.[136] C "어떤 악덕도 대가가 따르지 않는 것은 없으니까."(세네카) B 나는 웅크리고 잠들어 있는 게으름도 어렵고 고통스러운 분주함만큼이나 싫어한다. 뒤의 것은 나를 옥죄고, 앞의 것은 나를 졸게 한다. 나는 상처도 타박상만큼 싫어하며, 살을 베는 칼날도 멍들게 하는 타격만큼이나 거부한다. 사랑의 관계 맺기에 보다 적절한 처지였을 때 나는 이 두 극단 사이의 적절한 절도를 보았다. 사랑은 싱싱하고 유쾌한, 깨어 있는 동요이다. 나는 그 때문에 혼란스럽거나 고통스러운 적이 없으나 열이 오르고 더욱이 목이 마르게 되었다. 거기서 멈추어야 한다. 오직 거기서 더 나가는 바보들에게만 사랑은 해악이 된다.

어떤 젊은이가 철학자 파네티우스에게 사랑에 빠진다는 것이 현자에게 어울리는 일이냐고 물었다. 그가 답했다. "현자는 제

136
양심의 가책 정도를 말하는 것일 수 있다.

쳐 두세. 그러나 자네와 나는 현자가 아니니 그렇게 혼란스럽고 격렬한 일에 우리는 끼어들지 말세. 그것은 우리를 남에게는 노예가 되게 하고, 우리 자신에게는 경멸스럽게 만들어 버린다네." 그 공격을 버텨 낼 방도도 없고, 지혜와 사랑은 함께 갈 수 없다고 하던 아게실라우스의 말을 행동으로 반박할 수도 없는 영혼에게, 그 자체로 그토록 격렬한 사랑을 신뢰하면 안 된다고 하던 파네티우스는 진실을 말하고 있다. 그것은 정말이지 공허한 짓이고 어울리지 않으며 부끄러운 데다 잘못된 것이기도 하다. 그러나 내가 말한 식으로 이끌어 갈 수만 있다면, 그것은 건강하고, 정신과 무거운 육체의 마비를 풀어 주기에 적합하다. 그리고 나는 의사로서 나 같은 기질과 조건을 가진 남자에게라면 다른 어떤 치료법과 마찬가지로 기꺼이 이 방법을 처방해 주리라. 그를 깨우고, 아주 많은 나이가 되어도 원기 왕성하게 하며 노화를 늦출 수 있도록 말이다. 우리가 아직 성 밖에 머무는 동안, 우리 맥박이 아직 뛰고 있는 동안,

> 아직은 흰머리 겨우 나기 시작하고, 노년이 그 시작에 불과하여
> 아직 허리 곧을 때, 라케시스[137]가 아직 자을 실을 가지고 있을 때,
> 그동안에는 나, 두 다리로 움직이고 내 손, 어떤 지팡이도 짚지 않게 하라.
>
> 유베날리스

137
운명의 세 여신 중 하나로서 인간 수명의 실을 어느 정도 길이로 할지 정한다고 한다.

우리는 이처럼 뭔가 따끔거리는 듯 자극되고 동요될 필요가 있다. 그것이 현자 아나크레온에게 얼마나 많은 젊음과 활력과 쾌활함을 주었는지 보라. 그리고 소크라테스는 지금 내 나이보다 더 늙었지만 사랑하는 대상에 대해 이렇게 말했다. "내 어깨를 그의 어깨에 기대고, 내 머리를 그의 머리에 가까이 한 채 우리가 함께 책을 들여다보니, 솔직히 말해 나는 마치 어떤 벌레가 문 것처럼 갑자기 어깨가 따끔거렸고, 그렇게 된 지가 닷새 이상이 되었다. 그리고 가슴으로는 계속 어떤 욕구가 흘러드는 것이었다."[138] 스친 것, 그것도 우연히, 그리고 어깨 한 번, 그것이 나이 들어 차가워지고 허약해진 영혼을, 그리고 덕성을 가진 인간 중에 으뜸인 자를 뜨겁게 하고 변화시킨다니! [C] 그러니 왜 마다할 것인가? 소크라테스는 사람이었다. 그리고 그 밖의 것이 되는 것도, 그 밖의 것으로 보이는 것도 원하지 않았다.

[B] 철학은 자연스런 쾌락과 싸우지 않는다. 절제가 따르기만 한다면 말이다. [C] 그리고 거기서 도망가는 것이 아니라 그것을 완화시킬 것을 가르친다. [B] 철학이 저항하려 애쓰는 것은 자연에서 벗어난 이상한 쾌락들, 사생아인 쾌락들이다. 철학은 육체의 욕망이 정신에 의해 더 커져서는 안 된다고 말하며, [C] 포만을 통해 우리의 굶주림을 깨우고자 해서는 안 된다는 것, 배를 채우는 대신 가득 쑤셔 넣으려 해서는 안 된다는 것, 우리에게 부족을 느끼게 하는 어떤 향락도 피해야 한다는 것, 그리고 [B] 우리를 목마르게 하고 배고프게 하는 모든 음식과 음료를 피해야 한다는 것을 진지하게 우리에게 경고한다. 사랑을 섬길 때, 철학은 그저 육체의 요구

138
『향연』 4장에 나오는 이야기이다.

를 채워 주기만 하지 영혼까지 동요시키지는 않는 대상을 택하라고 우리에게 요구한다. 영혼은 이것을 자기 일로 만들지 말고 그저 육체를 따르고 거들어 주기만 해야 한다고 말이다.

그러나 달리 보면, 이런 지침들은 내 생각에 조금 혹독한 듯 싶다.[139] 그런 지침이야 제 기능을 제대로 수행하는 육체와 관련된 것일 뿐, 지친 육체에게는 상한 위장과 마찬가지로 인위적으로 덥히고 부축해 줘도, 또한 저절로 그것을 잃어버린 이상 상상의 중재를 통해 다시 욕망과 쾌활함을 되찾게 해 줘도 이해할 만한 일이라는 내 생각이 옳지 않은가?

이 지상의 감옥에 있는 동안은 순전히 육체적이거나 순전히 정신적인 것이란 우리 안에 하나도 없으며, 그렇게 하는 것은 살아 있는 사람을 부당하게도 둘로 찢어 놓는 것이라고 말할 수는 없을까? 그리고 우리가 쾌락에 대해서도 적어도 고통에 대해서만큼 어서 오라고 맞아 주는 것이 더 옳아 보이지 않는가? 예를 들어 성자들의 영혼 안에서 고통은 참회를 통해 그 완벽함에 이를 만큼 격렬했다. 육체는 영혼과 밀접히 맺어진 탓에 당연히 이 고통에 자기 몫을 가지고 있었지만 그 원인에는 관여된 바가 거의 있을 수 없었다. 그러나 성자들은 육체가 고통받는 영혼을 그저 따라가고 돕는 것으로는 만족하지 않았다. 그들은 육체 자체를 육체 고유의 끔찍한 고통으로 학대했던 바, 영혼과 육체가 서로 질세라 힘들수록 더 유익하다 싶은 고통 속에 인간을 빠뜨리려고 하는 것이었다.

C 반대로 육체적 쾌락 앞에서는 영혼을 냉담하게 만들고, 쾌

139
1588년판에는 "그리고 비인간적이다."라고 덧붙여져 있다.

락으로 나아갈 때는 마치 무슨 강요당한 비열한 의무와 필요에 의해 끌려가는 듯해야 한다고 말하는 것은 부당한 일 아닌가? 그보다는 차라리 육체를 다스리는 책무가 영혼의 몫이니, 영혼이 나서서 쾌락을 품고 덥힐 일이며, 그 자리에서 자신을 소개하고 스스로를 초대해야 할 일이다. 영혼이 자신만의 고유한 쾌락에 잠겨 있을 때 역시 내 생각으로는 영혼이 나서서 영혼 고유의 존재에 기반한 온갖 것을 육체에 불어넣고 주입해 줘야 하며, 그 쾌락이 육체에도 달콤하고 유익한 것이 되도록 애써야 하듯이 말이다. 사람들 이야기처럼, 육체가 영혼을 손상시키면서까지 자신의 욕망을 따라가서는 안 될 일이다. 하지만 육체에 해가 되도록까지 영혼이 자신의 쾌락을 추구해서는 안 된다고 하면 그 역시 왜 옳지 않겠는가?

[B] 아직도 내 숨을 멈추게 할 만한 정념이 내게는 사랑 말고는 달리 없다. 나와 마찬가지로 정해진 직업이 없는 다른 사람들의 경우에 소유욕이나 야망, 불화, 소송 등이 하고 있는 역할을 내게는 사랑이 해 줄 수 있으리라, 훨씬 기분 좋게 말이다. 그것은 내게 민첩함과 명철함, 우아함을 돌려줄 것이고 외양도 소홀히 하지 않게 해 줄 것이다. 내 이목구비도 더 굳건하게 해 주어 노인의 찌푸린 얼굴, 저 몰골사납고 가련한 얼굴이 노년을 망가뜨리지 않도록 말이다. [C] 나를 다시 건강하고 지혜로운 공부로 이끌어 내가 나 자신을 보다 존경받고 더욱 사랑받게 만들 수 있으리라. 내 정신이 행여 자기 자신과 그 쓸모에 대해 의심하지 않게 하고, 자신과 화해하게 해 줌으로써 말이다. [B] 그 나이면 무료함이 우리에게 얹어 놓는 수많은 힘든 생각들로부터, [C] 수많은 우울한 슬픔으로부터, 그리고 고약한 건강 상태에서 [B] 우리가 벗어나게 해 줄 것이다. 자

연이 이제 돌보지 않고 있는 나의 피를, 적어도 몽상 속에서라도 덥혀 줄 것이며, 턱을 받쳐 주고,[140] 전속력으로 파멸을 향해 나아가는 이 가련한 사람에게 얼마간 그 힘줄을 [C] 그리고 영혼의 활력과 경쾌함을 [B] 강하게 해 주리라. 그러나 이 나이에 사랑이란 다시 얻기가 더없이 어려운 것임을 나는 잘 알고 있다. 허약함과 오랜 경험 탓에 우리의 입맛은 더 예민해지고 더 까다로워졌다. 우리가 내놓을 수 있는 것은 더 적어졌는데 우리는 더 많이 요구한다. 받아들여질 자격은 가장 적은데, 선택의 범위는 더없이 넓히려 한다. 그런 우리 모습을 알고 있으니, 우리는 대담함은 덜하고 소심함은 더하다. 우리의 조건과 그들의 조건을 알고 있으니, 아무 것도 우리가 사랑받고 있음을 확인시켜 줄 수 없다. 저 푸르고 들끓는 청춘 사이에 내가 있는 것이 부끄러우니,

> 꿋꿋한 자부심 속 그의 물건은
> 언덕 위 젊은 나무보다 더 단단히 뿌리 내렸네.
>
> 호라티우스

무엇 때문에 우리가 저 신바람 난 무리 앞에 우리의 비참함을 내보인단 말인가?

> 우리 불꽃이 재로 화하는 모습 보며
> 이들 들끓는 청춘이 웃음보 터뜨리라고?

140
"턱을 받쳐 주면 헤엄치기는 쉽다.(Nage facilement qui est soutenu par le menton.)"라는 속담 표현에서 온 말이다.

호라티우스

힘도 정당성도 그들의 편이다. 그들에게 자리를 내주자, 우리는 거기 맞설 수단이 없다.

C 그리고 이 피어나는 아름다움의 꽃망울은 이리도 뻣뻣한 손이 자기를 다루게 놔두지 않으며, 오로지 물질적인 수단에 넘어오지도 않는다. 왜냐하면 뒤를 쫓아다니면서도 그 아가씨의 호의를 얻어 낼 줄 모른다고 조롱하는 사람에게 옛 철학자가 대꾸했듯이, "이 친구야, 낚싯바늘에는 그렇게 신선한 치즈가 쉽게 꿰어지지 않는 법이거든."

B 그런데 사랑이란 상호 관계와 호응을 필요로 하는 교제이다. 우리가 얻게 되는 다른 쾌락들은 다양한 성격의 보상을 통해 고마움을 전할 수 있다. 그러나 이것은 똑같은 종류의 화폐로만 지불이 된다. C 사실 이 즐거움에서는 내가 느끼는 쾌감보다 내가 일으킨 쾌감이 더 달콤하게 내 상상력을 간지럽힌다. B 그런데 자기는 조금도 주지 않으면서 쾌감을 받기만 할 수 있는 사람은 전혀 도량이 없는 자이다. 무엇이든 받기만 하려 하고, 여성 쪽에서 매번 지불하는 관계를 키워 가는 데 재미를 느끼는 사람은 비루한 영혼이다. 명예로운 남자가 그런 식으로라도 갖고 싶어 할 만한, 그런 아름다움이나 우아함, 친밀함은 세상에 없다. 만약 여인들이 우리에게 그저 연민으로밖에는 잘해 줄 수 없다면 나는 온정에 의지해 사느니 차라리 사는 것을 그만두겠다. 내가 보니 이탈리아에서 사람들이 구걸하던 방식으로, 나는 그들에게, "당신 자신을 위해 내게 베풀어 달라."라고 요구하는 권리를 갖고 싶다. C 혹은 키루스 대왕이 자기 부하들을 독려하며 했던 식으로, "자신을 사랑

하는 자라면, 나를 따르라."라고.

[B] 누군가 내게 말하리라. "당신 나이의 여성들 주위로 가 보시지. 비슷한 운명에 처한 사람들끼리니, 당신이 더 쉽게 손에 넣을 수 있지 않겠느냐."라고. 오, 이 얼마나 어리석고 김빠진 조합이란 말인가!

> 죽은 사자 수염은 결코 뽑지 않으리.
>
> 마르시알리스

[C] 크세노폰은 메노를 반대하고 비난하는 이유로, 그가 연애를 할 때 꽃피는 시절이 지난 사람들을 상대로 한다는 사실을 들었다. 나는 아름다운 두 젊은 남녀가 당연하고 기분 좋게 엉클어져 있는 모습을 그저 보기만 해도 혹은 그 모습을 상상으로 그려 보기만 해도 나 자신이 서글프고 보기 흉한 결합의 조수가 되는 것보다 훨씬 희열을 느낀다. [B] 나는 딱딱해진 늙은이의 살에만 몰두했던 황제 갈바에게 저 기이한 욕망은 넘겨주리라. 그리고 또 가련하고 불쌍한 이런 자에게도 말이다.

> 오! 신들이 나 너를 꿈에 만난 모습대로 볼 수 있게 해
> 주기를!
> 너의 하얘진 머릿결에 부드럽게 입 맞추고 여윈 너의 몸
> 두 팔 안에 꼭 껴안을 수 있게 해 주기를![141]

141
오비디우스가 아우구스투스 황제의 지시로 흑해 연안 지방에서 끝없는 유배 생활을 할때 자기 아내에게 바친 서간체 시.

오비디우스

[C] 그리고 가장 흉한 것에 속하는 것으로 나는 인위적이고 억지로 된 아름다움을 든다. 키오스의 젊은 사내였던 헤몬은 자연이 그에게 거부했던 아름다움을 멋진 치장으로 얻을 수 있다고 생각해 철학자 아르케실라우스에게 나아가, 현자가 사랑에 빠질 수 있는지를 물었다. 철학자는 대답하기를, "그렇고말고, 그것이 자네처럼 꾸미고 기교 부린 아름다움이 아닌 한은 그렇지." 하고 말했다. 꾸미지 않은 못생김과 노쇠함은 그것을 분칠하고 매끄럽게 만든 것보다 내게는 덜 노쇠하고 덜 못나 보인다.

[B] 내가 이렇게 말하면 사람들이 내 멱살을 잡으려 들지나 않을지 모르겠지만, 내 보기에 사랑이란 소년기 언저리에만 적절하고 자연스런 제철을 만나는 것이다.

처녀들 무리에 들어가 있는 젊은이는
물결치는 머릿결과 남녀 한몸인 듯한 윤곽 때문에
그를 잘 모르는 이는 아무리 꿰뚫어 봐도
성별을 구분해 내기 어려우리.

호라티우스

[C] 그리고 잘생긴 것도 마찬가지이다.

왜냐하면 아름다움이 지속되는 것은 턱이 거뭇해지기 시작할 때까지라고 한 호메로스의 말을 지적하면서 플라톤은 그런 정도로 오래가는 꽃은 희귀하다고 했으니 말이다. 소피스트 디온이 미성년의 연한 수염을 아리스토게이톤과 하르모디우스들이라고 그렇게 익살스럽게 부른 이유가 무엇인지는 널리 알려진 바이다.[142] [B] 성년이 되면 사랑은 이미 제자리에 있지 않으며, 더욱이 노년에는 더 그렇다.

> 제멋대로인 사랑의 신
> 잎 떨어진 떡갈나무에는 이제 다시 날아와 앉질 않으리.
> 호라티우스

[C] 그리고 나바르의 왕비인 마르그리트가, 서른 살이 되어야 '아름다운 여인'이라는 호칭을 '선한 여인'으로 바꾸기에 적절하다고 정한 것은, 자기가 여성인지라 여성들의 특권을 한참 멀리 확장해 놓은 셈이다.

[B] 사랑이 우리 삶을 장악한 시간이 짧게 할수록 우리는 더 가치 있는 존재가 된다. 사랑의 신의 거동을 보라. 그것은 맨숭맨숭한 아이의 턱을 가졌다. 그의 학교에서는 얼마나 우리가 온갖 질서를 거스르며 나아가는지 누군들 모를까? 학습, 연습, 실행이라는 것은 무능으로 가는 길이다. 거기서는 풋내기가 가르친다. [C] "사랑은 규칙을 모른다."(성 제롬) [B] 확실히 그의 행실은 경솔함과 파란이 뒤섞일 때 더욱 멋스럽다. 과오, 궁지가 짜릿함과 매력을 부여하는 것이다. 그것이 강렬하고 허기진 것이기만 하다면 지혜롭고 말고는 별로 중요하지 않다. 그것이 어떻게 흔들리고 비틀거리며 또 까불거리며 가는지를 보라. 그것을 인위와 지혜로써 이끌려는 것은

142
하르모디우스와 아리스토게이톤이 폭정에서 아테네인들을 구했듯이, 이 털이 자라기 시작하면서 비로소 소년들의 애인들이 사랑의 폭정에서 벗어난다는 의미이다.

거기다 족쇄를 채우는 것이며, 그것을 저 딱딱하게 못 박힌 털북숭이 손에 맡기는 것은 그 신성한 자유를 구속하는 것이다.

그럼에도 불구하고 여자들이 이 관계를 온전히 정신적인 것으로만 묘사하고, 감각이 거기서 차지하고 있는 중요성을 무시하는 말을 자주 듣게 된다. 여기에는 모든 것이 다 함께 작용한다. 그러나 내가 이야기할 수 있는 사실은, 여자들이 얼마간이라도 쇠락기에 접어드는 육체에 기꺼이 손을 내미는 경우는 아직 한 번도 본적이 없다는 점이다. 여자들의 아름다운 육체를 봐 그 정신의 취약성을 용서해 주는 것은 흔히 보는 일이되, 여자들이 아무리 현명하고 성숙한 정신인들 정신의 아름다움을 봐서 눈꼽만 한 정도나마 쇠락에 접어든 남자의 육체에 손내미는 것 역시 본 적이 없다는 것이다. 육체와 영혼을 맞바꾸는 저 고상한 C 소크라테스식 B 교환[143]에 대한 욕망이 왜 단 한 명의 여성에게도 일지 않는 것일까? C 자기 엉덩이의 가치를 올릴 수 있는 한 최대한으로 올려 그 대가로 철학적이고 정신적인 지성과 후손을 사려는 욕망 말이다. 플라톤은 그의 『법률』 안에서, 전쟁에서 무엇인가 혁혁하고 유익한 공을 세운 사람에게는 전쟁 기간 동안 그가 추하거나 나이 든 것과 무관하게 누구든 자기가 원하는 여성으로부터 입맞춤이든 기타 어떤 사랑의 호의든 거절당해서는 안 된다고 정해 놓고 있다. 군사적 용덕을 장려하기 위해 그가 그렇게 합당하다고 생각한 것이 다른 어떤 덕목을 장려하기 위해서는 합당할 수 없는가? 그리고 왜 어느 여인에게건 일지 않는 것일까, B 다른 여성 동지들에 앞서 저 정숙한 사랑의 영광을 쟁취하고자 하는 욕망이? 내 분

143
알키비아데스의 육체적 매력과 소크라테스의 정신적 아름다움의 교환을 이야기한다.

명히 말하건대 정숙한 사랑 말이다. 왜냐하면

> 사랑의 전투가 벌어진다면
> 볏짚에 불이 이는 듯, 규모는 클지라도 힘은 없으니
> 그 맹렬함은 헛수고일 뿐이기 때문이다.
>
> 베르길리우스

머릿속에서 사그라드는 악덕은 최악은 아니다.

때로는 맹렬하고 또 해로운 밀물, 수다의 밀물로 내게서 나오는 이 굉장한 주석을 끝맺기 위해,

> 애인의 은밀한 선물인 사과 하나,
> 처녀 아이 정숙한 가슴에서 굴러떨어져
> 한들거리는 치마 밑에 숨어 있는 줄 깜박 잊었네
> 어머니 발소리에 놀라 일어서니
> 떨어진 사과는 굴러 어머니 발께에 이르고 풀죽은 그녀 얼굴
> 갑자기 물들이는 홍조가 그녀 잘못을 드러내고 마네.
>
> 카툴루스

나는 수컷이나 암컷이나 같은 틀에서 주조되었다고 말한다. 교육과 관습 말고는 둘 사이의 차이가 크지 않다.

C 플라톤은 자기 '국가' 안의 온갖 공부와 훈련, 임무, 전쟁 시와 평화 시의 직분에 남자들과 여자들을 차별 없이 초대한다. 철학자 안티스테네스는 여성들의 덕목과 우리의 그것 사이의 모든

구분을 없애 버렸다.

B 한쪽 성을 비난하는 것이 다른 쪽 성을 옹호해 주는 것보다 훨씬 쉽다. 이것을 두고 하는 말이 있으니, "부지깽이가 가마솥보고 〔새카맣다며〕 놀리는 식이다."

6장
수레에 관하여

[B] 위대한 작가들이 무엇인가의 원인을 기술하면서, 자기들이 사실로 여기는 원인들뿐만 아니라 스스로 믿지 않는 것들도 그것이 창의적이고 아름답기만 하다면 함께 고려해 보는 것을 어렵지 않게 확인한다. 착상이 멋지기만 하면 그런 이야기도 충분히 유익하고 진실하다고 생각하는 것이다. 우리는 주요 원인을 확신할 수가 없어 몇 가지를 쌓아 올려 보며, 혹시 그중 어느 하나가 아닐까 헤아려 보려 한다.

> 사실 유일한 한 가지 원인을 제시하는 것으로는 충분하지 않으니,
> 여러 가지를 제시해야 하며, 그중 한 가지가 진짜이리라.
> 루크레티우스

재채기하는 사람을 축복하는 관습이 어디서 온 것인지 물을 텐가?[144] 우리는 세 가지 바람을 만들어 낸다. 밑에서 나오는 바람

144
재채기하는 사람에게 '원하는 바대로(A tes souhaits!)'라고 말하는 풍습이 있는데, 고대 그리스 전통에 따르면, 재채기할 때 내쉬는 숨은 신성한 정령이 잠깐 들른

은 너무 더럽다. 입에서 나오는 것은 어딘가 탐식에 대한 비난을 담고 있다. 세 번째 것이 재채기인데, 이것은 머리에서 나오는 것으로서 비난할 거리가 없기 때문에 우리는 그것을 점잖게 맞이하는 것이다. 이 섬세함을 조롱하진 마시라. (사람들 말로는) 그것이 아리스토텔레스 것이라니 말이다.[145]

플루타르코스의 책에서 읽은 듯한데(내가 아는 모든 작가 가운데, 그는 기예를 자연과, 판단력을 지식과 제일 훌륭하게 섞은 사람이다.), 바다를 항해하는 사람들에게 위장이 뒤틀리는 일이 생기는 원인은 두려움 때문이라는 것이다. 그는 두려움이 그런 효과를 빚을 수 있음을 증명하는 어떤 근거를 발견했었다. 뱃멀미가 심한 나로서는 이런 원인이 나와는 무관하다는 사실을 잘 안다. 그리고 그것을 추론이 아니라 명백한 경험으로 안다. 사람들이 내게 해 준 이야기를 언급할 필요도 없겠지만, 위험에 대해 어떤 생각도 없는 짐승들, 특히 돼지들에게 같은 일이 자주 일어난다고 하며, 내가 아는 어떤 이가 자기에 대해 증언하기를 자기는 뱃멀미가 심한데도 큰 폭풍 속에서 두려움에 사로잡히다 보니 두세 차례 정도는 토할 것 같은 느낌이 사라져 버리더라는 것이다. C "나는 위험을 생각하기엔 너무 심하게 요동쳤다."(세네카)던 옛 사람처럼 말이다. B 내가 바다에서 무섬증을 느낀 적은 한 번도 없으며, 다른 어떤 곳에서도 (죽음이 두려워할 이유가 된다면 충분히 두려워할 만한 경우가 상당히 여러 차례 있었는데) 적어도 정신이 혼미하고 넋이 빠질 만큼은 아니었다. 두려움은 이따금 담대하지 못한 데서 오기

것이며, 그것이 사라지기 전에 자기 소원을 말해야 한다는 것이다.

145
아리스토텔레스가 『문제』 33장에서 이 문제를 다루고 있다.

도 하지만 판단력이 부족해서 생기기도 한다. 나는 눈앞에 보이는 모든 위험을 두 눈을 뜨고 자유롭고 건강하고 온전한 시선으로 바라보았다. 게다가 두려움을 인정하는 데도 용기가 필요한 법이다. 언젠가 한번은 그 용기가 나의 도주를 질서 있게 도모하는 데 기여했다. [C] 두려움이 없진 않았으나 그래도 [B] 공포심에 사로잡히거나 대경실색하지는 않았다. 흔들리기는 했으나 망연자실, 정신줄을 놓은 것은 아니었다. 위대한 영혼들은 훨씬 더 나아가, 평온할 뿐만 아니라 분별 있고 늠름한 퇴각마저 보여 준다.

알키비아데스가 그의 전쟁 동료인 소크라테스에 대해 이야기하는 퇴각의 경우를 생각해 보자. 그는 이렇게 말한다. "우리 군대가 완패하고 난 뒤에 그를 보니 라케스와 함께 도망병들의 맨 뒷열에 있었다. 나는 편하게 안전한 상태에서 그를 바라보았다. 왜냐하면 나는 튼튼한 말을 타고 있었고, 그는 두 발로 걸었는데, 전투도 그런 상태로 하고 난 참이었다. 나는 우선 그가 라케스에 비해 얼마나 냉정하고 단호한 모습을 보여 주는지를 보게 되었다. 이어서 평소와 조금도 다름없는 그의 당당한 걸음걸이도 보았다. 굳세고 차분한 시선으로 자기 주변에서 어떤 일이 벌어지고 있는지 지켜보고 판단하던 그는 때로는 이쪽으로 때로는 저쪽으로, 동료와 적군을 두루 보면서 동료에게는 용기를 주고 적군에게는 자기 피와 생명을 뺏으려 드는 자는 비싼 대가를 치르고야 말 것이라는 뜻을 보이는 것이었다. 그렇게 하여 그들은 무사히 퇴각할 수 있었다. 왜냐하면 〔전쟁에서는〕 흔히 이런 사람들을 공격하지 않고 혼비백산하는 자들의 뒤를 쫓아가는 법이기 때문이다."

이것이 저 명장의 증언인 바, 우리가 매일 경험을 통해 배우고 있는 사실, 즉 무작정 거기서 벗어나려고 갈급해하는 것보다 더 우리를 위험에 빠뜨리는 것은 없다는 점을 우리에게 가르쳐 주고 있는 것이다. [C] "일반적으로 겁을 적게 먹을수록, 위험은 줄어든다."(티투스 리비우스) [B] 누군가가 죽음을 생각한다, 죽음을 예견하고 있다는 뜻으로 이야기하고 싶을 때, "그가 죽음을 두려워하고 있다."라고 말하는 우리네 평민들의 표현은 잘못된 것이다. 예견이란 우리에게 좋게 관련되는 것에건 나쁘게 관련되는 것에건 똑같이 유익하다. 위험을 고려하고 판단하는 것은 그로 인해 대경실색하는 것과 어떤 점에서 정반대이다.

나는 이 두려움이라는 정념이나 또 다른 어떤 격렬한 정념의 타격과 열기를 버텨 낼 만큼 나 자신이 충분히 강하다고는 느끼지 못한다. 그로 인해 내가 한번 짓눌리고 쓰러지면 다시는 온전한 모습으로 일어서지 못하리라. 만일 무엇인가 내 영혼으로 하여금 헛발을 딛게 만들었다면 결코 그것을 다시 제자리에 바로 서게 만들지는 못할 것이다. 영혼은 너무도 열렬히 또 온힘을 다해 자기를 다시 더듬어 보고 찾아 나서지만, 바로 그 때문에 자신을 관통했던 상처가 저절로 아물고 치료되게 두지 못하는 것이다. 아직은 어떤 병도 내 영혼을 타격하지 못한 것은 나로선 다행스러운 일이다. 내게 공격이 올 때마다 나는 완전 무장을 하고 나서서 맞선다. 그래서 나를 압도하는 첫 번째 공격에 나는 이미 궁지에 몰릴 참이다. 나는 무엇을 두 번하는 법이 없다. 어떤 한 곳에서라도 둑이 무너지면 나는 도리 없이 열리고 침수된다. [C] 에피쿠로스는 현자는 결코 반대 상태로 넘어가지 않는 법이라고 말한다. 나는 이 말을 뒤집어 이렇게 생각해 본다. 한 번이라도 대단한 바보였던 사람은 다른 어떤 경우에도 결코 대단히 지혜로울 수 없다고 말이다.

B 하느님은 어떤 옷을 입었느냐에 따라 추위를 조절해 주며, 내가 가진 감당할 만한 수단이 무엇인지를 보고 내게 정념들을 주셨다. 자연은 한편으로 나를 발가벗긴 탓에, 또 다른 편으로 나를 감싸 준다. 내게서 강인한 힘을 빼앗아간 대신 위험에 대해 무감각해하거나 그에 대한 두려움이 조절되고 무뎌지게 나를 무장시킨다.

그런데 나는 수레건, 가마건, 배건 오래 타는 것을 견디지 못한다.(젊어서는 더 견디기가 어려웠다.) 그리고 도시에서건 시골에서건 말 말고는 다른 어떤 탈 것도 싫어한다. 마차보다는 가마를 타기가 더 힘든데, 똑같은 이유로 물 위에서 거친 동요가 일어나 두려워지는 것보다는 평온한 날씨에 느껴지는 움직임이 더 견디기 어렵다. 내 밑의 의자가 흔들리는 것을 내가 견디지 못하는 것처럼, 우리 밑에서 배를 움직여 가는 노들의 가벼운 흔들림 때문에 나는 왜 그런지 모르게 머리와 위장이 뒤죽박죽이 된다. 돛이나 물살이 우리를 고르게 운반하거나 혹은 예인되는 배에 있을 때는 그 한결같은 움직임이 나를 전혀 거북하게 하지 않는다. 나를 고통스럽게 하는 것은 단속적인 동요이며, 더욱이 느슨한 것일 때 더 그렇다. 나는 그 형태를 달리는 묘사할 수가 없다. 의사들은 내게 이런 일에 대비해 수건으로 배 아래쪽을 꽉 졸라매라고 처방했다. 한 번도 그렇게 해 본 적은 없는데, 내 안에 있는 문제들과는 스스로 맞서 싸우고 내 힘으로 다스리는 것을 습관으로 해 온 탓이다.

C 내 기억의 내용이 충분히 풍성하다면, 나라마다 시대마다 수레를 전쟁에서 어떻게 달리 사용하는지, 역사가 우리에게 보여주는 그 무한한 다양성을 시간을 아끼지 않고 여기서 이야기해 볼

것이다. 내 보기에는 대단히 효과적이기도 하고 또 필요하기도 한 것인데, 그에 대한 모든 지식을 우리가 잃어버렸다는 것이 놀랍다. 한 가지만 이야기하고 싶은 것은, 아주 최근, 우리 선대에 헝가리인들이 터키인들에 맞서 싸우며 수레를 아주 유용하게 사용했다는 사실인데, 수레마다 둥근 방패병과 화승총병이 한 명 씩, 그리고 다수의 소총을 장전해 발사 직전 상태로 정렬해 두고, 전체는 마치 소형 전함처럼 방패로 벽을 두른 식이었다. 그들은 3000대의 이런 수레를 군대 선두에 서게 하고, 대포를 쏘고 난 뒤 앞서서 나가게 했으니, 적에게 이 일제 사격을 먼저 꿀꺽 삼키게 하고 나중에 나머지를 맛보게 하려는 것이었는데 그것은 결코 가벼운 이점이 아니었다. 또는 적의 진영을 흩뜨리고 틈새를 내기 위해 그 안으로 돌진하게 했는데, 야외 행군을 하고 있는 적군의 허술한 지점을 측면에서 공격하기에도 유리했고, 급히 야영지를 꾸리고 그것을 강화하는 데도 좋았다.

내 젊은 시절에, 우리 국경 지방 중 한 곳에 있던 어떤 귀족은 몸을 움직일 수 없는 상태인 데다 그의 몸무게를 지탱할 만한 말도 찾지 못하고 있는데, 분쟁이 생겨 내가 묘사한 것과 비슷한 마차에 몸을 싣고 지방을 돌아다니며 일을 잘 마무리했다. 전쟁용 수레에 대한 이야기는 이쯤에서 멈추자. 우리 첫 왕조의 임금들은 네 마리 소가 끄는 수레를 타고 지방을 돌아다녔다.

B 마르쿠스 안토니우스는 악기를 연주하는 처녀와 함께 사자들이 끄는 수레를 타고 로마 거리를 돌아다닌 최초의 사람이다. 헬리오 가발루스도 나중에, 자신을 신들의 어머니인 시벨레라고 부르며 그렇게 했는데, 바쿠스 신을 본떠 호랑이들이 끄는 수레를 타기도 했다. 그는 때로 두 마리 사슴을 수레에 매기도 했고, 어떤 때

는 네 마리 개를 묶었으며, 또 자신도 벌거벗은 채 성대한 행렬 중에 벌거벗은 처녀 아이들 네 명이 그 수레를 끌도록 하기도 했다. 피르무스 황제는 엄청난 크기를 가진 타조들로 하여금 자기 수레를 끌게 해 수레가 굴러간다기보다 날아가는 듯 보였다. 이들 착상의 기이함 때문에 내 머리에는 다른 생각이 떠올랐는데, 군주들이 자신을 그렇게 앞세우며 과도한 비용을 들여 자신을 과시하는 것은 일종의 옹졸함이며, 자기들의 존재가 무엇인지를 충분히 자각하지 못하고 있는 증거라고 말이다. 외국에 나가서 그렇게 한다면 이해할 수도 있는 일이다. 그러나 자기네 신민들 사이, 자기가 뭐든 할 수 있는 자기 신하들 사이에서는 그가 도달할 수 있는 최상의 영예를 자기 권위에서 〔이미〕 끌어온 셈이다. 마치 귀족이 자기 집에서 부러 차려 입으려는 것은 공연한 헛수고이듯 말이다. 그의 집과 하인들, 그의 요리사들은 충분하리만큼 그를 받들고 있다.

C 이소크라테스가 그의 왕에게 한 조언은 내 보기에 까닭이 없지 않다. 가구와 식기는 오래도록 쓰여 후대에까지 전해지는 것들이니 호화롭게 할 것이고, 그 즉시 쓸모도 기억도 사라져 버리는 〔다른〕 화려한 것들은 무엇이나 피하라고 말이다.

B 젊었을 때는 다른 치장거리가 없어서 나를 꾸미기를 즐겼는데, 그것이 내게 어울리기도 했다. 멋진 옷들이 그것을 걸친 사람 위에서 흐느끼는 경우들도 있지만 말이다. 우리 왕들이 자기 자신에 대해서나 기증할 때나 얼마나 검박했는지에 대한 놀라운 이야기들을 우리는 알고 있다. 그들은 신망도 용기도 운도 대단했던 왕들이었다. 데모스테네스는 자기 도시가 호화스러운 놀이와 축제에 공적인 돈을 쓰는 데 맞서 치열하게 싸운다. 그는 자기들의 위대함이, 잘 갖춰진 배와 보급이 훌륭한 좋은 군대의 수로 드

러나기를 바란 것이다.

[C] 그리고 테오프라테스가 부유함에 대한 책에서 이와 반대되는 의견을 제시하며, 이러한 소비 성향은 풍족함의 진정한 열매라고 이야기하는데, 사람들이 이를 비난하는 것은 마땅한 일이다. 아리스토텔레스가 말하는 바, 이런 것은 가장 비천한 사람들이나 감동하는 쾌락으로서 충족되자마자 기억에서 사라지며, 분별력 있고 진중한 사람이라면 누구도 평가할 수 없는 것들이다. 내 보기에 그보다 훨씬 훌륭할뿐더러 또 유익하고 온당하며 지속적으로 보이리라 싶은 것은 항구와 포구, 요새와 성벽, 화려한 건물과 성당, 병원, 학교, 길과 도로 개량 등에 비용을 지출하는 것이다. 이런 점에서는 교황 그레고리 13세가 우리 시대에 기억해 둘 만한 자취를 남겼고, 모후 카트린 드 메디치가 자기 뜻에 합당한 수단만 있었다면 여러 해에 걸쳐 자신의 타고난 관대함과 너그러움을 증거했을 것이다. 우리 대도시 파리에 퐁뇌프 다리를 멋지게 짓다 말고 내가 죽기 전에 다리가 실제 쓰이는 것을 볼 희망이 없어진 점은 내가 운이 없어 겪게 된 언짢은 일이다.

[B] 그 밖에도 이런 개선식을 구경하는 신민들에게는 그것이 자기들 자신의 재산이며, 자기네 돈을 들여 이런 환대를 베풀고 있다고 보이는 것이다. 왜냐하면 백성들은 왕들에 대해 곧잘 우리가 하인들을 대하듯 생각하는데, 하인들은 우리에게 필요한 모든 것을 풍성하게 마련해 주려 애써야 하되 자기네 자신을 위해서는 거기에 조금도 손을 대서는 안 된다고 여긴다. 그래서 황제 갈바는 저녁 자리에서 어떤 음악가의 공연이 마음에 들어 자기 금고를 가져오게 하더니, 금화 한줌을 집어 그의 손에 쥐여 주면서 이렇게 말했다. "이것은 공공의 것이 아니고 내 돈일세." 어쨌든 백성

들이 옳은 경우가 거의 대부분이고, 백성의 배를 채우는 데 써야 할 것으로 그들의 눈을 즐겁게 해 주려는 경우가 빈번하다. 후하다는 것은 군주의 손에서는 제 빛을 발휘하지 못하는 법이다. 개인들이라면야 오히려 그렇게 할 수 있는 권리가 더 많다. 엄밀하게 따져 본다면 왕은 온전히 자기 것이라고 할 만한 것이 하나도 없기 때문이다. 그는 자신의 존재 자체를 타인에게 빚지고 있다.

C 판결의 권위는 판관을 위해서가 아니라 재판받는 사람을 위해 존재하는 것이다. 상급자를 세우는 것은 상급자의 이익을 위해서가 아니라 하급자를 위해서이며, 의사는 환자를 위해 존재하는 것이지 그 자신을 위해 있는 것이 아니다. 어떤 공직이든 모든 전문 직업이 그러한 것처럼 그 목적을 자기 너머의 무엇엔가에 둔다. "어떤 기예도 그 자신을 목적으로 존재하지는 않는다."(키케로)

B 어린 군주들을 가르치는 교사들이 후덕함을 각인시키려고 유난을 떨며, 그 누구에게라도 거절하지 말라면서 군주들이 내주는 것만큼 제대로 쓰이는 것도 없다고 가르치는데(내 시절에 보니 이는 대단히 신뢰받는 교수법이었다.), 혹은 이들 선생들이 자기 주인의 이익보다 자기네 이익을 더 고려하고 있거나, 혹은 자기네가 말을 건네고 있는 사람이 누구인지를 잘 이해하지 못하고 있는 셈이다. 남들을 희생해 자기 원하는 대로 내줄 것을 가진 사람에게 후덕함을 각인시키기란 너무나 쉬운 일이다. C 그리고 그 후덕함의 가치는 선물의 크기가 아니라 그것을 주는 이의 재산 크기에 따라 측정되는 까닭에 그렇게 강력한 자의 수중에서는 아무 것도 아니게 된다. 그들은 후덕해지기 전에 헤픈 사람이 되는 것이다. B 그래서 후덕함은 왕의 다른 덕성에 비해 권장할 만한 것이 도저히 못 되며, 폭군 디오니시우스가 말했듯이, 전제정 자체와 어울리는 유

일한 것이다. 나라면 차라리 왕에게 옛 농부의 시구를 가르쳐 주리라.[146] "과일을 수확하려 하는 자, 자루째 씨앗을 쏟지 말고 손으로 심어야 하리니." C (종자는 쏟아붓지 말고 흩뿌려야 하는 법이다.) B 그리고 그들이 행한 공적에 따라 수많은 사람에게 줘야하므로, 아니 그보다는 지불하고 돌려주어야 하므로 그는 공정하고 지혜로운 분배자가 되지 않으면 안 된다. 만약 군주의 후덕함이 분별없고 또 절도를 잃는다면 나는 차라리 그가 인색해지는 쪽을 바란다.

왕의 덕성은 다른 무엇보다 정의로움에 있다. 그리고 정의로움을 이루는 온갖 부분 중에서도 후덕함에 수반되는 정의야말로 왕들을 두드러지게 하는 것이다. 왜냐하면 다른 정의로움은 다른 이를 매개로 행사하는 데 비해 이것만은 특별히 자신들의 직분으로 남겨두었기 때문이다. 지나친 관후함은 왕들이 호의를 얻는 수단으로서는 허약하다. 왜냐하면 호감을 갖는 사람보다 더 많은 사람이 반감을 느끼기 때문이다. C "이제껏 그것을 써먹은 것만큼 이제는 그만큼 덜 쓸 수밖에 없게 되었다. 즐거이 행하는 일을 이제 더 이상 할 수 없게 만드느라 애쓰는 것보다 더 어리석은 일이 있겠는가?"(키케로) B 그리고 만약 관후함이 〔마땅한〕 공로와 상관없이 베풀어진다면 그것을 받는 자가 수치심을 느끼게 된다. 그리고 감사한 마음도 없이 받게 되는 것이다. 자기 손으로 부당하게 승진시켜 준 바로 그자들의 손에 의해 폭군들이 인민의 증오의 제물이 되었던 바, 이자들은 자기들에게 한 몫 마련해 준 자를 오히려 경멸하고 증오한다는 것을 보여 줌으로써 불공정하게 얻은 재산의

146
몽테뉴는 코린나의 시구를 그리스어로 직접 인용한 뒤 이를 불어로 번역해 보여 주고 있다.

소유를 확실히 할 수 있다고 생각하며, 이에 대한 대중의 판단과 견해에 가담하는 것이다.

과도하게 내주는 군주의 신하들은 과도하게 요구하게 된다. 그들은 이치에 따라서가 아니라 사례에 따라 제 몫을 가늠한다. 확실히 우리의 뻔뻔함에는 낯이 붉어질 경우가 가끔 있다. 우리의 봉사에 걸맞는 보상이 이루어지는 경우라도 정의에 따르면 우리는 과도하게 지불받은 셈이다. 왜냐하면 우리는 타고난 의무에 따라 이미 우리 왕들에게 드려야 할 봉사가 있지 않은가? 우리의 비용을 왕이 감당한다면 그가 벌써 지나치게 짐을 지는 것이며, 왕은 얼마간 거들어 주는 것으로 족하다. 그 이상은 시혜라고 불리는 바, 이는 강요될 수가 없는 것이니 관대함(libéralité)이라는 말 자체에 자유로움(liberté)의 음향이 들리기 때문이다. 우리 풍속에서는 결코 그렇게 되는 적이 없으며, 받은 것은 더 이상 셈에 들어가지 않는다. 〔사람들은〕 장차 베풀어 줄 관대함만을 기다릴 뿐이다. 그러므로 군주는 줄 것이 바닥날수록 친구도 더 드물어지게 된다.

C 충족될수록 더 커져 가는 탐욕을 그가 무슨 수로 채워 줄 수 있겠는가? 얻을 것을 생각하는 사람은 얻은 것에 대해서는 더 이상 생각하지 않는다. 탐욕은 배은망덕이 가장 주요한 특징이다. 여기서 키루스의 예는 이 시대의 왕들에게 시금석으로서의 역할을 하기에 나쁘지 않을 것이니, 자기들의 증여가 제대로 된 것인지 혹은 잘못된 것인지를 알아보게 해 줄 것이며, 이 황제가 얼마나 그들보다 더 적절하게 나눠 준지를 알게 해 줄 것이다. 〔잘못된 증여 탓에〕 왕들은 알지 못하는 신민들로부터 돈을 빌려야 하는 처지가 됐으며, 자기가 베풀어 주던 이들보다 잘못 대한 이들에게

기대는 바가 되었으니, 〔그들로부터〕 그저 이름만 무상일 뿐인 원조를 받는 셈이다.[147]

크로이소스는 황제의 후한 태도를 나무라면서 만약 그가 좀 더 인색할 줄 알았다면 금고가 얼마나 더 늘어났을지를 계산해 보였다. 황제는 자신의 너그러움을 정당화하고 싶어져서, 제 나라 전 지역으로 사신을 파견해 자기가 특별한 도움을 주었던 귀족들에게 자기가 급히 필요하니 할 수 있는 최대한의 돈을 도와달라고 하면서 얼마쯤이 가능한지를 밝혀서 보내 달라고 했다. 명세서가 모두 도착하여 보니 황제의 친구들은 누구나 자기가 황제의 선심으로 얻은 만큼만 제공하는 것은 충분치 못하다 생각해 자기만의 재산에 가까운 몫을 훨씬 더 내놓겠다 하니 그 총액은 크로이소스가 절약할 수 있다고 계산한 액수보다 훨씬 더 많았다. 그래서 키루스가 그에게 말했다. "내가 다른 군주들보다 재산을 덜 사랑하는 것은 아닐세, 차라리 더 아끼는 쪽이지. 내가 얼마나 적은 비용으로 저 많은 벗들의 헤아릴 수 없는 재산을 얻었는지 자네는 보고 있지 않은가. 의무도 애정도 없고 돈 때문에 일하는 사람들보다 그들이야말로 내게는 얼마나 더 충실한 금고지기인지를 말일세. 그리고 다른 군주들의 증오와 시기, 경멸을 내게 불러오는 금고들보다 내 재산이 얼마나 더 제대로 보관되고 있는지도 말일세."

[B] 로마 황제들은 자기네가 개최하는 공적 경기나 연희의 호사스러움에 대해 변명하기를, 자기들의 권위가 (적어도 겉보기에) 어느 정도는 로마 인민의 의지에 매인 탓이며, 로마인은 오랫동안

147
프랑스 국왕이 삼부회의에 요청했던 특별 분담금을 '무상 증여(dons gratuits)'라고 불렀다. 앙리 3세의 경우 자주 이를 요청했다고 한다.

이 같은 종류의 연회와 과도함에서 만족을 얻는 것에 익숙해져 있다고 했다. 그러나 주로 자기 주머니에 의지해 이 같은 낭비와 성대함으로 동류 시민들과 벗들을 즐겁게 해 주는 습관을 키워온 것은 〔사적〕 개인들이었다. 지도자들이 그것을 따라 하게 되자 이 습속은 전혀 다른 맛을 갖게 되었다.

C "낯선 이에게 건네주려고 정당한 주인으로부터 돈을 빼앗는 것을 관대함이라고 볼 수는 없다."(키케로) 필리푸스는 자기 아들이 마케도니아인들의 마음을 선물 공세로 얻으려는 것을 알고 편지를 보내 이런 식으로 꾸짖었다. "뭐라고? 너는 네 신민들이 너를 자기들의 왕이 아니라 자기네 돈주머니로 여기기를 바란단 말이냐? 그들을 네 편으로 만들고 싶으냐? 네 금고가 베푸는 친절이 아니라 네 미덕이 베푸는 혜택으로 그렇게 하라."

B 하지만 황제 프로부스가 한 것처럼, 원형 경기장 자리에 초록잎과 가지가 무성한 거목들을 대량으로 운반해 심게 함으로써 멋지게 구획된 공간에 그늘이 드리운 거대한 숲을 재현하고, 첫날에는 그 안에 수백 마리 타조와 사슴, 멧돼지와 노란 사슴들을 풀어놓아 사람들이 잡아가게 내버려 두고, 다음 날에는 자기 보는 앞에서 100마리의 거대한 사자와 100마리의 표범, 그리고 300마리의 곰을 도살하게 하며, 셋째 날에는 300쌍의 검투사들이 죽을 때까지 싸우게 하려던 것은, 대단한 노릇이었다.

또한 이 거대한 경기장이 "바깥은 대리석으로 덮이고 장식과 조각들로 꾸며졌으며 내부는 수많은 희귀한 장식들로 휘황하고, 여기는 보석들로 띠를 둘렀고, 저기는 황금으로 빛나는 주랑이 있는 것을"(칼푸르니우스) 보는 것도 굉장한 일이었다. 이 거대한 공간 사방이 바닥에서 꼭대기까지 60줄 혹은 80줄 관람석으로 가득 둘러싸여 있으며, 그 역시 대리석으로 된 좌석 위에는 방석이 놓여 있었다.

> 그는 말한다, “부끄러운 줄 알아 물러서게 하라,
> 기사들을 위한 방석 좌석은 내놓게 하라,
> 가진 재산이 법적으로 별 볼일 없는 자 아닌가.”
>
> 유베날리스

그곳은 10만 명의 사람들이 편히 앉아 구경할 수 있는 곳이다. 그리고 경기가 펼쳐지는 맨 아래 광장은 우선 인공적으로 벌어지고 균열이 생기게 해 동굴을 떠올리게 하는 그곳에서 구경거리용 짐승들이 쏟아져 나오게 만든다. 그런 뒤 두 번째로는 물을 대어 깊은 바다처럼 만든 뒤 수많은 바다 괴수들이 떠다니며, 전함들이 가득 떠서 해전을 연출한다. 그리고 세 번째로는 다시 땅을 고르고 물이 마르게 하여 검투사들의 대결장으로 만든다. 네 번째로는 그냥 모래 대신 붉은 모래와 소합향을 뿌려 이 수많은 사람들에게 장대한 향연을 베풀고자 하는 것이니, 이것이 단 하루 동안의 맨 마지막 무대이다.

> 우리는 얼마나 자주 보았던가,
> 경기장의 일부가 꺼져 내려가고
> 입을 벌린 심연에서 맹수들이 뛰어나오며
> 사프란 껍질을 한 황금 나무들의 숲이 통째로 나타나는
> 것을!
> 나는 우리네 원형 경기장에서 밀림의 괴수들만이 아니라
> 곰들끼리 싸우는 자리에 바다표범들을 보았으며

끔찍한 모습의 해마 무리도 보았던 것이다.

칼푸르니우스

때로 그곳에는 과실수와 초록잎 무성한 나무로 가득한 높은 산이 태어나게도 하는데, 그 정상에서는 마치 살아 있는 샘물의 입구에서인 듯 물줄기가 흘러내렸다. 때로는 커다란 배를 끌어오기도 하는데 저절로 벌어지면서 나눠지며, 그 안에서 400~500 마리의 싸움용 짐승들을 토해 낸 뒤에는 다시 닫히면서 누구 손도 빌리지 않고 사라지는 것이다. 또 다른 때는 광장 바닥에서 샘물이 솟게 해 물줄기를 하늘로 뿜으니, 끝없이 높이 솟구쳐 수많은 관객들을 적시고 향기롭게 해 주기도 한다. 악천후에 대비해 그들은 이 거대한 면적을 때로 바늘로 작업한 진홍색 장막이나 때로 이러저런 색깔의 비단으로 덮게 했는데, 마음먹은 대로 한순간에 펼치거나 접거나 했던 것이다.

뜨거운 태양이 경기장을 달구어도

헤르모게네스[148]가 도착하자 사람들은 곧 장막을

거두었다.

마르시알리스

관중들 앞에는 튀어나온 짐승들로부터 그들을 보호하기 위해 그물을 쳤는데, 금으로 엮은 것이었다.

148
헤르모게네스는 수건이나 타월을 훔치는 도적으로 알려져 있다.

그물 또한 금으로 엮어 빛을 내고 있다.

칼푸르니우스

이 과도함에 어딘가 변명할 만한 것이 있다면, 그것은 비용이 아니라 창의와 새로움이 경탄스럽다는 점이다.

이 같은 허영에서마저 우리는 이들 세기가 우리 것과 다른 정신들로 얼마나 비옥했던가를 알게 된다. 이 같은 종류의 비옥함은 대자연의 다른 모든 산물들의 경우와 마찬가지이다. 그렇다고 자연이 자신의 마지막 노력까지 다 쏟아부었다는 뜻은 아니다. 우리는 거기서 조금도 더 나아가지 않고 그보다는 맴돌며 여기저기를 배회하고 있을 뿐이다. 우리는 걸어온 길을 되밟아 가고 있다. 우리의 지식이 어떤 방향으로도 허약한 것이 염려스러운 것은, 우리가 좀체 멀리 내다보지도 못하고 좀체 되돌아보지도 않기 때문이다. 우리의 지식은 품이 너무 좁고 수명이 짧으며, 시간의 폭도 소재의 폭도 빈약하다.

아가멤논 앞에도 여러 영웅이 있건만,
우리는 그들을 애도하지 않으니,
깊은 밤이 우리에게서 그들을 감추고 있는 것을.

호라티우스

트로이 전쟁 이전에, 이 도시가 몰락하기 이전에
다른 많은 시인들이 다른 무훈들을 노래했었네.

루크레티우스

C 이집트 사제들로부터 그들 나라의 긴 역사며 외국 역사를 배우고 간직하는 방식을 배웠다고 서술한 솔론의 이야기는 이 점에서 배척할 만한 증언이라고 보이지 않는다. "공간과 시간의 무한한 광대함을 우리가 명상할 수 있다고 한다면, 어떤 쪽으로든 뛰어들고 뻗어나가는 정신은 사방으로 걸어 나가면서 그의 행보를 멈추게 하는 어떤 한계도 만나지 못할 것이니, 이 무한 속에서 우리는 헤아릴 수 없이 많은 수의 존재형식을 발견하게 될 것이다."(키케로 텍스트의 변형)

B 과거와 관련해 우리에게까지 내려온 모든 것이 사실이고 누군가에 의해 알려진다고 해도 그것은 우리가 모르는 것에 비하면 아무것도 아닐 것이다. 그리고 우리가 살아 있는 동안에 흘러가는 이 세계의 상에 대해서도 가장 호기심 많은 사람들이 알고 있다는 것이 얼마나 변변치 않고 왜소한 것이랴! 우연의 힘으로 흔히 본보기처럼 되거나 중요해진 개별 사건들뿐만 아니라 거대한 체제나 국가의 상태에 대해서도, 우리가 알게 되는 것보다는 백배나 더 많은 일이 우리 모르는 새 지나쳐 가는 것이다. 우리는 우리네 대포며 인쇄술에 대해 기적이라고 소리쳤지만, 지구 반대편 중국 쪽에서는 다른 사람들이 천년 전에 그런 것을 향유하고 있었다. 지금 이 세계에 대해 우리가 보고 아는 것이 못봐서 모르고 있는 만큼이라고 한다면 우리는 필경 인간 삶의 형식이 끝없이 C 증식되고 B 변화하는 것을 목도하게 될 것이다.

자연에 있어서 유일하고 희귀한 것은 없으며, 우리의 앎도 역시 그러한데 그 위에 우리의 학문 체계를 세우기에는 그것은 너무도 빈약한 토대이다. 오늘날 우리가 허황하게도 우리 자신의 허약함과 쇠락에서 끌어낸 논변으로 세계의 몰락과 쇠퇴를 결론

짓듯이,

> 우리 시대는 이제 더 이상 활력이 없으며 대지도 더 이상 비옥하지 못하리니.
>
> 루크레티우스

자기 시대가 갓 태어나 젊다고 허황되게 결론지은 자가 있으니, 그는 새로움과 다양한 예술의 발명이 넘치던 자기 시대 정신의 활력을 보고 그렇게 했던 것이다.

> 내 생각에 우주는 오래되지 않으니,
> 세계의 탄생은 최근이며, 얼마 전에야 제모습을 갖게 된 것일 뿐
> 그래서 어떤 예술은 오늘도 여전히 발전해 가며, 아직도 완성의 도정에 있고,
> 그래서 우리 시대에 항해술이 고도로 발전한 것이라네.
>
> 루크레티우스

우리 세계는 또 다른 세계를 막 발견한 참이니 (그리고 지금까지 정령들도 무녀들도 그리고 우리도 이 세계를 지금껏 몰랐으니 이것이 자기 형제 중 막내인지를 누가 우리에게 장담하겠는가?) 이 세계는 우리 못지않게 크며, 모자람 없고, 사지 건강하며, 그럼에도 너무도 새롭고 너무도 아이 같아서 아직 가나다라를 배우고 있는 중이다. 오십 년 전만 하더라도 문자도 저울도 자도 의복도 곡식도 포도도 몰랐었다. 아직도 엄마 품에서 벌거벗고 있는 상태라

어머니의 젖으로만 살아가고 있었던 것이다. 우리가 세계의 종말이 가까워졌다고 결론짓고, 저 옛 시인은 자기 시대가 세계의 청춘이라고 결론짓는 것이 맞다면, 이 또 다른 세계는 우리 세계가 거기서 나가는 때에 빛 안으로 막 들어오는 참이리라. 그리고 세계는 마비 상태에 빠지게 될 것인즉, 한쪽 지체는 오그라들고 다른 지체는 활력에 차 있으니 말이다.

우리에 의해 감염된 탓에 이 세계의 쇠락과 파괴가 급속히 진행되고 마는 것은 아닐지, 그리고 우리가 우리 생각이며 기예를 이 세계에 너무 비싼 값으로 팔아넘긴 셈이 되지는 않을지 나는 몹시 염려된다. 그 세계는 어린이였다. 그런데 우리는 우리의 용덕과 타고난 힘이라는 이점을 가지고 그들에게 회초리를 들어 우리식 규율에 복종하게 한 것도 아니고, 우리의 정의와 선량함으로 그들의 마음을 얻은 것도 아니며, 우리의 관대함으로 그들을 매료시킨 것도 아니다. 그들이 내놓은 답변이나 그들과 맺은 협상의 대부분이 타고난 정신의 명석함과 정확함에서 그들이 우리에게 조금도 뒤지지 않는다는 것을 증언하고 있다.

쿠스코와 멕시코 도시들의 어마어마한 장엄함이며, 다른 몇 가지 비슷한 것 중에서도 일반 정원과 마찬가지의 배치와 크기에 따라 온갖 나무며 과실, 식물들이 황금으로 빼어나게 만들어진 왕의 정원, 마찬가지로 왕의 별실에 꾸며진 그곳 땅과 바다에서 태어나는 온갖 동물들, 그리고 돌이나 깃털, 솜, 그림 등으로 만들어진 그네들 작품의 아름다움은 그들의 솜씨가 우리에 비해 조금도 뒤지지 않음을 보여 주고 있다.

그러나 경건함이나 법의 준수, 선의, 후의, 충직성, 솔직함 등을 그들만큼 가지고 있지 않은 우리는 그 덕을 크게 보았다. 그들은 이 점 때문에 패배하고 팔리고 배신당했던 것이다. 대담함과 용기로 치자면, 그리고 굶주림과 죽음에 맞선 완강함과 꿋꿋함, 단호함으로 말하자면 나는 그들 사이에서 보게 되는 사례들을 대양 건너편 우리 세계가 가진 기억 중 가장 유명한 옛 사례들과 주저 없이 같은 급에 올릴 수 있으리라. 그들을 예속시킨 자들이 그들을 속이기 위해 사용한 간계와 어릿광대짓은 그렇다 치자. 그리고 언어도 종교도 생김새도 용모도 다른 데다 한 번도 누가 살고 있으리라고 생각해 본 적도 없는 머나먼 세계의 어딘가에서, 알지 못할 거대한 괴물의 등에 올라탄 모습으로 난데없이 나타난 이 털복숭이들을 봤을 때, 말을 본 적이 한 번도 없을 뿐만 아니라 사람이건 다른 짐이건 무엇을 싣고 다니도록 훈련된 짐승을 어떤 종류도 알지 못하던 그들 민족이 느꼈을 놀라움도 그렇다고 치자. 하얗고 단단한 피부[149]에 예리하고 번쩍거리는 무기를 갖춘 자들이 상대하고 있는 것은 거울이나 식칼의 광채라는 기적과 바꾸기 위해 막대한 부의 금과 진주를 계속 내놓으며, 우리의 강철을 느긋하게라도 뚫을 수 있을 어떤 지식도 어떤 재료도 가지지 못한 사람들이다. 거기에 우리의 대포와 화승총이 뿜는 벼락 천둥 소리를 더해 보라. 그 시대에 그만큼 무지한 상태에서 당했더라면 카이사르마저도 당황하게 할 것들이니, 반면 이에 맞선 이들은 — 어떤 면직물을 창안해 낸 지역을 제외하면 — 벌거벗은 데다가 기껏해야 활과 돌, 몽둥이 [C] 그리고 나무 방패 [B] 말고는 다른 무기가 없는 사람들이다. 우정과 신뢰의 가면에 넘어가 낯설고 모르는 것을 보고 싶어 하는 호기심 탓에 기습을 당한 이들이 그들이다. 그러니

149
갑옷과 투구를 말한다.

제발이지 정복자들에게서 이 현격하게 유리한 고지를 빼놓고 생각해 보라. 그러면 당신은 그들이 그렇게 많은 승리를 거둘 수 있었던 기반 자체를 허물게 될 것이다.

자기네 신들과 자유를 지키기 위해 수천의 남자 여자 어린애들이 피할 수 없는 위험 앞에 그토록 여러 번 나서서 자신을 내던지는 저 불굴의 열정을 볼 때, 자기들을 그토록 뻔뻔하게 속여 넘긴 자들의 지배에 복종하기보다는 — 어떤 이들은 그토록 추악한 승리를 거둔 적들의 손에서 살아가기를 받아들이느니, 포로 상태에서 굶주림과 단식으로 스러져 가기를 차라리 택하는 가운데 — 온갖 폭력과 고난, 그리고 죽음을 더욱 기꺼이 견뎌 내려 하는 저 담대한 끈기를 볼 때 누군가 그들과 무기며 경험, 수에서 동등하게 그들에게 덤볐다면, 그것은 우리가 목도하는 여느 다른 전쟁에서와 마찬가지로, 아니 그보다 훨씬 더 위험한 지경에 빠지게 되었으리라고 짐작하게 된다.

어찌하여 몹시도 고귀했을 수 있을 정복의 사업이 알렉산드로스나 저 고대 그리스인과 로마인들의 손에 맡겨지지 않은 것일까. 그리고 수많은 민족과 제국의 저 거대한 변동과 개조가 거기 있던 야성의 것을 부드럽게 다듬고 개간하며, 자연이 그곳에 뿌려둔 좋은 씨앗들의 발아를 북돋고 촉진해 주었을 손들에 맡겨지지 않은 것일까? 그랬다면 대지를 경작하고 도시를 장식하는 일에다 이쪽 〔유럽〕 세계의 기예를 섞을 뿐만 아니라 그리스와 로마인들의 덕성을 이 나라 원래의 덕성에 섞기도 했을 텐데 말이다! 우리가 그곳에서 처음 보여 준 모범과 행실이 이들 민족으로 하여금 미덕에 대한 찬탄과 모방으로 끌리게 하고, 그들과 우리 사이에 우애로운 교제와 이해를 마련했더라면 그것은 온 세상을 위해 얼마나 멋진 개선이며 얼마나 훌륭한 전진이었으랴! 그랬다면 저토록 앳되고 저토록 배움에 굶주려 있으며, 그 타고난 출발점이 대부분 아름답기 짝이 없는 저 영혼들을 잘 사용하는 것이 얼마나 쉬웠겠는가![150]

그런데 우리는 반대로 그들의 무지와 물정 모르는 점을 이용해 보다 쉽게 그들을 배신과 음행과 탐욕으로 기울게 하고, 우리 풍속이 본보기가 되고 장려하는 가운데 그들이 온갖 종류의 비인간성과 잔인함으로 기울게 만들었던 것이다. 일찍이 그 누가 장사와 교역하는 일에 이토록 비싼 값을 치러야 했단 말인가? 그 많은 도시가 파괴되고 그 많은 국가가 절멸되었으며 수백만의 그 많은 사람들이 칼끝에 꿰이고, 이 세계에서 가장 풍요롭고 가장 아름다운 부분이 진주와 후추 장사를 위해 뒤집어지다니! 비천한 승리로다. 일찍이 그 어떤 야망도, 그 어떤 공공연한 적의도 사람들로 하여금 다른 사람들에 맞서 이렇게 끔찍한 적대 관계와 이토록 참혹한 재앙으로 내몰지는 않았었다.

자기네 광산을 찾으려고 해안을 따라 항해하던 일단의 스페인 사람들은 비옥하고 상쾌하며 사람들이 많이 사는 어떤 지역에 상륙하게 되었다. 그들은 토착민들을 상대로 습관이 된 훈계를 시작했다. "우리는 머나먼 여행 끝에 도착한 평화로운 사람들이며, 우리를 보낸 사람은 카스티야 왕으로서 사람이 살 수 있는 땅 위에 가장 위대한 왕이고, 지상에서 신을 대리하는 교황께서 인도 땅 전체를 그 왕에게 하사하셨다. 만약 당신들이 그분께 조공을

150
식민주의에 대한 강력한 고발과 규탄이 그 기본 음색인 이 글에서 양 세계의 이상적 결합을 꿈꾸는 듯한 이 대목은 그 온정주의적 순진성을 지적받기도 한다.

드리겠다고 하면 대단히 후한 대접을 받을 것이다. 우리에게 먹을 것이 필요하니 식량을 주고 또 약으로 필요해서 그러니 황금을 달라." 그들은 덧붙여 유일신에 대한 신앙과 우리 종교의 진리를 그들에게 훈계하면서 그것을 받아들이는 게 좋을 거라고 충고하며 약간의 위협을 곁들이는 것이었다.

이에 대한 그들의 답변은 다음과 같았다.

"평화로운 자들이라고 하는데, 설사 그렇다 하더라도 낯빛이 그러하지 못하구나. 당신들의 왕으로 말하자면 그가 뭘 요구하는걸 보니 가난하고 처지가 곤궁한 모양이다. 그리고 이런 식으로 땅을 나눠 준다고 한 이는 자기 것이 아닌 것을 제삼자에게 줌으로써 원래 소유자들과 그 사람 사이에 싸움을 부추기려 하는 것으로 보아 불화를 좋아하는 모양이다. 식량으로 말하자면, 우리가 당신들에게 제공해 주겠지만, 황금은 우리가 지닌 것이 별로 없는데 우리 생활에 필요치 않은 것이니만큼 쓸모가 없어서 그런 것이다. 반면 우리네 관심은 오직 삶을 행복하고 즐겁게 누리는 데 있다. 그러나 우리 신들을 섬기는 데 쓰이는 것 말고 너희가 찾을 수 있는 것이 있다면 거침없이 가져가라.

유일신으로 말하자면, 너희 하는 이야기가 듣기는 좋았다만 우리가 우리 종교를 그렇게 오랜 동안 유익하게 사용해 온 터에 새삼 바꾸고 싶지는 않으며, 우리는 친구나 아는 이들이 해 주는 충고만 받아들이는 데 익숙하다. 협박으로 말하자면, 상대가 누구인지, 그들의 역량이 무엇인지도 모르면서 을러 대는 건 판단력이 부족하다는 징표이다. 그러니 서둘러 우리 땅에서 사라질 일이다. 우리는 무장한 이방인들이 점잔빼고 훈계하는 것을 평소 좋게 보지 않는다. 그렇지 않으면 당신들도 여기 다른 이들이 당한 것을 그대로 겪게 해 줄 테니 말이다.”

그러면서 그들은 도시 주변에 걸린 몇몇 처형된 사람들의 머리를 보여 주는 것이었다.

이것이 소위 〔아직〕 어린애라는 이들이 웅얼거리는 모습이라니. 하지만 이곳에서도 다른 여러 곳에서도 자기들이 찾는 물건을 발견하지 못한 스페인인들은 그곳에 설사 무슨 안락함이 있더라도 거기 머물지도 공격을 하지도 않았다. 이 점은 내가 「식인종에 관하여」에서 밝힌 대로이다.[151]

신대륙이나 아마도 우리네 이쪽 대륙에서도 손꼽을 가장 강력한 두 사람의 군주는 수많은 왕들 중의 왕이었는데, 스페인인들이 몰아냈던 이들 마지막 두 왕 중 페루 왕[152]은 전투 중에 사로잡혀, 믿을 수 없을 만큼의 과도한 몸값을 요구받았다가 그것을 충실하게 지불했다. 협상을 하는 과정에 그는 트이고 너그러우며 굳건한 마음과 명료하고 정연한 이해력을 증거했다. 승리한 자들은 132만 5500온스의 금과 그 못지않은 은, 그리고 여타의 것들을 울궈 내어 그들의 말들이 차후 금덩어리로 편자를 해 박고서만 움직일 정도가 되었다.

그런데도 그들은 어떤 배신을 해서라도 이 왕의 보물 중 남은 것이 얼마 정도일지를 알아내고, [C] 왕이 남겨 둔 것을 마음껏 누려 보고 [B] 싶은 마음이 들었다. 그들은 거짓 증거를 내세우며 왕이 자신의 석방을 위해 지방민들의 봉기를 획책했다고 무고했다. 이

151
『에세 1』 31장을 말한다.

152
잉카의 아타후알파를 말한다. 1533년 8월 29일에 고문으로 죽었다.

렇게 조작극을 벌인 자들 자신이 이에 대해 그럴싸한 판결을 내려 왕을 공개적으로 목매달아 교살하도록 했는데, 산 채로 불에 타 죽는 고통을 면해 주기 위한 것이라며 처형장에서 그에게 세례를 베푸는 것이었다. 그러나 왕은 이 전대미문의 끔찍한 사건을 표정 하나 말 하나 바꾸지 않은 채 진실로 당당한 모습과 엄숙함으로 견뎌 냈다. 이토록 기괴한 일에 놀라고 기가 막힌 민중을 잠재우기 위해 스페인인들은 왕의 죽음을 몹시 슬퍼하는 체하며 성대한 장례를 치러 주도록 지시했던 것이다.

또 다른 경우로서, 멕시코의 왕은 포위된 자기 도시를 오랫동안 방어하며 일찍이 어떤 군주나 민중도 보여 주지 못할 정도로 극단의 인내와 투지를 이 포위전 기간 동안 보여 주었는데, 불행히도 적들의 손에 산 채로 잡히게 되어 왕으로 대접해 준다는 조건으로 항복했다.(투옥돼 있는 동안 그는 자신의 지위에 어울리지 않는 어떤 모습도 내보인 바가 없다.) 이 같은 승리를 거둔 뒤 온갖 곳을 다 뒤집고 헤쳐 봐도 자기들이 기대했던 만큼의 황금을 전혀 찾을 수 없던 스페인인들은 자기들이 붙들고 있는 포로들을 상대로 곰곰 생각해 낼 수 있는 가장 끔찍한 고문을 통해 이에 대한 정보를 얻으려 들었다.

그러나 아무런 소득이 없고, 어떤 고통을 겪어도 그들의 용기는 그보다 더 큰 것을 알게 된 정복자들은 결국 너무나 격앙된 나머지 자기들이 했던 언약이나 인간이 갖는 어떤 권리도 무시하고,[153] 왕 자신과 그의 궁정에 있던 대신 중 한 사람을 서로 보는

153
'인간이 갖는 권리'라는 표현은 원문의 droit des gens을 번역한 것이다. 이것은 로마시대의 '만민법 jus gentium'의 프랑스어 표현이기도 하며, 몽테뉴는 스페인

앞에서 고문했다. 이 대신은 뜨거운 화로에 둘러싸인 채 고통으로 견딜 수 없게 되자, 마침내 애원하는 듯 시선을 자기 주인 쪽으로 향했는데, 마치 자신이 더 이상 버티지 못하는 것을 용서해 달라는 것 같았다. 왕은 그의 나약함과 소심함을 비난하려는 듯 의연하고도 엄격하게 그를 뚫어져라 바라보면서 무뚝뚝하고 단호한 목소리로 그저 이렇게 말할 뿐이었다. "그래 나는 물놀이라도 하고 있는 듯싶으냐? 나는 너보다 정말 더 편안해 보인단 말이냐?" 대신은 그 뒤 바로 고통을 못 이기고 그 자리에서 숨을 거두었다. 절반쯤 몸이 구워진 왕은 그 자리에서 옮겨졌는데, 동정에서가 아니라 (왜냐하면 노략질할 무슨 황금 단지에 대한 미심쩍은 정보를 위해 그들 눈앞에서 한 인간을, 그것도 재산이나 역량이 그토록 위대한 왕을 불로 굽게 하는 영혼들에게 일찌기 어떤 연민이 스치기라도 했겠는가?), 왕의 꿋꿋함이 그들의 잔인함을 갈수록 더 수치스럽게 만들었기 때문이다. 그 뒤 그들은 왕을 목매달아 죽였던 바, 그 오랜 포로 생활과 예속 상태를 무력 항쟁으로 벗어나려 용감하게 떨치고 일어났으나 고결한 군주에게 어울리는 최후를 맞이했던 것이다.

그들은 또 다른 경우에 460명을 산 채로 단 한 번에 같은 불길 속에 태워 죽인 적이 있는데, 400명은 보통 사람들이었고 예순 명은 한 지방의 주요 귀족들로서 그저 전쟁 포로였을 뿐인 사람들이다. 이런 소행에 대한 이야기는 우리가 그들로부터 직접 들은 것이며, 그들은 그 사실을 고백할 뿐만 아니라 자랑하며 떠들고 다녔던 것이다. 그것은 자기들의 정당성을 증거하기 위한

정복자들이 이들 원주민 왕을 정당한 '교전국' 수장으로 대했어야 한다고 주장하는 셈이다.

것인가 아니면 종교를 향한 열정을 보이기 위한 것인가? 확실히 이것은 그토록 성스런 목적과는 너무 동떨어진 길이며 오히려 그 적이다.

그들이 만일 우리의 신앙을 퍼뜨리고자 한 것이었다면, 그것이 확대되는 것은 땅을 소유하는 것이 아니라 사람을 얻는 것으로 가능하다는 점을 고려했어야 하며, 전쟁의 필연성이 가져오는 죽음 정도로 만족할 일이지 마치 야생의 짐승들에게 하듯 무차별적으로 칼과 불로써 가 닿을 수 있는 모든 이를 도륙하는 짓을 거기 더할 필요는 없었다. 그들은 광산 채굴에 부릴 가련한 노예로 만들려는 자들만 계산해 남겨 두었던 것이다. 그리하여 그들의 두목 중 몇몇은 자기네가 정복한 바로 그 땅에서 카스티야 왕들의 명령으로 처형당했으니, 이들 왕은 그들이 저지른 행위의 끔찍함에 대해 마땅한 분노를 느꼈던 것이며, 그들 대부분은 경멸과 증오의 대상이 되었다. 하느님은 이 어마어마한 약탈물들이 운반 도중에 바다 속으로, 또는 서로를 잡아먹는 자기들끼리의 전쟁을 통해 사라지도록 마땅히 허락하셨으며, 그들 대부분은 자기들 정복의 열매를 하나도 맛보지 못한 채 그 자리에서 흙에 묻히고 말았다.

심지어 검약하고 지혜로운 왕의 손 안에서마저 노획물이 그의 선왕들에게 갖게 했던 희망에 도무지 상응하지 못하고 이 새로운 땅에 처음 상륙했을 때 마주쳤던 최초의 풍요로운 부에도 미치지 못했던 점으로 말하자면(그곳에서 막대한 부를 가져오고 있긴 했지만, 그들이 기대할 수 있었던 바에 비하면 아무것도 아니라는 것을 우리가 알 수 있으니 말이다.), 그곳에서는 화폐의 사용을 전혀 알지 못하며 따라서 그들의 황금은 그저 과시와 전시용으로만 쓰일 뿐이기에, 마치 아버지에서 아들로 이어 가며 여러 강력한 군주들이 보전하고 있는 가구처럼 한자리에 모여 있었던 것이다. 이들 왕은 그들의 광산을 샅샅이 캐내어 자기네 궁궐과 신전들을 장식하는 데 쓰이는 꽃병과 입상들을 산더미처럼 만들었지만, 우리는 황금을 온전히 화폐로 만들어 교역하는 데 쓰고 있다. 우리는 그것을 얇게 자르고 수백 가지 형태로 만들어서 퍼뜨리고 흩뿌린다. 우리네 왕들이 여러 세기에 걸쳐 찾을 수 있는 황금을 이렇게 쌓아 두고 한자리에 그대로 간직하고 있다고 상상해 보자.

멕시코 왕국의 주민들은 그곳 다른 민족들보다는 몇 가지 점에서 더 높은 수준의 문명과 예술을 가지고 있었다. 그들은 우리처럼 우주가 그 종말에 다가가고 있다고 생각해 우리가 야기한 참상을 그 조짐으로 여겼다. 그들은 이 세계의 존재가 다섯 개의 시대로 나뉘며 다섯 개의 태양이 차례로 떴다 지는데, 그중 네 개의 태양은 이미 때를 다했고, 그들을 비추고 있는 것은 다섯 번째 태양이라고 생각했다.

첫 번째 태양은 온 세상을 덮은 대홍수로 말미암아 다른 모든 생명체와 함께 사라졌고, 두 번째는 하늘이 인간 위로 무너져 내려와 모든 살아 있는 것을 질식시켰으며, 이 시기에 거인들이 살았었다고 하는데 그들이 스페인인들에게 보여 준 거인들의 뼈를 보고 짐작하자면 거인들의 키는 스무 뼘 높이가 되었다. 세 번째는 불에 의한 것으로서 남김없이 다 불에 타서 모든 것이 소멸되었다. 네 번째는 대기와 바람이 요동쳤는데, 여러 개의 산들마저 무너지게 했다. 사람들은 한 명도 죽지 않았지만 못생긴 추물로 바뀌게 되었다고 한다.(인간의 믿음이라는 무기력함이 받아들이지 않는 견해가 무엇이겠는가!) 이 네 번째의 태양이 사멸한 후 세상은 이십오 년 동안 줄곧 어둠 속에 갇혀 있었는데 그 십오 년째에 한 남자와 한 여자가 창조되어 다시 인류가 태어났다. 십 년이 지나고 나서 그들이 살아가던 어느 날 태양이 새로 창조되어 나타났다. 그 삼 일째 되던 날 옛 신들은 죽고 그 뒤 새로운 신들이 천천히 태어났다. 이 마지막 태양이 어떻게 사멸할 것인가에 대해 그들이 생각한 바에 대해서는 내가 읽은 저자가 아무런 이야기를 해 주지 않고 있었다. 그러나 이 네 번째 변화의 햇수는 천체의 대회합과 일치하며 이것은 천문학자들이 추산한 바로는 8백 몇 년쯤 전으로서, 이로 인해 세상에 몇 가지 중대한 변화와 쇄신이 이루어졌다.

내가 이 이야기를 시작하며 거론한 화려함과 웅장함에 대해서는 그리스도 로마도 이집트도, 유용성에서건 까다로움에서건 혹은 고상함에서건 그 어떤 작품도 페루에서 보이는 저 도로와 비견될 수는 없으니, 키토시에서 쿠스코시까지(1200킬로미터 이상 떨어진 곳이다.) 곧바르고 끊이지 않으며 너비가 25보폭인 이 포장도로는 양쪽 다 아름답고 높은 벽이 쌓여 있고 그 벽을 따라 길 안쪽으로 마르지 않는 시냇물이 흐르며, 그들이 몰리라고 부르는 아름다운 나무들이 심어져 있었다. 산과 바위가 버티고 있는 곳은 깎고 평평하게 다듬었으며 웅덩이는 돌과 석회로 메꾸었다. 하루의 여정이 끝나는 곳에는 식량과 의복, 무기가 마련된 아름다운 궁이 있는데, 이것은 여행자들을 위한 곳이기도 하지만 그곳을 통과해야 하는 군대를 위한 것이기도 하다. 이 작업을 평가하면서 나는 그 지역에서라면 특별히 더했을 그 까다로움을 생각해 봤다. 그들이 사용한 바위는 모두 족히 3평방미터가 넘는 것들이었다. 그들은 두 팔 말고는 짐을 끌고 갈 수레 같은 수단도 없었다. 발판을 쌓아 올리는 기술뿐만 아니라 건물이 올라가는 만큼 건물에 대고 그 높이만큼 흙을 쌓아 올렸다 나중에 다시 제거하는 방법 말고는 다른 묘수도 몰랐으니 말이다.

우리의 수레 이야기로 다시 돌아오자. 그들은 수레 대신에, 그리고 다른 운송 수단 말고 사람들의 어깨를 빌려 사람의 힘으로 이동하는 식이었다. 페루의 저 마지막 왕은 생포되던 날 전투 중에 이처럼 황금 가마에 올라 황금 의자에 앉아 있었다. 산 채로 잡으려 한 까닭에 그를 밑으로 떨어뜨리기 위해 가마 맨 자들을 죽이면 죽이는 대로 그 수만큼 다른 사람들이 서로 다투어 죽은 자들의 자리를 채우려 나서는 바람에 아무리 죽여도 왕을 결코 떨어뜨리지 못하다가, 마침내 말을 탄 한 군인이 달려들어 왕의 몸을 직접 붙들더니 그를 땅에 쓰러뜨렸던 것이다.

7장
권세의 불편함에 관하여

[B] 권세를 누릴 수가 없는 우리니만큼 권세를 비난하는 말로써 분풀이를 해 보자. 하지만 무엇인가의 단점을 찾아낸다는 것이 그것을 온전히 비난하는 일은 못 된다. 아무리 멋지고 바람직한 것일지언정 만상에는 무엇이나 단점이 들어 있는 법이다. 일반적으로 권세의 명백한 이점은 내킬 때 거기서 비켜설 수 있다는 점이니, 어느 쪽이든지를 대체로 선택할 수 있는 법이다. 저 높이에서 한꺼번에 떨어지지만은 않는 것은 추락하지 않고 내려올 수 있는 자리도 여럿 있기 때문이다. 내 보기에 우리는 권세에 너무 많은 중요성을 부여하고 있으며, 또한 권세를 경멸했거나 혹은 나름의 의도를 가지고 그것을 버리는 모습을 보고 듣게 된 사람들의 단호함에 대해 너무 높이 평가하는 듯하다. 기적이 아니고서야 그것을 거부할 수 없을 정도로 권세의 본질이 그렇게 명백하게 좋기만 한 것은 아니다.

불행을 견디는 노력을 나는 몹시 힘들다고 생각하지만, 그러나 보잘것없는 운명에 만족하고 권세를 멀리하는 것은 어려울 것이 별로 없는 일 같다. 내 생각에 그 정도는 새머리에 불과한 나 같은 얼뜨기도 별반 애쓰지 않고 도달할 수 있는 미덕으로 보인다. 권세를 멀리하는 이러한 거부에는 권세에 대한 욕망 자체나 그 향유보다 더 큰 야심이 깃들 수도 있을 터인데, 이런 거부에 수반되는 영광을 여전히 고려하는 자들은 어떻게 해야 하나? 거기엔 권세에 대한 욕망이나 향유보다 더 큰 야심이 숨어 있을 수 있다. 야심이란 평범함에서 벗어난 이례적인 방식으로 제 길을 내어 가는 것이 더 그 본성에 맞으니 말이다.

나는 인내를 향해서는 내 마음을 날카롭게 벼리고, 욕망을 향해서는 그것을 약하게 만든다. 나도 남들만큼 바라는 것이 많으며, 내 소망에 남들만큼 자유로움과 분별없음을 허락한다. 그렇긴 하지만 내게는 한 번도 제국이나 왕위를, 혹은 저 높은 운수나 통솔하는 자리를 바라는 일은 없었다. 나는 그쪽으로 눈길을 주지 않으니, 나 스스로를 너무나 사랑하는 것이다. 내가 드높아지기를 바란다면 그것은 결단성에서, 지혜에서, 건강에서, 그리고 또 부유함에서이며, 그것도 절제되고 조심스럽게, 나를 위해 적합한 방식으로 성장해 가기를 바란다. 그러나 명성이며 막강한 권위는 내 상상력을 짓누른다. 다른 이〔율리우스 카이사르〕와는 정반대로 나는 혹시라도 파리에서 최고가 되는 것보다는 페리고르 지방에서 두 번째나 세 번째 인물이 되는 것이 더 좋으며, 솔직히 말해 파리에서 최고 직위를 갖는 것보다 세 번째 정도 지위가 더 나을 성싶다. 가련한 무명 인사로서 문지기와 싸우고 싶지도 않고, 우러러보는 군중 사이를 가르며 길을 가고 싶지도 않다. 내 운명에 의해서도 그렇고 또 내 기질에 의해서도 그렇듯 나는 중간쯤 가는 지위가 익숙하다. C 그리고 내 삶의 행적과 내가 기획한 것들을 통해 나는 하느님이 나의 탄생에 묶어 주신 운명의 정도를 뛰어넘으려 하기보다 그런 생각을 멀리하려 했음을 보여 준 셈이다. 자연이 마련해 놓은 것은 무엇이나 똑같이 알맞고 편안하다.

B 나는 이처럼 게으른 영혼을 가지고 있어서 행운의 가치를 그 높이로 재지 않고, 얼마나 쉽게 얻을 수 있는지로 잰다.

C 그러나 내 심장이 충분히 담대하지는 않지만, 대신에 툭 트여 있어서 그것은 나더러 자신의 허약함을 거침없이 알리라고 한다. 루키우스 토리우스 발부스처럼 점잖고 잘생긴 데다 박학하며 건전하고 능통하고 모든 종류의 안락함과 즐거움이 풍부한 사람, 고요하고 오직 자기만의 삶을 누리며, 영혼은 죽음과 미신, 고통과 다른 모든 인간 삶의 비참의 굴레에 맞서 잘 준비되어 있고, 최후에는 전장에서 자기 나라를 지키기 위해 무기를 손에 들고 죽은 사람이 한쪽에 있고, 또 한쪽에는 마르쿠스 레굴루스의 삶이 있으니, 누구나 알고 있을 정도로 위대하고 드높은 것으로서 그의 최후 또한 찬탄할 만한 것인 바, 하나는 이름도 없고 위엄도 없으며, 다른 하나는 본보기가 될 만하고 놀랍도록 영광스러우니 누군가 내게 둘을 비교해보라고 할 경우, 내가 키케로만큼 잘 말할 줄 안다면 나도 분명 그가 여기에 대해 한 말을 하게 되리라.[154] 그러나 이 두 삶을 내 것에 적용해야 한다면 나는 또 말하리라. 두 번째 삶이 내 능력 저 멀리 있듯이 첫 번째 삶이 내 그릇에 맞는 것이고, 내 그릇에 어울리게 조정한 나의 욕망에도 맞는 것이라고 말이다. 두 번째 삶에는 그저 경탄하는 마음으로만 다가갈 수 있지만 첫 번째 삶에는 쉽사리 실제로 공감할 수 있을 터이다.

우리가 출발했던 지점인 세상에서의 권세 이야기로 돌아오자.

154
키케로는 『최고 선악론(De finibus)』에서 존재의 기쁨을 절도 있게 맛볼 줄 알았던 행복한 발부스를 제시한 뒤, 고결한 용덕의 표상이었던 레굴루스가 그보다 더 뛰어난 인간이라고 선언한다.

B 나는 행하는 것이건 당하는 것이건 지배라는 것을 혐오한다. C 페르시아 왕국의 지배권을 주장할 수 있었던 일곱 사람 중 하나, 오타네스는 나였어도 기꺼이 택했을 결정을 내린다. 선출하건 제비를 뽑건 그 자리에 오를 수 있는 권리를 동료들에게 내주고, 대신 자기와 자기 가족이 제국 안에서 오래된 법 말고는 어떤 예속과 지배로부터도 자유롭게 살게 해 줄 것, 그리고 통솔하는 것도 통솔받는 것도 견딜 수 없으니 이 법을 해치지 않는 한 온전한 자유 속에 살게 해 줄 것을 요구했던 것이다.

B 내 생각으로는 세상에서 가장 고되고 어려운 직업이 의연하게 왕 노릇을 하는 일이다. 그 직분의 끔찍한 무게는 나를 놀라게 하며 그것을 생각하면 사람들이 보통 하는 것보다 훨씬 더 많이 왕들의 과오를 용서하게 된다. 그토록 과도한 권능을 가지고 절도를 지키기란 어려운 일이다. 하지만 그런 자리에 있게 된다는 것은 좀 덜 뛰어난 천성을 지닌 사람에게라도 덕성을 고무하는 특별한 자극이 될 것이다. 어떤 선행도 기록되고 이야기되며, 가장 사소한 선정도 그토록 많은 이에게 영향을 미치고, 그대의 유능함이 설교자들의 그것처럼 주로 백성이라고 하는 존재, 즉 좀체로 정확하지 않은 판관이자 속이기 쉽고 만족시키기도 쉬운 백성을 향하게 되는 그런 자리이니 말이다. 우리가 엄정한 판단을 내릴 수 있는 일이란 거의 없으니, 우리가 어떤 식으로든 개인적 이해 관계를 갖지 않는 일이 거의 없기 때문이다. 높은 자와 낮은 자, 지배와 예속은 원래 시기와 경쟁으로 서로 엮여 있다. 그들은 끊임없이 서로에게서 빼앗아야 한다. 이 쌍방의 권리 주장에 대해서는 나는 이쪽저쪽 어느 쪽도 믿지 않는다. 우리가 이성을 납득시킬 수 있다면 엄격하고 냉정한 이성이 그에 대해 이야기해 보도록

하자. 한 달도 채 안 된 얼마 전 나는 이 점을 두고 논쟁을 벌이는 두 권의 스코틀랜드 사람 책을 뒤적여 본 적이 있다. 인민 주권 쪽 책은 왕을 마부보다 더 보잘것없는 처지로 만들고 있고, 왕권론자는 왕의 권능과 주권을 하느님보다 몇 길 더 위에 놓고 있었다.[155]

그런데 내가 겪었던 일이 계기가 되어 여기서 강조하고자 한 권세의 불편함이란 다음과 같다. 사람들이 서로 사귀는 데 있어서, 명예와 용기가 남에게 뒤질세라 육체나 정신을 겨루며 서로 부딪히는 시합보다 더 즐거운 일은 없을 듯하다. 그런데 군주들은 결코 이런 시합의 진미를 맛볼 수가 없다. 사실 너무 존중한다고 하는 것이 군주들을 깔보며 부당하게 대하는 일이 종종 있는 것 같았다. 왜냐하면 내가 어릴 적에 한없이 마음 상했던 일이, 나하고 겨루는 아이들이 자기들 맞상대로 내가 마땅치 않다고 여겨 진짜로 힘을 쓰는 일을 아끼는 것이었기 때문이다. 이것이 바로 왕들에게 매일처럼 일어나는 일이니 누구나 자기가 왕을 상대로 힘을 쓰기에는 마땅치 않다고 여기는 것이다. 왕들이 어느 정도건 간에 승리를 바란다는 것을 알게 되면, 그들에게 그것을 내주려고 애쓰지 않을 사람은 없으며, 왕의 영광을 손상시키기보다 자기 영광을 기꺼이 배반하지 않을 사람도 없는 것이다. 각자가 다 왕들 편에 선 백병전 친선 경기에서 왕들이 할 수 있는 몫이 무엇이겠는가? 내게는 마치 옛날의 용사들이 주술에 걸린 몸과 무기를 가지고 경

155
스코틀랜드의 가톨릭인 블랙우드(A. Blackwood)는 몽테뉴의 옛 스승인 부캐넌(G. Buchanan)의 견해를 반박하며 왕권 신수설에 입각한 왕정 옹호론을 펼쳤다. 생바르텔르미 학살이 일어난 직후 개신교는 군주와 신민들 사이의 계약에 입각한 왕정론을 제기했고, 이 계약은 언제든지 파기될 수 있다고 주장했는데, 가톨릭은 왕의 존재는 지상에서 신을 대리하는 자라는 전통적 개념을 계속 옹호했다.

기장과 전투에 출정하는 것을 보는 듯싶다. 브리송은 알렉산드로스를 상대로 내달리는 시늉만 했고, 알렉산드로스는 그 때문에 그를 꾸짖었지만 채찍질을 당하게 했어야 할 일이다. 이 점을 고려해 카르네아데스는 군주들의 아이들이 제대로 배우는 것은 말 다루는 것밖에 없다고 했다. 다른 어떤 훈련에서고 누구나 이 아이들에게 고개를 숙이며 승리를 양보하기 때문이다. 그러나 말은 아첨꾼도 궁신도 아닌 까닭에 왕의 아들을 마치 마부의 아들인 듯 땅바닥에 내동댕이치니 말이다.

호메로스는 트로이 전쟁에서 비너스가 부상당하는 것에 동의할 수밖에 없었는데, 그렇게 부드럽고 섬세한 신에게 용기와 대담성이라고 하는, 위험을 겪어 보지 않은 이에게는 전혀 있을 수 없는 자질을 부여하기 위한 것이었다. 사람들은 신들이 분노하고 두려워하며 도망가게 만들고, C 서로 질투하고 B 서로 원망하며 서로 열정에 사로잡히게 만드는데, 우리 인간들 사이에서 이런 불완전성에도 불구하고 성취되는 미덕들을 통해 그들 신들을 진실로 명예롭기 하기 위해서이다. 모험과 어려움에 참여하지 않는 자들은 위험한 행동에 뒤따르는 명예와 즐거움에 낄 수가 없다. 모든 것이 당신 앞에 무릎을 꿇을 만큼 그토록 많은 권능을 가진다는 것은 가련한 일이다. 그대의 운명이 사귐과 어울림을 그대로부터 너무 멀리 내던져 버리며 그대를 너무 외따로 서 있게 한다. 모든 것이 자기 아래 몸을 굽히게 하는 일이 이렇게 편하고 맥없이 쉽게 이루어지는 것은 온갖 즐거움의 적이다. 그것은 미끄러지는 것이지 가는 것이 아니다. 그것은 잠자는 것이지 사는 것이 아니다. 전능함을 가진 인간을 상상해 보라. 그대는 그 사람을 심연으로 밀어 넣는 셈이다. 그는 당신에게 제발 장애와 난관을 달라고 애걸할 것이다. 그의 존재와 그의 행복이 심대한 난관에 봉착한 것이니까.

왕들의 장점은 죽어 버려 찾을 수 없으니, 장점들이란 비교를 통해서만 감지되는데 사람들은 그것들을 논외로 제껴 놓기 때문이다. 그들은 똑같은 칭찬을 너무 줄곧 받아 그것이 귀에 박힌 나머지 진짜 찬사가 무엇인지를 거의 모른다. 자기 신하 중 가장 어리석은 자를 상대하더라도, 그자를 이겨 볼 방법이 없는 것이다. "그분이 내 왕이시기 때문에"라고 한마디하면 그것으로써 그 자는 자기가 부러 져 주려고 손을 좀 썼다는 이야기를 충분히 했다고 여기는 것이다. 왕이라고 하는 특성이 그 사람의 다른 본질적인 진짜 특성들을 질식시키고 소멸시키며 (그것들은 왕위 안에 깊숙이 묻혀 있다.) 왕들에게는 오직 왕위와 직접 관련되고 왕위에 소용되는 행위, 왕의 책무를 수행하는 일들로써만 그 자신을 가치 있게 만들도록 허락되어 있다. 왕이라고 하는 것은 오직 왕으로서만 존재한다. 그를 둘러싸고 있는 이 기이한 빛은 그를 가리고 우리에게서 그를 숨긴다. 우리의 시선은 이 강한 빛이 채우며 들어와 멈추게 되고, 그 빛에 부서지고 흩어진다. 원로원에서 티베리우스 황제에게 빼어난 웅변가 상을 주기로 했다. 그런데 황제는 설령 그것이 사실이라 하더라도 그렇게 부자유한 상태의 판단력에 대해서는 자기가 기뻐할 것이 없는 노릇이라며 그 상을 거절했다.

명예로운 온갖 장점을 왕들에게 양보하듯 사람들은 왕들이 지닌 결점이나 악덕도 강화하고 정당화하는데, 찬양만이 아니라 모방을 통해서도 그렇게 한다. 알렉산드로스의 신하들은 모두 그처럼 고개를 갸우뚱하게 하고 다녔다. 디오니시우스의 아첨꾼들은 그의 앞에서 서로 부딪치고, 발에 걸리는 것들을 밀거나 넘어뜨리고 다녔는데, 자기네도 왕처럼 근시라는 것을 보여 주기 위해서였다. 불구 또한 이따금 승진하고 호의를 얻는 수단으로 쓰이곤 했다. 나는 짐짓 귀먹은 시늉하는 것을 본 적이 있다. 그리고 플루타르코스가 본 바에 의하면, 임금이 왕비를 미워한다는 이유로 사랑하는 자기 아내들을 내쫓는 신하들이 있었다고 한다. 더욱이 호색이 긍정적으로 간주되거나, 갈데없는 방탕이 그렇게 여겨지기도 했다. 또한 배신과 신성모독, 잔인함과 이단, 미신, 무신앙, 나태함이 그리 여겨졌고, 혹 더 나쁜 것이 있다고 치면 그 더 나쁜 것마저 좋게 여기게 되었다. 미트리다테스의 아첨꾼들은 자기네 왕이 명의라고 이름나기를 갈망하자 팔다리를 왕에게 들이밀며 째고 불로 지져 보시라고 했다는데, 이들 아첨꾼들보다 앞에 이야기한 경우가 더 위험한 것은, 팔다리보다 더 섬묘하고 더 고귀한 부분인 자기들 영혼이 불에 지져지는 것을 견디고 있는 식이기 때문이다.

그러나 시작했던 이야기를 마무리하자면, 하드리아누스 황제가 어떤 단어의 해석을 놓고 철학자 파보리누스와 논쟁을 하는데, 이 철학자가 곧바로 자기가 졌다고 해 버리는 것이었다. 그의 친구들이 투덜거리자, 그가 말했다. “자네들 농담하고 있나? 서른 개 여단을 통솔하는 그가 나보다 더 아는 게 덜하다고 여기고 싶은 건가?” 아우구스투스는 아시니우스 폴리오를 공격하는 시구를 지었다. 폴리오가 말하기를, “나로서는 입을 다물겠다, 추방형을 공고할 수 있는 이를 상대로 글을 쓰는 것은 지혜로움이 아니다.” 했다. 그들은 옳았다. 왜냐하면 디오니시우스는 시에 있어서 필로세누스를 산문에 있어서 플라톤을 당해 내기 어렵다는 이유로, 전자는 채석장으로 보내고 후자는 아이기나섬에 노예로 팔아 버리라고 보냈던 것이다.

8장
대화의 기술에 관하여

[B] 다른 이들에게 경고를 주기 위해 어떤 이들을 단죄하는 것이 우리네 사법의 관행이다.

[C] 그들이 저지른 잘못에 대해 단죄한다는 것은, 플라톤이 이야기한 것처럼 어리석은 짓이리라. 왜냐하면 이미 행해진 것은 돌이킬 수 없기 때문이다. 그러나 그 목적은 그들이 똑같은 잘못을 되풀이하지 않게 하거나 혹은 단죄된 자들의 과오를 본보기 삼아 다른 이들이 그것을 피하도록 하려는 것이다.

[B] 목을 매달아 그 사람을 교정하지는 않는다. 그 사람을 본보기 삼아 다른 이들을 교정하는 것이다. 나도 마찬가지로 한다. 내 결점들은 차츰 천성이 되어 고칠 수 없게 될 판이다. 그러나 점잖은 사람들을 대중이 본받게 됨으로써 유익한 역할을 하듯이, 나의 본보기는 사람들이 피하게 됨으로써 어쩌면 나도 대중에게 도움이 될지 모르겠다.

> 알비우스의 아들이 얼마나 가난하게 살고
> 바루스가 어떤 비참 속에 있는지 보이지 않느냐?
> 유산을 탕진하지 말라는,
> 훌륭한 본보기로다.

내 결점들을 스스로 공개하고 자책하면 누군가는 그것을 어떻게 조심할지 배우게 되리라. 내가 스스로 가장 평가하는 나의 성품은 자신을 칭찬하기보다 나무라는 것이 더 명예롭다 여긴다는 점이다. 그래서 나는 더 자주 스스로를 나무라곤 하며 거기에 더 많은 시간을 보낸다. 그러나 모든 것이 이야기되고 보면 자기에 대한 이야기란 늘 손해일 수밖에 없다. 스스로를 단죄하면 항상 신뢰를 받지만 자기 칭찬은 불신을 얻으니 말이다.

나와 같은 성향의 사람들이 더러 있을 것이니, 그들은 본보기로써보다는 그 반대에 의해, 따라가기보다는 피해 가기를 권함으로써 나를 더 잘 가르친다. 노(老) 카토는 바보들이 현자에게서 배우는 것보다는 현자들이 바보들에게서 더 많이 배운다고 했는데, 그가 염두에 둔 것은 바로 이런 종류의 가르침이었다. 또 파우사니아스가 전해 준 바에 따르면, 저 옛 리라 연주자는 자기 제자들에게 자기 집 맞은편에 살고 있는 엉터리 연주자의 음악을 가서 듣고 오도록 요구하곤 했는데, 그들은 거기서 불협화음과 틀린 박자에 대한 혐오를 배웠다. 잔인성에 대한 혐오는 너그러움의 어떤 모범도 그리 이끌지 못할 정도로 나를 너그러움 쪽으로 훌쩍 나아가게 해 준다. 소송 대리인이나 말 등에 올라탄 베니스 사람은 어떤 훌륭한 승마 교관보다 더 제대로 내 말 탄 자세를 잡아 준다. 나쁜 이야기 방식은 좋은 이야기 방식보다 더 훌륭하게 나의 이야기 방식을 고쳐 준다. 다른 사람의 어리석은 태도는 매일 내게 경고를 하며, 나를 책망한다. 콕 찌르는 것은 기분 좋은 칭찬보다 더 잘 건드리고 각성시킨다. 지금 시대는 뒷걸음질을 쳐야만, 시대와 일치하기보다는 불일치함으로써만, 비슷해지는 것보다는 달라짐으로써만 우리를 개선할 수 있는 때이다. 좋은 본보기들에서 배우는 일이 거의 없으니, 나는 나쁜 본보기들을 통해 배우는데 그런 경우가 일상적이다.[156] C 나는 남들의 고약한 모습을 보면 그만큼 더 스스로를 유쾌한 사람으로 만들려 했고, 남들의 나약한 모습을 보면 그만큼 강인해지려 했으며, 표독한 예들을 보면 그만큼 자애로워지려고 노력했다. 그러나 나는 도달하기 불가능한 척도를 스스로에게 내밀었던 셈이다.[157]

B 내 생각에 우리 정신의 가장 비옥하고 자연스러운 훈련은 대화이다. 나는 그것이 우리 삶의 다른 어떤 행위보다 더 달콤한 경험이라고 여긴다. 바로 그 때문에 만일 지금 내가 선택을 강요받는다면 듣고 말하는 능력을 잃느니 시각을 잃는 쪽을 택하게 되리라 생각한다. 아테네인들이나 로마인들은 그들 아카데미에서 대화의 훈련을 대단히 명예로운 것으로 유지해 왔다. 우리 시대에는 이탈리아인들이 어느 정도 그 자취를 간직하고 있는데, 이는 그들에게 대단히 유익한 일로서 우리 〔프랑스인들〕의 이해력과 그들의 것을 비교해 보면 알 수 있다. 책을 공부하는 것은 나른하고 희미한 움직임으로서 조금도 자극을 주지 못한다. 그런데 대화는 우리를 가르치면서 동시에 훈련시킨다. 내가 만일 강력한 영혼, 굳센 논적과 이야기를 하게 되면 그는 내 옆구리를 공격하며, 왼쪽과 오른쪽을 번갈아 찌르고, 그의 생각은 나의 생각이 날아오르

156
1588년판에는 이 부분에 다음과 같이 쓰여 있다. "도적질과 배신을 일상적으로 목격하는 것이 내 품행과 생각을 단속했다."

157
악의 정도가 극심하니 그에 반비례할 만큼의 선을 행하기란 불가능하다는 의미이다.

게 만든다. 경쟁심, 영예욕, 쟁투는 나를 부추기고 나를 내 수준보다 더 높이 들어 올린다. 대화를 가장 지루하게 만드는 것은 동조하는 것이다.

우리의 정신이 힘차고 규율이 있는 정신들과 소통함으로써 강화되는 것처럼, 저급하고 병든 정신들과 끝없이 교류하고 접하게 되면 얼마나 손상되고 퇴화하는지는 제대로 이야기하기가 불가능할 정도이다. 그것처럼 널리 감염되는 것도 달리 없다. 나는 충분한 경험을 통해 그 대가가 얼마나 비싼지를 잘 알게 되었다. 나는 반박하고 토론하기를 좋아하지만 소수의 사람들과 함께 있을 때만, 그리고 나 자신을 위해서 그렇게 한다. 왜냐하면 대공들에게 구경거리를 제공하고 자기의 기지나 수다를 경쟁하듯 내보이는 일은 명예를 아는 이에게 매우 부적절한 처신이라고 생각하기 때문이다.

어리석음은 못난 자질이다. 그러나 내게 일어나는 경우처럼, 그것을 견딜 수 없어 하고 그것에 분개하고 괴로워하는 것 역시 또 다른 종류의 질병으로서, 그것이 주는 거북함은 어리석음 못지않다. 내가 지금 내 안에서 들춰 내고 싶은 것이 바로 그것이다.

나는 토의나 논쟁을 시작할 때 아주 자유롭고 편하게 임하는데, 사람들의 견해는 내 안에서, 뚫고 들어가기에도, 깊이 뿌리내리기에도 마땅치 않은 토양을 마주하게 될 테니 말이다. 어떤 주장도 나를 놀라게 하지 않으며, 어떤 신념도 그것이 내 것과 어떻게 대립되건 나를 언짢게 하지 않는다. 아무리 하찮고 아무리 기괴한 착상이라도 인간 정신이 만들어 낼 성싶지 않은 것은 내 보기에 없다. 우리의 판단력에서 판정 내릴 권리를 박탈해 두는 우리 같은 사람들은 우리 것과 다른 갖가지 의견들을 담담하게 바라볼 따름이다. 그리고 그 의견들에 우리의 판단력을 그저 내주지 않더라도 귀는 쉽사리 기울여 준다.

저울의 한쪽 접시가 텅 비어 있으면 나는 다른 쪽에 노파의 몽상을 얹어 접시가 흔들리게 해 본다. 내가 짝수보다 홀수를 선호하더라도 그럴 수 있는 일이다. 금요일보다 목요일을 택하고 식탁에서 열세 번째 자리보다는 열두 번째 혹은 열네 번째 자리를 원하더라도 여행 가는 길에 토끼가 내 길을 가로질러 가는 것보다는 길옆을 따라오는 것이 더 기분 좋더라도, 장화 신을 때 오른 발보다는 왼발을 먼저 내밀더라도 말이다. 우리 주변에 믿는 이가 적잖은 이 모든 헛수작에 적어도 귀를 기울여 줄 필요는 있는 것이다. 나로서는 이런 것들이 뜬구름의 무게라 여기지만 그러나 그것도 무게는 무게이다. 세간의 근거 없는 견해들도 어떤 무게를 가지며, 그것은 본성상 무(無)하고는 다르다. 그리고 자신에게 그 정도까지 나아가도록 두지 않는 사람은 아마도 미신의 악덕을 피하려다 완고함의 악덕에 빠지게 될 것이다.

그러므로 사람들의 판단이 서로 충돌하는 것은 나를 언짢게 하거나 화나게 하지 않는다. 그것은 그저 나를 깨우고 훈련시킬 뿐이다. 우리는 교정되기를 피하려 한다. 그러나 거기 자신을 드러내고 대면할 일이다. 특히 지시가 아니라 토의의 형식으로 그것이 다가올 때면 말이다. 사람들은 반대 의견이 있을 때마다 그것이 정당한지를 눈여겨보지 않고, 옳게건 그르게건 어떻게 거기서 빠져나갈까를 궁리한다. 우리는 두 팔을 그쪽으로 벌리는 것이 아니라 발톱을 세우는 것이다. 나는 내 벗들이 "자네는 바보일세." "자네 제정신인가." 하며 나를 거칠게 몰아 대도 견디려 할 것이다. 의젓한 사람들끼리는 거침없이 자기 생각을 밝히고 생각이 향하는 곳으로 말문이 향해 가야 할 일이다. 우리는 귀를 강건하게 해야 하고, 정중한 말소리의 부드러움에 맞서도록 단련해야 한다. 나는 강건하고 씩씩한 사교와 친밀함을 좋아하며, 사랑이 물어뜯고 할퀴어 피흘리는 것을 기꺼워하듯, 날카롭고 힘찬 사귐을 기꺼워하는 우정이 좋다.

C 우정이 만약 다투기를 좋아하지 않으면, 예절 바르고 기교적이며 충격을 두려워하고 거동이 억제된 것이라면, 그것은 충분할 만큼 힘차거나 너그럽지 못하게 된다.

> 왜냐하면 반박 없는 토론이란 존재하지 않기 때문이다.
>
> 키케로

B 누군가 내게 반박하면 그것은 내 주의를 일깨우지 내게 분노가 일게 하지는 않는다. 나는 내게 반박하는 이, 나를 가르치는 이를 향해 나아간다. 진리의 대의는 양쪽 모두에게 공통된 대의여야 하리라. 그는 뭐라고 대답할까? 노여움의 정념이 이미 그의 판단력을 사로잡았으니 말이다. 이성이 아니라 그에 앞서 혼돈이 판단력을 장악한 것이다. 우리의 논쟁을 결론짓기 위해 내기를 걸고, 질 경우 물질적인 표시를 하도록 해 우리가 그 정도를 알고 있게 한다면 유익할 것이다. 내 하인이 내게 "당신은 지난해 무지하고 고집스러웠던 탓에 스무 번에 걸쳐 100에퀴를 변상해야 했다."라고 말할 수 있게 말이다.

어떤 손 안에서 진실을 발견하건 나는 진실을 환대하고 어루만지며, 저 멀리서 진실이 다가오는 것이 보일 때부터 정복당한 내 무기를 그 앞에 내려놓고 유쾌하게 진실에 굴복한다. C 그리고 그들이 지나치게 거만하거나 또 선생처럼 얼굴을 찌푸리지만 않는다면, 사람들이 내 글을 두고 하는 나무람을 〔나 스스로〕 거들고 나선다. 그래서 그 부분을 개선하려 하기보다 예의를 차리기 위해 이따금 고치기도 했는데, 내가 쉽게 양보함으로써 나를 책망하는 자유를 두둔하고 장려하고 싶었던 것이다. 심지어 내게 손해가 되더라도 말이다. 하지만 우리 시대 사람들을 그 방향으로 이끌어 가기란 분명 어려운 일이다. 그들은 꾸지람을 견디며 들을 용기가 없는 탓에 남들을 꾸짖을 수 있는 용기도 없으며, 서로가 있는 자리에서는 늘 내심을 숨긴 채 이야기한다. 나는 남들이 나에 대해 판단하거나 알아보는 것이 너무 즐거운지라 두 가지 형식 중 어느 쪽이건 거의 개의치 않는다. 나의 생각 자체가 스스로를 반박하고 단죄하는 일이 너무 흔한 판에 다른 사람이 그렇게 한다 해도 내게는 마찬가지 일인 셈이다. 특히 그 사람의 비판에 대해 내가 주고 싶은 만큼의 권위만을 부여하니 말이다. 그러나 너무 고자세로 나서는 사람과는 인연을 접으니, 내가 아는 어떤 이는 자기 지적이 받아들여지지 않으면 그것을 탄식하고, 사람들이 그 지적에 대해 그래도 줄곧 버티면 분개하기까지 한다.

소크라테스는 남들이 자기 이야기에 대해 반박하면 늘 웃는 얼굴로 받아들였는데, 그의 논거가 더 강력한 까닭에 판정은 필경 그에게 유리하게 될 것이니 그는 이 반박들을 새로운 영광의 재료로 받아들인 것이리라. 그런데 우리가 흔히 보는 바로는 그 반대로서 자기가 우월하다고 생각하거나 상대편을 멸시하고 있기 때문에, 상대편이 반박하면 더욱 예민해진다. 약한 쪽이야말로 자기를 고쳐 주고 바르게 해 주는 반론들을 기꺼이 받아들여야 당연하다 싶기 때문이다. [B] 사실 나는 나를 두려워하는 이들보다는 거칠게 대하는 이들과 더 사귀려고 하는 편이다. 우리를 높이 보고 우리에게 자리를 비켜 주는 이들과 상대하며 얻는 기쁨이란 무미건조하고 해롭기까지 하다. 안티스테네스는 자기 아이들에게 이르기를, 칭찬해 주는 사람에게는 고마워하지도 감사하지도 말라고 했다. 적수의 허약함에 의해 얻는 승리에 기분 좋은 것보다는, 논쟁의 열기 속에서마저도 내 적수의 이치가 지닌 힘 아래 내가 스스로를 굽힐 줄 알아 내가 나 자신에 대해 얻는 승리가 나는 더욱 자랑스럽다고 느낀다.

결국 논쟁의 정당한 규칙에 따르면서 나를 향해 곧장 밀고 들어오는 어떤 종류의 공격이건 비록 그것이 허약하더라도 나는 받아들이고 인정하지만, 그러나 제멋대로인 공격은 견디기가 너무 어렵다. 소재가 무엇이든 내겐 중요하지 않으며, 어떤 의견이나 다 내겐 한가지이고, 어떤 의견이 승리하는지도 내겐 거의 무관하다. 만약 논쟁이 질서 정연하게 진행되기만 한다면 나는 하루 종일이라도 평온하게 논박을 계속하리라. [C] 내가 요구하는 것은 힘과 교묘함보다 질서이다. 양치기들이나 가게 점원 아이들의 언쟁에서는 매일 보이지만 그러나 우리 사이에는 없는 그 질서 말이다. 그들이 제자리를 벗어나는 것은 상대가 무례할 때인데, 우리도 똑같이 그렇다. 그러나 격렬함과 조바심이 그들을 이야기 주제에서 벗어나게 하지는 않는다. 그들의 이야기는 원래의 흐름을 계속 따라가는 것이다. 남의 말을 서로 앞지르기는 해도, 상대의 말을 기다려 주지 않기는 해도 적어도 그들은 서로의 말을 이해하기는 한다. 내게는 적절하게 대답해 주기만 하면 늘 너무 잘 대답해 주는 셈이다. [B] 그러나 논쟁이 혼란스럽고 무질서하게 되면 나는 주제를 내려놓으며, 분개한 채 과도하게 형식을 두고 따지는데, 고집스럽고 심술궂으며 강압적인 논쟁 방식으로 뛰어드는 바, 나중에는 그것이 스스로 낯부끄럽지 않을 수가 없다.

C 바보와 진지하게 이야기하기란 불가능하다. 그렇게 난폭한 나으리 손에서는 판단력만이 아니라 내 성심(誠心)마저 손상되고 만다.

우리의 말다툼도 말로 하는 다른 범죄와 마찬가지로 금지되고 또 처벌되어야 한다. 이 말다툼은 늘 분노가 다스리고 지휘하는 판이니, 그것이 흔들어 깨워 놓고 또 쌓아 가지 않을 악덕이 무엇이겠는가! 우리는 적대감을 품게 되니, 처음엔 이치에 맞서 그러하다가 이윽고는 사람들에 맞서 그렇게 되는 것이다. 우리는 오직 반박하기 위해서만 논쟁하기를 배우는데, 그러다 보니 각자는 반박만 하고 또 반박을 당하기만 하여, 결국 논쟁의 결과란 진실을 잃어버리고 무화시키는 것이다. 이런 까닭에 플라톤은 그의 『국가』에서 이런 일에 어울리지 않고 천품이 못난 정신을 가진 사람들에게는 토론 교육을 금지했다.

B 진실을 찾아가는 길에서 무엇 때문에 당신은 가치 있는 걸음도 태도도 지니지 못한 사람과 굳이 함께하려 하는가? 주제를 다루는 방식을 찾아보기 위해 주제를 잠시 내려놓는다 해도 우리가 주제를 잘못 대하는 것이 아니다. 나는 현학적이고 작위적인 방식을 말하는 게 아니다. 내가 말하는 것은 자연스런 방식, 건전한 이해력으로 된 방식이다. 결국에는 어찌 될 것인가? 한 사람은 동쪽으로 또 한 사람은 서쪽으로 가니 말이다. 그들은 요체를 잃어버리고, 갖가지 이런저런 주변 말단을 붙들고 허우적대다 요체에서 멀어진다. 한 시간쯤 폭풍이 몰아치고 난 후에는 자기들이 무엇을 찾고 있었는지를 알지 못한다. 한쪽은 과녁보다 낮게,

다른 쪽은 높게, 또 다른 쪽은 옆으로 쏘고 있다. 어떤 사람은 단어 하나, 비유 하나에 매달린다. 또 어떤 사람은 자기 이야기에 너무 빠진 나머지 더 이상 상대의 논점을 알지 못한다. 그리고 당신이 아니라 제 이야기를 이어 갈 생각만 한다. 버틸 힘이 약하다고 생각하는 어떤 이는 모든 것을 두려워하고 모든 것을 거부하며 처음부터 초점을 뒤섞고 흐려 놓는다. [C] 혹은 논쟁이 한창일 때 말을 딱 멈춘다.[158] 오만한 경멸을 가장한 악의적 무시에서 그렇거나, 겸손한 척 논쟁을 비껴 가기 위해서이다. [B] 어떤 이는 자기가 공격만 할 수 있다면 적에게 자신이 얼마나 노출되는지는 대수롭지 않게 여긴다. 어떤 이는 자기가 하는 말의 단어 수를 세면서 그것을 곧 논변의 무게로 친다. 그런 사람은 자기 목소리와 자기 폐활량의 우세함만을 사용하는 것이다. 누군가는 자기 입장과 반대되는 결론을 내린다. 또 누군가는 머리말과 쓸모없는 곁가지 이야기들로 당신 귀를 멍하게 만든다. C 또 다른 사람은 오로지 욕설로만 무장하고 〔이유는 알 수 없는〕 독일식 말다툼을 벌임으로써 자기 생각을 거북하게 하는 이와 한자리에서 이야기 나누는 짐으로부터 벗어나려 한다. [B] 또 어떤 자는 그 무엇도 이성을 통해 바라보는 일 없이, 형식 논리의 결론들이며 그럴싸한 판에 박힌 문구로써 당신을 포위하고 가두려 한다.

그런데 우리가 학식을 어디에 쓸 수 있는지 생각해 볼 때, [C] "아무것도 치유해 주지 못하는 박학함"(세네카)이라니, [B] 누가 학식

158
원문은 se faire plat. 이 경우 해석은 '몸을 낮추다'가 된다. 프레임(D. Frame)은 보르도본 필적을 se taire plat로 읽고자 하는데 이 경우 '말을 갑자기 멈추다'가 된다. 여기서는 프레임의 견해를 따랐다.

을 의심하지 않게 될 것이며, 삶에 필요한 어떤 견실한 열매를 거기서 얻을 수 있을지 누군들 의심하지 않을 것인가? 논리학에서 이해력을 얻은 자가 누구인가? 그 학문의 멋진 약속은 어디 있다는 말인가? [C] "더 잘살게 해 주지도, 더 잘 추론하게 해 주지도 않으니."(키케로) [B] 논리학을 직업으로 하는 이들의 공적 논쟁보다 생선 장수 아줌마들의 수다가 더 횡설수설이던가?

나는 내 아들이 말솜씨를 가르치는 학교가 아니라 차라리 선술집에서 말하기를 배웠으면 좋겠다. 교양 과목 선생을 모시고서 그와 이야기를 나눠 보라. 그는 왜 우리에게 갈고 닦은 기예의 탁월성을 느끼게 해 주지 않는 것일까, 왜 그는 우리 같은 무지랭이나 여성들로 하여금 그의 추론의 확고함과 조리 정연함을 찬탄하여 넋이 나가게 하지 않는 것일까? 왜 자기 뜻대로 우리를 지배하고 설복시키지 않는 것일까? 이야기 소재나 전개 방법을 두고 그토록 유리한 자가 왜 자기 검술에 욕설과 무절제와 격노를 뒤섞는 것일까? 그가 쓰고 있는 교수님네 두건이며 가운, 라틴어를 벗어 놓게 해 보라. 그가 원문 그대로인 날것의 아리스토텔레스로 우리 귀를 두드리지 못하게 해 보라. 당신은 그가 그저 우리 중 한 사람이라고 혹은 그보다 못한 사람이라고 여기게 될 것이다. 그는 저 얼크러지고 설크러지게 엮은 언어로 우리를 밀어붙이지만 내 보기에 그것은 야바위꾼이 하는 짓과 다를 바 없는 수작이다. 그들의 유연함은 우리 감각을 공격하고 압도하지만 그것은 우리의 확신을 조금도 흔들지 못한다. 이 야바위짓 말고는 그들이 하는 일 중 평범하고 비루하지 않은 것이 없다. 배운 것이 더 많다고 해서 그들이 덜 어리석은 것은 아니다.

학식을 소유한 사람들이 그렇게 하듯 나도 지식을 소중하게 여긴다. 그리고 참되게 쓰이기만 한다면 지식이란 인간이 획득한 가장 고귀하고 강력한 것이다. 그러나 지식을 자신의 근본 능력과 가치로 삼는 이들, 자기들의 분별력을 기억력에 의존하게 하는 자들, C "타인의 그림자 속으로 몸을 숨기는 자들,"(세네카) B 그리고 책에 의하지 않고는 아무것도 할 수 없는 자들의 경우(이런 종류 사람들의 수는 무한대이다.) 감히 이렇게 말해도 된다면 나는 그 지식을 얼뜨기짓보다 더욱 혐오하는 바이다. 내 나라, 그리고 내 시대에 학식이 호주머니 사정을 크게 개선시켜 주는 일은 있어도 영혼을 더 낫게 해 주는 일은 드물다. 무딘 영혼을 만나게 되면 학식은 날것의 소화되지 않은 덩어리처럼 그 영혼을 더 무겁게 하고 숨막히게 한다. 예리한 영혼이라면 학식은 쉽사리 그것을 정화시키며, 명석하게 하고 소멸에 이를 만큼 정련시킨다. 학식은 중립에 가까운 속성을 가진 어떤 것이다. 잘 타고난 영혼에게는 아주 유용한 부속물이지만 어떤 종류의 영혼에게는 위험하고 해로운 것이다. 아니 그보다는 너무나 귀한 곳에 쓰이는 것이라서 헐값에 자신을 소유하도록 허락하지 않는다. 어떤 손 안에서 그것은 임금의 왕홀이다. 다른 손안에 있으면 그것은 어릿광대의 지팡이다.[159] 그러나 계속해 보자.

당신과는 맞서 볼 도리가 없다는 것을 당신 적수에게 가르쳐 주는 것보다 더 큰 승리를 기대할 수 있겠는가? 당신이 주장하는 내용이 우세하다면 이기는 것은 진리이다. 당신의 차분함과 의젓함이 우세하다면 이기는 것은 당신 자신이다. C 플라톤과 크세노

159
프랑스에서 17세기 초까지 왕을 수행하는 어릿광대가 가지고 다니던 지팡이. 그 끝에는 괴이한 얼굴에 종들이 매달려 있었다.

폰의 저서를 보며 내게 드는 생각은 소크라테스가 논쟁을 위해서보다는 논쟁하는 이들을 위해 논쟁하고 있다는 것이다. 그리고 에우티데모스와 프로타고라스에게는 그들 논쟁술의 어리석음이 아니라 그들 자신의 어리석음을 깨우쳐 주려고 하고 있다. 그가 자기에게 다가오는 최초의 소재를 붙드는 것은 단순히 그 소재를 밝히기보다 더 유용한 어떤 목적을 위해, 다시 말해 이끌어 주고 단련시킴으로써 사람들의 정신을 밝히려고 그렇게 하는 것이다.

B 뒤흔들어 놓고 추격하는 것이야말로 우리 사냥이 노리는 바이다. 이 작업을 서투르게 엉터리로 하면 변명의 여지가 없다. 사냥감을 붙들지 못하는 것이야 다른 문제이다. 왜냐하면 우리는 진리를 탐색하기 위해 태어난 것이기 때문이다. 진리를 소유하는 것은 보다 강한 힘에 속하는 일이다. 데모크리토스가 이야기했듯이 그것은 심연 깊숙이 숨어 있는 것이 아니다. 그것은 차라리 신성한 지식 속, 무한히 드높은 저 위에 올라가 있다. C 세계는 탐구의 학교일 뿐이다. B 누가 표적을 맞히느냐가 아니라 누가 가장 멋지게 표적을 향해 달려가느냐가 문제이다.[160] 진실을 말하는 사람도 허위를 말하는 사람이나 마찬가지로 어리석게 굴 수가 있다. 우리가 관심을 가지고 있는 것은 이야기의 내용이 아니라 그 방식이기에 말이다. 알키비아데스가 그렇게 하라고 했던 것처럼,[161] 내 기질은 소재만큼이나 형식을 살펴보며, 소송 내용만큼이나 변호인을 살펴본다.

160
고리 시합(jeu de la bague)에서 빌려 온 비유. 말을 타고 달려가 말뚝에 고리를 던져 넣는 놀이이다.

161
플라톤, 『향연』, 215d.

[C] 그리고 나는 매일 작가들의 저서를 즐거이 추켜들고서 그들의 학식에는 무심한 채, 그들이 말하는 주제가 아니라 이야기 방식을 찾으며 읽곤 한다. 어느 이름 높은 정신과 대화를 나누려 하는 것은, 그가 나를 가르치도록 하기 위해서가 아니라 내가 그를 알기 위해서인 것과 꼭 마찬가지로 말이다.[162]

[B] 어떤 사람이든 진솔하게 이야기할 수 있다. 그러나 정연하고 지혜로우며 유능하게 이야기할 수 있는 사람은 드물다. 따라서 몰라서 잘못하는 말은 내게 조금도 거슬리지 않지만 어이없는 말은 거슬린다. 내게 이득이 되는 거래를 여러 번 그만둔 적이 있는데 거래 상대가 하는 엉뚱한 시비 때문이었다. 나는 내가 다스리고 있는 사람들의 과오에 대해서는 일 년에 한 번도 마음 상하는 적이 없지만, 그들이 하는 얼빠지고 우둔한 주장이나 어리석은 변명, 고집스런 항변에 대해서는 매일처럼 멱살잡이라도 하는 셈이다. 그들은 무슨 내용인지, 무슨 까닭인지 알아듣지도 못하며, 대답하는 것도 마찬가지이다. 사람 맥이 풀어지게 만들어 놓고 마는 식이다. 내 머리가 강하게 충격을 받는 것은 오직 다른 사람의 머리 때문이며, 내게는 차라리 내 집 하인들의 악덕을 견디는 것이 그들의 생각 없고 고집불통이며 얼빠진 것을 견디기보다 더 낫다. 그들이 무엇이건 할 줄만 안다면 일을 좀 덜하더라도 무슨 상관이랴. 일에 대한 그들의 의지를 불타게 할 희망은 있으니까 말이다. 그러나 고집스런 돌머리에서는 값진 무엇을 기대할 것도 얻을 것도 없는 법이다.

162
1595년판에는 다음과 같이 덧붙이고 있다. "그리고 그를 알아가면서 만약 그럴 가치가 있다 싶으면 그를 모방하기 위해서 말이다."

그런데 만약 내가 사태를 실상과 다르게 잘못 파악하고 있는 경우라면? 그럴 수도 있는 일이다. 그 때문에 나는 내 조급함을 나무라곤 한다. 그리고 무엇보다도 옳은 생각을 하는 이의 경우건 잘못 생각하는 이의 경우건, 나는 이 조급함을 마찬가지로 악덕이라고 여긴다. 자기와 다른 방식으로 생각하는 것을 참지 못하는 것은 항상 폭군적인 못된 기질이기 때문이다. 그리고 늘상 존재하는 세상의 헛수작에 흔들리고 발끈하는 것보다 더 크고 더 꾸준하며 더 몰지각한 헛수작은 정말이지 세상 어디에도 없을 것이다. 왜냐하면 이 어리석음으로 인해 우리는 주로 우리 자신을 향해 화를 내게 되니 말이다. 그리고 저 옛 시절의 철학자가 자기를 고찰해 봤더라면 자신에 대해 눈물 흘릴 이유가 결코 없지 않았으리라.[163] C 일곱 현자 중의 한 사람인 뮤손은 티몬이나 데모크리토스의 기질을 가졌는데,[164] 무엇이 우스워 혼자 웃고 있느냐고 묻자 이렇게 답했다. "내가 혼자 웃고 있다는 사실이 우스워서라네."

B 내 기준으로 보더라도 나는 매일 얼마나 많은 얼빠진 소리를 하고 또 얼빠진 대답을 하는 것일까. 그러니 당연히 남들 보기에는 얼마나 더 많은 얼빠진 이야기를 하겠는가! C 내가 그 때문에 후회스러워 혼자 입술을 깨문다면 남들은 그에 대해 어떻게 하겠는가? 요컨대 살아 있는 사람들 사이에서 살아갈 일이며, 다리 아래 강물이 우리가 염려하지 않아도 혹은 적어도 우리가 그때문에

163
헤라클레이토스를 가리킨다. 그는 인간의 허약함을 고통스러워하고 세상의 어리석음을 슬퍼했는데, 이와 달리 데모크리토스는 그것들을 조롱했다.

164
회의주의 철학자였던 티몬은 세상 만사와 만인에 대해 조롱하기를 버릇처럼 했고, 인간 혐오자라 불렸다.

몹져 눕는 일 없이 그냥 흘러가게 둘 일이다.

[B] 어쨌든 우리는 왜 몸이 뒤틀리거나 흉한 꼴을 한 사람을 만나고도 별 동요가 없는데, 명료하지 못한 정신을 만나면 기어이 화를 내고 마는 것일까? 이 고약한 사나움은 〔대상의〕 과오보다는 그렇게 판단하는 자와 더 관계된다. 플라톤이 했던 말을 입에 늘 달고 살아갈 일이다. [C] "내가 무엇인가를 불건전하다고 여기는 것은, [B] 나 자신이 불건전하기 때문 아닐까? 내가 하는 경고가 나를 향하게 되는 것은 아닐까?" 지혜롭고 신성한 후렴구이리니, 인간이 지닌 가장 보편적이고 평범한 잘못을 후려치고 있도다. [C] 우리가 서로에게 하는 비난만이 아니라 입씨름하며 우리가 내세우는 이치와 논변도 보통 우리 자신을 겨냥할 수 있는 것이니, 우리는 우리의 무기로 자신을 찌르는 것이다. 이 점에 대해 고대는 내게 묵직한 사례들을 충분히 남겨 주었다. [B] 누군가 이런 생각을 한 사람이 참으로 제대로 또 대단히 적절하게 말한 바가 있으니,

> 누구나 자기 똥냄새는 좋게 여긴다.
>
> 에라스무스 『격언집』 중에서 변용

[C] 우리 눈은 뒤에 있는 것을 보지 못한다. 하루에도 수십 번씩 우리는 우리 이웃 이야기를 하며 〔사실은〕 우리 자신을 조롱하고 있는 셈이다. 다른 사람 안에 있는 결점을 혐오하지만 그것은 우리 안에 더 명백하게 자리하고 있으며, 우리는 경이롭다 싶을 만한 뻔뻔함과 맹목성에 의지해 자기 결점인지는 모르는 채 '이럴 수는 없다.'라고 고개를 흔든다. 바로 어제만 해도 나는 이해력 있는 어떤 귀족이 다른 귀족의 어리석은 태도를 유쾌하고 정당하

게 조롱하는 모습을 볼 수 있었는데, 〔조롱당한〕 그 사람은 반 이상이 가짜인 자기 집 족보와 혼맥 이야기로 모든 사람의 머리에 쥐가 나게 하는 판이었다.(집안 내력이 미심쩍고 불확실한 사람들일 수록 그런 얼빠진 이야기들을 더 서슴없이 하려 든다.) 그런데 그 귀족 역시 한 걸음 물러서서 자기를 돌아보았다면 자기 아내 집안이 특출하다며 그럴싸하게 보이게 하려는 자기 자신 또한 조금도 못지않게 무절제하고 지루한 자임을 알게 되었을 것이다. 오호라, 아내가 바로 제 남편의 손에 의해, 저 위험스런 오만함으로 무장하고 나타나다니! 그들이 라틴어를 이해할 줄 안다면 이렇게 말해 줘야 하련만.

> 힘을 내라, 그녀 혼자 힘으로는 너끈히 얼간이짓 아직
> 못하니, 어서 그녀의 어리석음을 더 부추겨라.
> 테렌티우스

결백하지 않은 사람은 아무도 다른 이를 비난하지 말라고 이야기하는 것이 아니다. 그렇게 되면 누구도 아예 비난이라는 것을 하지 못하리라. 정말이지 동일한 종류의 과오로부터 결백하지 않으면 나서지 말라고 말하는 것도 아니다. 문제가 되는 점을 놓고 누군가를 비난할 때 우리의 판단력이 자신에 대한 심판에서 스스로를 면제해 주지 않아야 된다는 말이다. 자기 내부에서 악덕을 제거할 수 없는 사람이, 그럼에도 불구하고 다른 사람 안에서, 어쩌면 덜 해롭고 덜 완강하게 자리 잡고 있을 이 악덕을 제거하려고 노력하는 것은 자선 단체에서 해야 할 사업이다. 그리고 내 결점을 지적하는 이에게 당신에게도 그것이 있지 않느냐고 말하는

것은 적절한 답변으로 보이지 않는다. 그래서 어떻단 말인가? 그 지적은 여전히 진실이고 유익하니 말이다. 만약 우리 코의 후각이 좋다면 우리의 똥은 우리 것인 까닭에 더욱 냄새가 심해야 할 일이다. 그리고 소크라테스의 견해에 따르자면, 자기와 자기 아들, 그리고 낯선 이가 폭행이나 부당 행위로 죄를 지었다고 생각하면 법에 따라 심판을 받고 형 집행자의 손에 도움을 청해 속죄하기 위해, 우선 자신이, 그다음에는 자기 아들이, 마지막으로 낯선 자가 출두하도록 해야 한다는 것이다. 이 가르침은 너무 음이 고조된 셈이긴 하지만 적어도 자기 자신의 양심의 법정에는 자기를 제일 먼저 나서게 해야 한다고 말하고 있다.

B 감각은 사실 우리의 으뜸가는 판관들이니, 그것은 사물을 외적 우연사들을 통해서만 감지한다. 그러니 우리 사회를 돌아가게 하는 데 기여하는 모든 요소들 안에 피상적 의례와 겉치레가 늘 뒤섞여 있다고 해도 놀랄 일은 아니다. 그래서 사회 규범의 가장 뛰어나고 효율적인 부분은 그런 외적인 것들로 구성되는 것이다. 우리가 마주하고 있는 것은 늘 인간이며, 인간의 조건은 놀라우리만큼 물질적, 육체적이다. 최근 그토록 명상적이고 비물질적인 예배 형식을 우리에게 확립해 주고 싶어 하던 이들이 놀라지 말아야 할 것은, 그 형식이 그 자체로서보다는 분열과 구별의 표식이자 증서이고 수단으로서 우리 사이에 지탱되고 있으며, 그렇지 않다면 두 손가락 사이로 모래알처럼 새어 나가 녹아 버렸으리라 생각하는 이들도 있다는 사실이다.[165]

165
인간과 신의 직접적 관계를 강조하는 개신교도들은 종교를 비물질적인 것으로 만들려 한다. 그래서 성화나 조각 등의 이미지 숭배도 성인 숭배도 부정하며 제사 대화에서도 마찬가지이다. 이야기하는 사람의 엄숙함, 법복, 직위는 그가 하는 공허하고 어리석은 말에도 흔히 신뢰감이 느껴지게 한다. 뒤따르고 두려워하는 자들이 그렇게 많은 사람이 그 내면에 가진 능력이 평범한 이웃들과 다르지 않으며, 그렇게 많은 임무와 직책을 부여받은 사람이, 그렇게 거만하고 으스대는 사람이 그에게 멀리 떨어져서 절하고 누구도 데려다 쓰지 않는 어떤 사람보다 조금도 더 능력이 없다고는 상상할 수 없는 노릇이다. 이 사람들의 경우 그들이 하는 말만이 아니라 얼굴 찌푸리는 것까지 주목받고 배려의 대상이 되어, 사람들은 각자 거기에 멋지고 견실한 해석을 부여하려 열중한다. 그들이 스스로를 낮춰 평범한 대화에 끼어들 경우에 사람들이 그들에게 상찬과 공경 말고 다른 태도를 취하면 그들은 자기네 경험의 권위로써 당신을 짓눌러 버린다. 내가 들었고, 내가 봤으며, 내가 했노라고 말이다. 당신은 무수한 사례로 압도당하고 만다. 나는 그들에게 기꺼이 이렇게 말하고 싶다. 의사가 가진 경험의 열매란 그가 행한 치료의 역사가 아니며, 네 사람을 페스트에서 구하고 세 사람을 통풍에서 치료했다는 기억이 있다 하더라도 그가 이 경험으로부터 자기 판단을 형성하게 될 무엇을 이끌어내고 자기 기술을 행하는 데 있어서 그 때문에 보다 지혜롭게 되었다는 사실을 우리가 느낄 수 있게 해 줘야지 만일 그렇게 하지 못한다면 그 경험은 열매를 맺지 못한 것이라고 말이다.

C 악기들의 합주에서 사람들은 류트나, 〔소형 피아노인〕 스피

의식도 최소화한다. 한편 이 대목이 지적하는 바는 개신교도에 관한 것이 아니라, 육체를 폄하하고 금욕주의를 고양시키려던 가톨릭 교회 안의 금욕적 운동을 가리킨다는 견해도 있다.

넷, 플루트를 듣는 것이 아니라 전체적인 조화와 협연을, 이 모든 것들의 열매를 듣는 것과 마찬가지이다. [B] 여행과 직무가 그들을 개선시켰다면 그들의 이해력이 증대된 것을 통해 그 점이 드러나야 한다. 경험을 이야기하는 것으로는 충분하지 않다. 그것을 가늠하고 배치해야 하는 것이다. 그리고 경험들이 담고 있는 이치와 결론을 끌어내기 위해 그것들을 소화하고 증류해 두어야 한다.

그토록 많은 역사가들이 있어 본 적은 없다. 그들의 이야기를 듣는 것은 항상 좋고도 유익한 일이니, 우리는 그들 덕에 그들의 기억의 상점에서 멋지고 훌륭한 가르침들을 가득 제공받기 때문이다. 그 대부분은 분명 우리 삶에 도움이 되는 것들이다. 그러나 지금 우리가 알고자 하는 것은 이것이 아니다. 우리는 경험을 읊는 자들이나 수집하는 자들 자신도 훌륭한지를 알고자 하는 것이다.

나는 말로 하는 것이건 행동으로 하는 것이건 모든 종류의 폭정을 싫어한다. 감각을 통해 우리의 판단력을 속이는 저 공허한 외양들에 대해서는 어느새 내 마음이 뻣뻣하게 저항한다. 이 범상치 않은 위인들을 지켜보고 있던 나는 그들 대부분이 다른 이들과 똑같은 사람들임을 알게 되었다.

> 사실 저 높은 지위의 사람들에서는 건전한 상식을 찾기 어렵다.
>
> 유베날리스

어쩌면 그들이 더 많은 일을 수행하고 따라서 더 많이 자신을 보여 주기 때문에 우리가 그들을 실제 모습보다 덜 평가하고 덜 알아보는지도 모른다. 그들은 자기네가 떠맡은 짐을 감당할 만하지 않은 것이다. 짐꾼에게는 짐보다 더 많은 힘과 능력이 필요한 법이다. 자기 힘을 다 사용해 보지 않은 사람이라면 그에게 아직 그 이상의 힘이 남아 있는지, 마지막 한계까지 그의 힘을 시험해 본 것인지를 당신이 짐작해 보게 된다. 짐 앞에서 무릎을 꿇은 사람은 그의 실력과 두 어깨의 허약함을 드러내 보이는 셈이다. 그렇기 때문에 다른 부류보다 학자들 가운데서 더욱 그렇게 많은 얼치기 정신들이 보이는 것이다. 그들은 좋은 관리인, 좋은 상인, 좋은 장인이 될 수도 있었다. 그들의 타고난 힘은 그 정도에 맞춰 다듬어졌다. 학문이라는 것은 그 무게가 상당한 것이다. 그들은 그 아래 짓눌려 무너지고 만다. 이 고상하고 강력한 소재를 펼치고 나누어 주기에는, 그것을 사용하고 그로부터 도움을 얻기에는 그들의 정신이 원기도 능란함도 넉넉하지 못한 것이다. 그것은 강력한 천성 안에만 머물 수 있다. 그런데 그런 천성이란 몹시 드문 법이다. [C] 소크라테스가 말하기를, 허약한 자들이 철학을 다루면 철학의 위엄이 손상된다고 한다. 나쁜 서랍에 담아 둔 철학은 쓸모없고 해롭게 보인다는 것이다. [B] 그들은 그렇게 자기들을 망치고 스스로를 바보로 만들어,

> 사람 흉내 내는 원숭이와 꼭 마찬가지이니,
> 재미있으라고 어린애가 비단 옷을 입혔는데,
> 뒤쪽 볼기짝은 그대로 드러내어,
> 식탁 손님들 즐겁게 하네.
>
> 클라우디안

우리를 다스리고 지휘하는 사람들의 경우와 마찬가지로, 세상을 제 손아귀에 쥐고 있는 사람들은 보통의 이해력을 가지는 것으로는 충분치 않으며, 우리가 할 수 있는 것을 할 줄 아는 것만으로는 부족하다. 그들이 우리보다 한참 위에 있지 않다면 그들은 우리보다 한참 아래에 있는 셈이다. 그들은 더 많은 것을 약속하는 까닭에 더 많은 것을 빚지고 있다. 하지만 그들에게 침묵은 예절바르고 진중한 몸가짐일 뿐만 아니라 이따금 유익하고 이로운 처신이기도 하다. 아펠레스를 보러 그의 작업장으로 간 메가비수스는 오랫동안 침묵한 후 미술 작품에 대해 자기 생각을 이야기했고 결국은 혹독한 꾸중을 들어야 했다. "자네가 침묵을 지키고 있는 동안은 몸에 걸친 〔공직자용〕 체인이며 장중함 때문에 뭐가 있는 사람처럼 보였네. 그런데 이제 사람들이 자네 하는 말을 듣고 나니, 심지어 내 가게 점원들까지도 자네를 경멸하고 있지 않나." 그 으리으리한 장신구들이며 그 대단한 지위는 그에게 대중이 무지한 식으로 무지하기를 허락하지 않으며, 그림에 대해 허투루 말하는 것을 허락하지 않았던 것이다. 그는 말없이, 얼핏 능력 있어 보이는 외양을 유지했어야 하는 것이다. 우리 시대에 얼마나 많은 얼뜨기 정신들이 냉정하고 말없는 표정 덕으로 신중하고 유능하다는 평판을 얻었던가!

존귀함이나 직위는 필경 역량보다 운수가 더 많이 좌우한다. 사람들은 그것 때문에 왕들을 탓하는 잘못을 이따금 저지르곤 한다. 그와 반대로, 왕들에게 사람 알아볼 능력은 그렇게 부족한데도 그토록 좋은 운수로 무난한 신하를 얻는 것은 놀라운 일이다. C "자기 신하를 알아본다는 것은 군주의 으뜸가는 덕목이다."(마르시알리스)

B 왜냐하면 자연은 왕들에게, 수많은 사람에게까지 가 닿아 그 가운데서 탁월함을 분별해 내고, 우리 의지며 우리가 가진 최상의 가치가 판별되는 자리인 우리 본심을 꿰뚫어 보는 눈을 주지 않았기 때문이다. 그들은 우리를 어림짐작으로, 더듬거리며, 집안이며 재산, 학식, 백성의 소리에 따라 선발해야 한다. 누군가 정의에 따라 재판하고 이성에 따라 사람을 선발하는 방법을 찾아낼 수만 있다면, 그는 이 한 가지만 가지고도 완벽한 정치 형태를 확립하게 되리라.

"그렇다고 하자. 그래도 그 사람은 이 큰 일을 잘 해냈다." 그것도 나름 의미가 있다. 그러나 충분하다고는 할 수 없다. 왜냐하면 우리는 마땅하게도, '계획을 결과로 판단해서는 안 된다'고 하는 금언을 받아들이고 있기 때문이다. C 카르타고 사람들은, 설사 다행스런 결말로 그 문제점이 완화되었을 경우라도, 자기네 장수들의 잘못된 계획은 처벌했다. 그리고 로마인들은 대단히 유리한 대규모 승리의 경우에도 사령관의 행위가 그 행운에 전혀 상응하지 않는다는 점을 들어 개선식을 거부하는 일이 가끔 있었다. B 이 세상이 돌아가는 데서 우리가 일반적으로 목도하는 것이 있으니 운명의 여신은 미덕과 경쟁한다는 사실이다. 그녀는 무슨 일에서나 자기 힘이 얼마나 센지를 우리에게 가르치려 하고 또한 우리의 자만심을 무찌르는 것을 즐거워해, 무능한 자들을 지혜롭게 바꿔 놓을 수 없을 바엔 차라리 행운아로 만들어 버린다. 그리고 또 기꺼이 여기저기 끼어들어 그 경과가 오롯이 자기에게 맡겨진 일들이 수월하게 진행되도록 거든다. 그 결과 우리 중 가장 단순한 이들이 공적이거나 사적으로 막중한 일들을 잘 마무리하는 것을 보게 된다. 페르시아인 시람네스가 그의 계획은 그토록 지혜로웠는데 일의 결과는 왜 그렇게 나쁜 것인지 놀라는 이들에게, 자기는 자기 계획의 주인일 뿐이고 자기 일의 성패를 가리는 주인은 운명이라고 대답한 것처럼, 〔앞에 이야기한〕 이들 역시 마찬가지로 대답할 수 있을 것이다. 그러나 정반대 각도에서 말이다. 세상만사의 대부분은 저절로 이루어져 간다.

> 운명은 자기 길을 스스로 만들어 간다.
>
> 베르길리우스

가끔은 형편없는 지휘가 결과에 의해 정당화된다. 우리의 개입은 거의 타성에 지나지 않으며, 사리를 분별하기보다 흔히 인습과 선례를 고려한 것이다. 일의 방대함에 깜짝 놀란 나는 한 때 그 일을 끝까지 수행한 사람들을 통해 그들의 동기며 방법을 알게 되었는데, 내가 본 것은 범속한 생각들뿐이었다. 가장 범용하고 케케묵은 것들이야말로 어쩌면 가장 안전하고, 보여 주기에는 아니더라도 실행하기에 가장 적절한 것이리라.

가장 진부한 이치가 가장 견실한 것이고, 가장 보잘것없고 어설프며 가장 닳고 닳은 이치가 일처리에는 더 적합하다 한들 그게 어떠랴? 왕실 자문 회의의 권위를 보존하기 위해 문외한들이 거기 참여하거나 첫 번째 울타리 너머까지 굳이 나아가 들여다볼 필요는 없는 것이다. 그 명성이 유지되기를 바란다면 믿고, 통째로 존중해 주면 된다. 일을 검토할 때면 나는 그 윤곽을 대강 그려본 뒤 초기의 양상들이 어떠할지 가볍게 살펴본다. 그런 뒤 그 일의 주요한 핵심은 하늘에 맡기는 것에 익숙해 있다.

나머지는 신들에게 맡기라.

호라티우스

내 생각에 행운과 불운이야말로 두 가지 으뜸가는 힘이다. 인간의 지혜가 행운의 역할을 대신할 수 있다고 여기는 것은 지혜롭지 못한 생각이다. 그리고 원인과 결과들을 좌지우지할 수 있고 제 손으로 자기 일의 경과를 통제할 수 있다고 뻐기는 자의 기획은 공허하다. 특히 전쟁에서 숙고해 봐야 별로 쓸데없다. 우리들 사이에서 이즈음 간혹 보이는 것보다 더 군사적으로 용의주도하고 신중한 경우는 없었다. 도중에 길을 잃을까 두려워서 그러는 것일까? 그래서 차라리 〔운명의 여신이 마련해 둔〕 파국이 올 때까지 버티자는 것일까?

더 나아가 나는 이렇게 말하리라, 우리의 지혜 자체도 또 우리의 궁리도 대부분 우연에 의해 이끌려 간다고 말이다. 나의 의지나 나의 추론은 때로 이렇게 때로 저렇게 흔들리며, 이런 동요는 많은 부분 나와 무관하게 이루어진다. 내 이성은 매일 [C] 그리고 우연스럽게 [B] 충동과 동요를 경험한다.

영혼의 상태는 끊임없는 동요 속에 있으니, 때로 한
정념이 그를 흔들다,
때로 다른 정념이 또 흔들어, 거친 바람에 밀려가는
구름과 같도다.

베르길리우스

여러 도시에서 가장 강력한 자들이 누구이고 자기 일을 가장 잘 처리하는 자가 누구인지를 생각해 보라. 대체로 그것은 정신적으로 가장 굼뜬 사람들이라는 것을 알게 되리라. 여성들, 어린아이들, 머리가 돈 사람들이 가장 유능한 군주들 못지않게 드넓은 국가를 잘 다스리는 경우도 있었다. [C] 그리고 투키디데스가 말하고 있는 바, 대체로 조야한 이들이 재빠른 이들보다 자기 역할을 더 잘 수행한다. [B] 그들이 운이 좋아 그리된 것을 우리는 그들이 지혜로워서라고 생각한다. [C] "한 사람이 떠오르는 것은 오로지 행운의 힘에 의한 것, 그가 떠오르니 우리는 모두에게 그의 유능함을 선언하게 된다."(플라우투스)

[B] 그래서 나는 결과라는 것은 어느 면으로나 우리가 지닌 가치나 역량의 허술한 증거라고 말하는 것이다.

그런데 내가 막 이야기하려던 것은, 존엄한 자리에 오르게 된 사람을 우리는 그저 바라보기만 하면 된다는 점이었다. 사흘 전에 그를 봤을 때는 미미한 사람이었을지라도, 위대함과 유능함의 이미지가 우리 생각 안으로 부지불식간에 흘러들어와, 우리는 지위와 권위가 올라간 그가 능력도 높아졌다고 스스로를 설득하게 된다. 우리는 그를 그가 가진 가치에 따라서가 아니라, 마치 〔놓인 위치에 따라 가치가 달라지는〕 주판알처럼, 그의 직위가 갖는 권한에 따라 판단하는 것이다. 운이 달라져서 그가 다시 추락해 대중의 한 사람으로 돌아가면 누구나 놀라면서 그 사람이 어떻게 하여 그리 높이까지 올라갈 수 있었던 것인지 궁금해한다. "이 사람이 그 사람인가?" 하며 그들은 말한다. "그 자리에 있을 때는 다른 것을 더 알고 있지 않았던가? 군주들이 이 정도밖에 안 되는 사람에 만족했었다고? 정말이지 우리가 퍽이나 유능한 사람 손에 맡겨져 있었네그려!" 이것은 내가 우리 시대에 이따금 목격한 사실이다. 그렇다, 우리가 연극에서 보게 되는 저 위대함의 가면은 얼마간 우리를 감동시키고 또 속이지 않는가. 왕들에게서 내가 찬탄하는 것은 그들을 찬탄하는 〔저 많은〕 떼거리들이다. 왕들에게는 허리를 굽히고 복종해야 한다. 분별력만은 제외하고 말이다. 굽히고 휘어지라고 배운 것은 내 무릎이지 나의 이성은 그렇지 않다.

디오니시우스의 비극을 어떻게 생각하느냐는 물음에 멜란티우스는 이렇게 말했다. "나는 그 비극을 전혀 보지 못했다, 너무 많은 말들로 연극이 가려져 있었다." 마찬가지로 왕공들이 하는 이야기를 판단하는 대부분의 사람들은 "나는 그가 하는 말을 전혀 듣지 못했다. 그의 이야기는 너무 많은 엄숙함과 위대함과 장엄함으로 가려져 있었다."고 말해야 하리라.

안티스테네스는 어느 날 아테네인들에게 그들이 가진 당나귀도 말처럼 들판을 경작하는 데 쓰도록 지시하라고 권했다. 그가 들은 대답은 당나귀는 그런 일에 맞게 태어난 짐승이 아니라는 것이다. 그래서 그는 이렇게 반박했다. "그건 별로 중요하지 않소. 중요한 것은 당신들이 무슨 명령을 내리느냐일 뿐이지. 아무리 무식하고 무능한 사람들일지라도 전쟁을 지휘하라고 맡겨 주면, 당신들이 위임했다는 사실 때문에 그들은 즉시 지휘하기에 마땅한 사람이 되기 때문이오."

이와 비슷한 경우로, 자기들 사이에서 사람을 뽑아 왕으로 신성시하는 수많은 민족의 관습을 들 수 있다. 그들은 왕을 영예롭게 모시는 데 만족하지 않고 숭배하기까지 한다. 멕시코의 민족은 왕의 대관식이 끝나고 나면 감히 그의 얼굴을 바라보지도 못한다. 왕의 지위를 통해 그를 신으로 만들어 주기라도 한 듯, 그들은 왕에게 자기네 종교와 법, 자유를 유지하겠노라고, 그리고 용맹하고 정의롭고 관대하겠노라고 맹세하도록 하는 가운데, 왕은 또 태양이 늘 비치던 광명 속에서 계속 운행하고, 적절한 계절에는 구름이 흩어지며, 강물이 그 흐름을 계속 이어가게 하겠다고, 대지는 자기 민족이 필요로 하는 모든 것을 가져다주게 하겠노라고 맹세한다.

나는 두루 퍼져 있는 이런 식의 태도에 반대하며, 높은 신분에 대중이 떠받들어 주는 사람의 능력에 대해서는 대체로 의심한다. 자기가 원하는 때 이야기할 수 있고, 정확한 때를 선택할 줄 알며, 주인의 권위로써 자기 이야기를 중단하거나 주제를 바꿀 수 있고, 숭앙과 외경의 마음으로 떨고 있는 신하들 앞에서 고갯짓 한 번이나 엷은 미소, 혹은 침묵으로써 반대 의견을 물리칠 수 있는 것이 한 사람에게 얼마나 유리한 고지인지를 우리는 유념해야 한다.

남달리 유복한 어떤 사람이 저녁 만찬 자리에서 편안하게 이어지던 가벼운 대화에 끼어들면서 바로 이렇게 운을 뗐다. "누구라도 지금 하려는 내 말과 다른 식으로 말하는 사람은 거짓말쟁이거나 무식꾼일 수밖에 없다." 이런 식의 철학적 비수에는 손에 단검을 쥐고서 대꾸해 볼 일이다.

여기 또 다른 경고가 있으니, 내 보기에는 대단히 유익한 것이다. 즉 논쟁이나 토론을 할 때 우리는 상대방 고유의 멋진 말이라고 생각되는 것에 즉각 무릎을 쳐서는 안 된다. 대부분의 사람은 다른 사람들의 능력에 힘입어 부유한 법이다. 이러저러한 사람이 아주 멋진 말을 하고 훌륭한 답변을 하며 함축적인 표현을 하지만, 정작 그렇게 말하는 본인은 그 말이 가진 힘을 깨닫지도 못하고 있는 것이다. C 우리가 빌려다 쓰는 말들을 우리 자신이 모두 다 파악하고 있는 것이 아니라는 것은 아마도 내 경우를 보면 분명해질 것이다. [B] 그 말에 담긴 아름다움과 진실이 어떤 것이더라도 우리는 늘 포기해서는 안 된다. 진지하게 그것을 공격하던가, 아니면 이해하지 못하겠다는 듯 약간 뒤로 물러서면서 그것을 모든 면에서 따져 보고 그 말의 당사자가 그것을 어떻게 이해하고 있는지 찾아보려고 해야 한다. 우리는 적의 칼에 달려드는 나머지 그의 일격이 원래보다 더 깊이 찌르게 도와주는 수도 있다. 예전에 내가 설전을 벌이는 중 어쩔 수 없이 행하게 된 반격이 내가 원했거나 기대한 것보다 훨씬 더 정통으로 상대를 찌른 경우들이 있었다. 나는 그저 〔길이를 생각하며〕 말의 수를 채웠을 뿐인데, 사람들은 그것을 무게로 받아들인 것이다.

논변이 강력한 사람과 논쟁을 벌일 때는 나는 그가 내릴 결론을 미리 예상하는 것에 재미를 느낀다. 나는 그에게 자기를 설명하는 수고를 덜어 준다. 나는 그의 생각이 마무리되지 않고 아직 형성 중인 동안 — 그의 정연하고 흐트럼짐 없는 사유는 멀리서부터 내게 경고를 보내고 나를 위협한다 — 그 생각들에 대비하느라 곰곰 따져 본다. 마찬가지로 내가 앞에 언급한 〔남의 말을 빌려오는〕 다른 사람들에 대해서 나는 정반대로 대처하는데, 우리는 그들이 설명하는 것 말고는 어떤 것도 추정하거나 이해하려 해서는 안 된다. 그들이 내리는 판단이 적절한 것이긴 하지만, "이것은 좋다, 저것은 나쁘다."라는 식으로 일반적으로 표현되었을 경우, 그들 판단의 적절함이 요행 탓은 아닌지를 알아낼 일이다. [C] 그 판단들을 유보적으로 만들고 그 결론을 약간 제한시켜 보라. 그것이 왜 좋다는 말이냐? 어떻게 하여 그것이 좋다는 것인가? 그런 식의 일반적 판단은, 내 보기에 아주 흔한 일이지만, 아무것도 이야기하는 것이 없다. 그것은 마치 군중 속에 한 무리로 있는 사람들 전체에게 인사를 하는 식이다. 사람들을 정말 알고 있는 이들은 그들에게 이름을 불러 인사하며 그들 각각을 개별적 인간으로서 구분한다.[166] 그렇지만 그것은 위험한 사업이다. 하루에 평균 한 번 이상씩 겪는 일이지만, 정신적 토대가 약한 사람들이 자기네가 지금 읽고 있는 책에서 뭔가 멋진 대목을 내게 보여 줌으로써 안목을 과시하려 하는데, 찬사를 집중하고 있는 요점을 너무 잘못 고른 나머지 자기네가 읽는 작가의 탁월함을 드러내는 것이 아니라 자기들 자신의 무지를 드러내는 이유가 바로 그것이다.

베르길리우스의 책 한 쪽을 〔낭독하는 것을〕 다 듣고 난 직후에, 야 그것 참 멋지다!라고 외쳐도 아무렇지 않다. 교묘한 이들은 그런 식으로 빠져나간다. 그러나 좋은 작가의 세부를 다시 더듬어 생각해 보려 하는 일, 여러 예들을 정확하게 선별해 작가가 작가 자신을 넘어서고 있는 부분이 어디이며 그의 어휘나 어법, 그리고 소재의 선택을 두고 하나씩 따져 봄으로써 작가가 드높이 비상하고 있는 부분이 어디인지를 제시하려는 일을, 해 보려는 이가 많지 않다. "우리는 각자가 하는 말을 검토해야 할 뿐만 아니라, 그의 견해가 무엇인지, 그리고 그렇게 주장하는 근거가 무엇인지를 따져 봐야 한다."(키케로) 나는 매일처럼, 멍청이들이 멍청하지 않은 말을 하는 것을 듣는다.

166
플루타르코스가 「소크라테스의 허물없는 정신」에서 쓴 이야기를 빌려 온 것이다. 그가 언급한 어떤 화가는 다음과 같이 말한다. "그림이라는 예술에 대해 아무것도 모르는 무지한 구경꾼들은 사람들 전체를 향해 무리지어 인사하는 자들과 흡사하다. 그리고 물론 예술에 대해서도 배움이 있는 자들은 자기네가 만나는 사람들 한 명 한 명을 이름과 성까지 부르며 인사하는 사람들과 닮았다."

B 그들은 무엇인가 멋진 말을 한다. 그들이 그 말을 얼마나 깊이 이해하고 있는지, 그들이 그것을 어디서 얻어 가졌는지를 알아볼 일이다. 그들은 그 멋진 말이나 근사한 추론을 자기 것으로 소유하고 있지 않는데, 우리가 그것을 사용하도록 돕고 있다. 그들은 그저 보관 중일 뿐이다. 아마도 그들은 더듬거리다 우연히 그것을 내놓았을 것이다. 거기에 신용과 가치를 부여하는 것은 우리이다. 당신이 그들에게 손을 빌려주고 있는 것이다. 그러나 왜 그렇게 하는가? 그렇다고 그들이 당신에게 고마움을 느끼는 것도 아니며, 그 때문에 그들은 더욱더 어리석어질 뿐이다. 그들을 지원하지 말라. 그들로 하여금 그들의 길을 가게 하라. 그들은 그 소재를 마치 데이지나 않을까 두려워하는 사람처럼 다룰 것이다. 그들은 다른 접시에 담아 다른 조명 아래 그것을 보여 줄 생각도, 또 그것을 감히 심화시킬 엄두도 내지 못하리라. 아주 조금이라도 흔들어 보라, 그것은 그들에게서 빠져나가 버린다. 그러고 나면 강력하고 아름다운 것임에도 그들은 당신에게 그 소재를 넘겨주리라. 멋진 무기이지만 그것을 쥘 손잡이가 헐겁다. 얼마나 자주 나는 이 사실을 경험으로 배우고 있는 것인가?

이제 만일 당신이 그들을 위해 그 소재를 명료하게 하고 강화해 주게 되면 그들은 당신을 붙잡고서 즉각 당신의 해석이 가진 이점을 빼앗아 간다. "내가 말하려던 것이 바로 그것일세." 혹은 "내 해석이 바로 그것일세, 정확히 말이야!" 또 혹은 "내가 그런 식으로 표현하지 않은 것은 적당한 단어가 떠오르지 않았기 때문이지." 몰아쳐라! 그토록 오만한 어리석음을 처벌하기 위해서는 교활함마저도 사용해야 하리라.

C 미워하지도 비난하지도 말고 그저 가르쳐야 한다는 헤게시

아스의 견해는 다른 데서는 옳아도 여기서는 아니다. [B] 당신의 도움을 이용할 줄 모르고, 도와주면 더 악화되는 사람에게 일어서도록 도움을 주는 것은 정의도 아니고 친절도 아니다. 나는 그들이 수렁에 더 깊이 가라앉고 더욱더 뒤엉켜 들어가게 두고 싶다. 너무나 깊이 빠져들어 가능하다면 마침내 그 사실을 깨달을 수 있게 말이다.

어리석음이나 무분별함을 한 번의 경고로 치유할 수는 없다. [C] 그런 식의 치유에 대해서 가장 적절하게 해 줄 말이라면, 전투 순간에 부대를 독려하는 연설을 요구하던 이에게 키루스 대왕이 했던 대꾸가 있다. 좋은 노래를 한 곡 듣는다고 즉시 훌륭한 음악가가 되지 못하는 것처럼, 멋진 연설을 듣는다고 전장에서 훌륭한 전사가 되는 것은 아니라고 말이다. 무엇에든지 당신이 거기 손을 대려면 오랜 동안의 한결같은 훈련을 통한 도제 학습을 먼저 해야 하는 법이다.

[B] 교정하고 가르치는 데 집요해야 하는 것은 우리가 우리 가족에게 지고 있는 의무이지만, 처음 만난 행인에게 설교를 늘어놓는다거나, 처음 마주치게 되는 사람에게 무지와 어리석음을 꾸짖으며 가르치려 드는 일은 내가 혐오하는 풍습이다. 나는 내가 끼어든 이야기 중에 그렇게 하는 경우가 거의 없다. 그렇게 쌀쌀맞고 거드름 피우는 훈계를 늘어놓으려 하기보다 그냥 지나가게 놔두는 쪽을 택한다. [C] 말할 때도 글을 쓸 때도 내 기질은 도제 수업을 이제 시작하는 사람들과는 어울리지 않는다. [B] 그러나 여럿이 모인 가운데 혹은 제삼자들이 지켜보는 가운데 누가 말한 내용이 아무리 엉터리이고 불합리하다 판단되어도 그것을 중단시키려고 말이나 몸짓으로 내가 끼어드는 일은 없다.

더욱이 어리석음의 면모 중 이성이 스스로에 대해 합당하게 기꺼워하는 것보다 훨씬 더, 어리석음이 스스로에 대해 만족해한다는 사실만큼 나를 화나게 하는 것은 없다. 지혜가 당신으로 하여금 당신 자신에게 만족하지 못하게 만들고 불만족스럽고 두려운 상태로 만들어 두는 데 반해, 고집스러움과 무모함이 그 주인들을 기쁨과 자신감으로 채우고 있다고 한다면 이것이야말로 재앙이다. 가장 아둔한 자들이야말로 다른 사람들을 어깨 아래로 내려다보며 말싸움 끝에 항상 영광과 기쁨에 가득 차서 돌아온다. 그리고 일반적으로 판단력이 허약하고 진정한 우월성을 가려 내는 데 있어서 무능한 구경꾼들의 눈에는 종종 이 아둔한 자들의 거만한 언어와 만족스러운 얼굴이 그들을 승리자로 비치게 한다. [C] 어리석음의 가장 확실한 증거는 자기 견해에 대한 맹렬한 고집이다. 확신에 차고 단호하며 경멸에 차고 명상적이며 진지하고 신중한 것으로 당나귀보다 더한 것이 어디 있는가?

[B] 행복함과 친밀성이 친구들 사이에 가져오는 짤막하고 날카로운 말씨름을 대화와 의사 소통의 범주에 포함할 수는 없을까? 이 자리는 유쾌한 농담과 서로에 대한 날카로운 조롱이 오간다. 나 자신의 타고난 명랑함 때문에 이것은 비교적 내게 잘 어울리는 경기이다. 그리고 여기에는 내가 방금 묘사한 또 다른 경기만큼 팽팽할 정도의 진지함은 없다 하더라도 그에 못지않은 날카로움과 기발함이 있으며 [C] 리쿠르구스가 생각했듯이, 그에 못지않은 유익함도 있다.[167] [B] 나로 말하자면, 나는 기지보다는 자유로

167
스파르타에서는 리쿠르구스가 제정한 법에 따라, 돈과 관련된 모든 송사와 논쟁이 금지되었다. 반면에 정직한 무엇을 칭찬하거나 정직하지 못한 사람들을 장난처럼

움으로 임하는데 반박거리를 생각해 내기보다 그렇게 할 때 더 운이 따르기 때문이다. 그러나 참아 내는 데는 완벽하니, 받아치는 대꾸가 매서울 경우만이 아니라 무례 막심한 경우에도 나는 화내는 일 없이 그것을 견뎌 낼 수 있다. 내가 갑자기 공격을 받을 경우, 그 즉시 적절하게 반박할 말을 찾지 못해도 나는 지루하고 맥 빠진 반박을 통해 그 일격을 붙들고 늘어지느라 고집불통과 다를 바 없는 태도로 시간을 허비하지 않고 그냥 그 일을 그 일로서 흘러가게 둔다. 유쾌하게 귀를 기울이면서 반격을 가할 더 좋은 기회를 기다리는 것이다. 상인이라고 항상 이익만 보는 것은 아니다.[168] 대부분의 사람은 말문이 막히면 음성과 표정이 바뀌며, 자신을 수습하는 대신 무례하게 화를 냄으로써 그들의 허약함과 초조함을 드러내고 만다. 장난스런 분위기 속에서 우리는 때로 상대방의 약점이라는 비밀스런 심금(心琴)을 집어 뜯는 수가 있는데, 〔이 마음의 현악기는〕 평상시에는 건드리는 것만으로도 상처를 받는다. 우리는 이런 식으로 서로에게 각자의 결점을 경고해 주는 유익한 일을 한다.

또 다른 경기들도 있는 바, 맨몸으로 하는 이것은 무모하고 냉혹하며 프랑스식[169]인데, 나는 이것을 죽을 만치 싫어한다. 나는 여리고 예민한 사람이다. 내 사는 동안 우리 나라의 [C] 왕족 [B] 혈통인 대공 두 사람이 그 때문에 지금 무덤 속에 누워 있다. [C] 재미

조롱하며 비난하는 것은 장려되었다고 한다.

168

"어떤 상인이라도 손해 볼 때는 있는 법이다."라는 속담이 있다.

169

'프랑스식'이라는 것은 '자유롭고 거리낌 없다.'라는 뜻이다.

를 위해 결투를 하다니, 추악한 노릇이다.[170]

[B] 그런데 누군가에 대해 판단을 내리고 싶을 때면 나는 그에게 스스로에 대해 얼마나 만족해하는지, 자기가 말하거나 쓴 것에 대해 얼마만큼 기분 좋게 여기는지를 묻는다. 그저 장난하듯 해본 것일 뿐이다느니,

> 담금질을 다 마치지 못한 채 모루에서 그냥 꺼내온 것일 뿐
> 오비디우스

이라거나, 한 시간 정도 잠깐 만들어 본 것일 뿐이라느니, 그 뒤로는 들여다보지도 않았다느니 하는 식의 멋진 변명은 듣지 않기를 바라면서 말이다.

나는 이렇게 말한다. 그래, 그렇다면 그런 것들이야 그쯤 해 두자. 당신을 온전히 대표할 무엇, 그것으로 당신을 측정하는 것이 당신으로서도 기분 좋을 그 무엇을 내게 보여 달라. 그러고 나서 나는 이렇게 말한다. 당신 작품에서 가장 아름다운 면모가 무엇이라고 생각하는가? 이런 부분인가 저런 부분인가? 그 우아한 문체인가, 중심 주제인가, 창의적 소재인가, 판단력인가, 박학다식함인가?

왜냐하면 사람들이란 내 보기에 대체로 자기 작업에 대해서도 다른 사람들 작업에 대해서만큼 잘못 판단하기 때문이다. 그것은 자기의 감정을 개입시키기 때문만이 아니라 그것을 이해하

170
앙리 2세는 마상 창시합 도중에 죽었다. 보프레오 후작인 앙리 드 부르봉 역시 마상 결투에서 입은 상처가 덧나 사망했다.

고 분별하는 능력이 결여되어서이기도 하다. 작품 자체는 그 자체의 탄력에 의해서건 혹은 운수에 의해서건, 저자의 이해력이나 탐구범위를 훨씬 넘는 정도로 그를 도와 작품이 작가를 능가할 수도 있다. 그 어떤 작품보다 나 자신의 작품에 대해 내 판단은 더 불확실해진다. 나는『에세』를 몹시 변덕스럽게 그리고 미심쩍어 하며 때로는 낮게 때로는 높게 평가한다.

그 주제 때문에 유익한 책이긴 하지만, 그렇다고 작가들이 영광스럽게 되지는 않는 책들도 여럿이다. 그리고 좋은 책이긴 하지만 훌륭한 솜씨와 관련해서만은 작가에게 수치가 되는 책들도 있다. 나는 우리네의 연회 양식이라거나 옷차림에 대해 쓸 수도 있으리라. 그것도 시원찮은 문체로 말이다. 우리 시대의 칙령들이며 공공 영역으로 들어온 왕공들의 서한들을 발행할 수도 있으리라. 좋은 책의 축약본을 쓸 수도 있으며(좋은 책 축약본이란 모두가 바보짓이다.) 그렇게 되면 그 〔원본〕 책 자체는 사라지게 될지 모른다. 그 비슷한 경우들이 적지 않다. 후세들은 이런 식의 편집본으로부터 특별한 도움을 얻게 될 것이다. 그러나 운이 좋았다는 것 말고 내가 얻을 수 있는 영예가 무엇이겠는가? 유명한 책들 상당수가 그런 조건에 놓여 있다.

몇 해 전 필립 드 코민[171]을 읽고 있을 때 — 그는 분명 훌륭한 저자이다 — 나는 다음 대목을 비범하다고 여겨 메모해 두었다. "자기 주인이 마땅한 보상을 해 주기 불가능할 정도로 너무 큰 봉사를 하는 것은 우리가 경계해야 한다." 나는 그를 칭찬할 것이 아니라 그의 착상을 칭찬했어야 했다. 그리 오래지 않은 얼마 전

171
15세기 말에 부르고뉴와 프랑스를 위해 일한 역사가.

나는 타키투스에게서 이런 문장을 읽게 되었다. “친절은 되갚아 줄 수 있게 보이는 한에서만 즐거운 것이다. 그것을 훨씬 넘어서는 경우, 우리는 고마움이 아니라 미움을 가지고 갚게 된다”. [C] 세네카는 이것을 강력하게 표현했다. “되갚지 못하는 것을 수치로 여기는 사람은 자기에게 베푼 자가 죽기를 원한다”. 킨투스 키케로는 보다 느슨한 어조로 “진 빚을 당신에게 되갚을 수 없는 사람은 어떤 식으로도 당신의 친구가 될 수 없다.”라고 적었다.

[B] 어떤 저자의 주제는 적절할 경우 그의 해박함이나 혹은 뛰어난 기억력을 보여 줄 수 있다. 하지만 만약 그 안에서 어떤 부분들이 진실로 그의 것이고 또 존중할 만한 것인지를 판단하려면, 그의 영혼의 힘과 아름다움을 판단하려면 당신은 무엇이 그의 것이며, 무엇이 그의 것이 전혀 아닌지를 알아야 한다. 그리고 그가 어딘가에서 빌려온 부분에서는 그가 행한 선별과 배치, 장식, 그리고 언어를 고려해 우리가 그에게는 어느 정도로 빚지고 있는지를 알아야만 한다. 그런데 만약 그가 누군가의 제재를 가져다가 표현 양식을 망쳐 놓은 경우라면 어쩔 것인가? 흔히 있는 일이지만 말이다. 책과의 접촉이 드문 우리 같은 사람들은 새로 나온 시인에게서 어떤 멋진 독창성을 보게 되거나 어떤 설교자에게서 강력한 논증을 만나면 곤란을 느낀다. 그 대목이 그들의 독창적인 것인지 아니면 다른 이에게서 가져온 것인지를 학자를 통해 알게 되기 전까지는 감히 그들을 칭찬할 수가 없어서이다. 그때까지 나는 줄곧 미심쩍은 시선을 거두지 않는다.

나는 타키투스의 『역사』를 한 번에 통독하고 난 참이다.(이런 일은 내게 드물게 일어난다. 한 시간 내내 한 권의 책에 매달려 읽은 지가 이십여 년이 된다.) 내가 그렇게 한 것은 프랑스가 높이 평가하는 한 귀족의 충고를 따른 것인데, 이런 평가가 내려진 것은 그 자신의 고결함만이 아니라 그의 여러 형제들에게서도 보이는 변함없이 출중한 능력과 선량함 때문이다.[172] 공적 사건들의 연대기를 개인의 윤리와 성향에 대한 그토록 많은 성찰과 결합한 작가를 나는 알지 못한다.[173] C 그리고 내 보기에는 그가 생각한 것과 반대로, 그 온갖 양상이 그토록 기이하고 극단적이었던 동시대 황제들의 생애를 기록하고, 또 무엇보다 그들의 잔인함이 원인이 되어 신하들이 취하게 된 주목할 만한 행위들을 기록하는 것이 그가 맡은 특별한 임무여서, 전쟁이나 세계의 격변을 서술했어야 할 경우보다는 글로 적고 이야기하기에 훨씬 더 충격적이고 흥미로운 제재였던 것 같다. 따라서 마치 너무 길고 너무 여러가지 설명으로 우리를 피곤하게 하는 것이 염려스러운 듯, 그가 저 멋진 죽음들에 대해 다급하게 대강 서술해 나가는 것은 건조하기 짝이 없다는 생각이 들곤 한다.

B 이런 방식의 역사는 비할 바 없이 유익한 것이다. 공적 사건들의 전개는 운명의 여신이 이끄는 손길에 더 많이 의지하며, 사적인 사건들의 경우 보다 더 우리 자신의 손에 달려 있다. 타키투스의 작품은 역사적 사건의 서술이라기보다 그에 대한 판단이다. 거기에는 일화보다 가르침이 더 많다. 그것은 읽어야 할 책이 아니라 공부하고 배워야 할 책이다. 그 안에는 너무나 많은 경구들

172
귀르송(Gurson) 백작으로 추정된다.
173
1588년판에는 다음과 같이 덧붙여 있다. "이 점에 있어서 그는 플루타르코스 못지않게 호기심이 많고 부지런한데, 플루타르코스는 자신이 그렇다는 것을 명백하게 고백하고 있다."

이 들어 있어서 적절한 것이건 아니건 어디서나 마주치게 된다. 이 세상을 다스리는 일에서 한자리를 맡은 자들에게 제공되고 또 그들을 장식해 줄 윤리적, 정치적 견해의 못자리가 그 책이다. 그는 자기 세기의 멋 부린 문체를 따라가며 날카롭고 섬세하게, 탄탄하고 힘찬 논거를 대며 자기 입장을 옹호한다. 그 시대 사람들은 부풀린 문체를 너무 좋아하는 나머지 내용 자체에 톡 쏘는 맛도 미묘함도 없을 경우에는 말에 기대어 그런 효과를 만들려 했다. 그의 글쓰기는 세네카와 그다지 다르지 않지만, 내 보기에 그에게는 더 많은 살이 있고 세네카는 더 날카롭다. 타키투스의 기여는 지금 우리나라가 그렇듯 병들고 혼란에 빠진 나라에 더 적합하다. 그가 우리를 묘사하고 있고 우리에게 충고하고 있다는 느낌을 당신도 문득문득 갖게 되리라. 그의 선의를 의심하는 자들은 악의적 편견을 분명하게 드러내는 셈이다. 그는 로마의 일들에 대해 건전한 견해를 가지고 올바른 편에 서려 한다. 하지만 폼페이우스가 더욱 폐쇄적 성격이라는 점을 제외하고는 마리우스나 술라와 다를 바 없는 인물이라고 함으로써,[174] 폼페이우스와 함께 살았고 그와 담판을 하던 무게 있는 이들의 평가보다[175] 그를 더 가혹하게 판단했다는 것이 내게는 좀 유감스럽다. 사실 나라 일을 다스리려 한 폼페이우스의 의도에 야심이나 복수심이 끼어들지 않은

174
타키투스는 『역사 2』에서 다음과 같이 적고 있다. "마리우스는 평민이었고 실라는 귀족들 중 가장 잔인한 사람이었으며, 좀 더 음험한 폼페이우스는 그보다 나을 것이 없었다."

175
예를 들어 카이사르가 그런 편이었다. 몽테뉴가 이따금 그와 폼페이우스와의 우정을 언급하고 있지만, 폼페이우스의 죽음 앞에서 그는 눈물을 흘렸다.

것은 아니다. 심지어 그의 친구들마저도 승리하게 되면 그가 이성의 통제선 밖으로 휩쓸려 가지나 않을지 염려하긴 했지만, 그러나 〔다른 두 사람의 경우처럼〕 극단적인 광기까지는 생각하지 않았다. 그의 생애 중 어떤 점도 그같이 명백한 폭정과 잔인성의 위협을 우리에게 떠올리게 하진 않는다. 더욱이 우리는 결코 의혹이 증거를 압도하게 해서도 안 된다. 그래서 나는 이 점에 대해서는 타키투스를 믿지 않는다.

그가 하는 설명이 진지하고 올바르다는 것은 이 설명들이 그가 판단해 내리는 결론들과 정확히 들어맞지는 않는다는 점에서 뒷받침될 수 있을지도 모른다. 그는 자신이 취한 편벽된 관점 때문에 이들 결론에 도달하게 된 것이다. 이 결론들은 흔히 그가 제시하는 소재들을 넘어서곤 하지만, 소재 자체는 그가 감히 한 치도 왜곡하려 들지 않았다. 법이 그에게 요구하는 대로 그가 자기 시대의 종교를 인정했으며, 진정한 종교에 무지했다는 사실에 대해 그가 변명할 필요는 없다. 그것은 그의 불운일 뿐 그의 잘못은 아니다.[176]

내가 주로 생각해 본 것은 그의 판단력이다. 그 점에 대해 내가 온전히 명료하게 파악하고 있는 것은 아니다. 예를 들어, 나이 들고 병든 티베리우스가 상원에 보낸 편지의 몇 구절을 보자. "경들이여, 지금 이 시간, 내가 당신들에게 무엇을 써야 하는 것일까? 혹은 어떻게 써야 하는 것일까? 또 혹은 내가 그대들에게 무엇에

176
기욤 뷔데는 타키투스를 '모든 작가들 중 가장 범죄적인 인물'이라고 하면서 그 이유로서 '기독교도들을 공격하는 몇 가지 글을 썼다.'는 점을 들고 있는데, 몽테뉴는 이 점에 대해 자기 견해를 밝히는 것이다.

대해서는 아무것도 쓰지 말아야 하는 것일까? 매일 죽음에 가까이 다가가고 있음을 느끼고 있는 내가 무엇을 써야 할지 알면서도 이런 이야기를 하고 있다면 여러 신과 여신들이 나의 최후를 이보다 더 고약하게 만드시리라." 무엇 때문에 투키디데스가 타키투스의 양심을 괴롭히고 있던 날카로운 회한과 이 구절들을 그렇게 명확하게 연결시키는지 나는 알 수가 없다. 적어도 내가 이 구절들을 읽게 되었을 때 나는 전혀 그렇게 생각하지 않았다.

언젠가 로마에서 명예로운 행정관직을 맡게 된 적이 있었다는 사실을 언급해야 했을 때 투키디데스는 자기가 자랑하기 위해 그 사실을 말하는 것이 아니라고 썼는데, 내게는 그 모습 역시 약간 허약해 보였다. 그 한 줄은 그 같은 이의 영혼이 쓴 글 치고는 내 보기에 싸구려 같았다. 왜냐하면 자기 자신에 대해 가차 없이 이야기할 엄두를 내지 못하는 것은 뛰는 가슴이 없는 것이니 말이다. 확실하고 건강한 판단을 내리는 올곧고 고상한 마음을 가진 사람은 어떤 상황에서든 다른 사람들은 물론 자신의 예를 들어 말하며, 제삼자는 물론 자기에 대해서도 솔직하게 증언한다. 우리는 진실과 자유를 위해 예의범절이라고 하는 저 비속한 규칙을 건너뛰어야 한다. C 나는 감히 나 자신에 대해 이야기하려 할 뿐만 아니라 나 말고는 다른 무엇에 대해서도 이야기하지 않으려 한다. 내가 나의 주제를 벗어나 다른 무엇에 대해서 쓸 때면 나는 방향을 잃고 만다. 나는 지나치게 분별심을 잃을 정도로 나를 사랑하거나 나 자신에게 너무 집착하고 몰두한 나머지, 이웃사람이나 나무 한 그루를 바라보듯이 나 자신을 떼어 놓고 고찰할 수 없는 지경은 아니다. 자기의 가치가 어느 정도인지를 알지 못하는 것이나, 그에 대해 자신이 보는 것보다 더 많은 이야기를 하거나 둘 다 비슷하게 오류를 범하는 것이다. 우리는 우리 자신보다는 하느님께 더 많은 사랑을 돌려야 한다. 그런데 우리는 그분을 〔우리 자신에 대해서보다〕 더 모르면서도, 그래도 스스로 질리도록 그분에 대해 이야기하고 있다.

[B] 타키투스의 저술이 우리에게 무엇인가 그의 성격에 대해 이야기해 주는 바가 있다면, 그는 대단히 위대한 인물로서 올바르고 용맹하며, 그의 덕성은 미신을 좇는 이들의 것이 아니라 철학적이고 고매한 것이었다는 점이다. 우리는 그의 증언들을 두고 그가 성급하다고 생각할 수도 있다. 예를 들어 그는 나뭇단을 나르다가 추위로 손이 뻣뻣해지던 어떤 군인의 경우, 두 손이 나뭇짐에 달라붙더니 팔에서 떨어져 나간 채 그 자리에 그대로 말라붙었다고 주장하고 있다. 그런 종류의 일들에 대해서라면, 나는 그들 위대한 증인의 권위에 순종하는 데 익숙하다. 알렉산드리아에서 베스파시아누스 황제가 세라피스 신[177]의 도움을 받아 눈먼 여인의 두 눈에 침을 발라서 눈을 뜨게 해 주었다는 이야기를 하거나, 그 밖의 이러저런 다른 기적을 행했다는 이야기를 전하는 그는 모든 훌륭한 역사가들의 본보기와 의무를 따르고 있다. 그들 역사가는 중요 사건들의 연대기를 작성하고 있었으니 말이다. 그리고 공적 사건에는 대중 사이의 소문이나 그들의 견해도 포함된다. 역사가들의 역할은 대중의 믿음에 대해 전하는 것이지 그 믿음을 규제하는 것이 아니다. 후자의 몫은 의식을 지도하는 사람들인 신학자, 철학자들이 하는 일이다. 그 때문에 그의 동료 역사가이자 그만큼

177
A. D. 1세기경부터 고대 로마의 군사 훈련지에 세워진 이집트 신. 아스클레피오스와 마찬가지로 질병의 치유를 담당했다.

이나 위대한 인물이었던 이가 아주 지혜롭게 이런 말을 했다. "참으로 나는 내가 믿는 것보다 더 많은 것을 전해주고 있다. 왜냐하면 내가 의심하는 것들을 단언할 수도 없고, 구전으로 전해 들은 바를 생략할 수도 없으니 말이다."(퀸투스 쿠르티우스) 또 다른 이는 이렇게 말했다. "이것들은 진실이라고 보증할 수도 없고, 아니라고 부정될 수도 없다…… 우리는 전해진 바를 고수해야 한다."(티투스 리비우스) 경이로운 것에 대한 믿음이 시들어 가기 시작하는 시대에 기록을 하던 타키투스는, 그럼에도 불구하고 그 많은 선한 사람들이 고대에 대해 그렇게 큰 존경심을 가지고 받아들인 일들을 자기 『연대기』에서 생략하고 싶지 않다며, 그것들에도 한자리를 만들어 주고 싶다고 말한다.

B 그것은 아주 적절한 말이다. 그들 역사가들이 자기네 평가에 따라서가 아니라 전수된 바대로의 역사를 우리에게 전해 주게 하라. 나는 내가 다루는 주제의 왕이자, 그 누구에게도 그에 대해 해명할 필요가 없지만, 그럼에도 불구하고 나 스스로도 내가 하는 말 모두를 믿지는 않는다. 때로 내게 돌연한 착상이 떠오르기도 하지만 그 의미가 무엇인지 스스로도 잘 모르겠기도 하고, C 미묘한 말장난을 시도해 보다가 어이없어 스스로 머리를 흔들기도 한다. B 그러나 나는 그것들이 될 대로 되라고 그냥 놔둔다. C 어떤 사람들은 그런 것들로 명성을 얻는 것을 나는 알고 있다. 그리고 내 것들에 대해서도 나 혼자 판단할 일은 아니다. 나는 나 자신이 일어선 모습과 누워 있는 모습을, 앞쪽과 뒤쪽을, 그리고 왼쪽과 오른쪽을, 내가 타고난 모든 경향 속에서 제시한다. B 심지어 그 힘에 있어서 비슷한 정신들도 그것을 적용하거나 분별력을 발휘할 때는 비슷하지가 않다.

이것이 바로, 대체로 보아, 대단히 막연하기는 하지만 내 기억에 따라 그려 본 그 타키투스이다. '대체로 보아' 하는 판단이란 어느 것이나 느슨하고 불완전한 법이다.

9장
헛됨에 관하여

헛됨에 관해 이렇게 헛된 글을 쓰는 일보다 더 확실하게 헛된 것은 아마도 없으리라. 그에 대해 신성이 우리에게 그토록 거룩하게 표명하신 말씀은 지각 있는 사람이라면 주의 깊게 그리고 끊임없이 명상해야 하리라.[178]

내가 택한 이 길은 이 세상에 잉크와 종이가 있는 한 쉼 없이 그리고 별 수고로움 없이 가게 될 길임을 누가 모르겠는가? 나는 행적으로 내 삶을 기록할 수 없다. 운명은 내 행적을 그늘진 곳에 마련해 두었다. 나는 그 기록을 내 머릿속 생각들로 채운다. 이처럼 내가 알았던 어떤 귀족은 자기 생애를 자기 배 속이 어떻게 기능했는지를 가지고 이야기하고 있었다. 당신들은 그에게서 칠 일 혹은 팔 일째의 요강이 차례로 늘여져 있는 것을 보게 된다. 그것이 그의 탐구요, 그의 성찰이다. 다른 어떤 이야기도 그에게는 역한 냄새가 나는 것이다. 여기 이 글은 좀 더 정중하긴 하지만 한 늙은 정신의 배설물로서, 어떤 때는 단단하고 어떤 때는 무르며, 언

178
구약성경의 「전도서」는 1장 2절을 비롯 여러 차례 "헛되고 헛되다. 세상만사 헛되다."라는 주제를 반복하고 있다. 「전도서」는 신구약 성경 전체를 통해 가장 회의적인 태도가 표명되고 있다고 평가된다.

제나 소화불량이다.

디오메데스는 문법의 주제 하나를 가지고 6000권의 책을 쓴 마당에, 끊임없이 동요하고 변화하는 내 생각들은 그 소재가 어떤 것이건 언제가 되어야 다 그려 내기를 마칠 수 있을 것인가? 혀가 더듬거리며 입을 벌리는 것으로도 그토록 엄청난 양의 책을 통해 이 세계를 질식시키는 판이니, 재잘대는 수작이라면 무엇을 만들어 낼 것인가? 오직 말들을 위해 그 많은 말이 있다니 말이다! 오 퓌타고라스여 그대는 왜 이런 폭풍우는 미리 단속하지 않았더란 말인가![179]

옛날 사람들은 갈바라는 이름의 황제에게 게으르게 산다며 비난했다. 그는 답하기를 누구나 자기 행위의 이유는 설명해야 하지만 자기가 쉬는 이유를 설명해야 하는 것은 아니라고 했다. 그가 잘못 생각하고 있었다. 왜냐하면 정의는 일하지 않는 자들에 대해서도 주목하고 나무라는 힘을 갖기 때문이다.

하지만 떠돌이나 무위 도식자들을 규제하는 법이 있는 것처럼 서투르고 무익한 작가들을 단속하는 법도 있어야 하리라. 우리 백성의 손으로 나 같은 사람이나 다른 수십 명 작가들은 추방당하게 되리라. 이것은 농담이 아니다. 끄적거려 대는 것은 정신 나간 시대의 어떤 징후로 보인다. 내전을 겪게 된 이래로 우리가 이렇게 많은 글을 쓴 적이 있었는가? 로마인들의 경우 그들이 멸망해 가는 때보다 더 많은 글을 썼던 적이 언제인가? 정신의 세련이 사회가 더 지혜로워진 것을 의미하지는 않는다는 점 말고도, 이 게으른 활동은 각자가 자기가 맡은 직분을 무기력하게 수행하며 또

179
퓌타고라스는 자기 제자들에게 이 년 혹은 오 년 동안 침묵하도록 명령했다고 한다.

그것을 회피하려 드는 데서 비롯된다. 시대의 부패는 우리 각자가 거기에 개별적으로 기여함으로써 이루어진다. 어떤 이들은 거기에 배신을 가져오고, 어떤 이들은 불의, 불신앙, 폭정, 탐욕, 잔인성 등을 자기네가 지닌 보다 강한 권력만큼 가지고 온다. 가장 허약한 자들은 어리석음, 허영, 게으름을 가지고 오는데, 나도 그중 한 사람이다. 불행이 우리를 짓누를 때는 텅 빈 것들이 제철을 만나는 듯싶다. 사악하게 구는 짓이 그토록 보통이 되는 시기에는 쓸모없는 짓밖에 안 하는 것이 칭찬할 만하게 되는 것이다. 아무 짓 못하게 손을 봐야 할 맨 마지막 사람들에 내가 속한다는 사실에서 나는 위안을 얻는다. 세상이 더 다급한 일들에 마음을 쏟고 있는 동안 나는 자신을 고쳐 갈 여유를 갖게 되리라. 왜냐하면 커다란 범죄가 만연하고 있는데 작은 범죄들을 기소한다는 것은 내게 이성에 반하는 것으로 보이기 때문이다. 의사 필로티무스는 붕대를 감아 달라고 손가락을 내민 어떤 이의 얼굴과 호흡으로 그가 폐에 염증이 있는 것을 알아보았다. 그는 이렇게 말했다. "이보게, 지금 자네가 손톱이나 매만지며 즐기고 있을 때가 아닐세."

하지만 이와 관련해 내가 몇 해 전 목도한 일이 있다. 내가 특별한 존경심을 가지고 기억하고 있는 어떤 인사가 지금처럼 법도 정의도 행정도 없던 우리네 대재앙의 한복판에서 복식과 요리, 사법 절차에 관한 뭔가 모를 시시한 개혁 방안을 책으로 펴낼 요량이었던 것이다. 이런 것은 학대당한 민중에게 우리가 당신들을 완전히 잊은 것은 아니라고 말하기 위해 입에 넣어 주는 주전부리이다. 온갖 종류의 가증스런 패악들로 무너져 내린 민중에게 어떤 형식의 말이나 춤, 오락을 집요하게 금지시키는 일에만 전념하는 다른 사람들도 마찬가지 일을 하는 것이다. 고열이 심할 때는 몸을 씻고 때를 밀 때가 아니다. [C] 목숨이 극도로 위험할 일에 뛰어들려는 순간 빗질하며 자기 머리를 가다듬기 시작하는 것은 오직 스파르타인들이나 할 만한 일이다.

[B] 나로서는 더 고약한 이런 습관도 있는데, 신발 끈이 아무렇게나 잘못 매어져 있으면 셔츠도 외투도 아무렇게나 걸친다. 나는 내 행실을 어중간하게 바로잡는 것은 경멸하는 바이다. 내 상태가 나쁠 때는 나는 불행을 고집한다. 절망에 몸을 맡기고 낭떠러지로 떨어지도록 내버려두며 [C] 사람들이 말하듯, 도끼 다음에는 자루도 던진다. [B] 나는 더 악화되도록 고집을 피우며, 더 이상 나 자신이 스스로 돌볼 만한 가치가 있다고 생각하지 않는다. 모두 잘되거나 아니며 모두 잘못되거나이다.

나라가 이 모양인 것이 내 나이가 이 모양인 것과 일치하는 것은 내게 다행이다. 시대의 혼란 때문에 내 안락함이 뒤죽박죽되는 것보다는 그 때문에 내 불행이 커져 가는 것을 더 기꺼이 견디니 말이다. 불행에 대고 내가 하는 말은 적개심에 찬 말이다. 내 용기가 꺾이는 게 아니라 더 꼿꼿하게 일어선다. 그리고 다른 사람들과는 반대로, 크세노폰의 가르침에 따라 — 비록 그가 이야기하는 이유 때문은 아니더라도 —, 불행한 처지에 있을 때보다 행복한 처지에 있을 때 더 경건해진다.[180] 그리고 하늘에 무엇을 요구하기보다 감사드리기 위해 더욱 기꺼이 다정한 눈길을 보낸다. 나는 건강이 멀어지고 난 뒤 그것을 되찾기 위해 애쓰는 것 보다

180
크세노폰은 사람이 번창할 때 특히 신들을 경배해야 한다고 했다. 플루타르코스에 따르면, 그 이유는 나중에 필요한 처지가 될 때 오래전부터 보살펴 주는 신에게 더 확실하게 가호를 요청할 수 있기 때문이라고 한다.(플루타르코스, 「영혼의 평정에 관하여」)

건강이 나를 향해 미소 지을 때 그것을 증대시키기 위해 더 노력한다. 다른 사람들에게 역경과 회초리가 그렇듯이 내게는 잘나갈 때가 가르침과 교훈이 된다. C 마치 행운은 양심과 함께 갈 수 없다는 듯이 사람들은 불운에 빠지고 나서야 선한 사람이 된다. 행복은[181] B 내게 절제와 겸손을 배우게 하는 특별한 자극이다. 애원은 내 마음을 내주게 하지만, 위협은 거부감을 준다. C 호의는 나를 휘어지게 하고 두려움은 나를 뻣뻣하게 만든다.

B 인간의 특성 중에 대단히 흔한 것은, 우리가 우리의 것보다는 낯선 것에 더 마음이 끌리며, 움직임과 변화를 좋아한다는 점이다.

> 낮 동안의 햇빛이 우리 마음에 드는 것은
> 시간시간이 저마다 새로운 말을 갈아타기 때문.
> 페트로니우스

내 안에도 일정 부분 이런 성격이 들어 있다. 다른 극단을 따라, 자기 자신에 대해 기분 좋아 하고, 다른 무엇보다 자기들이 지닌 것을 높이 치며, 자기들에게 보이는 것보다 더 아름다운 형상은 어느 것도 인정하지 않는 사람들도 있는데, 이들은 우리보다 더 생각이 깊은 것은 아니더라도 정말이지 더 행복하다. 나는 그들의 지혜는 조금도 부럽지 않지만 그들의 행운만은 사실 부럽다.

새롭고 미지의 것을 탐하는 이 기질이 내 안에서 여행하고 싶은 욕구가 자라도록 하는 데 적잖이 기여했지만 다른 여러 가지 상

181
1588년판에는 '행운은'이라고 쓰여 있다.

황들도 거기 일조를 했다. 나는 집안일을 관장하는 데서 기꺼이 비켜선다. 비록 헛간에서라도 자기가 지시를 하고 자기 일꾼들이 복종하는 데에는 어딘가 기분 좋은 것이 있다. 그러나 그것은 너무 단조롭고 지루한 기쁨이다. 그리고 거기에는 어쩔 수 없이 몇 가지 거북한 생각거리가 섞여 들게 마련이다. 때로는 당신네 소작인들의 헐벗음과 고난, 때로는 당신네 이웃들 사이의 다툼, 또 어떨 때는 그들이 당신을 상대로 저지르는 침탈 행위가 당신을 괴롭힌다.

> 혹은 포도밭을 우박이 망가뜨리고
> 혹은 땅이 당신 기대를 배반하며
> 나무들은 때로 과도한 비를, 때로 대지를 불태우는 가뭄을, 그리고
> 또 때로 겨울이 혹독했음을 드러내 보이네.
>
> 호라티우스

그리고 겨우 여섯 달 만에 한 번, 하느님은 당신 집사가 흡족해할 만한 날씨를 한동안 주신다는 사실, 그 날씨는 포도밭에는 좋을지언정 목초지에는 해가 된다는 사실도 있다.

> 혹은 과도한 태양열로 다된 곡식들 타 버리고
> 혹은 갑작스런 폭우며 우박이 그것들 망쳐 놓으며
> 또 혹은 거친 회오리바람 몰아쳐 황폐하게 만드네.
>
> 루크레티우스

거기다 더해 저 옛 사람의 모양 좋은 새 신발도 있다.[182] 그

신은 당신 발을 불편하게 한다. 그러나 남들은 당신이 얼마나 힘든지를, 당신 가정에서 보이는 평온한 외양을 유지하기 위해 당신이 얼마나 희생하는지를, 그리고 그것을 위해 아마도 당신이 너무 비싼 대가를 치르고 있다는 사실을 이해하지 못한다.

나는 늦게야 집안 살림을 맡게 되었다.[183] 자연이 나보다 먼저 이 세상에 태어나게 만들었던 이들이 오랫동안 내게서 그 일을 면해 주었던 것이다. 내게는 벌써 내 기질에 더 적절한 다른 버릇이 자리 잡고 있었다. 하지만 내가 본 바로는 그것은 어렵다기보다 정신을 온통 쏟아야 하는 일이다. 누구든 다른 일을 할 수 있는 사람이라면 쉽사리 이 일도 해낼 것이다. 내가 부유해지고자 했다면 이 길은 너무 멀리 가야 하는 길로 보였으리라. 차라리 왕들을 섬겼더라면 다른 무엇보다 쏠쏠한 사업이었을 것이다. [C] 무엇을 잘하기에도 잘못하기에도 적절하지 않은, 남은 삶에 맞게끔, 나는 아무것도 챙기지 않았고 또한 낭비하지도 않았다는 평판 외에는 무엇을 얻으려는 생각이 없기 때문에, 그리고 [B] 그럭저럭 살아가는 것 말고는 하려는 일이 없기 때문에, 하느님께 감

182
플루타르코스가 쓴 「에밀리우스 파울루스의 생애」에는 자기 아내와 이혼한 로마인의 이야기가 나온다. “친구들은 그를 두고 크게 나무라며 ‘자네 아내가 정숙하지를 않던가? 애를 못 낳던가?’ 하고 물었다. 그는 신발을 들고 나오더니 그들에게 묻기를 ‘자네들 중 누구도 이 신발 어디가 내 발을 아프게 하는지 모를 걸세. 눈에 띄는 큰 잘못 때문에 이혼하는 경우는 드문게 사실이야. 반면에 사소하고 반복되는 짜증은 성격이 서로에게 불편하고 맞지 않는 데서 오는 법인데, 그 때문에 너무 거리를 느끼게 되고 남편이나 아내나 더 이상 만족스럽게 함께 살기는 불가능해진단 말일세.’”

183
그의 부친이 작고하고 난 뒤 몽테뉴 서른다섯 살 때로 추정된다.

사드릴 일이지만 [C] 별다른 주의를 기울이지 않아도 그렇게 할 수는 있다.

아무리 어려울지라도 지출을 줄여서 다가오는 궁핍을 막아내라. 내가 주의를 기울이는 것이 바로 그것이며, 궁핍이 나를 강제하기 전에 나는 나 자신을 바꾸려고 애쓴다. 게다가 나는 내 영혼 안에 여러 단계를 충분히 확립해 두어서, 내가 가진 것보다 더 적은 것으로도 지낼 수가 있다. 만족스럽게 말이다. [C] "사람의 재산이라는 것은 수입이 얼마냐가 아니라, 삶에서 무엇을 기대하느냐에 의해 측정된다."(키케로) [B] 내가 정말 필요한 일에 내가 가진 전부를 써야 하는 것은 아니어서, 운명이 내 생살을 물지 않고도 다른 부분을 적당히 가져갈 정도는 된다.

알지도 못하고 짐짓 대수롭지 않다는 태도를 하기도 하지만, 내가 있는 것만으로 집안일에는 도움이 된다. 나도 끼어들기는 하지만 그러나 마지못해 하는 것이다. 게다가 우리 집에서는 내 쪽에서 따로 촛불을 켠다고 해서 다른 식구들이 자기네 쪽 촛불을 끄지는 않는다.

[C] 여행은 그 비용이 너무 크고 내가 감당하기 어렵다는 점에서만 언짢다. 꼭 필요한 일행들만이 아니라 신망 있는 일행도 함께하는데 습관이 된지라, 나로서는 그만큼 더 짧게 또 드물게 여행을 할 수밖에 없으며, 이 경우에는 과외 수입과 모아 둔 것만 쓰기 때문에 이 액수가 손에 들어오기 전에는 때를 기다리며 미룬다. 돌아다니는 즐거움이 쉬는 즐거움을 망치게 하는 것은 내가 원하지 않는다. 그와 반대로 두 가지가 서로를 키우고 서로를 도와주었으면 한다. 이 점에서 운명은 나를 도와주었으니, 이 생에서 내가 하는 주된 직업은 느긋하게, 그리고 바쁘기보다는 게으르게 사

는 것이기 때문에, 수많은 내 상속자들에게 물려주기 위해 부를 늘여야 할 필요를 내게서 면해 주었던 것이다. 그중 한 사람이 만일, 내게는 그렇게 풍족했던 것으로는 넉넉하지 않다고 생각한다면 그 아이에게는 안됐지만 어쩌겠는가.[184] 그애가 어리석다면 더 많이 남겨 줄 생각도 없다. 그리고 누구나 포키온의 예를 따라, 자기와 다르지 않은 한도에서 자식들을 부양해 주는 것만으로 충분한 부양을 하는 셈이다. 나는 크라테스의 행위에 대해 조금도 동의하고 싶지 않다. 그는 은행가에게 자기 돈을 맡겨 두면서 이런 조건을 걸었다. 만약 이 아이들이 바보이면 그들에게 그 돈을 주어라, 만일 그들이 총명하면 민중 가운데 가장 둔한 이들에게 나눠 주라. 마치 이 바보들이 재산 없이 지낼 능력이 덜하기 때문에 그것을 사용할 능력은 더 있다는 듯이 말이다.

[B] 어쨌든 나의 부재에서 오는 손해가 있다 해도 내가 그 손해를 견뎌 낼 만한 동안에야 이 힘든 일에서 나를 벗어나게 해 줄 기꺼운 기회들을 거절할 이유가 되지는 않는 것 같다. 항상 무엇인가는 잘못되어 간다. 어느 때는 이 집의 일이, 또 어느 때는 저 집의 일이 당신을 성가시게 한다. 당신은 만사를 너무 가까이서 지켜보고 있다. 당신의 명철한 눈이 다른 곳에서도 충분히 그러하듯 여기서도 당신을 해친다. 나는 화가 날 때를 피하고 잘못되어 가는 일은 일부러 알지 않으려 한다. 그렇게 해도 언제나 내 집 안에서 불쾌한 일을 마주치지 않을 도리는 없다. [C] 사람들이 내게 제일 감추려 드는 못된 짓들은 내가 가장 잘 알고 있는 것들이다. 상처를 덜 받기 위해서는 우리 자신이 숨겨 주려 공을 들여야 하는 일

184
외동 딸 엘레오노르를 가리킨다.

들이 있다. B 허망한 상처, C 때로 허망한 것들이긴 하지만, B 그래도 여전히 상처는 상처이다.[185] 가장 사소하고 경미한 골칫거리가 가장 아픈 법이다. 마치 작은 활자들이 더 눈을 해치고 피곤하게 하듯이 미세한 일들이 우리를 찌른다. C 한 무리의 작은 불행은 아무리 클지언정 한 차례 지나가는 격렬한 불행보다 더 큰 상처를 남긴다. B 집안일의 가시덤불이 가득하고 예리할수록 그것은 느닷없이 우리를 쉬 덮치면서 위협도 않은 채 더 날카롭게 우리를 물어뜯는다.[186]

C 나는 철학자가 아니다. 불행은 그 무게에 따라 그만큼 나를 짓누른다. 그리고 그 내용만큼이나 방식에 따라 무게가 나가며, 이따금 어떤 방식이냐가 비중이 더 클 때도 있다. 그 점에 대해 나는 일반인보다 더 많은 경험을 가지고 있으며 그러니 내가 더 큰 인내심을 가지고 있기도 하다. 간단히 말해서 불행은 내게 상처를 입히지는 않지만 나를 아프게는 한다. B 삶이란 여린 것이며 동요되기 쉬운 것이다. 음울한 쪽으로 얼굴을 돌리고 난 뒤부터는 C "첫 충동에 무릎을 꿇고 나면 더 이상 자신에게 저항할 수가 없는 법이다."(세네카) B 나를 움직여 가는 이유가 아무리 어리석은 것이

185
1588년판에는 "그리고 수치스러운"이라는 표현이 덧붙여졌다.

186
1588년판에는 이렇게 쓰여 있다. "그런데 호메로스는 우리에게 갑작스럽게 겪는 것이 얼마나 더 강력한지를 충분히 보여 주었다. 그 때문에 율리시스는 자기 개의 죽음 앞에서는 울면서도 어머니의 죽음에 대해서는 조금도 눈물을 흘리지 않았던 것인데, 개의 죽음은 사소한 것이긴 해도 그에게 갑자기 닥친 까닭에 그가 슬픔에 사로잡혔고, 보다 강렬한 것인 어머니의 죽음은 마음 준비를 하고 있었던 것이기에 견뎌 냈던 것이다. 사소한 일들이 오히려 삶을 흔들리게 한다. 우리의 삶이란 여린 것이고, 상처받기 쉬운 것이다."

라 하더라도 나는 그쪽으로 내 기분을 더 몰아 간다. 그러고 나면 이 기분은 스스로를 키워 가다 그 자신의 운동에 의해 폭발하게 되는데, 스스로를 키울 이런저런 재료를 끌어오고 첩첩이 쌓아 가는 것이다.

방울방울 떨어지는 물이 바위를 뚫는다.
루크레티우스

이 일상의 물방울이 나를 먹어치운다. [C] 일상적인 장애는 결코 가벼운 것이 아니다. 그것은 계속적이고 치유 불능의 것으로서, 특히 계속적이고 불가피한 집안 살림의 세부들에서 비롯할 때 그렇다.

[B] 우리 집 살림을 멀리서 대략적으로 바라보면, 그에 대해 정확한 기억을 전혀 못해서인지는 몰라도 지금까지는 내 기대나 셈을 넘어설 정도로 불어난 참이다. 그러다 보니 있는 것보다 내가 더 가져다 쓰고 있다 싶어졌다. 살림이 잘 되고 있다 싶어 내가 깜박 착각한 것이다. 하지만 정작 일 속으로 들어가서 온갖 세부들이 돌아가는 모습을 보게 되면,

그때는 우리 영혼이 수백 가지 근심들로 나뉜다.
베르길리우스

수백 가지 일이 나로 하여금 혹은 기대하고 혹은 두려워하게 만든다. 그 모두를 다 버리기는 아주 쉽지만 근심 없이 거기 개입하기는 나로서 몹시 어렵다. 당신이 보는 모든 것이 당신을 필요

로 하고 당신과 관계되는 곳에 있다는 것은 안타까운 일이다. 그리고 나는 다른 누군가의 집에서 베푸는 즐거움을 더 기쁘게 누리고, 그것을 맛볼 때 훨씬 더 자연스런 감각으로 다가가는 듯하다. [C] 디오게네스도 내 생각과 비슷했는데, 어떤 종류의 포도주가 제일 좋다고 생각하느냐고 누가 묻자 남의 집 포도주라고 대답했던 것이다.

[B] 내 아버님은 자기가 태어난 곳인 몽테뉴 성을 짓는 것을 좋아하셨다. 그리고 이 모든 집안 살림을 관장하는 일에서 나는 그분의 모범과 그분의 규칙을 따르고 싶다. 내 후손들에게도 내가 할 수 있는 만큼은 이 본보기를 되새기게 하고 싶다. 내가 그분을 위해 더 잘할 수 있다면 그렇게 할 것이지만. 나는 그분의 의지가 나를 통해 아직도 실행되고 작용하고 있다는 사실이 자랑스럽다. 그렇게 좋은 아버지였던 분에게 내가 돌려드릴 수 있는 삶의 모습이 조금이라도 내 손에서 잘못되지 않도록, 하느님, 지켜 주소서. 내가 오래된 벽 일부를 마무리하거나 어설프게 지어져 있는 건물 일부를 반듯하게 만드는 일에 끼어든 것은 내 기분보다는 분명 그분의 뜻을 고려한 것이다. [C] 당신은 집안에 이것저것 멋지게 시작해 놓으셨는데, 좀 더 밀고 나가 그것을 완성하지 못한 내 게으름을 나는 자책하고 있다. 더욱이 아마도 나 자신이 우리 가문의 마지막 소유자가 되고 거기에 마지막 손질을 할 수 있는 사람일 가능성이 커 보이니 말이다. [B] 왜냐하면 내 개인적 성향으로 말하자면, 사람들이 그렇게 흥미롭다고 하는 건축의 기쁨도, 사냥도, 정원일도, 그 밖에 다른 은둔 생활의 기쁨도 내게는 별로 즐겁지가 않기 때문이다. 나는 이런 일이 나에게 별로 마땅치 않다고 여기는데, 그것은 내게 불편한 어떤 견해들에 대해 스스로 탐탁지 않

아 하는 것과 마찬가지이다. 나는 어떤 생각이 엄밀하고 박학다식한지에 대해 그다지 괘념치 않고, 그보다는 편안하고 삶에 알맞은 것인지에 더 마음을 쓴다. [C] 유익하고 기분 좋은 견해라면 그것은 충분히 진실하고 건강한 것이다.

[B] 내가 집안 살림 꾸리는 것에 무능하다고 말하는 것을 듣고, 그것은 오만이며, 경작하는 도구들 이름이나 경작의 절기, 그 순서, 우리 집 포도주를 어떻게 만드는지, 어떻게 수확하는지, 그리고 풀들, 과일들의 이름과 생김새, 내가 먹고사는 음식들의 조리법 [C] 내가 입고 있는 옷감들의 이름과 가격 [B] 을 알려 들지 않는 것은 마음 속에 뭔가 더 고상한 지식을 갖고 싶은 생각이 있어서라고 내 귀에 대고 줄곧 속삭이려 드는 자들은 나를 정말로 화나게 하는 셈이다. 그런 종류의 것들은 내게 조금도 명예가 될 수 없고, 궁지라기보다는 어리석음이니 말이다. 나는 좋은 논리학자이기보다 좋은 말 관리인이고 싶다.

> 왜 차라리 더 유익한 어떤 일에 전념하지 않는 것인가?
> 버들가지로 혹은 부드러운 등나무로 바구니를 짜는 일에?
> 베르길리우스

[C] 우리는 일반적인 것으로써, 또 보편적인 원인과 과정을 따지느라 우리 생각을 어지럽히는데 이것들은 우리 없이도 너무나 잘 운행되어 가는 것들이다. 우리는 인간 자체보다 더 가까이서 우리에게 영향을 미치는 우리 자신의 행위와 나, 미셸은 저 뒤에 내버려 두고 있다.[187] [B] 지금은 내 시간 대부분을 집에 머무르고 있지만 나는 다른 어떤 곳보다 더 집에서 즐거이 지내고 싶다.

내 노년은 거기서 보낼 수 있기를!
바다며 육지를 건너며 그 많은 여행과 군인 생활에
피로해진 나,
그곳에서 휴식을 찾을 수 있기를!
호라티우스

내가 이런 생각을 잘 관철해 낼 수 있을지 모르겠다. 아버지께서 유산의 어떤 다른 부분을 내게 남겨 주는 대신, 그분 노년에 집안 살림에 쏟았던 열정적 사랑을 내게 전해 주셨더라면 좋을 뻔했다. 자기 욕구를 자기 가진 만큼으로 끌어내리고 가진 것에 만족할 줄 알았던 아버지는 참 행복하신 분이었다. 내가 한 번만이라도 그분 같은 안목을 가질 수 있다면 내가 하는 일의 비천함과 무익함을 정치 철학이 비난한들 무슨 대수랴. 내 생각으로 가장 명예로운 일은 공공에 봉사하는 것이며 다중에게 유익하게 되는 것이다. [C] "천재와 미덕, 그리고 모든 탁월성이 맺는 열매는 이웃과 나눌 때야말로 제 맛을 낸다."(키케로) [B] 그러나 나로서는 이 일에서 빠지련다. 일부는 자의식 때문이고(왜냐하면 그런 일이 얼마나 막중한 것인가를 알 듯이, 나는 내가 그런 일을 감당할 역량이 별로 없다는 것도 알기 때문이다. [C] 그리고 플라톤은 모든 정치 행정의 으뜸가는 일꾼인데도 그 일에 끼어들기를 삼갔었다.) [B] 일부는 게을러서이다. 나는 너무 열을 올리지 않으면서 세상을 즐기는 것으로, 또 나에게도 남들에게도 그저 누가 되지 않을 정도의, 그저 허용될 만한 삶을 사는 것으로 만족한다.

187
몽테뉴의 이름이 미셸이다.

제삼자의 보살핌과 관리에 나만큼 온전히 스스로를 내맡길 사람도 없을 것이다. 그럴 만한 사람이 있었다면 말이다. 지금 내 바람 중 하나는 내 노년에 적절한 모이를 주고 또 잠도 재워 줄 줄 아는 사위를 만나는 일이리라. 그가 진실로 고마워하고 다정한 마음으로 해 가기만 한다면 나는 내 재산을 관리하고 사용하는 전권을 그의 손 안에 맡길 것이며, 내가 하듯 그가 내 재산을 쓰게 하고 지금의 수익을 나 대신 그가 누리도록 할 것이다. 그러나 어쩌랴? 우리는 지금 친자식들의 충실성이 무엇인지도 모르는 세상에서 살고 있다.

여행 중에 내 주머니를 맡은 이는 온전히, 아무런 간섭 없이 그것을 맡는다. 내가 셈을 해 본대도 그는 나를 속여 넘길 것이다. 그리고 그가 악마가 아닌 바에야 나는 알아서 하도록 맡김으로써 그가 제대로 하지 않을 수 없게 만드는 것이다. [C] "속아 넘어가지나 않을까 하는 두려움 때문에 사람들에게 속이기를 가르치고, 자기들이 못 믿어서 사람들의 배신을 정당화해 주는 이들이 많다."(세네카) [B] 내가 내 사람들에게서 얻는 가장 평범한 안전은 그들의 과오에 대해 모르는 것이다. 나는 직접 보고 난 뒤가 아니면 악행을 예단하지 않으며, 젊은이들을 더 신뢰하는 편인데, 내 보기에 그들은 못된 사례들의 나쁜 영향을 덜 받았다. 매일 저녁 3에퀴, 5에퀴, 7에퀴 소리로 귀가 아프게 하기보다 두 달 뒤에 내가 400에퀴를 썼다는 소리를 듣는 편이 내겐 훨씬 낫다. 그렇지만 [C] 이런 종류의 좀도둑질로 인해 [B] 내가 받은 피해는 어느 누구보다도 덜했다.

내가 무지에 손을 내미는 것은 사실이다. 나는 내 돈에 관해서 아는 것을 어느 정도 흐릿하고 불확실하게 내버려 둔다. 어느 정도까지는 그 점에 대해 미심쩍어할 수 있는 것으로 나는 만족하는 것이다. 당신 하인의 불성실함이나 과실에 대해서는 얼마큼 여지를 남겨 두어야 한다. 크게 보아 우리에게 아직 제 역할을 할 몫이 남아 있다면 운명의 관대함이 지나친 부분은 어느 정도 운명이 알아서 하도록 둘 일이다. C 이삭 줍는 이들의 몫 말이다. 어쨌든 나는 내 사람들이 내게 끼친 손해를 괘념치 않듯이 그들의 충직함도 그다지 평가하지 않는다. B 자기 돈을 탐구하는 저 비천하고 어리석은 공부여, 그것을 만지고 재 보고 다시 셈하기를 즐거워하다니! 바로 그런 길을 통해 탐욕이 다가오는 것이다.

내가 재산을 관리한 지난 십팔 년 동안,[188] 부동산 권리증에 대해서나 반드시 내가 알아야 하고 내 의사가 반영되어야 하는 중요한 내 문제에 대해 나 자신을 설득해 들여다보게 할 수가 없었다. 이것은 덧없는 세간의 것들에 대한 철학적 경멸이 아니다. 나는 그렇게 순화된 취향을 가지고 있지도 않거니와 적어도 그런 일은 그 일들의 가치에 합당하게 평가한다. 그러나 분명 그것은 변명의 여지가 없고 유치한 게으름이자 부주의이다. C 계약서를 읽어 보는 일이나, 내 일의 노예가 되어 저 먼지 나는 서류더미를 가서 뒤지는 일이나, 혹은 그보다 더 심하게, 그 많은 사람들이 돈 때문에 하는 일이지만, 남들의 서류 더미를 뒤지는 일보다 더 내키지 않는 일이 내게 무엇이 있으랴? 근심하고 수고하는 일보다 더 비싼 일은 내게 없으며, 나는 그저 무심하고 느긋하게 살아가려 애쓸 뿐이다.

B 나는, 스스로 생각하기에, 강제와 굴종만 없다면 다른 이의 운명에 기대어 사는 것이 더 적절했었다. 그리고 또 더 자세히 들

188
그의 부친이 돌아가신 것은 1568년이다.

여다보면, 내 기질과 운수를 두고 볼 때, 타고나기를 나보다 더 큰 사람 그리고 얼마큼은 나를 편안한 곳으로 안내해 줄 사람의 시종으로서 겪게 될 수고보다 업무며 하인들, 집안일에서 겪는 수고가 더 많은 비천함과 거북함과 쓰라림을 나 자신에게 맛보게 하는 것은 아닌지 모르겠다. [C] "노예 상태란 맥 빠지고 허약한 정신의 예속인 바, 그 정신은 결코 자기 의지의 주인이 되지 못한다."(키케로) 크라테스는 더 심하게 했으니, 집안 살림의 수치스러움과 근심에서 벗어나기 위하여 가난의 자유 속으로 몸을 던졌던 것이다. 나는 그런 선택을 하지는 않으리라.(나는 고통만큼이나 가난을 싫어한다.) 그러나 이런 종류의 삶을 벗어나 덜 근사하고 덜 바쁜 다른 삶으로는 기꺼이 바꿔 보고 싶다.

집을 벗어나 있을 때는 그런 생각을 다 벗어 던진다. 그래서 내가 없는 동안 성의 탑이 무너졌다고 해도 눈앞에서 기왓장이 하나 떨어지는 것을 볼 때보다 더 느낌이 없을 정도이다. 내 영혼은 멀리 떨어져 있으면 아주 쉽게 일에서 떨어지지만 현장에 있으면 마치 포도 경작자처럼 힘들어한다. [C] 내 말에 잘못 묶어 둔 고삐나 내 다리를 때리는 등자끈 끝은 하루 종일 내 기분을 언짢게 한다. [B] 곤란에 마주치면 나는 충분히 용기를 내지만, 그러나 두 눈에 보이는 것은 안 볼 수가 없다.

> 감각이여! 오 신들일지니! 감각이여!
>
> 작자 미상

집에서 나는 잘못되어 가는 모든 일에 책임이 있다. 나처럼 중간 정도의 신분을 가진 사람들을 두고 하는 말이지만, 다른 사람에게 많이 의지해 짐의 상당 부분을 자기 어깨에서 덜어 내는 집주인들은 거의 없는데, 혹 그런 사람이 있다면 그들은 더 행운아들이다. [C] 그 때문에 내가 손님 접대하는 것이 원래보다 못하게 되는데,(달갑지 못한 친구들이 그렇듯이, 어떤 사람을 붙들어 놓게 되는 것이 내 기품보다는 요리 때문일 수 있었다.) [B] 우리 집에 친구들을 초대하고 모임을 가지면서 내가 누려야 할 기쁨도 많이 사라지게 된다. 귀족이라는 자가 자기 집에서 하는 가장 어리석은 처신은 집안일에 열중한 나머지 어떤 하인의 귀에 대고 말한다거나 다른 하인에게는 눈길로 위협하는 모습을 보이거나 하는 것이다. 집안일은 눈에 띄지 않게 흘러가야 하며, 평상의 흐름을 보여야 한다. 그리고 손님들에게 자기가 하인들을 어떻게 대하는지를 두고, 변명하기 위해서건 자랑하기 위해서건, 화젯거리로 삼아 이야기하는 것은 보기 흉하다. 나는 질서와 청결을 사랑하니,

> 그리고 유리잔과 접시는
> 내 모습을 보여 주네.
> 호라티우스

풍요로움만큼이나 말이다. 그리고 내 집에서 무엇이 필요한지를 정확히 파악하려 할 뿐 과시하는 데는 관심을 두지 않는다. 남의 집에 가 있을 때는 하인이 싸우거나 접시가 엎어지면 당신은 그저 웃을 뿐이다. 주인이 다음 날 당신을 대접하기 위해 자기 집사와 일에 대해 정리하고 있는 동안 당신은 잠을 자는 것이다.

[C] 이런 이야기를 나는 내 식으로 하고 있는데, 그래도 일반적으로 어떤 천성을 가진 사람들에게는 규칙과 질서에 따른 평화롭

고 번성하는 살림살이가 기분 좋은 일이라고 생각하지 않는 것은 아니며, 나 자신의 잘못이나 결점을 이 문제에 갖다 붙이려는 것도 아니고, 또한 각자에게 가장 행복한 일은 부당하지 않게 자기 고유의 할 일을 하는 것이라는 플라톤의 말을 부정하려는 것도 아니다.

B 여행을 할 때면 나는 그저 나 자신과 내 돈을 어찌 쓸지만 생각한다. 그것은 오직 한 가지 원칙에 따라 이루어진다. 돈을 모으기 위해서는 너무 많은 자질이 요구되는데, 그 방면으로 나는 이해하는 것이 없다. 돈 쓰는 일이야 나는 조금 이해하며, 내 지출을 훌륭하게 보이게 할 줄도 좀 아는데 이것이야말로 정말로 지출의 주된 용도인 것이다. 그러나 나는 너무 야심차게 거기 몰입하는 나머지 지출을 고르지 않고 불균형하게 만들며, 게다가 절약이나 낭비 양면으로 다 절제력이 부족하다. 그럴싸해 보이기만 하면, 무슨 목적에 소용된다 싶으면 나는 부적절하리만큼 자신이 휩쓸려 가게 내버려 두며, 광채가 나지 않고 내 마음에 들지 않는다 싶으면 마찬가지로 부적절하게 주머니를 꽉 조인다.

다른 사람과의 관계를 통해 살아가도록 우리에게 조건 지운 것이 인위이건 혹은 본성이건 그것은 우리를 좋게 해 주기보다 우리에게 훨씬 더 많은 해를 끼친다. 우리는 대중의 의견에 맞는 모습을 보이고자 우리 자신의 장점을 스스로에게서 빼앗아 버린다. 우리 존재가 우리 안에서 그리고 실제로 어떤 것인가보다는 남들의 시선에 그것이 어떻게 보일까가 우리에겐 더 중요하다. 정신적 재산마저도 그리고 지혜도 우리 자신만이 그것을 향유하거나, 남들의 시선과 인정 앞에서 그것이 빛나지 않으면 우리에게는 쓸모없어 보인다.

가진 황금이 얼마인지 아무도 못 알아보게 땅 밑으로 콸콸 흐르도록 두는 사람들이 있는가 하면, 어떤 이들은 그것을 두들겨 펴서 얇은 금박이나 잎으로 펼쳐 놓기도 한다. 그래서 누군가에게는 동전이 금화의 가치를 갖게 되고 다른 누군가에게는 그 반대가 되는데, 그것은 세상이 쓰임새며 가치를 겉보기에 따라 판단하기 때문이다. 부를 둘러싼 세심한 염려에서는 탐욕이 느껴지는 법이며, 그것의 분배나 관대함마저도 지나치게 계산되고 인위적일 경우 마찬가지이다. 부는 고통스럽게 노심초사할 가치가 없다. 씀씀이를 정확하게 하려는 자는 그것을 꼼꼼하고 까다롭게 하게 된다. 모으는 일이나 쓰는 일이나 그 자체는 상관없는 일이지만, 거기 적용되는 우리의 의지가 어떤 것이냐에 따라 그 일은 혹은 선하고 혹은 악한 빛깔을 띠게 된다.

나를 여행길에 나서게 하는 또 다른 이유는 지금 우리 나라 정치의 도덕적 상태가 나와 맞지 않기 때문이다. 공공의 이익과 관련돼서 그렇다면야 이런 타락 상태에 대해 쉽게 내 마음을 누그러뜨릴 수도 있겠지만,

> 철의 시기보다 더 고약한 이 시대는
> 범죄들에 이름마저 붙이지 않으며
> 대자연은 그 어떤 쇠붙이로도 이 시대를 가리킬 수
> 없다네.[189]

189
서양 고대인들은 역사가 네 단계를 반복한다고 봤다. 천진무구한 상태에서 행복을 누리던 황금기가 점차 은의 시기, 청동의 시기를 거쳐 철의 시기에 이르면 인간이 가진 무기도 인심도 단단하고 강팍해진다는 것이다.

유베날리스

그러나 나의 이익을 두고는 그럴 수가 없다. 그로 인해 내가 개인적으로 겪는 고통이 너무 심하다. 왜냐하면 내 이웃들에서는 우리 내전의 오랜 방종 상태로 인해 우리들이 이제 저토록 난장판 같은 나라 꼴 속에서 나이가 들게 되었으니,

그곳에서는 옳고 그른 것이 뒤죽박죽이네.
베르길리우스

이런 식으로나마 나라가 지탱된다는 것이 참으로 기적이다.

무장한 채 땅을 갈면서, 머릿속은 줄곧 새로운 강도짓
벌일 생각,
노략질로 먹고살 생각이로구나.
베르길리우스

결국 우리 나라의 예로 보건대, 인간 사회는 어떤 대가를 지불하더라도 유지되어 가고 얽혀 돌아간다는 것을 알겠다. 어떤 자리에 두더라도 인간들은 서로를 밀고 무리 지으면서 포개지고 배치되는 것이어서, 마치 아무렇게나 차두에 넣어 둔 잡동사니들이 스스로 알아서 결합하고 자리 잡아 가는 모습이 솜씨를 부려 배치해 놓았을 경우보다 때로 더 나은 상태이듯 말이다. 필리푸스 왕은 자기가 아는 가장 못되고 교정 불가능한 사람들을 모아 그들 스스로 도시를 건설해 그곳에 모여 살게 했는데, 도시 이름에 그

내용을 담았다.[190] 나는 그들이 악덕들 자체를 가지고 자기들 사이에 정치적 구조물을 세웠으며, 안락하고 번듯한 사회를 이루었다고 평가한다.

나는 한 가지, 세 가지 혹은 백가지 행동을 보는 것이 아니라 일반적이고 관행이 된 풍속을 보는 바, 특별히 그 비인간성과 배신행위는 내게는 최악의 악덕이며, 그것이 얼마나 끔찍하던지 혐오감 없이는 도저히 그것을 생각할 수가 없다. 그리고 나는 그런 것을 증오하는 것과 거의 비슷할 정도로 그에 대해 경탄하기도 한다. 이 놀라운 사악함의 실행은 과오와 무절제의 표지인 만큼이나 영혼의 활력과 힘의 표지이기도 하니 말이다. 필요는 사람들을 이어주고 결합시킨다. 이 우연한 결합은 나중에 법으로 모습을 드러낸다. 왜냐하면 사람들 생각이 만들어 낼 수 있는 아무리 야만적인 경우라도 일찍이 플라톤이나 아리스토텔레스가 궁리해 냈을 그 어떤 경우보다 더 건강하고 더 오래 유지된 사회들이 있었기 때문이다.

그리고 인위적으로 상상해 본 저 모든 정치 체제의 묘사는 분명 우스꽝스럽고 실행에 옮기기에 적절하지 않아 보인다. 최선의 사회 형태와 우리에게 적용할 가장 적절한 규칙을 두고 벌이는 저 거창하고 장황한 논쟁들은 우리 정신을 훈련시키는 데만 적절할 뿐이다. 마치 교양 과목 안에 그 본질이 정신적 자극과 토론에 있고 그것을 떠나서는 어떤 생명도 없는 주제들이 있는 것처럼 말이다. 그런 유의 정치 체제 묘사는 새로운 세계에서라면 적용해 볼

190
포네로폴리스라고 불리던 이 도시의 이름은 그리스어로 '못된 자들의 도시'라는 뜻이다.

만 할 것이다. 그러나 우리는 이미 구속된 인간들, 이러저런 관습에 맞게 형성된 인간들을 마주하고 있다. 우리는 피라나 카드무스처럼 그들을 만들어 내는 것이 아니다.[191] 우리가 어떤 방법이 있어 그들을 새로이 교육하고 다시 만들어 놓을 힘을 갖는다 해도 모든 것을 다 부러뜨리지 않고서는 익숙해진 그들의 경향을 비틀어 바르게 만들 수 없다. 사람들이 솔론에게 할 수 있는 최선의 법을 아테네인들에게 확립해 주었느냐고 물었다. 그는 대답하기를, "그들이 받아들일 만한 것 중에는 최선의 것이었소."라고 했다.

[C] 바로도 비슷한 식으로 변명을 했다. 즉 자기가 종교에 대해 완전히 새롭게 이야기를 해야 한다면 믿는 바대로 쓰겠지만, 이미 받아들여지고 구성이 돼 있으므로 그 본질에 따라서보다는 관습에 따라서 이야기하겠노라 한 것이다.

[B] 생각으로가 아니라 진실로, 뛰어난 최선의 정치 체제는 어느 나라에나 지금 그 나라를 지탱하고 있는 체제이다. 그 모습과 본질적 이점은 관습에 달려 있다. 우리는 일반적으로 현재의 상태를 못마땅해한다. 그러나 민주 국가에서 소수의 지배를 혹은 왕정 체제에서 다른 종류의 정부를 계속 희구한다는 것은 오류이고 얼빠진 생각이다.

그대 지금 보고 있는 대로의 나라를 사랑하라
왕정이거든 왕정 체제를 사랑하고

191
피라는 판도라의 딸이자 데우칼리온의 아내로서 이들 부부는 대홍수 이후 자기네 어깨 뒤로 돌들을 던져 지상에 다시 살아갈 인간들을 만들어 냈다. 카드무스는 용의 이빨들을 땅에 심었는데, 거기서 무장한 사람들이 태어났다고 한다.

과두 지배 체제거든 혹은 민주 정치거든
그것 역시 사랑하라, 하느님은 그대를 그곳에 태어나게
하셨으니.
피브락[192]

우리 곁을 막 떠나간 저 훌륭한 피브락 씨. 그이는 고상한 마음에 올바른 생각과 따뜻한 태도를 가졌었다. 그이를 잃은 것, 그리고 그와 동시에 우리가 푸아 씨를 잃은 것은 우리 왕국으로서 큰 손실이다.[193] 성실성이나 역량에 있어서 이 두 사람의 가스코뉴 출신과 비견할 만한 또 다른 두 사람을 프랑스에서 찾아 우리 왕실 자문 회의에 대체해 넣을 수 있을지는 잘 모르겠다. 이 두 사람은 서로 다른 방식으로 아름다운 영혼들이니, 우리 시대 기준으로 볼 때 각자 나름의 방식으로 확실히 희귀하고 아름다웠던 것이다. 그러나 우리의 부패와 우리의 대혼란에는 그토록 어울리지 않고 부적합한 사람들을 이 시대에 거주하도록 만든 이는 누구인가?

혁신만큼 한 나라를 짓밟아 놓는 것은 없다. 변화란 불의와 학정에 모양새를 갖춰 줄 뿐이다. 어떤 부분이 삐끗 떨어져 나오면 우리는 그것을 받쳐 줄 수 있다. 모든 것의 자연스런 변질과 부패가 우리의 시작점과 원칙에서 우리를 너무 멀어지게 하는 데 대해서는 우리가 맞설 수 있는 것이다. 그러나 그토록 거대한 덩어리를 다시 녹이려 하고, 그토록 거대한 건축물의 기초를 바꾸려

192
기 뒤 포르 드 피브락(Guy du Faure de Pibrac, 1529~1584). 온건하고 뛰어난 행정관이었으며 『사행시』의 저자이다.
193
폴 드 푸아(1528~1584)는 왕실 고문이자 대사였다.

하는 것은 [C] 잡티를 닦아 내려다 그림을 아예 지워 버리고 [B] 개별적 결점을 전반적 혼돈으로 고치려 드는 것이며 병자들을 죽음으로써 고쳐 주겠다는 격이니, [C] "정부를 바꾸려는 것보다는 파괴하려는 욕망이로다."(키케로) [B] 세상은 스스로를 치유하기에 적절치 않다. 그것은 자기를 내리누르는 것을 도저히 참을 수가 없어서 그것에서 벗어나려는 생각만 하며, 어떤 대가가 요구되는지는 따져 보지도 않는다. 우리는 수백 가지 예를 통해 세상은 자기를 치유한다면서 그 몫을 지불하고야 마는 것을 보고 있다. 현재의 악에서 벗어난다는 것은 전체적인 상황 개선이 이루어지지 않는다면 치유라고 할 수가 없다.

[C] 외과 의사의 목적은 온전치 못한 살을 죽이는 것이 아니다. 그것은 치료로 가는 도상일 뿐이다. 그는 그 너머를 바라보며, 그 자리에 새살이 돋게 하고 그 부분을 정상적인 상태로 돌려놓고자 하는 것이다. 누구든 자기를 괴롭히는 것을 그저 치워 버리려고만 하는 사람은 생각이 짧은 것이다. 왜냐하면 악의 다음에 꼭 선이 오는 것은 아니기 때문이다. 그 뒤로 또 다른 악이 따라올 수 있으며, 혹은 더 나쁜 악이 올 수도 있으니 카이사르를 살해한 이들에게 닥친 경우가 그러했다. 그들은 나라를 너무 힘든 상태에 빠뜨린 나머지 그 일에 가담한 것을 후회하게 되었다. 그 뒤로 우리 시대에 이르기까지 많은 사람들에게 같은 일이 일어났다. 내 동시대인인 프랑스인들은 그 점에 대해 뭔가 할 수 있는 이야기가 있다. 모든 거대한 변동은 국가를 뒤흔들어 무질서에 빠뜨린다.

곧장 치료만을 목적으로 하는 사람이 어떤 작업도 하기 전에 곰곰이 생각하다 보면, 그 일에 손을 대기가 보통 섬찟해질 것이다. 파쿠비우스 칼라비우스는 빼어난 예를 통해 이런 식의 과오를 교정했다. 그의 동국인들이 고위직들에 맞서 들고 일어났다. 카푸아시에서 대단한 권위를 지닌 그는 어느 날 원로원을 궁안에 유폐시킬 방도를 찾았다. 그리고 그 자리에 시민들을 불러서 말하기를, 당신들을 그토록 오랫동안 억압해 온 폭군들은 지금 무장도 해제되고 돕는 자도 없이 그 운명이 내 손안에 달려 있으니, 당신들은 이제 완전한 자유 속에서 복수를 할 수 있는 날이 왔다고 했다. 그는 조언하기를, 이들을 제비뽑기로 한 명씩 밖으로 끌어내어 개별적으로 각각에 대해 판결을 내리고 이 선고를 그 자리에서 집행하라고 했다. 단 그와 동시에, 공직이 비어 있지 않도록 단죄받은 이의 자리에 임명할 어떤 명예로운 사람을 〔미리〕 결정한다는 조건으로 말이다. 어떤 원로원 의원 이름이 불리자마자 그를 반대하는 불만의 외침이 너나없이 들려왔다. 파쿠비우스가 말했다. "내가 보니, 이 사람 추천은 기각해야 마땅하다. 그는 못된 사람이다. 그 대신에 누군가 좋은 사람을 찾아보자." 그러자 즉시 조용해졌다. 모든 사람이 다 누구도 선택하기가 거북했던 것이다. 남보다 더 대담한 어떤 자가 누군가를 추천하자 더 많은 사람들이 일치해 이 후보를 거부했다. 그를 물리칠 수십 가지 결점과 당연한 이유들과 함께 말이다. 서로 대립하는 분위기가 점점 가열되면서 두 번째 원로원 의원의 경우도 세 번째 의원의 경우도 더욱더 고약한 상황이 되었다. 자리에서 밀어내는 데서 의견 일치를 본 만큼이나 새로 지명하는 데는 불일치가 심했던 것이다. 이 혼란 가운데 아무런 소득 없이 피로해진 그들은 여기저기서 조금씩 자리를 뜨기 시작했는데, 머릿속으로는 각자 가장 오래되고 가장 잘 알려진 악이 경험해 보지 않은 최신의 악보다 늘 더 견딜만한 법이라는 결론을 내리고 있었던 것이다.

B 우리가 한심스럽게도 동요하고 있는 모습을 보니 — 왜냐하면 우리가 시도해 보지 않은 일이 무엇이던가? —

아! 우리의 흉터며 우리의 범죄
우리의 골육상쟁이 우리를 수치로 뒤덮는구나
야만적인 시대의 아이들이여
그 어떤 잔혹함 앞에서 우리 물러선 적 있던가?
우리가 조금도 침범하지 않은 데가 어디인가?
신들에 대한 두려움이 우리 청춘의 손을 한 번이라도
붙들었던가?
그 때문에 우리가 어떤 제단을 삼가며 남겨 두었던가?
호라티우스

내가 곧장 결론을 내리며 이렇게 말하진 않겠다.

구조의 여신 살루스[194]가 그것을 원한다 한들
그녀가 이 가족을 구할 수는 없으리.
테렌티우스

그러나 우리는 아마도 마지막 단계에 있는 것은 아닐 것이다. 국가를 보존하는 일은 어쩌면 우리의 이해력을 넘어서는 것이리라. C 플라톤이 말했듯이 시민들의 정부 형태란 강력하고도 해체되기 어려운 것이다. 치명적인 속병을 가지고도, 그리고 불의한

194
로마의 여신. 개인과 국가의 안전과 건강, 번영을 관장한다.

법의 해악이며, 폭정이며, 관리들의 권력 남용과 무지이며, 인민들의 방종과 반란에도 불구하고 때로 지속되는 것이 그것이다.

[B] 우리는 어떤 운세에 있든지 우리 자신을 우리보다 위에 있는 것과 비교하며, 시선을 우리보다 더 나은 이들 쪽으로 향한다. 우리보다 밑에 있는 것과 우리를 견줘 보자. 아무리 불운을 타고난 이라도 몇백 가지 예를 통해 위로받지 못할 사람은 없다. [C] 뒤처져 오는 이들을 보고 기뻐하는 것보다 앞서가는 이들을 보며 〔스스로를〕 불행해하는 것은 우리의 과오이다. [B] 하지만 솔론이 말하곤 했듯이, 누군가 우리 전부를 모아 놓고 모든 불행을 제시하면 자기의 불행을 가지고 돌아가기를 선택하지, 나머지 다른 사람들 모두와 함께 이 불행 전체를 공평하게 나누어 각자가 자기 몫을 가지고 가려 하지는 않는다. 우리 정부는 상태가 좋지 않다. 그러나 더 심하게 앓으면서도 죽지 않았던 정부들도 있다. 신들은 우리를 가지고 공놀이를 하는 중이며 우리를 갖가지 방법으로 뒤흔든다.

> 신들의 손아귀에서 인간은 그저 그들이 가지고 노는 공일 뿐이로다.
>
> 플라우투스

별들은 운명적으로 로마라는 국가를 본보기로 정해 두고, 이런 종류의 일에서 별들이 무엇을 할 수 있는지를 보여 준다. 로마는 자기 안에 한 국가와 관련된 모든 형태와 모든 사건들을 담아 두고 있다. 질서나 혼란, 행운과 불행이 할 수 있는 모든 것을 말이다. 로마가 흔들리고 또 견뎌 냈던 충격과 소란을 보고서도 자기 처지에 대해 절망할 자가 누가 있겠는가? 만약 별들이 지배하는 영역이 한 국가의 튼튼함 정도라고 한다면(그 점에 대해 나는 전혀 동의하지 않는다. [C] 그리고 니코클레스에게 광대한 영토를 가진 군주들을 부러워하지 말고 자기 몫으로 떨어진 영토를 잘 간직할 줄 아는 군주들을 부러워하라고 가르친 이소크라테스는 내 마음에 든다.) 로마는 가장 병들어 있을 때가 가장 건강한 때였다. 그 영토가 제일 좁았을 때가 로마에게는 가장 행복한 시기였던 것이다. 초기 황제들 치하에서는 로마가 가진 정치 체제의 모습을 알아보기가 힘들다. 그것은 우리가 생각할 수 있는 가장 끔찍하고 가장 탁한 혼돈이었다. 하지만 로마는 그것을 견뎌 내고 지속되었으니, 그 경계 안에 막혀 있는 하나의 왕국이 아니라, 그토록 다양한 수많은 민족과 그토록 멀리 떨어져 있으며 그토록 적대적인, 그토록 무질서하게 통치되고 부당하게 정복된 수많은 나라들을 간직한 채 말이다.

> 운명은 어떤 민족에게도,
> 땅과 바다를 함께 지배하는 나라에 맞서
> 자기 복수심을 채우게 허락하지 않았다.
>
> 루키아누스

흔들리는 것은 어느 것도 무너져 내리지 않는다. 그렇게 커다란 조직의 구조는 수많은 못이 지탱하고 있다. 심지어 그것은 자신의 고색창연함으로 버티고 있기도 하다. 마치 오래된 건물이 시간에 의해 그 기초는 낡아 없어지고 외장도 접착제도 사라졌는데, 그래도 살아남아 자신의 무게로 지탱되는 것처럼 말이다.

그것은 더 이상 튼튼한 뿌리로 땅에 붙어 있는 것이
아니니,
지금은 그 무게만으로 곧추 서 있네.

루키아누스

게다가 측면과 해자 부분만 살펴보는 것은 제대로 정찰하는 것이 아니다. 요새의 안전 여부를 판단하기 위해서는 어느 쪽으로 접근 가능한지, 공격자는 어떤 상태인지를 알아봐야 한다. 외부에서 가하는 힘이 없는데 자신의 무게만으로 가라앉는 배는 거의 없다. 이제 눈을 돌려 사방을 살펴보자. 기독교 세계이건 다른 곳이건 우리가 아는 모든 큰 나라들을 살펴보자. 당신은 그곳에서도 변화와 파멸의 명백한 위협을 보게 될 것이다.

그 나라들 역시 자기네의 재난이 있고,
비슷한 폭풍우가 모두를 위협하고 있다.

베르길리우스 글의 각색

점성가들은 다가올 커다란 변동과 변화에 대해 우리에게 예고하고 있지만 그들은 어렵지 않은 내기를 하는 셈이다. 그런 예측은 임박한 것으로서 감지되는 것이니, 굳이 그것을 알려고 하늘을 볼 것까지는 없는 노릇이다.

도처에 악과 위협이 가득 찬 이 사회에서 우리는 단순히 위안만 얻는 것이 아니라 우리 나라가 지속될 수 있다는 어떤 희망까지 얻을 수 있을지 모른다. 자연에서는 모든 것이 함께 무너질 때면 사실은 아무것도 무너지지 않기 때문이다. 온 세상이 아프다는 것은 개인들이 건강함을 뜻한다. 〔모두가〕 엇비슷한 상태는 해체에 적대적인 성질이다. 나로서는 어쨌든 절망에 빠져들지는 않으며, 내게는 우리를 구해 줄 길들이 있다고 여겨진다.

> 어쩌면 어떤 신이 다행히도 마음을 바꿔
> 혼란에 빠진 세상 다시 우리에게 제대로 돌려줄지도
> 모를 일.
> 호라티우스

누가 알랴? 길고 힘든 병고 끝에 몸은 정화되고 더 나은 상태가 되어 예전보다 더 완전하고 더 깨끗한 건강을 갖게 되는 것처럼, 혹시 하느님께서 그런 일이 일어나기를 원하시는 것일지도?

내게 가장 고통스러운 점은, 우리네 병의 징후들을 따져 보니 우리의 타락과 인간적 과오들이 가져온 것들만큼이나 원래 자연과 하늘에 의해 그 병 자체에 내재된 고유의 징후들도 있다는 사실이다. C 별들 자신이 우리가 충분히 오래 살아왔으며 이미 일반적인 시한을 넘긴 상태라고 판단하는 것 같다. 나를 힘들게 하는 것 또 한 가지는 우리를 위협하는 가장 임박한 재난이 견고한 전체 내부에서 일어나는 변동이 아니라, 그 덩어리 자체가 분열되고 해체되는 것이니 이것은 우리가 두려워하는 최악의 것이다.

B 횡설수설하는 나의 이 글 속에서도 나는 기억의 착오가 염려스럽다. 자칫 같은 이야기를 두 번씩 쓰고 있는 것은 아닌지 말이다. 나는 쓴 것을 다시 보기를 싫어하며, 나도 모르게가 아니고서는 한번 내게서 빠져나간 주제를 절대로 다시 만지지 않는다. 나는 이 책에 새로 배운 것이라고는 아무것도 적지 않는다. 여기

쓰인 이것들은 평범한 생각들이다. 아마도 수십 번씩 떠올려 본 것들이라 이미 써 넣은 적이 있지 않을까 염려스럽기도 하다. 필요 없이 반복하는 말은 설사 호메로스의 글일지라도 어디서나 지루하다. 그러나 피상적이고 그저 스쳐 가는 눈길만을 끄는 것들의 경우 그것은 재앙에 가깝다. 나는 주입식을 싫어하는데, 세네카의 경우처럼 유익한 것들이라 해도 마찬가지이다. C 그리고 그의 스토아 학파식 관행도 내 마음에 들지 않는데, 매 주제에 대해 한없이 장황하게, 보편적으로 쓰이는 원칙과 공리들을 반복해서 이야기하며, 평범하고 일반적인 논변과 논거를 새로이 되풀이 인용하니 말이다. B 내 기억력은 날마다 잔인하리만큼 악화되는 중인데,

> 마치 목이 탄 나머지 레테강의 망각의 물을
> 조금씩 마시고 난 듯.
> 호라티우스

하느님의 가호로 아직까지는 별 실수를 하지 않았으니, 다른 이들이 자기가 이야기해야 할 내용에 대해 생각할 시간과 기회를 찾는 데 비해 앞으로 나는 미리 준비하는 것은 피하려 한다. 어떤 의무에 나를 너무 얽어매고 나면 거기서 벗어나려 애써야 하게 되기 때문이다. 얽매이면 나는 길을 잃게 되는데 내 기억력처럼 허약한 도구에 의지할 때도 마찬가지이다.

지금 하려는 이야기를 읽을 때마다 나는 나 자신도 모르게 저절로 화가 난다. 린세스테스는 알렉산드로스에 맞서 음모를 꾸민 혐의를 받았는데, 관습에 따라 그의 해명을 들으려는 군대 앞에 끌려 나간 날, 머릿속에는 세심히 준비한 연설문이 들어 있었다.

그는 몹시 머뭇거리고 더듬거리면서 그중 몇 마디를 말했다. 그가 자기 기억력과 싸우면서 기억을 더듬고 있는 동안 그는 갈수록 더 당황하게 되고, 그를 유죄라고 생각하게 된 바로 가까이 있던 군인들은 그를 창으로 찔러 죽이고 말았다. 그의 당황한 모습과 침묵은 그들에게 자백과 같았다. 감옥 안에서 준비할 여유가 그렇게 많았으니, 그들이 보기에는 그가 기억력이 없는 것이 아니라 양심의 가책이 그의 혀를 묶고 그의 힘을 앗아 간 것이었다. 참으로 그럴싸한 소리이다! 그 장소, 그 청중, 그 기대는 그저 이야기를 잘해 보려는 욕심밖에 없을 때라도 정신을 흔들어 놓는다. 그것이 목숨이 달린 연설일 경우는 어쩌겠는가?

내 경우는 내가 해야 할 말에 묶여 있다는 사실 자체가 내 기억을 사라지게 한다. 내가 자신을 완전히 기억에 맡기고 내주면 너무 강하게 기억에 매달리니 기억이 짓눌린 상태가 되는 것이다. 기억은 제가 지게 된 짐에 섬찟하게 된다. 내가 기억에 의지하는 한 나는 나 자신에 대한 통제력을 잃은 나머지 자칫 두서없는 이야기나 하고 말 지경이 된다. 그리고 어느 날인가는 나를 죄고 있던 고삐를 감추느라 힘들어하는 자신을 본 적이 있다. 그런데 내 의도는 이야기를 하면서 완전한 무심함과, 마치 당장의 상황에서 비롯되는 듯한 우연스럽고 예비되지 않은 태도를 보여 주려는 것이었다. 멋지게 이야기하기 위해 미리 준비하고 왔음을 보이느니 가치 있는 이야기를 아예 안 하는 쪽을 바라는 터에, 특히 나 같은 직업을 가진 사람에게는[195] 그것이 어울리지 않는 일이었다. [C] 그리고 많은 것을 담을 수 없는 사람에게는 과도한 요구이기도 하다.

195
대검(帶劍) 귀족으로서 군인 직업을 말한다.

준비를 하면 그보다 더 많은 것을 기대하게 하는 법이다. 어리석게도 누비 조끼만 남기고 다 벗어 놓고도 무거운 외투를 걸친 때보다 잘 뛰지 못하다니.

"상대의 마음에 들려고 하는 자에게 가장 불리한 것은, 상대로 하여금 많은 것을 기대하게 하는 것이다."(키케로) B 웅변가 쿠리오에 대해 사람들이 글로 남겨 놓은 것을 보면, 그가 자기 연설을 우선 3부, 혹은 4부로 나누겠다거나 자기 논변과 논거의 수를 제시했지만 그중 어떤 것을 잊어버리거나 한두 가지씩 덧붙이거나 하는 일이 자주 있었다는 것이다. 나는 이런 식의 곤경에 빠지지 않으려고 조심해서 피해 왔는데, 이런 약속과 처방을 내가 늘 싫어한 것은 내 기억력에 대한 불신 때문만이 아니라 그런 방식은 인위적인 것에 너무 많이 의지한다는 점 때문이기도 했다. C "군인들에게는 더 단순한 것이 어울린다."(퀸틸리아누스) B 앞으로 공식적인 자리에서 이야기하는 일을 더 이상 떠맡지 않기로 나 스스로에게 다짐한 것으로 충분하다. 준비한 원고를 읽는 식은 그것이 끔찍하다는 점 말고도 천성으로 무엇인가를 성취할 줄 아는 이들에게는 커다란 손해이기 때문이다. 그렇다고 임기응변에 나를 내맡기는 것은 더욱 바람직하지 않다. 내 임기응변은 둔하고 혼란스러워서, 갑작스럽고 또 중대한 응급 상황에는 대처할 줄 모를 것이다.

독자여, 시험 삼아 쓰는 나의 이 글은 내가 그리는 자화상의 세 번째 연장 작업인 바, 계속되게 놔두라. 나는 덧붙이되 수정하지는 않는다. 첫째로, 세상에 자기 작품을 저당 잡힌 사람은 이제 더 이상의 권리를 갖지 않는 것이 맞다고 나는 생각하기 때문이다. 그럴 수 있다면 다른 곳에서 더 잘 말할 일이지, 자기가 팔고 난 작품을 일그러뜨릴 일은 아니다. 그런 사람들에게서 무엇을 사려거든 그들이 죽고 난 다음이라야 마땅하리라. 출판하기 전에 미리 충분히 성찰하고 살펴야 할 일이지 빨리 내놓으라고 그들에게 누가 재촉하기라도 한다는 말인가?

C 내 책은 늘 하나이다. 새 판을 찍기 시작함에 따라, 책을 사는 이들이 텅 빈 손으로 돌아가지 않도록 하기 위해 내가 뭔가 여분의 장식을 — 내 책은 어설프게 잇대 놓은 잡동사니 모음에 지나지 않는 까닭에 — 매번 거기 덧붙이도록 스스로에게 허락한 점만 빼고 말이다. 이것들은 초과된 적재물일 뿐이어서 원래의 형태를 조금도 부정하지 않으며, 약간의 조심스런 섬세함을 더해 이후의 형태들 하나하나에 특별한 맛을 더하려는 것이다. 하지만 그 때문에 글을 쓴 순서가 바뀌게 되는 일이 쉽게 일어날 수 있는데, 내가 쓰는 이야기들은 항상 집필순을 따르는 것이 아니라 적절한 위치인지에 따라 배치되는 탓이다.

B 두 번째로, 나로 말할 것 같으면, 바꾸려 하다 잃게 되지나 않을지 두렵기 때문이다. 내 생각은 항상 앞으로만 나아가는 것이 아니라 뒤로 가기도 한다. 내 생각이 두 번째 혹은 세 번째 하는 것이라고 해서 첫 번째 했던 생각보다 내가 덜 불신하는 것은 좀체로 아니며, 옛날 생각이든 지금 생각이든 마찬가지로 미심쩍어한다. 남들을 교정해 주려고 할 때처럼 우리 자신을 교정하려 할 때도 우리는 가끔 어리석게 군다. C 내 책을 처음 출판한 때가 1580년이었다.[196] 그 뒤로 적잖은 세월 동안 더 나이가 들었지만 내가 한 치라도 더 지혜로워진 것은 확실히 아니다. 지금 이 순간의 나

196
1588년판에는 이 부분에 다음과 같이 적혀 있다. "내 책을 처음 펴낸 뒤로 나는 여덟 살 더 나이 들었다. 그러나 내가 조금이라도 더 나아졌는지는 의문이다."

와 얼마 전의 나는 분명 둘이다. 그러나 어느 때가 더 나은 내 모습인지에 대해서는 아무 말도 할 수가 없다. 우리가 줄곧 개선되는 쪽으로 나아가는 것이라면 늙는다는 것은 멋진 일이리라. 그러나 그것은 비틀거리며 어지러워하면서 갈피를 못 잡는 주정꾼의 움직임이거나 혹은 바람이 자기 좋을 대로 아무렇게나 흔들어 대는 갈대의 움직임이다.

안티오쿠스는 아카데미를 옹호하는 강력한 글을 쓴 적이 있다. 그러나 노년에는 다른 학파의 입장을 취했다. 그 둘 중 어떤 입장을 내가 따르더라도 나는 여전히 안티오쿠스를 따르는 것이 아닐까? 그가 인간 견해의 불확실성을 확립한 이후, 나중에는 그 확실성을 확립하려 한 것은 확실성이 아니라 불확실성을 확립하는 셈 아니었을까? 그리고 그에게 또 다른 여생이 주어진다면 자기는 여전히, 물론 더 나은 것은 아니더라도 또 다른 새로운 견해를 취하게 되리라는 뜻이지 않았을까?

B 대중이 내 책에 보여 준 호의 때문에 나는 나 스스로에게 허용한 것보다 좀 더 대담하게 되었다. 그러나 내가 제일 염려하는 것은 독자들을 물리게 하는 것이다. 나는 우리 시대의 어떤 박식한 이가 했던 것처럼 지치게 하기보다 자극을 주고 싶다. 칭찬이란 누가 해 주든, 무엇 때문에 해 주든 항시 기분 좋은 것이다. 그러나 적절하게 그 칭찬을 즐기기 위해서는 그 이유에 대해 알기는 해야 한다. 불완전한 작품들마저 이따금 호의를 얻는 방법을 알기 때문이다. 일반적인 대중의 평가는 가끔 허황된 것일 때가 있다. 그리고 우리 시대에 최악의 저술들이 바로 가장 대중적 인기를 누린 것이 아니라면 내가 잘못 생각하고 있는 것이리라. 내 빈약한 노력을 기껍게 받아 준 관대한 독자들에게 나는 당연히 감사를 드

린다.

그 자체로 전혀 추천할 만하지 않은 주제에서만큼 문체의 결점이 더 분명히 드러난 경우는 없다. 독자여, 여기 다른 사람의 변덕이나 부주의에서 비롯된 오류들을 두고 나를 비난하지는 마시라. 일꾼들마다, 일하는 손마다, 자기 몫의 오류를 책에 가지고 온다. 나는 옛날식대로 하라고 지시만 할 뿐[197] 철자법에도 구두점에도 끼어들지 않았다. 어느 쪽으로나 나는 서투르다. 그들이 의미를 산산조각 나게 한 경우는 별로 괘념치 않았다. 적어도 내 책임은 면해 주기 때문이다. 그러나 엉터리 의미로 대체해 놓는 경우는 — 그런 일이 너무 자주 있지만 — 그리고 내 뜻을 자기들 생각에 따라 틀어 놓는 경우는 그들이 나를 망치는 것이다. 하지만 글의 뜻이 내 표준에 미치지 못한다면 공정한 눈을 가진 이들은 그것이 내 글이 아니라며 거부할 것이다. 내가 얼마나 일하기를 싫어하는지, 내가 얼마나 내 식으로 만들어진 사람인지를 알게 되는 이들은 그런 유치한 교정을 위해 내가 내 글을 다시 읽는 일에 매달리느니, 차라리 그만큼 분량의 에세를 기꺼이 다시 쓰는 쪽을 택하리라는 것을 쉽게 알 수 있으리라.

그런데 나는 방금 앞에서 말하기를, 새로운 금속의 광산 가장 깊은 곳에 갇혀 있는 까닭에[198] 그 풍속이나 견해가 내 것과 같지 않은 사람들과의 친밀한 사귐이 내겐 박탈됐을 뿐만 아니라, — 그리고 그들은 다른 어떤 매듭도 피하려 하는 단 하나의 매

197
당시 소리 나는 대로 적는 새로운 철자법을 옹호하는 이들이 있었다.

198
'황금 시대', '철의 시대'와 같은 맥락에서 철의 시대보다 더 고약한 금속의 시대가 자기 시대라 본 것이다.

듭으로 〔자기들끼리〕 결속되어 있다 — 어떤 행위든 다 법이 허용해 준다고 생각하는 사람들 사이에서 살아가는 위험 앞에 내가 서 있다고 했다. 이들 대부분은 법 앞에서 청산해야 할 몫이 그보다 고약할 수는 없는 바, 내 주변은 극단적인 방종이 둘러싸고 있는 것이다. 나와 관련된 모든 특수한 사정을 따져 보니, 이 나라 사람 중에 법을 수호하려다 치르게 되는 비용이 — 법률가들 말로 "이익은 사라지고 손해는 커 간다."라는 식으로 — 나보다 더 큰 이는 내 보기에 없다. [C] 자기들의 열정과 강인함을 노골적으로 자랑하는 이들도 공정한 저울에 올려 놓고 보면 나보다 하는 일이 훨씬 적다.

[B] 언제나 열려 있고 쉽게 접근할 수 있으며 누구나 환영하며 맞이하는 내 집은(왜냐하면 나는 행여 마음속에 내 집을 전쟁의 도구로 바꿔 썼으면 하는 생각이 들지 않도록 했기 때문인데, 전쟁이 내 이웃에서 가장 멀리 떨어진 곳에서 벌어질 때라야 나는 더 기꺼이 거기 끼어든다.) 사람들의 사랑을 충분히 받을 만했다. 그러니 우리 집 두엄더미 위에서 나를 공격하기는 거북한 노릇일 것이다. 내 집이 그 오랜 폭풍우 가운데, 이웃에서는 수많은 변화와 동요가 일어났음에도 아직 피 한 방울, 노략질 한 번 보고 겪지 않았다는 것은 경이롭고도 본보기가 될 만한 걸작에 해당한다고 생각한다. 왜냐하면 나 같은 기질의 사람에게는 사실 그것이 무엇이든, 일정하고 지속되는 형태의 위험이라면 피해 갈 수가 있기 때문이다. 그러나 양쪽으로 나뉘어 대립하는 침입과 기습, 내 주변 사람들이 겪는 운명의 역전과 변화무쌍함은 이 지방 사람들의 기질을 지금까지 순하게 하기보다는 독하게 만들었고, 나로서는 극복할 수 없는 위험과 역경을 등에 지고 있다. 나는 피해 간다. 그러나 그

것이 정의의 힘에 의해서보다는 행운으로, 심지어 내 신중함으로 그리된다는 것이 언짢다.

그리고 내가 법의 보호 밖에 있다는 것도, 법이 아닌 다른 것의 보호를 받고 있다는 것도 언짢다. 현 상태로서는 나는 절반 이상을 다른 사람의 호의로 살고 있는 것인데, 이는 가혹한 은혜이다. 나는 나의 안전을, 내 충성심과 독립성을 높이 산 대공들의 선의나 관대함에 의지하기도 싫고, 내 선조들이나 나 자신의 상냥한 태도에 의지하기도 싫다. 왜냐하면 내가 다른 사람이었다면 어찌된다는 것인가? 만약 내 행실이나 터놓는 이야기 방식이 내 이웃들이나 친족들에게 은혜를 베푼 셈이 된다면, 그들로서는[199] 나를 그저 살아 있게 놔주는 것으로 자기네 신세 갚음이 될 수 있다는 것은 잔인한 일이다. “C 주변 모든 교회를 우리가 쓸어 버리고 황폐하게 했으니, B 우리는 그에게 자기 집 C 예배당에서 마음대로 미사 드리는 것 B 을 허락하고 C 필요한 경우 그가 우리 아내들과 소들을 지켜 줄 테니 그에게 자기 재산 사용권과 B 목숨을 허락해 주기로 한다.”라고 그들이 이야기할 수 있다는 것도 말이다. 우리 집에서는 오래전부터 자기 동료 시민들 재산의 총괄 보관자이고 수호자였던 아테네인 리쿠르구스를 찬양하고 있다.

그런데 나는 우리가 정의와 법에 의거해 살아야지 C 보상이나 B 호의에 의해 살아서는 안 된다고 생각한다. 얼마나 많은 올곧은 이들이 의무를 저버리기보다 차라리 생명을 버리기를 원했던가! 나는 어떤 종류의 것이건 신세지는 일을 피하고자 하는데, 특히 나

199
가톨릭인 몽테뉴가 사는 지역은 개신교가 지배하고 있었고, 그의 집안 일부는 개신교도들이었다. ‘그들’은 개신교 친족들을 말한다.

를 마음의 빚[200]으로 붙들어 놓게 되는 은덕이 그렇다. 내게 베풀어지는 것이지만 은덕의 이름으로 내 의지를 저당 잡히게 하는 것만큼 값비싼 것은 없다고 나는 생각하며, 돈 받고 해 주겠다는 봉사를 나는 더 기꺼이 받아들이겠다. 당연히 내 생각은 그런 이들에게야 돈만 주면 된다는 것이다. 다른 사람들에게는 나 자신을 주는 셈이다. 마음의 도리의 법으로 나를 묶는 매듭은 사회적 강제의 매듭보다 훨씬 단단하고 강압적이다. 나 자신이 가하는 것보다 공증인이 가하는 속박이 내게는 훨씬 부드럽다. 사람들이 단순히 내 양심만 믿고 대하는 일에 있어서 내 양심이 훨씬 더 구속되는 것은 당연하지 않은가? 다른 경우에는 내 마음에 부담스러울 것이 없으니, 사람들이 내 마음에 아무것도 빌려준 것이 없기 때문이다. 그들은 나의 바깥에서 신뢰와 보장을 얻었으니 거기 의지하면 될 일이다. 나는 벽이나 법의 구속을 부술지언정 내가 한 말의 구속에서 빠져나갈 생각은 없다. [C] 나는 내 약속 지키는 일을 미신에 가까울 만큼 세심히 이행하며, 어떤 일을 두고서든 일부러 잠정적으로 그리고 조건을 달아 약속한다. 나는 내가 세운 규칙을 애써 고수하느라 조금도 중요하지 않은 약속에도 중요성을 부여한다. 그 규칙은 나를 시달리게 하고 그 자체에 대한 염려 때문에 내게 짐이 된다. 확실히 그저 나 혼자 일이고 또 어찌해도 상관없이 자유로운 일들의 경우도, 내가 어떤 계획을 하고 있는지를 이야기해 버리고 나면 나 자신에게 그것을 명령하는 것 같고, 다른 사람이 그 일을 알게 하는 것은 나 자신에게 그것을 강제하는 것처럼 느껴진다. 그래서

200
devoir d'honneur. 법적으로는 강제하지 않으나 명예를 걸고 돌려줘야 하는 빚을 말한다.

나는 내 계획을 거의 세상에 알리지 않는다.

B 내가 나를 두고 하는 단죄는 판관들의 것보다 더 날카롭고 더 엄격한데, 판관들은 나를 일반의 의무라는 얼굴로만 바라보지만 내 양심은 더 강하고 더 혹독하게 나를 움켜쥐기 때문이다. 내가 그쪽으로 가지 않으면 세상이 나를 그리 끌고 갈 의무들을 나는 마지못해서인 양 따라간다. C "의로운 행동이라 하더라도 자발적인 정도만큼만 의로운 것이다."(키케로) B 행동에서 어딘가 자유의 찬란함이 비치지 않는다면 그것은 훌륭하지도 명예롭지도 않다.

> 의무가 내게 강제하는 것들을 사람들이 내 의지로부터
> 얻어 내기는 어려운 일.
> 테렌티우스

불가피하게 내게 강요되는 일이라면 나는 의지를 놔 버리고 싶어진다. "왜냐하면 지시받으며 하는 일에서는 복종하는 사람보다 명령하는 자에게 더 공이 돌아가기 때문이다."(발레리우스 막시무스) 이런 방식을 따르는 것이 불의에 이를 정도이던 사람들을 나는 몇 알고 있다. 그들은 돌려줘야 할 것을 내주는 식이며, 지불할 것인데 빌려주듯 하고, 자기들을 제일 많이 도와준 이에게 제일 인색하게 군다. 나는 그 정도까지 겪어 본 것은 아니지만 그러나 거의 그 가까이까지 가 보게 되곤 한다.

나는 짐이나 의무를 벗어 던지는 것을 너무나 기꺼워하는지라, 어떤 사건으로 인해 혹은 타고나면서부터 일정한 우정의 의무를 지게 된 사람들로부터 배은망덕함이나 무례함, 모욕 따위를 겪게 되면 그것을 내 쪽의 이득으로 계산했는데, 그들이 범한 과실

을 내 빚을 갚고 면하는 기회로 여겨서이다. 나는 사회적 의무가 요구하는 외적 예의를 그들에게 여전히 지키기는 하지만, [C] 애정으로 하던 것을 법으로 하게 되고 [B] 내 의지가 내적으로 긴장하고 염려하던 데서 조금이라도 풀려난 것에 대해 그것이 적잖은 저축이라고 생각한다. [C] "선의의 충동이 처음 일어날 때, 마치 마차를 세우듯 그것을 억제하는 것이 현자의 태도이다."(키케로) 이 선의에 내 마음을 담으려 할 경우에는 그것은 어딘가 너무 급하고 충동적이 된다. 적어도 자기가 무엇인가로부터 결코 억압되기를 바라지 않는 사람에게는 그렇게 느껴진다. 그리고 이 같은 방식으로 의지를 관리하는 것은 나와 관계되는 사람들의 결함에 대해 어느 정도 화해하게 한다. 그 때문에 그들이 그만한 대접에 어울리지 않는 사람이 되는 것은 유감이지만, 그러나 그 덕분에 나는 그들을 향한 마음 씀이나 의무의 수고를 어느 정도 아끼게 된다.

나는 자기 아이가 머리에 부스럼이 있거나 꼽추라는 이유로, 그리고 그 아이가 심술꾸러기일 때뿐만 아니라 불행하고 물려받은 것도 없이 태어났을 때라도 그런 이유로 자기 아이를 덜 사랑하는 사람에 대해 그럴 수 있다고 생각한다. 적어도 밖으로는 어느 정도의 중용과 적절한 조심성을 가지고 그런 냉정함을 유지하기만 한다면 말이다. 내 경우는 친족들의 결함을 감내하기가 더 어렵게 느껴진다.

어쨌든 은혜와 감사라는 분야에 대해 내가 이해하는 바에 따르면, 이것은 섬세하고도 유용성이 큰 학문이며, 지금까지 나처럼 자유롭고 빚 없는 사람을 만나 보지 못했다. 내가 빚지고 있는 것은 누구나 마찬가지인 타고난 의무에 대한 것뿐이다. 다른 종류의 의무로부터는 나보다 더 자유로운 사람이 없다.

왕공들의 선물은 내가 아는 바가 없도다.

베르길리우스 글의 개작

왕공들은 C 내게서 아무것도 뺏어 가지만 않는다면 그것만으로 내게 많이 베풀어 준 셈이며, B 내게 아무런 악을 행하지 않으면 그것으로 내게 충분한 선을 행해 주는 셈이다. 그들에게 내가 요구하는 것은 이것이 전부이다. 내가 가진 모든 것이 하느님의 은총으로부터 직접 받은 것이라는 사실이 그분의 기쁨이었으니, 그리고 내가 가진 빚은 오직 그분께 진 것뿐이었으니 내가 그분께 얼마나 감사한 것이랴. C 본질적인 것들을 두고 내가 그 누구에게도 신세지는 일이 결코 없기를 나는 얼마나 간절하게 그분의 자비에 기대어 호소하는지 모른다! 행복한 자유 상태가 지금까지는 나를 이끌어 왔다. 바라건대 내 삶의 마지막 날까지도 그렇게 될 수 있기를!

B 나는 어떤 누구의 도움도 내가 다급하게 필요로 하게 되지 않도록 노력한다.

C "바로 내 안에 나의 모든 희망이 자리한다."(테렌티우스의 모방)
B 이것은 누구나 자기를 위해 할 수 있는 일이다. 그렇지만 하느님에 의해 모든 다급하고 본래적인 필요로부터 벗어나 있게 된 사람들에게는 더욱 쉬운 일이다. 다른 사람에게 의지한다는 것은 가련하고 위험한 운명이다. 우리가 가장 온당하고 가장 분명하게 말을 건넬 수 있는 우리 자신마저도 우리에게 충분할 만큼 확실한 존재는 아니다. 나는 나 자신 말고는 내 것이 없으며, 그 소유마저도 부분적으로는 불완전하고 빌려 온 것이다. 나는 나를 키우며, C 아직 행운을 누리고 있는 동안 가장 중요한 일이니만큼 나 자신에게 용

기를 북돋아 주는데, [B] 다른 모든 것이 나를 버릴 때 스스로 만족해할 만한 무엇을 나에게서 찾기 위해서다.

[C] 엘레우스 히피아스는 필요하면 다른 모든 관계에서 벗어나 뮤즈 신들의 무릎에서 즐겁게 지낼 수 있는 학식만 갖춘 것이 아니었다. 또 영혼이 스스로에게 만족하는 법을 가르치고, 운명이 그렇게 지시하면 밖에서 오는 안락함들 없이 씩씩하게 지내게 가르쳐 줄 철학 지식만 갖춘 것도 아니었다. 그는 지극한 정성을 기울여 요리하는 법과 머리 자르는 법, 옷이며 신발이며 반지를 만드는 법까지 배워 가급적 자족적이고 외부의 도움으로부터 독립된 삶을 가꾸고자 했던 것이다.

[B] 어쩔 수 없이 강제되어 의무로 즐겨야 하는 것이 아니라면, 그리고 그의 의지나 그의 처지가 그것 없이 지내도 아무렇지 않은 힘과 수단을 가지고 있다면 사람들은 빌려 온 재산을 더 자유롭고 더 유쾌하게 즐기게 된다.[201]

[C] 나는 나를 잘 안다. 그러나 만약 필요성에 의해 내가 엮여 들어가게 된 경우라면, 내게 고통스럽고 전제적이며 비난의 색조가 어른거리지 않을 만큼 그렇게 순수한 관대함이나 그렇게 조건 없는 무상의 환대는 누구의 것이라도 상상하기 쉽지 않다. 주는 것이 으스대는 자질이고 특권적이듯, 받는 것은 복종의 자질이다. 그 증거는 티무르가 보내온 선물들을 바자제가 모욕하고 화를 내며 거절한 일이다.[202] 그리고 슐레이만 황제 쪽에서 보내온 선물

201

1588년판에는 이렇게 쓰여 있다. "나는 사람들을 잘 대하고 그들과 나를 결속시키는 기회를 기꺼이 찾곤 했다. 내 보기에 우리 재산을 그보다 더 기분 좋게 사용하는 길도 없다고 생각된다. 그러나……."

202

들은 캘커타의 황제를 너무 화가 나게 해서, 그는 자기도 자기 앞 황제들도 선물을 받는 관습이 없었고 자기들의 일은 주는 것이라고 말하면서 그 선물들을 거칠게 거절했을 뿐만 아니라, 이 일 때문에 파견된 대사들을 성벽 도랑에 던져 버리게 했다.

아리스토텔레스에 의하면, 테티스가 주피터 신의 환심을 사려 할 때, 스파르타인들이 아테네인들의 환심을 사려할 때, 그들은 자기들이 해 줬던 좋은 일의 기억을 새롭게 하는 것이 아니라, — 이는 항상 혐오스러운 것이었다 — 자기들이 그들로부터 얻었던 혜택의 기억을 새롭게 한다고 한다. 무슨 일에나 누구에게든지 격의 없이 부탁하는 사람들이 있는데, 만일 그들이[203] 신세지는 데서 오는 구속이 지혜로운 사람에게 어떤 무게를 갖는 것인지를 헤아려 본다면 그렇게 하지는 않을 것이다. 아마도 때로 그 신세진 것에 보답할 수는 있겠지만 그 빚이 완전히 소멸되는 일은 결코 없다.

자신의 자유로움이 그 팔굽을 사방으로 뻗을 수 있게 해 주고 싶은 사람에게 이것은 잔인한 옥죄기이다. 나보다 위에 있건 아래에 있건 나를 아는 사람들은, 다른 사람에게[204] 신세지지 않으려는 욕구가 나 정도인 사람을 달리 찾을 수 없다는 것을 잘 알 터이다. 이 점에서 내가 요즘의 모든 예를 뛰어넘는다 해도 별 대단한

오스만 제국의 술탄이었던 바자제는 티무르가 보내 온 선물들을 거절했는데, 티무르는 사절들의 전언을 통해 대왕인 티무르의 권위를 존중할 것과 자기들의 동맹국들에 대해 우호적으로 대하고, 압수한 재산을 돌려줄 것 등을 요구했다고 한다.

203
1595년판에는 이렇게 덧붙여 있다. "순수한 자유의 달콤함을 맛볼 줄 알고 또."

204
1595년판에는 다음과 같이 덧붙여 있다. "부탁 않고 요구 않고 애걸하지 않으며"

일이 아닌 것이 내 습속의 수많은 부분이 거기 기여하고 있기 때문이다. 타고난 약간의 자긍심, 거절을 못 견뎌 하는 성격, 내 욕구나 계획을 절제하는 힘, 모든 종류의 일에 서투름, 그리고 나의 가장 좋은 자질인 게으름과 솔직함. 이 모든 것을 통해 나는 중재를 통해서건 직접적으로건 나 말고 다른 사람에게 매이는 것을 죽도록 싫어하게 되었다.

그것이 아무리 심각하건 혹은 사소한 경우건 나는 다른 사람의 친절을 부탁하기 전에 그런 부탁 없이 내가 할 수 있는 모든 것을 남김없이 부지런히 사용해 본다. 내 벗들이 내게 제삼자를 찾아가 부탁 좀 해 달라고 하면 나는 몹시 거북하다. 내게 빚진 것이 있는 사람을 이용함으로써 그를 풀어 주는 것은 내가 신세진 적 없는 이에게 내 친구들 일을 부탁하느라 나를 얽매이게 하는 것만큼이나 내키지 않는 값비싼 일로 보인다. 이런 조건이 아니라면, 그리고 친구들이 내게 곤란하고 걱정스러운 것을 원하는 것이 아니라면 ― 나는 온갖 근심에 결사항전을 선포해 놓은 터이기 때문이다 ―, 나는 누구든 필요로 하는 일에 쉽사리 손을 내밀어 준다.

[B] 그러나 나는 주려고 애쓰기보다 그보다 훨씬 더 받지 않으려고 피해 다닌 편이다. [C] 그런데 아리스토텔레스에 따르면 받는 것이 훨씬 더 쉬운 일이다.[205] [B] 내 운명은 남들에게 베푸는 것을 그다지 허락하지 않았다. 그리고 내게 허락한 그 조금의 것도 궁벽한 사람들이 받게 했던 것이다. 만일 운명이 나를 사람들 사이에 한자리 차지하도록 태어나게 했더라면 나는 사람들이 두려워

205
"호의를 받아들이는 것은 별로 어려운 일이 아닌 듯싶지만, 호의를 베푸는 일은 노력이 필요하다."(아리스토텔레스, 『니코마코스 윤리학』)

하고 찬탄하게 하는 것이 아니라[206] 나를 사랑하게끔 하려고 갈망했으리라. 좀 더 대담하게 표현해 볼까? 나는 이익도 되고 기분도 좋게 해 주려고 했으리라. C 키루스는 훌륭한 장수이자 그보다 더 빼어난 철학자의 입을 통해,[207] 자신의 어짐과 베품을 용맹함이나 전쟁에서의 승리보다 더 높이 치는 대단히 지혜로운 모습을 보인다. 그리고 대 스키피오는 좋은 인상을 주고 싶을 때마다 자신의 대담성이나 거둔 승리보다 자신의 상냥함과 인간애를 더 높이 치고, 입에 항상 "나는 적들에게도 내 벗들에게만큼이나 내가 사랑받을 만한 것을 가득 남겼다."라는 당당한 말을 달고 다녔다.

B 그러니 내가 말하고 싶은 것은, 이런 식으로 무엇인가 빚을 져야 한다면 그것은 내가 방금 이야기한 그런 구실들보다 — 이 참혹한 전쟁의 법이 나를 거기에 끌어들이고 있지만 — 보다 더 합당한 구실로 지는 빚이어야 한다는 것, 그리고 다른 사람의 자비에 의지해 나의 잔명이 보존되는 그런 끔찍한 식이어서는 안 된다는 것이다. 그런 식은 나를 숨 막히게 한다. 나는 집에서 잠자리에 누우며, 오늘 밤 사람들이 나를 배신할 것이고 나를 죽일 것이다고 상상하면서, 운명이 도와 끔찍한 일 없이 그리고 오래 지체하지 않고 끝나기를 빈 적이 수백 번이다. 그리고 주기도문을 외운 후 나는 외쳤다.

이리 잘 가꾼 땅을 야만인 병사가 차지한단 말인가!

206
1588년 판에는 '하는 것이 아니라' 대신 '하는 편이라기보다'로 되어 있다.
207
크세노폰을 말한다.

베르길리우스

대책이 무엇일까? 내가 태어나고 내 조상 대부분이 태어난 곳이니, 조상들은 이곳에 자신들의 애정을 묻고 이름을 얻어 왔다.[208] 우리는 습관이 드는 것에는 무엇에나 무뎌진다. 그리고 우리 경우처럼 가련한 처지가 되면 익숙해진다는 것은 너무 고마운 자연의 선물이 되어, 이런저런 불행에 대해 고통스러워하는 감정을 잠재워 주는 것이다. 우리 각자를 자기 집 안에서 경계 태세에 두게 한다는 점에서 내전은 다른 전쟁보다 더 고통스러운 면이 있다.

> 자기 목숨을 지키기 위해 문과 벽이 필요하다니, 그리고
> 견고한 자기 집도 믿을 수가 없다니, 이 얼마나 한심한
> 노릇이랴!
>
> 오비디우스

집에서 살림하고 쉬는 데까지 두려움에 짓눌린다는 것은 극도로 궁지에 몰린 셈이다. 내가 사는 지역은 이 혼란한 시기에 늘 전투의 첫 장소이자 마지막 장소이며, 평화가 한 번도 온전한 얼굴을 내밀지 않은 곳이다.

> 평화로운 시기마저도 전쟁의 공포가 사람들을 괴롭힌다.
>
> 오비디우스

208
몽테뉴는 영지의 이름이고 그의 조상들은 '에켐(Eyquem)'이라고 불렸다.

운명이 평화를 깨뜨릴 때마다, 이곳은 전쟁이 지나는 길목.
운명이여, 차라리 나를 동방에 살게 하거나,
얼어붙은 북극 큰곰자리 별들 아래
떠도는 집을 내게 주었더라면.

루키아누스

나는 이따금 이런 생각들에 맞서 자신을 강화시킬 방법을 무관심과 무덤덤함 안에서 찾는다. 그런 상태 역시 어느 정도는 우리를 단호하게 만드는 것이다. 나는 죽을 위험을 약간은 기분 좋게 상상하기도 하며, 그런 위험을 기다리는 일도 더러 있다. 죽음을 성찰하거나 탐색하지도 않고서, 마치 단숨에 나를 삼키며 아무런 감각도 고통도 없는 무거운 잠으로써 순식간에 나를 압도하는 어두운 침묵의 심연인 듯, 나는 바보처럼 고개를 떨군 채 죽음 속으로 뛰어든다. 그리고 이 짧고 급격한 죽음 속에서 언뜻 내 앞에 비치는 그다음은 죽음의 실체가 나를 두렵게 하는 것보다 더 많은 위로를 준다. [C] 삶이라는 것이 길다고 하여 더 나은 것은 아니지만 그러나 죽음은 짧은 것일수록 더 낫다고 한다. [B] 나는 죽음이라는 상태 앞에서 움츠러들고 있다기보다 죽는 것과 친숙해지고 있는 중이다. 단단히 챙겨 입고 폭풍우 속에 따뜻이 안기면, 그것은 순식간에 느낌도 없이 나를 덮쳐 내 눈을 감게 하고 나를 쓸어가 버리리라.

어떤 정원사들의 이야기로는 장미와 제비꽃은 마늘과 양파 가까이에서 더 짙은 향기를 머금고 피어나는 일이 있는데, 흙에 있는 나쁜 냄새를 이 채소들이 삼키고 끌어가기 때문이라는 것이다. 마찬가지로 이 타락한 천성들이 내가 숨 쉬는 대기와 풍토로부터 모든 독기를 빨아 가고, 그들이 곁에 있어 내게는 더 좋고 더 맑은 기운이 돌아오게 된다면, 내가 모든 것을 잃은 것은 아니리라. 그러나 사정은 그렇지 않다. 그래도 다음 중 어떤 한 가지는 내게 일어날 수도 있으리라. 선함은 희귀할 경우에 더 아름답고 매력적이라는 것, 타인들이 완전히 반대로 나올수록 우리는 도리에 맞게 행동하려는 의지를 더욱 굳건히 다지게 된다는 것, 세류에 맞서려는 저항의 쾌감과 명예를 얻을 수 있다는 생각이 그 의지를 불타오르게 한다는 것 말이다.

C 도둑들은 스스로들 알아서, 특별히 내게 눈길을 주지는 않는다. 나 역시 그들에게 그렇게 하지 않는가? 그렇지 않다면 내가 싸워야 할 사람이 너무 많으리라. 똑같은 몰염치가 서로 다른 옷을 입고서 똑같은 잔인성과 똑같은 음험함과 똑같은 강도짓을 감추고 있다. 그것은 법의 그늘에 가려 있는 바람에 더 어둡고 더 안전하며 더 비열하므로 더욱더 못된 것이다. 나는 드러내서 하는 불의를 숨어서 하는 불의보다 덜 미워하며, 평화 시[209]의 불의를 전쟁 시의 불의보다 더 미워한다. 우리가 앓는 내전의 열병은 그 때문에 더 나빠질 것이 없는 몸에 갑자기 나타난 것이다. 불은 이미 났었고 지금은 불길이 솟구치고 있는 것이니 소리는 더 요란하지만 해악은 덜하다.

B 내가 여행하는 이유가 무엇인지 묻는 이들에게 나는 보통 이렇게 답한다. 내가 피하려고 하는 것이 무엇인지는 알고 있지만 내가 찾으려는 것이 무엇인지는 모르겠다고. 외국인들 사이에 있으면 건강도 여의치 않을 수 있고 풍속도 우리 것보다 못하다고

209
1595년판에는 '그리고 법대로 하는'이 덧붙여 있다.

사람들이 말하면, 나는 이렇게 답한다. 첫째로 그러기가 쉽지 않을 것이니,

> 범죄의 얼굴은 너무도 여러 가지다!
>
> 베르길리우스

두 번째로 의심의 여지없이 나쁜 상태를 불확실한 상태로 바꿔 보는 것은 항상 이익이다. 그리고 남의 질병이 우리의 질병처럼 그렇게 우리를 고통스럽게 하지는 않을 것이다.

내가 잊지 않고 말해 두고 싶은 것은 프랑스에 대해 내가 아무리 분개한다고 할지라도 나는 여전히 파리를 애정 어린 눈길로 바라보고 있다는 사실이다. 파리는 어린 시절부터 내 마음을 차지하고 있다. 나중에 다른 아름다운 도시들을 더 보게 될수록 파리의 아름다움은 더욱더 내 마음을 사로잡고 내 애정을 얻게 되었다. 나는 파리를 그 자체로서 사랑하며, 군더더기 장식이 더해진 것보다 그 존재만으로 더욱 사랑한다. 나는 파리를 그 사마귀까지, 그 반점들까지 애틋하게 사랑한다. 나는 이 위대한 도시에 의해서만 프랑스인이다. 주민 수로도 위대하고, 지리적 위치도 위대하지만 무엇보다 갖가지 다채로운 삶의 안락함에서 견줄 곳 없이 빼어난 이 프랑스의 영광은 이 세상에서 가장 고귀한 장식 가운데 하나이다. 하느님, 이곳에서 우리의 분열을 쫓아내 주소서! 내 보기에 이 나라가 온전한 하나로 통합된다면 다른 어떤 폭력도 범하지 못할 곳이다. 프랑스에 해 주고 싶은 말은, 그중 가장 몹쓸 파당이 있다면 나라를 불화로 몰아넣는 자들이리라는 것이다. 내게는 프랑스를 위해서는 프랑스만이 걱정거리다. 그리고 분명 나는 이 나라의

다른 어떤 지역을 위해서만큼이나 이 나라를 위해 걱정한다. 이 나라가 지속되는 한 내게 다른 어떤 은신처도 아쉬워하지 않게 할, 내 마지막 숨을 거둘 은신처가 없지는 않으리라.

소크라테스가 그런 말을 해서가 아니라 진실로 내 느낌이 그러한데, 아마도 어느 정도 과장이 없지는 않겠지만 나는 모든 인간을 나의 동포로 생각한다. 그리고 동국인이라는 유대를 일반적이고 보편적인 유대에 종속되는 것으로 보고, 폴란드 사람도 프랑스 사람처럼 껴안는다. 나는 좀체 내 고향 대기의 아늑함에 넋이 빠지지 않는다. 내가 선택한 아주 새로운 관계가 내 보기에는 능히 이웃들과의 우연하고 평범한 관계만큼 가치 있다. 우리가 직접 맺은 순수한 우정은 보통 풍토와 혈연의 공동체가 우리를 이끌어 맺는 우정보다 더 강한 법이다. 대자연은 자유롭고 구속 없는 상태로 우리를 세상에 내놓았다. 우리는 스스로를 어느 지역들에 가둬 놓는다. 마치 페르시아 왕들이 코아스페스 강물 외에는 다른 물을 결코 마시지 않기로 맹세하듯이 말이다. 그들은 어리석게도 다른 모든 물을 마실 권리를 포기했던 것이며, 자기들에게는 세상 나머지 전부가 가뭄으로 말라붙게 만들었던 셈이다.

C 소크라테스는 생애 말년에 자기에게 내려진 추방령을 사형 선고보다 더 나쁘게 여겼는데, 내 생각에 나의 경우라면 소크라테스만큼 그렇게 낙담하거나 내 나라에 대해 그렇게 단단히 매달려 있지는 않을 것이다. 소크라테스와 같은 저 천상의 생명들은 내가 가슴으로 보다 존경심에서 맞아들이게 되는 모습들을 참 많이 가지고 있다. 그리고 또 내 머리에 떠올릴 수가 없으니 존경심으로도 껴안을 수 없는, 지극히 고결하고 예외적인 모습들도 가지고 있다. 세계를 자기의 도시로 여겼던 사람으로서는 그 기질이 매우

섬약한 셈이다. 그가 여행 떠나기를 얕잡아 보고 아티카 지역 밖으로는 발을 디뎌 본 적이 없는 것이 사실이다. 자기 목숨 값으로 내놓으려던 친구들의 돈을 그가 아껴 두려 한 것이며, 법이라는 것이 그토록 부패한 시대에 법에 불복하지 않기 위해 다른 이가 중재한 탈옥을 거부한 것에 대해 뭐라 할 것인가? 이런 예들은 내 보기에 첫 번째 범주에 속하는 것이다. 두 번째 범주에는 같은 사람에게서 내가 찾을 수 있게 될 다른 예들이 속한다. 이 희귀한 예들 중 어떤 것들은 내가 따라 할 범위를 넘어서는 것이지만 그러나 어떤 것들은 내 판단력마저 넘어서기도 한다.

[B] 이 같은 이유들 말고도 여행은 내 보기에 유익한 훈련이다. 여행 중에 영혼은 새로운 미지의 것들에 대해 주목하도록 끊임없이 자극받는다. 내가 자주 말했듯이, 삶을 형성하기 위해서는 그 앞에 끊임없이 수많은 다른 삶과 [C] 견해, 관습의 [B] 다양성을 눈앞에 보여 주고, 그 영원히 다양한 우리 본성의 형태를 삶이 맛보도록 해 주는 것보다 더 좋은 학교는 없다. 육체는 여행할 때면 게을러지지도, 피로하지도 않으며, 이 적절한 동요는 육체에 활력을 불어넣는다. 나는 결석을 앓고 있지만 말에서 내리지도 않고 힘들어하지도 않으면서 내리 여덟 시간에서 열 시간가량을 타기도 하니

> 노년의 힘과 조건을 넘는 일이다.
>
> 베르길리우스

어떤 계절도 나와 적대적이지 않지만, 내리 꽂는 태양빛의 따가운 열기는 예외이다. 옛 로마인들 시절부터 이탈리아에서 사용하던 양산은 머리를 편하게 해 주는 것보다는 양팔에 더 부담을

준다.[210] C 크세노폰이 서술하는 것처럼, 페르시아인들은 어떤 장치를 했기에 그렇게 오래전, 사치품이 이제 막 태어나던 시기에 자기들 나름으로 시원한 바람과 그늘을 만들어 즐겼던 것인지 궁금하기만 하다. B 나는 거위들마냥 비나 진창도 좋아한다. 대기와 풍토가 바뀌는 것은 내게 아무런 영향도 미치지 않는다. 어떤 하늘이고 내겐 하나이다. 내가 마음속에 만들어 내는 번민만이 나를 쓰러뜨리는데, 여행 중에는 그런 괴로운 생각이 훨씬 뜸해진다.

나는 쉬 몸을 움직이는 편이 아니다. 그러나 일단 길 위로 들어서면 사람들이 원하는 만큼 멀리 가게 된다. 큰일만큼이나 작은 일을 두고도 망설이는 편인데[211] 하루 여정으로 떠나거나 이웃을 방문하는 일을 두고도 진짜 먼 여행을 떠나는 일만큼이나 머뭇거린다. 나는 하루씩 가는 여정을 스페인식으로 단 한 단계에 처리하는 것을 배웠다. 길지만 그러나 합당한 방식이다. 극도로 더울 때는 그 여정을 밤에 진행해 석양부터 다음 날 해 뜰 때까지 이동한다. 다른 방식으로 하여 길 가는 중 소란스럽고 다급하게 식사를 해치우는 것은 특히 해가 짧을 때는 불쾌하다. 내 방식으로 가면 말들은 더 좋다. 첫날 여정을 나와 함께하는 말이 나중에 무릎을 꿇고 더 못 가는 일은 한 번도 없다. 나는 어디서나 말에게 물을 주며, 다시 물을 먹일 수 있는 곳까지 남은 여정이 충분한지만 유의해 둔다. 내가 일어나기를 게을리하는 사람이니 내 수행인들은 출발하기 전 느긋하게 식사를 할 수가 있다. 나의 경우, 너무 늦은

210
양산의 무게는 약 2킬로그램이었으며, 프랑스에서 우산이 널리 사용된 것은 17세기 말이었다고 한다.

211
1588년판에는 '큰 일보다 작은 일을 두고 더욱'이라고 되어 있다.

식사란 결코 없다. 다른 때는 말고, 식사를 하는 중에야 비로소 나는 식욕을 느낀다. 식탁에 앉아야만 배가 고픈 것이다.

어떤 사람들은 결혼하고 늙어 가는 마당에 내가 이렇게 계속 여행을 즐긴다고 불평한다. 그들은 잘못 생각하고 있다. 가족이 우리 없이도 잘 살아가도록 해 놓고 났을 때, 옛 형식을 전혀 부정하지 않을 질서를 가정에 남겨 놓게 되었을 때, 그때야말로 가족을 떠나기에 좋은 시기인 것이다. 덜 충실하고 당신의 필요를 알아서 챙겨 줄 정성도 부족한 안주인에게 맡겨 두고 집을 떠나는 것이야말로 훨씬 더 경솔한 태도이다.

여성에게 가장 유익하고 명예로운 배움과 일은 살림살이이다. 인색한 여인네들은 몇 사람 알지만 좋은 살림꾼인 여성은 거의 없다시피 하다. 살림살이는 여성의 으뜸가는 자질로서 집안을 망하게 하거나 보존하는 유일한 지참금인 바, 다른 무엇보다 이것을 찾아야 할 일이다. C 이 점에 대해 누가 내게 가르치려 들 것은 없다. 경험이 내게 깨우쳐 준 바에 따라 나는 결혼한 여성에게 다른 어떤 미덕보다 살림살이의 미덕을 요구하는 것이다. B 나는 집을 떠나 있을 때면 아내에게 모든 살림을 맡김으로써 그녀가 자기의 자질을 적절하게 보여 주도록 한다. 여러 가정이 그렇지만, 남편은 바깥일의 근심으로 우울하고 가련한 모습이 되어 정오 쯤 집에 돌아오는데, 부인은 아직도 규방에서 머리 만지고 치장하느라 바쁜 것을 보면 나는 분노를 느낀다. 그런 식이야 왕비님들이 하는 것이다. 아니 왕비라도 그렇게 하는지는 모르겠다. 우리 아내들의 게으름이 우리의 땀과 노동으로 유지되는 것은 우스꽝스럽고 부당한 일이다. C 내게 그럴 힘이 남아 있는 한 나는 누구도 나보다 더 자유롭게, 더 차분하게, 그리고 더 염려 없이 내 재산을 쓰게 두지는 않으리라. [B] 남편이 질료를 제공하면 여성들은 형상을 제공하는 것이 자연 자체가 바라는 바이다.[212]

이렇게 집을 비우면 부부 금슬의 의무가 손상되리라 생각들 하는데, 나는 그렇게 믿지 않는다. 반대로 너무 줄기차게 함께 있다 보면 관계란 쉬 차가워지고, 집요하게 붙어 다니다 보면 상처받는다. 모든 낯선 여인은 우리에게 매력적인 여성으로 보인다. 그리고 누구나 다 경험으로 알고 있는 바이지만, 서로를 계속 보는 것은 이따금 헤어졌다 다시 만날 때 우리가 느끼는 기쁨과 견줄 수 없다. [C] 여행으로 인한 부재 상태는 내 가족에 대한 신선한 애정으로 나를 채워 주며, 내 집을 좀 더 아늑한 느낌으로 즐길 수 있게 해 준다. 집과 여행이라는 변화는 한쪽으로 그리고 다른 쪽으로 번갈아 향하는 내 욕구를 뜨겁게 한다.

[B] 우정은 아주 긴 팔을 가지고 있어서 이 세계의 한 구석에서 저 구석까지 서로를 붙들고 결합하게 해 준다는 것을 나는 안다. 특히 끊임없이 서로를 위해 무엇인가를 해 주면서 그 결속과 기억을 깨우는 우정이 그렇다. 지혜로운 자들 사이에는 너무나 커다란 연결과 관계가 존재하고 있어서, "프랑스에서 식사를 하고 있는 현자는 이집트에 있는 현자에게 양분을 주는 셈이다."라고 했던 스토아 학파의 말은 정곡을 찌른 셈이다. 그리고 그곳이 어디이건 어느 현자가 자기 손가락을 그저 뻗기만 해도 사람 사는 땅 위에 있는 모든 현자들이 그 도움을 느낀다고 한다. 향유와 소유는 원래 상상의 문제이다. [C] 그것은 자기가 만지고 있는 것보다는 찾고

212
'질료가 형상을 욕망하듯, 여성은 남성을 욕망한다.'는 금언은 아리스토텔레스에게서 가져온 것이지만, 전통적으로 잘못 이해되었다고 한다.

있는 것을 더 열렬하게 그리고 더 지속적으로 껴안는다. 당신의 나날의 즐거움을 손으로 꼽아 보라. 당신은 당신 친구가 옆에 있을 때 당신 친구를 더 잊고 있음을 알게 될 것이다. 그의 존재는 당신의 주의력을 느슨하게 하며, 언제고 어떤 기회라도 그 자리에서 벗어나는 자유를 당신의 생각에 허락해 주는 것이다.

B 나는 두고 온 내 집과 내 재산을 저 멀리 로마에서도 유지하고 관리한다. 내 집 벽과 내 나무들, 내 수입이 늘어나고 줄어드는 것을 그곳에 있는 것과 꼭 마찬가지로 두 손가락 앞에서 보고 있다.

> 내 두 눈 앞에 끊임없이 내 집 모습이, 떠나온 곳들의
> 풍경이 어른거리누나.
> 오비디우스

우리가 눈앞에서 만지게 되는 것만을 즐긴다고 하면 상자 속에 담긴 금화도, 사냥하러 떠나간 자식들도 안녕인 셈이다. 우리는 그들이 더 가까이 있기를 바란다. 정원에 있으면 멀리 있는 것일까? 반나절 거리에 있으면? 어떤가, 십리는? 그것은 먼가, 가까운가? 가깝다면, 십일 리, 십이 리, 십삼 리는? 이런 식으로 한 걸음씩 더 멀어지면? 정말이지 만일 자기 남편에게 몇 걸음까지는 가까운 것이고, 몇 걸음부터는 먼 것이라고 정해 주려는 여성이 있다면 나는 그녀에게 남편을 그 중간에 세우라고 충고하리라.

> 한계를 정해서 다툼은 그만 끝내자
> 아니라면 당신의 허락대로 내 자유를 이용하여
> 말의 꼬리에서 말총 하나씩 뽑아내듯, 내 땅을 넓혀

가리니
내 궤변 쌓이고 쌓여 당신이 속아 넘어갈 때까지.
호라티우스

그리고 그런 부인들은 감히 철학을 불러 도움을 청해 볼 일이다. 철학이란 지나침과 부족함, 가벼움과 무거움, 가까움과 멈 사이 어디가 그 경계인지를 알지 못하고, 그 시작도 끝도 알지 못한다고, 중간이 어디인지를 막연히 판단할 뿐이라고 누군가가 비난할 수도 있으리라. C "무엇에 대해서나 그 경계가 어디까지인지 아는 것을 자연은 우리에게 허락하지 않았다."(키케로) B 그녀들은 여전히, 이 세계의 끝이 아니라 저 너머 세계에 살고 있는 고인들의 아내이자 연인들로 남아 있지 않은가? 우리는 잠시 부재 중인 사람들만이 아니라 있었던 사람들, 아직 있지 않은 사람들도 가슴에 담는다. 결혼하면서 우리는 우리가 보게 되는 뭔지 모를 저 어린 짐승들처럼, C 또 혹은 카렌티의 마귀 들린 사람들식으로 개처럼[213] B 꼬리를 계속 묶은 채 붙어 있기로 계약을 하는 것이 아니다. 그리고 아내는 남편의 앞쪽에 너무 굶주린 듯 두 눈을 고정하고 있다가 어쩔 수 없이 눈길이 갔을 때 남편의 뒤쪽을 견딜 수 없을 정도가 되어서는 안 된다.

B 아내들의 기분에 대한 가장 빼어난 화가의 지적을 여기 인용하는 것도 그녀들이 갖는 불평의 원인을 보여 주기 위해 괜찮을

213
발틱해에 있는 루겐섬의 카란티아시를 말한다. 삭소 그라마티쿠스(Saxo Grammaticus)가 『14권으로 된 덴마크 역사』에서 전하는 바에 의하면, 남녀가 이런 식으로 눕게 되면 떨어질 수가 없게 되어 웃음거리가 되었다고 한다.

성싶다.

> 그대 귀가가 늦어지면, 그대 아내는 생각한다.
> 누군가에게 수작을 걸거나 누군가가 수작을 걸어 오거나
> 술을 마시거나 자기 없이 혼자 재미 보고 있다고
> 자기는 그동안 수심에 차 있는데도
> 테렌티우스

혹은 또, 맞서고 어깃장 놓는 것이 그 자체로 그녀들에게는 즐거움이고 영양분이어서 당신을 불편하게만 한다면 그것으로 그녀들에게는 충분히 기분 좋은 것은 아닐까?

진실한 우정에서는, 나는 그 전문가이지만 벗을 내게 끌어오기보다 그에게 나를 내주게 된다. 나는 그가 내게 해 줄 법한 것보다 더 잘 해 주고 싶을 뿐만 아니라 그가 나보다는 자기 자신에게 잘해 주기를 바란다. 그가 자신에게 잘하는 것이 내게 가장 잘해 주는 것이다. 그리고 부재 상태가 그에게 즐겁고 유익하다면 그의 존재보다 부재가 내게는 훨씬 기쁜 일이다. 그리고 서로에게 알릴 수 있는 방법이 있다면 그것은 꼭 부재 상태라고는 할 수 없다. 예전에 나는 멀리 떨어져 있는 것을 유익하게 잘 활용했다. 우리는 헤어져 있음으로써 삶을 보다 충일하고 드넓게 소유할 수 있었다. 그는 나를 위해 나는 또 그를 위해, 어느 때나 다름없이 충만하게 살아가고, 향유하며, 바라보는 것이었다. 우리가 함께 있을 때는 우리의 한 부분이 게으른 상태로 있다. 우리는 하나처럼 섞여 있는 것이다. 그러나 공간이 서로 분리되면 우리 의지의 결합은 더 풍요로워진다. 육체의 현존에 대한 채워지지 않는 허기는 영혼의

향유가 어딘가 허약한 것을 보여 준다.

사람들이 나를 나무라며 꺼내 드는 노년으로 말하면, 공동의 견해에 승복할 줄 알고 남을 위해 자신을 강제하는 것은 오히려 젊은이들이 할 일이다. 젊음은 대중과 자신, 둘 다를 위해 무엇이나 해 줄 수 있다. 그러나 우리 노년은 우리만을 위해서라도 할 일이 너무 많다. 자연의 안락함이 없게 되니, 우리는 인위적인 안락함으로 자신을 지탱한다. 젊음이 쾌락을 추구하는 것은 용서하고, 노년이 그것을 찾는 것을 금지하는 것은 온당하지 않다. [C] 젊은 시절 나는 원기 왕성한 충동들을 자제심으로 감추었다. 늙어서 나는 울적한 상념들을 마음의 방탕으로 흩트린다. 플라톤의 법률은 여행이 보다 유익하고 교육적인 것이 될 수 있도록 마흔 살이나 쉰 살 전에 여행길에 오르는 것을 금지하고 있다. 나는 예순 살 이후에는 여행을 금지하는 같은 법의 두 번째 조항에 더 기꺼이 동의하고 싶다. [B] "하지만 그 나이라면 당신은 그런 긴 여행에서 귀환하지 못할 거요." 그게 내게 무슨 상관이랴? 내가 여행을 떠나는 것은 돌아오기 위해서도, 그 여행을 완수하기 위해서도 아니다. 나는 그저 나를 흔들어 놓기 위해서 떠나는 것이다. 흔들리는 것이 내게 기분 좋을 동안에 말이다. [C] 그리고 나는 산보하기 위해서 산보한다. 이익을 쫓거나 토끼를 뒤쫓아 말을 달리는 자는 달리는 것이 아니다. 그저 달리는 기쁨을 위해, 즐기고 놀이하듯 말을 달리는 사람들이 달리는 것이다.

[B] 내 여행 계획은 언제, 어느 지점에서나 변경될 수 있다. 그것은 원대한 기대를 안고 가는 것이 전혀 아니다. 하루하루의 여정 자체가 충분히 목적지가 된다. 그리고 내 삶의 여행도 나는 마찬가지로 생각한다. 그래도 누가 머물라고 붙들어 줬으면 싶었을

머나먼 지역들도 많이 보았다. 크리시푸스나 클레안테스, 디오게네스, 제논, 안티파트로스 등 가장 엄격한 스토아 학파의 그 많은 현자들은 제 나라에 대해 아무런 불평이 없는데도 그저 다른 공기를 즐겨 보려고 자기 나라를 떠났는데, 나라고 해서 그러지 못할 이유가 무엇이겠는가? 물론 내 여행의 가장 못마땅한 점은 내가 원하는 곳에 내 거처를 잡는 결정을 내릴 수 없다는 것, 그리고 세상 사람들 생각에 맞추기 위해 줄곧 내가 돌아가기로 결심해야 하는 것이었다.

만일 태어난 곳 말고 다른 데서 죽는 것이 두렵다면, 그리고 가족을 멀리 떠나 있는 곳에서 죽는 것이 힘들 것이다 싶다면 나는 프랑스 밖으로 나가기가 어려우리라. 내 교구 밖으로 두려움 없이 나서기도 어려우리라. 나는 죽음이 끊임없이 내 목과 허리를 움켜쥐려는 것을 느낀다. 그러나 나는 다르게 만들어졌다. 죽음을 어디서 맞건 내게는 마찬가지이다. 그래도 내가 선택해야 한다면 내 생각에 그것은 침대 위가 아니라 말 타고 가다가, 내 집 밖에서 가족과 멀리 떨어진 쪽이 더 낫다. 사랑하는 이들과 직접 작별을 한다는 것은 위안이 되기보다 가슴 아픈 일이다. 그래서 나는 이 경우에는 소위 도리라는 것을 소홀히 하려 드는 편이다. 우애의 의무 중에서 그것만이 유일하게 괴로운 것이라, 나는 이 거대한 작별, 영원의 작별을 고하는 일은 기꺼이 잊고 싶다.

나의 임종을 지켜 주는 일에 무슨 좋은 점이 하나 있다 할지라도 거북한 점은 수십 가지나 된다. 세상을 떠나가는 사람이 한 무리 사람들에 가련하기 짝이 없게 둘러싸여 있는 모습을 여러 번 봤다. 이 사람들은 그를 숨이 막히게 한다. 당신이 평안하게 죽어가게 두는 것이 의무에도 반하고, 애정도 정성도 별로 없다는 증거가 되다니! 한 사람은 당신 두 눈을, 또 한 사람은 당신 두 귀를, 또 다른 한 사람은 당신 입을 고통스럽게 한다. 당신의 감각도 사지도 사람들이 부숴뜨려 놓지 않는 것이 없다. 벗들의 탄식을 듣자니 당신 심장은 연민으로 죄어들고, 다른 이들이 억지로 꾸며내는 탄식을 듣자면 아마도 분해서 가슴이 터질 듯할 것이다. 마음이 여렸던 사람이라면 약화된 이 순간에 더욱더 여려지게 된다. 그토록 절실하게 무엇이 필요해진 순간에 그의 마음에는 화끈거리는 곳을 다독여 줄 아늑하고 익숙한 손길이 필요하다. 아니면 아예 손대지를 말던가. 우리를 세상에 들어서게 하는 순간에 지혜로운 여성, 산파가 필요하듯이, 세상에서 나가는 순간에는 훨씬 더 지혜로운 어떤 사람이 꼭 필요하다. 지혜롭고, 나아가 벗인 그런 사람은 이런 순간 도움을 얻기 위해 아주 귀한 값으로 사들여야만 하리라.

어떤 것도 돕거나 방해하지 못할 만큼 스스로 강해지는 저 거만할 정도로 당당한 힘에는 내가 이르지 못했다. 나는 그 바로 아래 지점에 있다. 나는 두려움에서가 아니라 꾀를 내어, 바짝 엎드려 기어가는 토끼처럼 이 통과의 길을 못 본 척 넘어가려 한다. 임종 때 내 꿋꿋함을 증거하거나 과시하려는 것은 내 생각이 아니다. 누굴 위해 그러겠는가? 그때면 명성에 대해 내가 가지고 있는 모든 권리며 이해 관계가 그치게 된다. 나는 세상에서 물러나 사적으로 산 내 삶에 어울리게, 고요하고 외로우며 온전히 나만의 것인 명상에 잠긴 죽음에 만족한다. 로마인들은 유언을 남기지 않고 죽거나 눈을 감겨 줄 가장 가까운 이들이 함께하지 못한 채 죽는 이를 불행하다고 생각했는데, 그런 미신과는 반대로 나는 다른 사람 위로할 일 말고도 나를 위로하기 위해 할 일이 가득하며, 상황에 의해 새로 만들어질 것들 말고도 머릿속에 이미 생각들이 가득하고, 따로 빌려오지 않더라도 곰곰 따져 봐야 할 거리가 이미 가득이다.

죽음은 사회가 맡아야 하는 역할이 아니다. 그것은 단 한 사람에게 주어진 행위인 것이다. 여기 우리 가운데서는 살아가고 껄껄 웃자. 얼굴 찌푸린 채 죽어 가는 것은 낯모르는 이들 가운데서 하자. 돈을 지불한다면 당신의 머리를 돌려 주고, 당신 두 발을 문질러 주는 사람, 당신에게 무심한 얼굴을 하며, 당신 식으로 생각하고 탄식하게 둠으로써 당신이 원하는 것 이상으로 당신을 곤란하게 하지 않을 사람을 찾을 수 있을 것이다.

우리 불행을 두고 벗들이 연민과 슬픔을 느끼기를 바라는, 그런 유치하고 고약한 기분을 나는 매일 성찰을 통해 벗어난다. 우리는 벗들의 눈물을 끌어내려고 우리의 불행을 정도 이상으로 과장한다. 그리고 각 개인에게는 자기의 불운을 견뎌 내는 확고함을 칭찬하면서도, 우리의 불운일 때는 그것을 확고히 견디는 친지들을 비난하고 나무란다. 그들이 우리 불행을 고통스러워하지 않고 그저 공감해 주는 것만으로는 우리가 만족하지 못하는 것이다.

기쁨은 확장시켜야 하지만 슬픔은 가능한 한 가지치기를 해야 한다. [C] 이유 없이 동정을 바라는 사람은 막상 이유가 있을 때는 동정해 줄 수가 없다. 항상 탄식하는 사람은 결코 동정받지 못하니, 너무 자주 불쌍한 사람 노릇을 하는 바람에 누구에게도 불쌍하게 여겨지지 않는 것이다. 살아 있는데 죽은 자 노릇을 하는 사람은 죽어 가는데 살아 있는 사람으로 여겨질 수밖에 없다. 안색이 좋고 맥박이 고르게 보인다고 하니 화를 내고, 회복되는 것을 드러낸다는 이유로 웃음을 꾹 참으며, 건강이란 동정의 대상이 안 된다는 이유로 건강을 증오하는 사람들을 나는 보았다. 더 심한 것은 그들이 여성들이 아니었다는 사실이다.

[B] 나는 기껏해야 있는 그대로 내 병을 제시하며, 나쁜 예측이나 고의적인 신음 소리를 피한다. 병든 현자를 만나고 있는 사람들에게는 쾌활함은 아니더라도 적어도 차분한 침착함이 적절한 태도이다. 그는 자신의 상태가 정반대로 되었다고 하여 건강과 다툼을 벌이지는 않는다. 다른 사람 안에 건강이 온전하고 힘찬 모습으로 있는 것을 바라보는 것이, 그리고 적어도 함께 있음으로써 그것을 즐기는 것이 그에게는 기분 좋은 일이다. 자기가 무너져 내리는 것을 느낀다고 하여 그가 삶에 대한 생각을 내던지는 것은 전혀 아니며, 평상시의 어울림을 피하는 것도 아니다. 나는 내가 건강할 때 병을 탐구해 보고 싶다. 병이 들면 내 상상력이 그것을 돕지 않더라도 병은 충분히 실제적인 효과를 발휘한다. 여행을 떠나려고 하면 우리는 미리 준비를 하고 결심을 한다. 그러나 말에 올라탈 시간은 배웅하러 곁에 모여 있는 이들이 결정하도록 맡기며, 그들을 위해 떠나는 시간을 미루기도 하는 것이다.

내 생각과 태도를 책으로 펴내다 보니 생각지 않았던 이점이 있음을 느낀다. 이것이 내게 얼마만큼은 규칙으로 작용한다는 것이다. 이따금 나는 내 삶의 이야기를 배신하지 않아야겠다는 생각이 든다. 이 공적 선언은 내 길에서 벗어나지 못하도록 나를 구속한다. 그리고 이 시대의 판단력에 담긴 사악함과 병이 생각보다는 덜 훼손시키고 덜 왜곡해 놓은 나의 자질들을 거짓 없이 그리도록 만든다. 내 행태의 한결같음과 단순함은 참으로 해석하기 용이한 모습을 갖게 되긴 하지만, 그러나 그 방식이 조금은 새롭고 낯선 것이라 험담거리로도 더 없는 기회를 제공하는 셈이다. 그러나 사실은 나를 정직하게 비난하고자 하는 이들은 내가 고백하고 또 스스로 인정한 나의 결점들 안에서 얼마든지 물어뜯을 거리를 찾을 수 있으니, 허공에 대고 헛 칼질을 안 해도 물리도록 배를 채울 수 있다. 나 자신이 먼저 나를 고발하고 폭로했으니, 그에게는 물어뜯으려는 자기 이를 내가 뽑아 버린 것으로 보일 수도 있겠지만, 그가 과장하고 확대하는 자기 권리를 행사하려 하고(모욕하기는 정의를 넘어설 권리를 누린다.) 내 안에 그 뿌리가 있다고 그에게 보여 준 악덕들을 그가 나무로 키우더라도, 그리고 내 안에 자리 잡고 있는 악덕만이 아니라 나를 그저 위협하는 정도에 불과한 악덕들마저 써먹더라도 틀리다고 할 수는 없다. 그 질에 있어서나 수에 있어서나 내게 해로운 악덕들 아닌가. 그러니 자, 어서 나를 공격하라.

C 나는 솔직하게 철학자 디온의 예를 따르련다. 안티고누스가 그의 출생을 두고 그를 놀리려 했다. 그런데 그가 그의 입을 다물게 하며 이렇게 말하는 것이었다. "나는 노예이자 백정으로서 낙인이 찍힌 아버지와 신분이 비천한 까닭에 아버지가 결혼하게 된 창녀 사이에 태어난 자식이다. 두 사람 모두 무슨 죄를 짓고 처벌을 받았다. 웅변가 한 사람이 어린 나를 샀는데, 내가 마음에 들어서 전 재산을 유산으로 물려주었고, 이곳 아테네시로 그 돈을 가지고 온 나는 철학 공부에 헌신했다. 역사가들은 나에 관한 새로운 것을 찾으려고 애쓸 필요가 없다. 있었던 일 그대로를 내가 그들에게 이야기해 줄 것이다." 통 크고 거침없는 고백은 비난을 무력하게 하며 모욕을 기운 빠지게 한다.

B 그러나 모든 것을 고려해 보면, 사람들은 지나치게 나를 깎아내리는 만큼이나 이따금 지나치게 나를 추켜세우는 것이 사실

이다. 내 어린 시절부터 지위나 명예의 등급에 있어서 내게 속하는 것 아래쪽보다 위쪽 자리를 내게 마련해 주었던 것처럼 말이다.

C 이런 상석권의 차례가 잘 규제되어 있거나 아니면 무시되는 나라에 살고 있으면 더 좋겠다. 남자들 사이에서는 우선 보행권이나 우선 착석권을 두고 언쟁이 두어 차례 오가고 나면, 그다음부터는 무례해진다. 나는 그토록 고약한 언쟁을 피하기 위해 내 권리와 무관하게 양보하거나 혹은 앞서가는 것을 두려워하지 않는다. 그리고 어떤 사람도 내가 양보하기 전에는 나의 우선권을 탐한 적이 없다.

B 나에 관해 글을 쓰는 데서 얻는 이 같은 이점 말고도 또 한 가지 기대할 수 있는 것은, 내가 죽기 전 혹시 어떤 품위 있는 이가 내 기질을 마음에 들어 하며 자기에게 어울린다고 생각하면서, 만나고 싶어 나를 찾게 될 수도 있으리라. 나는 그에게 상당히 유리한 고지를 내주는 셈인데, 몇 해 동안에 걸친 오랜 앎과 친숙함을 통해서나 얻을 수 있는 모든 것을 그는 내 책 안에서 사흘 안에, 그리고 보다 더 확실하고 정확하게 가질 수 있기 때문이다.

C 재미있는 변덕이라고 할 수 있는 점은, 몇 가지 누구에게도 말하고 싶지 않던 것을 내가 대중에게 이야기하고 있으며, 내 충직한 친구들에게는 내가 가진 가장 은밀한 지식이나 생각을 알고 싶으면 서점 가서 알아보라고 한다는 것이다.

> 우리는 우리 영혼의 가장 비밀스런 주름을 그들에게
> 내보여 준다.
> 페르시우스

B 그런 확실한 증거를 보고서 내게 어울리는 사람을 알게 된다면 나는 분명 그를 찾아 아주 멀리라도 갈 것이다. 왜냐하면 조화롭고 유쾌한 사귐이 주는 감미로움은, 내 생각에 아무리 비싼 값을 주고라도 살 만하기 때문이다. 오, 벗이라니! 친구와의 사귐은 물이나 불을 사용하는 것보다 더 긴요하고 더 달콤하다던 옛사람의 말은 얼마나 딱 맞는 이야기인가!

내 이야기로 돌아오자면, 그러니 멀리 떨어져서 혼자 죽음을 맞는 것은 그다지 나쁜 일이 아니다. C 사실 우리는 이보다 덜 흉하고 덜 끔찍한 자연스런 행위들을 위해서도 외진 곳으로 물러서는 것을 의무로 여긴다. B 그러나 그 밖에도 오랜 동안 시름시름 목숨을 부지해 가기에 이른 이들은 어쩌면 자기네 비참함으로 대가족을 곤란에 빠뜨리려 해서는 안 될 것이다. C 그래서 인도 사람들은 어떤 지역에서는 그런 불행에 빠진 이를 죽이는 것을 정당하게 여기며, 또 다른 지역에서는 혼자 알아서 목숨을 부지하도록 버려 두기도 한다. B 결국에는 그들을 견디기 힘든 근심거리로 여기게 되지 않을 이가 어디 있겠는가? 일반적 의무란 그 정도까지 가는 것이 전혀 아니다. 당신은 별수 없이 가장 좋은 벗들에게 잔인함을 가르치는 것이다. 오랜 수발로 둔감해진 아내와 아이들은 더 이상 당신의 고통을 느끼지도 안타까워하지도 않게 되니 말이다. 결석 때문에 내가 내는 한숨은 이제 누구도 거들떠보지 않는다.

그리고 처지가 서로 다르기 때문에 누구에 대해서건 경멸 혹은 짜증을 불러오기 십상인 것이니, 그들이 함께해 주는 일은 늘 있는 것도 아니지만, 설사 그렇다 해도 오랜 동안 그것을 남용하는 것은 너무 심한 것 아닌가? 그들이 나를 위해 쾌활한 낯으로 참고 지내는 모습을 본다 해도, 그럴수록 더 나는 그들이 느끼는 고통을 안타까워하리라. 우리는 몸을 기댈 권리는 있지만, 그러나 다른 이를 무겁게 짓누르며 그 위에 몸을 눕히고, 무너져 버린 그들을 기둥 삼아 자신을 버틸 권리는 없는 것이다. 자기 병을 치료하겠다며 그 피를 쓰려고 어린아이들의 목을 따던 자처럼 말이다.[214] 혹은 또 다른 인물처럼, 젊은 소녀들을 보내게 해 밤이면 자기 늙은 사지를 따뜻이 덮게 하고 그 아이들의 달콤한 숨결을 시큼하고 텁텁한 자기 숨결에 섞게 하듯이 말이다.[215] 나는 삶이 그런 지경으로 허약해지면 기꺼이 베니스로 은거하는 것을 고려해 보련다.

[C] 노쇠란 홀로 있기를 필요로 하는 상태이다. 나는 과도하리만큼 사교적인 사람이다. 그러나 이제부터는 세상 사람들의 눈길에서 내 거북한 모습을 거두어 들이고, 나 홀로 그것을 품으며, 내 몸을 웅크려서 마치 거북이처럼 나의 껍질 안으로 들어가는 것이 마땅해 보인다. 나는 사람들에게 들러붙지 않고도 그들을 보는 것을 배우고 있는 중이다. 이렇게 가파른 내리막길에서 함께 다니려 하는 것은 철모르는 짓이다. 이제는 무리 지어 있는 곳에는 등을 돌릴 때이다.

[B] 그러나 그렇게 먼 여행길 끝에 당신은 비참하게도, 누추한 오두막에 멈춰 서게 될 텐데, 그곳엔 당신에게 필요한 것이 아무것도 갖춰지지 않았다. 나로 말하자면 필요한 것 대부분을 지니고 다닌다. 그리고 만약 운명의 여신이 공격하려 들면 우리는 피할

214
프랑스 왕 루이 11세를 가리킨다.

215
다비드를 가리킨다.

도리가 없을 것이다. 내가 아파 누우면 무슨 대단한 것이 내게 필요하진 않다. 자연이 내 몸을 두고 어떻게 해 주지 못하는 것을 동방 세계의 저 묘약이 해 주리라 나는 바라지 않는다. 나를 쓰러뜨리는 열과 병이 시작될 바로 그 무렵에 나는 아직 온전하고 건강에 가까운 상태에서 기독교인의 마지막 의무를 통해 하느님과 화해하며, 그 때문에 더 자유롭고 홀가분한 상태가 되고, 병도 더 수월하게 이겨 내는 느낌이 든다.

공증인과 변호사는 의사보다 필요가 덜하다. 팔팔하게 건강할 때 내가 미처 매듭짓지 못한 일들을 아픈 내가 해내리라고는 기대하지 말기 바란다. 죽음을 준비하기 위해 내가 하고 싶은 일은 항상 다 돼 있는 상태이다. 나는 감히 단 하루라도 죽음의 날을 미루지 않으리라. 그리고 만일 되어 있는 일이 하나도 없다면, 그것은 의심이 들어 내가 선택을 미뤄 두었기 때문이거나 — 이따금 선택하지 않는 것이 제대로 선택하는 것이기 때문이다 —, 혹은 내가 전적으로 아무것도 하고 싶지 않아서였기 때문이리라.

나는 소수의 사람을 위해, 그리고 기껏해야 몇 년쯤일 미래를 위해 내 책을 쓴다. 그 소재가 오래가는 것이었다면 보다 확고한 언어에 생각을 담아 두었으리라.[216] 우리네 프랑스어가 지금 이 시간까지 끊임없이 변화해 오는 것을 보면 지금부터 오십 년 뒤에도 현재 모습대로 쓰이고 있으리라 누가 기대할 수 있을까? [C] 그것은 매일 우리 손을 빠져나가고 있으며, 내가 살며 겪어 온 바로도 절반쯤은 변화했다. 지금이 완전하다고 우리는 말한다. 각 세기마다 자기 시대의 것에 대해 그렇게들 말하는 것이다. 지금처럼

216
철학적, 학술적 내용을 저술할 때 쓰이던 라틴어를 말한다.

도망쳐 가고 제 모습을 줄곧 바꿔 가는 한 나는 그렇게 생각하고 싶지 않다. 빼어나고 유익한 글들이 있어 프랑스어를 변화하지 못하도록 자기에게 못 박아 두어야 할 것이다. 그 언어의 성가는 우리 나라의 운명이 어찌 되느냐에 달려 있으리라.

[B] 그런즉 나는 몇 가지 사적인 글들을 주저 없이 책에 끼워 넣으려 하는데, 그것은 오늘을 살아가는 사람들 사이에서 쓰이다 말 내용이고, 일반인들보다 더 멀리 볼 수 있는 몇몇 사람들이 특별히 알고 있는 것과 관계된다. 어쨌든 나는 가끔 죽은 이들의 기억을 두고 흔들어 대는 모습을 보지만 사람들이 설왕설래하지 않기를 바란다. 그 사람 판단은 그 사람 사는 모습은 이러했다거나, 그가 원했던 것은 저것이라거나, 마지막 순간에 그가 말을 했다면 이렇게 했을 것이다, 유산을 저렇게 주었을 것이다, 다른 누구보다 내가 그를 더 잘 알고 있었다는 등 말이다. 부적절하다 싶지 않는 한에서 나는 여기에 내 경향과 내 감정을 다른 이들이 느끼고 알게 하려는 것이다. 그것을 알고 싶어 하는 이들을 위해 나는 더 자유롭고 더 기꺼이 구어로써 말한다. 그럼에도 불구하고 만약 잘 들여다보기만 한다면 사람들은 이 기록들 안에서 내가 모든 것을 이야기하거나 혹은 모든 것을 가리킨 것을 알게 되리라. 표현할 수 없는 것을 나는 손가락으로 가리킨다.

> 명철한 정신에는 이 짧은 가리킴으로도 충분하니
> 그 빛에 비추면, 나머지는 그대 홀로 찾게 되리라.
> 루크레티우스

나는 나에 대해 아무것도 더 이상 궁금하거나 추측할 게 없이

해 둔다. 사람들이 나를 두고 이야기하려 한다면 나는 그것이 진실하고 공정한 것이기를 원한다. 그것이 설사 나를 명예롭게 하기 위해서라고 하더라도 만일 내 모습과 다른 이야기를 하는 사람이 있으면, 나는 그 말을 부정하기 위해 저 세상에서 기꺼이 돌아오리라. 내가 느끼기에는 살아 있는 이들에 대해서도 사람들은 항상 사실과 다르게 이야기한다. 잃어버린 내 친구[217]를 내가 온 힘을 다해 지켜 놓지 않았더라면 사람들은 그를 내게서 빼앗아 수백 가지 반대되는 모습들로 찢어 놓았을 것이다.[218]

내 허약한 기질에 관한 이야기를 마무리하자면, 고백하건대 나는 여행길에 어떤 숙소에 도착하면 늘 내가 여기서 편안하게 앓다가 죽을 수 있는지 하는 생각이 머리를 스치곤 한다. 시끄럽지도 더럽지도 않고 연기가 끼거나 답답하지도 않은 곳, 무엇이나 내게 적당한 그런 곳에 나는 머무르고 싶다. 나는 이런 소소한 안락함으로 죽음의 비위를 맞추려 하며, 더 낫게 말하자면 다른 모든 거북함에서 벗어나 오직 죽음을 맞는 것에만 집중하려고 하니, 다른 부담 아니더라도 죽음은 그 자체로 나를 충분히 무겁게 짓누르기 마련이리라. 죽음도 내 삶의 평안함과 안락함에 제 몫을 지

217
라 보에시를 말한다.

218
1588년판에는 다음과 같이 덧붙이고 있다. "내가 떠나고 나면, 내가 그의 경우에 그러했던 것처럼 그렇게 깊은 애정과 함께 내 경우를 이해하고 있던 보증인을 이제는 남겨 두지 못하리라는 것을 나는 잘 안다…… 내 초상화를 온전히 맡겨 둘 만한 사람은 이제 없다. 오직 그만이 내 진짜 모습을 즐거워했는데, 이제 그것을 가지고 떠나 버린 셈이다. 그 때문에 나는 내 비밀들을 이토록 꼼꼼하게 설명하고 있는 중이다." 이 대목을 지운 이유는 아마도 나중에 알게 된 그의 수양딸이자 문학적 유언 집행인인 마리 드 구르네 때문인 것으로 보인다.

니고 있으면 싶다. 죽음은 삶의 커다란 한 부분이며, 중차대한 것이니 앞으로 남은 이 부분이 지나온 삶과 너무 다르지 않기를 기대해 보는 것이다.

어떤 죽음의 모습은 다른 것보다 더 편안하기도 하며, 사람들 각자가 어떻게 상상하느냐에 따라 다양한 성격을 지닌다. 자연스런 죽음 중에 쇠약하고 둔해지다 맞게 되는 죽음은 내 보기에 부드럽고 안락하다. 격렬한 것들 중에는 내 위로 벽이 무너지는 것보다 심연으로 추락하는 것이, 그리고 화승총에 맞는 것보다 예리한 칼에 찔리는 것이 더 상상하기 힘들다. 그리고 카토처럼 칼로 나를 찌르느니 차라리 소크라테스의 독배를 마시는 쪽을 택하겠다. 어쨌거나 마찬가지라고 해도 내 상상력은 나를 작렬하는 화로 속으로 집어 던지느냐 혹은 깊지 않은 강물 줄기에 집어 던지느냐에 따라, 삶과 죽음 사이에 놓인 거리만큼의 차이를 느끼는 것이다. [C] 이토록 어리석게도 우리의 두려움은 결과보다 방식을 더 바라보고 있다. [B] 그것은 한순간일 뿐이다. 그러나 그 무게는 너무 커서, 그것을 내 방식으로 건너가기 위해서라면 나는 내 삶의 여러 날을 기꺼이 내줄 것이다.

그 고통에 대해서는 각자의 상상에 따라 혹은 더 혹은 덜 느끼는 것이므로, 죽는 형식들 중에서 각자가 어떤 선택을 하는 것이라면 어떤 불쾌함도 없는 형식이 있을지 좀 더 찾아보도록 하자. 죽음의 동반자였던 안토니우스와 클레오파트라가 그랬던 것처럼 그것을 좀 더 황홀한 것으로 만들 수는 없는 것일까? 철학과 종교가 만들어 내는 엄격하고 본보기가 되는 성취는 접어 두자. 그러나 별 볼일 없는 사람들 가운데는, 자결하도록 요구받은 로마의 페트로니우스와 티길리누스처럼, 평온하게 준비를 하면서 잠들듯 그것을 맞이한 사람들도 있었다. 그들은 평소 하듯 젊은 처자들과 술친구들 사이에서 한가하게 소일하면서 그것이 흘러 지나가게 했으니, 어떤 위로의 말도, 어떤 유언도, 야심만만하게 꿋꿋한 척하기도, 장차 자기네 처지에 대한 어떤 상념도 없었다. 그 대신 오락과 주연과 농담, 일상적이고 평범한 대화, 그리고 음악과 연애시가 있었던 것이다. 이런 확고함을 우리가 좀 더 점잖은 얼굴로 따라 할 수는 없는 것일까? 바보들에게 좋은 죽음이 있고 지혜로운 자들에게 좋은 죽음이 있으니, 우리는 그 중간에 있는 사람에게 좋을 죽음을 찾아보자. C 내 상상 속에서는 손쉬운 죽음의 얼굴도, 바람직한 죽음의 얼굴도 — 죽어야 하는 마당에 어떻게 바람직하다 말인가? — 떠오르지 않는다. 로마의 폭군들은 죽는 방식의 선택권을 주면서 자기가 죄수에게 생명을 준다고 생각했다. 그러나 그토록 섬세하고 겸손하고 지혜로운 철학자 테오프라스토스야 말로 나중에 키케로가 라틴어로 옮긴 저 시구를 이성의 요구에 따라 읊었던 것 아닌가?

> 삶은 우리의 지혜와 상관없다
> 운명이야말로 우리 삶의 키잡이리니.
>
> 키케로

운명은 내 삶을 이제 누구에게도 필요하지 않고 또 누구에게도 방해되지 않는 지점에 데려다 놓았으니, 내 삶을 무엇과도 가볍게 교환할 수 있게 도와준 운명의 신은 얼마나 고마운가! 내 삶의 어떤 시절이라도 내가 받아들였을 조건이지만, 이제 주섬주섬 내 물건을 챙기고 가방을 꾸려야 할 이 시점에, 내 죽음을 통해 어떤 누구에게도 기쁨을 주거나 괴로움을 안기는 바가 별로 없다는 것이 나는 특별히 기쁘다. 운명은 놀랍도록 균형을 맞추어, 내 죽음으로부터 어느 정도 물질적 보상을 기대할 수 있는 상속자들은 동시에 그로부터 물질적 손해를 입도록 해 두었다. 죽음은 때로 다른 이들에게 짐이 된다는 사실 때문에 우리의 마음을 옥죄게 하며, 우리 자신의 근심만큼이나 그리고 이따금 그 이상으로 그들이 느낄 근심 때문에 우리를 아프게 한다.

[B] 내가 숙소의 안락함을 찾는다고 해서 화려하고 넓은 공간을 원하는 것은 아니다. 그것은 오히려 내가 싫어하는 바이다. 그러나 어느 정도 단순한 청결함은 거기 포함되니, 이것은 꾸민 것이 덜한 곳에서 오히려 더 자주 보게 되며, 이런 곳은 대자연이 오직 그 자신만의 우아함으로 드높여 주는 곳이다. “호사함이 아니라 정갈함이 지배하는 식사를.”(유스투스 립시우스) “잔뜩 차리기보다는 넘치는 풍미를.”(코르넬리우스 네포스)

그리고 길 위에서 이런 극단의 경험을 갖게 되는 이들은 사업상 한겨울 북풍한설을 뚫고 가야만 하는 이들이다. 주로 나의 즐거움을 찾아 여행하는 나는 그렇게 고약하게 나를 이끌어 가지는 않는다. 오른 쪽 날씨가 궂다 싶으면 나는 왼쪽으로 간다. 말을 타고 가기에 어렵다 싶으면 길을 멈춘다. 그리고 그렇게 하면서 나는 진실로 어디나 내 집만큼 쾌적하고 편안하지 않은 곳은 없다는 것을 알게 된다. 내가 과잉된 것을 과잉이라 여기며, 섬세한 것마저도, 그리고 풍족한 것도 거북하게 여기는 것은 사실이다. 무엇인가 봐야 할 것을 두고 왔다 싶으면? 나는 그리 돌아간다. 그것도 역시 나의 여정이다. 나는 곧은 길이건 굽은 길이건 어떤 길도 미리 확정해 두지 않는다. 내가 가는 길에 사람들이 이야기해 준 것이 보이지 않는다면? 다른 사람의 판단이 내 판단과 일치하지 않는 경우가 종종 있으므로, 그리고 그들의 판단이 틀리는 경우가 종종 있었으므로 나는 헛수고였다며 아쉬워하지 않는다. 사람들이 말하던 것이 그곳에 아예 없다는 사실을 내가 배운 것이다.

내 체질은 자유자재로 적응하는 쪽이며 내 취향은 여느 세상 사람들과 비슷하게 평범한 편이다. 나라와 나라 사이 풍속의 차이에서 내가 느끼는 유일한 것은 그 다양성의 즐거움이다. 어느 민족의 풍속이건 저마다 그럴 만한 이유가 있는 법이다. 주석 접시건 나무 접시건 질그릇 접시건, 삶은 것이건 구운 것이건, 버터이건 호두 기름이건 올리브 기름이건, 덥건 차건, 내게는 모두 한가지이며, 너무 한가지라 늙어 가는 이즈음 나는 이 가리지 않는 대범한 능력을 비난하는 터이다. 그리고 까다롭게 가려 먹는 입맛을 통해 내 식욕이 이처럼 분별없는 것을 이제는 그치게 하고, 이따금 내 위장을 편하게 해 주어야 할 듯도 싶다. [C] 내가 프랑스 밖에 나가 있을 때, 사람들이 내게 친절을 베푼다면서 혹시 프랑스식으로 식사를 하겠느냐고 물어 오면, 나는 그런 제안을 우습다 여기며 항상 외국인들이 가장 많이 모여 있는 식탁으로 곧장 가곤 했다.

[B] 나는 내 동국인들이 자기네 것과 반대되는 방식에 대해 질겁하는 어리석은 기질로 인해 아둔해진 모습을 보는 것이 부끄럽다. 그들은 자기 동네 밖에 나가 있으면 자기들이 물 밖에 나온 물고기처럼 느껴지는 것이다. 그들은 어디를 가든 자기네 방식을 고수하며, 외국의 방식을 혐오스러워한다. 헝가리에서 동국인을 한 사람 만나기라도 하면 그들은 이 사건을 축하한다. 서로 어깨를 걸고 서로 단단하게 엮여 자기들이 본 무수한 야만적 풍속을 단죄한다. 아무렴 그 풍속이란 것이 프랑스식이 아닌 바에야 왜 야만

적이지 않겠는가? 그래도 그것을 알아보고 흉을 보는 것은 가장 총명한 치들이다. 대부분의 사람들은 오직 돌아오기 위해서만 간다. 그들은 말없고 소통 불가능한 신중함을 뒤집어쓰고 그 안에 갇힌 채, 모르는 세상의 대기에 오염되는 것을 방비하며 여행하는 것이다.

내가 이 사람들에 대해 하고 있는 이야기는 비슷한 상황에서 내가 목격한 적이 더러 있는, 일부 우리 나라 젊은 궁정인들의 태도를 생각나게 한다. 그들은 자기네 유형의 사람들에게만 붙어 다니며, 우리가 마치 다른 세상에서 온 사람들인 양 경멸과 연민의 태도로 바라본다. 그들에게서 궁정에서 일어나는 비밀스런 일들에 대한 대화를 제거해 보라. 그들은 사냥터를 벗어난 신세가 되어, 우리가 그들에게 그렇듯, 우리 눈에는 마찬가지로 어리숙하고 서투르게 보인다. 품격 있는 사람은 두루 갖춘 인간이라는 말은 정확한 지적이다.

나는 반대로 우리식 풍속은 질리도록 맛본 탓에 여행을 하는 터라 시칠리아에 가서 내 고향 가스코뉴 사람들을 찾으려 들지 않는다.(그들이야 내 고향집에 충분히 두고 왔으니 말이다.) 나는 그보다는 그리스인들을 찾으며, 페르시아인들을 찾는다. 나는 그들에게 다가가 그들을 살펴본다. 나는 그들에 맞춰 나를 조율하고 그들을 향해 마음을 쏟는다. 더욱이 내 보기에는 어느 나라 것이건 우리 풍습만 한 가치를 갖지 않는 것은 없었다. 내 이야기가 무리하지는 않은 것이, 내 시야에서 고향집 수탉 풍향계가 사라지는 적은 거의 없었기 때문이다.[219]

219
몽테뉴는 멀리까지 여행하고 싶은 욕망을 가지고 있었다고 한다. 로마까지의 여행,

그런데 당신이 길에서 우연히 만나게 되는 동행은 대부분 즐겁기보다 거북한 점이 더 많다. 나는 그런 만남에 전혀 마음을 기울이지 않는다. 특히 노년이 나를 얼마간 홀로 있게 하고 보통의 방식들로부터 떨어져 있게 하는 이 시기에는 더욱 그렇다. 당신이 남들을 견디고 있거나 남들이 당신을 견디고 있는 것이다. 두 가지 다 거북한 점이 상당하지만, 특히 후자가 내 보기에는 더 심하다. 확고한 이해력, 그리고 당신과 어울리는 풍속을 가진 품격 있는 사람이 당신과 함께 가기를 기꺼워한다면 그것은 드문 행운이면서 또 더할 나위 없는 위로가 된다. 나는 여행 때마다 그런 동행이 없는 것이 극도로 아쉬웠다. 그러나 그런 동행은 떠나기 전 미리 집에서부터 골라 두고 얻어 둬야 한다. 함께 나누지 못하는 어떤 즐거움도 내게는 무미건조하다. 나는 어떤 즐거운 생각이 마음에 떠올라도 나 혼자 그 생각을 했다는 사실, 그리고 누구에게도 그것을 전할 수 없다는 사실 때문에 늘 화가 난다.

C "만일 나 혼자만 가지고 있으라는 조건으로 나에게 지혜를 준다면, 나는 그것을 거절하리라."(세네카) 다른 이는 한 음정 더 높여서 이렇게 말했다. "어떤 현자가 온갖 재화가 풍성한 가운데 살면서 시간도 온전히 자유롭게 쓸 수 있어서, 알려질 가치가 있는 모든 것을 명상하고 탐구하는 처지라고 해 보자. 이런 조건 속에서도 만일 그가 누구도 만날 수 없는 고독을 견디도록 되어 있다면, 그는 삶을 포기하고 말리라."(키케로) B 아르키타스는 심지어 천상에 있다고 해도 그리고 저 거대하고 신성한 천체들 사이를 산보한다고 해도 함

곧 서유럽 세계 안에서의 여행은 그가 속한 교구 내의 여행일 뿐이며, 정말로 다른 문화일 동방정교의 그리스나 이슬람의 페르시아는 자기가 아직 구경하지 못했다는 의미이다.

께 가는 동반자가 없다면 언짢을 것이라고 했는데, 내 마음에 드는 말이다.

그러나 귀찮고 어리석은 동행보다는 차라리 혼자가 더 낫다. 아리스티푸스는 어디서고 이방인으로 살고자 했다.

> 나로서는 운명이 내게 마음대로 내 삶을
> 이끌도록 허락한다면,
> 베르길리우스

나는 엉덩이를 안장에 얹은 채 한평생을 살 텐데 말이다.

> 태양의 불길이 작렬하는 지역과
> 구름의 지역, 비의 지역들을 구경하러 다니느라
> 행복에 겨워.
> 호라티우스

누군가 이렇게 물을 것이다. 당신은 여행 말고 다른 평안한 소일거리가 없는가? 당신에게 무엇이 부족한가? 그대 집은 맑고 건강한 대기 속에 있지 않은가? 넉넉히 잘 갖춰져 있고 충분하고도 남을 만큼 넓지 않은가? C 국왕 전하께서, 한 번도 아니고, 모든 행렬을 다 거느린 채 거기 머무르셨다.[220] B 그대 집안은 다른 많은 집안에 명성에서는 뒤지지만 그 단정함에서는 앞서지 않았는가? 비상하고 감당하기 어려운 집안 걱정이 당신을 괴롭히는가?

220
앙리 4세는 1584년과 1587년 몽테뉴 성에 체류한 적이 있다.

그대 가슴속 자리 잡아 그대를 소진시키며 좀먹는 걱정이?

엔니우스, 키케로의 인용

어디로 가면 그대를 가로막고 괴롭히는 것을 안 만나리라 생각하는가? "불순물이 섞이지 않는 운명의 호의는 결코 없다."(쿠르티우스) 그러니 그대를 가로막는 것은 그대밖에 없다는 것을 알라. 그리고 그대는 어디서나 그대를 따라다닐 것이고, 어디서나 그대 자신을 탄식할 것이다. 왜냐하면 이곳 하늘 아래에서는 짐승이나 신들의 영혼만이 만족을 알 것이기 때문이다. 사리가 이러한데 만족을 모르는 사람은 어디서 그것을 찾으랴? 이 세상에는 그대의 처지 정도가 갈망의 최대치인 사람들이 얼마나 많은가? 그저 그대 자신의 됨됨이를 다시 만들라. 왜냐하면 바로 그 됨됨이 안에서 당신은 무엇이나 가능하기 때문이다. 그러나 운명 앞에서 당신은 그저 참아 낼 권리밖에는 없는 법. C "이성에 의지하는 평온함 말고는 우리에게 진정한 평온은 없다."(세네카)

B 나는 이 경고가 마땅한 줄 알며 그것도 아주 잘 이해한다. 그러나 좀 더 적절하게 한마디로 했더라면 더 좋았을 것이다. "지혜로워지라."라고 말이다. 사람들이 내게 충고하는 침착함은 지혜를 전제로 한다. 그것은 지혜의 작품이자 그 생산물이다. 쇠약해져 가는 가련한 환자를 앞에 두고 "즐기며 살아야 한다."라고 고함쳐 대는 의사들이 그런 식이다. '건강해지라.' 하고 조언했더라면 덜 엉뚱했으리라. 나야 그저 저급한 축에 속하는 인간이다. 그러니 건전하고 확실하며 알아듣기 쉬운 처방은 "그대가 가진 것, 즉 이성에 만족하라."라고 하는 것이다. 그러나 그것을 실천하기는 현자들도 나만큼이나 어려워한다. 여기 인용하는 것은 속인들이

하는 말이지만 그 적용 범위는 어마어마하게 넓다. 그 안에 들어오지 않는 것이 무엇일까? "세상만사 그때그때 따져 보고 고쳐 쓸 일이다."[221]

문자 그대로 생각한다면, 이 여행의 즐거움이란 동요와 불안정한 상태를 증거한다는 사실을 나는 잘 안다. 그리고 이것들이야말로 우리를 지배하는 주요한 자질이다. 그렇다, 고백하건대 나는 그저 꿈에서나 혹은 소망으로서도 나를 어디에 붙들어 매 둘 수 있는지 알 수가 없다. 다양성만이 나를 만족시키며, 적어도 무엇인가 보람 있는 것이 있다면 차이를 즐기는 것이 바로 그것이다. 여행할 때면 별다른 손실 없이 내가 멈출 수 있다는 사실과 여행길을 편하게 바꿀 수 있다는 사실이 내 기운을 북돋운다. 나는 개인적 삶을 사랑하는데, 그것을 사랑하게 된 것이 나의 선택이었기 때문이지 공적 삶에 적합하지 않아서 그런 것은 아니다. 공적 삶 역시 아마도 마찬가지로 내 기질에 맞는 편이니 말이다. 나는 나의 군주를 위해 즐겁게 봉사하는데, C 개인적 의무에서도 아니고 B 다른 모든 파당으로부터 받아들여질 수 없고 환영받지 못해 그에게만 봉사할 수밖에 없는 형편에 몰렸거나 강제되어서도 아니다. 내 판단력과 이성이 자유로이 선택한 결과로서 그렇다. 나머지 일들도 마찬가지이다. 어쩔 수 없이 내몰린 상황에서 내 몫으로 떼어 내 주는 것이라면 나는 싫다. 어떤 안락함이라도 내가 오직 그것에만 매달려야 한다면 내 목을 부여잡는 셈이 될 것이다.

내 한쪽 노는 파도를 치고 다른 쪽 노는 바닷가

221
이성대로만 되는 일은 없다는 뜻.

모래사장을 치게 할 일이다.[222]

프로페르티우스

줄 하나로는 나를 붙들어 놓기에 결코 충분하지 않다. 그대는 말하리라. "그런 식의 즐거움이란 헛되다."라고. 그러나 헛되지 않은 것이 어디 있는가? 여기 멋진 격언들도 헛되고, 모든 지혜도 다 헛된 것이다. C "주님은 현자들의 생각을 알고 계시며, 그것이 헛된 것일 뿐임을 아시니라."(시편 및 고린도서) B 이 빼어난 섬세함은 오직 설교에만 적합한 것이다. 그것은 우리 모두를 말에 태워 다른 세계로 보내고 싶어 하는 듯한 이야기이다. 삶은 물질적이고 육체적인 움직임이며, 그 본질에 있어서 무질서하고 불완전한 행동이다. 나는 그 조건에 따라 삶을 섬기고자 노력한다.

우리 각자 자기 몫의 고통을 견딘다.

베르길리우스

C "우리는 결코 자연의 보편적 법칙을 거슬러 행동해서는 안 된다. 그러나 그 밖에는 우리 자신의 개인적 천성을 따르도록 해야 한다."(키케로)

어떤 인간도 그 위에 가 앉을 수 없는 저 높은 철학의 봉우리들이며, 우리의 관습이나 역량을 넘어서는 규칙들은 무엇에 쓰자는 것인가? 이따금 보게 되지만, 사람들이 우리에게 삶의 귀감이

222
바다를 항해하면서도 늘 육지에 머물러 있는 듯이 한다는 의미이다.

라고 제시하는 것들이, 그것을 내놓는 이도 그것을 듣는 사람들도 따라 해 볼 희망이 없으며 더 나아가 그렇게 하고 싶은 욕구가 일지 않는 것들이다. 어떤 판사님은 간통범에 대한 판결문을 쓴 바로 그 종이를 일부 찢어 내어 자기 동료의 부인에게 보내는 연애편지를 쓴다. C 당신과 방금 불법적으로 몸을 비벼 대고 난 여사님께서는 그 바로 후에, 심지어 당신의 면전에서 자기 친구의 비슷한 과오에 대해 포르시아도 그렇게는 못했을 정도로 날카롭게 비명을 지르며 비난한다.[223] B 그리고 어떤 판사님은 자기도 전혀 잘못이라고 생각하지 않는 범죄를 이유로 여러 사람을 사형에 처한다. 나는 젊은 시절에 어떤 점잖은 분이 한 손으로는 아름다움과 난잡함이 함께 빼어난 시들을 대중에게 선보이면서, 그와 동시에 또 한 손으로는 온 세상이 오래전부터 물리도록 맛보던 신학 개혁을 놓고 가장 험악한 주장을 펴는 것을 본 적이 있다.[224]

인간이란 이런 식이다. 법과 교훈은 제 길을 가라고 내버려 두고, 우리는 다른 길을 택하는 것이다. 단지 풍속이 난잡해서 그러는 것이 아니라 이따금 반대되는 견해, 반대되는 판단에 의해 그렇게 한다. 철학 강의를 들어 보라. 그 발상과 설득력, 적확성은 즉각 당신의 정신에 충격을 주고 당신을 뒤흔든다. 그런데 당신의 양심을 자극하고 찌르는 것은 아무것도 없다. 당신 양심을 향해 말하고 있는 것은 아니지 않은가? 그러나 아리스토텔레스는 욕조도 가르침도 깨끗이 하고 때를 벗겨 내지 못한다면 아무런 쓸모

223
카토의 딸인 포르시아는 남편 브루투스가 죽었다는 소식을 듣고 자결했다.
224
성애적인 시를 썼으며 칼뱅의 계승자인 테오도르 베자(Theodore Beza)일 것으로 추정된다.

가 없다고 했다. 껍질을 만지작거릴 수도 있지만 그러나 과육을 다 먹고 난 다음에 그러는 것이다. 좋은 포도주를 맛보고 난 뒤에야 우리가 비로소 아름다운 잔의 새김이며 만든 솜씨를 살펴보듯이 말이다.

고대 철학의 모든 유파마다 같은 저자가 절제의 규율을 책으로 써 내는가 하면 동시에 사랑과 방탕의 글들을 펴내는 것을 보게 될 것이다. [C] 그리고 크세노폰은 클리니아스의 가슴에 안겨 아리스티푸스의 쾌락 관념에 맞서는 글을 썼었다. [B] 그들을 뒤엎는 무슨 파도가 일어서 그들이 기적 같은 전향을 하는 것은 아니었다. 그보다는 차라리 솔론의 경우처럼, 어떨 때는 자기 자신의 모습을 내보이고 어떨 때는 입법자의 모습을 내보이던 것이다. 때로는 군중을 위해, 때로는 자신을 위해 이야기하며, 확고하고 온전한 건강을 자신하는지라 자신을 위해서는 자유롭고 자연스런 규칙들을 택하는 것이었다.

> 위중한 병자들은 가장 빼어난 의사들에게 호소할 일이다.
> 유베날리스

[C] 안티스테네스는 지혜로운 자의 경우, 규칙을 살필 필요 없이 사랑하고 또 자기가 적절하다고 생각하는 것을 자기 식으로 하도록 허락하고 있다. 그가 규칙들보다 더 나은 견해를 가지고 있으며, 미덕에 대해서도 더 많은 것을 알고 있기 때문이다. 그의 제자인 디오게네스는 동요에 대해 이성을, 운명에 대해 자신감을, 규칙에 대해 자연을 맞세우라고 이야기하곤 했다.

[B] 예민한 위장에는 엄격하고 인위적인 식이 요법이 필요하다.

[C] 건강한 위장은 그저 자연스런 식욕이 처방해 주는 대로 따라갈 뿐이다. [B] 우리네 의사들이 그렇게 하니, 자기네 환자에게는 시럽과 버터 수프만 먹게 하면서 자기들은 멜론을 먹고 갓 나온 포도주를 마시는 것이다.

화류계 여성이었던 라이스는 이렇게 말했다. "그들이 무슨 책을 썼는지, 어떤 지혜를, 어떤 철학을 가지고 있는지는 모르겠지만 그 사람들 역시 다른 여느 사람들만큼이나 자주 내 집 문을 두드린다." 우리의 방탕은 항상 우리를 적법하고 허락된 지점 너머로 끌고 가는 까닭에, 우리 삶에 대한 교훈과 법칙은 때로 보편적 이성이 요구하는 바를 넘어설 정도로 엄격하게 만들어 놓았다.

> 허용되는 것을 넘어설 정도가 아니면
> 아무도 자기 죄를 충분하다 여기지 않는다.
> 유베날리스

지시와 복종 사이에 좀 더 균형이 잡혀 있다면 바람직할 것이다. 그리고 사람들이 도달할 수 없는 표적이라면 공정하지 못한 것이리라. 아무리 선한 인간이라 하더라도, 그리고 처벌하거나 파멸시키는 것이 대단히 큰 손실이고 매우 부당한 일이 될 사람이라도 그가 한 온갖 행위와 생각을 법 앞에서 검토해 보면 사는 동안 열 번쯤은 교수형에 처해질 것이다.

> 올루스여, 이런 남자 저런 여자가 자기 살갗을
> 가지고 어떻게 한들, 그것이 너에게 무슨 상관인가?
> 마르시알리스

그리고 어떤 사람은 전혀 법을 어기지 않을지라도, 그 때문에 덕성스런 인간이라는 찬사를 받을 자격이 전혀 없을 수도 있으며, [C] 철학은 아주 온당하게 그에게 매질을 하도록 할 수도 있다. [B] 그만큼 이 관계는 애매하고 공정하지 않다.

우리는 하느님 앞에서 스스로가 의로운 인간인지를 되돌아볼 생각도 아예 못 하지만 우리 자신의 기준에 따라 선한 인간이 될 능력도 없다. 인간의 지혜는 인간이 스스로에게 처방해 놓은 의무들의 수준에 결코 다다르지 못했다. 설사 다다랐다 하더라도 그랬다면 인간은 그 지점 너머에 또 다른 의무들을 처방해 줄곧 거기 이르고자 열망하고 요구할 것이니, 그만큼 우리의 마음 상태는 한결같음에 적대적이다. [C] 인간은 스스로가 과오에 빠질 수밖에 없도록 정해 놓고 있는 것이다. 자신의 의무를 자기 아닌 다른 존재의 이치에 맞춰 만들어 내니 도저히 영리하다고는 할 수 없다. 아무도 못 해내리라 예상되는 것을 그는 누구에게 처방하는 것일까? 자기에게 불가능한 것을 아예 하지 않는다고 해서 그가 불의한 자인가? 법은 우리가 해낼 수 없도록 만들어 놓고 나서 해내지 못한다고 우리를 비난하고 있다.

[B] 우리가 실제 행동으로는 이렇게 하고 말로는 저렇게 하는 이 기형적 자유는 부득이할 경우 세상사를 두고 의견을 말하는 사람들에게는 허용될 만하다. 그러나 나처럼 자기 자신에 관해 말하는 사람들에게는 그럴 수 없다. 내 펜은 내 두 발과 같은 걸음으로 길을 걸어야 한다. 반면 사회 속의 삶은 다른 이들을 고려하지 않으면 안 된다. 카토의 미덕은 당대의 척도로 보아 지나치게 엄격한 것이었다. 그러나 공적 봉사가 운명이 되어 다른 이들을 이끄는 책임을 맡은 사람에게라면, 그의 정의감은 부당한 것이라고는

할 수 없어도 적어도 당대 상황에서는 부적절하고 따라서 무익한 것이었다고 밖에 할 수 없으리라. [C] 이즈음의 세상 풍속과 겨우 한 치나 다를 것 없는 나의 풍속은 그러나 나로 하여금 이 시대에 대해 가까이하기 어렵고 어울릴 수 없게 만든다. 나는 내가 접하는 세상에 대해 내가 혐오스러워하는 것이 부당한 것인지는 잘 모르겠다. 그러나 만일 세상이 나를 불쾌하게 느끼는 것이 내가 세상에 대해 그렇게 느끼는 것보다 더하다고 내가 투덜댄다면 그것은 마땅치 않다는 것을 알고 있다.

[B] 세상일에 동원되는 미덕은 인간의 허약함에 적용되고 또 거기 결합되기 위해 여러 겹의 주름과 갖가지 모서리와 팔꿈치 관절을 지니고 있으며, 뒤섞이고 인위적인 것으로서 곧고 맑고 한결같거나 티 없이 결백한 것은 아니다. 지금까지도 연대기에서는 우리 왕 중 한 분이 자기 고해 신부가 양심에 호소하며 설득하는 바람에 너무 고지식하게 넘어가고 만 것을 비난하고 있다.[225] 나랏일이란 그보다 더 파렴치한 원칙들을 가지고 있는 것이다.

> 정의롭기를 고수하려는 자는 궁정에서 물러날 일이다.
>
> 루키아누스

나는 한때 공직을 수행하면서 이렇게 날것이고 새것이며 가공되지 않고 혹은 오염되지 않은 삶의 견해와 규칙을 적용해 봤다. 그것은 내가 태어나면서부터 내 안에 간직해 온 것이거나 혹은 교

225
자기 고해 신부의 권유에 따라 루시용 지방을 스페인에 양도했던 샤를 8세를 가리키는 것으로 보인다.

육을 통해 배운 것으로서, 개인적 일에서 손쉽게 [C] 는 아니더라도 적어도 확실하게 [B] 사용하던 것인데, 초심자의 교조적 미덕이었다. 나는 그것이 공직 수행에서는 적용이 곤란할 뿐 아니라 위험하다는 것을 알았다. 대중 속으로 들어가는 자는 돌아가기도 해야 하며, 비집고 들어가기 위해 팔꿈치를 밀착하기도 해야 하고, 뒤로 가기도 앞으로 가기도 해야 한다. 거기다 무엇과 마주치느냐에 따라 곧은 길을 버리기도 해야 한다. 자기 자신에 따라서보다 남을 따라 살아야 하며, 자기가 자신에게 제안하는 바가 아니라 남이 자신에게 제안하는 바에 따라야 하고, 시절 따라, 사람 따라, 일 따라 살아야 한다.

[C] 플라톤은 세상일 다루는 데서 두 손에 때 묻히지 않고 빠져나오는 이가 있다면 그런 식으로 벗어나는 것은 기적에 의해서라고 말한다. 그는 또 자기의 철학자를 한 나라의 수장으로 삼으라고 할 때, 그것은 아테네처럼 부패한 나라를 의미하는 것이 아니라고 말하는데, 지혜마저 할 말을 잃을 지경인 우리 나라 같은 경우는 더욱 아닐 것이다. 왜냐하면 자기 조건과 아주 다른 토양에 옮겨 심은 건강한 식물은 그 토양을 자기에게 맞게 바꾸기 보다 자기를 거기 적응시키는 것이니 말이다.

[B] 내가 혹시라도 그런 일들에 완전히 적합하게 나를 길들여야한다면 대단한 변모와 새 단장이 필요하리라는 것을 나는 느낀다. 그런데 나를 두고 설사 그렇게 할 수 있다 하더라도 (시간과 정성을 쏟으면 그렇게 못할 이유가 무엇이랴?) 나는 그러기를 원치 않는다. 그런 직을 맡고 있는 동안 내가 잠깐 시도해 본 것만으로 나는 충분히 진저리가 난다. 이따금 내 영혼 안에서 야심을 향한 유혹이 모락모락 피어나는 것을 느낀다. 그러나 나는 자신을 굳건

하게 하며 거기 맞서 버티고 선다.

> 그러나 그대 카툴루스여, 견뎌 내고 버티라.
>
> 카툴루스

사람들이 나를 그리 오라고 부르는 일도 거의 없거니와 나도 마찬가지로 스스로를 그리 내놓는 일이 거의 없다. [C] 자유와 한가로움은 내 주요한 존재 방식으로서 그런 직책과는 철저히 반대되는 것이다.

[B] 우리는 인간의 역량들을 구분해 볼 줄 모른다. 그것들은 확정하기 어렵고 미묘한 영역과 경계를 가지고 있다. 개인적 삶의 능력을 보고 공적으로 쓰일 만한 역량을 짐작하는 것은 잘못된 추론이다. 다른 이들을 제대로 이끌지 못하는 사람도 스스로는 잘 이끌어 가며 [C] 무슨 쓸 만한 결과를 내놓지 못하는 사람일망정 이 두꺼운 『에세』는 써 나가고 있는 것이다. 또 [B] 어떤 이는 전투는 잘 이끌지 못할지라도 성을 포위하는 공성전은 제대로 이끄는가 하면, 인민이나 군주 앞에서 하는 연설은 서툴러도 사적인 자리에서는 이야기를 잘도 한다. 사실 누군가 한 가지를 잘한다는 것은 다른 것은 전혀 할 줄 모른다는 증거일 뿐인지도 모를 일이다.

[C] 내 생각에는 천박한 정신이 고귀한 일에 적절하지 않은 것 못지않게 고상한 정신은 천박한 일에 적절하지 않다. 소크라테스는 자기 구역 투표 결과를 세어 그것을 위원회에 보고할 줄도 모르던 사람인데 그가 이런 자기를 웃음거리로 삼아 아테네 시민들에게 함박웃음을 선사했다는 것을 이해할 수 있겠는가? 이 사람의 완벽함을 경외하는 나로서는 그의 운명이 보여 주는 그토록 멋진

본보기를 나의 중요한 결함들에 대한 변명거리로 삼을 만하다.

[B] 우리의 능력은 조그마한 조각들로 나뉘어 있다. 내 것은 그 폭이 아예 없으며 수도 변변치 못하다. 사투르니누스는 자기에게 모든 지휘권을 맡긴 이들에게 이렇게 말했다. "벗들이여, 당신들은 나쁜 사령관을 만들어 내느라 훌륭한 부대장을 잃었소." 지금처럼 병든 시대에 누군가 진실하고 흠 없는 덕성으로 세상을 위해 봉사하고 있다고 우쭐해하는 이가 있다면, 그 사람은 풍속과 함께 식견도 타락해 가는 판인지라 덕성이 무엇인지 모르고 있거나 (정말이지 그들이 덕성을 묘사하는 소리를 들어 보라. 그들 대부분이 자기들 행위를 자랑하며 자기네의 규칙을 정하는 것을 들어 보라. 그들은 덕성을 그리는 것이 아니라 온전한 불의와 악덕을 묘사하며, 군주들을 교육하면서도 이렇게 가짜로 만든 덕성을 제시하는 것이다.), 혹은 알고 있다 해도 엉터리로 제 자랑이나 하는 것이며, 무슨 이야기를 하든 자기 양심이 찔리는 수백 가지 행동을 하고 있는 것이다. 나는 세네카가 만일 내게 터놓고 이야기하려고만 한다면 이런 상황에서 그가 자기 경험을 두고 하는 말을 기꺼이 믿으리라. 이런 난국에서 가장 명예로운 선의 징표는 자신의 과오와 타인의 과오를 거리낌 없이 인정하는 것이며, 악으로 향하는 경향에 힘을 다해 저항하고 어떻게든 제동을 걸며, 이 비탈길을 마지못해 내려가면서도 더 나은 것을 희망하고 갈구하는 일이다.

프랑스를 찢고 있는 이 갈등과 우리가 빠져 있는 이 분열의 상황 속에서 나는 각자가 자기 입장을 옹호하려고 애쓰는 모습을 본다. 그러나 최선의 사람들마저도 가면과 거짓을 이용해 그렇게 한다. 누구라도 이에 대해 두루뭉술하게 쓰는 사람이 있다면 그의 기술은 경솔하고 불완전한 것이 될 것이다. 가장 정당한 파당마저도 그것은 여전히 벌레 먹고 상한 전체의 일부인 셈이다. 그러나 그런 전체에서 병이 덜 든 부분을 우리는 건강하다고 부른다. 그리고 우리의 성질은 오직 비교를 통해서만 규정받는 까닭에 그렇게 하는 것도 옳다고 할 수 있다. 공적 공명정대함이란 시간과 장소에 따라 달라진다.

나는 크세노폰의 책 안에서 아게실라우스를 찬양하는 이런 말을 〔프랑스에 대한 글에서도〕 읽을 수 있다면 좋겠다. "아게실라우스는 이전에 자기와 전쟁을 벌인 적이 있는 한 군주가 자기 땅을 지나가게 해 달라고 청하자, 펠로폰네소스 전역을 지나게 해 줌으로써 그것을 허락했다. 그리고 그가 제 손안에 들어왔어도 그를 투옥하지도 독살하지도 않았을 뿐만 아니라 어떤 피해도 입히지 않은 채 그를 정중히 맞아 주었다."[226] 그 시대 사람들의 됨됨이에서 보자면 그런 정도는 별것이 아닐 수도 있다. 다른 곳, 다른 시대라면 그런 행동에 깃든 솔직함과 대범함이 이야기가 될 만하다. 저 망토 두른 원숭이들[227]은 그것을 조롱했을 것이다. 그만큼 스파르타인들의 고결함은 프랑스의 그것과 닮은 점이 거의 없다.

우리에게도 덕성스런 사람들이 있다. 그러나 우리식 기준에 의해서일 뿐이다. 누군가 자기 시대의 표준 이상으로 엄격하게 자기 풍속을 확립한 사람이라면, 자신의 규칙을 비틀고 무디게 하거

226
크세노폰은 「아게실라우스」에서 스파르타 왕의 모습을 특별히 관대하고 공정한 군주로서 묘사하고 있다.

227
파리에 있던 몬테규 기숙학교 학생들을 말한다. 완고하고 엄격한 교육 방식과 비위생적인 교육 및 생활 환경으로도 알려져 있다. 라블레가 그의 『가르강튀아』에서 '비루함의 학교'로 칭한 바 있다.

나 아니면, 그에게 내가 더 충고하고 싶은 것이지만, 따로 물러나서 우리와 아예 섞이지 않도록 할 일이다. 거기서 그가 얻을 게 무엇이겠는가?

> 고결하고 덕성스런 사람이 저기 있다면, 내게는 그가
> 괴물로 보이니, 마치 머리 둘 가진 아이처럼, 농부가
> 쟁기질하다
> 쟁기날 밑에서 발견한 물고기처럼, 새끼 잘 낳는
> 암노새처럼.[228]
>
> 유베날리스

최상의 시절을 아쉬워할 수는 있지만 그러나 우리 시대를 피해 갈 수는 없는 것이다. 다른 공인(公人)들을 바랄 수는 있지만 그러나 그럼에도 불구하고 지금 공인들에게 따라야 한다. 그리고 어쩌면 좋은 공인들보다 나쁜 공인들을 따라 주는 것이 더 훌륭할지도 모른다. 이 왕국의 오래되고 인정받은 법의 모습이 빛을 발하고 있는 한 나는 그 법에 뿌리를 내리고 있는 것이다. 이 법들이 불행히도 서로 모순되고 서로 충돌하며, 어느 쪽을 택해야 할지 의심스럽고 까다로운 두 파당을 만들어 낸다면 나는 기꺼이 몸을 숨기고 그 폭풍우에서 빠져나가겠다. 그 사이에 자연은 내게 손을 내밀어 줄 것이다. 혹은 전쟁의 우연이 그렇게 해 주리라. 카이사르와 폼페이우스 사이에서라면 나는 내가 어느 쪽인지를 솔직하게 밝혔을 것이다. 그러나 그 뒤에 온 저 세 명의 도둑들을

228
암노새는 수탕나귀와 암말 사이의 잡종으로서 새끼를 낳는 경우가 드물다고 한다.

놓고서는[229] 자기 몸을 감추거나 아니면 바람 부는 대로 추세를 따랐으리라. 이성이 더 이상 우리를 이끌지 않을 때는 그렇게 해도 된다고 나는 생각한다.

> 길을 벗어나 어디를 헤매려는 것인가?
>
> 베르길리우스

이 군더더기는 내 본론에서 좀 벗어난 이야기이다. 내가 헤매는 것은 부주의해서라기보다 멋대로여서이기 때문이다. 내 상상은 줄지어 이어지지만 이따금 멀찌감치 거리를 두고 그러기도 하며, 그것들은 서로를 바라보고 있지만 비스듬한 눈길로 그러기도 한다. [C] 나는 플라톤의 대화 중 한 편을 일별해 본 적이 있는데,[230] 기이하게 뒤섞인 두 부분은 앞쪽은 사랑에 관해서이고 맨 뒤는 수사학에 대해서 쓴 것이었다. 고대인들은 이런 변주를 조금도 괘념치 않았으며, 놀라운 우아함으로 바람 부는 대로 굴러가게 자신을 내맡기거나 혹은 그렇게 보이도록 했다. [B] 내 책 장 제목들은 꼭 그 소재를 포괄하고 있지는 않다. 때로 그것은 어떤 표식으로써 소재를 그저 가리키기만 하는데, [C] '안드로스에서 온 처녀', '내시' 같은 제목이나[231] 또는 [B] 실라, 키케로, 토르카투스 같은 이름들[232]과 마찬가지이다. 나는 이리 뛰고 저리 구르는 시(詩)의

229
삼두 정치를 이끈 안토니우스, 옥타비아누스, 레피두스를 가리킨다.
230
「파이드로스」를 가리킨다.
231
테렌티우스의 두 희극을 가리킨다.

약동을 좋아한다. [C] 플라톤이 말했듯이, 그것은 가볍고, 날아오르는, 신령스런 예술이다. 플루타르코스가 쓴 것 중에는, 저자가 자기 주제를 잊은 채 본론에 관한 이야기는 어쩌다 눈에 띌 뿐 온통 그것과 상관없는 내용으로 채워진 작품들도 있다. 소크라테스의 정령에 관해 쓰고 있는 그의 거동을 보라. 오 하느님, 저 날아다니는 상상력과 다채로움은 얼마나 아름다운가! 무심하고 우연한 기색을 띠고 있을수록 더욱더 그렇다. 내 이야기의 끈을 놓치는 것은 부주의한 독자이지 내가 아니다. 어느 귀퉁이엔가는 항상 차지한 자리는 비좁을지언정 그래도 뜻을 전하기에 부족하지 않은 단어가 자리하고 있을 것이다. [B] 나는 아무렇게나 요란하게 주제를 바꾸곤 한다. [C] 내 펜과 내 정신은 마찬가지로 떠돌아다닌다. [B] 바보짓을 더 많이 하지 않으려는 사람은 얼빠진 구석을 어느 정도 가져야 한다 [C] 는 것을 우리 스승들은 가르치거나 또 몸소 보여 주었다.

[B] 수많은 시인들이 산문적으로 질질 끌며 나른한 글을 쓴다. 그러나 최상의 옛 산문은 [C] (나는 그것을 시와 다르지 않게 이 책 여기저기에 흩뿌려 놓고 있다.) [B] 어디서나 시적 활력과 대담성으로 빛나며, 그 도취의 느낌을 전해 준다. 말 잘하기의 고수이자 명인은 두말할 것 없이 시라고 인정해야 하리라. [C] 플라톤의 이야기

232
이 이름들은 이름의 주인이 지닌 특별한 면모를 가리킨다. 독재자 루시우스 코르넬리우스에게는 실라라고 하는 주근깨투성이라는 뜻의 별명이, 코에 무사마귀가 있던 마르크 튤리에게는 키케로라고 하는 병아리 콩이라는 뜻의 별명이 주어졌다. 토르카투스는 고대 로마나 프랑스 골족 병사들이 목에 건 금속 목걸이(torque)에서 온 이름으로서, 그것을 전리품으로 목에 걸고 다니던 티투스 만리우스의 별명이 되었다.

에 따르면, 시인은 뮤즈 신들의 세발 의자에 앉아 마치 샘물 통에 달린 이무기돌 홈으로 물이 넘쳐 흐르듯, 자기 입에 떠오르는 말들을 되새김질하거나 가늠하는 일 없이 도취 상태 속에서 쏟아내며, 그에게서는 다양한 빛깔과 서로 상반되는 것들이 간헐적으로 새어 나온다고 한다. 플라톤 자신이 온전히 시적일 뿐 아니라, 학자들 말로는 고대의 신학도 시였고 최초의 철학 역시 시였다고 한다. 시는 신들의 원래 언어인 것이다.

[B] 내 의도는 주제가 저절로 분명해지도록 하는 것이다. 어디서 변하고 어디서 맺으며 어디서 시작하고 어디서 다시 꺼내 드는지를 충분히 보여 주면서, 듣는 힘이 약하거나 듣는 둥 마는 둥 하는 귀를 위해 끌어들인 말들, 연결고리, 바느질로 주제를 꼬거나 내가 나를 주석하는 일이 없게 말이다. 자기 작품을 졸면서 읽거나 건성으로 넘기느니 차라리 읽지 말기를 바라지 않는 작가가 어디 있겠는가? [C] "아무렇지 않게 무심히 가져다 쓴 것이 정말로 유익한 경우란 세상에 없다."(세네카) 만약 책을 집어 드는 것이 책을 배우는 것이고, 그것을 눈앞에 두는 것으로 그것을 읽는 것이 되며, 책장을 넘기기만 해도 뜻을 아는 것이라면 나 스스로를 두고 이야기하는 것처럼 내가 그렇게 만사에 무지할 리는 없을 것이다.

[B] 나는 중량감으로는 독자의 눈길을 끌 수 없는 까닭에, 나의 혼란스러움으로 어쩌다 눈길을 멈추게 한다면, 그것도 나쁠 것 없다.(manco male)(그것도 나쁠 것 없다). "그러겠지, 그러나 나중에는 자기가 그런 것에 흥미를 보였다는 사실을 후회하게 되리라." 아무렴. 하지만 그래도 재미를 느꼈을 것은 여전한 사실이리라. 그리고 사람들 중에는 자기가 기왕 아는 것은 하찮게 여기면

서 내가 하는 말이 이해되지 않는 까닭에 나를 더 높이 평가하는 부류도 있는 법이다. 그들은 내가 의미하는 바가 애매한 것을 심오하다고 결론짓는데, 솔직히 말해 이 애매성이야말로 내가 C 몹시 B 싫어하는 것으로서, 나는 피할 수 있다면 그것을 피하려 할 터이다. 어디선가 아리스토텔레스는 자기가 짐짓 애매하게 쓴 것을 자랑하고 있는데 이 무슨 고약한 노릇인가.[233]

C 이 책을 시작할 때 나는 장들을 너무 빈번하게 나누곤 했는데, 독자들로서는 그 정도의 짧은 분량에 마음을 집중하며 깊이 성찰하기가 어려웠을 것이고, 주의력이 태어나기도 전에 그것을 부수는 식으로 보여서 더 길게 쓰기 시작했는데 그러자니 충분한 구상과 여유가 필요했다. 이런 일에서는 만일 당신이 누군가에게 단 한 시간도 내주려 하지 않는다면 그에게 아무것도 주지 않으려 하는 것이나 마찬가지이다. 다른 일을 동시에 하면서만 누군가를 위해 무엇을 해 준다면 그것은 그를 위해 아무것도 해주지 않는 셈이다. 게다가 이러저러한 특별한 이유들이 나로 하여금 절반 정도만 이야기하고 혼돈스럽게 말하며 모순되게 이야기하도록 만드는지도 모르겠다.

B 내가 이야기하려던 것은 잔치판에 찬물 끼얹는 식의 저 이성이라는 것을 내가 마땅찮게 여긴다는 것, 그리고 우리 삶을 고단하게 하는 기이한 기획들이라거나 세련되기 짝이 없는 견해들은 설사 그 안에 어떤 진리가 담겨 있다 할지라도 내 보기에 지나

233
플루타르코스의 「알렉산드로스의 생애」에 나오는 이야기로서, 아리스토텔레스는 자기가 몇몇 입문한 자들만 알아들을 수 있는 개론서를 쓴 것에 대해, 자랑하기보다 정당화하고 있다고 한다.

치게 비싸고 불편하다는 사실이다. 거꾸로 그것이 내게 즐거움을 가져다준다면 나는 바보짓도 허망한 짓도 활용해 보려고 애를 쓰며, 타고난 천성을 너무 제어하는 일 없이 그저 자신이 따라가도록 눈감아 준다.

나는 로마 말고 다른 곳에서도 허물어진 집들과 신이며 인간을 본뜬 하늘과 땅의 조각상들을 보았으니, 인간은 어디에나 자신의 흔적을 남긴다. 사실이다. 그러나 저 위대하고 강력한 도시의 무덤을 아무리 여러 번 찾아가도 나는 여전히 찬탄하고 경외하지 않을 수 없으리라. 고인들을 추념하는 것은 우리에게 권장되는 일이다. 그런데 나는 어릴 때부터 옛 로마인들과 함께 자라 왔다. 우리 집안일을 알기 훨씬 전부터 나는 로마의 일들을 알고 있었으며, 루브르궁을 알기 전에 카피톨리움 신전과 그 위치를 알고 있었고, 센강보다 테베레강을 먼저 알았다. 우리 나라 어떤 이에 관해 지금 알고 있는 것보다 루쿨루스와 메텔루스, 스키피오의 처지며 운수를 더 많이 머리에 담고 있었다. 그들은 저 세상으로 건너간 이들! 내 아버지 역시 그들과 같이 온전히 고인이 되셨으며, 그들이 600년을 그런 것처럼 십팔 년을, 나로부터 또 삶으로부터 멀리 가 계시다. 그러나 나는 그분에 대한 기억을 여전히 간직하고 있으며, 그분에 대한 사랑과 친교를 완벽하고 생생한 결합 속에서 경험하고 있다.

게다가 나는 기질상 살아 있는 이들보다 고인들에 대해 훨씬 공경하는 마음이 된다. 그들은 더 이상 스스로를 도울 수 없으니, 내 생각에는 그만큼 더 내 도움을 필요로 하리라 싶다. 감사하는 마음은 바로 그럴 때 가장 순수하게 빛나는 것이다. 호의를 베푸는 것이 상호적이거나 보답을 받는다면 거기 담긴 관대함은 더 적어 보이게 마련이다. 아르케실라오스는 병든 C 크테시비우스[234] B 를 방문해서 곤궁한 처지에 있는 것을 보고 침대 머리맡에 가만히 돈을 넣어 주었다. 그 사실을 감춤으로써 고마워하지 않아도 되게끔 한 번 더 마음을 쓴 것이다. 나의 사랑과 감사를 받아 마땅했던 이들은 이 세상에 있지 않다고 해서 그 자격을 잃어버린 것이 아니다. 내 앞에 없고 아무것도 모르는 상태에 그들이 계시니 나는 더 잘, 그리고 더 정성스럽게 그분들에게 갚아 드리는 셈이다. 나는 내 친구들이 내 이야기를 알 방법이 도무지 없을 때 그들에 대해 더 깊은 애정을 가지고 이야기한다.

그런데 나는 폼페이우스를 옹호하고 브루투스의 대의를 설명하기 위해 수십 번도 더 논쟁을 벌였다. 우리 사이에는[235] 아직도 이런 우정이 이어지고 있다. 현재의 것들마저도 우리는 우리의 상상력에 의해서만 파악하는 것이니 말이다. 이 시대에는 나 자신이 아무런 쓸모가 없다고 여겨져서 나는 저 옛 시대로 뛰어든다. 이 시대에 대해서는 너무나 어리석어진 나머지 저 오래된 로마, 자유롭고 공정하며 번영하던 로마의 상태가 (그 탄생기도 노쇠기도 나는 좋아하지 않는 까닭에) 내 흥미를 끌고 나를 사로잡는 것이다. 그런즉 나는 그들의 거리며 집들이 있던 자리, 지구 반대편까지 가 닿은 듯 저 깊이 아래로 꺼져 들어간 폐허들을 아무리 여러 번 찾아가도 늘 궁금증이 인다. C 기억해 둘 만하다고 여겨지는 이들이 드나들고 살았던 것으로 우리가 알고 있는 장소를 보는 것이,

234
1588년판에는 '아펠레스'라고 되어 있다.
235
몽테뉴가 폼페이우스와 브루투스에 대해 느끼는 공감을 의미한다.

그들의 행적을 듣거나 그들의 저술을 읽는 것보다 우리를 더 많이 감동시키는 것은 본래 그런 것인가 아니면 상상력의 오류로 인해 그런 것일까?

"공간이 환기하는 힘은 크기도 해라!……그리고 이 도시가 가진 힘은 무한할 정도이니, 어디를 걷든 우리의 발은 역사 위를 딛고 가기 때문이다."(키케로) B 나는 그들의 용모, 그들의 거동, 그들의 옷차림에 대해 생각해 보는 것이 즐겁다. 나는 저 위대한 이름들을 내 입 안에서 되새겨 보며, 내 귀에 못이 박히게 해 둔다. C "나는 그 위대한 이들을 공경하며 그 이름 앞에서는 고개를 숙인다."(세네카) 어떤 부분에서 위대하고 찬탄할 만한 것이라면 나는 나머지 평범한 부분들에 대해서도 찬탄한다. 나는 그들이 담소하고 산보하며 식사하는 모습을 보고 싶다. 그 많은 의젓한 이들, 그토록 용맹하며, 살았을 때나 타계할 때 그 모습을 내가 보았던 이들, 우리가 따를 줄만 안다면 그 본보기로써 우리에게 그 많은 훌륭한 교훈을 남겨 주신 분들의 유품과 기억을 하찮게 여긴다는 것은 배은망덕이다.

그리고 우리가 지금 보고 있는 바로 저 로마가 사람들의 사랑을 받을 만한 까닭은 그토록 오랫동안 수많은 자격으로 우리 왕실의 동맹이었으니 말이다. 로마는 어느 민족에게나 공통된 단 하나의 보편적 도시이다. 그곳을 다스리는 최고 수장은 다른 곳에서도 마찬가지로 인정받는다. 그곳은 모든 기독교 국가들의 수도이다. 스페인 사람도 프랑스 사람도 거기서는 누구나 제 나라에 있는 셈이다. 이 나라의 왕공들이 되기 위해서는 그곳이 어느 곳이건 기독교 세계에 속하기만 하면 된다. 지상에서 그토록 한결같이, 그토록 호의적인 하늘의 배려를 받은 곳은 달리 없다. 그 폐허마저

도 영광스럽고 당당한 모습을 하고 있으니,

그 찬란한 폐허로 인해 더더욱 소중하도다.

아폴리나리스 시도니우스

B 이 도시는 무덤에서도 여전히 제국의 표징과 모습을 간직하고 있다. C "대자연은 오직 이 한 곳에서만 자신의 작업을 기꺼워하였음이 분명하게끔."(플리니우스) B 누군가 자신이 그렇게 헛된 기쁨에 흔들리는 것을 느낀다면 스스로를 책망하고 마음으로 저항하려 할 것이다. 하지만 우리를 기분 좋게 하는 느낌이라는 것이 그렇게 무익한 것은 아니다. 그것이 어떤 느낌이든, 만일 건강한 상식을 가진 사람에게 변함없는 만족을 준다고 하면 무엇 때문에 내가 그 사람을 안타깝게 여기겠는가?

나는 운명의 덕을 많이 본 셈이니, 지금까지는 적어도 내가 견디지 못할 정도로 적대적인 일을 겪게 하지는 않았다. 자기를 귀찮게 하지 않은 이들은 그냥 평화롭게 내버려두는 게 운명의 방식은 아닐까?

우리가 헐벗으려 할수록
신들은 우리에게 더 많은 것을 허락한다 아무것도 없는
나는
그래도 여전히 아무것도 바라지 않는 이들 편에 선다……
……많은 것을 요구하는 이에게는
많은 것이 결핍되는 법.

호라티우스

그 손길이 여전하다면 운명은 아주 만족스럽고 흡족한 상태에서 내가 이 세상을 떠나가게 해 주리라.

> 더 이상 나는
> 신들에게 요구하는 바 없으니.
> 호라티우스

그러나 장애에 걸리지 않게 조심할 일이다. 항구에 들어와 침몰하는 배들이 부지기수이다.

내가 더 이상 세상에 없을 때 이곳에 다가올 일에 대해서는 나는 스스로를 달랠 거리를 쉽사리 찾을 수 있으리라. 현재의 근심거리로도 나는 충분히 바쁘다.

> 그 나머지는 운명에게 맡기노라.
> 오비디우스

그 밖에 자기 이름과 지위를 물려받는 아들들을 통해 미래와 이어진다고들 이야기하는 저 강한 결합에 대해 나는 조금도 괘념치 않으며, 그 때문에 아들 갖는 것이 바람직한 일이라면 나는 어쩌면 그 때문에 더욱 아들을 덜 바라도 될 것이다. 나는 나 자신에 의해 이미 이 세상과 이 삶에 넘칠 만큼 연결되어 있다.

내 존재의 불가결한 형편들 때문에 운명의 손아귀에 개인적으로 붙들려 있는 것으로 이미 충분하니, 나에 대한 운명의 관할권이 다른 영역으로까지 확장될 것은 없다. 그리고 아들을 갖지 못한 것이 삶을 덜 완전하고 덜 만족스럽게 만드는 어떤 결함이라고 생각해 본 적이 한 번도 없다. 자식이 없는 형편도 그 나름의 이점들이 있다. 아들들이란 바랄 만한 이유가 썩 많지 않은 것들 중 하나인데, 특히 그들을 좋은 자식으로 키우기가 몹시 어려운 이 시절에는 더 그렇다. [C] "앞으로 좋은 것들이 태어나기란 글렀다. 그만큼 씨앗부터 부패했으니 말이다."(테르툴리아누스) [B] 하지만 아들을 얻었다가 잃어버린 사람들은 당연히 애통해할 만하다.

내가 집안을 책임지도록 두고 떠나가신 이는 집에 별로 머물러 있지 않는 내 기질을 보며 반드시 집을 망쳐 놓고 말리라고 예측했지만 그분의 생각이 틀렸다. 좀 더 나아진 것은 없을지라도 나는 유산을 상속했을 때 그대로 여기 건재해 있으며, 관직도 성직록도 없이 그렇게 해 왔다.

요컨대 운명의 여신은 내게 격렬하고 심각한 손상을 입히지는 않았지만 마찬가지로 내게 그다지 호의를 베푼 적도 없다. 우리 집안에 운명의 선물이라고 있는 것은 나 태어나기 백 년도 더 이전부터 있었던 것들이다. 운명의 너그러움 덕에 내가 가지게 된 무슨 중요하고 견실한 것이라고는 특별히 없다. 그녀가 내게 해준 몇 가지 호의란 바람결에 담긴 명예로운 이름뿐인 것들로 아무런 실체가 없었다. 그리고 사실 그것도 내게 베풀어 준 것이 아니라 내밀어 보였을 뿐이라는 점은 하느님이 아시리라! 온전히 물질적인 나에게, 현실적인 것, 그것도 묵직한 것으로밖에는 만족하지 않는 나에게 말이다. 그리고 감히 고백하자면, 나는 인색함이 야심만큼이나 비난받아야 한다고 생각하며, 불명예만큼이나 고통도 피해야 한다고 생각하며, 건강이 학문만큼이나, 재산이 귀족만큼이나 바람직하다고 생각하는 자이다.

운명의 여신이 보여 준 공허한 호의 가운데, 내 안에서 자라고 있는 저 바보 기질을 들뜨게 해 주는 것으로서 진짜 로마 시민증만한 것이 없는데, 이것은 내가 거기 머물고 있던 최근에 내게 수여된 것으로, 거기 찍힌 도장들과 금박 글자가 휘황하며, 게다가 대단한 관대함으로써 승인된 것이었다. 그리고 이런 증서는 다소 경의를 표하는 방식으로 작성되는 까닭에, 또 내가 그것을 받기 전에 나도 누군가 미리 내게 예전 양식의 정본을 보여 줬으면 했던 터이기에, 나와 비슷한 호기심으로 괴로워하는 이가 있을까 싶어 그 호기심을 채워 주기 위해 여기 원문 그대로 옮겨 적겠다.

> 우리 로마시의 관리 위원인 호라티우스 막시무스와,
> 마르투스 세시우스, 알렉산드르 무투스는 생 미셸 기사
> 단원이고 지극히 독실한 기독교도 왕의 왕실 시종관인,
> 지극히 고명하신 미셸 드 몽테뉴에게 로마시민권을
> 부여하는 문제에 대해 원로원에 보고해 온 바, 로마
> 원로원과 인민은 다음과 같이 결정하였다.
> 오래된 풍습에 따르면, 덕성과 고귀함에서 비범하고 우리
> 공화국에 크게 봉사하거나 명예로움을 더한 이, 혹은
> 언젠가 그렇게 할 수 있는 이들은 항상 열렬하고 정중하게
> 우리 시민의 한 사람으로 모셨던 것을 고려할 때, 우리
> 선조들의 모범과 권위를 충심으로 존중하는 우리는 이
> 좋은 관행을 따르고 보존해야 한다고 생각한다. 그 때문에
> 생 미셸 기사단의 일원이고 지극히 독실한 기독교도 왕의
> 왕실시종관인, 지극히 고명하신 미셸 드 몽테뉴는 로마의
> 이름을 위해 매우 헌신적인 바, 그 가문의 명성과 영광
> 그리고 그 자신의 빼어난 덕성을 고려할 때 로마 시민권을

부여받을 만한 자격이 충분하다는 사실을 로마 원로원과 인민의 최종 판단과 동의를 통해 인정하였으며, 로마 원로원과 인민은 모든 종류의 장점을 지녔으며 이 고귀한 인민에게 대단히 소중한 존재이며 지극히 고명하신 미셸 드 몽테뉴 씨가 그 자신 및 그 후손도 함께 로마 시민으로 등록되었음을, 그리고 로마 시민이나 세습 귀족으로 태어나거나 혹은 최상의 명분으로 그 자격을 얻은 이들에게 허용되는 온갖 영예와 특혜를 누릴 수 있음을 환기하도록 결정하였다. 이 점에서 로마 원로원과 인민은 자신들이 무슨 권리를 부여하기보다 진 빚을 갚는다고 생각하며, 이 시민권을 받음으로써 시 자체를 영예롭고 빛나게 하는 이에게 자신들이 도움을 준다기보다 그로부터 도움을 받는다고 여기고 있다. 시 관리 위원들은 이 원로원 결정문을 로마 원로원 및 인민 비서관들이 옮겨 적도록 하여, 시청 문서고에 비치하도록 하였으며, 시의 일반 인장이 찍힌 이 문서를 작성하도록 하였다.
로마 건국 2331년, 예수 그리스도 탄생 1581년, 3월 13일.

호라티우스 푸스쿠스, 지엄한 로마 원로원과 인민의 비서관,
빈센티우스 마르톨루스, 지엄한 로마 원로원과 인민의 비서관

어떤 도시의 시민도 아닌 까닭에 나는 과거에도 그랬고 앞으로도 그러할 가장 고귀한 도시의 시민이 된 것이 기쁘다.

내가 하듯이 다른 이들도 자신을 주의 깊게 지켜보면, 내가 그러하듯 자신들이 부질없고 바보 같은 요소들로 가득 차 있는 것을 보게 될 터이다. 내 안에서 그런 것들을 지우다가는 나 자신을 지워야 하게 되리라. 우리는 누구나 할 것 없이 비슷하게 그런 요소들로 절어 있다. 그러나 그것을 느끼는 사람들은 내가 알기로 대가를 조금은 헐하게 치르고 거기서 벗어난다.

우리 말고 다른 곳을 바라보는 것을 당연시하는 모두의 습관은 우리를 멋지게 곤경에서 벗어나게 도와주었다. 우리 자신이란 불만에 가득 찬 대상이다. 거기서 우리가 보는 것은 비참과 헛됨뿐이다. 우리가 낙담하지 않도록 대자연은 적절하게도 우리의 보는 행위를 바깥쪽으로 던져 놓은 것이다. 우리는 물길을 따라 아래로 쓸려간다. 그러나 그 흐름을 거슬러 우리로 향하게 되돌려 놓으려는 것은 힘든 움직임이다. 바다도 이처럼 자기에게 거슬러 물결이 일면 혼란 속에서 소용돌이를 일으키게 된다. 누구나 말한다, 보라 하늘의 움직임을, 보라 세상을, 저 사람의 다툼을, 이 사람의 맥박을, 또 저 사람의 유언장을. 요컨대 항상 위쪽을 혹은 아래쪽을 혹은 옆을 아니면 당신 앞이나 뒤를 보라고 한다.

옛날 저 델포이의 신이 우리에게 했던 명령은 당혹스러운 것이었다. 그대 내면을 바라보라, 그대를 알고자 하라, 그대에게 집중하라. 그대의 정신과 그대의 의지는 지금 다른 곳에서 소모되고 있는데, 그것을 그대 안으로 가져오라. 그대는 그대 자신을 흘려보내고 흩뿌리고 있다. 그대의 밀도를 높이라, 그대의 고삐를 죄라. 사람들은 그대를 속이고 있고, 산만하게 하고 있으며 그대에게서 그대를 훔쳐 가는 중이다. 이 세계는 그 모든 시선을 늘 안으로 향하고 있으며, 자기를 명상하기 위해 늘 눈뜨고 있다는 것이 너는 보이지 않는가? 안으로건 밖으로건 너에게는 늘 헛됨뿐이지만 외부로 덜 뻗으려 할수록 그 헛됨은 줄어들리라.

그 신은 말하고 있었다. 오 인간이여, 너를 제외하고는 세상만물이 우선 자기를 탐구하며, 자신의 필요에 맞게 자신의 욕구와 작업에 한계를 둔다. 너처럼 텅 비고 보잘것없는 자는 따로 없는데도 너는 우주를 껴안으려 한다. 아는 것 없는 탐색자요, 판결권 없는 재판관인 너는 결국 웃음거리 소극에 나오는 어릿광대일 뿐이로다.

10장
자기 의지를 조절하는 것에 관하여

보통 사람들과는 달리 내 마음을 건드리거나, 혹은 더 정확히 말해, 사로잡는 것은 거의 없다. 우리를 압도해 버리지 않는 경우라면 어떤 것이나 우리 마음을 건드린다고 해야 온당할 것이니 말이다. 나는 노력과 성찰을 통해 이 무감각의 특권을 증대시키려 많은 정성을 쏟는다. 원래부터 내 안에는 이 무딘 성품이 강한 편이기도 했다. 나는 신봉하는 것도, 따라서 열광하는 것도 거의 없다. 내 시선은 맑지만 그것을 붙드는 것은 몇 가지 되지 않는다. 내 감관은 섬세하고 부드럽지만 사물을 파악하기는 둔하고 집중력은 흐릿하다. 나는 쉽게 무엇에 몰두하지 못한다. 나는 가능한 한 나 자신에 온전히 전념한다. 그리고 나의 이런 경향에 대해서도 기꺼이 억제하고 온전히 거기 빠져들지 않도록 고삐를 틀어쥐려 한다. 왜냐하면 나 자신을 소유한다는 것은 외부의 힘에 달린 것으로서 나보다는 운명의 신이 그에 대해 더 많은 권리를 가지고 있기 때문이다. 그래서 내가 그토록 중히 여기는 건강마저도 너무 갈급해 찾다 보면 병을 견디기가 어렵게 될 수도 있으니 말이다. C 사람은 고통에 대한 혐오와 쾌락에 대한 사랑 사이 중간을 택해야 한다. 그리고 플라톤은 둘 사이의 중간에 있는 삶의 길을 처방한다.

B 그러나 나를 나로부터 떼어 내고 다른 곳에 열중하게 하는

정념들이라면 나는 그런 정념들에 전력을 다해 맞선다. 남에게는 자기를 빌려주기만 해야 하고 오직 자신에게만 자기를 내주어야 한다는 것이 내 생각이다. 나의 의지는 스스로를 남에게 저당잡히고 매이는 것을 쉽게 여기더라도, 나 자신은 그것을 오래 견뎌낼 수가 없다. 그렇게 하기에는 내 천성이나 습관이 너무 여리다.

> 평안한 한가로움을 위해 태어나
> 세상사는 잊은 지 오래.
>
> 오비디우스

격렬하고 고집 센 논쟁들이 결국에는 상대에게 유리하게 돌아간다거나, 내가 열이 올라 계속했는데 그 결말이 나로서 부끄럽게 되면 아마도 몹시 괴로우리라. 다른 사람들이 하듯 나도 되받아치려고 강하게 물어뜯으려 들면 그렇게 몰입해서 임하는 사람들이 겪게 되는 불안과 동요를 내 영혼은 결코 감당해 내지 못하리라. 내면의 격동으로 내 영혼은 즉시 무너지고 말 테니 말이다. 사람들이 이따금 나와 관계없는 일을 맡아 달라며 나를 떠미는 경우에도 나는 손을 써 보겠다고 했지, 폐와 간에 담갔다고는 하지 않았다. 그 짐을 매겠다는 것이지 내 몸에 담겠다는 것이 아니며, 마음을 쓰겠다는 것이지 전념하겠다는 것은 아니다. 나는 유념하여 볼 뿐 그 일을 품에 안고 다니는 것은 전혀 아니다. 남의 일들을 담아 두고 나를 짓밟게 하지 않고도, 다른 사람의 일을 청해 부르지 않고도, 본질적이고 나만의 것인 내 배 속과 핏줄에 지닌 내 일거리들을 정리정돈하기에도 나는 벅차다. 자기네가 스스로에게 얼마나 많은 것을 빚지고 있는지, 스스로에게 얼마나 많은 의무를 안고 있는지를 아는 사람들은 대자연이 그들에게 이미 충분히 벅찬 일거리를 주었으며 조금도 한가할 틈이 없다고 여긴다. 너는 네 안에 충분히 일거리가 있으니 멀리 가서 찾지 말라.

사람들은 자기를 세내 주겠다며 내놓는다. 그들의 능력은 그들 자신을 위한 것이 아니라 자기네를 노예로 부리는 사람들을 위한 것이다. 그들의 집에 사는 자는 빌려 쓰는 자들이지 그들 자신이 아니다. 대다수 사람들의 이런 태도는 내 마음에 들지 않는다. 영혼의 자유는 소중히 다뤄야 하며, 정당한 경우가 아니면 저당 잡혀서는 안 된다. 그리고 우리가 제대로 판단해 보면 이런 경우란 매우 드물다. 쉬 달아올라 휩쓸려 가게 되어 있는 사람들을 지켜보라. 그들은 큰 일이건 작은 일이건, 그들과 관계된 일이건 전혀 무관한 일이건 무슨 일에나 그렇게 한다. 그들은 일거리가 있으면 [C] 또 책무가 있으면, [B] 가리지 않고 끼어들며 소란스런 동요가 없으면 무기력해진다. [C] "그들은 바쁘게 지내기 위해서 바쁘다."(세네카) 그들은 일 속에 있기 위해서 일을 찾을 뿐이다. 그들은 움직이기를 원한다기보다 가만히 머물러 있을 수가 없는 것이다. 마치 흔들리는 바위가 굴러 떨어지면서 쓰러져 눕기까지는 멈추지 않는 것처럼 말이다. 어떤 종류의 사람들에게는 바쁘다는 것이 능력과 위엄의 표식이다. [B] 그들의 마음은 아이들이 요람에서 그렇듯 흔들리는 데서 휴식을 얻는다. 그들은 자기 스스로에게는 귀찮은 존재이면서도 그만큼 남들에게는 도움 주기를 주저하지 않는 존재라고 할 수 있다. 아무도 자기 돈을 남에게 나눠 주지는 않지만 누구나 자기 시간과 자기 삶은 나누어 준다. 이런 것에 대해서만큼 우리가 후하게 구는 것도 없지만, 이런 것을 인색하게 아끼는 일이야말로 우리에게 유익하고 또 칭찬할 만한 태도일 것이다.

내 기질은 세상과 정반대이다. 나는 자신 안에 머물러 지낸다. 그리고 원하는 것에 대한 욕구도 대체로 덤덤한 쪽에 가까우며, 또 원하는 것이 거의 없다. 무슨 일에 관여하는 것도 드물고, 서두를 때도 고요히 그렇게 한다. 사람들은 무엇을 원하거나 행할 때 그들의 의지 전부를 동원해 격렬하게 그렇게 한다. 이 세상에는 험한 구석이 너무 많아 가장 안전한 길은 세상의 표면을 조금 가볍게 흘러가는 것이다. C 세상을 미끄러져 갈 일이지 거기 처박혀서는 안 된다. B 쾌락마저도 그 심연에서는 고통스럽다.

음흉한 재로 뒤덮인
잉걸불 위로 그대 걷고 있구나.
호라티우스

보르도시의 시정관들이 나를 자기 도시의 시장으로 선출했는데, 나는 프랑스에서 멀리 떨어져 있었을 뿐만 아니라 그런 생각은 더더구나 해 본 적도 없었다. 나는 이해를 구하며 거절했다. 그러나 내가 틀렸다는 것을 알게 됐으니 국왕이 개입해 명령을 해 둔 터였기 때문이다.[236] 시장직을 수행한다는 명예 말고는 급료도 보상도 전혀 없던지라 그만큼 더 멋지게 보일 수밖에 없는 직분이었다. 임기는 이 년이고, 다시 뽑히면 연임할 수 있으나 그런 경우는 극히 드물었다. 그런데 그 일이 내게 벌어졌다. 앞서 연임한 경우는 두 사람 뿐이었다. 여러 해 전 랑삭 공이 그랬고 최근에는 프

236
이탈리아의 델라 빌라 온천에서 결석 치료차 요양 중이던 몽테뉴에게 앙리 3세가 프랑스로 돌아오도록, 그리고 보르도 시장직을 맡도록 지시해 두었다.

랑스 원수인 비롱 공이 그랬다. 나는 그이의 후임이고, 내 뒤를 이은 것은 그 역시 프랑스 원수였던 마티뇽 공이다. 그렇게 고귀한 동료를 둔 것에 으쓱했으니, [C] "두 사람 모두 훌륭한 행정관이자 용맹한 군인이었다!"(베르길리우스)

[B] 운명의 여신은 자신이 직접 관여한 바 있는 이 사태에서 나를 높여 주는 데 한몫하고자 했는데, 온전히 헛일은 아니었다. 코린트시의 대사들이 알렉산드로스에게 자기 도시의 시민권을 드리겠다고 하자 알렉산드로스는 코웃음을 쳤다. 그러나 그들이 어떻게 바쿠스나 헤라클레스도 이 명단에 올라 있는지를 이야기해 주자 그는 상냥한 낯빛으로 그들의 제안을 감사히 받아들였던 것이다.

취임하면서 나는 있는 그대로 정직하게, 내가 자신을 어떤 사람으로 생각하는지를 꾸밈없이 보여 주었다. 기억력도 없고 집중력도 경험도 추진력도 없다는 것, 증오심도 없고 야심도 탐욕도 난폭함도 없다는 것을 말이다. 사람들이 내가 어떻게 봉직할지에 대해 듣고 알아 두도록 하기 위해서였다. 작고하신 아버지에 대해 그들이 알고 있는 사실들과 그분에 대한 명예로운 기억이 나를 선출하도록 부추긴 유일한 동기인 까닭에 나는 그들에게 분명하게 말했다. 지금 나를 불러 맡기려 하는 것과 같은 직분을 아버지가 수행하는 동안 도시 일 때문에 아버지가 당신 생각을 접어야 했는데, 그 일이 무엇이든 이 직책 때문에 내 의지를 꺾어야 하게 된다면 나로서는 몹시 언짢을 것이라고 말이다.

어린 시절 봤던 늙은 아버지의 모습이 기억난다. 공무의 번거로움으로 정신적으로 몹시 시달리면서, 나이에서 오는 쇠약함으로 오래전부터 집에 계셔야 했음에도 아버지는 그 아늑한 분위기는 잊고 지냈으며, 영지며 자기 건강도 잊었고 생명도 가볍게 여겨 그들을 위해 멀고 힘든 여행을 다니곤 하시다가 자칫 위태로워지기도 하셨다. 그는 그런 분이셨다. 그리고 이런 성격은 타고나기를 대단히 선한 분인 탓이었다. 그분보다 더 자비롭고 사람들에게 헌신적인 영혼도 없었다. 다른 사람들에게서 보이는 이런 방식을 나는 칭찬하지만 내가 따라 하고 싶은 생각은 추호도 없다. 그리고 그렇다 해도 변명의 여지가 없지는 않다. 아버지는 이웃을 위해서는 자신을 잊어야 한다고, 그리고 전체에 비해 개인은 아무런 고려 대상이 될 수 없다는 이야기를 들었던 분이다.

세상의 규칙과 규범 대부분은 우리를 우리 바깥으로 밀어내면서 사회 전체에 쓸모가 있어야 한다며 광장으로 몰아가는 방식을 택하고 있다. 너무나 자연스런 본성 탓에 우리가 지나치게 우리 자신에게 매달려 있다며, 우리를 우리 자신으로부터 멀어지게 하고 돌아보지 않게 하는 것이 뭔가 온당한 처분을 하는 것이라고 여긴 것이다. 그리고 그 목적을 위해 어떤 말도 아끼지 않았던 터이다. 현자라는 사람들이 만물에 대해 어떻게 존재하는가가 아니라 어떻게 쓰이는가를 설교하는 것이 새로운 일이 아니니 말이다. [C] 진실에는 장애와 불편함과 우리와의 부조화가 들어 있다. 우리가 속아 넘어가지 않기 위해서는 때로 우리 자신을 속여야 하며, 때로 더 분명하게 보고 더 잘 이해하기 위해서는 우리의 눈을 가리고 우리의 이해력을 무디게 해야 할 때도 있다. "판결하는 자들이 풋내기일 경우는 그들이 오류에 빠지지 않도록, 때로 그들을 속여야 한다."(퀸틸리우스) [B] 우리 자신에 앞서서 셋, 넷 혹은 오십 가지 범주의 대상을 더 사랑하라고 우리에게 지시하는 것은 활 쏘는 궁수들을 흉내 낸 것이니, 그들은 표적을 맞히기 위해 목표 지점 훨씬 위를 겨냥하는 것이다. 굽은 나무를 바로 펴기 위해서는 반대쪽으로 구부린다.

다른 모든 종교에서 다 그렇듯, 팔라스 신전에도, 대중에게 보여 주는 공공연한 비의(秘義)와 함께, 입문자들에게만 보여 주기 위한 보다 비밀스럽고 보다 드높은 또 다른 진리들이 있었다고 나는 믿는다. 아마도 이 후자들 안에 각자가 자신을 향해 가져야 할 우정의 참된 정도가 들어 있을 것이다. C 우리로 하여금 영광이나 학식, 재산이나 그 비슷한 것들을 마치 우리 존재의 지체라도 되는 듯 절제 없는 원초적 정념으로 껴안게 하는 가짜 우정도 아니고, B 담쟁이덩굴이 그렇듯 달라붙은 담장을 부스러지게 하고 무너뜨리는 식의 나른하고 분별없는 우정도 아니며, 건강하고 절도 있는 데다 유익하고도 유쾌한 우정 말이다. 그 같은 우정의 의무들을 알고 있고 또 실천하는 자는 참으로 뮤즈 신들의 처소에 깃들 만한 자이다. 그는 인간의 지혜와 우리네 행복의 봉우리에 도달한 것이다. 자기에 대한 의무가 무엇인지 정확히 알고 있는 이 사람은 자신이 맡아야 할 역할 중 하나가 다른 이들과의, 그리고 세상과의 교류라는 것을 알게 되며, 그것을 위해 자기와 관련된 의무와 직책을 수행함으로써 공적 사회에 기여하는 것임을 알게 된다. C 얼마간 타인을 위해 살지 않는 이는 자기 자신을 위해서도 전혀 살지 않는 셈이다. "자기 자신의 친구가 될 때 모든 사람의 친구가 될 수 있음을 기억하라."(세네카) B 우리가 가진 으뜸가는 책무는 각자 자기 자신을 이끌어 가는 일이다. C 그리고 우리가 이곳에 있는 이유가 바로 그것이다. B 자기는 정작 행복하고 성스럽게 살기를 잊은 사람이 남들을 그렇게 살도록 이끌고 훈육시킨 것으로써 할 바를 다했다고 여긴다면 그는 바보일 것이다. 내 생각에 다른 사람들에게 그런 삶을 마련해 주기 위해 정작 자기는 건강하고 행복한 삶을 포기하는 사람은 자연과 어긋나는, 나쁜 선택을 하는 셈이다.

자기가 맡게 된 공직에, 생각과 행동, 말, 그리고 땀과, 필요할 경우 피까지도 거절해서는 안 되리라.

> 내 사랑하는 벗들과 조국을 위해
> 나 기꺼이 죽을 채비가 되어 있다.
>
> 호라티우스

그러나 그것은 오직 부수적으로 빌려주는 것일 뿐 마음은 항상 고요하고 온당한 상태에 있을 일이며, 움직이지 않는 것은 아니되 억눌리지도 사로잡히지도 않아야 한다. 곧바로 행동하는 것은 그에게 수고로울 바가 거의 없으니 그는 잠자면서도 행동할 수가 있다. 그러나 움직임을 시작하게 하기 위해서는 사려 분별이 필요하다. 왜냐하면 몸은 그에게 얹어진 짐을 있는 무게 그대로 받아들이지만, 마음은 그것을 확대하고 자기 좋을 대로 그 무게를 달아 간혹 자기에게 힘이 들 만큼 그것을 무겁게 만드니 말이다. 비슷한 일을 하면서도 사람들은 가지가지 강도로 체력이며 의지를 사용한다. 얼마나 많은 군인들이 매일 자기가 별 관심도 없는 전쟁터에서 위험을 무릅쓰며, 졌다고 해도 다음 날 밤 잠자는 데 아무런 방해가 되지 않을 위험한 전투를 향해 몰려가는가? 그런데 두 눈 뜨고는 바라볼 엄두도 못 낼 이 위험에서 비켜나 자기 집에 있는 어떤 사람은, 피와 생명을 내놓고 거기서 싸우고 있는 병사보다 더 전쟁의 결과에 열중하며, 더 노심초사하고 있는 것이다.

나는 손톱 하나 두께만큼도 나를 포기하지 않은 채 공적 임무들을 맡아 볼 수 있었으며 [C] 나에게서 나를 떼어 내지 않고도 나를 남에게 줄 수 있었다.

[B] 이처럼 날카롭고 격렬한 욕망은 우리의 기획을 수행해 가는데 도움이 되기보다 방해가 되며, 결과가 지체되거나 불리할 때 우리를 초조함으로 가득 채우고, 우리의 협상 상대들을 향해 앙심과 불신에 사로잡히게 한다. 어떤 일이고 우리가 그 일에 사로잡혀 끌려가면 그 일은 제대로 해낼 수가 없는 법이다. [C] "격앙된 열정은 한 번도 어김없이 만사를 그르친다."(스타티우스)

[B] 반면 자신의 분별력과 자질만으로 일을 처리하는 자는 훨씬 즐겁게 임한다. 그는 경우에 따라 필요하면 아닌 척하기도 하고 슬쩍 피하기도 하며 마음껏 미루기도 한다. 실패를 하더라도 괴로워하거나 아파하지 않으며, 온전히 새로운 계획을 위한 준비가 되어 있다. 그는 항상 고삐를 제 손에 쥐고 간다. 격하고 고집스런 욕구에 사로잡혀 있는 사람에게서는 어쩔 수 없이 신중함이나 적절함이 상당히 부족한 것을 보게 된다. 욕망의 맹렬함이 그를 압도하고 있어서 그의 행동은 무분별하며, 운명이 그를 애써 돕지 않는다면 결실을 맺기가 어렵다. 철학은 우리에게 모욕받은 것을 되갚아 주기 위해서는 그에 대한 분노를 피하라고 가르친다. 복수를 약화시키고자 하는 것이 아니라 그와 반대로 더 제대로 타격을 가하고 훨씬 무거운 보복이 되게 하려면 말이다. 그렇게 하자면 격렬함이 오히려 장애가 된다고 보는 것이다. [C] 분노는 복수하려고 하는 시야를 흐리게 할 뿐만 아니라 두 팔에서 저절로 힘이 빠지게 만든다. 그 불길은 그가 가진 힘 전체를 마비시키고 소진시킨다. [B] 급히 서두르면 "덤벼들수록 더 늦어지는"(퀸투스 쿠르티우

스) 식이어서, 다급함은 자신의 발에 스스로 걸려 넘어지고 스스로 뒤엉키다 제 풀에 멈춰 서게 되는 것이다. C "조급함이 그대를 묶어 버린다."(세네카) B 사람들이 흔히 하는 행습에서 내가 목도하는 바에 따르면, 탐욕은 자기보다 더 큰 방해자가 없다. 더 긴장되고 더 격렬하게 목표물에 다가갈수록 탐욕이 가져오는 결과물은 더 미미하다. 그것은 보통 아낌없이 주는 관대함을 가면으로 쓰고 있을 때 더 잽싸게 재물을 낚아채 온다.

상당한 유력 인사로서 내 친구이기도 하던 어떤 귀족은 자기가 모시던 왕공의 일에 과도하리만큼 전심전력하다 거의 머리가 이상해질 지경이 되었다. 그 왕공은 자기 자신에 대해 내게 이렇게 이야기했다.[237] 자기도 남과 마찬가지로 불행한 일들을 겪으며 그 심각성을 알아보지만 되돌릴 길이 없는 문제들은 즉각 그냥 받아들이기로 결심한다는 것이다. 그 밖의 일들은 우선 필요한 조처들을 취하는데, 정신이 명민한지라 즉각 할 수 있는 일이라고 한다. 그런 뒤 평안하게 그 결과를 기다린다는 것이었다. 아닌 게 아니라 내가 그를 직접 보니, 중대하고도 어려운 일을 여러 차례 겪으면서도 행동거지나 안색이 늘 덤덤하고 편안했다. 나는 그가 행운 속에서보다는 불운 속에서 더 위대하고 유능하다고 생각한다. C 그에게는 그의 패배가 그의 승리보다, 그의 압승보다 그의 불행이 더 영광스러운 일이다.

B 체스 놀이나 정구 혹은 그 비슷하게 실없고 사소한 행위에서도 격렬한 욕망이 뜨겁고 날카롭게 개입하면 정신도 팔다리도 곧장 분별을 잃고 뒤죽박죽이 되고 마는 것을 생각해 보라. 스스

237
나중에 앙리 4세가 된 앙리 드 나바르일 것으로 추정된다.

로 정신이 아득해지고 뒤뚱거리게 되는 것이다. 이기고 지는 것에 대해 좀 더 절제된 태도를 갖는 사람은 항상 제 집에 있는 듯 평정을 지킨다. 덜 흥분하거나 덜 열광할수록 시합은 그만큼 더 유리하고 확실하게 끌어가게 된다.

더욱이 우리가 붙들어야 할 것을 너무 많이 주게 되면 영혼은 그 장악하고 붙드는 힘을 방해받게 된다. 어떤 것들은 그저 영혼 앞에 제시되기만 해야 하고 어떤 것들은 영혼에 붙들어 매야 하며, 또 어떤 것들은 영혼 속으로 깃들게 해야 한다. 영혼은 모든 것을 보고 느낄 수 있지만 자기 자신만을 먹고 살아야 하며, 정말로 자신과 관련된 것에 대해, 자기 소유이고 자기 실체인 것에 대해 깨우치도록 해야 한다. 자연의 법칙은 우리에게 정확히 무엇이 필요한지에 대해 가르쳐 준다. 현자들은 이르기를, 자연에 따른다면 누구도 헐벗지 않았지만, 사람들의 견해에 따르면 누구나 헐벗은 상태라고 했는데, 그들은 이처럼 자연에서 비롯하는 욕망과 우리네 상상력의 무절제에서 오는 욕망을 구분하고 있는 것이다. 그 끝이 보이는 욕망은 자연의 것이며, 우리 앞에서 줄곧 멀어지면서 우리가 그 끝을 잡을 수 없는 욕망은 우리의 것이다. 재물의 빈곤은 치유하기가 쉽다. 그러나 영혼의 빈곤은 치유가 불가능하다.

> [C] 사람이 자기에게 충분한 것으로 만족할 줄 안다면
> 나는 충분히 부유한 자일 터. 그러나 그렇지를 못하니,
> 아무리 막대한 재화를 가진들 그것이 나를
> 만족시키리라고
> 어찌 생각할 수 있으리.
>
> 루킬리우스. 노니우스 마르셀루스의 인용

엄청난 부와 보석, 값비싼 물품들이 보란 듯이 자기 사는 시가지를 통과하는 것을 본 소크라테스는 "나는 얼마나 많은 것을 조금도 욕망하지 않는 것인가." 하고 말했다. B 메트로도루스는 하루 12온스[238] 정도 나가는 음식으로 살았고, 에피쿠로스는 더 적은 양으로 살았다. 메트로클레스는 겨울이면 양들 사이에서 잠을 자고 여름이면 성당 주랑 현관에서 잠을 잤다. C "자연은 자기가 요구하는 것을 마련해 준다."(세네카) 클레안테스는 자기 두 손에 의지해 살아갔는데, 자기가 원한다면 또 한 명의 클레안테스도 먹여 살릴 수 있다고 자랑하곤 했다.

B 만약 우리 존재의 보존을 위해 자연이 우리에게 본래부터 엄밀하게 요구하는 것이 너무 적다면, (그것이 얼마나 사소한지를 그리고 우리 삶이 얼마나 헐값에 유지될 수 있는지를 가장 잘 표현하는 것은, '운명의 손아귀나 충격을 벗어나는 길이 바로 그 사소함을 통해서'라는 말이다.) 우리에게 무엇인가를 좀 더 허락해 주기로 하자. 우리들 각자의 습성과 조건 역시 자연이라 부르기로 하고, 우리 이 기준에 따라 평가하고 대접하도록 하자. 우리의 속성이며 셈법을 그 정도까지는 넓혀 줄 일이다. 거기까지 넓힌다 하더라도 어느 정도 변명은 된다 싶기 때문이다. 습관은 제이의 천성이고, 천성 못지않게 강력하다. C 내게 습관이 된 것이 결여되면 나는 그것을 내게 결여된 것이라 여긴다. B 이렇게 오랫동안 살아온 내 삶의 양태를 저 아래 수준으로 떨어뜨리려 들거나 혹은 삶 자체를 위축시키려 들바엔 차라리 내 목숨을 앗아 가는 것이 나으리라.

나는 이제 더 이상 커다란 변화를 맞이할 처지도, 새롭고 낯

238
1온스는 28.35그램 정도에 해당하는 무게이다.

선 생활 방식으로 뛰어들 만한 형편도 아니다. 그것이 더 고상한 것이라 하더라도 말이다. 나 말고 다른 내가 될 시간이 더 이상 없는 것이다. 그리고 지금 이 나이에 무슨 대단한 행운이 내 손에 쥐여진들, 내가 그것을 누릴 수 있는 시절에 내게 온 것이 아니라며 한탄하려 하듯이,

> 내가 그것을 즐길 수 없는데
> 행운이 온들 어디에 쓰겠는가?
> 호라티우스

C239 마찬가지로 나는 내면의 성취에 대해서도 탄식하게 되리라. 이렇게 늦게서야 흠결 없는 인간이 되느니, 그리고 당연히 더 이상 삶이 남아 있지 않은데 제대로 사는 것을 배우느니 차라리 전혀 그렇지 않는 것이 나으리라. 떠나가는 중인 내가 세상과 교류하는 데 필요한 지혜에 대해 비로소 배우게 되는 것이야 오고 있는 누군가에게 쉬 양도하리라. 정찬 끝나고 나오는 겨자라니. 내가 어찌할 수 없는 것이라면 아무리 좋은 것이라도 내게 무슨 소용이랴. 더 이상 머리가 없는 사람에게 지식이 무슨 소용인

239
1588년판에는 이 문단이 다음 문장으로 대체되어 있다. "마찬가지로 나는 습관이나 세상과의 사귐과 관련하여, 조금이나마 자신을 지혜롭게 고쳐 보려 하더라도 그런 변화가 내게 너무 늦게 다가온 까닭에 그것을 써먹을 여유가 없으리라는 회한을 느끼게 된다. 지금부터 내게 필요한 능력은 죽음과 노쇠에 맞서 견디는 힘뿐이다. 이렇게 쇠락해 가는 나이에 삶에 대한 새로운 지식이 무슨 소용이며, 이제 남은 것이 겨우 세 발자국인데 이 길을 가는 데 무슨 새로운 기법이 필요하겠는가? 아라비아 사막으로 밀려 간 사람에게 수사학을 한번 가르쳐 보라. 추락에는 아무런 기예가 필요하지 않은 법이다."

가? 필요했던 시절에 우리에게 없었으니 당연히 분한 마음으로 바라보게 될 그런 선물들을 〔이제야 뒤늦게〕 제공하다니, 운명의 여신이 가하는 모욕이요 불친절이다. 내게 더 이상 길 안내를 하지 말라. 나는 더 이상 걸을 수가 없다. 능력이 가진 갖가지 지체 중에 우리에게는 견딜 힘 하나로 족하다. 빼어난 테너의 역량을 폐가 상한 가수에게 줘 보라, 그리고 웅변의 역량을 아라비아 사막으로 물러간 은둔자에게 줘 보라. [B] 추락하는 데는 기예가 필요 없다. [C] 모든 일의 끝에는 본래 종말이 나타나는 법이다. 나의 세계는 몰락했고 나의 형체는 텅 비었다. 나는 온전히 과거에 속하며, 나는 그것을 받아들이고 거기 맞추어 내 출구를 마련하지 않으면 안 된다. 나는 다음 이야기를 하고 싶다.[240] 최근 교황에 의해 열흘이 사라진 것은[241] 나를 너무나 어리둥절하게 한 나머지 나는 그 때문에 편치가 않다. 나는 우리의 셈법이 달랐던 시대에 속하는 사람이다. 그토록 오래된 옛 관행은 나를 되찾겠다며 나더러 자기에게 오라고 부른다. 비록 좋게 만드는 쇄신일지언정 나는 조금도 새롭게 하기를 못하니 이 점에서 얼마간 이단자일 수밖에 없다. 나의 상상력은 내 의지에도 불구하고 늘 그보다 열흘 앞으로 혹은 뒤로 가면서 내 귀에 이렇게 속삭인다. "이 규칙은 앞으로 올 사람들에게나 적용되는 것이야." 그토록 달콤하던 옛 시절의 건강이 마치 생각났다는 듯 나를 다시 찾기라도 한다면, 그것은 내 소유가 되기보다는 내게 회한을 느끼게 만들리라. 그것을 어디에 둬

240
1588년판은 "예로서"라고 덧붙이고 있다.

241
그레고리우스 13세의 역법 개정을 의미한다. 프랑스에서는 1582년 12월에 채택되었다.

야 안전할지를 내가 알지 못하기 때문이다. 시간은 나를 버리고 있다. 시간을 통하지 않고는 우리가 어떤 것도 소유할 수 없다. 오, 내가 세상에서 보니 오직 하직할 채비가 된 사람들에게만 골라 주어지는 저 대단한 고위직이라니, 나는 그것을 대수롭지 않게 여기리라. 그 직위가 얼마나 제대로 행사될까보다는 얼마나 짧게 행사될까를 더 고려하니 말이다. 들어서는 순간부터 사람들은 그들이 나갈 출구를 바라본다.

B 요컨대 여기 나는 지금 이 사람을 마무리하고 있는 것이지 그 사람을 가지고 또 다른 사람을 만들고 있는 것이 아니다. 오랜 습관을 통해 나의 이 형식은 실체가 되었고 그 운명은 천성이 되었다.

그래서 연약한 피조물인 우리 각자는 이 범위 안에 들어 있는 것을 자기 고유의 것으로 간주해도 용서할 만하다고 나는 말하겠다. 그러나 또한 이 같은 한계 너머에는 오직 혼돈밖에 남지 않는다는 것도 사실이다. 우리 권리에 허용해 줄 수 있는 가장 넓은 범위가 여기까지이다. 우리의 필요와 소유를 더 확장할수록 그만큼 더 우리는 우리를 운명과 역경의 타격 앞에 드러내놓게 된다. 우리 욕망의 무대는 가장 손쉽고 바로 인접해 있는 즐거움들의 좁은 테두리 속에 제한되고 한정되어야 한다. 더욱이 그 궤도는 다른 어딘가에서 끝나는 직선이 아니라, 출발과 도착의 두 지점이 짧은 윤곽을 그리며 우리 내부에 자리하고 거기서 종결되는 곡선이라야 한다. 이 같은 자기 성찰 없이 이루어지는 행위들, 말하자면 자신을 곧장 진정으로 되돌아보지 않고 이루어지는 행위들은 구두쇠들, 야심가들, 앞으로만 내달리는 그 밖의 수많은 사람들의 모습으로서, 달릴수록 더 앞으로만 나가게 되어 있으니 이런 행태는 잘못되고 병든 것이다.

우리가 하는 일 대부분은 익살극이다. “온 세상이 희극을 공연 중이다.”(페트로니우스, 유스투스 립시우스의 인용) 우리는 우리의 역할을 마땅하게 연기해야 하지만 그러나 빌려온 인물의 역할로서 연기해야 한다. 가면과 분장을 진실한 본질인 양 해서는 안 되며, 남의 것을 우리 고유의 것인 양 해서는 안 된다. 우리는 피부와 속옷을 나눠 놓을 줄 모른다. C 얼굴에 분칠하는 것으로 족하지 가슴까지 분을 칠할 것은 없다. B 어떤 이들을 보면 자기들이 맡는 직책만큼이나 매번 새로운 모습과 새로운 존재로 변모되고 변질되며, 간장과 창자까지 주교 노릇을 하는가 하면, 자기 직위를 실내용 변기에 까지 끌고 간다. 나는 사람들이 그들에게 하는 인사와 그들이 위임받은 권한에 하는 인사, 혹은 그들의 수행원이나 암노새에게 하는 인사를 구별하라고 그들을 가르칠 수가 없다. “그들은 자기들의 출세에 넋이 나간 나머지 자신들의 본성까지 잊어버린다.”(퀸투스 쿠르티우스) 그들은 자기들 영혼과 자연스런 말투를 위풍당당한 재판관석 높이까지 부풀리고 확대한다. 보르도 시장과 몽테뉴는 항상 명확하게 구분되는 별개의 둘이었다. 자기가 변호사나 금융가라고 해도 그런 직업에 존재하는 협잡을 모르는 체해서는 안 된다. 명예를 아는 인간은 자기 직업의 악덕이나 어리석음에 책임이 있는 것은 아니며, 그것을 이유로 직분 수행을 거부해서도 안 된다. 그것은 자기 나라의 관습이며, 거기에 이로운 점도 있다. 우리는 세상 안에서 살아가야 하며, 우리 앞에 놓인 바 그대로의 세상을 선용해야 한다. 그러나 한 황제가 가진 판단력은 자기의 제국 위보다 더 높은 곳에 있어야 하며, 따라서 그는 자기 제국을 자기 밖의 우연적 사물로 보고 고려해야 한다. 그리고 그 자신은 따로 자기 자신을 향유하고, 갑돌이와 을숙이처럼, 적어도 자기 자신하고라도 대화할 줄 알아야 한다.

그렇게 깊숙하고 그렇게 전면적으로 자기를 어느 한 가지에 관여시키는 것을 나는 못한다. 내 의지가 나를 어떤 파당에 내준다 해도, 그것은 내 이해력이 거기 감염될 정도로 그렇게 격한 의무감으로 하는 것은 아니다. 우리 나라가 지금 겪는 동란 속에서, 나 자신의 이익이 나로 하여금 우리 적들이 가진 칭송할 만한 장점을 못 보게 하는 것도 아니고, 내가 따르는 이들의 비난받을 만한 점을 못 보게 하는 것도 아니다. [C] 사람들은 자기네 편에 속하는 것은 무엇이나 몹시 좋게 여긴다. 나로서는 내 편에게서 보이는 것 대부분을 심지어 변명하려고도 하지 않는다. 좋은 작품은 그것이 나의 대의를 반박하는 것이라고 해서 그 멋을 잃지는 않는다. [B] 논쟁의 핵심에 대해서 말고는 나는 언제나 차분함과 철저한 무심함을 유지했다. [C] "그리고 전쟁의 불가피성에 따르는 것 이상으로는 어떤 심각한 증오심도 키우지 않았다."(리비우스를 변용) 그 점에 대해서 나는 스스로에게 만족스럽다. 사람들은 보통 이와 반대되는 잘못을 저지르니 말이다. [C] "자기 이성을 따를 수 없는 자는 정념에 빠지도록 두라."(키케로) [B] 자신들의 관심사 너머로까지 분노와 증오를 연장하는 것은 대부분의 사람들에게서 보이는 태도이지만, 이것은 이런 정념의 원천이 어딘가 다른 곳, 자기네의 사사로운 동기에 있음을 보여 준다. 마치 궤양에서 회복된 사람이 아직 열이 있는 것은 뭔가 더욱 감춰진 다른 병인이 있는 것처럼 말이다. [C] 그들은 일반적 대의가 모든 사람과 나라의 이익을 해친다고 여기면서 그런 격렬한 적대감을 느끼는 것이 전혀 아니다. 그들은 그 대의가 자신들의 사적 이익을 해친다는 이유만으로 그것을 불쾌하게 여긴다. 바로 그 점 때문에 그들은 공공의 정의와 이성과 무관한 사적인 감정으로 격앙된다. "그들 모두가 일치하여 전체 내용을 비난하기보다는, 각자 자기 이익과 관련된 세부사항을 두고 비판하는 것이었다."(리비우스)

B 나는 우리 편이 이기기를 바란다. 그러나 그렇지 않다고 하여 광포해지지는 않는다. C 나는 파당 중 가장 건강한 쪽에 확고하게 마음을 내주지만 내가 특별히 다른 사람들의 적으로, 그것도 일반적으로 합당한 정도 이상으로 눈에 띄려고 애쓰지는 않는다. 내가 유난히 개탄해 마지않는 것은 다음과 같은 되지 않는 논변들이다. 즉 "그는 가톨릭 동맹 편이야, 기즈 공의 매력에 탄복하다니 말이야." "나바르 왕의 활약에 그 사람 얼이 빠져 있어. 개신교인 거지." "그 사람 국왕의 거동에 대해 뭐가 어떻다 하는데 속마음에 모반의 싹이 있어." 이 시대 가장 빼어난 시인들 사이에 이단자의 이름을 집어넣은 책을 단죄해야 마땅하다고 하던 행정관에게 나는 물러서지 않았다.[242] 도둑에 대해 다리가 날렵하다고 감히 이야기할 수 없다는 것인가? 어떤 여성이 창녀라면 그녀의 입 냄새가 반드시 고약해야 하는 것인가? 가장 지혜로웠던 시대에, 공공의 종교와 자유의 수호자로서 마르쿠스 만리우스에게 수여했던 카피톨리누스라는 자랑스런 칭호를 사람들이 철회한 적 있던가?[243] 그의 관후함과 무훈, 그리고 그의 용덕에 바쳐진 군사적 포

242
몽테뉴는 칼뱅의 후계자인 테오도르 베자(Theodore Beza)를 당대 가장 빼어난 라틴어 시인들 사이에 넣었다는 이유로 바티칸의 시스토 파브리로부터 비판을 받았다. 그러나 그는 자기 입장을 버리지 않았다. 이에 관해 『에세 2』 17장 「허영에 관하여」 참조.
243

상을 그 이후 그가 왕권을 차지하려 하면서 자기 나라의 법을 무시했다는 이유로 철회한 적이 있는가?

그들이 만일 어떤 변호사를 증오하게 되면 그다음 날부터 그들 눈에 이 변호사는 말솜씨가 전혀 없는 사람이 된다. 선량한 사람들이 열중한 나머지 이와 비슷한 과오에 빠지게 되는 경우를 다른 데서 다룬 적이 있다.[244] 나로 말하자면, 나는 이런 식으로 이야기할 줄 안다. 그는 이 일은 사악하게 처리하며 저 일은 고결하게 해낸다고 말이다. 마찬가지로 일의 예측이나 결과가 불길할 때도 그들은 각자가 자기 파당을 향해서는 맹목적이고 막무가내이기를 원한다. 우리의 설득력이나 판단력이 진실보다 우리 욕망의 기획에 봉사하기를 말이다.

나는 차라리 그 반대편 극단으로 가는 잘못을 저지르려 할 만큼 내 욕망이 나를 유혹하는 것이 두렵다. 게다가 나는 내가 욕망하는 것은 무엇이나 어딘지 미심쩍게 여기는 편이다. 나는 우리 시대에 사람들이 얼마나 무분별하고 터무니없이 용이하게, 자기네 지도자들 기분에 맞고 그 지도자들에게 쓸모 있는 쪽으로 믿게 되고 희망하게 되는지를 목도했는데, 하나 위에 또 하나가 쌓아 올려지는 식으로 수십 개의 오류를 거치면서도, 환영이고 몽상임을 여러 번 겪으면서도 그러는 것이었다. 아폴로니우스와 마호메트의 원숭이짓[245]에 넘어가는 사람들에 대해 나는 더 이상 놀라지

마르쿠스 만리우스는 로마 공화정 시절인 B. C. 392년 집정관이었다. 골족의 로마 포위시 카피톨리누스 언덕의 성채를 지켜 냈으며, 평민들의 권익을 옹호하다 원로원에 의해 사형 선고를 받고 B. C. 384년 타르페아 절벽에 내던져졌다. 로마의 사회 개혁을 위해 희생된 두 번째 순교자로 여겨진다.

244

『에세 1』 32장 참조.

않는다. 그들의 감각과 이해력은 정념에 의해 완전히 질식되어 있다. 그들의 분별력은 자기들에게 웃음 짓고 자기네 대의를 강화시켜 주는 것 말고는 아무것도 받아들이지 않는다. 우리들 열에 들뜬 파당 가운데 첫 번째[246]에서 나는 이것을 최고도로 목도했다. 그 뒤로 태어난 다른 파당[247]은 그것을 본뜨더니 이윽고 능가하게 되었다.

이를 통해 나는 대중의 오류란 불가피하게 이런 길을 밟게 되는 것임을 알게 된다. 첫 번째 오류가 나타나면 마치 바람 따라 물결이 일듯 다른 오류들이 줄지어 따라 나온다. 만약 거기서 벗어나오려고 하고, 폭풍 속에서 함께 허우적거리기를 거절하면 그는 더 이상 공동체의 일부가 아니다. 그러나 확실한 것은, 우리가 만일 정의로운 파당을 도우려고 협잡을 이용한다면 그것은 오히려 그 파당을 해친다는 점이다. 나는 그런 방식에 대해 줄곧 반대해 왔다. 그것은 병든 정신을 가진 이들이나 반길 사술(邪術)이다. 건강한 정신을 위해서는 역경을 설명해 주며 용기를 북돋는, 더 명예로울 뿐만 아니라 보다 확실한 길들이 있다.

B 카이사르와 폼페이우스의 관계처럼 심각한 불화는 하늘이

245
티아나의 아폴로니우스(A. D. 15~100년경)는 그리스 신퓌타고라스 학파의 철학자로서 자기가 죽은 자들 가운데서 살아났으며 여러 기적을 행했다고 주장했다. 많은 사람들이 그와 마호메트가 그리스도의 경쟁자 혹은 모방자가 될 법했다고 여겼다. '원숭이짓'이라고 하는 표현은 '신의 원숭이', 즉 악마가 수행한 기적들을 말한다.

246
개신교들을 가리킨다.

247
가톨릭 동맹을 말한다.

본 적 없을 것이며 또 앞으로도 그럴 것이다. 하지만 내 보기에 이들 고귀한 영혼은 서로에 대해 대단한 절도를 지키고 있음을 알 수 있다. 그것은 명예와 권위를 둘러싼 경쟁이었으며, 그 때문에 두 사람이 격렬하고 과도한 증오심에 빠지지도 않았고, 악의도 중상도 없었다. 가장 치열한 전투 중에도 둘 사이에는 어딘가 존경심과 호의의 흔적이 보인다. 그래서 그들에게 만일 가능했다면 둘 다 상대의 몰락보다는 그런 일 없이 자기 일을 달성하고 싶어 했으리라는 판단을 하게 된다. 마리우스와 실라의 경우는 얼마나 다르게 전개됐던가! 경계할 일이다.[248]

우리 정념과 이익을 쫓아가느라 그렇게 넋 놓고 달려들어서는 안 된다. 젊을 때 너무 나를 앞서가는 듯 느껴지던 사랑의 진척에 내가 제동을 걸고, 너무 기쁜 나머지 결국 내가 거기 압도되고 완전히 휘둘리지 않도록 조심했던 것처럼, 나의 의지가 지나친 욕구에 사로잡히게 되는 다른 어떤 경우에도 나는 마찬가지로 경계한다. 내 의지가 그 자신의 포도주에 흠뻑 취하기 시작하는 것이 보이면 나는 내 의지가 기울어지는 방향 반대쪽으로 몸을 던진다. 쾌락으로 향하는 마음을 너무 방치한 나머지 나중에 피를 흘리고서야 다시 내 의지를 장악하게 되는 일은 피하려는 것이다.

아둔함 때문에 사물을 반밖에 이해하지 못하는 사람들은 해로운 일들로부터 상처받는 것이 덜하다는 행운을 누린다. 이것은 정신적 티눈 같은 것으로서 어딘가 건강한 기운을 띠고 있는데,

248
마리우스와 실라 사이의 내전은 잔인한 살육극으로서 루키아누스가 그의 서사시 『파르살리아(Pharsalia)』에서 경악과 분노로 그리고 있다. 몽테뉴는 이 내전과 당대의 프랑스 종교 전쟁 사이에서 유사성을 보고 있다.

이런 건강함을 철학은 조금도 경멸하지 않는다. 그럼에도 불구하고 우리가 흔히 하듯 이것을 지혜라고 부르는 것은 합당하지 않다. 예를 들어 고대에 어떤 사람이 디오게네스를 조롱한 적이 있는데, 이 철학자는 자기 참을성을 시험해 보기 위해 한겨울에 완전히 발가벗은 채 눈사람을 껴안고 있었던 것이다. 마침 그를 만난 이 사람이 물었다. "지금 한참 춥나요?" "전혀 아니올시다." 하고 디오게네스가 답했다. 그러자 그가 다시 물었다. "그럼 그렇게 버티고 있는 게 무슨 어렵고 본보기가 될 일이라고 생각해 그러고 있는 거요?" 꿋꿋함을 측량하기 위해서는 반드시 고통스러움을 알아야 하는 법이다.

그러나 역경과 험한 운세를 그 모든 깊이와 날카로움에서 체험해야만 하는 사람들, 그 원래의 쓰린 맛과 무게를 느껴야만 하는 사람들은 자신들의 수완을 사용해 그것을 야기하는 원인들에 연루되기를 피하고 그쪽으로 이끄는 길에서 몸을 돌리려 해야 할 것이다. 코티스 왕은 어떻게 했던가? 그는 사람들이 자기에게 선물한 아름답고 화려한 식기들에 후한 값을 치러 주었다. 그러나 그 식기들이 유난히 허술해 자기 손으로 그 즉시 다 부수고 말았는데, 자기 하인들에게 언제고 화를 내게 만들 빌미가 될 테니 미리 제때에 치운 것이다. 나도 이와 비슷하게 [C] 내 일이 남들 일과 뒤섞이는 것을 부러 피했으며, 내 재산이 내 친척이나 친밀한 관계로 연결되어야 할 사람들의 것과 인접하게 되는 것을 삼갔다. 보통은 그런 데서 적대와 불화의 소지가 마련되는 법이다. [B] 예전에 나는 카드나 주사위처럼 위험한 놀이를 즐겼다. 오래전에 그것을 그만두었는데, 돈을 잃었을 때 아무리 좋은 낯빛을 하고 있어도 속으로는 여전히 쓰렸기 때문이다. 명예를 아는 인간이라면 모욕이나 기만을 가슴 깊이 느껴야 하며, [C] 얼렁뚱땅하는 변명을 자기가 당한 데 대한 보상이며 위로라고 여길 수도 또 그럴 생각도 없을 테니, [B] 그는 미심쩍은 거래나 소란스런 언쟁이 계속되도록 둬서는 안 된다. 나는 울적한 기질이나 고약한 성미를 가진 사람들을 페스트 환자인 양 피하며, 사심이나 감정 개입 없이 처리할 수 없을 일들에는 의무로서 내게 강제되는 경우가 아니면 개입하지 않는다. [C] "도중에 멈추느니 처음부터 관두는 게 덜 수고로울 것이다."(세네카) [B] 그러니 가장 확실한 방법은 일이 생기기 전에 준비하는 것이다.

어떤 현인들은 다른 길로 갔다는 것을 나는 잘 알고 있다. 그들은 몇 가지 고귀한 일에 자기 온 존재를 걸고 달려들기를 두려워하지 않았다. 그들은 모든 종류의 역경과 맞설 수 있는 자기네 힘을 확신하고 있었으며, 무엇에도 흔들리지 않는 꿋꿋함에 의지해 악과 투쟁했다.

> 거대한 대양 위로 우뚝 솟아난 큰 바위처럼
> 격노하는 바람과 파도에 몸을 드러낸 채
> 하늘과 대지더러 해 볼 테면 해 보라는 듯
> 그는 꿈쩍 않고 서 있노라.
>
> 베르길리우스

이런 예들을 따라 하지는 말자. 우리는 결코 거기 도달할 수 없으리라. 자기들의 의지 전부가 거기 속해 있던 조국의 붕괴를 그들은 미동도 않고 고집스레 응시하기만 한다. 우리 평범한 영혼들에게 그것은 너무 힘들고 너무 가혹한 일이다. 그래서 카토는 일찍이 세상에 있던 가장 고귀한 삶을 버리기까지 했다. 우리 소인들은 가능한 멀리서부터 폭풍을 피해야 한다. 그것을 견디려고 할 것이 아니라 그것을 느끼는 것을 피해야 하며, 맞받아칠 수 없는 타격은 피해야 한다. [C] 제논은 사랑하는 청년 크레모니데스가 자기 옆에 앉으려고 가까이 오는 것을 보고 갑자기 일어섰다. 왜 그러느냐고 클레안테스가 묻자 그는 이렇게 말했다. "내가 알기로 의사들은 모든 종류의 종기에 무엇보다 안정을 권하고 흥분을 금하고 있다네."

[B] 소크라테스는 "아름다움의 마력에 굴복하지 말라, 저항하고 거기에 맞서려고 노력하라."라는 말을 하지 않았다. 그는 "아름다움을 피하라, 그것이 보이거나 그것을 만나게 되는 데서 달아나라. 마치 멀리서 날아와 나를 맞히는 독화살에서 달아나듯이." 하고 말했다. [C] 그의 좋은 제자[249]는 상상이었는지 인용이었는지 모르겠지만 — 내 생각으로는 상상보다는 인용일 것이다 —, 위대한 키루스 대왕의 희귀한 완벽성을 이야기하면서, 자기 포로가 된 저 유명한 판테아[250]의 여신 같은 미모에 대왕인 자기가 저항할 수 있을지 자신 없어 하는 모습을 보여 준다. 키루스는 그녀를 찾아가고 감시하는 일을 자기보다 덜 자유로운 다른 자에게 맡겼다.

성령도 마찬가지로 "우리를 시험에 들지 말게 하시고"(마태복음)라고 가르친다. 우리는 우리 이성이 욕망에 쓰러지거나 압도되지

249
크세노폰을 가리킨다.
250
에라스무스가 쓴 『격언집』에서 크세노폰의 이야기가 인용되어 있다. 판테아는 고대 근동의 왕국이었던 수사(Susa)의 왕 아브라다타스의 아내로서 아시아 제일의 미녀였다고 한다.

않게 해 달라고 비는 것이 아니라 시험에 들지도 말기를, 단지 죄에 가까이 가거나 그 유혹이나 시험을 겪어야 하는 상태에도 이끌려 가지 않기를 비는 것이다. 그리고 우리는 우리 주님에게 우리 양심이 악과의 관계에서 온전하고 완벽하게 해방되어 평온한 상태를 유지하게 해 달라고 기도한다.

C 자신이 가진 복수의 정념을 극복했다거나 다른 종류의 고통스런 정념을 극복했다고 말하는 사람들은 예전에 어떠했는가가 아니라 지금 어떠한가에 대해서만 진실을 말하고 있는 셈이다. 그들은 자기들 과오 뒤에 있던 원인들이 그들 자신에 의해 자라나고 진전된 연후에, 지금 그런 식으로 우리에게 이야기하는 것이다. 그러나 뒤로 한참 거슬러가 보라. 이들 동기를 그 처음 자리로 돌아가게 해 보라. 그러면 문득 그 실체를 깨닫게 된다. 그들은 자기네 과오가 오래된 것인지라 그만큼 사소해졌다고 생각하는 것인가? 그리고 부당한 시초였지만 그 결과는 정당한 것이라도 된다는 말인가?

B 제 나라가 잘되기를 바라면서도 화병이 생기거나 수척해지지는 않는 나 같은 사람은, 나라가 붕괴되려 하거나 혹은 붕괴된 것이나 다를 바 없는 상태로 지속되는 것을 보면 언짢아하기는 하되 넋이 빠지지는 않을 것이다. 물결과 바람과 선장이 서로 반대되는 목적지로 끌어당기고 있는 가련한 배라니.

> 그렇게 갖가지 서로 다른 길을
> 선장도 바람도 파도도 강요한다.
> 부캐넌

마치 그것 없이는 살 수 없는 양 왕공들의 호의를 입 벌린 채 뒤쫓아 다니지는 않는 사람이라면, 그들이 맞아 주는 태도나 얼굴 표정이 쌀쌀 맞다 해도, 그들의 기분이 변덕스럽다고 해도 그다지 마음 상해 하지 않는다. 자식들이나 명예를 노예 같은 애정으로 마음에 품고 다니지 않는 사람은 그것들을 잃고 난 뒤라도 여전히 담담하게 살아간다. 공들여 일하는 것이 주로 자기 자신의 만족을 위한 것인 사람은 다른 이들이 자기 행동을 그 장점과는 반대되게 판단해도 전혀 언짢아하지 않는다. 그런 거북한 경우에는 아주 미량의 인내심을 마련해 두는 것이다. 나는 이 처방에 만족하는데, 처음부터 나의 자유를 가장 저렴한 가격으로 사 두는 것이니 그 덕에 많은 수고와 곤란에서 벗어나 있다고 느낀다. 나는 내 감정이 동요하기 시작할 때 별다른 노력 없이 그것을 멈추게 하며, 무엇이건 나를 짓누르기 시작하는 것은 그것이 나를 휩쓸어 가기 전에 내려놔 버린다.

C 출발을 멈추게 하지 못하는 자는 그 흐름도 제지할 수 없다. 정념들 앞에 문을 닫아걸지 못하는 자는 일단 들어온 뒤에는 그것을 쫓아낼 수가 없다. 처음의 고비를 제대로 넘지 못하는 자에게 마지막 고비는 더 넘기 어렵다. 그리고 처음 충돌을 버텨 내지 못하는 자는 붕괴하는 것도 피할 수 없으리라. "왜냐하면 한번 이성에서 벗어나면 정념들은 저 멀리까지 날뛰니 말이다. 인간의 허약함은 자신에게 무엇이든 허락하다가 자기도 몰래 너른 바다까지 나아가고, 그때는 닻을 내릴 어떤 곳도 찾을 수 없게 된다."(키케로)

B 나는 소소한 바람이 불어와 내 영혼에 도달해 슬쩍 나를 건드려 보고 중얼거리기 시작하면 태풍의 전조임을 제때 감지한다. C "몰아쳐 오기 이미 오래전 마음은 동요하기 시작한다."(세네카)

B 아직 육지 위 숲속에 갇혀 웅웅대는 바람
선원들 귀 기울여 그 울부짖음 느낄 때면
다가오는 태풍 머잖아 돛을 잔뜩 부풀릴 참.
베르길리우스

내 천성에는 고문이나 화형보다 더 끔찍했던 저 비천하고 한심한 소송 방식과 답답함의 시대가 지난 이후, 판관들로부터 당하는 더 험악한 불의를 피하기 위해 나 스스로 분명한 불의를 감수했던 것이 그 몇 번이던가? C "소송을 피하기 위해서는 할 수 있는 모든 일을, 어쩌면 그 이상의 일까지 해야 한다. 왜냐하면 자신의 권리를 스스로에게서 조금 덜어 내는 것은 칭찬할 만할 뿐 아니라 때로는 유익하기 때문이다."(키케로) 우리가 정말 현명하다면 그것을 기뻐하고 자랑해야 하리라. 내가 어느 날 들었던 바로, 어떤 어엿한 집안의 젊은이가 자기 손님들 하나하나에게 자기 어머니가 송사에서 지고 난 참이라며, 마치 어머니의 기침이나 열, 혹은 가지고 있기 거북스런 다른 어떤 것에서 벗어난 양 천진하게 기뻐하며 이야기했던 것처럼 말이다. 행운이 내게 베풀어 줬을 수도 있는 호의들, 즉 이런 일에 절대적 권위를 가진 사람들과의 인척 관계나 지인 관계를 나는 다른 사람에게 불리하게 사용하거나 내 권리를 그 정당한 가치 이상으로 높이는 데 이용하는 것을 주의 깊게 피하려 하면서 양심에 따라 적잖이 노력했다. 요컨대 B 나는, 이렇게 말할 수 있어서 기쁘지만, 매일처럼 노력한 결과 지금까지 살아온 날들을 송사와는 무관하게 보낼 수 있었는데, 그중에는 내가 귀 기울이려고만 했으면 대단히 정당한 근거를 가지고 내게 쓸모가 있었을 소송 기회도 여러 차례 있긴 했었다. 그리고 분쟁을 겪는 일도 없었으니 말이다. 그러니 심각한 해를 끼치지도 입지도 않은 채, 그리고 내 이름 말고는 다른 더 나쁜 식으로 불린 적도 없이[251] 이제 곧 긴 생애를 산 셈이 된다. 드물게 얻게 되는 하늘의 은총이다.

우리가 겪는 가장 심대한 소동도 우스꽝스런 동기와 원인에서 비롯된다. 마지막 부르고뉴 공작이었던 이가 양털 가죽 한 수레 때문에 생긴 분쟁으로 어떤 재앙을 겪었던가?[252] 그리고 인장 하나를 주화에 새긴 일이야말로 이 대지가 일찍이 겪은 가장 끔찍한 참화의 가장 중요한 최초 원인이 아니던가?[253] 왜냐하면 폼페이우스와 카이사르는 이들 두 사람의 후예이자 그 속편들일 뿐이기 때문이다. 그리고 우리 시대에 내가 목격한 바로, 왕국의 가장 지혜로운 두뇌들이 조약과 협정을 논의하기 위해 거창한 의식과 막대한 공적 비용을 써 가며 모여들었는데, 진짜 결정권은 여성들이 규방에서 나누는 대화와 거기 있던 어떤 조그만 부인이 어떤 입장을 가지고 있느냐에 달려 있었다. [C] 사과 하나 때문에 그리스와 아시아가 불에 타고 피를 흘리게 만든 시인들은 이 점을 잘 이해하고 있었던 것이다. [B] 저 사람이 무엇을 위해 칼과 단검을 차고 자기 명예와 생명을 걸고서 달려 나가는지 바라보라. 그 다툼의

251
누구에게 욕을 듣지 않았다는 의미이다.

252
필립 드 코민과 장 보댕이 기록한 바에 의하면 부르고뉴 공작과 스위스인들 사이의 전쟁은 어떤 스위스 사람이 싣고 가던 양털 가죽 수레를 뺏은 데서 시작되었다고 한다.

253
술라가 자신의 전공을 기리기 위해 인장 반지에 새기도록 한 내용 때문에 마리우스와의 사이에 경쟁 관계가 시작되었고 이것이 1차 로마 내전으로 발전했다.

원인이 어디 있는지를 당신에게 이야기해 보라면 그는 낯을 붉히지 않고서는 말하지 못할 것이다. 그만큼 그 동기가 맹랑하니 말이다.

아직 배에 채비를 하는 동안은 그저 약간의 성찰만 필요하다. 그러나 당신이 배에 올라타고 난 뒤에는 모든 밧줄이 팽팽히 당겨진다. 훨씬 까다롭고 중요한 저 막대한 재원도 필요하다. [C] 거기서 나오기보다는 그리 들어가지 않는 게 얼마나 더 용이한가? [B] 그런데 우리는 갈대와는 반대로 처신해야 하는 것이니, 갈대는 처음 나타날 때 길고 곧은 줄기를 뻗지만 나중에는 지치고 숨쉬기 곤란하다는 듯, 마치 수많은 휴지기라도 되는 양 여러 개의 빽빽한 옹이를 만드는데 이것은 갈대가 더 이상 원래의 기운이나 집요함을 갖고 있지 못하다는 것을 보여 준다. 우리는 차라리 부드럽고 냉정하게 시작하면서 일이 어렵고 완성에 이르는 때를 위해 호흡과 힘찬 도약을 아껴 둬야 하리라. 일의 처음에는 그것을 이끌어 가고 마음대로 조종하는 것이 우리이지만, 나중에 일이 일단 시작되고 나면 일 자체가 우리를 이끌고 휩쓸어 가니 우리는 그 뒤를 따라가야만 하는 것이다.

[C] 그렇다고 하여 이런 식의 원칙이 나로 하여금 어떤 어려움도 벗어날 수 있게 해 주었다거나, 또 내 정념을 통제하고 고삐 쥐는 것이 힘든 경우가 드물었다는 이야기는 아니다. 정념은 그 동기가 무엇이냐에 비례해 늘 제어되는 것도 아니며, 그 출발부터 무분별하고 격렬한 경우들도 더러 있다. 어쨌든 이 원칙을 통해서는 상당한 힘의 저축도, 또 열매를 맛보는 것도 가능하다. 그러나 잘 처신함으로써 얻는 어떤 결과도 명성까지 높아지지 않는 한 만족하지 못하는 사람들만은 예외이다. 왜냐하면 사실 그런 행위의

가치는 오직 각자가 스스로 평가하는 것일 뿐이기 때문이다. 당신은 그 때문에 더 행복할 수는 있지만 더 존경받을 수는 없을 것이니, 춤추러 무대에 나서기 전에, 결점을 남들이 볼 수 있기 전에 당신은 스스로를 순화했기 때문이다. 하지만 또 이런 경우만이 아니라 삶의 다른 모든 의무와 관련해서도, 명예를 추구하는 사람들의 길은 내적 고요와 이성을 자신의 목표로 추구하는 이들이 걷는 길과 대단히 다르다.

B 어떤 사람들을 보면 경기장에 등장할 때는 분별없고 맹렬한 기세인데, 달릴 때는 무기력해진다. 플루타르코스가 이야기하기를, 지나치게 수줍음 타는 이들은 사람들이 무엇을 요청하건 순하고 쉽게 끄덕이는데, 나중에 자기 언약을 지키지 않거나 부인하는 것도 쉽게 한다는 것이다. 마찬가지로 쉽사리 언쟁을 벌이는 사람은 그만큼 쉽게 거기서 빠져나가기도 한다. 무슨 이야기를 꺼내기를 어려워하는 나는 마찬가지로, 일단 시작해 열이 오르면 더 자극을 받는다. 그것은 좋지 않은 습관이다. 일단 들어가면 무슨 일이 있어도 계속 가야 하니 말이다. C 느긋하게 시작하되 뜨겁게 계속하라고 비아스[254]는 말했다. B 신중함의 결여 때문에 자기 제어의 용기가 결여된 상태로 쇠락해 가는 것은 더더욱 견디기 어려운 노릇이다.

이즈음 우리의 분란을 두고 이루어지는 합의 대부분은 수치스럽고 부정직한 것들이다. 우리는 그저 체면만 유지하려고 하며 우리의 진정한 의도를 속이거나 부인한다. 우리는 사실 위에 회칠을 한다. 우리가 어떻게 이야기했고 어떤 의미로 이야기했는지

254
그리스의 일곱 현자 중 한 사람을 말한다.

는 우리 자신이 알고 참석자들이 알며, 우리 잘난 점을 알아 줬으면 하고 우리가 기대했던 우리 친구들도 안다. 우리는 우리 생각을 부인함으로써 우리의 솔직함도, 우리가 가진 용기의 명예도 포기하며, 협상을 성사시키기 위해 허위 속에 〔도망처로서〕 토끼굴을 파놓는다. 우리는 우리가 부인했던 사실을 은폐하려고 우리 자신까지도 부인한다. 당신의 행동이나 말이 달리 해석될 수도 있는지를 고려해서는 안 된다. 그 대가가 무엇이든 당신이 앞으로 유지해야 하는 것은 당신 자신의 참되고 진실한 해석이다. 사람들은 당신의 덕성과 당신의 양심을 향해 이야기하는 것이다. 그것은 가면 밑에 감춰 둘 부분들이 아니다. 이 비열한 방식과 술책들이야 법원의 송사에서 쓰라고 놔두자. 자기의 분별없는 언행을 무마하려고 사람들이 매일처럼 동원하는 것이 보이는 변명들이며 둘러대기는 분별없는 모습보다 내 보기에 더욱 추하다. 자기 적수에게 그런 식의 둘러대기를 함으로써 스스로를 해치는 것보다는 한 번 더 적의 기분을 상하게 하는 것이 더 나으리라. 당신은 홧김에 그를 몰아 대더니 차분하고 더 나은 기분이 돼서는 그를 달래고 그에게 살랑거릴 판이다. 이런 식으로 당신은 전진했던 것보다 더 많이 양보하게 된다. 귀족이 하는 말 중에서 권위의 압력으로 억지로 자기 말을 부인하는 수치스러움보다 더 고약한 것은 없다고 나는 생각한다. 귀족에게는 고집스러운 것이 소심한 것보다 더 용서할 만하기 때문이다.

나로서는 정념을 절제하기가 어려운 만큼이나 그것을 피해 가기는 용이하다. C "정념을 억제하는 것보다는 마음에서 뽑아내 버리는 것이 더 쉽다."(세네카) B 이 고귀한 스토아적 무감각함에 이를 수 없는 자는 나처럼 인민의 아둔함이라는 품속으로 피해 올 일이다. 철학자들이 덕성의 힘으로 하는 것을 나는 〔습득한〕 기질로써 하도록 스스로를 가르친다. 폭풍우는 중간 지대에 머무른다. 위쪽과 아래쪽, 철학자들과 시골 사람들이라는 두 극단은 마음의 평정과 행복을 각자 자기 것으로 만든다.

> 사물의 근원을 꿰뚫을 줄 알아 온갖 두려움이며
> 무자비한 운명에 대한 믿음이며
> 인색한 저승 세계 둘러싼 온갖 소문 따위
> 발아래 짓밟을 수 있는 자는 행복하도다,
> 또한 전원의 신들, 판 신, 삼림의 수호자 늙은 실바누스
> 그리고 님프 자매들을 아는 자도 행복하도다.
> 베르길리우스

만물은 태어날 때 약하고 부드럽다. 그래서 모든 것은 시초에 두 눈을 뜨고 바라봐야 한다. 무엇인가가 아직 작을 때는 미처 그 안에 담긴 위험을 즉각 알아볼 수 없듯이, 나중에 그것이 커져 있을 때는 더 이상 치료법을 알 수 없기 때문이다. 야심의 길을 따라갔더라면 나는 매일 수천 가지 장애를 만났을 터인데, 그 길로 들어서려는 타고난 내 경향을 〔아예〕 억누르는 것보다 이들 장애를 헤쳐 나가기가 훨씬 더 힘들었을 것이다.

> 고개를 쳐들고 사람들 시선 끌어 보려는 짓 끔찍해한
> 내가 옳았지.
> 호라티우스

모든 공적 행위는 애매하고 다양한 해석을 견딜 수밖에 없으니, 너무나 많은 사람들이 그것을 판단하기 때문이다. 어떤 이들은 내가 시장직을 맡았던 것을 두고 (이 점에 대해 한마디하게 되어 만족스러운데, 그것이 그럴 만한 가치가 있어서가 아니라, 시장직을 수행하던 내 태도가 어떠했는지 예를 보여 주기 위해서이다.) 너무 무르게 처신했으며 열성도 미적지근했다고 말한다. 겉보기로 치자면 그들이 전혀 엉뚱한 것은 아니다. 나는 내 마음이며 생각을 차분히 하고자 했다. C "타고나기를 늘 고요하고, 지금은 나이 때문에 더욱 그러하다."(키케로) B 그리고 어떤 거칠고 예리한 자극 때문에 내 내면이 날뛴다 해도 정말이지 그것은 내가 원하는 바가 아니다. 그렇다고 해서 타고난 이 나른함에서 무능력의 증거를 찾으려 해서도 안 되고 (왜냐하면 열성의 부족과 지혜의 부족은 서로 다른 두 가지이기 때문이다.) 더군다나 시민들에 대한 배은망덕의 증거를 찾으려 해서도 안 된다. 이들은 나를 알기 전에도, 또 알고 난 후에도 내게 호의를 베풀기 위해 할 수 있는 모든 것을 다 동원했으며 내게 처음 시장 직을 준 것보다 두 번씩 뽑아 줌으로써 더더욱 나를 위해 힘써 준 것이다. 나는 시민들에게 가능한 모든 좋은 일이 있기를 기원하며, 만약 그럴 기회만 있었다면 내가 시민들을 위해 하지 않을 일이 없었을 것이다. 나는 나 자신을 위해 그러는 것처럼 그들을 위해서도 분발했다. 그들은 용맹하고 관대하면서도 순종하고 규율을 지킬 줄 아는 좋은 사람들이며, 잘 이끌기만 하면 어떤 좋은 역할도 능히 해낼 사람들이다. 내 시장직이 별 특징도 흔적도 없이 지나갔다고 사람들은 말하기도 한다. 그것은 좋은 일이다. 거의 모든 사람이 일을 과도하게 한 죄를 깨닫고 있는 이 시대에 사람들은 나의 무위를 고발하니 말이다.

나는 마음이 동하면 발을 동동 구르며 행하는 사람이다. 그러나 이런 유별난 성격은 견인불발의 끈기와는 적수이다. 내 됨됨이에 맞게 나를 쓰고 싶은 사람은 활력과 솔직성이 필요한 일들을 내게 줄 일이다. 곧고 짧으며 심지어 위험하기도 한 행동이 필요한 일들 말이다. 그런 일에는 내가 뭔가 할 수 있을 것이다. 그러나 만약 오래 걸리며 미묘하고 곤란한 일, 능란해야 하고 비비 꼬인 일은 다른 누군가에게 부탁하는 것이 더 나을 것이다.

중책이라고 해서 모두 어려운 것은 아니다. 상당한 필요성이 있었다면 나는 좀 더 고되게 일할 준비가 되어 있었다. 왜냐하면 어떤 일을 내가 하고 있는 정도보다, 그리고 하고 싶어 하는 정도보다 더 많이 할 수 있는 능력이 내게 있기 때문이다. 내가 아는 한 나는 의무가 내게 진실로 요구하는 어떤 행위도 그냥 내버려 둔 적이 없었다. 나는 야심에 의해 의무와 뒤섞여진 일들이나 야심이 의무의 탈을 쓰고 있는 일들은 쉽게 잊었다. 세간의 눈과 귀를 사로잡는 것도, 사람들의 마음을 만족시키는 것도 그런 종류의 일들이다. 그들이 보람을 느끼는 것은 실체가 아니라 외양에 의해서이다. 소음이 들리지 않으면 그들은 당신이 자고 있다고 생각한다.

내 기질은 소란스런 기질과는 어긋난다. 나는 담담한 태도로 소요를 멈추게 할 수 있으며, 냉정을 잃지 않고서 폭동을 처벌할 수 있다. 화를 내고 분노해야 할 필요가 있는가? 나는 그것을 빌려와 내 얼굴에 가면으로 씌운다. 나의 태도는 온화하고, 사납기보다는 유순한 편이다. 행정관이 잠자고 있다고 해도 그의 휘하 사람들 역시 잠들어 있다면 나는 그를 비난하지 않는다. 법도 그런 식으로 잠자고 있는 것이다. 나로서는 눈에 띄지 않게 지나가는, 희미하고 소리 없는, [C] "오만함에서만큼이나 저열함과 비천함에서도 저 멀리 떨어져 있는."(키케로) B 삶을 찬양하고 싶다. 내 운명이 원하는 바도 그것이다. 내가 태어난 가문은 화려함도 떠들썩함도 없이 오랫동안 특별히 고결함만을 열망하며 살아온 곳이다.

우리 시대 사람들은 너무도 선동과 과시를 위해 만들어진 탓에 선함, 절제, 평정심, 지조 같은 고요하고 눈에 띄지 않는 자질들에 대한 감각을 잃고 말았다. 거친 물체는 느껴지지만 매끄러운 것은 다룰 때 아무런 감각이 없다. 병은 느껴지지만 건강은 거의 혹은 전혀 느껴지지 않는다. 우리를 고통스럽게 하는 것들과 비교할 때 우리에게 기분 좋은 것들도 마찬가지이다. 시 회의실에서 할 수 있는 일을 미뤄 두다 광장에서 하는 것이나, 전날 밤에 할 수 있었던 일을 다음 날 한낮에 하는 것, 그리고 자기 동료가 그만큼 잘할 수 있는 일을 자기가 하려 시샘하는 것은 모두 자신의 명성과 사적 이익을 위해 하는 것이지 선을 위한 것이 아니다. 그래서 그리스의 어떤 외과의들은 행인들이 볼 수 있는 길거리 연단 위에서 시술을 했던 것인데, 더 많은 고객을 받으며 더 많은 일을 하기 위해서였다. 그들은 이성적인 명령이란 북 치고 나팔 불어 알릴 때만 들리고 이해된다고 여긴다.

명예욕이란 시시한 사람들의 악덕도 아니고, 우리네 것 같은 그런 일들에 깃들 수 있는 악덕도 아니다. 사람들이 어린 알렉산드로스에게 이렇게 말했다. "당신 부친께서는 당신에게 통치하기 쉽고 평화로운, 거대한 왕국을 물려줄 것이오." 하지만 아직 어리긴 해도 이 아이는 자기 아버지가 거둔 승리와 엄격한 통치를 부러워하고 있었다. 그는 세계를 지배하고 싶었지만 그러나 하는 일 없이 평화로이 즐기고 싶지는 않았던 것이다. C 플라톤의 저술에 나오는 알키비아데스는 그 상태로 영원히 남아 있기보다는 가장 젊고 아름답고 부유하고 고귀하며 극도로 박학한 채로 죽기를 더 바란다.

[B] 야심이라는 이 질병은 아마도 알렉산드로스 같은 그렇게 강력하고 그렇게 충만한 영혼에게는 허용될 만하다. 그러나 저 왜소하고 초라한 꼬마 영혼들이 그 흉내를 낸답시고 어떤 일 하나를 제대로 판결한 것이나, 혹은 도성 출입구 경비를 다잡아 둔 것을 가지고 제 이름을 널리 알리고자 한다면 그들은 고개를 치켜들려고 할수록 엉덩이를 더 세상에 내보이는 셈이 될 것이다. 이들 미미한 업적들이야 몸도 생명도 없다. 처음 입에 오르자 이내 사라질 것이며 이 길 모퉁이에서 저 길 모퉁이까지밖에 가지 못할 것이다. 그런 이야기는 당신 아들이나 하인에게나 해 보라. 저 옛사람이 자화자찬을 들어주거나 자기 무용을 알아 줄 다른 사람이 없어서 자기 하녀를 앞에 두고 자랑을 늘어놓으며 이렇게 외쳤다는 식으로 말이다. "오, 페레트, 너는 얼마나 용맹하고 유능한 사람을 네 주인으로 모시고 있는 것이냐!"[255] 최악의 경우라면, 내가 아는 어떤 왕실 자문 위원처럼 자기 자신에게 그렇게 해 보라. 극도로 애를 써서 한 수레분의 문장을 쏟아낸 뒤에 자문 위원실에서 물러나와 궁궐 남자 화장실로 들어간 그는 누군가 들으니 어물어물 경건하게 이렇게 중얼거리더라는 것이다. "우리가 아니라, 오 주님, 우리가 아니라 당신 이름이 영광되게 하소서."(시편) 남의 주머니에서 지불받지 못하면 자기 지갑에서 스스로 꺼내서라도 받아야 할 일이로다.

255
플루타르코스, 「덕을 실행함이 유리한지를 어떻게 알 수 있을 것인가」. "디오니시아여, 내가 얼마나 자랑하기 싫어하고 얼마나 겸손한 사람인지 좀 보려무나!" 하녀의 이름을 페레트로 바꿈으로써 몽테뉴는 프랑스 익살극의 분위기를 담았다.

명성이란 그렇게 하찮게 싸구려 몇 푼으로 살 수 있는 것이 아니다. 명성은 희귀하고 본보기가 되는 행적들에 상응하는 것이지 저 흔하디흔한 일상의 사소한 성과들은 그 곁에 두려 하지 않으리라. 담장 한 부분을 수리했다거나 공공 배수로를 깨끗이 치웠다는 이유로 당신이 기분 좋을 만큼 당신의 직함을 높여 주는 것은 대리석 기념판이 하겠지만, 그러나 판단력이 있는 사람들은 결코 그렇게 하지 않는다. 어려움과 희귀함이 거기 딸려 있지 않다면 어떤 좋은 행위에도 명성이 따라오지는 않는다. 또한 스토아 철학자들에 따르면, 덕성에서 태어난 모든 행위에 존경이 따르는 것도 아니니, 그들은 눈꼽 낀 늙은 창녀를 절제력으로써 삼가한 사람에 대해 심지어 인정도 해 주지 않으려 한다. C 스키피오 아프리카누스의 찬탄할 만한 자질들을 알고 있는 사람들은 뇌물 받기를 거부한 점 때문에 파나이티우스가 그에게 돌린 영광을 거부하는데, 이것은 스키피오 고유의 미덕이라기보다 당대 사회 전체가 그랬다는 이유에서였다.

B 우리에게는 우리 처지에 적절한 즐거움들이 있다. 위대함에 주어진 즐거움을 붙들려고 하지 말자. 우리의 즐거움들이 더 자연스러우며, 대지에 가까이 있어 더 소박한 만큼 그것은 더욱 단단하고 확실한 것이다. 옳고 그름을 아는 분별력으로 그렇게 안 된다면 명예욕으로써 우리는 명예욕을 거부하자. 명성과 명예에 대한 이 저열하고 구걸하는 굶주림을 경멸하자. 이것은 우리로 하여금 비천한 수단을 통해, 그리고 아무리 모욕적인 대가라도 치를 준비가 되어 온갖 종류의 사람들에게 동냥질하게 하니, C "어물전에서 구할 수 있는 이 영광이란 무엇이란 말인가?"(키케로)

B 이런 식으로 영예롭게 되는 것은 불명예이다. 우리에게 마

땅한 정도 이상의 영광을 욕심내지 않기를 배우자. 유익하거나 탓할 것 없는 행실에 대해 매번 우쭐거리는 것은 그런 행동이 드물고 예외적인 사람들이나 할 짓이다. 그들은 자기들이 그렇게 하느라 얼마나 힘들었는지를 내세우고 싶은 것이다. 좋은 행위가 눈을 부시게 할수록 나는 그 가치를 절하하면서, 그 행위가 의도한 것이 선함 자체이기보다 눈부심이라고 의심하게 된다. 진열대에 내놓은 것은 절반은 팔린 셈이다. 당사자의 손에서 스르르 소리 없이 빠져나온 행실들, 어떤 존경할 만한 이가 나중에 가려내어, 그 자체의 훌륭함 때문에 환한 곳으로 내놓으려고 어둠 속에서 집어 든 행실들이야말로 훨씬 더 멋지다. [C] 세상에서 가장 허영심 많은 인간이 말하기를, "나로서는 과시욕 없이, 세인의 눈에서 멀리 떠난 곳에서 이루어지는 일이야말로 훨씬 칭찬할 만하다고 생각한다."(키케로)

[B] 시장으로서 나는 오직 보존하고 유지하는 일만 해야 했는데, 이것은 소리도 없고 눈에 띄지도 않는 것들이다. 쇄신은 자못 휘황하지만 우리가 힘겹게 고통스러워하고 있고, 주로 새로운 것들에 맞서 우리를 지켜 내지 않으면 안 되는 이 시대에는 금지된 것이다. [C] 무엇인가 하기를 삼가는 것은 이따금 그것을 하는 것만큼이나 고결하지만, 그것은 빛을 덜 본다. 그리고 내가 얼마라도 이뤄 낸 공이 있다면 그것은 사실상 이 그늘진 쪽에 있는 것이다. [B] 결국 이 직분을 수행하는 데 있어서 내게 주어진 기회들은 내 기질과 맞았던 셈이다. 나는 이 기회들에 대해 대단히 고맙다는 생각이 든다. 자기 의사가 일하는 것을 보려고 아프기를 바라는 사람이 누가 있겠으며, 자기 의술을 써먹어 보려고 우리가 페스트에 걸리기를 바라는 의사가 있다면 매질을 해야 할 일 아닌가? 이 도

시의 업무가 혼란스럽고 병들어 나의 시장 역할이 드높여지고 명예로워지기를 바라는, 그런 사악하고 널리 퍼진 사고방식이 내게는 조금도 없다. 그것이 편하고 수월하도록 내 어깨를 빌려주었다. 나의 재임기를 동반한 질서와 아늑하고 조용했던 평온이 달갑지 않을 사람들은 적어도 나의 행운이 내게 누리게 했던 몫까지는 내게서 빼앗아 가지 말 일이다. 나는 원래 됨됨이가 지혜로움만큼이나 행복하기를 원하며, 나의 성공이 내 활동을 통해서만큼이나 순전히 하느님의 은총으로 이루어지기를 바라는 사람이다. 내가 이런 공적 활동에 얼마나 부적절한지를 나는 온 세상에 충분히 설득력 있게 밝힌 바가 있다. 부적절한 것보다 더 고약한 면모가 있으니, 그 사실이 조금도 내게 언짢지 않다는 것이다. 그리고 내가 그려 본 삶의 여정을 보건대, 이런 나를 고쳐 보려는 노력도 전혀 하지 않고 있다니 말이다.

시장직을 수행하면서 나도 스스로에게 만족스럽지 않았으나, 내가 자신에게 약속했던 지점에는 가까이 갔으며, 내가 마주해야 했던 사람들에게 약속했던 것보다는 훨씬 더 나아갔다. 왜냐하면 나는 보통 내가 할 수 있는 것보다 덜, 그리고 내가 이루고 싶은 것보다 적게 약속하려고 조심하기 때문이다.

나는 어떤 원한도 어떤 증오도 남겨 두지 않았다고 자신한다. 사람들이 나를 아쉬워하거나 내가 돌아오기를 기다리는 일로 치자면, 그거야말로 내가 별로 원치 않았다는 사실만은 적어도 분명히 알고 있다.

> 내가 그런 괴물을 신뢰한다고?
> 바다의 온화한 얼굴이, 잔잔한 물결이

무엇을 의미하는지를 내가 모른다고?

베르길리우스

11장
절름발이에 관하여

[B] 프랑스에서 일 년을 열흘 줄인 것이 두세 해 된다. 이 개혁 조치에서 얼마나 많은 변화들이 일어나리라 싶었을까! 이야말로 하늘과 땅을 동시에 흔드는 격이었으니 말이다. 그럼에도 불구하고 제자리에서 움직이는 것은 하나도 없다. 내 이웃들이 택하는 씨 뿌리는 때, 수확하는 때, 사업에 유리한 때, 해로운 날과 길한 날은 항상 정해 놓은 그날 그대로이다. 우리가 해 오던 것이 잘못이었다고 느껴지지도 않고, 무엇인가 개선되었다고 느껴지지도 않는다. 어디에나 그렇게 많은 불확실함이 있으니, 우리의 인지 능력은 그렇게도 조야하며, [C] 흐릿하고 둔탁하다. [B] 사람들은 이 조치가 좀 덜 불편하게 이루어질 수도 있었으리라고 이야기한다. 아우구스투스의 예를 따라, 몇 년 동안은 윤날을 없애면서 — 어쨌든 이 윤날이라고 하는 것은 거북하고 골치 아픈 날이다 — 여분의 날들이 모두 바로잡힐 때까지 가면 됐으니 말이다.(이 조치를 통해서도 그렇게는 못했는데, 우리는 아직도 하루 이틀 더 뒤에 가고 있다.) 그리고 또 이런 방식을 통해 미래에도 대비할 수가 있었으니, 정해진 몇 년이 지나면 이 여분의 날은 영원히 사라지도록 하여, 그 뒤부터는 우리의 계산 착오가 이십사 시간을 초과할 수 없게 하는 것이다. 우리는 1년 단위로 말고는 시간을 재는 다른 셈

법이 없다. 세상이 이 셈법을 쓴 지는 여러 세기이다. 그러나 이 1년이라는 것은 우리가 아직도 정확히 규정하지 못한 단위이며 우리는 지금도 매일 다른 나라들에서는 다들 1년의 모습을 어떻게 만들어 놓고 있는지, 어떻게 그것을 셈하는지에 대해 고개를 갸우뚱한다.

천공은 나이가 들어갈수록 우리를 향해 아래쪽으로 수축해 들어오는 중이어서, 그 결과 우리가 쓰고 있는 시간이며 날들까지 혼돈스럽게 만들고 있다고 말하는 어떤 이들의 이야기에 대해서는 무엇이라 할 것인가? 그리고 플루타르코스가 말하는 바, 자기 시대에는 천문 점성술이 달의 운동에 대해 확정할 수가 없었다고 하니, 월 단위들에 대해서는 무엇이라 하겠는가? 지나간 사실들을 기록해 두기에는 우리의 채비가 정말이지 대단하신 셈 아닌가!

가끔 그렇지만 나는 방금도 인간의 이성이라고 하는 것이 얼마나 제멋대로이고 멍청한 것인지를 골똘히 생각하는 중이었다. 사실이 앞에 제시되면 사람들은 그 진위를 파악하기보다 그 원인을 찾으며 즐거워하기를 더 기껍게 여기는 것이 내 눈에 평소 비치는 세상이다. 그들은 일 자체는 그냥 두고 그 까닭을 다루며 즐거워한다. [C] 재미있는 까탈꾼들이로고. 까닭을 아는 것은 만상을 이끌어 가는 분에게만 속할 뿐이니, 그것을 견딜 뿐인 우리, 그 근원이나 본질에는 뚫고 들어가지 못한 채, 우리 천성에 따라 완전히 충일하게 그것들을 누리며 사는 우리에게 속하는 일은 아니다. 포도주는 그 일급 품질을 아는 이에게 더 맛좋은 것은 아니다. 그렇기는커녕 우리는 오만하게 알려고 달려들면서 육체와 영혼이 이 세계를 향유하는 권리를 방해하고 변질시킨다. 규정하고 아는 것, 그리고 주는 것은 주인과 장인들의 몫이고, 하인과 신하와 도제는 그것을 향유하고 받아들이는 것이 제몫이다.

우리네 습속으로 되돌아오자.

[B] 사람들은 사실 여부는 스쳐 가고 애를 쓰며 결과를 추론한다. 그들은 이런 식으로 시작한다. "이것은 어떻게 일어나게 되었는가?" 그러나 그들이 물어야 할 것은 "이것이 정말 일어났는가?"여야 하리라. 우리의 이성은 다른 세계들을 100개라도 만들어 낼 뿐만 아니라 그 세계의 원리와 구성을 찾아낼 능력까지 충분히 가지고 있다. 그것은 무슨 소재도 토대도 필요로 하지 않는다. 마음대로 해 보라고 그냥 둬 보라. 그것은 충만한 곳만큼 텅 빈 곳에도, 질료 위에만큼 허무 위에도 곧잘 건축을 하니,

> 연기도 육중하게 만들 수 있다.
>
> 페르시우스

나는 우리가 거의 대부분의 경우에 "전혀 그렇지 않다."라고 말해야만 한다고 여긴다. 그리고 더러 그렇게 말하고 싶지만 그러나 감히 그러지 못하는 것은, 사람들이 내게 그것은 정신의 허약함과 무지에서 비롯되는 비굴함이라고 목청을 높이기 때문이다. 그리고 대체로 분위기를 깨지 않으려고 바보짓을 하게 되는데, 내가 전혀 믿을 수 없는 허접한 주제와 이야기를 놓고 떠들어 대야 하는 것이다. 더군다나 사실이라고 누가 말하는 것을 단칼에 부정하는 것은 어딘가 거칠고 싸움질하려는 듯싶기도 하다. 그리고 특히 설득하기가 어려운 일들을 두고서는, 자기들이 직접 봤다고 단언하거나 혹은 우리의 반박을 멈추기에 충분한 권위 있는 증인들을 내세우려 들지 않을 사람이 드물다.

이런 풍속을 따르다 보니 우리는 전혀 존재한 적 없는 수백 가지 일들의 토대와 원인들을 알고 있는 것이다. 그리고 세상은 찬성도 반대도 허위인 수백 가지 문제들을 두고 칼싸움을 벌이고 있는 중이다. C "허위와 진실이 서로 너무 가까이 있으니, 현자는 그토록 위험한 낭떠러지 산길을 위태로이 걸어서는 안 될 일이다."(키케로)

B 진실과 허위는 얼굴도 비슷하고, 태도나 맛, 거동도 닮아 있다. 우리는 그것들을 같은 시선으로 바라본다. 내 생각에 우리는 속임수로부터 우리를 지키는 데 느슨할 뿐만 아니라, 우리를 그 칼에 찔리게 하려고 부러 애를 쓰고 있다. 우리는 허공에 섞여 들기를 좋아하니 우리 자신의 존재가 허공과 닮아 있는 탓이다.

나는 우리 시대에 몇 가지 기적이 탄생하는 것을 보았다. 그것들은 태어나면서 숨을 멈추지만, 우리는 여전히 그것들이 온전히 수명을 누렸더라면 어찌 됐을지를 지레 이야기하려 든다. 실마리만 보이면 사람들은 원하는 대로 실컷 실을 풀어내기 때문이다. 그러나 무에서 극미한 것까지의 거리는 극미한 것에서 극대한 것까지의 거리보다 더 멀다. 그런데 기이함의 시발을 한껏 맛본 맨 처음 사람들은 그 이야기를 퍼뜨리고 다니다가 반박을 당하곤 하면서 설득력이 부족한 곳이 어느 지점인지를 느끼게 되고, 그 자리를 모종의 가짜 조각으로 땜질하기를 계속한다. C "그것 말고도 소문을 부지런히 펴 나르게 되어 있는 타고난 천성 탓에."(티투스-리비우스) 남이 빌려준 것에 대해 우리 곳간을 덜어 이자와 함께 더 얹어서 돌려주지 않으면 우리는 절로 양심의 가책을 느낀다. 처음에는 개인적 오류가 공중의 오류를 만들지만 나중에는 공중의 오류가 제 차례가 되어 개인의 오류를 만들어 낸다. B 이런 식으로 손에서 손을 거치며 재료가 더해지고 꼴이 갖춰지면서 전체가 완성된다. 그래서 가장 멀리 있는 증인이 가장 가까이 있는 증인보다 더 잘 알게 되고, 소문을 마지막으로 듣는 사람이 처음 듣는 사람보다 더 잘 설득되는 것이다. 그것은 당연한 진행 과정이다. 왜냐하면 사람은 누구나 무엇을 믿게 되면 그것을 남에게 설득시키는 것이 자선 행위라 생각하니 말이다. 그리고 그것을 위해, 자기 이야기를 받아들이려 할 때 있을 만하다 싶은 저항을 다독거리고 결함을 보완하려 하면서, 필요하다 싶은 만큼은 스스로 지어낸 말을 덧붙이는 것도 조금도 두려워하지 않는다.

거짓말하기를 유독 꺼려 하고 내가 하는 말에 남들이 신용과 권위를 주건 말건 전혀 개의치 않는 나이지만, 그래도 이야기를 풀어가는 중에 내가 격앙되어 있거나 C 혹은 남이 반박하거나 혹은 이야기의 열기 자체 때문에 B 목소리며 동작, 힘, 단어의 억양을 통해, 그리고 확대와 과장을 통해, 원래의 진실을 얼마간 손상하면서까지 내가 내 주제를 키우고 부풀리는 모습을 보게 된다. 그렇긴 해도 누구든 먼저 나를 제어하며 벌거벗은 날것의 진실을 요구하는 사람이 있으면 나는 문득 들어간 힘을 빼고, 과장도 강조도 수식도 없이 그에게 그 진실을 준다. C 내 평소 말투가 그렇지만 활기차고 시끄러운 말투는 쉬 과장으로 넘어가게 된다.

B 사람들은 보통, 자기 견해가 세상에 통용되게 하려는 일에 가장 단호하다. 일반적인 방법으로 안 되면 우리는 명령과 강제, 칼과 불을 동원한다. 진실을 판별하는 최상의 시금석이 다수가 무엇을 믿느냐가 된 것은 불행한 일이다. 다중의 무리 가운데 얼간이가 현자들보다 그 수가 훨씬 많은 판에 말이다. C "마치 판단력의 결여만큼 흔한 것은 없다는 듯이!"(키케로) "지혜로움의 가치를 드

높이는 것은 대다수가 바보라는 사실이다!"(성 아우구스티누스) B 일반화된 견해들에 맞서서 자기 판단을 확고히 하기란 어려운 일이다. 어떤 일을 두고 처음 설득되는 것은 단순한 사람들이다. 그로부터 증언하는 사람들 숫자와 오랜 시간이라는 연륜의 권위를 빌려 판단력 있는 식자들에게까지 이 견해가 퍼져 나간다. 나로서는 한 사람이 하는 말을 두고 믿을 수 없는 일은 백 사람이 한다 해도 믿지 않는다. 그리고 어떤 견해들을 오랜 세월 전해지고 있다는 그 연륜으로 판단하지도 않는다.

바로 얼마 전에 우리 왕공 중 한 사람이 통풍으로 인해 타고난 건강과 쾌활한 기질을 잃어버린 터에, 어떤 사제가 행한다는 기적적인 치유에 대해 사람들이 하는 말에 강하게 설득되었다. 그는 그 사제를 만나러 먼 여행길에 올랐는데, 그의 상상력이 그의 다리를 설득하고 몇 시간 동안 통증을 잠재운 나머지 오랫동안 어떻게 해야 할지를 잊고 있던 두 다리가 주인을 다시 섬기게 된 것이다. 운명의 여신이 이런 일을 하나씩 대여섯 개 쌓아 올렸더라면 그것들로 인해 이 기적은 실재하는 것이 되었으리라. 사람들은 나중에야 이 같은 작업을 행한 건축가가 지극히 단순하고 별다른 비책도 없다는 것을 알게 되어, 그에게는 무슨 처벌을 내릴 가치도 없다고 판단했다. 이런 유의 일 대부분이 그 근원을 거슬러 올라가 들여다보면 마찬가지 판단을 내려야 하게 되리라. C "멀리 있는 까닭에 속아 넘어간 나머지 우리는 놀라는 것이다."(세네카) B 우리 시선은 이처럼, 멀리에 기이한 상(像)들을 그리지만, 그것들은 가까이 가면 사라져 버린다. "소문은 투명한 진실의 빛 속에서도 결코 무릎을 굽히지 않는다."(퀸투스 쿠르티우스)

그렇게 널리 알려진 경이로운 일들이 그 출발이 얼마나 공허하며 그 동기가 얼마나 하찮은지를 알고 나면 이것이야말로 놀라운 일이다. 그런데 바로 그 점이 문제의 탐색을 어렵게 한다. 왜냐하면 사람들이 그렇게 거창한 이름에 마땅한, 강력하고 무게 있는 원인과 동기를 찾으려 하는 동안에 진짜 원인과 동기는 눈앞에서 놓쳐 버리기 때문이다. 그것들은 사소하기 때문에 우리 시야에서 벗어난다. 그런 작업에는 정말이지 아주 신중하고 주의 깊으며 섬세한 탐구자, 불편부당하고 선입견이 없는 사람이 요구된다. 지금까지는 이 모든 기적과 기이한 사건들이 내 앞에서는 모습을 감춘다. 그래서 나는 이 세상에서 나 자신보다 더 명백한 괴물과 기적을 본 적이 없다. 사람은 시간이 가고 익숙해지면 그 어떤 낯선 것도 신뢰하게 된다. 그러나 내가 나를 더 찾게 되고 더 알아 갈수록 나의 기형성은 더 나를 놀라게 하며 나는 내 속을 더 이해할 수 없게 된다.

이런 유의 사건들을 사람들에게 알리고 또 퍼져 나가게 하는 결정권은 본질적으로 운명의 여신에게 속한 것이다. 그제는 내 집에서 이십 리쯤 되는 마을을 지나다가 얼마 전 자취를 감추고만 어떤 기적으로 아직 뜨끈뜨끈한 장소를 보았다. 그 일로 이웃 사람들은 몇 달째 재미를 느끼고 있었고 이웃 지방들도 그 일로 감동해 대대적으로 무리를 지어 온갖 신분의 사람들이 몰려오기 시작하던 참이었다. 그곳에 사는 한 젊은이가 어느 날 밤 자기 집에서 귀신 소리를 흉내 내며 놀았던 것인데, 그 자리에서 익살을 부리며 놀려던 것 말고 다른 속뜻은 없었다. 그런데 이 일이 기대했던 것보다 상당히 성공을 거두자, 자신의 소극에 더 많은 플롯을 집어넣으려고 미련하고 어리석은 시골 처녀 한 명을 끌어들였다. 그러다 비슷한 나이에 비슷한 얼간이 셋이 패거리가 되었다.

집에서 하던 설교가 이제 공공의 설교가 되어, 성당 제단 밑에 숨어서, 밤에만 말소리를 내며 어떤 불빛도 들어오지 못하게 한 것이다. 세상 사람들의 회개와 임박한 최후 심판의 날의 위협 같은 말들에서 시작해 (사기는 바로 이런 유의 말들이 지닌 권위와 그에 대한 외경심 밑으로 제일 쉽게 숨어들기 때문이다.) 너무나 바보스럽고 우스꽝스런 망상과 행동들을 하는 것이어서 나이 어린 아이들의 놀이에도 그렇게 조야한 것은 찾아보기 어려울 정도였다. 하지만 거기에 만약 운이 따라 주었더라면 이 어릿광대짓이 어디까지 부풀려 나갔을지 누가 알겠는가? 이 한심한 말썽꾼들은 지금 감옥에 있는데 아마도 다수의 아둔함에 대한 죗값을 그들이 치르게 될 모양이다. 어떤 판관이 자기 아둔함에 대해 그들을 상대로 보복하지나 않을지 누가 알겠는가? 이 일은 드러난 까닭에 우리가 그에 대해 분명히 알게 되었다. 그러나 이와 비교할 만한 다른 많은 경우, 그것이 우리 이해력을 넘어서 있다면 우리는 판단을 유보한 채 내치지도 받아들이지도 않아야 한다는 것이 내 생각이다.

이 세상의 수많은 속임수는 C 아니 더 과감하게 표현해서, 이 세상의 모든 속임수는 B 우리의 무지에 대해 고백하기를 우리가 두려워하도록 세상이 가르치기 때문에, 그리고 C 반박할 수 없는 것은 무엇이나 받아들이도록 우리에게 강제되어 있기 때문에 생겨난다. B 우리는 세상 만사에 대해 가르치듯이 그리고 단정적으로 말한다. 로마에서는 증인이 자기 두 눈으로 본 것을 제시할 때도, 판관이 가장 확실하게 알고서 결정을 내릴 때도 "내가 보기에는"이라는 형식으로 말하게끔 되어 있었다. 사람들이 틀림없다고 못을 박으면 나는 그럼직해 보이는 일들도 싫어진다. 나는 우리 견해의 무모함을 부드럽게 하고 완화시키는 말들, 즉 '어쩌면', '어느 정도는', '어딘가', '사람들 말로는', '내 생각에는' 등등의, 그리고 그 비슷한 표현들을 좋아한다. 그리고 내가 만일 어린애들을 키워야 했다면, C 단언하기보다는 캐묻는 B 이 같은 방식의 대꾸를 그 애들이 입에 올리게 했으리라. '그게 무슨 말인데요?' '무슨 말인지 못 알아듣겠어요.' '그럴 수 있겠네요.' '그게 사실인가요?' 하고 말이다. 그래서 지금 그렇게들 하듯이 열 살 되는 애들이 박사 행세 하는 것보다는 예순이 되어도 견습생의 말투를 간직하게끔 말이다. 무지에서 벗어나고자 하는 이는 무지를 고백해야 한다. C 이리스는 타우만티스의 딸이다.[256] 놀람은 모든 철학의 기초이며, 탐구는 그 과정이며, 무지는 그 결말이다. B 그러나 참으로 명예나 용기에 있어서 조금도 지식에 뒤지지 않는 강력하고 담대한 어떤 무지가 있으니, C 그 무지를 얻기 위해서는 지식을 얻는 것 못지않은 지식이 필요하다.

B 나는 젊은 시절, 툴루즈의 판관이었던 코라스가 책으로 출간한 바 있는 한 기이한 사건의 소송에 대해 읽게 되었다.[257] 두 사람이 나타나 자기가 바로 그 사람이라고 주장했던 것이다. 내 기억으로 (그리고 다른 것은 전혀 기억나지 않는다.) 코라스는 자기

256
무지개 이리스는 신들의 전령인데 그의 아버지는 (반은 사람이고 반은 말이라고 하는) 켄타우로스인 타우만티스로서 '경탄', '놀람' 등의 뜻을 담고 있다.

257
'마르탱 게르 사건'이라고 불리는 1560년의 유명한 이야기를 가리킨다. 아르노 뒤틸이라고 하는 인물이 마르탱 게르가 오래 집을 비운 틈을 타, 그의 행세를 하며 그의 자리를 차지하고 젊은 아내와 함께 살려고 했던 사건이다. 몽테뉴가 스물일곱 살 때 일어난 이 일은 장 드 코라스가 기록해 다음 해인 1561년 리옹에서 간행되었다. 이후 여러 차례 책이 간행되었고, 현대에 들어와 영화로 만들어지기도 했다.

가 유죄라고 판결한 그 인물의 사기 행각을 너무나 경이롭고, 우리의 인식이나 판관인 자신의 인식마저 한참 넘어서는 것으로 서술해 놓은지라 그를 교수형에 처한 판결에는 상당한 무모함이 들어 있다고 나는 생각했다. 아레이오스파고스의 판관들은 자기들이 밝혀 낼 수 없는 사건과 맞닥뜨려 꼼짝하기 어렵게 되자, 사건 당사자들에게 100년 뒤 다시 법정에 출두하라고 명령했는데,[258] 그들보다 더 자유롭고 더 단순하게, "당 법정은 이 사건에 대해 아무것도 이해할 수가 없다."라고 말하는 판결문 형식을 받아들이도록 하자.

내가 사는 지역의 마녀들은 새로운 저자가 그네들의 망상의 실체에 대해 논할 때마다 목숨이 위험해진다.[259] 그런 현상에 대해서는 하느님의 말씀이 절대적으로 확실하고 논란의 여지가 없는 예들을 우리에게 제공해 주는데, 우리 시대의 사건들에 그것을 적용하고 연결하기 위해서는, 왜 그리고 어떻게 그런 일이 일어나는지를 우리가 모르기 때문에 우리 인간의 것이 아닌 다른 지성이 필요하다. 어쩌면 전지전능한 단 한 분의 말씀만이 우리에게, 이

258
고대 아테네의 상급심 재판관들로서 살인 사건을 판결했다. 이들은 재혼한 한 여인이 자기 두 번째 남편을 살해한 사건을 다루었는데, 이 남편은 사별한 전 남편의 아이를 자기 친자식과 함께 살해했던 것이다. 이 사건은 casus perplexus, 즉 가장 곤란한 수준의 도덕적 난제의 고전적 예가 되었다. 이들 판관은 사건의 양 당사자들이 당 법정에 100년 뒤 직접 출두하라고 결정하였다.

259
몽테뉴가 마녀와 관련해 읽었던 것으로 보이는 대표적인 저서는 J. 비어가 쓴 『악령에 관한 5권의 책』으로서 의사인 저자는 마녀들이 우울증의 상태에서 상상력을 통해 환상을 보는 것이라 판단하며, 마법 자체를 부정했다. 이와 반대로 장 보댕은 『마녀들의 빙의망상에 관해』라는 저서를 통해 비어의 입장을 반박했다.

것은 성경이 말하는 그런 유의 것이다, 저것도 그렇다, 이것은 그렇지 않다고 말할 수 있을 것이다. 우리는 하느님을 믿어야 한다. 그것은 참으로 바른 일이다. 그러나 그렇다고 하여, 자기 자신이 한 이야기에 놀라는 (그리고 그가 넋 나간 사람이 아니라면 스스로에 대해 필경 놀라지 않을 수 없는) 우리 중 한 사람을 믿어야 하는 것은 아니다. 그가 다른 사람을 겨냥하고 하는 증언이건 자기 자신을 겨냥하고 하는 증언이건 말이다.

나는 그럼직하지 않은 것을 확신하기에는 둔한 사람이며, 그래서 가능한 한 손에 쥘 수 있는 것, 그럼직한 것을 얼마간 고수하려는 편이다. 그렇게 하여 "사람들은 이해가 안 되는 것을 더 믿으려 든다."라거나 (작자 미상) "인간 정신 안에는 무엇이건 잘 알 수 없는 것을 더 쉽게 믿으려 하는 욕구가 있다."(타키투스)라는 옛사람의 나무람을 피해 간다. 사람들은 마녀에 대해 의심을 품지 말라고 내게 화를 내면서 요구하고, 그렇지 않으면 끔찍한 대가를 치르게 해 주겠다고 위협하는 것을 나는 잘 안다. 새로운 형태의 설득 방식이로다! 하느님이 보우하사, 내 신조는 누가 주먹질을 한다고 달라지지 않는다. 그들의 의견이 틀렸다고 비난하는 이들에게 야단을 칠 일이다. 나는 그 의견이 믿기 어렵고 무모하다고 비난하는 것뿐이며, 그들과 맞서는 반대쪽 단언에 대해서도 그들만큼 고압적으로는 아니지만 마찬가지로 단죄한다. C "이런 일들이 가능해 보인다고 제시하라, 그러나 단언하지는 말라."(키케로)

B 자기 견해를 도전적으로 그리고 명령조로 펼치려 하는 사람은 그 논거가 허약하다는 것을 보여 줄 뿐이다. 말로 하는 스콜라 철학 논쟁에서는 그들이 반대자들만큼이나 그럴싸해 보인다고 치자. 그러나 그들이 거기서 끌어내는 실제 결과를 고려해 본다면

반대자들 입장에 더 강점이 있다. 사람들을 죽일 정도가 되려면 증거 정황이 대낮처럼 명명백백하게 확실하지 않으면 안 된다. 그리고 우리의 생명이란 이 초자연적이고 공상적인 사건들을 확증하기 위한 희생 제물로 쓰이기에는 너무나 현실적이고 너무나 근본적인 것이다. 마녀들이 쓴다는 약제들이며 독약으로 말하자면, 나는 이것은 젖혀 두겠다. 그것은 살인, 그것도 가장 악랄한 종류의 살인이다. 그러나 그 경우마저 마법사들 자신의 고백을 곧이곧대로 받아들여서는 안 된다고들 한다. 그들 스스로 죽였다고 자백했던 경우에도 나중에 보면 피해자가 건강한 모습으로 살아 있는 경우가 종종 있기 때문이다.

아래에서 이야기할 그 밖의 다른 기상천외한 죄상에 대해서는, 누구든 아무리 높은 평판을 누리고 있다 하더라도 그 사람의 말은 인간에 관련된 것만 믿어 주는 것으로 충분하다고 나는 말하고 싶다. 그의 이해력을 넘어서고 초자연적 결과를 빚는 일에 대해서는 초자연적 권능이 그의 말을 확인해 주는 경우에만 그 사람을 믿어야 되리라. 우리 인간의 증언 중 일부에 하느님이 기꺼워하며 주는 특권은 값싼 것도 쉽게 주어지는 것도 아니어야 한다.

나는 이런 식의 이야기를 귀에 못이 박히도록 수백 번도 더 들었다. "세 사람이 그를 동쪽 지역에서 봤었다. 그런데 다음 날 모시, 모처에서 이러저러한 복장을 한 그를 서쪽 지방에서 세 사람이 봤다." 그런 일에 대해서라면 내가 한 증언이어도 나는 분명 믿지 못하리라. 어떤 사람이 열두 시간 만에 마치 바람처럼 동쪽에서 서쪽으로 건너갔다는 것보다는, 두 사람이 거짓말을 하고 있다는 것이 내 생각에 훨씬 더 자연스럽고 그럼직해 보이지 않을까? 우리 인간 중 한 사람이 살과 뼈를 가진 몸 그대로, 저승에서 온 혼령에 의해 빗자루를 타고 벽난로 굴뚝을 따라 날아갔다고 하는 것보다는, 살짝 이상해진 우리 정신의 회오리바람 때문에 우리의 이해력이 제자리를 한참 벗어나 있었다고 생각하는 것이 얼마나 더 자연스러운가? 내면에서 생겨나는 우리 자신의 미망으로 끊임없이 흔들리는 우리이니 외부에서 오는 알지 못할 미망까지 찾아 나서지는 말자. 초자연적인 설명이 아닌 자연적인 방법으로 그 원인을 해명하기까지는 어떤 기적에 대해 믿지 않는다 하더라도 용서받을 만하다고 생각한다. 입증하기 어렵고 믿기 위험한 일들을 두고서는 확신으로 가기보다 의심으로 기우는 쪽이 더 낫다고 한 성 아우구스티누스의 견해를 따르는 것이다.

몇 해 전 나는 어떤 대공의 땅을 지난 적이 있는데, 그분은 내게 호의를 보이면서 또 내가 가진 불신을 떨쳐 주려고, 자기가 입회한 특별한 자리에서 이런 부류의 죄수 열두어 명을 직접 내가 만나 보게 했다. 그중에도 한 노파는 그 추함과 고약한 모습이 정말 마녀다 싶었는데, 그쪽 직업으로는 오래전부터 아주 유명한 사람이었다. 나는 여러 증거들과 자유로운 자백, 또 이 가련한 노파의 얼굴에 나타난 알 듯 모를 듯 애매한 어떤 자국 같은 것도 봤다. 그리고 가능한 가장 초롱초롱한 주의력을 가지고 하고 싶은 만큼 이야기하고 물어보았다. 나는 선입견이 판단력을 조금이라도 옭아매도록 두는 사람이 아니다. 그런데 내 양심을 걸고 내린 마지막 결론은, 나라면 그들에게 〔죽음에 이르게 하는〕 독당근 즙보다[260]는 차라리 〔정신병을 고치는〕 원산초를 처방해 주었을 것이라는 사실이다. C "내 보기에 그들의 경우는 범죄보다 정신이상에 더 가까웠

260
사형수들에게 주었던 독액으로서 소크라테스가 마신 독배에도 이것이 들어 있었다.

다.”(티투스 리비우스) B 법은 그런 유의 병을 위해 자기 나름의 치료법을 가지고 있다.[261]

이 점에 대해서나 혹은 이따금 다른 문제를 놓고서 점잖은 이들이 내게 펴는 반론과 논변들로 말하자면, 그중 어떤 것도 나를 꼼짝 못 하게 납득시키는 것은 없었다. 어떤 경우에도 그들이 내린 결론보다 더 설득력 있는 해법이 있을 것 같았다. 하지만 경험과 사실에 기초한 증거와 논거에 대해서는 내가 조금도 풀어헤치려 하지 않은 것이 사실이다. 그리고 그래 봐야 손에 쥘 수 있는 끝이 보이는 것도 아니다. 나는 이따금 알렉산드로스가 자기 매듭을 그렇게 하듯 그것들을 싹둑 잘라 버린다. 어쨌든 추정을 근거로 두 눈 뜨고 살아 있는 사람을 불에 굽도록 하는 것은, 자기네의 종교적 사변을 너무 고귀하게 여기시는 셈이다.

C 프레스탄티우스가 자기 아버지에 대해 하는 이야기는 다른 사람들도 그 비슷한 이야기를 한 예가 더러 있다. 그의 아버지는 졸다가 보통의 숙면보다 더 깊은 잠에 빠졌는데, 꿈속에서 자기가 암당나귀가 되어 병사들의 짐을 나르고 있었다고 한다. 그런데 그가 본 것은 실제로 일어났던 일이다.[262] 마녀와 마법사들이 이렇게 구체적인 꿈을 꾸고, 그 꿈들이 이처럼 실체를 가지면서 현실이 될 수 있다고 하더라도, 그래도 나는 법정이 그에 대한 책임을 물어 사람을 단죄하려 해서는 안 된다고 생각한다. B 내가 하는 이런 말들은 판관이나 왕실 고문이 아닌 자로서 그런 특출함과는 한

261
로마법은 일찍부터 정신 이상자들을 그 혈족들이 맡아 우선적으로 돌보도록 하고 있다.
262
성 아우구스티누스의 『신국』에 나오는 이야기이다.

참 멀리 있는 자로서, 그 말이나 행동이 공공의 이성에 복종하도록 태어나고 길러진 평범한 사람으로서 하는 것이다. 누군가 나의 망상을 받아들여 그것을 빌미로, 아무리 하찮은 것일지언정 자기 마을의 법규며 공론, 혹은 관습에 해를 끼친다고 하면 그는 자기 자신에게도 또 나에게도 적잖은 잘못을 저지르는 셈이다. C 왜냐하면 내가 하는 이야기에 대해 나는 그것이 바로 당시에 내게 떠오른 생각이었다는 것, 그리고 내 생각이란 변덕스럽고 동요하는 것이라는 점 말고는 어떤 보장도 하지 않기 때문이다. 나는 무엇에 대해서고 한담하듯 이야기하며, 그 무엇에 대해서도 충고로서 이야기하지는 않는다. "그들과 달리 나는 모르는 것을 모른다 고백하는 것을 수치스럽게 여기지 않는다."(키케로)

B 남들이 내 말을 믿도록 하는 권리를 내가 주장할 수 있다면 나는 그렇게 위태로운 말은 결코 하지 않을 것이다. 그리고 내 권고에 대해 신랄하고 격렬하다고 불평하던 어떤 대공에게 내가 대답한 내용도 바로 그런 것이었다. "당신이 한쪽으로 단단히 마음먹고 준비되어 있는 것을 보고, 나는 내가 할 수 있는 정성을 다해 다른 한쪽을 보여 주고 있습니다. 당신의 판단을 강요하기 위한 것이 아니라 거기 빛을 비춰 주기 위한 것입니다. 하느님이 당신의 마음을 다스리고 계시니 그분이 당신에게 옳은 선택을 내리게 하겠지요. 나는 그토록 중요한 일에서 내 견해가 저울추를 기울게 하기를 바랄 만큼 오만한 사람이 아닙니다. 그토록 높은 자리에서 결정되는 막중한 결정에 맞게 내 견해를 가다듬는다는 것은 내 신분과 운명에 어울리지 않는 일이지요." 정말이지 나는 기질도 갖가지일 뿐 아니라 견해도 여러 가지를 가지고 있는데, 혹시 내게 아들이 있었다면 그런 것을 싫어하도록 가르칠 판이다. 가장 진실

한 견해들이 인간에게 가장 적절한 견해가 아니라면 어쩌겠는가. 인간은 그토록 야만스런 혼합물이니 말이다.

이 자리에 적절한 이야기인지 아닌지는 모르겠지만, 이탈리아 사람들이 흔히 하는 속담으로, 절름발이 여인과 잠자리를 해 보지 않은 자는 온전한 달콤함 속의 비너스 여신을 모르는 셈이라고 한다. 우연인지 혹은 어떤 특별한 사건 때문인지, 이 속담은 오래전에 보통 사람들 입에 오르내리게 되었다. 그리고 이것은 남녀 모두에게 적용되는 이야기이다. 왜냐하면 사랑을 나누자고 간청하는 스키타이인에게 아마존족 여왕이 "그 일을 제일 잘하는 사람은 절름발이 남자이다."[263]라고 응수했기 때문이다. 이 여인족의 나라에서는 수컷들의 지배를 피하기 위해 여자들은 어릴 때부터 남자 아이들의 팔과 다리, 기타 그녀들보다 남자들이 우위에 서게 하는 지체들을 불구로 만들어 버렸다. 그리고 이쪽 세상에서 우리가 여자들을 사용하는 쪽 용도로만, 남자들을 썼던 것이다.

절름발이 여성의 불규칙한 움직임이 그 일에 뭔가 새로운 쾌감을 가져다주고 그 짓을 해 보려는 남자들에게 어딘가 짜릿한 달콤함을 맛보게 하는 것이라고 내 나름으로 이야기할 수도 있었으리라. 그러나 고대 철학에서 직접[264] 이 점에 대해 결론을 내렸다는 사실을 나는 알게 되었다. 즉 절름발이 여자들의 다리와 엉덩이는 그 불완전함 때문에 적절한 영양 공급이 안 되어 그 위에 있는 생식기 부분이 더 튼실하고 건강하며 힘이 있다는 것이다. 또

263
몽테뉴는 이 말을 그리스어로 적고 그 뒤에 불어를 적어 놓았다.
264
아리스토텔레스가 언급한 내용을 에라스무스가 인용했었다.

혹은 이 결함 때문에 실행해 볼 생각을 못 한 나머지 이런 특징을 가진 이들은 자기 힘을 소모하는 일이 더 적으며, 그래서 비너스의 운동에 더 온전히 다가갈 수 있다는 것이다. 바로 그 때문에 그리스 사람들은 베틀에만 앉아 일하는 여자들이 다른 여자들보다 더 뜨겁다고 흉을 봤는데, 앉아서 일하는 직업이라 몸을 쓰는 일이 별로 없어서라고 한다.

이런 식이라면 우리인들 그 무슨 추론을 못 하겠는가? 베 짜는 여자들에 대해서도 나는 이렇게 말할 수 있으리라. 그렇게 앉아서 작업을 하다 보면 불규칙하게 몸을 비틀곤 해야 하는데, 마차가 흔들리며 굴러가는 것이 마나님들에게 그렇게 하듯 이런 동작이 그 여자들을 깨우고 자극한다고 말이다.

이런 예들은 내가 서두에 이야기했던 것을 증거하고 있지 않은가? 즉 우리의 이성은 때로 사실을 앞서가며, 그것이 누리는 심판의 영역은 도무지 끝을 알 수 없어 허공 자체나 비실체에 대해서까지 판단을 내리곤 한다는 것 말이다. 온갖 종류의 몽상에 이유를 만들어 내는 우리 창의력의 유연성 말고도, 우리의 상상력은 몹시 하찮은 겉모양에서 비롯한 잘못된 인상들도 마찬가지로 쉽게 받아들이는 것이다. 그런 까닭에 언젠가 한번 나는 그 속설이 오래되고 또 널리 퍼져 있다는 단 하나의 권위에 의지해, 기형이라는 이유로 어떤 여인에게서 더 많은 쾌락을 맛보았다 스스로 믿게 된 적이 있었다. 기형마저 그녀의 매력 중 하나라고 여긴 것이다.

토르카토 타소는 프랑스와 이탈리아를 비교하면서, 우리 프랑스인들이 이탈리아 귀족들보다 다리가 더 가는 것을 목격했다고 말하고 있다. 그리고 그 이유를 우리가 늘 말을 타고 있기 때문이라고 보고 있다. 그런데 수에토니우스는 바로 이 이유 때문이라면서 정반대의 결론을 내리고 있다. 즉 율리우스 카이사르는 바로 이런 훈련을 계속함으로써 자기 다리를 굵게 만들었다는 것이다.

우리의 이해력만큼 유연하고 제멋대로인 것도 없다. 그것은 양쪽 발에 다 맞는 테라메니스의 신발이다.[265] 우리 이해력도 모호하고 다면적이며, 사물도 모호하고 다면적이다. 견유파 철학자 한 사람이 안티고누스 왕에게 말했다. "내게 은화 한 드라크마를 주시오." 그가 답하기를 "그것은 왕이 내릴 만한 선물이 아닐세." 했다. "그렇다면 한 탤런트의 금을 주시오."[266]라고 하자 왕은 "그것은 견유파 철학자가 받을 만한 선물이 아닐세."라고 답했다.[267]

> 추수 끝난 들판 불로 태우니
> 열기가 숨겨진 혈을 열고 맥을 뚫어
> 그리로 수액이 새싹에 차오르던가,
> 혹은 누가 알랴
> 땅을 더 단단하게 하고 벌어진 혈맥을 닫아
> 가랑비나 뜨거운 햇살,
> 살을 에는 북풍의 추위를 막아 주던가.
>
> 베르길리우스

265
에라스무스의 『격언집』에 나오는 이야기이다. 웅변 교사였던 테라메니스는 서로 반대되는 양편을 끊임없이 저울질했는데, 그 때문에 양쪽 발 모두에 맞는 신발을 가리키는 코투르누스라는 별명을 얻었다고 한다.

266
드라크마는 고대 그리스의 화폐 단위. 고대 그리스에서는 20~27킬로그램에 해당하는 무게나, 그 무게만큼의 금 혹은 은에 해당하는 돈을 탤런트라고 불렀다.

267
견유파 철학은 모든 소유로부터 벗어난, 도덕적이고 금욕적인 삶을 추구했다.

"모든 메달에는 뒷면이 있다."(이탈리아 속담) 그 때문에 저 옛날 클리토마쿠스는, 인간에게서 온갖 경박한 생각이나 판단을 제거해 버리려던 카르네아데스야말로 헤라클레스의 노고보다 더한 일을 해낸 셈이라고 말했던 것이다.[268] 내 보기에 카르네아데스의 이런 힘찬 생각은, 당대에 자기네는 모든 것을 알고 있다고 주장하며 그것을 직업으로 삼고 있었던 사람들의 뻔뻔함과 도를 넘는 교만함에 대한 반작용에선 나온 것이었다.

다른 두 명의 노예와 함께 이솝도 살 사람을 찾아 시장에 내다 놓은 상태였다. 사려는 자가 첫 번째 노예에게 할 줄 아는 게 뭐냐고 물었다. 그는 자기 값을 높이려고 산도 옮겨 놓을 것처럼 이것저것 할 줄 안다고 했다. 두 번째 노예도 자기에 대해 그 정도 혹은 그 이상으로 많은 것을 할 수 있는 듯 대답했다. 이솝의 차례가 되어 그에게도 할 줄 아는 게 뭐냐고 묻자, 그는 "하나도 없소. 저 두 사람이 다 차지해 버렸으니 말이오. 저들은 모르는 게 없다오." 하고 대답했다.

철학의 세계에서 일어난 일도 마찬가지이다. 인간 정신이 모든 것을 다 알 수 있는 능력이 있다고 여기는 사람들의 자부심은, 적개심에서건 경쟁심에서건 다른 사람들에게 인간 정신이 할 줄 아는 것은 하나도 없다는 견해를 갖게 했다. 한쪽에서 앎에 대해 극단으로 갈 때, 다른 쪽에서는 무지에 대해 극단으로 가는 것이다. 인간이라는 존재는 만사에 절제를 모른다는 것, 그리고 더 이

268
카르네아데스(B. C. 214~129.). 회의주의 철학자로서 스토아 철학을 비롯한 모든 교조적 이론들을 논박했다. 그는 감각은 물론 이성도 진리를 획득할 능력이 있는지를 의심했다. 클리토마쿠스는 그의 사상을 전한 제자이다.

상 나아갈 수 없는 어쩔 수 없는 지점이 아니면 멈추기를 모른다는 사실에 대해 아무도 부정하지 못하게끔 말이다.

12장
외모에 관하여

B 우리가 가진 견해라는 것들은 거의 대부분 권위에 기대어 그리고 남들이 그러더라는 이유로 받아들인 것들이다. 그것이 나쁜 일은 아니다. 이토록 병든 시대에는 우리 자신의 정신을 척도로 삼는 것보다 더 잘못된 경우도 없으리라. 소크라테스가 했다는 말을 그의 벗들이 남겨 준 대로 우리가 받아들이는 것은 누구나 너나없이 동의한다는 점을 존중해서 그러는 것이지, 그것이 적절한지를 우리가 따져 보고 하는 것은 아니다. 그 언어는 우리 취향에도 생활 방식에도 적합하지 않다. 만일 지금 시대에 비슷한 일이 생긴다면 그것을 높이 평가할 사람은 거의 없다.

우리는 인위에 의해 날카롭게 되고 부풀려지고 과장된 것 말고는 우아함을 알아보지 못한다. 자연스러움과 단순함 아래 흐르는 우아함을 우리네 거친 시선은 쉬 놓치고 만다. 그러나 거기에는 섬세하고 숨겨진 아름다움이 깃들어 있다. 이 은밀한 빛을 찾아낼 수 있으려면 잘 씻겨진 맑은 시선이 필요하다. 그런데 우리네 식으로 하자면 자연스러움은 어리석음의 사촌이요, 비난받을 자질이 아니던가? 소크라테스는 자기 영혼을 자연스럽고 평범한 흐름 속에서 움직이게 한다. 농민도 그런 식으로 이야기하고 여자들도 그런 식으로 말한다. C 그가 입에 올리는 것은 마부, 목수, 신기료 장수, 석공들 말고는 없다. [B] 그것은 사람들의 가장 범속하고 가장 널리 알려진 행위들에서 끌어낸 추론과 비교들이었다. 누구나 그를 이해한다. 이렇게 초라한 형식을 하고 있어서야 그가 가진 놀라운 생각들의 고귀함과 찬란함을 우리는 결코 분간해 볼 줄 몰랐을 것이니, 우리는 학문이 추켜올리지 않는 생각들은 무엇이나 진부하고 저급하다 여기며, 전시하고 장엄을 보여야만 풍요롭다고 여긴다. 우리의 세상은 오직 과시만을 평가하게 만들어졌다. 사람들을 헛바람으로만 부풀어 오르게 하며, 마치 풍선처럼 통통 튀어 다니게 만든다. 그러나 이 사람 소크라테스는 헛된 공상을 말하려는 게 전혀 아니다. 그의 목적은 삶에 실제적으로 또 긴밀하게 도움이 될 만한 것들과 가르침을 우리에게 제공해 주려는 것이었다.

절도를 지키고 한계를 존중하며 자연을 따르기.

루키아누스

그는 항상 하나이고 비슷했으며, 도약이 아니라 절제를 통해 스스로를 활력의 최고 지점까지 끌어올렸다. 아니 좀 더 정확히 말하자면, 그는 아무것도 끌어 올리지 않고 오히려 활력과 시련, 곤경들을 자기 고유의 원래 자연스런 수준으로 데려왔고, 그것들을 그 자신에게 복종시켰다. 카토에게 있어서 사람들이 분명하게 보는 것은 보통 사람들의 거동보다 훨씬 고양된 높이의 긴장된 모습이기 때문이다. 살아 있는 동안의 그의 멋진 행적들이나 또한 그의 죽음에서 우리는 늘 그가 자기의 커다란 말들 위에 올라타 있다고 느낀다. 소크라테스는 땅 위를 걸으며, 담담하고 일상적인 걸음걸이로 가장 유익한 주제들을 다룬다. 그는 또 죽음 앞에서도, 그리고 만날 수 있는 가장 고통스러운 역경 속에서도 인간 삶의 가장 평범한 태도를 유지한다.

다행스러운 일은, 사람들에게 널리 알려지고 본보기로 제시되기에 가장 마땅한 인간이 바로 우리가 그에 대해 가장 확실하게 알고 있는 사람이라는 점이다. 그를 관찰하고 묘사한 사람들은 지금까지 그 누구보다 명철한 사람들이었다. 그를 증언하고 있는 사람들은 충실성과 역량에 있어서 찬탄할 만한 이들인 것이다.[269]

어린애의 순수한 생각에 질서를 부여할 수 있었고, 그것을 변질시키거나 늘어 빼지 않고도 거기서 출발해 우리 영혼의 가장 아름다운 결과들을 빚어냈다는 것은 대단한 일이다. 그는 우리 영혼을 고양된 상태로도, 풍요로운 상태로도 제시하지 않는다. 그저 건강한 상태로, 그러나 아주 힘차고 완벽한 건강을 가진 상태로 묘사한다. 이 평범하고 자연스런 원칙들, 이 일상적이고 범속한 생각들을 통해 그는 동요되지도 격앙되지도 않은 상태에서, 지금껏 있어 본 중 가장 정연하고 가장 고상하며 가장 힘찬 신념과 행동과 도덕을 확립하고 있는 것이다. [C] 하늘에서 허송세월하는 인간의 지혜를 지상으로 끌어내려와 인간에게 되돌려 줌으로써 그 가장 정상적이고 가장 수고로우며 또한 가장 유익한 자기 역할을 하게 해 준 것도 바로 그 사람이다. [B] 판관들 앞에서 자기를 옹호하는 그를 보라, 전쟁의 위험들 속에서 그가 어떤 이유를 들어 자기 용기를 일깨우는지, 중상모략과 폭정과 죽음에 맞서 자기 아내의 고약한 성미에 맞서, 그가 어떤 논거로 자신의 인내심을 단련

269
그중 주요한 사람들로는 플라톤과 크세노폰, 그리고 아리스토텔레스가 언급된다.

하는지 보라. 거기에는 기예와 학문으로부터 빌려 온 것은 하나도 없다. 가장 단순한 사람들도 자기들의 수단과 자기들의 힘이 바로 거기 있다는 사실을 알아본다. 더 뒤로 물러서고, 더 아래로 내려간다는 것은 불가능하다. 인간의 본성이 스스로의 힘으로 얼마나 많은 것을 해낼 수 있는지를 인간 본성에 보여 줌으로써 그는 그것이 깨어나도록 큰 역할을 한 셈이다.

우리 각자는 우리가 생각하는 것보다 훨씬 풍요롭지만, 세상은 우리더러 남이 가진 것에서 빌려 오도록, 남의 것을 훔쳐 오도록 교육시킨다. 우리 안에 가지고 있는 것보다는 외부의 낯선 것을 사용하는 데 익숙해지게 만드는 것이다. 매사에 있어서 인간은 자기 필요한 정도에서 멈추는 것을 하지 못한다. 쾌락도 부유함도 권력도 그는 자기가 안을 수 있는 것 이상으로 팔을 벌린다. 인간의 탐욕은 절제를 모른다. 알고자 하는 호기심 역시 마찬가지라고 나는 생각한다. 인간은 [C] 지식의 대상이 넓어지는 만큼 지식의 유용성도 넓어진다고 여기며, [B] 자기가 할 수 있는 정도나 자기에게 필요한 정도보다 훨씬 더 큰 일감을 스스로에게 마련해 놓는다. [C] "우리는 배움에 있어서도 다른 무엇에서나와 마찬가지로 무절제 때문에 스스로를 괴롭게 한다."(세네카) 아그리콜라의 어머니가 지나치게 들끓는 자식의 학문 욕구를 억누른 일에 대해 타키투스가 칭송한 것은 옳다. 명철한 눈으로 바라본다면, 인간의 다른 소유물과 마찬가지로 학문도 타고난 고유의 허영과 약점을 잔뜩 지녔고 값도 비싸게 드는 소유물이다.

그것을 사용하는 것은[270] 다른 어떤 음식 혹은 음료를 사용하

270
1595년판은 '획득하는 것은'이라고 쓰고 있다.

는 것보다 훨씬 더 위험하다. 왜냐하면 다른 것들이야 사고 난 다음 용기에 담아 집으로 가져오며, 집에서 그 가치가 어느 정도인지, 어느 정도 양을 어느 시간에 먹고 마실지 검토해 볼 수 있다. 그러나 학문이란 처음부터 우리 정신 말고는 다른 곳에 담아 둘 수가 없다. 우리는 그것을 사는 자리에서 동시에 삼키는 것이며, 시장에서 나오면서 이미 오염되거나 혹은 개선된 상태가 된다. 어떤 학문은 우리를 키우는 것이 아니라 되레 거북하게 하고 둔하게 만들며, 다른 어떤 학문은 또 우리를 치유하는 듯해 보이지만 우리에게 독을 주입하는 것들도 있다.

B 사람들이 순결과 청빈, 금욕을 맹세하듯이 어떤 곳에선가는 경건하게 무지를 서원하는 것을 보고 나는 기뻤다. 책을 파고들게 자극하는 저 탐욕을 무디게 하는 것, 그리고 우리가 뭘 좀 안다고 여길 때 우리를 기분 좋게 간질이는 저 자기 만족의 쾌감으로부터 영혼을 떼어 놓는 것은 우리의 무절제한 욕망을 벌하는 일이기도 하다. C 또한 정신의 청빈을 덧붙이는 것은 청빈의 서원을 풍요롭게 완수하는 일이다. B 평안하게 살기 위해서는 학식이 전혀 필요하지 않다. 소크라테스는 이 학식이 우리 안에 있다는 것, 그리고 그것을 우리 안에서 찾아내고 그 도움을 얻는 방법도 우리 안에 있다는 것을 가르쳐 주고 있다. 자연이 준 앎을 넘어서는 저 모든 학문이란 다소 공허하고 군더더기 같은 것이다. 우리에게 소용되는 것 이상으로 우리에게 짐이 되거나 우리를 혼란스럽게 만들지 않는 것만으로도 대단한 셈이다. C "건강한 정신은 대단한 학식을 필요로 하지 않는다."(세네카) B 그것은 칠칠맞지 못한 하인이 공연한 흥분 상태인 듯, 우리를 섬겨야 할 정신이 과도하게 열에 들떠 있는 상태이다.

마음을 모아 보라. 당신은 당신 안에서 대자연의 논거를 보게 되리니, 그것이야말로 필요한 때가 되면 당신에게 가장 적절하게 소용이 될 진실한 것이다. 바로 이 논거를 빌려 농부도, 또 어떤 민족들은 그 전체가 철학자처럼 담담하게 죽음을 맞는다. C 『투스쿨룸 논쟁』[271]을 다 읽어 보기 전에는 내가 덜 행복한 느낌으로 죽음을 맞게 되었을까? 나는 아니라고 생각한다. 그리고 이제 죽음을 마주보게 되니, 내 혀는 그 논쟁을 읽고 나서 더 풍요로워졌지만 내 용기는 전혀 그렇지 않다는 것을 느낀다. 이 용기는 대자연이 내게 만들어 준 그대로이며, 이 용기를 통해 나는 평민들의 범상한 방식으로 죽음에 맞서 싸울 채비를 하고 있다. 책들은 내게 연습을 시켰을지언정 가르침을 주진 않았다. 그리고 어쩌겠는가, B 만약 박학이 자연의 불행에 맞서는 방비책을 우리에게 갖춰 주려 하면서, 그로부터 우리를 지켜 줄 치밀한 논거들을 보여 주기보다는 우리 상상력 안에 이 불행의 크기와 무게를 각인시켜 놓았다면? C 아닌 게 아니라 우리를 깨워 보려는 박학은 바로 이 현묘함 때문에 번번이 헛수고를 하는 것이다. 가장 정밀하고 가장 지혜로운 저자들도 좋은 논변 하나 주위에 얼마나 많은 경박한, 그리고 가까이 들여다보면 실체 없는 논변들을 파종해 놓는 것인지 볼 일이다. 그것은 우리를 속이는, 말뿐인 궤변들에 불과하다. 그러나 이것들이 어떤 효용을 가질 수도 있는 이상, 나는 더 이상 그 털까지 뽑아 벌거벗길 생각은 없다. 여기 이 책 안에도 여기저기, 혹은 빌려 왔거나 혹은 흉내 낸 그 비슷한 논변들이 적잖이 들어

271
키케로의 저서로서 영혼의 불멸성과 행복에 대한 입장을 논쟁의 형식으로 기술하고 있다.

있다. 하지만 그저 우아함에 불과한 것을 강력함이라 하거나, 날카로울 뿐인 것을 견실하다 이르거나, 아름다울 뿐인 것을 선하다고 부르는 것은 얼마간 조심할 일이다. "마시기보다는 홀짝거리며 맛만 보기에 더 좋은 것들"(키케로)이 있다. 그리고 "그저 정신이 아니라 영혼까지 관계될 경우" 참으로 분명한 것은, 맛있는 것이라고 하여 무엇이나 양식이 될 수는 없다는 사실이다.

B 죽음을 맞을 준비를 위해 스스로를 다잡고 있던 세네카가 버티며 꿋꿋이 이겨 내려 그렇게 오랫동안 애쓰는 모습을 보고 있자니, 막상 죽어 가면서 자신의 명성에 걸맞는 모습을 보이지 못했더라면 나라도 그 명성을 흔들어 댔을 것이다. 그는 아주 빈번하게 몹시 강렬한 흥분 상태를 보이곤 했는데 C 그 사람됨이 원래 격정적이고 열렬하다는 것을 보여 준다. "위대한 영혼은 그 자신을 보다 고요하고 담담하게 표현한다. 정신의 빛깔이 하나 있고 영혼의 빛깔이 따로 또 하나 있는 것은 아니다."(세네카) 세네카 자신의 말로 그 자신을 고쳐 줘야 할 일이다. 그리고 그의 말은 B 그가 죽음이라는 자신의 적에게 적잖이 짓눌리고 있었던 것을 보여 준다. 플루타르코스의 방식은 더 초연하고 편안한 것이기에 내 보기에 더 힘차고 설득력이 있다. 그의 영혼의 움직임이 보다 확고하고 보다 균형 잡힌 것임을 나는 쉽게 알아차릴 것 같다. 세네카는 더 자극적이고 보다 발랄해 우리를 찌르고 화들짝 정신이 들게 하며, 우리의 지력에 더 많이 작용한다. 플루타르코스는 보다 차분해 우리를 나중에까지 한결같이 가르치면서 통찰력을 강화시킨다. 그는 우리의 이성에 더 많이 작용한다. C 전자는 우리의 판단력을 앗아가는데 후자는 그것을 키워 준다.

이와 비슷하게 내가 읽은 또 다른 글들은 사람들이 훨씬 더 떠받드는 것으로서 맨살의 날카로운 욕망에 맞서 싸우는 과정을 그리는데, 그 자극을 얼마나 통렬하고 강력하며 이겨 낼 수 없는 것으로 묘사하는지, 우리같이 어중이떠중이 범부 대중에 속하는 자들로서는 그들이 겪은 유혹은 물론 거기 맞선 그들의 저항이 전대미문의 기이함과 완강함을 지닌 사실에 대해 경탄을 금치 못했다.

B 이런 박학의 노력을 통해 우리 자신을 거칠게 몰아가서 우리는 무엇을 하자는 것일까? 땅 위에 여기저기 흩어져 있는 저 가난한 이들을 보라. 머리 숙인 채 땀 흘려 일하는 그들은 아리스토텔레스도 카토도 본보기도 교훈도 모른다. 대자연이 지어 준 대로 그들은 매일, 우리가 학교에서 그토록 공들여 배우던 것보다 훨씬 더 온전하고 굳센 꿋꿋함과 인내의 실행을 이어 가는 것이다. 내가 늘상 만나는 얼마나 많은 이들이 가난을 대수롭지 않게 여기는 것인가! 얼마나 많은 이들이 죽음을 오히려 열망하며, 혹은 겁에 질리지도 고통스러워하지도 않으면서 죽음을 통과하는 것인가! 내 뜰을 갈고 있는 저 사람은 오늘 아침 자기 아버지나 아들을 묻고 온 길이다. 그들이 병을 두고 부르는 이름마저 그 격렬함을 순하게 하고 부드럽게 하는 것들이다. 폐병은 그들에게 기침이다. 이질은 배탈이고, 늑막염은 오한이다. 이렇게 부드럽게 부르면서 그들은 병을 더 잘 견뎌 낸다. 평소 하던 일을 못하게 되면 병이 꽤 중한 셈이다. 그들은 오직 죽게 되어서야 침대에 눕는 것이다. C "누구에게나 가능한 이 단순한 미덕이 어둡고 오묘한 박식함으로 변했다."(세네카)

B 내가 이 글을 쓰고 있던 무렵은 우리 사회가 짊어진 짐이 여러 달 동안 그 무게 전체로 나를 짓누르던 때였다. 한편으로는 집

앞에 적들이 있고, 또 한편으로는 그보다 더 고약한 적인 약탈꾼들이 있었다. C "그들은 무기가 아니라 악덕을 손에 들고 전투를 벌인다."(리비우스) B 그리고 나는 온갖 종류의 군사적 야만 행위를 한꺼번에 체험했다.

> 오른쪽이고 왼쪽이고 무시무시한 적들이 있고
> 급박한 위험이 사방을 둘러싸고 있네.
> 오비디우스

끔찍한 전쟁이다! 다른 전쟁들은 외부에서 벌어진다. 그런데 이 전쟁은 제게 달겨들어 물어뜯고 자기 독으로 스스로를 파괴한다. 이 전쟁은 그 본성이 너무 사악하고 파괴적이어서 나머지 것들과 함께 자기도 파괴하며, 분노로 인해 스스로를 갈기갈기 찢고 절단한다. 꼭 필요한 무엇이 없어서나 혹은 적의 무력에 의해서보다 스스로에 의해 이 전쟁이 종식되는 모습을 우리는 여러 차례 목도했다. 여기서는 어떤 규율도 종적을 감추고 만다. 그것은 반란을 치유하러 왔다 반란으로 가득해지며, 불복종을 벌하러 왔다 불복종의 본보기를 보여 준다. 그리고 법을 옹호하기 위해 벌어진 전쟁이 그 자신의 법에 맞서 반란군의 역할을 수행한다. 우리는 어디에 있는 것일까? 우리의 의술이 질병을 나르고 있으니,

> 치료법이라고 내놓는 것에서
> 우리 병은 독을 얻는다.
> 무명인

치료한답시고 병은 더 악화되고 깊어 갈 뿐.

베르길리우스

우리네 사악한 광기가 정의와 불의를 뒤섞었으니

신들의 은총이 우리를 떠나는구나.

카툴루스

온 백성이 감염되는 이들 질병은 시초에는 병든 자와 건강한 자를 구별할 수 있다. 그러나 우리 것처럼 그것이 지속될 경우 몸 전체가 머리부터 발끝까지 감염된다. 어떤 부위도 썩어 들어가지 않는 것이 없다. 사람들이 게걸스럽게 들이마시고 멀리 퍼지며 침투해 들어가는 공기 중에 방종이라는 공기만 한 것이 없기 때문이다. 우리 나라 군대는 이제 외국 용병이라는 시멘트 없이는 결합도 유지도 안 된다. 프랑스인들만 가지고는 더 이상 확고하고 규율 있는 군대 조직을 만들 수 없다. 이 무슨 수치란 말인가! 용병들이 우리에게 보여 주는 정도의 규율 말고는 없는 것이다. 우리로 말하자면 각자가 우두머리의 판단이 아니라 자기 뜻대로 행동하며, 우두머리는 밖의 일보다는 안에서의 일로 더 바쁘다. 따라가고 비위 맞추려 하며 굽히는 것은 지휘관의 일이 되고, 복종하는 것은 그 혼자만 하는 일이다. 나머지는 모두 자기 멋대로이다. 야심에 얼마나 많은 저열함과 소심함이 깃들어 있는지, 얼마나 많은 비천함과 굴종을 통해야만 야심이 그 목표에 이르게 되는지를 보는 것은 내게 즐거움이다. 그러나 정의를 아는 의젓한 천품의 사람들이 이 혼란을 관리하고 지휘하는 동안 매일 부패해 가는 것을 보기란 불쾌한 일이다. 오래 겪다 보니 습관이 되고 습관은 동의와 모방을 낳는다. 이 땅에 고약한 천품의 사람들이 많았어도 그들이 선하고 넉넉한 이들을 망치지는 않았던 것이다. 그러니 이런 식으로 계속되다가는, 행여 운명의 여신이 우리에게 이 나라의 건강을 되돌려 주는 날이 오더라도, 그때는 그것을 맡길 만한 사람이 하나도 남아 있기 어려우리라.

> 비틀거리는 한 세대를 구하러 어떤 젊은이가 오고 있으니
> 적어도 그를 방해하지는 말 일이로다.[272]
> 베르길리우스

C 병사는 적보다 자기 지휘관을 더 두려워해야 한다는 저 오래된 교훈은 어찌 된 걸까? 그리고 로마 군대가 주둔하는 바람에 그 안에 갇혀 있게 된 사과나무에는 다음 날 그들이 떠나고 나니 잘 익어 달콤한 사과가 하나도 사라지지 않고 고스란히 주인의 손에 남게 된 예는? 나는 우리 젊은이들이 그다지 유익할 것 없는 여행이나 명예로울 것 없는 수련[273]을 하느라 세월을 보내는 대신, 그 절반은 로도스 기사단[274] 소속의 어떤 훌륭한 지휘관이 이끄는 해전을 관찰하고 나머지 절반은 터키군의 규율을 공부했으면 한

272
베르길리우스가 그의 『농경시(Georgica)』에서 언급한 이 청년은 나중에 아우구스투스 황제가 되는 옥타비아누스를 가리킨 것인데, 몽테뉴는 장차 앙리 4세가 되어 내전을 종식시키게 될 앙리 드 나바르를 염두에 두고 있다.

273
검술을 배우러 로마로 가던 젊은이들을 가리킨다.

274
로도스 기사단은 1522년 그리스의 로도스섬을 잃고 난 뒤 1530년 말타에 자리를 잡고 그 이름도 말타 기사단으로 바꾸게 된다.

다. 우리 군대에 비해 많은 차이점과 장점을 가지고 있기 때문이다. 그중 한 가지는 우리 병사들이 원정을 가면 더 방종해지는 데 비해, 그들은 더 삼가고 조심스러워지는 점이다. 왜냐하면 평민을 상대로 하는 공격이나 범죄는 평화 시에는 곤장감이지만 전시에는 사형이기 때문이다. 값을 안 치르고 달걀 하나를 훔치면 쉰 대의 곤장을 맞도록 미리 정해져 있다. 그 밖에 다른 것은 아무리 사소한 것일지라도, 먹는 음식이 아닐 경우 즉각 말뚝에 박거나 혹은 목을 쳐서 단죄한다. 일찍이 있었던 중 가장 잔인한 정복자인 셀림의 이야기[275]를 읽으며 내가 감탄한 것이 있으니, 그가 이집트를 복속시켰을 때, 다마스커스시 주변을 두르고 있던 정원들은 그 풍요로움과 섬세함으로 찬탄할 만했는데, 모두 개방돼 있고 담장이 없었는데도 그의 병사들이 조금도 건드리질 않아 원래 모습 그대로 남게 되었다는 사실이다.[276]

[B] 그러나 한 나라에 그토록 치명적인 약으로[277] 싸울 만한 가치가 있는 악이 있는 것일까? 파보니우스에 의한다면, 심지어 폭군이 한 나라를 찬탈할지라도 그럴 가치는 없다.[278] [C] 비록 자기

275
오스만 제국의 셀림 1세는 1512년 제위에 오르자마자 친족들 중 장차 자기에게 장애가 될 수도 있을 사람들을 모두 죽였다.

276
1595년판에는 다음과 같이 쓰여 있다. “다마스커스시 주변을 싸고 있던 아름다운 정원들은 모두 개방되어 있었고 점령지 안에 있었다. 셀림의 군대는 바로 그곳에 진을 쳤는데, 병사들이 조금도 훼손하지 않은 채로 남아 있었으니, 약탈하라는 신호를 그들이 받은 바 없었기 때문이다.”

277
내전을 말한다.

278
브루투스와 카토의 벗이었던 파보니우스는 내전보다는 폭정이 더 낫다면서

나라를 치유하기 위해서일지언정 그 평온 상태를 폭력으로 유린하는 것에는 플라톤도 동의하지 않는다. 시민들에게 피와 파멸을 대가로 요구하는 개선책을 그는 받아들이지 않으며, 이 경우 선한 인간의 의무는 만사를 그대로 두는 것이라고 규정한다. 그리고 신께서 당신의 특별한 손을 써 주시기를 기도하는 일뿐이라고 한다. 그는 가까운 벗인 디온이 이와 조금 다른 방식으로 처신한 것에 대해 달갑지 않게 여긴 듯하다.

나는 플라톤이라는 사람이 세상에 존재했다는 것을 알기 전부터 이 점에서는 플라톤주의자였다. 그리고 만일 저 위대한 인간이 우리 신앙 공동체에서 철저히 제외되어야 하는 인물이라고 사람들이 생각한다면 — 그 마음의 올곧음은 마땅히 하느님의 호의를 얻어, 자기 시대에 널리 퍼진 어둠을 뚫고 기독교의 광명 속으로 깊이 들어오게 했지만 — 그것은 우리가 그저 어떤 이교도에 의지해 가르침을 얻는다는 것이 썩 어울리는 일은 아니라고 생각해서 그러는 것이다. 우리의 조력과 무관한, 오직 그분의 것일 뿐인 하느님의 도움을 기다릴 줄 모르는 것은 얼마나 큰 불신앙인가!

이 북새통에 끼어드는 그 많은 사람들 중에 최악의 개악을 통해 개혁으로 가고 있다고 설득될 만큼 그렇게 허약한 이해력을 가진 이가 하나라도 있었을지, 가끔 나는 의아스러워진다. 우리가 알기에 가장 확실하게 천벌을 받을 것이 명명백백한 일들을 벌이면서도 자기 구원을 확신하고 있다거나, 하느님이 그에게 보호막으로 마련해 준 정부와 공권력과 법을 뒤엎음으로써 제 어머니 땅을 갈기갈기 찢어 그 오랜 적들에게 갉아 먹으라고 내주고, 형제

카이사르 암살 계획에 반대했다.

들의 심장을 친족 살해의 증오심으로 채우며, 도와달라고 악마들과 분노의 여신들을 불러오는 것, 이 모든 것이 이 하느님의 말씀에 담긴 가장 신성한 온화함과 정의로움을 편들기 위해서라고 확신할 그런 사람이 과연 있을까? [B] 야심과 탐욕, 잔인함과 복수심은 원래 그 안에 충분할 정도의 격렬함을 담고 있는 것이 아니니, 정의와 신앙심이라는 영광스런 구실을 내세워 거기 불을 붙이고 그 불길을 들쑤시며 키워가 보자는 것이리라. 생각할 수 있는 최악의 상황이란, 사악함이 합법이 되고 당국의 허가를 받아 덕성의 외투까지 걸치게 되는 일이다. [C] "범죄인데도 신들을 섬기기 위해서라며 둘러대는 짓이야말로 가장 기만적인, 타락한 종교의 모습이다."(티투스 리비우스) 플라톤에 따르면 극단적인 유형의 불의란 불의한 것이 의로운 것으로 여겨질 때를 말한다.

[B] 당시[279] 민중은 눈앞의 손실만이 아니라,

> 모든 들판 어디나 다
> 황폐해져 버렸으니.
> 베르길리우스

미래의 손실 때문에도 고통받아야 했다. 살아 있는 자들은 고통을 겪어야 했고, 그리고 아직 태어나지 않았던 자들 역시 그러했다. 그들은 모든 것을 약탈당했으며, 따라서 나 역시 그러했다.

279
앞서 이야기한 이 시절은 몽테뉴가 적들 뿐만 아니라 약탈자들로 고통받던 때였다. 몽테뉴 성에서 5마일쯤 떨어진 카스티용을 개신교도들이 장악하고 있었는데, 1586년 여름, 마이엔이 이끄는 가톨릭 동맹군이 이곳을 상대로 포위 공격을 펼치고 있었다.

장차 여러 해 동안 자기들 생계를 해결하려 가지고 있던 모든 것을 강탈당한 것이니, 희망마저 빼앗긴 것이다.

> 가져가거나 데려갈 수 없는 것을 부셔 버리면서
> 무고한 오막살이집 여기저기를 도적 떼가 불지른다.
>
> 오비디우스

> 도시 성벽 안 어디도 안전하지 않고 시골은 약탈로
> 황폐해지다.
>
> 클라우디아누스

이 충격 말고도 내가 겪은 충격들은 여러 가지이다. 이런 혼란 속에서 절도를 지키려다가 이러저런 불이익을 보기도 했다. 어디서고 얻어터지는 처지가 되었으니, 기블린 당에서는 나를 겔프 당으로 보았고 겔프 당에서는 기블린 당으로 여겼다.[280] 내가 읽는 시인들 중 한 사람이 이런 이야기를 쓴 적 있는데, 어떤 책이었지는 모르겠다. 우리 집안의 처지나 내가 어울리는 이웃 사람들을 보면 보이는 얼굴이 있고[281] 내 삶과 행적을 보면 보이는 또 하나

280
주로 12세기에서 14세기 사이 이탈리아에서 싸웠던 두 파당. 겔프 당은 각 도시의 자치권을 옹호하면서 벨프 가문과 이탈리아 내 교황 권력을 편들었고, 기블린 당은 호헨쉬타우펜 가문과 독일 황제 권력을 편들면서 질서 회복을 위해 외세의 개입을 옹호했다.

281
페리고르 지방은 다수가 개신교였다 그리고 이 지역에서는 구교도들도 대체로 앙리 드 나바르를 지지하고 있었다. 이 때문에 몽테뉴를 당시 합법적 왕권에 적대적인 입장으로 보는 사람들이 있었다.

의 얼굴이 있는 것이다. 공식적인 비난이 있었던 것은 아니다. 왜냐하면 딱히 물어뜯을 곳이 없었으니 말이다. 나는 한 번도 법을 어긴 적이 없다. 그리고 누군가 나를 고소한 자가 있었더라면 그 자야말로 지은 죄가 더 많다고 밝혀졌을 것이다. 그것은 은밀히 돌아다니는 소리 없는 의심이었으며, 그렇게 혼돈스런 상황에서는 그럴싸한 구실이 없을 수 없고, 시기심이나 어리석음 또한 부족할 리가 없었다.

C 운명의 여신이 나를 상대로 퍼뜨리는 부당한 억측들에 대해 나는 줄곧 내 양심을 변명한다는 것은 그것을 위험에 빠뜨리는 것이라고 생각했다. "왜냐하면 말로 떠들면 명백한 것이 흐려지기 때문이다."(키케로) 그래서 자신을 정당화하고 변명하거나 설명하는 것을 피하는 방식으로 대처하다 보니 그런 억측은 더 악화되곤 했다. 그리고 남들도 나처럼 내 속을 환히 들여다보기라도 하는 양, 나는 사람들의 비난에서 멀어져 가기보다 그쪽으로 다가가며, 빈정거리고 조롱하는 고백을 통해 그 비난을 더 강화시킨다. 아니면 마치 대꾸할 거리도 못되는 것인 양 그저 입을 꾹 닫고 지내는 것이다. 그러나 이런 태도를 나의 지나친 오만으로 보는 사람들은 방어 불가능한 허약한 입장으로 여기는 사람들이나 마찬가지로 나를 곱지 않게 보는데, 특히 자기들에게 고분고분하지 않은 것을 최대의 결점으로 여기는 대공들이 그러하다. 스스로 떳떳하다고 의식하기 때문에 겸손할 것도 애원할 것도 없다고 느끼는 모든 강직한 이들에 대해 그들은 가혹하다. 나는 이따금 이 장애물에 부딪혀 몸을 찧곤 했다. 그때 내가 겪은 일들이 그런 정도였으니, B 어떤 야심만만한 사람이 겪었다면 스스로 목을 맸을 것이다. 욕심 많은 사람도 그러했으리라.

나는 별다른 소유욕이 없는 사람이다.

> 그저 지금 내 소유인 것만을, 그리고 필요하다면,
> 그보다 적게라도 지켜 갈 수 있기를,
> 그리하여 신들이 여생을 허락한다면
> 남은 날들을 나를 위해 살 수 있게 되기를!
> 호라티우스

그러나 도둑질이건 강도질이건 남이 내게 부당하게 손실을 입히면 마치 탐욕으로 고통받는 병자가 당하는 정도로 나도 고통스럽다. 무엇을 당한다는 사실 자체가 손실보다 비교할 수 없게 더 쓰라리다.

수백 가지 서로 다른 종류의 불행이 줄지어 내게 달려들었다. 한꺼번에 왔더라면 더 명랑하게 견뎌 냈으리라. 그렇게 높은 곳에서 급전직하 추락하자면 단단하고 억세며 운명의 여신이 지켜 주는 애정의 두 팔이 필요하다. 그런데 그런 팔은 있다 하더라도 드물다. 결국 내가 깨달은 것은 가장 확실한 방법이란 나 자신과 나의 역경을 나 스스로에게 맡기는 것이었으며, 설혹 운명의 여신이 어쩌다 나를 차갑게 대한다 하더라도, 나에게 매달리고 더욱 가까이 나를 향해 서면서 더욱 강하게 나를 나 자신의 호의에 의탁해야 한다는 것이었다. C 무슨 일을 두고서든 사람들은 자기 것은 아껴 두고 밖에 있는 버팀목을 찾아 몸을 던지지만, 스스로를 무장시킬 줄 아는 이에게는 자신이 가진 버팀목이야말로 유일하게 확실하고 유일하게 강력한 것이다.

B 나는 나의 괴로움이 유익한 것이라고 결론지었다. 첫째로

못된 학생들은 이성만으로는 충분치 않을 경우 매를 들어 가르쳐야 하기 때문이다. [C] 마치 굽은 나무를 펼 때 불 위에 놓고 쐐기를 박듯이 말이다. [B] 아주 오래전부터 나는 스스로에게 나 자신을 지키고 외부의 것들로부터 나를 떼어 놓으라고 가르치고 있다. 그럼에도 나는 아직도 늘 내 주위를 두리번거린다. 어떤 대공이 절을 하고 호의적인 한마디를 하며 좋은 얼굴을 하자마자 내 마음은 흔들린다. 이 시대에 이런 일이 드물기나 한지 그리고 또 그게 뭘 의미하는지는 하느님이 아시리라! 사람들이 나를 시장 바닥으로 끌어내려고 꾀는 말을 나는 아직도 이마를 찌푸리지 않은 채 들으며, 너무 맥없이 버티는 바람에 오히려 설득해 주기를 기다리는 모습으로 비칠 정도다. 그리고 떨어져 나가고 해체되면서 줄줄 새고 제 구실을 못 하는 술통 같은 내 모습은 나무 망치로 두들겨서 단단히 조여야 할 일이다.

둘째로, 이런 곤경은 내가 더 나쁜 일에 대비할 수 있도록 나를 훈련시켰다. 운명의 여신이 돕는다면 그리고 내 성품의 됨됨이로 보아 내게는 그런 어려움이 맨 나중에나 오리라 기대했음에도 이 폭풍우에 맨 먼저 타격을 받은 쪽에 속했지만, 그래도 그 덕에 나는 일찍이 내 삶의 방식을 제한하고 새로운 상황에 대비하는 것을 배웠다. 진정한 자유란 자기를 향한 완벽한 통제력이다. [C] "진짜 권력은 자기 자신의 주인이 되는 데 있다."(세네카)

[B] 일상적이고 평안한 시절이라면 사람들은 평범하고 대수로울 것 없는 사고에 대비한다. 그러나 우리가 삼십 년 동안 겪고 있는 이 혼란 속에서 프랑스인은 누구나, 개인으로건 전체로건, 매 순간 자신의 운명 전체가 뒤집히기 직전에 놓여 있다. 그러니 더욱더 자기 가슴에 더 강하고 더 힘찬 기운을 채워 두고 있어야 할

일이다. 무르고 나약하거나 게으르지 않은 세기에 우리가 살게 된 것에 대해 운명에 감사하자. 어떤 방법으로도 유명해질 수 없었을 사람이라도 요즘이라면 자기가 겪는 불행을 통해 그리될 수 있으리라.

C 역사책들에서 다른 나라의 혼란상을 읽을 때마다 나는 늘 현지에서 그것을 더 제대로 볼 수 없었다는 것이 유감스러웠던 터라, 우리나라의 공적 죽음이라고 하는 이 주목할 만한 장관(壯觀)을 그 증상과 형태까지 내 두 눈으로 보게 된 것에 대해 나의 호기심은 나를 얼마간 기분 좋게 해 준다. 내가 그 죽음을 늦출 능력이 없으니, 그저 그것을 목도하고 그로부터 배움을 얻는 운명인 것으로 만족하는 것이다.

아무튼 우리는 그림자로라도, 연극이라는 허구 속에서나마 인간 운명의 비극적 유희가 재현되는 것을 보고자 몹시 애를 쓴다. 거기서 듣게 되는 이야기에 우리가 연민을 느끼지 않는 것은 아니지만, 그 가련한 사건들의 예외적 성격을 통해 느끼는 슬픔이 우리에게 쾌감을 주는 것이다. 꼬집지 않는 것은 느낌도 없다. 그리고 좋은 역사가들은 담담한 내용은 고요한 물이나 죽은 바다라도 되는 듯 이야기하기를 피하면서, 반란과 전쟁 이야기를 줄곧 이어 가는데, 이런 소재가 바로 우리가 기대하는 것임을 그들은 알고 있다.

내 나라가 붕괴되는 가운데 삶의 절반을 지나오는 동안, 내 휴식과 고요를 위해 지불한 비용이 얼마나 사소했는지를 솔직하게 그대로 고백할 수 있을지는 모르겠다. 나는 나와 직접 관련되지 않는 불행들에 대해서는 조금은 너무 싼 값으로 쉽사리 체념을 마련해 둔다. 나 자신과 관련해 한탄하는 일로 말하자면, 나는 사람들이 내게서 빼앗아 가는 것보다는 안팎으로 내게 아직 멀쩡하게 남아 있는 것을 더 고려해 본다. 우리를 계속해서 위협하고 주변 다른 이들을 쓰러뜨리는 불행들을 이리저리 하나씩 피해 나가는 것은 어딘가 위안이 된다. 게다가 공공의 참화와 관련해서는 그 범위가 커질수록 내 마음이 느끼는 안타까움의 강도는 더 약해진다. "공공의 불행이란 그것이 우리의 사적 이익을 침해하는 한도 안에서만 느껴진다."(티투스 리비우스)는 말이 어느 정도 사실이라는 것도 덧붙일 일이다. 또한 우리 공동체가 가진 원래의 건강이란 것도 그것을 상실하고 나서 느낄 법한 회한의 강도에 한계가 있다는 사실도 말이다. 그것은 건강이긴 했지만 그다음에 따라온 병에 비해 볼 때만 건강이라 할 만했다. 우리는 그렇게 높은 곳에서 추락한 것이 아니다. 권위와 함께 제도적으로 자행되는 부패와 강도 짓이야말로 내 보기에 가장 견디기 어려운 것들이다. 안전한 곳에서보다 숲속에서 우리를 약탈해 가는 것이 피해가 덜하다. 하나하나가 서로 경쟁하듯 부패해 가는 지체들로 구성돼 있던 이 나라의 몸뚱이는, 대부분 오래된 궤양을 앓고 있으면서도 더 이상 치료를 받지도 또 치료받기를 원하지도 않는 상태였다.

B 그러니 이 붕괴라는 것은 평정 속에서 유지되었을 뿐만 아니라 당당하기까지 하던 내 양심의 도움이 있었던 까닭에, 나를 쓰러뜨리기보다는 더 바짝 정신 차리고 있게 했으며, 또 나는 나를 자책할 아무런 이유도 찾지 못했다. 그리고 하느님은 인간에게 온전한 불행도 온전한 축복도 내리지는 않는 까닭에 내 건강은 이 시기 내내 평소보다 더 잘 유지되었다.[282] 건강 없이는 내가 아

282
종교 전쟁이 다시 격심해진 1585~1586년경을 말한다.

무것도 할 수 없는 것처럼 내가 건강을 가지고 할 수 없을 일도 거의 없었다. 건강은 내게 내 속의 지혜의 물길을 열 수 있게 해 주었고, 더 깊은 상처를 쉬 만들어 냈을 일격에 앞서 내가 먼저 손을 뻗을 수 있게 해 주었다. 그리고 고통을 참는 동안 나는 내가 운명의 여신에 맞서 어딘가 꿋꿋하다는 것을, 나를 말안장에서 떨어지게 하려면 대단한 충격이 있어야 한다는 것을 느꼈다. 운명의 여신의 화를 북돋워 그녀가 나를 더 세차게 공격하도록 하려고 이런 말을 하는 것은 아니다. 나는 그녀의 하인이며, 그녀에게 호소하려 두 손을 내민다. 하느님이 보호하사 제발 그녀가 만족해하기를! 내가 그녀의 공격을 느끼느냐고? 물론 그렇다. 슬픔에 사로잡히고 짓눌린 사람들이, 그럼에도 불구하고 이따금 그들을 어루만지는 어떤 작은 즐거움에 몸을 맡기고 미소 짓게 되듯이, 나 역시 충분히 나를 장악할 힘이 있어서 나의 일상적 상태를 평화롭게 만들고 또 고통스러운 생각들의 짐에서 벗어나게 만든다. 그러나 이따금 나를 공격하는 불쾌한 생각들에 맞서 싸워 쫓아내 버리리라 채비하는 동안, 그 생각들이 나를 물고 있도록 놔두기도 한다.

다른 불행들에 뒤이어 내게 닥쳐온 훨씬 심각한 재앙이 있었으니, 유난히 혹독한 페스트가 우리 집 안팎을 덮친 것이다. 건강한 육체는 가장 심각한 질병에만 무너지는 까닭에 그런 질병만이 이 육체를 장악하는 것처럼, 내 영지 주변의 대기는 어떤 병에도, 설혹 그것이 바로 곁에까지 온 경우도, 오염된 적이 없는데, 일단 더럽혀지자 참으로 기이한 결과들을 만들어 냈다.

> 늙은이고 젊은이고 뒤죽박죽 무덤 아래 쌓여만 가니
> 단 한 사람 머리도 잔인한 프로세르피나를 피해 가지

못하네.

호라티우스

나는 내 집을 바라보는 것만으로도 끔찍하게 되는 희한한 처지를 견디는 수밖에 없었다. 거기 있던 모든 것이 무방비 상태여서 누구라도 원하는 자의 몫이었다. 그렇게도 사람 맞기를 좋아하는 나는 내 가족의 피난처를 찾아 고통스러운 길을 나서야 했다. 길 잃은 가족은 그 벗들과 자기 자신에게도 두려움을 주며, 어디에 자리 잡으려 하든 혐오의 대상이 되고, 무리 중 한 사람이 손가락 끝에 통증을 느끼기만 해도 갑자기 거처를 바꿔야 했다. 어떤 병이든 모두 페스트로 여겨진다. 그것이 무슨 병인지나 알아볼 여유마저 스스로에게 허락하지 않는 것이다. 그중에도 최고라 할 만한 것은, 의술의 법칙에 따라, 위험에 노출되었다 싶을 때마다 사십 일간은 이 병에 대한 공포에 사로잡혀 떨어야 하는 것인데, 그 동안에 상상력은 자기만의 방식으로 당신을 뒤흔들고 당신의 건강 자체가 열 때문에 식은땀을 흘리게 한다.

내가 여섯 달 동안 비참하게 이 무리의 안내자 역할을 하며 다른 이의 고통을 직접 느껴야 할 필요가 없었다면, 이 모든 일이 내게 훨씬 덜 힘들었을 것이다. 왜냐하면 나는 내 안에 꿋꿋함과 인내심이라는 나의 보호 장치를 가지고 다니기 때문이다. 나는 두려움으로 마음 졸이는 경우가 거의 없는데, 사람들이 이 병에서 특히 걱정하는 것이 이 공포심이다. 그리고 만약 내가 혼자 몸이어서 도망가려고 했다면 훨씬 유쾌하게 그리고 훨씬 멀리 달아났을 것이다. 내 보기에 페스트로 인한 죽음이 최악의 죽음 중 하나는 아니다. 그것은 보통 짧고, 마비 상태에서 고통이 없으며, 흔하다는 점에서 위로가 되고, 장례도 애도의 슬픔도 조문객의 대열도 없는 죽음인 것이다. 그러나 우리 주변에 살던 이들로 말하자면, 백 명 중 하나도 살아남지 못했다.

> 목동들의 영토는 내버려지고
> 저 멀리 거대한 풀밭만 적막하구나.
> 베르길리우스

이곳에서의 내 수입은 주로 농장 노동 덕이었는데, 한때 100명이 나를 위해 일하던 곳에 오랫동안 일손이 닿지 않고 있다.

그런데 당시 저들 민중 모두의 단순함 속에서 우리가 본 중에 꿋꿋함의 모범이 아닌 것이 무엇이던가! 모두가 너나없이 삶에 대한 근심을 내려놓고 있었던 것이다. 이 지방의 주요한 재산인 포도는 가지에 매달린 채 그냥 있었고, 모두가 무심히 오늘 저녁 혹은 내일 다가올 죽음을 준비하며 기다리고 있는데, 얼굴빛이나 목소리가 너무나 태연자약해서 마치 그들은 필멸의 운명과 화해한 듯, 그리고 누구나 피하지 못하는 처형이라 여기며 기다리고 있는 듯싶었다. 죽음은 항상 그렇게 필연적이다. 그러나 죽음 앞에서의 태연함이란 그 서 있는 기반이 얼마나 허약한 것일까? 몇 시간 동안 잠시 늦춰지거나 혹은 같이 갈 동료들이 있다는 것을 알기만 해도 우리는 죽음에 대해 다른 생각을 갖게 된다. 이들을 보라. 어린애고 젊은이고 노인이고, 그들은 같은 달에 죽는다는 사실 때문에 자기 자신을 두고서는 더 이상 놀라지도 슬퍼하지도 않는다. 마치 끔찍한 외로움 속에 남겨지기라도 하는 듯 뒤에 남아 있는 것을 두려워하는 이들을 나는 보았다. 그들은 흔히 자기 무덤에 대한 걱정 말고는 달리 마음 쓰는 일도 없었다. 들판 한가운데 여기저기 흩어져 있는 시신들이 그것을 보자마자 달려드는 짐승들의 먹이가 되는 모습이 힘들었던 것이다.

C (사람들 마음속에 피어오르는 생각은 얼마나 다양한 것인가! 알렉산드로스가 복속시켰던 민족인 네오리트인들은 자기네 숲 가장 깊은 곳에 시신을 버려 짐승들이 먹게 했는데, 그들 사이에서는 그것이 유일하게 행복한 장례로 여겨졌다.) B 어떤 이는 건강한데 벌써 자기 구덩이를 파 두고 있다. 다른 이들은 아직 살아 있는데 거기 들어가 누워 있다. 우리 집 막일꾼 한 사람은 죽어 가면서 직접 자기 두 손 두 발로 흙을 제 몸에 덮는 것이었다. 그것은 보다 편안하게 잠들기 위해 피난처를 꾸리는 것 아니었을까? C 거기에는 어딘가 저 로마 병사들의 행위와 비견될 만큼 숭고한 점이 있으니, 이들 병사는 카나에의 전투[283]가 끝나고 땅에 구덩이를 파고 머리를 묻고서 제 손으로 흙을 메워 숨이 막혀 죽어 간 모습으로 발견되었던 것이다. B 결국 단호함에 있어서 그 어떤 철학적 성찰의 확고함에도 지지 않을 자세를 한 민족 전체가 일거에 성취했던 셈이다.

우리 용기를 북돋기 위해 학문이 주는 가르침은 대부분 굳건함보다는 겉치레이며 내실이기보다는 과시용이다. 우리는 대자연을 버렸으며, 그에게 선생 노릇을 하려 드는데, 우리를 그토록 운좋게 또 안전하게 이끌어 온 것은 대자연이 아니던가. 하지만 대자연의 가르침의 자취들이나 대자연의 모습 중 무지의 덕분에 조

283
B. C. 216년 8월 2일에 이탈리아 남동부 카나에에서 벌어진 2차 페니키아 전쟁의 중요한 전투. 한니발은 수적으로 압도적 우세였던 로마군을 궤멸시켰다.

금이나마 남아 있던 것들은 저 거친 시골 사람들 무리의 삶 안에 새겨져 있으니, 학식은 자기 제자들에게 의연함과 무구함과 평정함의 모형을 제시하기 위해 매일매일 그들에게 가서 손을 벌릴 수밖에 없는 처지이다. 멋진 지식을 그토록 가득 지닌 사람들이 저 배운 것 없는 단순함을 모방해야 하는데 그것도 덕성의 가장 초보적인 행위들을 모방하지 않으면 안 된다는 사실이나, 우리의 학식이 우리 삶에서 가장 크고 필요한 부분들에 대한 가장 유용한 가르침을 바로 짐승들에게서 배운다는 사실을 아는 것은 흥미로운 일이다. 우리는 어떻게 살고 어떻게 죽어야 하는가, 우리 재산을 어떻게 관리하고 우리 아이들을 어떻게 사랑하고 기를 것인가, 어떻게 정의를 지탱할 것인가를 말이다. 이것은 인간의 허약성과 관련된 독특한 징후이다.

또한 우리가 우리 좋을 대로 만들어 가는 이성이라는 것은 항상 무엇인가 새로운 것과 색다른 것을 찾아내는 까닭에, 우리 안에 대자연의 명백한 흔적은 조금도 남겨 두지 않는 듯해 보인다는 점 역시 흥미롭다. 인간은 대자연을 마치 향수 제조인들이 유향유(有香油)에 하는 것과 같은 일을 했다. 수많은 논변과 외부에서 불러온 생각들을 대자연에 섞어 놓아 대자연은 이제 가변적이 되고 각자의 의향대로 이해되는 바가 되어 변함없고 보편적인 그 원래의 모습을 잃게 되니, 우리는 편견도 부패도 의견의 다양함도 모르는 짐승들에게서 대자연에 대한 증언을 찾지 않을 수 없게 된 것이다. 비록 짐승들이 항상 자연의 길만을 정확히 따라가는 것은 아니지만, 길을 벗어난다 하더라도 그 정도는 아주 미미해서 당신은 언제나 대자연의 바퀴 자국을 알아보게 된다. 손으로 끌고 가는 말들이 뛰어오르기도 하고 이리저리 활보하지만 그것은 고삐 길이를 벗어나지 못하며, 그렇게 해 봐야 항상 자기를 끌고 가는 사람의 발길을 따라가는 것과 꼭 마찬가지이다. 그리고 사냥매가 날아오르려 하더라도 항상 실 끝에 매달려 있는 것과도 같다. C "유배와 고문, 전쟁과 질병과 난파를 명상해 보라, 그리하여 어떤 불행도 그대를 애송이로 여기지 않도록."(세네카)

B 사람의 천성에 가해지는 이 모든 병들을 미리 상상하려고 하고, 어쩌면 우리와는 아무런 관계도 없을 저 병들에 맞서 그토록 애를 써 가며 미리 준비하려고 하는 이 기이한 욕망은 무엇에 소용되는 것일까? C "고통을 맛볼 가능성은 실제 고통만큼 우리를 불행하게 만든다."(세네카) 칼의 일격이 내려치는 것을 느끼고 난 뒤에가 아니라, 그전에 이미 갈리는 바람결이며 고함 소리가 우리를 후려친다. B 혹은 왜 당신은 가장 심한 열병 환자처럼 — 확실히 그것은 열병이니 말이다 — 운명의 여신이 어느 날 우리에게 그것을 겪게 할 수 있다는 이유로 지금부터 당신에게 채찍질을 해 달라고 하려는 것인가? C 그리고 왜 크리스마스 때 필요할 것이라는 이유로 성 요한 축일부터 털가죽 외투를 입으려 드는 것인가?[284] B 당신에게 일어날 수 있는 불행, 특히 가장 극단적 불행을 과감하게 경험해 보라. 그것을 겪어 보고 그리고 완전한 자신감을 얻으라고 그들은 말한다.

반대로 가장 쉽고 가장 자연스러운 것은 그런 부담에서 자기 생각을 자유롭게 하는 것이리라. 그런 사람들에겐 불행이 충분하리만큼 일찍 다가오지 않으며, 또 불행이 오더라도 그들에게 충분히 오래 머무르지 않는다는 식이다. 그래서 우리의 정신이 그것을

284
세례자 성 요한을 기리는 축제는 한 여름인 6월 24일이다.

확대하고 연장해야 할 것이며, 마치 그것들이 그 정도로는 우리 감각에 충분히 느껴지지 않는다는 듯이 미리 우리 내면에 동화시켜 그것들을 숙고해야 하리라고 그들은 말하는 것이다. C 어떤 유연한 학파가 아니라 가장 엄격한 학파의 스승 중 하나가 말하기를, 불행은 장차 다가왔을 때 충분히 그 무게를 느끼게 하리라고 한다. 그동안에는 그대를 특별하게 보살피라. 그대 마음에 가장 드는 쪽으로 믿으라. 그대 고약한 운명을 맞아들이고 예견하는 것이 무슨 소용이며, 미래에 대한 두려움으로 현재를 잃어버리는 것이, 시간이 지나면 그렇게 될 것이라는 이유로 지금 비참해지는 것이 무슨 소용이란 말인가?[285] 이런 것들이 그 스승이 한 이야기였다.

B 불행의 모든 차원을 우리에게 정확히 가르쳐 준다는 점에서 철학은 분명 우리에게 적잖은 도움이 된다.

염려와 두려움은
우리 심장과 두뇌를 깨워 준다.
베르길리우스

만약 불행의 규모가 어느 정도인지를 우리 감각이나 의식이 놓치고 있다면 그것은 안타까울 일이다.

대부분의 사람들에게 죽음을 준비하는 것은 죽음을 실제 겪는 것보다 더 많은 고통을 주었음이 분명하다. C 옛날 어떤 명석한 작가가 분명하게 말했듯이, "우리 감각은 육체의 고통보다는 상상력에 의해 더 많은 영향을 받는다."(퀸틸리아누스)

285
세네카가 한 이야기이다.

죽음이 임박했다는 느낌은 때때로 그 사실만으로 우리를 자극하여, 도저히 피할 수 없는 것을 더 이상 외면하지 않겠다는 즉각적인 결심을 하게 만들기도 한다. 옛날 어떤 검투사들은 싸울 때는 비겁했지만 상대의 칼날에 목을 들이밀고 어서 죽이라면서 죽음을 당당하게 받아들이는 모습을 보이기도 했다. 장차의 죽음을 마주 보기 위해서는 보다 느긋한, 그래서 더욱 보기 드문 굳건함이 필요하다. [B] 그대가 어떻게 죽어야 하는지를 모른다고 해도 염려할 것은 없다. 대자연이 그 즉시 당신에게 그것을 알려 주리라, 적절하고 충분하게 말이다. 대자연은 당신을 위해 이 일을 빈틈없이 처리해 주리니, 그 일로 걱정하지 마시라.

> 필멸의 존재들이여, 그대 죽음의 불확실한 시간도
> 그 죽음 어느 길로 올지도, 알려고 해 봐야 헛수고라네.
> 프로페르티우스

> 오랫동안 두려움으로 고문받느니
> 갑작스럽고 확실한 불행 견디기가 덜 고통스럽다.
> 막시미아누스

우리는 죽음을 염려하느라 삶을 음울하게 만들고, 삶을 염려하느라 죽음을 어지럽힌다. [C] 삶은 우리를 근심에 잠기게 하고 죽음은 우리를 전율케 한다. [B] 우리는 죽음에 맞서서 우리를 준비하지는 않는다. 그러기에는 너무 순간적인 일이니 말이다. [C] 후유증도 골칫거리도 남기지 않는 십오 분 정도의 인고(忍苦)를 위해 무슨 특별한 교훈이 필요하겠는가. [B] 사실을 말하자면, 죽음을 준비하는 것에 맞서기 위해 우리는 스스로를 무장한다.

C 어떻게 살아야 하는지를 우리가 몰랐다고 하면, 죽는 법을 우리에게 가르치려 하거나 삶의 마지막 부분이 그 전체와는 다른 모습을 갖게 하려는 것은 옳지 않다. 우리가 만일 한결같고 평정한 삶을 살아올 수 있었다면 마찬가지 방식으로 죽을 수도 있으리라. 그들 좋을 대로 소리 지르라고 할 일이다. "철학자들의 삶 전체는 죽음을 공부하는 것이다."(키케로) 그러나 내 생각으로는 죽음은 삶의 끝이지 삶의 목표가 아니다. 삶의 종결이고 궁극의 지점이지 그 목적이 아니다. 삶이야말로 삶 자신의 과녁이자 목적이어야만 한다. 삶을 올바르게 배운다는 것은 스스로를 규율하고 스스로를 다스리며 스스로를 견디는 것이다. 어떻게 살 것인가라고 하는 일반적이고 주요한 장에 포함된 다른 여러 가지 의무 가운데 어떻게 죽을 것인가라는 세부 항목이 있다. 그리고 우리가 지닌 두려움 때문에 그 무게가 더해지지 않는다면 그것은 가장 가벼운 의무 중 하나이리라.

B 유익함과 꾸밈없는 진실성을 기준으로 판단한다면, 단순한 마음을 제시하는 가르침들은 우리에게 그 반대를 가르치는 철학이론에 조금도 뒤지지 않는다. 사람이란 그 취향이나 역량이 다양한 법이다. 그들 각자에게 맞는 다양한 길을 통해 그들 나름의 행복으로 이끌어 줘야 할 일이다. C "폭풍이 나를 어떤 해안에 던져 놓던지, 나는 그곳에 발을 딛는다."(호라티우스) B 내 이웃의 어떤 농부에게서도 자기의 마지막 시간에 어떤 안색과 꿋꿋함을 내보일지 궁리하는 모습을 나는 한 번도 본 적이 없다. 대자연은 그에게 오직 죽는 순간에나 죽음을 생각하라고 가르친다. 그리고 그때가 되면 농부는 아리스토텔레스보다 더 담담한 모습을 가질

것이니, 이 철학자는 죽음 그 자체로써 뿐만 아니라 그토록 오랜 동안 죽음을 궁리하느라 죽음에 의해 이중으로 짓눌리고 있었던 것이다. 그래서 카이사르는 가장 덜 생각해 본 죽음이 가장 다행스럽고 가장 가벼운 죽음이라고 여겼다. [C] "필요하기 전에 고통스러워하는 것은 필요 이상으로 고통스러워하는 것이다."(세네카) 상상의 고통은 우리의 호기심에서 비롯된다. 우리는 항상 이런 식으로 자연의 처방을 앞서 예측하거나 좌지우지하려 하면서 스스로에게 걸림돌이 된다.

오직 식자들만이 더 없이 건강한 상태에서도 죽음을 생각하느라 밥맛을 잃고 이맛살을 찌푸린다. 평범한 사람들은 닥칠 때 말고는 치료도 위로도 필요로 하지 않으며, 정확히 자기가 느끼는 만큼만 거기에 대해 생각하는데 말이다. [B] 속인들의 아둔함과 이해력 결핍이 그들로 하여금 닥쳐온 불행을 견디게 하고 피치 못할 숙명에 대해 무덤덤하게 만든다는 이야기가 바로 그것을 뜻하는 것 아닌가? [C] 그들의 영혼은 거칠고 둔탁해 침투하기도 동요시키기도 어렵다고 말이다. [B] 만약 그렇다고 한다면, 제발이지 앞으로는 단순 소박함을 가르치는 학파를 우리가 찾아가게 할 일이다. 여러 철학 학파가 힘든 노력 끝에 얻는 최고의 결실로서 우리에게 약속하는 것을, 이 학파는 자기 학생들이 손쉽게 가닿도록 이끌어 준다.

저 대자연의 단순성을 해석해 줄 좋은 스승들이 우리에게 없지는 않을 것이다. 소크라테스도 그중 한 사람이리라. 내가 기억하는 바로 자기 목숨을 두고 숙고 중인 판관들에게 그는 대강 다음과 같은 뜻으로 이야기하고 있기 때문이다.

"여러분, 당신들에게 나를 처형하지 말아 달라 부탁한다면,

나를 고소한 자들의 비난의 창에 내 몸을 꿰게 하는 것이나 아닌지 걱정된다. 그들은 내가 마치, 우리 위쪽에 또 아래쪽에 있는 것들에 대해 뭔가 보다 오묘히 알고 있다는 듯, 다른 이들보다 더 많이 아는 행세를 했다고 하기 때문이다. 내가 죽음과 자주 어울린 적도, 죽음을 알아본 적도 없다는 사실을 나는 알고 있으며, 죽음의 본성을 시험해 보고 나에게 그것을 가르쳐 줄 수 있는 이도 본 적이 없다. 죽음을 두려워하는 이들은 자기들이 죽음을 알고 있다고 전제한다. 나로서는 그것이 어떤 것이지도 모르며, 저세상이 어떤 곳인지도 모른다. 아마도 죽음은 아무래도 좋은 것이거나 혹은 어쩌면 바람직한 것일지도 모른다. [C] (그렇지만 그것이 한 자리에서 다른 자리로 건너가는 것이라면, 고인이 된 그 많은 위대한 이들과 함께 살게 된다거나, 또 사악하고 부패한 재판관들과 더 이상 마주할 일이 없게 된다는 보상이 있다는 것을 믿어도 좋을 것이다. 그것이 우리 존재의 소멸이라면 그 역시 오래도록 평화로운 밤 속으로 들어간다는 보상이 있는 셈이다. 삶에서 우리가 맛보는 가장 아늑한 것은 고요한 휴식과, 꿈 없이 깊이 든 잠이니 말이다.) [B] 내가 나쁘다고 알고 있는 것들, 자기 이웃을 해친다거나, 신이건 사람이건 위에 있는 이를 거역한다거나 하는 일들을 나는 조심스럽게 피한다. 나쁜지 좋은지 내가 알지 못하는 것들은 내가 두려워할 수가 없다.[286]

[C] 내가 죽음을 향해 떠나며 당신들을 여기 삶 속에 두고 갈 때, 당신들과 나 중에서 어느 쪽이 더 좋을지는 신들만이 아신다.

286
1588년판에서는 "그러니 당신들 좋을 대로 명령을 내리시라."는 말로 소크라테스의 진술이 끝나고 있다.

그러니 나를 두고서는 당신들 좋을 대로 판결하시라. 그러나 바르고 유익한 것을 조언하는 내 방식대로 말하건대, 내 건에 대해 당신들이 나 이상으로 알지 못하겠거든 나를 석방하는 것이 당신들의 양심을 위해 더 나을 것이다. 그리고 공적이건 사적이건 지난 내 행적으로 보나, 내 의도로 보나, 그리고 내 이야기를 통해 그 많은 시민들이 나이를 불문하고 매일 얻는 이익과 내가 당신들 모두에게 가져다준 열매로 보나, 당신들이 내 공덕에 대해 마땅히 보답하는 길은 한 가지뿐이니, 내 가난을 고려해 국가의 부담으로 나를 프리타네이온[287]에서 식사를 하게 조처하는 것이다. 이보다 못한 이유로도 당신들이 다른 이들에게 그 혜택을 베풀어 주는 것을 내가 더러 본 적이 있다.

내가 남들 하던 대로 당신들의 동정심을 자극하려고 읍소하지 않는 것을 고집 세서라거나 경멸해서 그렇다고 여기지 마시라. (호메로스가 말하는 것처럼, 다른 이들처럼 나 역시 나무나 돌로 된 사람이 아니니) 내게도 눈물 흘리며 슬픔 속에 출두할 수 있는 벗들과 친족들이 있고, 훌쩍이고 있는 세 명의 아이가 있어서 당신들이 연민을 느끼게 할 만하다. 그러나 지금 내 나이에, 지혜롭다는 평판이 그토록 높았던 터에, 그렇게 비굴한 태도로 나를 낮춘다면 그것은 이 도시를 수치스럽게 만드는 일일 것이다. 다른 아테네인들에 대해 사람들이 뭐라 할 것인가? 나는 내 말에 귀 기울이는 이들에게 수치스런 행동으로 목숨을 구걸하지 말라고 늘 가르쳐 왔다. 그리고 내 조국이 전쟁을 할 때면, 암피폴리스에서건

287
프리타네이온(Prytaneion)은 행정 관리들이 공식 초청객들을 맞이해 식사를 하던 건물이다.

포티다에아에서건 델리움에서건 혹은 내가 있는 그 어디에서건, 나는 수치스러움을 대가로 내 안전을 보장하려는 짓에서 내가 얼마나 멀리 있는지를 실제로 보여 주었다. 더욱이 그것은 내가 당신들의 의무를 해치고 추악한 행위로 당신들을 이끄는 셈이 되리라. 당신들을 설득하는 것은 나의 하소연이 아니라 정의의 순결하고 견실한 논거이어야 하기 때문이다. 당신들은 신들에게 그런 자세를 견지하겠노라 맹세해 두었다. 그러니 자칫 당신들이야말로 신들이 있다는 사실을 믿지 않는 것이 아닌지 내가 의심하며 당신들을 고발하고 싶어 하는 듯 보일지도 모른다. 그리고 나 자신도 신들이 세계를 다스린다는 것을 불신하고 내 일을 온전히 신들의 손에 맡기지 않은 셈일 것이니, 신들에 대한 마땅한 믿음을 보여 주지 못한 탓에 스스로에게 불리한 증언을 하는 것이 되리라. 나는 전적으로 신들을 믿으며, 내 건을 두고서도 신들이 당신들이나 내게 가장 적절한 방식으로 처리해 주시리라는 것을 확실하게 믿는다. 살아 있건 죽은 뒤건 선한 인간들은 신들을 두려워할 필요가 전혀 없는 법이다."[288]

[B] 이야말로 [C] 간결하고 정연하며, 그러면서도 단순하고 범상한, [B] 상상할 수 없으리만치 숭고하며, [C] 유례를 보기 어려울 만큼 진실하고 솔직하고 올바른, 그리고 [B] 그토록 곤란한 순간에 이루어진 항변이 아닌가! [C] 저 위대한 웅변가 리시아스가 그를 위해 법률가의 문체로 탁월하게 작성했지만 그러나 그토록 고귀한 피고인에게는 마땅치 않은 그 문건을 놔두고, 소크라테스가 직접 나서서 자기 말을 하기로 한 선택은 옳았다. 소크라테스의 입에서 하

288
『소크라테스의 변명』 인용 부분은 여기까지이다.

소연하는 말을 들을 수가 있었겠는가? 저 지고의 덕성이 가장 자신을 내보여야 할 시간에 되레 무릎을 꿇는 일이 있을 수 있었겠는가? 그리고 그의 풍요롭고 강력한 천성이 자기 옹호하는 일을 〔웅변술이라고 하는〕 기예에 맡길 수 있었겠는가? 또한 가장 어려운 시련 앞에서, 그의 말을 돋보이게 하는 진실함과 단순함을 포기하고, 준비된 연설이라는 화장용 수사와 가식으로 자신을 꾸미려 할 수 있었겠는가? 불구의 노년을 한 해 더 연장하거나 저 영광스런 최후에 대한 불멸의 기억을 저버리려 하지 않은 그는, 부패하지 않는 삶의 행로도 또 인간성에 대한 그토록 드높은 기대도 망치지 않았던 것이니, 참으로 지혜롭게 또 그다운 방식으로 행동했던 것이다. 그는 자기 삶을 스스로에게가 아니라 이 세상에게 본보기로 보여야 했다. 그가 어딘가 게으르고 흐릿한 태도로 삶을 마감했다면 그것은 모두의 손실이지 않겠는가?

B 그토록 무심하고 고요하게 자기 죽음을 바라보는 태도는 확실히 후세가 그를 그만큼 더 평가하게 할 만했는데, 실제로 그렇게 되었다. 그리고 모든 정의 가운데 운명의 여신이 그의 죽음을 위해 마련한 영광만큼 정의로운 것도 없다. 왜냐하면 아테네인들은 그의 죽음을 야기한 자들을 너무 혐오한 나머지 마치 파문당한 자들을 대하듯 그들을 피했기 때문이다. 그들이 손댄 것은 무엇이나 오염되었다 여기고, 아무도 그들과 함께 공중목욕탕에서 씻지 않으려 했으며, 누구도 그들에게 인사를 하거나 가까이 가려 하지 않았다. 결국 이 공공의 증오를 견디지 못한 그들은 스스로 목을 매고 말았다.

내 의도에 적절하게 쓰일 만한 소크라테스의 그 많은 말 중에서 굳이 이 구절을 고른 것은 잘못이라며, 이것은 일반적인 견해

보다 너무 숭엄하다고 여길지 모르겠지만, 나는 일부러 이 구절을 고른 것이다. 내 판단은 다른 것이, 예외적인 자연스러움으로 인해 그의 항변은 일반적인 사고방식보다 저 아래 수준에 있다고 할 만하다. 그는 [C] 꾸밈없고 우직한 대담함으로써, 그리고 유치할 정도의 확신을 가지고 [B] 대자연의 본원적이고 순수한 모습과 [C] 단순성을 [B] 내보이고 있다. 우리가 원래 고통을 두려워한다는 것은 있을 수 있겠지만, 죽음을 죽음 자체 때문에 두려워할 것은 없다는 점이 분명해진다. 죽음은 삶 못지않게 우리 존재의 본질적인 일부분이다. 죽음은 대자연의 작업이 다채로이 펼쳐져 가는 것을 보장해 주며, 이 세계라고 하는 공동체 안에서 상실과 파멸보다 생성과 증식에 더 기여하는 것을 볼 때, 대자연이 무엇을 위해 우리 안에 죽음에 대한 공포와 혐오를 심어 놓았겠는가?

> 삼라만상은 끝없이 자기를 쇄신하면서 이처럼 소멸에 맞선다.
>
> 루크레티우스

> [C] 하나의 죽음에서 천 개의 생명이 태어나도다.
>
> 오비디우스

[B] 한 생명의 쇄락은 천 가지 다른 생명으로 나아가는 일이다. [C] 대자연은 짐승들에게 스스로를 돌보고 자기를 보존하려는 염려를 각인시켜 놓았다. 그래서 짐승들은 제 몸이 피해를 입는 것, 부딪치거나 다치는 것을 두려워하고, 우리가 고삐를 매고 채찍질하는 것을 두려워하니, 이런 일들은 그들의 감각과 경험 안에 있

는 것이다. 그러나 우리가 자기네를 죽일지 모른다고 두려워할 수는 없으니 짐승들에게는 죽음을 상상하고 판단하는 능력이 없는 것이다. 또한 사람들이 말하기로, B 짐승들은 죽음을 기꺼이 맞는 모습을 보일 뿐 아니라[289] (대부분의 말들은 죽어 가면서 조용히 울고 백조들은 노래를 한다.), 더욱이 코끼리들이 몇 가지 사례를 보여 주는 것처럼 필요하면 죽음을 찾아 나서기까지 한다는 것이다.

그 밖에도 여기서 소크라테스가 펼치는 논변 방식은 단순성에서도 또 거침없는 자유로움에서도 찬탄할 만하지 않은가? 참으로 소크라테스처럼 말하고 살아가기보다는, 아리스토텔레스처럼 말하고 카이사르처럼 살아가기가 훨씬 더 쉬운 일이다. 소크라테스의 방식에는 최고도의 완벽함과 어려움이 깃들어 있다. 기예로는 거기에 이를 수 없는 것이다. 더욱이 우리의 능력을 이런 목표를 향해 키워 내지도 않는다. 우리는 우리 능력들을 시험해 보지 않으며 알지도 못한다. 다른 이의 능력을 가져다 뒤집어 쓰려 할 뿐 우리 것은 놀려 둔다.

누군가는 내가 여기 해 놓은 일이라고는 남들의 꽃을 가득 모아 놓은 것뿐이며 내 것은 이 꽃들을 엮은 끈밖에 없다고 말할 지도 모르겠다. 분명 나는 대중의 취향에 굴복해, 이 빌려 온 장식들로 내 글을 치장하고 있다. 그러나 나는 이 장식들이 나를 뒤덮고 나를 가리도록 하려는 것은 아니다. 그것은 내 의도와는 반대이니, 나는 오직 나의 것만을, 그리고 원래 내 것인 것만을 보여 주기를

289
앞에 나오는 (C) 단락 대신에, 1588년판에는 "짐승들의 경우를 보자."라고 되어 있다.

원한다. 그리고 만약 내가 충분한 자신감만 있었더라면 모든 것을 운에 맡기고 오직 내 목소리로만 이야기했을 것이다. [C] 나는 이 시대의 변덕과 다른 이의 충고를 좇다가 내 원래 의도나 내 글의 처음 윤곽을 훨씬 넘어설 정도로, 매일 점점 더 많은 인용들을 덧붙이게 되었다. 이것이 내게 어울리지 않는다 해도 — 내 보기에 그렇지만 —, 무슨 상관이랴. 다른 누군가에게는 유익할 수도 있을 테니 말이다.

[B] 어떤 이는 플라톤과 호메로스를 한 번도 읽은 적 없으면서 그들을 인용하는데, 나도 원전이 아닌 전혀 다른 곳에서 남의 글을 인용하는 경우가 여러 차례였다. 내가 글을 쓰고 있는 이곳에는 1천여 권의 두꺼운 책들이 나를 둘러싸고 있으니, 별 수고 없이도 또 무슨 역량을 입증하지 않고도 원하기만 하면 즉각 열두엇 표절 작가들에게서 빌려 와 용모에 관한 이 글을 반짝거리게 장식할 수도 있는데, 이런 작가들을 내가 뒤적여 보는 경우는 전혀 없다. 인용으로 가득 채우기 위해서라면 어떤 독일 작가의 서한체 서문만 있어도 된다.[290] 쉽게 믿는 어리석은 세상을 그런 식으로 조롱하면서 우리는 값싼 영광을 찾아 나서기도 한다.

[C] 이 상투어들의 잡탕 찌개는 수많은 사람들이 그 덕분에 자신의 정신적 비용은 치르지 않고 싼 값으로 공부하는 셈인데, 진부한 주제들에나 소용될 뿐이다. 그리고 우리를 과시하는 데 소용될 뿐 우리를 이끌어 가는 데 쓰이지는 않으며, 학문이 맺은 우스꽝스런 열매로서 소크라테스가 그토록 익살스럽게 에우티데무스

290
그중에서 유명한 독일인은 『경구집(Apophthegmata)』을 쓴 콘라드 리코스테네스(Conrad Lycosthenes)이다.

를 놀려 댄 것이기도 하다.[291] 한 번도 탐구하거나 이해된 적 없는 소재들로 책들이 만들어지는 경우를 나는 보았다. 저자는 책을 쓰기 위해 학식 있는 여러 분야 자기 친구들에게 이런저런 소재를 조사해 달라 부탁해 놓고, 자기는 정작 이 기획을 세웠다는 사실과 알지 못하는 소재들 한 더미를 열심히 엮어 냈다는 것으로 만족하는 것이다. 적어도 잉크와 종이는 그의 것이다. 솔직히 말해서 그것은 책을 사거나 빌리는 일이지 만드는 일은 아니다. 그것은 사람들에게 그가 책 쓸 줄 모른다는 것을 보여 주는 것이지, 사람들이 미심쩍어 하던 점, 곧 책 쓸 줄 안다는 것을 보여 주는 것은 아니다. [B] 어떤 재판장 한 사람이 내 면전에서 자기는 200여 개 남짓한 남의 글 인용문을 자기 판결문 한 곳에 모아 써 본 적 있다고 자랑하곤 했다. [C] 그 일을 누구에게나 이야기하고 다니니, 내 보기에는 판결문 때문에 사람들이 재판장에게 바치던 영예를 그 스스로 지우고 있는 듯했다. [B] 그런 일을 가지고 그렇게 지체 높은 사람이 보이는 이런 식의 태도는 얼마나 졸렬하고 우스꽝스런 허영이란 말인가.[292]

[C] 빌려 오는 그 많은 글 중에서 나는 이따금 어떤 것은 감추는데,[293] 포장을 달리하고 형태를 바꾸어 기분 좋게 새로운 용도로

291
플라톤이 등장시키는 에우티데무스는 동명 대화록의 주인공이다. 그는 소피스트로서 자기가 다른 사람보다 더 잘, 사람들의 마음속에 미덕을 각인시킬 수 있다고 했지만, 소크라테스는 그 가르침이 헛되다는 것을 입증해 보인다.

292
1595년판에는 이 문장 앞에 "나는 정반대로 한다. 그리고"라는 말이 덧붙여 있다.

293
1588년판에서 몽테뉴는 이 부분을 이렇게 적고 있다. "나는 표절을 감추고 그 글들을 변장시킨다."

쓰려는 것이다. 원래 의미가 무엇이었는지 이해하지 못한 탓이라는 비판을 각오하고 나는 그 글에 내 손으로 어떤 특별한 방향을 부여해, 그 덕에 온전히 남의 글이라는 느낌이 훨씬 덜 담기게 하는 것이다. [B] 다른 이들은 표절한 글을 내세우고 자기 몫으로 셈하는데, 그렇게 하여 법원에서는 나보다 더 많은 신뢰를 얻는다.[294] [C] 우리 대자연 추종자들은[295] 인용의 영예보다는 창의의 영예가 비할 바 없이 훨씬 더 우월하다고 생각한다.

[B] 내가 박학을 통해 이야기하려고 했다면 더 일찍 그렇게 했을 것이다. 내 학업 시절과 보다 가까운 때, 내게 기지와 기억력이 좀더 충만했을 때 나는 집필을 했으리라. 그리고 [C] 저술을 [B] 직업으로 삼고 싶었다면 그 당시 나이의 내 활력에 지금보다는 더 자신감을 가졌을 것이다. [C] 더욱이 운명의 여신이 이 책을 매개로 내게 베풀어 주었을지 모를 한 가지 특별한 호의는 더 상서로운 시절에 이루어졌으리라.[296] [B] 나의 지인 두 사람은 대단한 학식을 지닌 분인데, 마흔 살에 책으로 세상에 나타나기를 거부하고 예순

294
1588년판에는 다음과 같이 쓰여 있다. "말을 훔치는 사람들처럼 나는 갈기털과 꼬리에 색을 칠하며 때로는 한쪽 눈을 애꾸로 만들기도 한다. 첫 주인이 측대보로 걷게 하였다면 나는 속보로 걷게 하고, 안장을 얹어 사용했다면, 나는 길마를 얹어 쓴다."

295
인위적 기예(art)에 맞서, 있는 그대로의 자연(nature)을 옹호하는 자라는 의미이다.

296
아마도 1588년에 이루어진 구르네 양과의 우정을 암시하는 것으로 짐작된다. 1595년판은 이 부분을 다음과 같이 수정하고 있다. "그리고 어쨌을 것인가. 운명의 여신이 이 책을 매개로 내게 얼마 전 베풀어준 특별한 호의가 지금 말고 그런 시절에 이루어졌다면 말이다. 지금은 이 호의를 얻는 것도 탐이 나지만, 금세 잃어버릴 나이인 것을."

살이 되기를 기다린 까닭에 내 보기에는 절반쯤 진가를 잃어버렸다. 푸릇함과 마찬가지로 완숙함도 나름 결점이 있으며, 그 결점은 더 나쁜 것이기도 하다. 노년은 다른 어떤 일만큼이나 이런 성격의 일에 적합하지 않다. 누구든 자신의 노쇠함을 〔인쇄용〕 압착기 밑에 밀어 넣는 자가,[297] 거기서 볼품없고 잠꼬대하며 졸고 있는 자의 체취 말고 다른 것이 느껴지기를 바란다면 그것은 터무니없는 짓이다.

늙어 가면서 우리의 정신은 변비에 걸리고 웅크리게 된다. 나는 내 무지를 거창하고 풍요롭게 말하며, 내 학식을 빈약하고 초라하게 말한다. C 학식은 부수적으로 또 어쩌다 말하고, 무지는 분명하게 우선적으로 말한다. 하찮은 것 말고는 그 무엇에 대해서도 적절하게 이야기하지 않으며, 무지에 대한 앎 말고는 어떤 앎에 대해서도 이야기하지 않는다. B 나는 내가 묘사하려고 하는 내 삶 전체를 멀찌감치 조망할 수 있는 때를 골랐다. 남은 시간은 죽음에 더 속해 있는 것이다. 그리고 내가 만나는 죽음이 다른 이들을 만날 때처럼 내게도 수다스럽게 군다면, 세상을 하직하는 순간에도 나는 기꺼이 내 죽음에 대해서만은 사람들에게 이야기해 주리라.

소크라테스는 모든 위대한 자질에 있어서 완벽한 모범이었지만, 사람들이 말하듯 너무나 못생긴 얼굴과 몸을 어쩌다 갖게 되어, C 그토록 아름다움을 사랑하던 B 그 영혼의 아름다움과는 어울리지 않게 된 것이 나를 화나게 한다. C 대자연은 그를 부당

297
mettre sous la presse라는 표현은 '인쇄하다'라는 뜻과 '서두르다, 짓누르다, (거칠게) 밀어붙이다'라는 의미를 갖는다.

하게 대접했다. B 정신과 육체가 서로 상응하고 닮게 되는 관계만큼 그럼직한 것도 없다. C "어떤 종류의 육체에 깃들게 되는지가 영혼에게는 중요한 문제이다. 육체의 여러 특성이 정신을 날카롭게 벼리는 데 쓰이기도 하고, 또 다른 많은 특성이 그것을 무디게 하는 역할을 맡기도 하기 때문이다."(키케로) 이 말을 한 작가는 자연스럽지 못한 추함과 팔다리의 불구를 이야기하고 있다. 그러나 우리는 주로 얼굴을 보고 첫눈에 거북하게 여겨지는 것, 아주 사소한 이유들로 우리를 불쾌하게 만드는 것들도 추하다고 부른다. 얼굴색이라든가, 점, 딱딱한 표정, 사지가 균형 잡히고 멀쩡할 경우도 뭔가 꼬집어 말할 수 없는 이유 따위가 그렇다. 라 보에시 안에 있는 참으로 아름다운 영혼을 싸고 있던 못난 용모가 그런 종류의 것이었다. 이 표면의 추함은 비록 그 느낌이 강하기는 하지만 정신의 상태에 미치는 해는 덜하며, 사람들의 견해에 미치는 영향도 확실하지 않다. 다른 추함은 더 적절한 이름으로 기형이라 불리는데, 보다 구체적이며 내면에까지 그 충격을 미치는 경향이 있다. 반짝이는 가죽신발이라고 해서 다 그러는 것은 아니지만, 발에 꼭 맞는 신발은 어느 것이나 그 안에 담긴 발 모양을 잘 보여 준다.

그래서 소크라테스는 자기 못생긴 것을 두고, 교육을 통해 자기 영혼을 스스로 교정하지 않았더라면 자기 외모는 자기 영혼의 못난 모습을 정확히 드러내게 되었으리라고 이야기했던 것이다. C 그러나 내 생각에는, 그렇게 이야기하는 그는 늘 하던 것처럼 농담을 하고 있는 것이다. 그렇게 빼어난 영혼이 제 힘으로 만들어질 리는 없다.

B 아름다움이라고 하는 강력하고 유리한 자질을 내가 얼마

나 높이 평가하는지는 아무리 되풀이 말해도 부족할 것이다. 소크라테스는 아름다움을 짧은 폭정이라 했고, [C] 플라톤은 자연의 특혜라고 불렀다. [B] 신뢰도에 있어서 아름다움을 능가하는 자질은 어디에도 없다. 인간들의 사귐에 있어서 그것은 최고의 지위를 누리고 있다. 아름다움은 앞으로 치고 나서며, 대단한 권위와 경이로운 인상으로써 우리의 판단력을 유혹하고 점령해 버린다. [C] 프리네는 만약 옷을 열어젖혀 그 아름다움의 광휘로 판관들을 눈멀게 하지 않았다면 빼어난 변호사의 변론에도 불구하고 소송에 지고 말았을 것이다.[298] 그리고 내 생각에 키루스나 알렉산드로스, 카이사르처럼 이 세상의 지배자였던 세 사람도 자신들의 거창한 사업을 밀고 나가느라 아름다움을 잊고 지내지는 않았다. 대(大) 스키피오 역시 마찬가지이다. 그리스어에서는 동일한 한 단어로 아름다움과 좋음(선함)을 표현한다. 그리고 성령께서도 아름답다는 말을 하려고 할 때, 좋다(선하다)는 표현을 쓰는 경우가 이따금 있다.[299] 고대의 어떤 시인이 지었고, 플라톤에 따르면 당시 유행했다고 하는 시가에서는 건강, 아름다움, 재산의 차례로 좋은 것을 들고 있는데, 나는 기꺼이 그 서열을 옹호하고 싶다.

298
B. C. 4세기경 그리스 창녀 프리네는 미모와 재산으로 유명했으나 불경건의 죄목으로 처형될 위기에 놓여 있었다. 퀸틸리아누스가 적고 있는 바에 따르면, 그의 변호인인 히페리데스의 '탁월한' 변론이 이 여인의 벌거벗은 아름다움이 자아낸 효과로 빛이 바랬다고 한다. 웅변술의 고유한 목표가 단순한 설득에 있는 것이 아님을 보여 주는 예로서 자주 인용된다.

299
그리스어 kalokagathos는 kalos('아름다운')와 agathos('선한')를 결합한 단어로서, 그리스어 성경에서는 오히려 '선한'의 의미로 쓰이고 있다고 한다.

아리스토텔레스는 지휘할 권리는 아름다운 이들에게 속한다고 하면서, 그 아름다움이 신들의 모습에 깃든 아름다움과 가까운 사람들이 있다면 신들에게 하듯 그들을 공경해야 한다고 말하고 있다. 사람들은 왜 아름다운 이들을 더 오래 그리고 더 빈번하게 찾아다니는 것이냐고 누군가 묻자 그는 "그런 질문은 장님에게나 어울리는 것이다."라고 말했다. 대부분의 철학자들 그리고 가장 위대한 철학자들은 그들이 지닌 아름다움의 중재와 지원 덕에 수업료를 지불하고, 지혜를 얻었다.

B 내 시중을 드는 사람들만이 아니라 짐승들에게서도 역시 아름다움과 선함의 거리는 겨우 손가락 두 개 정도일 뿐이라고 여겨진다. 하지만 얼굴 형태와 특징, 그리고 구별되는 윤곽을 보고 사람들은 내적 경향과 다가올 운명을 짐작하는데, 내 보기에 이것들은 아름다움이나 추함이라는 제목 밑에 무턱대고 바로 갖다 놓을 일은 아니다. 페스트가 퍼지는 시절에 좋은 냄새와 청명한 대기가 곧바로 건강을 약속하는 것도 아니고, 답답한 공기와 악취가 있다고 해서 모두 오염된 것도 아니다. 여인네들이 허튼 풍속으로 스스로의 아름다움을 부정하고 있다고 비난하는 이들이 늘 정곡을 찌르는 것은 아니다. 왜냐하면 그다지 잘생기지 못한 얼굴에도 고결하고 믿음직한 분위기가 감돌 수 있기 때문이다. 그와 정반대로, 아름다운 두 눈 사이에서 사악하고 위험한 천성이 위협하고 있는 것을 내가 읽었던 적이 간혹 있었듯이 말이다. 호감이 가는 용모가 있다. 승리한 적의 무리가 쇄도할 때면 당신은 처음 보는 얼굴인 그들 가운데서 이 사람보다는 저 사람을 택해 항복하면서 당신의 목숨을 맡기게 되는데, 엄밀히 말해서 잘생겼는지를 고려해서 하지는 않는다.

외모란 허약한 보증이다. 그래도 어느 정도 고려해 볼 만하긴 하다. 내가 혹 사악한 이들을 채찍질할 일이 있다면, 대자연이 그 얼굴에 심어 준 약속을 거짓으로 만들며 배신하는 이들은 더 혹독하게 대하겠다. 선한 외양에 숨은 악의를 나는 더 심하게 처벌하려 할 것이다. 어떤 얼굴들은 행운을 타고나고 또 어떤 얼굴들은 불리하게 태어난 듯 보인다. 그리고 사람 얼굴을 두고 선량함과 미숙함을 구분해 내고, 엄격함과 냉혹함을, 음흉함과 의기소침함을, 오만함과 음울함 등 기타 쌍이 되는 성격들을 구분해 내기 위해서는 잘 훈련된 눈길이 필요하다고 생각한다.[300] 당당할 뿐만 아니라 거만한 아름다움들도 있다. 부드러운 아름다움들도 있고 그것을 넘어 무미건조한 아름다움도 있다. 그로부터 다가올 일을 예측한다는 것은 내가 미결정 상태로 두고 있는 문제이다.

다른 데서 이야기한 것처럼, 나는 나를 위해서는 오래된 다음의 가르침을 아주 단순하고도 거칠게 받아들이고 있다. 즉 대자연을 따르다 보면 오류에 빠질 수 없다는 것, 지고의 가르침은 대자연에 순응하라는 것이라고 말이다. 나는 소크라테스가 하듯이 이성의 힘으로 내 타고난 경향을 바꾸지는 않았으며, 깊이 숙고해 나의 성향을 억누르려 하지도 않았다. 나는 내가 세상에 왔던 대로 나아가게 두고 있으며, 무엇과도 맞서 싸우지 않으니, 〔이성과 성향이라고 하는〕 나의 주요한 두 부분은 각각의 뜻대로 서로 평화롭고 조화롭게 살고 있다. 그런데 내 유모의 젖은

300
르네상스 시대에 급격히 발전한 관상학의 목표가 이런 것을 구분하는 것이었다고 한다.

적당할 만큼 건강하고 절제된 것이었으니, 하느님께 감사할 노릇이다.

C 스치듯 이런 이야기를 하면 어떨지 모르겠다. 즉 우리 사이에 거의 유일하게 통용되고 있는 바, 저 모종의 형식주의적인 덕의 개념은 내가 보기에 실제 가치보다 더 높이 평가받고 있다는 것 말이다. 그것은 규범의 노예이며 희망과 두려움에 의해 강제된 것이다. 나는 법률과 종교가 만들어 낸 바로서의 덕이 아니라, 그저 그것들이 완벽하게 만들어 주고 권위를 더해 주는 덕, 다른 도움 없이 스스로 버틸 만큼 자신을 충분히 강력하게 느끼는 덕, 타락하지 않은 인간이라면 누구에게나 각인돼 있는 보편적 이성에 의해 파종되어 자기 뿌리에 의지해 뻗어 나가는 그런 덕을 사랑한다. 소크라테스를 그의 악덕에서 일으켜 세운 이 이성은 그로 하여금 자기 도시를 이끄는 사람들과 신들에게 복종하게 하고 죽음 앞에서는 담대하게 하는데, 자기 영혼이 불멸이어서가 아니라 그 자신이 필멸의 존재이기 때문에 그러하다. 사람들에게 종교적 믿음만 있으면 도덕성 없이도 신의 정의를 만족시키기에 충분하다고 설득하는 가르침은 어떤 정치 체제에도 파괴적이며, 기발하고 섬세하다기보다 훨씬 더 해로운 것이다. 독실한 믿음과 양심 사이에는 엄청난 구별점이 있다는 것을 우리는 사람들의 실제 삶을 통해 알고 있다.

B 나는 생긴 것도 그렇고 사람들 말로도 그렇고 호감을 주는 외모를 가지고 있다.

> 내가 '가지고 있다' 했나? 크레메스, 내 말은 '가졌던 적이 있다'는 것이야.

테렌티우스

아아, 이제 자넨 내게서 뼈만 남은 자를 보는구나.

막시미아누스

그리고 그것은 소크라테스의 것과 반대되는 외양이다. 나를 전혀 모르던 사람들이 내 풍채나 분위기만을 믿고서, 자기들 일이나 내 일과 관련해 나를 크게 믿어 주는 일이 가끔 생기곤 했다. 그리고 외국에서도 나는 드물고 특별한 호의를 얻곤 했다.

다음의 두 가지 경험담은 아마도 상세하게 이야기할 가치가 있으리라.

어떤 사람이 나와 내 집을 기습할 궁리를 했다. 그의 계획은 우리 집 문 앞에 홀로 도착해서 다급하게 자기 좀 들여 보내 달라고 청하는 것이었다. 그 사람의 이름은 알고 있었고, 이웃이고 얼마간 인척 관계에 있어서 그를 신뢰할 만했다. [C] 나는 누구에게나 그러하듯이 그에게도 문을 열어 주게 했다. [B] 그를 보니 잔뜩 겁에 질린 모습이었고, 말은 지칠 대로 지쳐서 숨을 헐떡이고 있었다. 그는 꾸민 이야기를 내게 늘어놓았다. 오 리쯤 떨어진 곳에서 자기 적을 하나 마주치게 되었다는 것이다. 나도 아는 사람이었는데, 둘이서 싸운다는 소문은 들어서 알고 있었다. 이 적이 너무 바짝 쫓아오는 데다 [C] 혼란 중에 [B] 기습을 당했고 수도 열세여서, 안전을 도모하려고 내 집 문으로 뛰어들었다는 것이다. 자기 부하들이 몹시 걱정된다고 하면서 죽었거나 포로가 됐으리라 생각된다고 말했다. 나는 마냥 순진하게 그를 위로하고 안심시키며 쉬게 하려고 했다. 그런데 얼마 안 되어 너댓 명 되는 그의 부하들이 나타나더니 똑같이 겁먹은 표정에 집으로 들여 달라고 청하는 것이었다. 그러다 또 몇 명이 그리고 다시 몇 명이 나타나는데, 다들 제대로 장비를 갖추고 제대로 무장한 모습이었고, 그 수는 급기야 스물다섯 혹은 서른에 이르렀는데 적들이 바로 뒤까지 쫓아오는 중이라고 거짓 시늉을 했다.

[C] 이 연극을 보니 내게 의심이 들기 시작했다. [B] 나는 내가 사는 시대가 어느 때인지, 또 내 집을 얼마나 호시탐탐 노리고들 있는지 모르지 않았다. 그리고[301] 내가 아는 몇몇 사람이 비슷하게 몹쓸 일을 겪은 것도 나는 알고 있었다. 하지만 기왕 시작한 바에 마무리하지 않는다면 환대한 일이 헛수고일 터였다. 그리고 모든 것을 부수지 않고는 여기서 벗어날 방법이 없어서 나는 내가 늘 하는 것처럼, 가장 자연스럽고 가장 단순한 쪽으로 마음이 기울게 두어, 그들을 들여보내라고 지시했다.

게다가 사실 나는 타고나기를 의심이 별로 없고 아무나 믿는 편이다. 그럴 만한 이유를 찾아내며 가장 좋게 해석하려고 드는 경향이 강하다. 나는 사람들을 보통 누구나 생각하는 식으로 판단하며, 부정할 수 없는 뚜렷한 증거가 있기 전에는 사악하고 타락한 경향들에 대해 믿지 않는다. 괴물이나 기적을 믿지 않듯이 말이다. 더욱이 나는 기꺼이 운명의 여신에게 나를 맡기고 그녀의 품 안으로 무작정 나를 던지는 사람이다. 지금까지는 이 점에 대해 나를 탓하며 후회하기보다 스스로를 축하할 이유가 더 많았다. 그리고 나보다는 운명의 여신이 더 신중하고 [C] 또 내 일에 대해 더

301
1588년판에는 “그 당시 우리가 무위로 끝난 휴전 상태에 있었음에도 불구하고”라는 문장이 덧붙여 있다.

우호적인 것도 [B] 알게 되었다. 내 인생에서의 몇 가지 처신은 사람들이 쉽지 않은 것이었다고, 혹은 그렇게 부르고 싶다면, 사려 깊은 것이었다고 이야기할 만했다. 그 경우마저 3분의 1은 내 몫이라 해도, 분명코 3분의 2는 너끈히 운명의 여신 몫이었다. [C] 내 보기에는 우리가 우리 자신을 충분히 하늘에 맡기지 않는 것, 그리고 우리 몫 이상으로 우리 행동에 기대하는 것이 잘못되었다. 그 때문에 우리의 기획은 그토록 자주 허방을 짚는 것이다. 하늘은 우리가 하늘의 권한을 줄여 가며 인간적 지혜의 권한을 넓혀 가는 것을 질투하며, 우리가 그 권한을 확대하려는 정도만큼 우리에게서 그것을 줄여 버린다.

[B] 그 무장한 자들은 말에 탄 채 우리 뜰에 들어와 있었고 그 사이 그 우두머리는 나와 함께 우리 성관의 홀에 있었다. 자기 부하들 소식을 듣는 대로 곧 물러나야 한다면서 그는 자기 말을 마구간에 들이지 말라고 했었다. 그는 자기 계획을 실행할 주인이 된 셈이어서 이제 실행만 하면 되는 참이었다. 이 이야기하기를 꺼려 하지 않았던 그가 나중에 가끔 말한 바에 의하면, 내 얼굴빛과 거리낌 없는 태도가 자기 두 손에 숨겨 쥐고 있던 배신의 술책을 빼앗아가 버렸다는 것이다. 그는 다시 말에 올랐다. 우두머리가 무슨 신호를 보내나 알기 위해 줄곧 그를 주시하고 있던 부하들은 그가 유리한 상황을 포기하고 떠나가는 모습을 보며 깜짝 놀랐다.

또 한 번은 우리들 군대 사이에 몇 번째인지는 몰라도 휴전이 막 선포된지라 그것을 믿고서, 여행을 떠나 유난히 예민한 지역을 지나던 중이었다. 내가 지나간다는 소문을 듣자마자 서너 무리의 말 탄 자들이 여러 곳에서 나를 잡으러 나섰다. 그중 한 무리가 사흘째 되는 날 나를 따라잡게 되어, 복면을 한 열댓 혹은 스무 명 쯤의 귀족들이[302] 나를 공격하는데, 뒤에는 한 무리의 활든 기병들이 따르고 있었다. 나는 결국 포기하고 포로가 되어 부근에 있는 숲속 으슥한 구석으로 끌려갔다. 말도 짐도 뺏기고, 궤짝들도 털리고 금고도 가져가고 말들이며 장비는 새 주인들이 차지했다. 우리는 가시덤불 무성한 숲에서 내 몸값 문제를 두고 오랫동안 입씨름을 했는데, 값을 너무 높게 치는 것을 보니 그들이 나에 대해 거의 알지 못한다는 것이 분명했다. 그들은 자기네끼리 내 목숨을 두고 심한 언쟁을 벌이기 시작했다. 내가 얼마나 위험한 처지에 있는지를 실감하게 하는 상황들이 정말이지 여러 차례 있었다.

> 아이네이스여, 바로 지금이야말로 너에게 용기가 필요한 때이지, 단단한 심장이 필요한 때이지.
>
> 베르길리우스

[B] 나는 휴전 상태에서의 내 권리를 계속 주장하면서, 그들이 내게서 뺏어 간 노획물이 적은 것이 아니니 그것을 내가 포기하는 것밖에는 달리 또 몸값을 치른다고 약속할 수는 없노라고 했다. 두세 시간을 그곳에 있다가 그들은 자기네에게서 달아날 것 같지 않은 말 위에 나를 태웠다. 그리고 우리를 죄수로 다루며 각기 다른 길로 가라고 지시해 둔 뒤, 열댓 혹은 스무 명쯤 되는 화승총수들에게 나를 따로 데려가게 하고, 내 부하들은 다른 군인들 사이

302
1588년판에는 "좋은 말에 단단히 무장을 하고"라는 표현이 덧붙여 있다.

에 뿔뿔이 나누어 끌고 가게 했다. 화승총 사격 거리 두세 배쯤 되는 곳까지 왔을 때,

> 카스토리스와 폴루치스에게 도움을 청했던지라.
>
> 카툴루스[303]

그때 갑자기 생각지 않은 일이 그들에게 벌어졌다. 우두머리가 돌아오는 모습이 보였는데 훨씬 부드러운 어조였으며, 무리 사이에 흩어져 있던 내 물건들을 찾아내려 애를 쓰기 시작했다. 그리고 찾아낼 수 있는 대로 내게 되돌려 주게 하면서, 심지어 내 돈 궤짝까지 찾아주었다. 마침내 그들이 내게 최고의 선물을 주었는데, 그것은 나의 자유였다. C 당시로서야 B 나머지 것들은 내게 아무래도 별 상관없었다. 무슨 분명한 동기가 없는데도 이렇게 갑작스런 변화가 오고 생각을 바꾼 원인이 무엇인지, 시절이 시절인 데다 미리 숙고하고 계획했으며 세태에 의해 합법적이 된 이 사업을 두고 (나는 처음부터 공공연하게 내가 어느 파당인지, 내가 어디로 가고 있는 중인지를 그들에게 밝혔었기 때문이다.) 그렇게 한 이유가 무엇인지 정녕코 나는 지금도 잘 모른다. 그들 중 가장 눈에 띄는 자가 복면을 벗고 내게 자기 이름을 말하더니 내게 몇 차례고 이야기하기를, 나를 석방해 주는 것은 내 얼굴이며 거침없고 단호한 말투 덕분이라면서 이런 대접을 받기에는 내가 어울리지 않는다는 느낌이 든다고 했다. 그러면서 자기에게도 혹시라도 똑같은 대접을 해 달라고 부탁했다. 선하신 하느님이 용모와 말투라고 하는 이 하찮

303
작품 『비가』 안에서 위험에 처한 선원들이 항해자들의 수호신에게 했던 기도이다.

은 도구를 사용해 나를 보호하려 하셨는지도 모른다. 그분은 또 다음 날도 더 위험한 다른 매복들로부터 나를 지켜 주셨는데, 이 위험에 대해서는 그 사람들이 내게 미리 경고해 주었다.

두 번째 이야기에 나온 사람은 아직도 두 발로 땅 위에 살아서 그 이야기를 하고 다닌다. 첫 번째 이야기에 나오는 이는 얼마 전 살해되었다.

만약에 내 얼굴이 나를 위해 보증해 주지 않고, 사람들이 내 눈과 목소리에서 내 의도의 단순성을 읽지 못한다면, 옳건 그르건 생각나는 대로 이야기하고 세상사를 겁 없이 판단하는 이 사려 깊지 못한 솔직함을 이렇게 오랫동안 오해와 다툼 없이 유지해 오지는 못했으리라. 이런 방식이 거칠어 보이고 우리 관습과 어울리지 않아 보인다는 것은 맞다. 그러나 그것이 악의적이고 사악하다고 판단하는 사람은 내가 지금껏 본 적이 없거니와, 내 입으로 하는 말을 직접 들은 사람이 나의 솔직함에 화가 난 적도 없었다. 남들 입을 통해 건네 들은 말은 소리가 다른 것처럼 의미도 달라진다. 게다가 나는 아무도 미워하지 않는다. 그리고 남에게 상처 주기에는 너무 무른 성격이라, 올바른 이치 자체를 위해서도 그렇게 하지를 못한다. 상황 탓에 내가 범죄자를 판결하게 되었을 때도 나는 차라리 사법 정의가 소홀히 되는 쪽을 택했다. C "내가 용기를 내어 처벌할 수 있는 정도 이상의 범죄가 저질러지지 않기를 나는 바란다."(티투스 리비우스) 아리스토텔레스가 어떤 고약한 자를 불쌍히 여겼다고 사람들이 비난했다. 그는 말하길, 진실로 나는 그 사람을 불쌍히 여겼지 그 사악함을 불쌍히 여긴 것은 아니라고 말했다.

일반적으로 판결은 악행에 대한 혐오 때문에 복수심으로 끓어 오른다. 그런데 나의 복수심은 그 때문에 차갑게 식는다. 최초의 살인에 대한 혐오는 두 번째 살인을[304] 두려워하게 만드는 것이다. 그리고 첫 번째 잔인함에 대한 증오는 나로 하여금 그것을 모방하는 다른 모든 행위를 증오하게 만든다. [B] 클로버의 시종 정도에 불과한 나에게는[305] 스파르타 왕인 카릴루스에 대해 한 말이 적절할 수 있다. "그는 사악한 이들에게 악하게 대하지 못하니, 선할 수가 없으리라." 혹은 다른 수백 가지 일을 놓고도 그렇듯이 서로 다르고 반대되는 두 가지 방식으로 이것을 제시하고 있는 플루타르코스의 말처럼, "그는 사악한 인간들에게마저 선하게 대하므로 선한 사람일 수밖에 없다".

합법적 행위를 달가워하지 않는 이들에게 합법적 행위로 대하는 것이 언짢은 것처럼, 불법적인 행위는 거기 동의하는 사람들을 상대로 할 경우, 솔직히 말해 나는 별다른 가책을 느끼지 않고 그리 다가선다.

304
두 번째 살인은 사형을 말한다. 몽테뉴는 사형 제도를 또 다른 살인 행위로 보고 있다.
305
카드 놀이에서 낮은 급에 있는 클로버의 잭을 가리킨다.

13장
경험에 관하여

B 알고자 하는 욕망보다 더 자연스러운 욕망은 없다. 우리는 앎에 이르게 해 줄 만한 온갖 방법을 시도해 본다. 이성적 사유만으로는 더 이상 나아갈 수 없을 때 우리는 경험을 동원하는데, C "다양한 시련을 통해 경험이 경륜을 만들고, 사례가 길을 제시한다."(마닐리우스)

B 이 경험이란 이성보다 더 허약하며 품격도 떨어지는 방법이다. 그러나 진리란 너무 중차대한 것이므로 우리를 그곳으로 이끄는 것이라면 어떤 수단도 경멸해서는 안 될 일이다. 이성은 너무 많은 형태를 하고 있어서 우리는 그중 어떤 것에 매달려야 할지 알 수가 없다. 경험의 형태 또한 못지않다. 사건들의 유사성에서 우리가 끌어내고자 하는 결론은 그다지 확실하지가 않은데 사실상 이 사건들은 늘 서로 다르기 때문이다. 삼라만상의 모습에 담긴 가장 보편적인 성격을 든다면 바로 다양성과 상이함이다. 그리스인들이나 라틴인 그리고 우리도 비슷한 것의 가장 분명한 예로서 달걀을 든다. 하지만 달걀 사이의 서로 다른 특징을 알아보는 사람들도 있었는데, 특히 델포이에 사는 어떤 사람은 한 번도 이 달걀과 저 달걀을 혼동하는 일이 없었다. C 그리고 암탉 여러 마리 중 어떤 닭이 그 달걀을 낳았는지까지 구분할 줄 알았다.

B 우리가 하는 작업에도 저절로 상이성이 끼어든다. 아무리 수완이 좋아도 똑같은 것을 만들어 낼 수는 없다. 페로제건 누구건 자기 카드 뒷면을 아무리 정성스레 닦아 깨끗하고 윤기 나게 만들더라도 그것이 다른 사람의 손에 들어가는 것을 보는 순간 노름꾼들은 그 차이를 알아본다. 다르다고 해서 전혀 다른 판을 만들지는 못하듯 닮았다고 해도 꼭 같을 수는 없다. C 대자연은 서로 다르지 않은 것은 아무것도 만들어 내지 않기로 작정한 것이다.

B 하지만 법을 조각조각 더 잘고 세밀하게 만들어 판관들의 전횡을 제어할 수 있다고 여긴 사람의 견해는 내 마음에 들지 않는다. 법을 만드는 것만큼이나 법을 해석하는 데도 마찬가지의 자유와 폭이 있다는 것을 이해하지 못한 셈이니 말이다. 성경에 나오는 말을 상기시킴으로써 논쟁을 줄이고 나아가 중지시킬 수 있다고 생각하는 이들은 우리를 놀리려는 것이다. 우리 마음은 자기 생각을 피력하는 때만큼이나 다른 이들의 생각을 공격할 때도 어디로든 내달릴 수 있다.

해석을 할 때도 제안할 때만큼이나 적대감과 신랄함이 깃든다. 법을 늘리자는 생각이 얼마나 잘못된 것인가를 우리는 지금 목도하고 있다. 여기 프랑스에는 나머지 다른 세계 모두의 법을 합친 것보다 더 많은 종류의 법이 있으며 에피쿠로스가 말한 그 밖의 수많은 세계를 모두 다스리는 데 필요한 것 이상의 법을 가지고 있어서, C "옛날에는 범죄 때문에 고통을 겪었는데, 지금은 법 때문에 고통스럽다."(타키투스) B 그리고 그럼에도 불구하고 법관들이 그 많은 것을 마음대로 발언하고 결정하게 내버려 둔 탓에, 요즘만큼 법관의 자유가 강력하고 제멋대로인 적은 없었다. 수만 가지 송사와 개별 사례를 구별하고 각각의 경우에 합당한 수만 개의 법을 제정했으나 그래서 입법자들이 얻은 것이 무엇인가? 인간의 행태가 무한히 다양하다는 점을 놓고 본다면 이 정도 법으로는 어림없는 것이다.

우리가 머리를 아무리 쥐어짜 내도 실제 예의 다양성을 따라잡을 수는 없다. 그 백배 되는 궁리를 더해 보라. 그래도 장차 다가올 일 들 중에는 골라 뽑아 등재해 놓은 수천 가지 사건 중 어느 하나와 정확히 들어맞아, 판결을 내리기 위해서는 또 다른 고려가 필요하다 싶은 사정이나 차이가 전혀 보이지 않는 경우란 없다. 끝없는 동요 상태에 있는 우리 인간의 행동은 고정되고 변화하지 않는 법이라는 것과 그다지 관련이 없다. 가장 바람직한 법은 가장 적은 수의, 단순하고 일반적인 법이다. 지금 우리처럼 수많은 법을 갖느니 차라리 법 자체가 아예 없는 편이 더 나으리라는 것이 내 생각이기도 하다.

자연은 우리가 스스로 만들어 갖는 법보다 더 나은 법을 마련해 준다. 시인들이 묘사해 놓은 황금 시대나 우리가 보고 듣는 바처럼, 자연의 법 말고는 다른 법을 갖지 않은 여러 민족이 사는 모습이 그 증거라고 할 수 있다. 송사가 일어나면 자기들이 사는 산간 마을로 들어선 첫 번째 여행객을 유일한 재판관으로 삼는 민족이 있는가 하면, 또 어떤 민족은 장이 서는 날 자기네 중 한 사람을 판관으로 뽑아서 그 자리에서 바로 모든 송사에 결론을 내리기도 한다. 우리의 경우도 판례가 어땠느니 장차 어떤 영향을 미치게 될 것이니를 따지지 말고, 가장 지혜로운 이들이 상황에 따라 그 자리에서 보고 결론을 내리게 한들 무슨 위험이 있을 것인가? 발마다 거기 맞는 신발이 있는 법이다. 스페인 왕 페르디난도는 신대륙에 식민자들을 보내면서 현명하게도 풋내기 법학자들을 한 사람도 데려가지 못하게 했다. 학문이란 그 본성상 늘 논쟁과 분열을 가져오는 까닭에 행여 이 새로운 세계가 재판으로 가득해질까 염려했기 때문이다. 플라톤과 마찬가지로 그는 판관과 의사란 나라에 고약한 역할이나 하는 직업이라 생각한 것이다.

그리고 무슨 말을 하거나 글을 쓰거나 늘 자기 의사를 그렇게 분명하게 표현하던 사람이 계약서나 유언장을 쓸 때는 어째서, 의심의 여지나 모순된 구석이 없는 표현법을 찾아내지 못하는 것일까? 장엄한 단어를 골라 뽑고 기교 넘치는 문장을 구사하는 데 특별한 주의를 기울이는 이 분야 군주들[306]이, 음절 하나하나를 재보고 단어의 연결 부분 하나하나를 다듬는 데 전념하는 경우 말고는, 갖가지 수식과 끝없이 잘게 나눈 내용들에 얽혀 들어 허우적거리는 통에 어떤 규정이나 지침도 따르지 않게 되고, 내용도 정확히 이해할 수 없게 된다. C "너무 잘게 나뉜 나머지 가루가 된 것은 알아볼 도리가 없다."(세네카) B 수은 덩어리를 가지고 몇 조각으로 나누려고 하는 아이들을 본 적 있는가? 누르고 주무를수록 그리고 자기들 생각대로 만들려고 애를 쓸수록 이 귀한 금속은 더 자유로워지려고 한다. 아이들이 어떻게 하든 아랑곳하지 않은 채 더 잘게 쪼개지고 무수한 낱개로 흩어지는 것이다.

법도 이와 마찬가지이다. 세분한 것을 다시 또 나눔으로써 사람들이 배우게 되는 것은 더욱더 의심하는 일이다. 그렇지 않아도 까다로운 것을 더 확장하고 다양하게 만들도록 하는 것이니, 사람들은 그것을 잡아 늘이고 흩뿌리게 된다. 의문의 씨앗을 퍼뜨리고

306
법이라고 하는 '기예(art)'의 전문가들은 자기들 저서의 속표지에 실제로 '군주'라고 표기하는 경우가 왕왕 있었다고 한다.

다시 새로운 형태로 그것을 유포시킴으로써 의문은 결실을 맺게 되고, 세상은 불확실성과 다툼으로 소란스러워진다. C 토지를 곱게 갈아 깊이 파헤치면 비옥해지는 것처럼 말이다. "난해하게 만드는 것은 학문이다."(퀸틸리아누스) B 우리는 울피아누스에 대해 의심스럽게 여겼지만, 바르톨루스와 발두스에 대해서는 더더욱 미심쩍어한다. 갖가지 견해의 무수한 다양성으로 치장하고 후대를 머리 복잡하게 할 일이 아니라 그 다양성의 흔적까지 지워 버렸어야 할 일이다.

어떻게 이야기해야 좋을지는 모르겠으나, 경험으로 미뤄 볼 때 그 많은 해석들은 진실을 흩어지게 하고 부숴 버린다는 것이 분명하다. 아리스토텔레스는 자기 이야기를 이해시키고자 글을 썼다. 그가 그렇게 할 수 없다면 그보다 덜 명민한 자는 더 못할 것이며, 다시 한 다리 건넌 제삼자는 자기 자신의 생각을 이야기하던 사람보다 더더욱 그럴 수 없을 것이다. 우리는 소재를 열어젖혀 묽게 만들고 널리 퍼지게 한다. 한 주제를 가지고 천 가지 주제를 만들며, 그 수를 불리고 세분해 에피쿠로스의 무한정한 원자들에 이르게 한다. 같은 것을 두고 두 사람이 동일한 판단을 내리는 적이 결코 없으며, 서로 다른 두 사람만이 아니라 한 사람이 다른 시간에 정확히 동일한 견해를 가지고 있는 것을 보기는 불가능하다. 일반적으로 나는 주석가들이 건드리려 하지 않는 것에 대해 의심을 품게 되곤 한다. 내가 아는 어떤 말들이 평탄한 길에서 더 자주 발을 헛딛는 것처럼 나는 평지에서 더 쉽게 비틀거린다.

세상이 관심을 기울이는 책 중에서, 인간의 책이든 신의 책이든 난해함을 말끔히 불식시킨 경우가 없는 바에야, 주석이 불확실성과 무지를 더 늘린다는 사실을 누가 부정하겠는가? 백 번째 주석자는 최초의 주석자가 생각한 것보다 더 까다롭고 더 생경한 책을 만들어 다음 주석자에게 넘긴다. 우리 사이에 언제 이 책은 그만하면 됐다, 이제 더 이상 이야기할 것이 없다고 합의된 적이 있던가? 법률 다툼에서처럼 이 점이 분명해지는 경우도 없다. 우리는 무수한 법률 전문가, 무수한 판례, 무수한 법해석에 법의 권위를 부여해 준다. 그렇다고 해서 우리가 언제 해석의 필요성을 더 이상 느끼지 않게 되었는가? 잠잠해지는 상태를 향해 조금이라도 나아가는 진전이 이루어졌는가? 이 엄청난 법률 더미가 아직 최초의 유년기에 있을 때에 비해 필요한 변호사와 판사의 수가 더 줄었는가? 실제는 그와 반대로 우리는 법의 의미를 모호하고 종잡을 수 없게 만들고 있을 뿐이다. 그 많은 담을 쌓고 울타리를 치지 않고는 더 이상 그 의미를 찾아내지 못할 지경이다.

사람들은 자기들의 정신이 원래 병든 것임을 모르고 있다. 정신은 그저 뒤지고 찾으러 다닐 뿐, 끝없이 맴돌며 집을 짓고 마치 누에처럼 자기가 만든 고치 안에서 허우적거리다 숨이 막힌다. "송진에 달라붙은 생쥐 꼴이다."(에라스무스에서 인용한 격언) 멀리 가상의 광명과 진리 같은 무언가가 보인다고 생각하지만, 그곳으로 달려가는 길에 무수한 어려움과 장애를 만나고 새로운 연구거리 마저 생겨 정신은 길을 잃고 어지럼증으로 비틀거린다. 이솝 우화에 나오는 개들이 겪는 일이 이와 다르지 않다. 시체처럼 보이는 것이 바다에 떠 있는 것을 본 개들은 가까이 갈 방법이 없자 물을 다 마셔서 길을 내려고 하다가 숨이 막혀 죽어 버린다. [C] 이것은 크라테스라고 하는 인물이 헤라클레이토스의 저작에 대해 한 말과도 일치한다. 그의 글을 읽기 위해서는 헤엄에 능숙한 독자라야 하는데, 그렇지 않으면 그의 학문이 지닌 깊이와 무게가 그를 삼키고 질식시켜 버리고 말리라는 것이다.

[B] 앎을 향한 추구라고 하는 이 사냥에서, 우리가 다른 사람이나 혹은 우리 자신이 이미 찾아 놓은 것에 만족한다면 그것은 오로지 개인적인 허약함 탓이다. 더 유능한 사람이라면 결코 그 정도에 만족하지 않을 것이다. 다음에 오는 사람에게도 설 자리가 있고, [C] 그렇다, 심지어 우리 자신에게도 [B] 새로운 길이 있기 마련이다. 우리의 탐색에는 끝이 없다. 우리의 종점은 저세상에나 있다. [C] 정신이 만족해한다는 것은 스스로 모자라거나 지쳤다는 신호이다. 굳센 정신이라면 결코 자신의 한계 안에 머무르지 않는다. 강한 정신은 항상 더 앞으로 나아가며 자기 힘의 한계를 넘어서 간다. 그것은 성취 가능성을 넘어 비약하려 한다. 전진하지 않고 밀고나가지 않으며 궁지에 몰리거나 타격을 받지 않는다면 그것은 반쯤만 살아 있는 셈이다. [B] 정신의 추구는 끝점이 없고 형체도 없다. 그것이 취하는 양분은 [C] 놀라움이고 사냥 놀이이며 [B] 애매모호함이다. 우리에게 늘 이중적 의미로 애매하게 에둘러 이야기함으로써, 궁금증을 풀어 주기는커녕 더 키우고 우리 마음을 사로잡아 골똘히 생각하게 만드는 아폴로가 이 점을 잘 보여 주고 있다. 정신이란 본보기도 목표도 없는 불규칙하고 영원한 운동이다. 정신이 생각해 낸 것들은 서로를 자극하고 서로를 뒤따르며 서로를 만들어낸다.

그러므로 이처럼 흐르는 시냇물은
윗물이 아랫물을 끝없이 쫓아오고
쉼 없는 영원한 흐름 속에
한 물결이 다른 물결을 따르고
한 물결이 다른 물결을 피해 가네.

이 물결은 저 물결을 떠밀고
저 물결은 다른 물결에 뒤처지니
줄곧 물결이 물결 속으로 가는 중에
늘 같은 시냇물이면서 늘 다른 물결이라네.

라 보에시

무엇을 해석하는 것보다 해석을 해석하는 일이 더 까다로우며, 어떤 주제에 관한 책보다도 책에 관한 책들이 더 많다. 우리는 서로를 주석하는 일만 하고 있는 중이다.

C 온통 해설들이 우글거리는데, 원저자는 가뭄에 콩 나는 식이다.

우리 시대의 평판 높은 주요 학식이란 학자들이 하는 말을 알아듣는 것 아닌가? 그것이 바로 모든 배움의 공통된, 궁극적 목적이 아닌가 말이다.

우리의 견해란 서로 접목되어 있다. 첫 번째 견해가 두 번째 견해의 줄기가 되고, 두 번째는 세 번째의 줄기가 된다. 이렇게 우리는 한 단계씩 사다리를 올라가는 것이다. 그래서 제일 높이 올라간 자는 흔히 분수에 넘치는 명예를 얻기에 이른다. 그가 한 것이라고는 바로 전 사람의 어깨 위로 그저 한 뼘쯤 더 올라간 것뿐인데 말이다.

B 나는 얼마나 자주, 그리고 어쩌면 그렇게 바보스럽게도 내 책 이야기를 하느라고 책을 질질 끌었는가? C 바보스럽다고 하는 것은, 나는 같은 짓을 하는 자들에게 내가 한 말을 생각해 봤어야 한다는 그 이유 때문이다. 즉 자기 작품에 대해 그렇게 빈번하게 추파를 던지는 것은 자기 작품에 대한 사랑으로 가슴이 떨리고

있다는 증거이며, 자기 작품을 경멸하듯 혹독하게 꾸짖는 것도 제 자식을 향한 어미의 사랑이 짐짓 겉치레로 그러는 것일 뿐이라고 말이다. 스스로를 칭찬하는 것도 경멸하는 것도 흔히 똑같은 교만에서 나오는 태도라고 생각한 아리스토텔레스를 따르자면 그렇다. 나는 바로 나 자신에 대해, 그리고 나 자신의 행동과 내 글에 대해 쓰고 있는 것이며, 내 주제는 그 자체를 〔거듭〕 되돌아보려고 하는 것이니, 이 문제에서 내가 다른 이들보다 더 자유롭다고 하면 이 변명을 사람들이 받아 줄지 모르겠다.

[B] 독일에서 벌어진 일을 보면, 루터가 성경에 대해 제기한 논란보다 훨씬 더 많은 분열과 논쟁이 그의 모호한 입장을 둘러싸고 일어났다는 것을 알 수 있다. 사람들 사이 갑론을박은 그저 말을 둘러싸고 일어나는 것이다. 자연이란 무엇인가, 쾌락이란, 원(圓)이란, 대리 상속이란 무엇인가 하고 내가 묻는다. 질문도 말에 대한 것이고, 답변도 말로 주어진다. 돌이란 물체이다. 그러나 만일 질문을 계속한다 치자. 그렇다면 물체는 무엇인가? 실체이다. 실체는 또 무엇인가? 이런 식의 문답은 결국에는 답변하는 사람이 칼레피노 〔사전〕 속 어휘 전체를 동원하기까지[307] 계속될 참이다. 한 단어를 다른 단어로 바꿔 주는데 그 새 단어가 흔히 더 알 수 없는 식이다. 나는 '사람'이 무엇인지를 더 잘 알지, '동물'이나 '필멸의 존재', '이성적 존재'는 오히려 어렵다. 한 가지를 궁금해하니 세 가지 궁금증을 만들어 주는 것이어서 히드라의 머리가 바로 이것이다.

소크라테스가 멤논에게 덕이란 무엇인가 하고 물었다. 멤논

307
암브로기오 칼레피노가 편찬한 유명한 사전. 16세기 내내 판을 거듭할수록 어휘가 추가되면서 원저자의 성인 '칼레피노'가 사전을 뜻하는 보통명사가 되었다고 한다.

이 답하기를, 덕에는 남자의 덕과 여자의 덕, 공인의 덕과 사인의 덕, 아이의 덕과 노인의 덕이 있다고 했다. 그러자 소크라테스는 소리쳤다. “출발부터 대단하구려. 덕이란 것이 무엇이냐고 하자, 덕들이 떼거리로 달려들다니!” 질문을 하나 하면 사람들은 질문들이 웅웅 대는 벌집을 내준다. 어떤 일, 어떤 형상도 다른 것과 완전히 같을 수는 없듯이 그 어떤 것도 다른 것과 완전히 다르지 않다. [C] 자연이 행하는 놀라운 배합이여. 우리 얼굴이 비슷하지 않다면 사람과 짐승을 구별할 수가 없을 것이다. 우리 얼굴이 서로 다르지 않다면 이 사람과 저 사람을 구별할 수 없을 것이다. [C] 모든 것이 어떤 유사성으로 연결돼 있지만, 어떤 표본이라도 절뚝거리는 법이다. 그래서 경험에서 끌어낸 관계는 늘 결함이 있고 불완전하다. 그럼에도 우리는 이것저것 비교한 뒤 어느 구석을 붙들어서 서로 연결시킨다. 법률들이 쓰이는 것도 그와 같아서 좀 어거지로 구부려 우회적으로 해석하고 나서야 우리 인간사 하나하나에 적용되는 것이다.

각 개인의 내면을 규율하는 개별적 의무로서의 도덕률도, 우리가 잘 알고 있듯이 그토록 확립하기 어려운데, 그 많은 사람들을 다스리는 법을 정초하기는 더욱 어렵다 해도 놀랄 일이 아니다. 우리 사회를 다스리는 재판의 모습이 어떤지를 보라. 그야말로 인간의 어리석음에 대한 진정한 증거가 거기 있다. 그만큼 모순과 오류로 그득하다. 재판에서 봐주기식 판결이나 지나치게 가혹한 판결로 생각되는 경우가 너무 많아서 둘 사이의 중도라고 할 만한 경우도 그쯤 되는지 알 수 없을 정도인데, 이것은 사법의 정신과 몸체에 자라고 있는 부패하고 병든 부분이다.

농부 몇이서 얼마 전 내게 다급히 와서 알리기를, 내 소유 숲에 심하게 얻어맞아 다 죽어 가는 사람이 있는데 아직 숨은 쉬는 지라 제발 물 한 모금만 달라며 자기를 부축해 일으켜 세워 달라고 했다는 것이다. 자기들은 감히 그 사람에게 다가갈 수가 없어 도망쳤는데, 사법 관리들이 거기서 자기들을 체포할지도 몰라 그랬다는 것이었다. 살해된 사람 곁에 있는 것이 눈에 띈 사람들은 으레 그렇게 되듯 자기네가 이 사건을 해명해야 하게 될 것이며, 자기들의 무고함을 밝힐 능력도 재산도 없는 처지에서 필경 신세를 망치고 말리라는 것이었다. 내가 그들에게 무슨 말을 할 수 있었겠는가? 그런 인정을 베풀었다면 그들이 큰 곤경에 빠졌을 것은 확실하다.

결백한 사람들이, 그것도 판관들의 잘못과 무관하게, 처벌당한 경우를 얼마나 많이 봐 왔는가? 그리고 우리가 알지 못한 새 그리된 경우는 또 얼마나 될 것인가? 내가 법조계에 몸담고 있을 때 실제 이런 일이 있었다. 몇 사람이 살인 사건에 연루되어 사형판결을 받았는데, 아직 선고가 되진 않았지만 결론이 내려지고 그것이 확정된 상태였다. 이 결정적인 상황에서 이웃 하급 법원의 관리들이 알려 오기를, 자기네가 잡아 둔 몇몇 죄수들이 이 살인 사건에 대해 확실한 자백을 했으며 사건의 자초지종이 명백하게 드러났다고 했다. 그러자 앞서의 피의자들을 상대로 한 재판을 중단하고 확정해 놓은 판결의 집행을 연기해야 할지를 두고 숙고하게 되었다. 판관들은 새로운 상황과 그것이 판결의 효력을 정지시킬 수 있는가의 문제, 그리고 유죄 판결이 법적으로 합당하게 이루어져서 자기들로서는 마음에 걸리는 것이 없다는 사실을 고찰해 봤다. 결론적으로 이 불쌍한 악당들은 재판의 형식을 위해 희생 제물이 되었다.

필리푸스인지 다른 인물인지는 확실치 않지만, 이 비슷한 문제에 부딪히자 나름의 해결책을 찾으려 한 적이 있었다. 그는 갑이라는 사람이 을에게 막대한 금액을 배상하도록 선고까지 마친 상태였는데, 얼마 뒤 밝혀진 진실에 의하면 결국 그가 잘못 판결한 셈이었다. 한편으로는 소송의 시비가 존중돼야 하고, 또 한편으로는 재판 형식의 정당성이 존중되어야 했다. 그는 판결 내용을 그대로 둔 채 자기 주머니를 털어 배상금 지불을 도와줌으로써 두 가지 요청 모두를 어느 정도 충족시킨 것이다. 하지만 그의 경우는 교정 가능한 사건과 관련된 것이다. 내가 이야기한 사람들의 경우, 그들은 회복 불가능하게 교수형에 처해졌다. [C] 범죄보다 훨씬 더 범죄적인 판결로 희생된 이들을 나는 얼마나 많이 봐 왔던가?

[B] 이 모든 것이 내게 고대인들의 견해를 생각나게 한다. 크게 보아 바르게 처신하고자 하는 사람들은 세부에서 잘못을 저지를 수밖에 없고, 큰일에서 정의를 실현하고자 하는 이들은 작은 일에서 불의를 행하는 수밖에 없다는 견해나, 인간의 정의란 의술을 모범으로 형성된 것인데, 의학에서는 유용한 것이 곧 올바르고 온당한 것이라는 견해, 또한 스토아 학파가 주장하던 바로서 자연이 하는 일 대부분은 정의와 반대된다는 견해도 있다. [C] 키레네 학파에서는 그 자체로서 올바른 것은 있을 수 없고 관습과 법이 정의를 만들어 낸다고 한다. 테오도리안들은 현자가 행하는 절도나 신성 모독, 기타 온갖 방탕한 행위는 그것이 자신에게 유익하다는 사실을 알고 있는 한 정의로운 것이라고 여겼다.

[B] 이 점은 해결할 방법이 없다. 나는 알키비아데스와 마찬가지로,[308] 할 수만 있다면 내 목숨을 좌지우지할 사람 앞에는, 내 명예와 생명이 나 자신의 무죄보다는 변호인의 노력과 정성에 달

려 있는 자리에는 결코 출두하지 않을 참이다. 나의 악행만큼이나 나의 선행도 알아주고, 내가 두려워할 이유만큼이나 희망을 가질 수도 있는 그런 재판정이라면 위험을 무릅쓰고 나갈 수도 있으리라. 과오를 범하지 않는 것 말고 그 이상으로 좋은 업적을 이룬 사람에게는 무고함을 인정받는다는 것만으로는 충분한 보상이 못 된다. 우리 나라의 법정은 두 손 중 하나만을 내밀 뿐인데, 그것도 고약한 왼손만 내미는 것이다. 그가 누구건 법정을 나설 때는 항상 손해를 보고 나온다.

C 중국은 그 왕국의 통치나 기술이 우리 것과 교류된 바도 없고, 그들이 우리 것을 알지도 못하지만 몇몇 뛰어난 분야에서는 우리를 능가한다. 또한 중국의 역사를 통해 나는 고대인이나 우리들이 생각하는 것보다 세계가 얼마나 더 광대하고 다양한지를 알게 되었다. 이 나라 군주가 각 지방의 상태를 점검하기 위해 파견하는 관리들은 독직을 저지른 자들을 처벌할 뿐 아니라 일반적 관례를 넘어 또한 자기들이 행해야 할 의무 이상으로 임무를 잘 수행한 자들에게는, 순전히 너그러운 마음에서 후하게 상을 주었다. 사람들은 보신(保身)만이 아니라 그 이상을 얻기 위해, 수당을 받기 위해서만이 아니라 포상을 받기 위해 중앙 관리들 앞에 나선다.

B 나와 관련해서건 제삼자와 관련해서건, 형사 건으로건 민사 건으로건, 그 이유가 무엇이건 하느님이 도우셔서 아직은 그 어떤 판관도 판관으로서 내게 말한 적은 없다. 어떤 감옥도 아직

308
플루타르코스의 『알키비아데스의 생애』에 따르면 시칠리아로 망명한 알키비아데스는 자기 재판을 받기 위해 아테네로 되돌아가는 것을 거부했다. 그는 "내 목숨이 걸린 문제인 이상 내 어머니라도 나는 믿지 않겠다."라고 했다.

나를 맞이한 적이 없으니, 그저 산보 삼아 가 본 적도 아직 없다. 상상하는 것만으로도 그곳을 바라보기가, 밖에서일망정 역겹다. 나는 자유를 너무나 갈구하기 때문에 누군가 저 신대륙의 어떤 구석에 접근하는 것을 금지한다면 그 때문에 내 삶이 왠지 더 불편해질 것이다. 그리고 땅과 하늘이 활짝 열린 곳이 어딘가 다른 곳에 있다면 나는 내 몸을 숨기고 있어야 할 곳에 웅크리고 있지는 않겠다. 맙소사! 이 나라의 그 많은 사람이 법과 다퉜다는 이유로 왕국의 한 지역에 꼼짝 못하고 붙들린 채, 주요한 도시와 궁에 들어갈 수도 없고 공공의 도로도 사용할 수 없는데, 나라면 그 처지를 얼마나 견디기 어려워할 것인가! 내가 섬기는 법이 만일 내 손끝 하나라도 위협한다면 나는 그곳이 어디든 즉시 다른 법을 찾아 나서겠다. 이 나라가 빠진 내전 속에서 내가 신중을 기하며 하는 일이란 마음대로 오고 가는 나의 자유를 행여 법이 건드리지 않도록 하는 것이다.

그런데 법이 신용을 유지하는 것은 정의로워서가 아니라 그저 법이기 때문이다. 그것이 바로 법이 지닌 권위의 숨겨진 기초인 것이다. 다른 근거는 아무것도 없다. [C] 법에게는 참으로 유리한 셈이다. 법은 흔히 바보들이 만들며, 그보다 더 흔히는 평등을 증오하는 나머지 공정성을 잃은 자들이 만들지만, 그러나 변함없이 언제나, 공허하고 불안정한 저자인 인간들에 의해 만들어진다.

그렇게 심각하고 광범위하게, 또한 그렇게 일상적으로 과오를 저지르는 것은 법 말고는 달리 없다. [B] 법이 옳기 때문에 복종하는 사람들이라면 누구도, 마땅히 따라야 할 바로 그 지점에서 복종하고 있는 것이 아니다. 우리 프랑스의 법은 비일관성과 불완전함을 통해 법 적용이나 법 집행에서 보이는 무질서와 타락을 얼마간 거들고 있는 셈이다. 법의 명령은 너무 모호하고 너무 변덕스러워, 법을 거역하거나 못된 방식으로 해석하고 적용, 집행하는 것을 얼마간 정당화한다. 그러므로 우리가 경험에서 수확할 수 있는 열매가 무엇이든, 우리에게 보다 익숙하고 우리가 필요한 것을 우리에게 가르쳐 주기에 부족함이 없는 우리 자신의 경험을 유익하게 활용하지 못하는 한, 외국의 사례들에서 우리가 배우는 경험이란 우리에게 그다지 가르쳐 줄 것이 없을 것이다.

> 신은 어떤 기술로 우리의 거처인 이 세계를 다스리는 걸까
> 달은 어디서 떠오르며 어디로 지는 걸까
> 어떻게 초승달의 양끝은 서로 만나 매달 보름달을 만드는 걸까
> 바다를 호령하는 바람은 어디로부터 오며 남풍의 영향은 어떤 것일까
> 끊임없이 구름을 만드는 저 물은 어디서 오는 것이며
> C 어느 날인가 세상이 파괴되는 때는 오는 것일까
> 프로페르시우스

> B 이 세상을 알고자 노심초사하는 그대여, 찾아볼지어다.
> 루키아누스

C 이 우주 안에서 나는 아는 것 없이 무심하게 세상의 보편 법칙에 나를 내맡긴다. 그 법칙을 느끼는 것만으로도 나는 그것이 무엇인지 충분히 알게 되리라. 나의 지식이 그 법칙의 행로를 바꿀 수는 없으리라. 그 법칙이 나를 위해 자신을 바꿀 리도 없으리

라. 그러기를 바라는 것은 어리석은 짓이며, 그 사실로 괴로워하는 것은 더 어리석은 짓이다. 그것은 필연적으로 늘 한결같으며 일반적이고 〔만인에게〕 공통되는 것이기 때문이다.

만물을 다스리는 이의 선함과 역량을 믿고 우리는 마땅히 그의 통치에 대해 염려할 생각 말고, 온전히 마음 놓고 있으면 될 일이다.

철학적 탐색과 사색이란 우리의 호기심을 키우기만 할 뿐이다. 철학자들이 우리에게 대자연의 법칙으로 돌아가라고 하는 것은 아주 온당하다. 그러나 그 법칙들은 그토록 숭고한 지식과는 무관하다. 철학자들은 이 법칙을 변조해 지나치게 화려하고 너무나 현란한 얼굴로 우리에게 보여 주는데, 그 때문에 그토록 한결같은 주제에 대해 그 많은 갖가지 초상화가 탄생하는 것이다. 자연은 우리에게 두 발을 줘 걸을 수 있게 했듯 이 삶을 헤쳐 갈 지혜도 마련해 주었다. 철학자들이 생각해 낸 지혜처럼 그렇게 기발하고 강고하며 거만스러운 지혜가 아니라 적당히 손쉽고 건강한 지혜, 순박하고 차분하게, 다시 말해 자연스럽게 자기를 사용할 줄 아는 사람이 철학자가 말로 한 것을 너무나 잘 행하는 지혜 말이다. 자신을 가장 단순하게 자연에 내맡기는 것이야말로 가장 지혜롭게 처신하는 것이다. 오, 호기심 없음과 무지함이여! 그것은 〔판단력이 깃든〕 잘 다듬어진 머리를 뉘이기에 얼마나 아늑하고 건강한 베개인가!

B 나는 C 키케로를 이해하기보다 B 나 자신을 더 잘 이해하고 싶다. 내가 좋은 학생이라면 나 자신의 체험만 가지고도 나를 지혜롭게 만들기에 충분한 재료를 이미 가진 셈이다. 자기가 지나치게 화를 낸 것을 기억하고 그 열기가 어디까지 자기를 끌고 갈 수

있었는지를 생각하는 사람이라면, 아리스토텔레스의 글에서 보다 더 분명하게 이 같은 정념이 얼마나 추한 것인지를 깨닫고 그것을 당연히 혐오할 것이다. 자기가 겪은 불행을 기억하고 자기가 겪을 뻔한 불행이나 자기 처지를 이리저리 바꾸어 놓은 사소한 기회들을 기억하는 사람은 그것을 통해 미래에 다가올 변화를 대비하고 자기 처지가 어떤지를 깨닫게 된다. 우리 자신의 삶보다 카이사르의 생애가 우리에게 더 본보기가 되는 것은 아니다. 황제의 삶이든 평민의 삶이든 그것은 늘 같은 삶으로서 인간사의 온갖 요소가 관여한다. 그저 거기 귀를 기울이기만 해 보라. 우리가 기본적으로 필요로 하는 모든 것을 우리가 우리 자신에게 이야기해 주고 있으니 말이다.

자신의 판단력에 대해 여러 차례 불만족스러웠던 기억을 가진 사람이 다시는 자신을 신뢰하지 말아야겠다 마음먹지 않는다면, 그런 사람은 바보 아니겠는가? 다른 사람의 말을 듣고서야 내 생각이 틀렸음을 알 경우 그 사람이 말해 준 새로운 내용이나 나 자신이 모르고 있었던 점이 무엇인지를 배우는 것보다 (그 정도 소득은 별 것 아니다.), 일반적으로 나 자신이 아둔하며 내 이해력이 나를 오도할 수 있다는 것을 깨닫게 된다. 그래서 결국 생각 전체를 바로잡게 되는 것이다. 다른 오류를 저질렀을 때도 마찬가지로 하는데, 나는 이 규칙이 내 삶에 대단히 유익하다는 것을 느끼고 있다.

일련의 실수이건 개별적 실수이건 나는 그것이 어쩌다 걸려 넘어지게 된 돌부리라고는 생각하지 않는다. 언제나 내 걸음걸이가 문제라고 여겨 그것을 고치려고 노력한다. [C] 자기가 어리석은 말이나 행동을 했다고 깨닫는 것만으로는 충분하지 않다. 그보다는 자신이 바보에 지나지 않는다는 사실을 깨달아야 하며, 그것이 훨씬 풍요롭고 중요한 가르침이다. [B] 내 기억력은 아무리 틀림없다 생각되는 경우에도 너무 자주 나를 헛발 딛게 했지만 그 덕에 내가 얻은 것이 있다. 이제는 아무리 기억력이 내게 분명하다고 맹세하고 나를 설득해도 나는 한사코 고개를 젓는다. 내 기억의 증언에 대해 누군가 한 번만 이의를 달아도 즉시 판단을 보류하게 되니, 중요한 일에서 내 기억에 의존하거나, 타인의 일에 대해 내 기억을 장담하고 나서지는 않을 것이다.

내가 기억력이 흐려서 하게 되는 일을 다른 사람들은 진실하지 않아서 더 빈번하게 저지른다 하더라도, 나는 언제나 사실 여부에 대해서는 내 입이 아니라 다른 이들의 입에서 나오는 진실을 기꺼이 신뢰할 것이다. 나 자신이 어떤 정념의 먹이가 되고 나서 스스로를 살펴본 것처럼, 누구든 자기를 지배하는 정념들이 어떤 결과와 어떤 상황을 낳는지를 가까이서 살펴본다면, 정념이 다가오는 것을 알아차리게 되어 그것이 가진 격렬성과 조급성을 얼마간 누그러뜨릴 수 있을 것이다. 정념이 단숨에 우리 목을 부여잡기만 하는 것은 아니다. 거기에는 위협이 있고 그리고 단계가 있다.

> 마찬가지로 처음 바람이 불면 바다는 하얗게 변하며
> 점차 부풀어 올라 출렁거리다가 이내 저 심연의
> 바닥에서부터
> 하늘 끝까지 곧추 몸을 세운다.
> 베르길리우스

판단력은 내 안에서 당당한 자리를 차지하고 있다. 적어도 그러려고 애써 노력한다. 판단력은 증오며 사랑, 나아가 나 자신에 대한 사랑까지 나의 감정들이 제 길을 가도록 내버려 두지만, 그것들로 인해 자신이 변질되거나 부패하지는 않는다. 다른 요소들을 자신과 어울리게 개선하지는 못하지만 적어도 그 다른 부분들이 자신을 손상하게 두지는 않는다. 판단력은 저 혼자 따로 제 할 일을 한다.

우리 각자를 향해 '너 자신을 알라.'라고 했던, 저 모든 지식과 광명의 신[309]이 던진 충고야말로 중대한 의미를 갖는 것임이 분명하다. 자신이 우리에게 해 줄 모든 충고가 여기 들었다고 여긴 신은 〔델포이의〕 자기 신전 건물 정면 상단에 그 말을 새겨 두게 한 것이다. C 플라톤 역시 지혜란 바로 이 가르침을 실천하는 것일 뿐이라고 말했으며, 소크라테스는 크세노폰이 쓴 책 안에서 이 점을 상세히 보여 주고 있다. B 어떤 학문이건 간에 그 안으로 들어가 본 적이 있는 사람들만이 그 어려움과 모호함을 깨달을 수 있다. 자신이 모른다는 것을 알 수 있으려면 일정 수준의 지력이 필요하며, 문을 밀어 봐야 비로소 그 문이 닫혀 있다는 것을 알 수 있기 때문이다.

C 알고 있는 자는 이미 알기 때문에 물을 필요가 없고, 모르는 자 역시 물을 필요가 없으니, 묻기 위해서는 자기가 무엇에 대해 물어야 하는지를 이미 알고 있어야 하기 때문이라는 플라톤의 저 미묘한 지적이 여기서 등장한다. B 자기를 아는 문제 역시 마찬가지이다. 사람들이 자기를 아주 확실하고 만족스런 존재로 여기는 것이나, 너나없이 자신을 충분히 이해하고 있다고 여기는 것은 그

309
태양신 아폴론을 말한다. '너 자신을 알라.'는 그를 모시는 델포이 신전에 새겨진 경구이다.

들이 자기를 전혀 이해하지 못하고 있음을 의미한다. C 크세노폰의 저작 안에서 소크라테스가 에우티데모스에게 가르치고 있는 것이 그것이다. B 나 자신을 탐구하는 것 말고 다른 직업이 없는 나는 내 안에서 한없는 심연과 무한한 다양성을 보고 있으며, 내가 배움을 통해 얻은 결실이 있다면 아직 배워야 할 것이 얼마나 많은지를 몸소 체득하게 되었다는 사실이다. 내가 덜 떨어진 사람인 것을 여러 차례 인정했던 덕분에 나는 절제된 태도를 가질 수 있었고, 내가 따르게 되어 있는 〔종교적〕 믿음 앞에서 순종적일 수 있었으며, 내가 가진 견해를 항상 담담하고 신중하게 표현하게 되었다. 또 자기 자신만을 과신해 거북하리만큼 오만하고 늘 싸우려 드는 태도를 혐오하게 되었는데, 이런 태도야말로 절도와 진리의 주요한 적인 것이다. 이런 자들이 얼마나 교만하게 자기 견해를 가르치려 드는지를 한번 보라. 입을 열며 내놓는 최초의 어리석은 말들부터, 이것은 아예 종교 교리나 법원의 법률과 동일한 어조이다. C "찾아보고 따져 보기도 전에 주장하고 동의하는 것만큼 부끄러운 일은 없다."(키케로) B 아리스타르쿠스가 말하기를, 옛날에는 세상에서 단 일곱 사람의 현자를 구하기도 어려웠는데 자기 시대에는 단 일곱 사람의 무식꾼을 찾기도 힘들다고 했다. 우리도 지금 우리 시대가 바로 그렇다고 말해야 더 맞는 이야기가 아닐까? 단언하기와 고집불통은 어리석음의 명백한 표시이다. 이런 자는 하루에도 수십 번 코를 박고 엎어지고도 여전히 우쭐대는 단호한 모습으로 자기 주장을 펼 것이다. 어떤 새로운 영혼, 새로운 정신적 활력이 그에게 주입된 것이 아닌가 싶기도 하며, 마치 신화 속 대지의 신의 아들처럼 넘어질 때마다 새로이 굳세어지고 더 강해지니,

그가 어머니 대지에 닿을 때마다
지친 팔다리는 새 힘과 활력을 얻었다네.
루카누스

이 대책 없는 고집쟁이는 자기가 새 논쟁에 뛰어들 때마다 새로운 정신을 갖게 된다고 생각하는 것은 아닐까? 나는 내 경험을 통해 인간의 무지를 비판하게 된 것인데, 내 생각에 이 무지야말로 세상에 있는 학교에서 가장 확신에 찬 분파로 보인다. 내 경우나 혹은 자기들 경우처럼 그렇게 시시한 예를 통해 자신들의 무지를 인정하고 싶지는 않다면 [C] 스승들의 스승인 [B] 소크라테스를 통해 그것을 수긍하도록 할 일이다. 철학자 안티스테네스는 자기 제자들에게 이렇게 말했던 것이다. "여러분도 나와 함께 가서 소크라테스의 이야기를 들어 보자. 그 앞에서는 나도 여러분과 함께 그의 제자인 셈이다." 삶을 온전히 행복하게 만들기 위해서는 덕 한 가지로 충분하며 그 밖의 어떤 것도 필요하지 않다는 자기네 스토아 학파의 가르침을 옹호하면서도 그는 "소크라테스의 힘은 예외적으로 필요하지만." 하고 덧붙였다.

[B] 나는 자신을 오랫동안 주의 깊게 관찰해 온 까닭에 다른 사람들에 대해서도 웬만큼 판단할 힘을 갖추게 되었으며, 이것만큼 내가 적절하고 어지간하게 이야기할 수 있는 주제도 드물다. 친구들이 스스로 생각하고 있는 것보다 내가 더 정확하게 그들의 처지를 파악하고 판별하게 되는 경우가 적잖이 있다. 어떤 친구는 내가 정확하게 그 처지를 묘사하는 바람에 깜짝 놀라기도 했는데, 내 덕에 그는 스스로를 경계할 수 있었다. 어린 시절부터 내 삶을 다른 이의 삶에 비춰 보는 훈련을 한 덕에 나는 이 방면에서는 열

심히 탐구하는 성향을 갖게 되었다. 그래서 생각이 그리 가면 태도며 기질, 하는 말 등, 도움이 될 만한 것은 하나도 놓치는 법 없이 눈여겨 보게 된다. 내가 피해야 할 것과 내가 따라야 할 것이 무엇인지 〔배우기 위해〕, 모든 것을 관찰하는 것이다. 그래서 겉으로 드러난 태도를 보고서 그들의 내적 경향들을 찾아낸다. 하지만 너무나 제각각이며 연관성 없이 무한히 다양한 그 행동들을 어떤 범주와 항목으로 정리하고, 이렇게 구분한 것을 기존의 유(類)나 종(種)에 귀속시키려는 것은 아니다.

> 모든 종류를 빠짐없이 열거하고
> 그 이름을 모두 대기란 불가능할 것이다.
> 베르길리우스

[C] 학자들은 자기들이 생각해 낸 것을 이런저런 부류로 나누고 아주 작은 부분까지 특정한 개념으로 범위를 제한한다. 그러나 일상의 경험이 내 앞에 불규칙하게 펼쳐 놓는 것만을 볼 뿐인 나는 그저 내 생각을 대강 어림잡아서만 이야기한다. 여기서도 그런 식이다. [B] 나는 내 소견을 동시에 한꺼번에 말해질 수 없는 것인 양 이음새 없는 항목들로 내놓는다. 긴밀함과 일관성이란 우리처럼 비속하고 평범한 영혼에서는 전혀 찾을 수 없다. 지혜란 견고하고 하나로 된 건물로서 모든 부분이 제자리를 지키며 자신의 특징을 간직하고 있는 법이다. [C] "오직 지혜만이 자기 안에 자기를 온전히 보전한다."(키케로)

[B] 이 세상의 무한히 다양한 모습들을 종류별로 묶어 나누고 우리의 불안정성을 고정하며 거기에 어떤 질서를 부여하는 일은

달인들에게 맡겨 놓기로 하지만, 과연 그들이 이렇게 뒤죽박죽이고 자질구레하며 우연으로 점철된 사안을 마무리할 수 있을지는 알 수 없다. 사람들의 이런저런 행위를 서로 연결시키는 일도 어렵게 보이지만, 행동 하나하나를 어떤 주요한 특질로써 규정하려는 것도 어려운 일로 보인다. 그만큼 인간의 행위는 보는 각도에 따라 여러 빛깔이고 이중적이다.

C 마케도니아의 왕 페르세우스를 보고 사람들이 희한한 일이라고 여겼던 점은, 그의 마음이 어떤 특별한 조건에도 매이지 않은 채 온갖 종류의 존재 방식을 다 드러내면서 제멋대로 이렇게도 저렇게도 하는 행태를 보이는 까닭에, 그 자신도 다른 사람들도 과연 그가 어떤 사람인지를 알 수 없었다는 것인데, 나는 이것이 거의 누구에게나 해당되는 일로 여겨진다. 그중에서도 내가 만나 본 어떤 이는 페르세우스와 지위가 같았던 사람으로서 이 같은 결론이 더 적절하게 들어맞는 경우라고 보인다. 어떤 경우에도 중간에 머무는 법이 없이, 짐작할 수 없는 이유로 이 극단에서 저 극단으로 옮겨 가는 것, 어떤 식으로 나아가든 갑자기 옆으로 혹은 뒤로 방향을 트는 것, 그가 가진 어떤 능력도 결코 단순하지 않다는 것, 그래서 언젠가 그에 관한 가장 그럼직한 묘사를 하게 될 경우, 사람들은 그가 평생 자신이 알 수 없는 존재라고 알려지기 위해 애를 쓰고 노력했다고 생각하리라는 것이다.[310]

B 자신에 대해 꾸밈없이 판단하는 소리를 들으려면 어지간히 튼튼한 귀를 가져야 할 것이다. 그런 이야기를 들으면서 기분이 상하지 않을 사람은 거의 없기 때문에, 우리에게 감히 정직한 충

310
앙리 4세를 가리키는 것으로 추정된다.

고를 해 주는 이들은 특별한 우정의 표현을 하는 셈이다. 도움이 되기 위해 기분을 상하게 하고 상처를 주려 하는 것은 건강하게 사랑하기 때문이다. 좋은 자질보다는 나쁜 자질이 더 많은 사람을 〔앞에 두고 정면으로〕 평가하기란 힘든 일이다. C 플라톤은 누구든지 다른 사람의 영혼을 검토해 보려는 이에게는 세 가지 자질을 요구했는데, 학덕과 선의, 그리고 〔솔직함으로서의〕 대담함이 그것이었다.

B 언젠가 누가 물었다. 누군가가 적당한 나이 때 당신을 데려다 쓸 생각을 한다면 당신 자신은 어떤 일에 적합하다 생각하느냐고.

> 내가 아직 일할 만한 나이일 때,
> 더 좋은 피에서 내 힘이 솟고,
> 아직 노년이 내 관자놀이에 흰서리를 내리지 않았을 때.
> 베르길리우스

그러면 나는 '어떤 일에도' 쓸모가 없다고 답하곤 했다. 나를 다른 사람에게 예속시켜야 하는 일이라면 그 무엇도 할 줄 모른다는 사실에 대해 나는 기꺼이 용서를 구하고 싶다. 그러나 나를 고용한 사람이 원했다면, 나는 그 사람에 관한 진실을 이야기해 주고, 그가 살아가는 방식을 가다듬게 해 주었을 것이다. 내가 알지 못하는 도덕 군자들의 말씀으로 두루뭉술하게가 아니라 (또 그런 말씀을 알고 있는 사람들에게서 그 어떤 진정한 개선의 조짐도 본 바가 없다.) 모든 경우에 그의 행실을 하나하나 관찰하면서, 또한 직접 내 눈으로 일일이, 단순하고 자연스럽게 판단하면서 그로 하여금 여론이 그를 어떻게 생각하는지 알게 하고, 아첨꾼들을 물리치게 함으로써 그를 도울 수 있었으리라. 왕들이 저 저열한 자들 수중에서 망가지듯 우리도 아첨하는 자 곁에서 타락하다 보면 우리 중 누구라도 왕만 못하게 되지 않을 사람이 하나도 없다. 왕이고 철학자였던 저 위대한 알렉산드로스마저 그런 자들 손에서 자신을 지켜내지 못했으니, 어찌 그렇지 않겠는가!

나는 충고하는 일이라면 어지간히 충실하고 또 자유롭게, 그리고 충분한 판단력을 가지고 임했으리라. 그것은 이름 없는 직책일 것이다. 그렇지 않다면 실제 효과도 매력도 찾기 어려울 수 있다. 그것은 또 아무나 할 수 있는 역할이 아니다. 왜냐하면 진실 그 자체는 때를 가리지 않고 어떤 상황에서나 사용될 수 있는 특권이 없기 때문이다. 그것을 사용하는 것은 비록 고상한 일이지만 거기에는 제약과 한계가 있는 법이다. 세상이 그러하기 때문에, 흔히 군주의 귀에 진실을 흘려 줘도 별 소득이 없을 뿐 아니라 해롭게 되거나 심지어 부당하게 돌아갈 수조차 있다. 올바른 지적이 잘못 받아들여질 리 없다거나 내용의 중요성이 때로는 형식의 중요성에 밀려서는 안 된다는 말로 나를 설득할 수는 없을 것이다. 이런 자리에 적절한 사람으로는 자기 신수에 만족하는 사람,

> 있는 그대로의 자기이기를 바라며, 더 이상을 원치 않는 자.
> 마르시알리스

중간층쯤의 태생이었으면 싶다. 왜냐하면 그런 사람은 한편으로 행여 〔그렇게 안 할 경우〕 자기 출세에 지장이 있을까 싶어 주인의 심기를 강렬하고 깊숙하게 흔들어 놓기를 조금도 주저하

지 않을 것이며, 또 한편 중간 정도의 신분인 까닭에 모든 종류의 사람들과 보다 쉽게 의사소통을 할 것이기 때문이다. [C] 이 역할은 단 한 사람에게만 주어야 할 것이다. 이 같은 자유로움과 친밀함이라는 특권을 여러 사람에게 허락하면 불손한 분위기가 퍼지는 해악을 우려해야 되겠으니 말이다. 당연한 일이지만, 그 한 사람에게 나는 무엇보다 침묵을 굳게 지킬 것을 요구할 것이다.

[B] 어떤 왕이 자기는 자신의 영광을 위해 적과의 교전을 의연히 기다린다고 큰소리를 쳐도, 친구의 스스럼없는 말, 그저 귀에 거슬린다는 것뿐 그다음 효과는 자기에게 달린 말을 제 이익과 개선을 위해 참아내지 못한다면 믿을 바가 못 된다. 그런데 이 세상 어떤 지위의 사람보다 왕들이야말로 진실하고 자유로운 충고를 절실히 필요로 한다. 그들이 영위하는 삶은 공적인 것으로서 너무나 많은 관객들의 의견에 자신을 맞춰 가지 않으면 안 되는 터에, 그렇게 하시면 안 된다는 말을 하는 이는 없게 마련이다 보니 자신도 모르는 사이에 자기 백성의 증오와 미움을 받는 처지에 빠지곤 한다. 그런데 그 이유라는 것이 제때 충고를 받고 고치기만 했으면 자기들의 기쁨을 조금도 손상시키지 않고 얼마든지 피할 수 있었을 일들이다. 대체로 왕의 총신들은 자기네 주인보다는 자기들 자신을 더 염려한다. 그들로서는 당연한 일이다. 왜냐하면 진실한 우정이 감당해야 할 의무란 대부분 왕에게 거칠고 험난한 시련을 안기는 것이기 때문이다. 그러니 그 일에는 대단한 애정과 솔직함뿐 아니라 용기까지 필요하다.

내가 여기 끄적거리고 있는 잡동사니 글들은 간단히 말해 내가 살아온 경험을 기록한 것일 뿐이요, 내면의 건강을 위해서라면 반면교사로나 삼을 만한 것들이다. 그러나 육체의 건강으로 말하자면 나보다 더 유용한 경험을 이야기해 줄 사람도 없다. 나는 궁리해 본 내용이나 속설이 아닌, 그로 인해 조금도 부패되거나 변질되지 않은 순수한 경험을 제시할 것이다. 의학의 문제라면 바로 경험이 관할하는 영역이라 할 것인데 이 분야에서는 이성이 경험에 머리를 조아리게 되어 있다. 티베리우스는 누구든 이십 년을 산 사람은 자기에게 이로운 것과 해로운 것이 무엇인지를 알아야 하고 의술 없이 살아가는 법을 알아야 한다고 말했다. [C] 아마도 그것을 소크라테스에게 배웠을 것이다. 소크라테스는 제자들에게 건강에 관한 공부법을 가장 중요한 공부인 듯 정성스럽게 조언해 주면서, 이해력을 가진 사람이라면 운동과 음료, 음식에 대해 주의를 기울임으로써 자기에게 좋고 나쁜 것이 무엇인지를 어느 의사보다도 더 잘 알 수밖에 없다고 했다. [B] 사실 의학은 경험을 항상 실천의 시금석으로 삼는다고 공언한다. 그러니 진짜 의사가 되려면 자기가 치료하고자 하는 온갖 병에서 다 회복된 경험이 있어야 하며, 진단하려고 하는 병에 대해 모든 증상과 상태를 겪어 봤어야 한다고 한 플라톤의 말은 틀리지 않다. 매독 치료법을 알려고 하는 의사들은 자기들이 먼저 그 병에 걸려 봐야 하는 것이다. 그렇게 하는 의사가 있다면 나는 진실로 그를 믿어 보겠다. 다른 의사들은 마치 자기 탁자 앞에 앉아 바다와 암초, 항구를 그려 놓고 전적으로 안전한 상태에서 모형 배를 이리저리 움직이는 자처럼 우리를 끌고 다니기 때문이다. 그를 실제의 세계에 내던져 보라. 그는 어디서부터 시작해야 할지도 모른다. 마을에 말이나 개를 잃어버렸다고 나팔을 부는 식으로 그들도 우리 병에 대해 이러쿵저러쿵 묘사한다. 털이 어떻고 키가 어떻고 귀가 어떻다고 말이다. 하지만 그 병이란 놈을 눈앞에 데려다 놓아도 그는 알아보지 못한다.

제발 말이지만, 의술이라는 것이 한 번만이라도 내게 정말로 유익하고 분명한 도움을 좀 주었으면 좋겠다. 그러면 나는 진심으로 이렇게 소리치련만.

> 내 고통을 씻어 준 저토록 힘센 학문이라니,
> 나는 두 팔 번쩍 들고 그 앞에 항복하노라!
> 호라티우스

우리 몸과 우리 마음을 건강한 상태로 유지해 주겠다고 약속하는 기술은 우리에게 많은 것을 약속하는 셈이다. 그러나 그런 것들만큼 약속한 것을 제대로 지키지 못하는 것도 없다. 요즈음 우리 사이에서 이런 기술들을 업으로 삼는 사람들을 보면 다른 누구보다도 결실이 변변치 못하다. 그들을 두고 기껏 할 수 있는 말은 그들이 약제(藥劑)를 파는 사람들이라는 정도이지, 그들을 가리켜 의사라고 부를 수는 없는 노릇이다.

지금껏 이렇게 멀리 나를 이끌어 온 나 나름의 생활 습관을 되돌아봐도 될 만큼 나는 오래 살았다. 누군가 이 방식을 맛보고 싶은 사람에게는, 내가 그것을 먼저 맛본 사람, 그의 술 시음 시중꾼이다. 여기 기억나는 대로 몇 가지를 적는다. C 그때그때 사정에 따라 바꾸는 것이 아니라 그저 고수하는 방식 같은 것은 없지만, 내 몸에 배어 있는 것이 제일 많이 보이고 지금껏 내 안에 가장 깊이 뿌리 내린 것들을 적어 보는 것이다.

B 나는 건강할 때나 아플 때나 똑같은 방식으로 지낸다. 같은 침대, 같은 시간, 같은 음식을 먹으며, 같은 음료를 마신다. 내 기

력이나 입맛이 어느 정도냐에 따라 다소 더하고 덜하기는 하지만 그 무엇도 새로 추가하지는 않는다. 내게 건강이란 아무런 문제없이 평소 상태를 유지하는 것이다. 병이 나를 이 상태에서 벗어나게 해 어느 한쪽으로 몰아가는 것이 보이는 경우가 있다. 만약 내가 의사들에게 몸을 의탁하면 그들은 다른 한쪽으로 또 나를 몰아갈 것이다. 그래서 운수 소관으로건 의술이라는 인위로건 나는 내 평소 가던 길에서 벗어나 있게 되는 것이다. 내가 그 무엇보다 확실하게 믿는 것이 있다면 그렇게 오랫동안 내게 익숙해진 것들을 계속하더라도 내 몸에 해로울 일은 없으리라는 사실이다.

자기 뜻대로 우리 삶에 형태를 부여하는 것은 습관이다. 습관은 이 점에서 못하는 일이 없다. 그것은 제 마음대로 우리 천성을 바꾸는 마녀 키르케의 음료이다.[311] 우리 나라에서 세 걸음도 떨어지지 않은 나라들 가운데 우리가 차가운 밤공기를 꺼리는 것을 우습게 여기는 곳이 얼마나 많은가. 우리 보기에는 의심의 여지없이 밤공기가 몸에 해로운데 말이다. 우리 나라 선원들이나 농부들도 그런 염려를 우습게 여긴다. 독일인을 〔볏짚이 채워진〕 매트리스 위에 재우거나 이탈리아인을 깃털 넣은 매트리스 위에 재우면 병이 들고, 프랑스인은 〔침대 옆에〕 커튼이 없거나 벽난로가 없으면 몸이 아프다. 스페인 사람의 위는 우리식 식사법을 견디지 못하며 우리의 위도 스위스식으로 술 마시는 것을 견디지 못한다.[312]

311
호메로스의 『오디세이아』에서 오디세우스의 동료들에게 음료를 마시게 해 돼지로 변하게 만든 마녀이다.

312
아마도 당시 프랑스 왕실에 고용되었던 스위스 용병들의 폭음하는 문화를 가리키는 것으로 보인다.

아우크스부르크에서 만난 어떤 독일인은 우리가 보통 독일식 난로가 불편하다고 할 때의 논법으로 프랑스식 벽난로가 틀렸다는 이야기를 해서 나를 즐겁게 만들었다. 사실 늘 고여 있는 열기와 벽난로 자재가 덥혀질 때 나는 냄새는 익숙하지 않은 사람들 대다수에게 두통을 느끼게 하기 때문이다. 나는 그렇지 않다. 따지고 보면 난방 열기가 고르고 지속되며 두루 미치고, 불꽃도 연기도 없는 데다 우리식 벽난로를 열 때 부는 바람도 없어서 독일식 난로는 여러모로 우리 것과 비교가 된다. 우리는 왜 로마식 건축을 배우지 않는 것일까? 옛날 로마에서는 불을 집 바깥, 밑바닥에서만 때고, 난방이 필요한 장소를 두루 감싸는 관들을 두꺼운 벽 안에 설치해 그 관을 통해 집 안에 열을 공급했다. 지금 기억은 안 나지만 세네카의 책 어딘가에 이 점이 분명히 언급되어 있다.

그 독일인은 당신네 도시가 안락하고 아름답다고 하자 — 사실 그런 칭찬을 받을 만했지만 — 자기네 도시를 떠나야 하는 내 처지를 안타까워하는 것이었다. 몇 가지 중에서도 이제 돌아가면 벽난로 때문에 머리가 아플 것이 우선 걱정스러운 모양이었다. 누군가 이런 종류의 탄식을 하는 소리를 들은 적이 있는 터라 필경 우리도 그러리라고 생각한 것이다. 자기 자신은 자기 집에서 습관이 된 탓에 그것을 못 느낄 뿐인데도 말이다. 불을 때서 나오는 열기는 어느 종류건 기운이 빠지게 하고 내 몸을 처지게 만든다. 그러나 에베누스는 생명력을 고양시키는 최선의 것이 불이라고 했다. 나는 추위를 피하기 위해 불이 아니라면 무엇이건 다른 방법을 택하는 편이다.

우리는 술통 밑바닥에 있는 포도주를 꺼린다. 포르투갈에서는 이 부분의 술 향기를 높게 치며 왕족들이 즐겨 마신다. 결국 나라마다 다른 나라에서 보기에는 낯설 뿐만 아니라 야만스럽고 기이한 풍속과 관습이 몇 가지씩은 있는 법이다.

인쇄된 증언만을 받아들이는 사람들을 어찌할 것이며, 책에 등장하지 않는 사람의 말은 받아들이지 않거나 일정한 시간이 경과되지 않은 것은 진실이라고 인정하지 않는 사람들은 또 어쩔 것인가? [C] 우리 자신의 어리석은 생각마저도 활자로 찍어 내고 나면 권위가 있다고 여긴다. [B] 이런 사람들은 “내가 책에서 보니……” 하고 말을 하는 것이, “내가 들은 바로는……” 하고 당신이 말하는 것보다 훨씬 더 무게가 있다고 여긴다. 하지만 나는 어떤 사람의 입을 그의 손에 쥐여진 펜보다 덜 믿지는 않으며, 사람들이란 말하는 것만큼이나 글로 쓰는 것도 제 마음대로 한다는 것을 알고 있다. 그리고 나는 지금 우리 세기도 지나간 다른 옛날과 마찬가지로 평가하고, 내 친구 중 한 사람을 아울루스겔리우스나 마크로비우스[313]만큼 기꺼이 인용하며, 그들이 쓴 것만큼이나 내가 본 것도 마찬가지로 인용한다. [C] 그리고 더 오래된 미덕이라고 해서 더 위대한 것은 아니라고 그들이 말했듯이, 나 역시 진리란 더 오래되었다고 해서 더 지혜로운 것은 아니라고 생각한다. [B] 우리가 외국의 경우나 책에 나오는 예만 쫓아다니는 것은 바보짓이라는 이야기를 나는 자주 한다. 호메로스와 플라톤의 시절이나 지금이나, 세상은 마찬가지로 갖가지 예들로 꽉 차 있다. 우리는 주장의 진실됨보다 인용한다는 자랑거리를 더 추구하는 것이 아닐까? 마치 우리 마을에서 일어나는 일보다는 바스코나 플랑탱의 가게[314]

313

2세기와 4세기경 로마 시대 산문 작가들이다.

314

에서 증거를 빌려 오는 것이 더 낫다는 듯이 말이다. 또 혹은 눈앞에서 일어나고 있는 일을 검토하고 그 가치를 평가해 거기서 본보기를 끌어낼 만큼 깊이 있게 판단할 정신적 역량이 우리에게는 정녕코 없는 것인가? 만약 우리가 우리 자신의 증언을 신뢰하기엔 우리에게 권위가 부족하다고 한다면 그것은 당치 않은 소리이다. 내가 보기에는 세상에서 가장 흔하고 보편적이며 잘 알려진 일들일지라도 우리가 그것을 적절한 빛에 비춰 볼 줄만 안다면, 가장 위대한 자연의 기적들과 가장 경이로운 본보기들이 될 수 있다. 특히 인간의 행동이라는 주제에 관해서라면 말이다.

다시 내 이야기로 돌아오자면, 내가 책을 통해 읽은 이야기나 [C] 아리스토텔레스가 아르고스 사람 안드로스에 대해 이야기하며 그가 물 한 방울 마시지 않고 리비아의 메마른 모래땅을 횡단했다더라는 말은 [B] 관두고, 몇 가지 직책을 훌륭하게 수행하고 난 어떤 귀족이 내 면전에서 직접 하는 말이 자신이 마드리드에서 리스본까지 물 한 모금 마시지 않고 한여름에 간 적이 있노라는 것이었다. 그는 나이에 비해 아주 건강한 사람으로서, 두 달이고 세 달이고 심지어 일 년 동안이나 물을 전혀 마시지 않고 살 수 있다고 직접 말했는데, 그 점 말고는 생활 습관에 다른 특이한 점이 전혀 없었다. 목이 마르다고 느끼긴 하지만 그냥 참는다는 것이었고, 그러다 보면 저절로 갈증이 편하게 사라진다고 한다. 그는 목이 마르거나 즐거움을 위해서보다는 갑자기 기분이 내키면 물을 마시는 편이라는 것이다.

여기 또 다른 예가 있다. 얼마 전 프랑스에서 가장 박식한 분

둘 다 당대의 유명 서적상이다.

중 하나를 만날 기회가 있었는데, 재산이 적지 않게 부유한 사람인데도 벽걸이 양탄자로 홀 한구석을 가려 놓고 그 안에서 연구를 했다. 그 주위로는 아무런 거리낌 없는 하인들이 소란스럽게 오가고 있는데 말이다. [C] 세네카 역시 그 비슷한 이야기를 자신에 대해 했지만, [B] 그가 내게 말해 준 바로는 자기에게는 이 소란이 썩 유용하다는 것이다. 마치 이 소리에 깜짝 놀라 팽팽해진 정신이 명상을 위해 다시 제자리를 잡고, 가로막아선 소음의 폭풍이 자기 생각을 내면 깊은 곳으로 내려가게 해 주는 듯 싶다는 것이었다. 파도바에서 수학했던 그는 마차와 시장 광장의 소란이 뒤섞인 곳에서 방을 얻어 오래 살았던지라 소음을 무시하는 것을 넘어 공부하는 데 도움이 되게 이용하기까지 이른 것이다. [C] 부인의 끝없는 바가지 소리를 어떻게 견디는지 궁금해하던 알키비아데스에게 소크라테스는 이렇게 대답했다. 우물 긷는 도르래가 늘 삐걱대는 소리에 익숙해진 사람들처럼 견디는 거라고. [B] 나는 그와 반대이다. 내 정신은 연약해서 쉬 날아가 버린다. 골똘히 생각에 잠겨 있다가 파리라도 웅웅거리는 소리가 자칫 들리면 평정심은 사라져 버리니 말이다.

[C] 세네카는 젊은 시절 섹스티우스의 예를 덥썩 물고 열렬히 따르게 되어 살육한 고기는 아무것도 먹지 않기로 하고 일 년여를 결심한 대로 기쁘게 실행했다고 쓰고 있다. 그러다 이런 가르침을 전하던 몇몇 신종 종교를 추종하고 있다는 의심을 받지 않으려고 그만두었다. 그는 또 아탈루스의 가르침을 따라 몸이 푹 꺼지는 푹신한 매트리스 위에서 자는 것을 그만두었다. 그리고 늙어서까지 꺼져 들어가지 않는 딱딱한 매트리스를 사용했다. 그의 시대의 풍속이 그에게 혹독한 극기로 여기게 한 것을 우리 풍속은 나태한

행습으로 바라보게 한다.

[B] 팔뚝으로 사는 우리 집 일꾼들과 나의 생활 방식이 얼마나 다른지 보라. 스키타이인들이나 신대륙 사람들도 이들보다 더 내 체력이나 생활 방식에서 멀리 있지는 않다. 나는 마을 아이들 중 몇에게 동냥을 다니지 말고 우리 집에 와서 내 시중을 들게 해 본 적이 있다. 아이들은 금방 내 시중을 드는 일도 우리 집 부엌의 요리도 그만두고 시종복도 벗어 던지더니, 고작 원래의 거지 생활로 돌아가는 것이었다. 그중 한 아이를 길에서 만났는데 저녁 식사용으로 길가에서 달팽이를 줍고 있는 중이었다. 내가 달래 봐도 을러 봐도 그 헐벗은 생활이 느끼게 해 주는 아늑한 맛에서 아이를 떼어 놓을 수가 없었다.

거지들도 부자처럼 자기네만의 호사와 환락이 있으며, 그들만의 정치적 지위와 신분이 있다고도 한다. 그것은 습관의 결과이다. 습관은 우리를 자기 마음 내키는 모습으로 만들며 (그런 까닭에 현자들은 우리가 늘 최선의 모습을 고집해야 한다고 한다. 그러면 습관이 어느새 쉽게 거기 이르게 해 준다고 하니 말이다.) 나아가 변화와 다양함으로도 이끄는데, 이것이야말로 습관의 학교가 키워 내는 가장 고귀하고 쓸모 있는 학습이다. 젊은이들은 마땅히 자기 활력을 일깨우기 위해 그리고 적어도 그 활력에 곰팡이가 피거나 부패하지 않도록 하기 위해 자기 식의 습관을 뒤흔들어 놓을 필요가 있다. 명령과 규율에 따라 살아가는 것보다 더 어리석고 유치한 삶의 방식은 없다.

다음 이정표까지만 갈 요량이어도
점성술 책을 펼쳐 출발 시간을 정하고,

〔544〕

눈을 비벼 대서 눈가가 부풀어도
점을 쳐 보기 전엔 안약도 못 쓴다
유베날리스

내 말을 믿을 생각이 있다면 정말이지 젊은이란 자주 과한 짓도 해 봐야 한다. 그렇지 않으면 별스러울 것 없는 일탈로도 불행에 빠지게 되고, 사람들 사이에서 불편하고 거북한 존재가 될 것이다. 교양인과 가장 어울리지 않는 자질은 까다로움이며 자기만의 별스런 방식을 고집하는 태도이다. 그리고 탄력성과 융통성이 없는 것은 무엇이고 별스러운 것이다. 자기 동료들이 눈앞에서 하는 일을 자기는 두려워서 혹은 무능해서 하지 못한다면 그것은 부끄러운 일이다. 그런 사람은 자기 집 부엌 근처에서 서성거리는 편이 낫다. 다른 어디에서건 그런 모습은 볼썽사납겠지만 특히 전쟁에 나가는 무인이 그런 모습이라면 이것은 한심하고 끔찍한 일이다. 필로포이멘이 이야기하듯, 무인이라면 이 삶에서 가능한 온갖 변화와 역경에 익숙해져야 하기 때문이다.[315]

그렇지만 내가 가급적 별스러운 구석이 없고, 또 삶의 이런 저런 여건에 구애받지 않도록 교육되긴 했어도 나이가 들어 가면서 경계를 게을리하다 보니 몇 가지 틀에 붙들리게 되었는데, (내 나이는 더 이상 교육 받기에는 적당하지 않기도 하고, 스스로를 유지하는 것 말고는 다른 생각을 할 수 없기도 하다.) 나도 모르는 사

315
필로포이멘은 고대 그리스의 장수이다. 플루타르코스의 「필로포이멘의 생애」에 따르면 절제된 생활이 필요한 운동 선수들과 달리 군인들은 삶의 온갖 상황과 기복에 대비하고 거기 익숙해져야 한다.

이에 습관은 여러 측면에서 내 안에 자기 성격을 분명히 새겨 놓고 말았으니, 거기서 벗어나려 하는 것을 나는 과욕이라고 부른다. 예를 들어 애쓰지 않고서는 낮잠을 잘 수 없고, 식사 중간에 간식을 하거나 아침을 챙겨 먹는 것도 힘들게 겨우 하며, 식사 후 한참 있다가 [C] 족히 세 시간은 지난 후가 [B] 아니면 잠자리에 들 수 없고, 잠자러 가기 전이 아니면 아이를 만들거나 서서 그 일을 할 수 없고, 땀 찬 옷을 그대로 입고 있지 못하며, 맹물이나 또는 물 타지 않은 포도주를 마시는 것, 모자를 안 쓴 채 오래 있는 것, 저녁 먹고 나서 이발을 하는 것도 못 한다.

장갑이나 속옷 없이 지내는 것도 불편하며 식탁에서 일어날 때나 잠자고 나서 씻지 않는 것도 거북하고, 닫집이나 커튼도 마치 꼭 필요한 것인 양 그것 없는 침대는 힘들다. 식탁보가 없는 경우라도 얼마든지 식사를 할 수 있지만 깨끗한 식탁 수건 없이 하는 독일식 식사는 몹시 불편하다. 독일인이나 이탈리아인들보다 훨씬 더 식탁 수건을 더럽히는 버릇이 있는 나는 수저나 포크를 쓰는 일이 거의 없다. 왕들이 도입해 하는 것을 보고 한때 유행하던 방식으로 매번 요리가 바뀔 때마다 식탁 수건과 접시를 새것으로 바꿔 나오는 풍속을 사람들이 더 이상 따르지 않는 것이 유감스럽다.

강인한 군인이었던 저 마리우스는 늙어 가면서 포도주 고르는 입이 까다로워졌는데, 그것도 늘 자기의 개인용 잔에만 따라 마셨다고 한다. 나 역시 특별한 모양의 유리잔을 선호하는데, 다른 사람이 마신 잔을 받아 마시기 싫어하는 것처럼 아무나 돌려가며 마시는 잔에 입 대기를 꺼린다. 금속은 무엇이든 마음에 차지 않는데, 그에 비해 맑고 투명한 유리는 다르다. [C] 내 두 눈도 즐길 수 있는 만큼 그것을 즐기게 할 일이다.

[B] 내가 가진 몇 가지 이런 나약함은 습관에서 오는 것이다. 다른 한편 자연이 천성으로 안겨 준 약점들도 있다. 하루 두 끼를 가득 먹으면 위에 부담이 오는 것이나, 한 끼라도 온전히 굶으면 몸이 더부룩해지고 입이 마르며 시장기는 요동을 치게 된다. 밤공기를 오래 쐬고 있다 보면 힘들어진다. 몇 년 전부터 자주 있는 일이지만, 전쟁이라고 하는 힘든 고역을 밤새워 해내야 할 때면, 대여섯 시간이 지나면서부터 배 속이 뒤틀리고 머리가 몹시 아파 오기 시작한다. 날이 밝아 올 때쯤이면 몇 차례 토하고 난 참이다. 다른 사람들은 아침을 먹으러 가는데 나는 잠을 자러 간다. 그리고 자고 난 뒤에는 아무 일 없었던 듯 개운해진다.

냉기는 밤이 오면서 퍼지기 시작한다고 늘 들어 왔는데 지난 몇 해 내가 꽤 오랫동안 가까이 사귀며 지내온 귀족 한 사람은 냉기가 강하고 특히 해로운 것은 해 떨어지기 한두 시간 전, 해가 내려가고 있는 동안이라고 철석같이 믿고 있어서, 이 시간에는 외출을 삼가면서도 정작 한밤의 냉기는 아무렇지 않게 여겼다. 나는 그의 이야기보다는 그가 느끼는 실감에 설득될 뻔했다.

뭐라고! 〔건강에 관해〕 골똘히 생각하다 염려하는 것만으로도 우리의 상상력이 자극되고 몸에 변화가 오다니? 갑자기 그 비탈길로 들어서 버린 자들은 완전히 파멸을 자초하게 된다. 많은 귀족들이 의사들의 어리석음으로 인해 한참 젊고 온전히 건강한 나이에 방안에서 감옥살이를 하게 된 것은 딱한 일이다. 더구나 그렇게 자주 밤 외출을 하던 처지에 갑자기 습관을 바꿔 사람들과 일상생활을 나누는 것을 영원히 그만둘 바에야 차라리 위험한 독감을 앓는 것이 더 나으리라. [C] 하루 중 가장 기분 좋은 시간을 포기하라고 하다니 이 무슨 고약한 학문이란 말인가.

[B] 마지막 수단까지 다 동원해 우리가 가질 만한 것을 가질 일이다. 무엇에도 흔들리지 않고 버텨 나가면 사람들은 대부분의 경우 강인하게 단련되고 체질도 개선하게 된다. 카이사르가 그를 괴롭히던 간질병에 눈도 주지 않으며 맞서다가 마침내 병의 기세를 꺾고 말았던 것처럼 말이다. 사람은 마땅히 최상의 생활 규칙을 택하려고 해야 한다. 그러나 거기에 노예처럼 붙들려서는 안 된다. 거기 꼼짝없이 복종하는 것이 유익한 생활 규칙이 만일 있다면 그 경우는 예외이지만 말이다.

그리고 왕들도 철학자들도 똥을 싸며, 귀부인들 역시 마찬가지이다.[316] 공인들의 삶은 의례를 지켜야 한다. 한미한 개인인 나는 그들과 달리 자연이 허락한 모든 것을 마음껏 누린다. 더욱이 군인이자 가스코뉴 지방 출신인 까닭에 나는 좀 무람없기도 하다. 그래서 이 행위에 대해서도 몇 마디 하련다. 이 일은 어두울 때 시간에 맞춰 할 필요가 있으니, 나도 그렇게 했지만, 습관을 들여서 그럴 수 있게 강제해야 한다. 그러나 내가 나이 들어 가며 한 것처럼, 이 일을 위해 특별히 안락한 장소와 앉을 것에 공을 들인다거나 시간을 오래 끌며 나른하게 해 이 일이 거북하게 만드는 습관은 피해야 한다. 하지만 이토록 깨끗하지 못한 작업에 더 많은 정성과 청결을 요구한다고 해도 어느 정도 이해될 일 아닐까? [C] "인간은 그 천성이 깨끗하고 예민한 동물이다."(세네카) 모든 본성적 행위 중에서 도중에 방해받으면 내게 가장 거북한 것이 이 일이다.

316
1588년판은 다음과 같이 덧붙이고 있다. "다른 사람들은 신중함과 예의바른 어법을 가지고 있지만 나는 솔직함과 무람없음을 내 몫으로 가지고 있다."

B 전쟁에 나간 많은 군인들이 배를 다스리지 못한 까닭에 곤란을 겪는 모습을 보았다. 내 배와 나는 서로에게 한 약속을 어기는 법이 전혀 없는데, 무슨 격렬한 활동이 있었거나 병으로 몸이 힘들 때 말고는 늘 잠자리에서 일어나자마자 일을 본다.

그러니 이미 이야기했듯이 병자들에게는 자기가 길러지고 자란 바로 그 생활 방식을 담담히 지키는 것보다 더 안전하고 좋은 치료법이 없다고 본다. 어떤 종류의 변화건 그것은 혼란과 고통을 준다. 페리고르 지방이나 〔이탈리아〕 루카 지방 사람에게는 밤이 해로운 음식이고 산악 지대에 사는 사람에게는 우유와 치즈가 그렇다는 것을 생각해 볼 일이다. 생소할 뿐만 아니라 정반대의 생활 방식을 병자들에게 처방하는데 이것은 건강한 이들도 견디기 어려울 변화이다. 일흔 나이가 된 브르타뉴 사람에게 생수만 마시라고 하고, 뱃사람을 한증막에 가둬 보라. 바스크 출신 하인에게 산보를 금지해 보라. 그 사람들에게는 움직이지도 말라는 이야기이며, 마침내는 대기와 햇살을 빼앗아 버리는 것이나 진배없다.

삶이란 그다지도 값진 것인가?

작자 미상

우리에게 익숙한 것을 그만둬야 한다니,
삶을 연장하기 위해 더 이상 살지 말란 말인가?

숨 쉬던 대기와 비춰 주던 햇살마저 짐이 된 사람을
아직도 살아 있는 이라고 할 수 있을까?

막시미아누스

이런 의사들은 달리 해 주는 일은 없지만, 적어도 환자들에게 일찍부터 죽음을 준비하게 해 그들이 가진 삶의 여분을 조금씩 침식하다 결국 빼앗아 버리는 일을 하는 셈이다.

아프건 건강하건 나는 늘 내게 밀려오는 욕구를 기꺼이 따라갔다. 내 안에서 이는 욕망과 내가 가진 성향을 나는 적잖이 존중한다. 나는 고통을 고통으로 치유하고 싶지 않다. 병보다 더 힘들게하는 치료법을 나는 싫어한다. 내가 결석을 앓고 있는 까닭에 굴을 먹는 즐거움을 포기해야 한다면 한 가지 말고 두 가지 고통을 갖게 되는 셈이다. 한편에서 병이 괴롭히는데, 다른 편에서는 처방이 괴롭힌다. 우리가 잘못 판단할 위험이 있다는 것을 인정하는 이상 기왕이면 즐거운 쪽으로 내기를 걸어 보자. 세상은 반대로 한다. 고통을 주지 않는 것은 어떤 것도 유익하게 여기지 않으며, 손쉬운 것은 의심쩍어 한다. 이것저것을 좋아하던 내 식욕은 다행히 저절로 조절이 되어 내 위가 건강할 수 있게 자리 잡았다. 젊었을 때는 자극적이고 양념이 많이 들어간 음식을 즐겼다. 그러나 점차 내 위가 잘 견디지를 못하자 입맛도 곧 변하는 것이었다. C 포도주는 병자에게 해롭다. 내 입에 당기지 않게 된 첫 번째가 포도주였는데, 견딜 수 없게 싫어졌다. B 내가 억지로 먹으려 드는 것은 무엇이나 내 건강을 해친다. 그리고 내가 허기를 느끼며 맛있게 먹는 것은 무엇이나 몸에도 좋다. 내가 기분 좋게 느끼며 한 일 때문에 나중에 곤란을 겪게 된 경우는 없다. 그래서 나는 대체로 어떤 의사의 처방보다 내 즐거움을 더 앞세웠다. 젊은 시절에는,

> 주홍빛 찬란한 옷을 걸친 큐피드가
> 내 곁을 이리저리 날아다니며 그 빛을 뿜어낼 때.

카탈루스

나는 누구나 그러하듯, 방탕하게 생각 없이 나를 붙들고 있던 욕망에 무릎을 꿇었다.

그리고 나의 전투는 영광이 없지 않았으니.

호라티우스

돌연한 기습보다는 오래 연장하는 것이어서

잇달아 여섯 번 이상 넘어가 본 기억은 거의 없네

오비디우스

내가 얼마나 어린 나이에 우연히 저 사랑의 신의 포로가 되었는지를 고백하다 보니, 당연히 불행이기도 하고 또 기적이기도 하다. 우연히라고 말하는 것은 아직 분별이 있어서 선택할 나이가 되기 한참 전이었기 때문이다. 너무 옛날 일이라 그 때 나 자신이 어땠는지를 기억하기도 힘들 지경이다. 내 운명을 콰르틸라[317]의 그것과 비교해도 좋으리라. 그녀는 언제 자기가 처녀였는지를 기억하지 못하고 있었으니 말이다.

내 겨드랑에서 너무 일찍 돋은 털,

317
페트로니우스의 『사티리콘』에 나오는 인물. 여성 포주로서 어린 소녀를 지토라고 하는 젊은이에게 건네준다.

털수염 자라니 어머니 놀라셨네.

마르시알리스

의사들은 보통 환자들에게 어떤 격렬한 욕구가 생겨나면 자기들이 내린 처방을 완화함으로써 치료에 도움을 주기도 한다. 강렬한 욕망은 그 안에 자연스러운 무엇이 반드시 들어 있기 때문에 그저 낯설고 해로운 것으로만 치부할 수 없는 법이다. 그리고 사람의 상상을 만족시킨다는 것은 얼마나 대단한 일인가! 내 생각에는 이 상상하는 기능이야말로 정말로 중요한, 적어도 다른 어떤 기능보다 더 중요한 기능이다. 가장 심각하고 일상적인 고통이라는 것은 상상을 통해 우리가 짊어지게 된 것들이다.

스페인 사람들이 하는 말 중에 "하느님께서 나를 나 자신으로부터 지켜 주시기를" 이라는 표현은 여러 가지 점에서 마음에 든다. 몸이 아플 때면 나는 욕망이 일지 않는 것이 유감인데, 그것을 달래 주는 데서 오는 만족감을 얻을 수 없기 때문이다. 이런 욕구는 의약이 돌려세우기가 쉽지 않을 것이다. 건강한 경우도 마찬가지이다. 지금은 더 이상 원하고 기대하는 것이 거의 없게 되었다. 기운이 쇠해 욕망하는 능력마저 맥이 빠지게 된다는 것은 가련한 일이다.

의술이라는 것은 그리 체계적으로 확립된 것이 아니어서 우리는 무엇을 하든 얼마간 결정권을 가질 수가 있다. 의술은 풍토마다 다르고 달 모양이 어떤 날인지,[318] 명의 파르넬인지 레스칼

318
16세기 의술은 점성술과 연관이 깊어 특히 달 모양에 따라 처방이 달라졌다고 한다.

인지에 따라[319] 달라진다. 당신 의사가 잠을 되도록 줄이라거나 포도주를 삼가라거나 이러저런 고기는 먹지 말라고 하더라도 걱정마시라. 그 사람과 생각이 다른 의사를 내가 모시고 오겠다. 의학이론이며 입장이라는 것은 너무나 다양해 별의별 형태가 다 있다. 어떤 가련한 환자는 치료에 필요하답시고 물을 끊고 지내다 갈증으로 의식을 잃고 죽어 가고 있었다. 그런데 나중에 다른 의사가 그런 식의 치료법은 있을 수 없는 노릇이고 그 때문에 병이 악화되었다며 조롱하는 것이었다. 괴로움을 대가로 지불하며 무엇을 얻은 것인가? 바로 의술이 직업인 어떤 사람은 최근 결석으로 타계했는데, 병을 치료하려고 극단적인 금식을 시행했다. 그의 동료들은 금식이 오히려 그의 체액을 마르게 해 신장의 결석을 더 굳어지게 만들었다고 이야기한다.

내가 보니 부상을 당하거나 병이 나면, 이야기하는 것만으로도 함부로 움직이는 것만큼이나 내 몸이 충격을 느끼고 해를 입는 것이었다. 나는 힘을 줘 크게 말하기 때문에 목을 쓰는 것이 내게는 만만찮은 일이며 피곤한 일이기도 하다. 그래서 중대한 문제를 놓고 이야기하러 대공들의 귀를 빌리다 보면, 그들이 민망해하며 나더러 목소리를 좀 낮춰 달라고 부탁하는 상황을 종종 만들기도 한다.

곁가지로 흘러가더라도, 해 둘 만한 이야기가 하나 있다. 그리스 어떤 학파에선가 나처럼 큰소리로 이야기하는 이가 한 사람 있었다. 예법 선생이 사람을 보내 목소리를 낮춰 말하라고 했다. 그러자 그는 "어떤 어조면 좋겠는지 그 어조를 내게 보내 달라고

319
당대 명성이 높았던 인문주의 의사들이었다.

하시오." 하고 대꾸하는 것이었다. 선생이 그에게 답하기를 "당신 이야기 상대의 귀에서 당신의 어조를 가져와야 하리다."라고 했다. 만약 이 이야기가 '당신이 말 상대에게 무슨 볼일이 있는지에 따라 거기 맞는 어조로 말하라.'는 뜻이라면 그럴싸한 대답이라고 할 만하다. 그런데 만일 '사람들이 당신 말소리를 들을 수 있는 정도면 충분하다.'거나 혹은 '상대방의 뜻에 맞추라.'는 의미라면 내게는 올바른 답으로 보이지 않는다. 내 목소리의 크기와 높낮이는 내가 무슨 말을 하려는지를 드러내고 가리키는 데 한몫한다. 그러니 내 뜻을 이해시키려고 그것을 조절하는 것은 내가 해야 할 일이다.

가르치려 드는 말소리가 있고 아첨하려는 말소리가 있으며 비난하려 드는 말소리가 각각 따로 있다. 나는 내 목소리가 상대방에게 도달할 뿐만 아니라 어쩌면 그를 뒤흔들고 꿰뚫고 나가기까지를 바란다. 내가 날카롭고 거친 목소리로 하인을 나무랄 때 그가 내게, "나으리, 목소리를 좀 낮추시지요, 그래도 충분히 들립니다." 하고 대꾸하면 썩 괜찮은 일일 것이다. [C] "그 크기 때문이 아니라 담긴 내용 때문에 귀에 솔깃한 목소리가 있다."(퀸틸리아누스)

[B] 말이란 절반은 말하는 사람의 것이고 절반은 듣는 사람의 것이다. 듣는 이는 말이 움직이는 데 따라 받아 들을 채비를 하고 있어야 한다. 마치 정구를 하는 이들 중 공을 받는 이가 몸을 뒤로 빼며, 공을 보내는 이가 어떻게 움직이는지에 따라, 어떤 자세로 그가 공을 치는지에 따라 채비를 하듯이 말이다.

경험을 통해 또 배운 것이 있으니, 우리는 초조해하느라 무너진다는 것이다. 고통은 그 나름의 생명과 한계를 가지고 있는 법이며, [C] 그 나름의 병과 건강을 지니고 있다. 병의 체질은 생명체들의 체질을 본떠 만들어진 셈이다. 태어날 때부터 정해진 운명이 있고 수명이 있으니 말이다. 한참 그 행로를 진행하고 있는데 억지로 줄이려 하다가는 오히려 더 늘여 주고 곱절로 키워 주게 되며, 진정시키기보다 자극하게 된다.

나는 크란토르[320]와 마찬가지 생각인데, 병 앞에서는 분별없이 고집 부리며 맞서 싸우려 해서도 안 되고 맥없이 무릎을 꿇어서도 안 되며, 병의 상태와 자신의 상태를 헤아려 자연스레 병에게 양보해야 한다. [B] 병에게는 지나가라고 길을 열어 줘야 한다. 내가 보기엔, 마음대로 하라고 내버려 두는 내게는 별로 머물러 있으려 하지 않는 것 같다. 그리고 무슨 도움이나 치료술 없이, 의술의 규칙과는 반대로, 몹시 드세고 끈질기다는 병들도 저절로 시들해지며 사라지는 것을 몸소 경험했다. 자연이 얼마간 제 일을 하게 둬 보자. 자연은 자기 일을 우리보다 더 잘 알고 있다.

"그러나 이러저런 사람은 그 병으로 그냥 죽었소."

당신 역시 언젠가 그렇게 되리라. 같은 병이 아니면 다른 병으로 말이다. 엉덩이에 의사를 세 사람이나 붙이고도 결국 죽을 수밖에 없었던 이들이 얼마나 많은가? 다른 사람의 예라는 것은 흐릿한 거울로서 온갖 것이 비치고 갖가지 의미를 담고 있다. 맛있는 약이라면 삼킬 일이다. 그만큼 지금 당장 득이 되는 셈이니 말이다. [C] 그것이 달콤하고 맛있는 것이라면 이름이 뭐건 색깔이 어떻든 나는 괘념치 않는다. 즐거움이란 이로운 것이 지닌 가장 주요한 양상 중 하나이다.

320
B. C. 3세기경 그리스 철학자이다. 두려움, 근심, 슬픔 같은 부정적 감정도 과도하지 않다면 억누르지 말아야 한다고 보았다.

[B] 감기건 통풍의 발작이건 설사나 갑작스런 심장의 이상 박동, 미열 등 다른 이상이 오더라도 나는 병이 내 안에서 노쇠해 가며 제 수명이 다해 사라지도록 그냥 두었는데, 그것들을 먹여 살리는 일에 절반쯤 익숙해질 무렵이면 절로 자취를 감추는 것이었다. 용맹으로 맞서는 것보다 공손하게 대해 줄 때 그들이 더 쉽게 물러난다. 우리 조건이 지닌 법칙들을 더 온유하게 견딜 줄 알아야 한다. 우리는 이 모든 의약에도 불구하고 늙어 가고 쇠약해지고 병들도록 태어났다. 멕시코 사람들이 아이들에게 가르치는 맨 첫 번째 교훈이 바로 이것이다. 엄마 배 속에서 태어난 아이에게 그들은 이렇게 인사를 건네는 것이니, "아가야, 네가 이 세상에 온 것은 견뎌 내기 위해서란다, 그러니 견디고 참아라, 그리고 입을 다물렴."

누구에게나 일어날 수 있는 일이 자기에게 일어났다고 해서 불평한다는 것은 온당치 못하다. [C] "너 한 사람에게만 불의한 법을 적용하려 들면 그때는 투덜대라."(세네카)[321] [B] 어떤 노인이 완벽하고 힘찬 건강을 계속 누릴 수 있게 해 달라고, 다시 말해 청춘으로 돌려 달라고 신에게 빌고 있는 모습을 그려 보라.

> 돌았구나! 그 어리석은 소망을 쓸데없이 빌어 봐야
> 무엇하랴?
>
> 오비디우스

321
세네카는 그의 『도덕 서한집』에서 전쟁이며 질병, 죽음 같은 것이 정상적인 것임을 강조하면서 우리가 이 세상의 법칙을 따르지 않으려거든 이 세상을 떠나야 한다고 이야기한다.

이거야 얼빠진 짓 아닌가? 타고난 조건이 그럴 수 없으니 말이다. [C] 통풍이며 결석, 소화 불량은 오랜 세월 앓았음을 보여 주는 증상이어서, 마치 오랜 여행을 하다 보면 더위도 만나고 비도 만나고 바람도 만나는 것과 같다. 플라톤이 생각하기에 의술의 신 아스클레피오스는 이미 쇠하고 허약해져 나라에도, 직업 활동에도, 건강하고 튼튼한 후손을 낳는 일에도 쓸모없게 된 몸 안에 이러저런 치료법을 통해 생명이 지속되게 애를 쓸 리가 없었다. 더욱이 만사를 유용함으로 이끌어 가게 마련인 신들의 정의와 지혜에도 이런 수고는 어울리지가 않았다. [B] 자, 이 사람아, 이제 끝났네. 자네를 일으켜 세울 수는 없어. 기껏해야 석고 붕대를 해 주고 부목을 좀 받쳐 줄 수 있을 뿐이지. [C] 그래 봐야 힘든 세상을 몇 시간 더 연장해 줄 뿐 아닌가.

> [B] 마치 곧 무너지려는 건물에
> 여기저기 받침대를 세우는 셈이라
> 그러나 언젠가 뼈대 무너지는 날 오고 말리니
> 받침대도 건물 전체와 함께 주저앉고 마는구나.
> 막시미아누스

피할 수 없는 것은 견디는 법을 배워야 한다. 우리 삶이란 이 세상의 조화로움이 그렇듯이 서로 모순되는 것들로 이루어져 있고, 감미로운 소리와 거친 소리, 날카로운 소리와 나지막한 소리, 여릿한 소리, 장엄한 소리 같은 갖가지 음조들로 이루어져 있기도 하다. 그중 한 가지 방향으로만 좋아하는 음악가가 있다면 그가 무슨 이야기를 하게 되겠는가? 그는 마땅히 양쪽 모두를 함께 쓸 줄 알고 또 섞어서 쓸 줄 알아야 할 것이다. 우리 역시 우리 삶과 떨어질 수 없이 함께 있는 좋은 것과 나쁜 것을 함께 쓸 줄 알아야 하리라. 우리 존재는 이렇게 섞어 쓰지 않고는 성립할 수 없으며, 다른 한쪽도 나머지 한쪽과 마찬가지로 똑같이 삶에 필요하다. 자연의 필연성을 거역하려고 버티는 것은 자기 당나귀하고 서로 발길질 시합을 했던 크테시폰의 바보짓을 따라 하는 셈이다.[322]

나는 몸에 이상이 느껴져도 진찰을 받는 경우가 거의 없다. 그래 봐야 당신을 코뚜레에 꿰찬 셈일 이 방면 직업 가진 이들은 그 틈에 우월한 존재가 되기 때문이다. 그들은 당신 귀에 온갖 예후를 들이부으며 호통을 친다. 한번은 병으로 쇠약해진 나를 보더니 거만하게 찌푸린 얼굴로 자기들 학설을 들먹이며 나를 거칠게 대하는데, 어쩔 때는 험한 고통이 있을 거라거나 또 어쩔 때는 죽음이 임박했다면서 나를 위협하는 것이었다. 그렇다고 내가 낙심하거나 요새를 함락당한 것은 아니었지만 그래도 부딪치고 떠밀린 셈이었다. 내 판단은 바뀌지도 흔들리지도 않았지만 적어도 거북했다. 어쨌든 그것은 한바탕 소란이고 겨루기이다.

나는 내 상상력을 가능한 한 부드럽게 다루고 싶고, 할 수 있다면 온갖 근심이나 갈등에서 벗어나게 해 주고 싶다. 우리는 상상력을 돕고 구슬리고, 할 수 있다면 속이기도 해야 한다. 내 정신은 이런 일에 적합하다 싶은 것이 무슨 일이건 그럴 법한 이유를 생각해 내는 것이다. 내 정신이 내게 설교하는 것처럼 나를 설득

322
「분노를 다스리는 것에 관하여」라고 하는 플루타르코스의 글에 나오는 내용. 크테시폰은 검투사였는데, 화를 이기지 못한 상태에서 자기 노새를 상대로 발길질 싸움을 걸었다고 한다.

해줄 줄도 안다면 내게는 그 도움이 몹시 반가울 텐데 말이다.

예를 하나 들어 봤으면 싶은가? 내 마음은 스스로에게 결석이 있는 것은 더없이 잘된 일이라고 말해 준다. 그리고 내 나이의 사람 몸이란 원래 그렇게 어딘가 새게 돼 있다고 말이다.(이제 점차 헐거워지고 무너지기 시작하는 때이다. 누구나 겪게 마련인 일인데, 〔이런 일이 없다면〕 나를 위해서 새로운 기적이 일어난 셈 아니겠는가? 노년에 바쳐야 할 세를 그렇게 지불했으니 그 정도면 더 바랄 나위 없는 거래가 이루어진 셈이리라.) 나만 그러는 게 아니고 내 연배 사람들이면 흔히 겪게 되는 사고 같은 것이니 그 점으로도 위로가 된다고도 말한다.(도처에 같은 종류의 병으로 고생하는 사람들이 보이는데 그들과 동료로서 한 무리에 속하고 있다는 것은 명예로운 일이니 이 증세는 대공들에게 더 자주 나타나기 때문이다. 결석의 본질에는 고상함과 위엄이 깃들어 있는 것 아니랴.)

결석의 통증을 지병으로 가진 이들 중 나보다 더 싼 값으로 증세가 완화되는 이들은 보기 어려운데, 그들이 힘든 식이요법과 귀찮게 매일 약을 먹는 수고를 감내할 때 나는 그저 행운의 덕에 의지하는 셈이니 말이다. 에링고 풀과 터키풀이라는 이름의 식물을 넣어 끓인 국물 같은 것을 두세 차례 부인들을 위해 마셨을 뿐인데, 그분들은 내가 고생하는 통증의 강도보다 훨씬 상냥한 마음으로 자기들 몫 절반을 내게 권해서, 무슨 효과를 보리라고도 생각하지 않았지만 마시는 것이 어렵지도 않았다.

다른 이들은 아스클레피오스 신[323]에게 수백 번 서원을 드리고 의사들에게도 그만큼 돈을 갖다 바치지만, 나는 타고난 체질 덕

323
그리스 신화 속 아폴로의 아들이며 치료와 의술의 신.

에 별 어려움 없이 그것도 다량으로 결석을 자주 배출한다. [C] 일상생활에서 사람들과 함께 있는 자리에서도 별달리 몸가짐이 흐트러지지 않으며, 건강한 사람만큼 오랫동안, 그리고 한 열 시간쯤은 능히 일 보는 것을 참을 수도 있다. [B] 내 정신은 내게 또 이렇게 말한다. "이 병을 몰랐을 때는 몹시 두려워하지 않았던가. 참지 못해 더 병을 악화시키는 이들이 비명을 지르고 절망에 빠진 모습을 보며 너는 두려움을 느껴야 했다. 그것은 네 몸 중 많이 실수하게 한 부분을 가격하는 고통이다. 너에게 그 정도의 양심은 있느니라."

> 부당한 처벌에만 분노할 수 있는 법이다.
>
> 오비디우스

"이 벌을 잘 보라. 다른 벌들과 비교하면 온화하고 부성적인 호의까지 담고 있지 않은가. 그것이 얼마나 늦게 찾아왔는지도 보라. 마치 동의해 주기라도 한 듯, 네 젊은 시절의 방탕과 쾌락에 자리를 내주고 나서 이제는 다 소모되어 불모의 시절이 된 지금에 와서야 자리를 잡고 너를 불편하게 하는 것 아닌가. 사람들이 이 병을 두려워하고 연민을 느끼는 것은 네 허영심을 북돋울 만하다. 네 판단력에서 이 허영심을 털어 내고 거기 휘둘리는 일 없이 차분히 생각할 수 있게 되었다 해도 벗들은 네 모습 어딘가에서 아직도 그 흔적을 알아본다. 남들이 자기 이야기를 하는 것을 들으면 기분이 좋아지는 법이다. 야, 저 힘을 보라, 저 대단한 인내심을 보라. 사람들은 네가 참아 내느라 진땀을 흘리는 모습을 보며, 창백해진 안색이 다시 붉어지고 몸을 덜덜 떨며, 피까지 토하는가 하면, 몸이 뻣뻣해지다 경련이 오는 것을 견디며, 때로 두 눈에서 굵은 눈물까지 뚝뚝 흘리고, 진하고 새까매서 섬찟한 느낌의 오줌을 누며, 음경의 귀두 부근에 걸려 콕콕 찌르면서 속살을 에는 날카롭고 거친 결석이 오줌길을 막고 있는 것을 보는데, 너는 그동안에도 범상한 얼굴로 동석한 사람들과 이야기를 나누고 이따금 네 하인들과 우스갯소리를 하며, 진지한 대화에서 끝까지 네 의견을 피력하고 네 통증에 대해서는 별것 아니라며 이해를 구하는 것이다.

생각나는가, 옛날 사람들이 자신의 덕성을 팽팽하게 간직하고 단련시키기 위해 그토록 굶주린 듯 일부러 고통을 찾아다니던 사실을? 자연은 너를 데려와 이 자랑스러운 학교에 밀어 넣으려는 것임을 생각해 보라. 너 스스로의 의지로는 결코 들어가지 않으려 했을 곳이 이곳이다. 그것이 위험하고 죽음에 이르게 할 고통이라고 할 텐가? 다른 어떤 고통이 그렇지 않으랴? 어떤 이들은 마치 예외인 듯, 바로 죽지는 않는다고 말해 주는 것은 의사들의 속임수일 뿐이다. 사고로 죽음에 이르건, 죽음으로 이끄는 길에 발을 헛딛고 미끌려 들어가건 무슨 차이가 있으랴?

C 그러나 너는 아픈 것 때문에 죽는 것이 아니다. 살아 있기 때문에 죽는 것이다. 병의 도움 없이도 죽음은 너를 능히 처분한다. 어떤 이들은 병이 죽음을 멀리 떼어 놓기도 하는데, 자기들은 이제 다 끝나 죽어 가는 중이라고 생각하는 까닭에 더 오래 살았던 것이다. 더 나아가 어떤 상처들이 그렇듯, 치료해 주고 건강을 돌려 주는 병들도 있다. B 결석은 흔히 당신 자신보다 더 싱싱하게 살아 있다. 어린 시절부터 극도의 노년기까지 줄곧 이 병을 달고 다니는 사람들도 보게 되지만, 자기들이 먼저 이 병을 떠나지만 않았다면 이 병은 훨씬 더 오래 그들과 동행할 참이었다. 병이 당신을 죽이는 것보다 당신이 병을 죽이는 경우가 훨씬 흔하며, 임

박한 죽음의 모습을 병이 당신에게 보여 준다 해도, 그 나이에 이른 사람이 자기 마지막에 대해 생각해 보게 해 주는 것은 좋은 일 아니겠는가?

[C] 더 고약한 것은 네가 병에서 회복되어야 할 이유가 없다는 것이다. 어찌 됐건 공통의 필연성이 조만간 너를 부르게 된다. [B] 그것이 얼마나 감쪽같이 그리고 부드럽게 너로 하여금 이 삶에 정을 떼게 하고 이 세상에서 몸을 빼게 하는지를 생각해 보라. 그 많은 늙은이들에게 보이는 갖가지 다른 병들은 그들을 줄곧 속박하고 쉴 새 없이 쇠약과 고통으로 괴롭히는 데 비해, 그런 폭압적인 강제로 너를 옴짝달싹하지 못하게 하는 것이 아니라 간격을 두고 되풀이 미리 알리고 가르치면서, 마치 네게 그 교훈을 마음껏 성찰하고 되새겨 보라는 듯 충분한 휴지기를 그 사이에 배치해주지 않는가.

온당한 판단을 내리고 당당한 인간으로서 마음의 결단을 내릴 방법을 네게 주기 위해 그것은 아플 때와 건강할 때 그 각각의 경우에 네가 타고난 조건의 온전한 몫이 무엇인지를 보여 주고, 때로는 지극히 쾌적한 삶과 때로는 견디기 힘든 삶을 같은 날 보여주기도 한다. 죽음과 포옹하지는 않는다 해도 적어도 한 달에 한 번 죽음과 악수하는 것이다. [C] 더욱이 그렇게 하다 보면 너는 바랄 수 있으리라, 어느 날 이 병이 범상한 얼굴로 다가오고, 자주 포구에 이끌려 나갔던 네가 이번에도 늘 가 보던 저 마지막 경계선에 가나 보다 믿고 있을 즈음, 너도 너의 믿음도 어느 아침 아무 생각 없이 저승의 강물을 이미 건너와 있게 되기를 말이다. [B] 시간을 건강과 공정하게 나눠 갖는 병에 대해서는 불평을 할 이유가 없다."

운명의 여신은 나를 공격할 때 그렇게 자주 동일한 무기를 사용하니, 나는 그녀 덕을 보고 있는 셈이다. 그녀는 습관을 통해 나를 도야하고 단련시키며 거기 맞서 굳세게 하고 익숙해지게 만든다. 그래서 이제는 어느 정도의 대가를 치르면 거기서 벗어날 수 있는지 알 만하게 되었다. [C] 타고난 기억력이 흐릿한지라 나는 종이가 기억하게 하며, 내 병에 뭔가 새로운 증상이 나타나면 그것을 적어 놓는다. 그 덕분에 온갖 종류의 병례를 거의 겪어 본 지금은, 어떤 심각한 통증이 다가온다 싶으면 마치 옛 무녀의 나뭇잎 같은,[324] 헤진 노트를 뒤적여 보며, 그때마다 예전 경험으로 보아 별일 없이 지나가리라는 예측을 하고 안도할 수 있게 되었다. [B] 익숙해지게 되니 나는 미래를 더 희망적으로 바라볼 수 있기도 하다. 결석을 쏟아내는 일이 이렇게 오래 계속되어 온 터이니, 자연은 이런 상태를 쉬 바꾸지 않을 것이며 내가 지금 느끼는 것보다 더 힘든 사태는 일어나지 않을 것이기 때문이다.

게다가 이 병의 성격은 급하고 충동적인 내 기질에 어울리지 않는 것이 아니다. 통증이 완만하게 다가오면 겁이 나는 것이 오래가리라는 조짐이기 때문이다. 그러나 이 병의 본성은 과도하게 격렬하고 활달한 것이라, 하루나 이틀 동안 나를 철저하게 뒤흔들어 놓는다. 내 신장은 삶의 한 굽이를 지나기까지[325] 별로 약해지지 않았다. 이제 그 상태가 변했으니 조만간 또 다른 굽이를 돌아

324
고대의 무녀들 중 특히 나폴리 부근에 있던 그리스 식민지 쿠마에(Cumae)의 무녀는 로마인에게 널리 알려져 있었다. 그녀는 인간의 운명에 대한 예언을 참나무 잎에 적어 거처인 동굴 입구 안쪽에 두었다고 한다. 바람이 불어 그 잎들이 흩어지면 원래 내용을 알아볼 수가 없게 된다.

325
1588년판에는 '마흔 살'이라고 적고 있다.

가게 될 것이다.[326] 나쁜 일도 좋은 일처럼 자기 때가 있다. 아마도 이 병은 이제 막바지에 접어든 것이리라. 나이는 내 위장의 열기를 약화시켰다. 소화력이 온전하지 못하니 미처 소화되지 않은 재료를 신장으로 내보내는 것이다. 때가 지나고 나면 신장의 열기 역시 왜 약화되지 않겠는가? 그래서 더 이상 림프액을 굳게 만들지 못하고 자연은 다른 길을 취해 그것을 배출해 내려 하는 일이 왜 없겠는가? 내 몸의 〔눈물이며 콧물 같은〕 몇 가지 분비물은 확실히 세월이 그 힘으로 말라 버리게 했다. 그러니 결석에 재료를 만들어 주는 배설물들도 그렇게 되지 않겠는가?

더없이 날카롭고 갑작스런 복통의 경우에 그렇듯, 방금 극심한 통증을 느끼다가 돌을 배출하고 나는 순간 번개가 치듯 너무나 자유롭고 너무나 충만한 건강의 밝은 빛이 휘감으니 이 급격한 변화보다 더 달콤한 것이 어디 있으랴? 이 신속한 호전의 쾌감을 상쇄할 만한 무엇이 우리가 겪는 통증 안에 있겠는가? 서로가 그렇게 가까이 이웃하여 있어서, 상대의 존재 안에서 각자의 가장 당당한 위용을 알아볼 수 있을 때, 둘이 마치 서로 정면으로 겨루려는 듯 맞부딪칠 때, 병고 다음에 오는 건강은 내게 얼마나 더 아름답게 보이는 것인가! 스토아 학파에서 악덕이란 미덕을 귀하게 만들고 도와주기 위해 세상에 가져온 유익한 것이라고 이야기하는 것과 똑같이, 우리는 그보다 더 타당한 이유를 들고 억지가 덜한 추정을 통해 자연이 우리에게 고통을 알게 한 것은 평안함과 즐거움의 가치를 드높이고 그것을 돕게 하기 위한 것이라고 말할 수 있다. 사람들이 족쇄를 풀어 주자 그 무게 때문에 다리에서 느

326
1588년판에는 '곧 14년'이라고 적고 있다.

껴지던 기분 좋은 근질거림을 맛보던 소크라테스는 고통과 쾌감이 필연적 고리로 연결되어 차례로 서로를 뒤이어 나타나고 서로를 불러오는 것을 고찰해 보고 기뻐했다. 그는 큰소리로 외치기를, "저 멋진 이솝 같은 이가 바로 이 점을 고려해 멋진 우화에 걸맞는 주제를 하나 생각했어야 하는데!" 하는 것이었다.

다른 병들의 경우에 대해 내가 아는 가장 고약한 점은 당장의 결과가 심각한 것보다 낫고 난 후가 더 어렵다는 사실이다. 회복하는 데 일 년이 걸리고 나서도 여전히 쇠약한 상태로 두려움에 사로잡히게 된다. 안전한 피난처로 돌아가기까지는 너무 많은 우연과 단계가 있어서 결코 그렇게 되는 법이 없으니 말이다. 목에 두른 두건과 머리꼭지에 쓴 모자를 벗겨 내 주기 전, 그리고 바깥바람을 쐬고 포도주와 당신의 아내, 멜론을 가까이 해도 좋다고 허락해 주기 전에 당신이 뭔가 새로운 불행으로 쓰러지지 않는다면 그거야말로 정말 운이 좋아 그렇게 된 셈이다. 내 병의 특별한 장점은 저절로 완전히 사라진다는 점인데, 다른 병들은 항상 어딘가 자취를 남기고 변화를 가져와 몸이 또 다른 병에 취약하게 만들며 그래서 갖가지 병들이 서로 오가며 환자를 방문하게 된다. 우리를 소유하는 것에 만족할 뿐 더 이상 〔다른 사람들에게까지〕 확장하지도 다른 〔후유증의〕 여파를 남기지도 않는 병들은 그런대로 받아들일 만하다. 그러나 잠깐 지나가면서 우리에게 유익한 결과를 가져다주는 병들은 상냥하고 친절한 것들이다. 결석을 가진 뒤로 나는 다른 아플 일이 별로 없으며 그 이전보다 훨씬 더 그렇다고 보인다. 그리고 열이 나는 일도 전혀 없다. 내가 추론하기로는, 격심한 구토를 자주 겪으면서 내 몸이 맑아지고, 다른 한편 식욕이 떨어진 데다 이따금 단식을 하게 되는 식이어서 병적 체액들이 해소되며, 해롭기만 하고 쓸모없는 요소들을 대자연이 이 결석들에 담아 밖으로 내보내는 것이리라.

약 치고는 너무 비싼 값을 치르는 셈 아니냐고 이야기하지는 말라. 왜냐하면 그 많은 역한 냄새의 물약이며 살 태우기, 절개하기, 땀 빼내기, 고름 뽑기, 금식하기, 그리고 그 많은 가지가지 치료법은 그 난폭함과 고약함을 견디지 못해 흔히 우리에게 죽음을 가져다주니, 어쩌자는 것인가? 그래서 나는 통증이 닥쳐 오면 약을 먹고 있다 생각하며 통증이 사라지면 변함없고 완벽한 해방을 맛본다고 여기는 것이다.

내 병이 베풀어 주는 또 하나 특별한 배려가 있다. 이것은 대체로 저 혼자 제 일을 하고, 혹 내게 용기가 없는 경우만 아니라면 나더러는 내 일을 보라고 내버려 둔다. 통증이 몹시 격렬한데도 나는 말을 탄 채 열 시간을 버티기도 했다. 그저 견디라, 다른 치료법은 아무 소용이 없다. 놀아라, 먹어라, 달려라, 이것도 하고, 할 수만 있다면 또 저것도 하라. 마음껏 먹고 마신들 해롭기보다는 도움이 될 것이다. 매독 환자, 통풍 환자, 탈장 환자에게도 똑같은 처방을 해 보라. 다른 병들의 경우는 삼가야 할 것들이 더 포괄적이고, 우리가 하는 행동을 전혀 다른 방식으로 괴롭히며, 우리가 유지해 온 질서 전체를 방해하고, 우리의 생활 상태 전체를 병을 고려해 재고하라고 한다. 그런데 내 병은 그저 살갗을 꼬집을 뿐이다. 생각도 의지도 당신 원하는 대로 그대로 두고, 혀도 발도 손도 그대로 둔다. 그것은 당신을 잠들게 하기보다 깨운다. 영혼은 열병의 뜨거운 기운에 타격을 받으며 간질로 쓰러지고 심한 두통에 흩어지는 등 한마디로 몸 전체와 그 가장 귀중한 부분들을 해치는 온갖 병에 뒤죽박죽이 된다. 그런데 내 병은 영혼을 조금도 공격하지 않는다. 어딘가 신통치 않다면 그것은 영혼 그 자신의 책임일 뿐이다. 영혼은 스스로를 배반하고 스스로를 버리고 스스로를 타고 가던 말에서 떨어뜨린다. 신장에서 구워지고 있는 이 단단한 덩어리가 뭘 좀 마시면 녹을 수 있으리라 설복되는 것은 바보들밖에 없다. 그러니 일단 결석이 움직이면 그저 길을 내주는 수밖에 없으며 그러면 그것도 그 길을 따라 흘러갈 것이다.

이 병이 가진 또 다른 편리한 특징은 우리로서는 병에 대해 짐작할 길이 없다는 점이다. 다른 병들은 그 원인과 상태, 경과 따위가 불확실해 한없이 고통스러운 근심에 잠기게 하는데 우리는 그런 염려에서 면제된다. 의사들의 진찰과 판단에 마음 쓸 필요가 없다. 그것이 무엇이고 어디 있는지를 우리 감각이 다 보여주기 때문이다.

키케로가 자기 노년이라는 병고에 대해 이야기했던 식으로, 나도 때로 강력하고 또 때로 허약한 논거를 들어 가며 상상력을 잠재우거나 달래려고 하면서 노년의 상처 위에 약을 발라 본다. 내일 그 상처가 심해지더라도 내일은 또 다른 방책을 마련할 수 있으리라.

C 내 이야기가 틀림없다는 증거가 여기 있다. 얼마 전부터 다시 가볍게 움직이기만 해도 신장에서 선혈이 나온다. 어쩌겠는가. 그래도 나는 여전히 예전처럼 몸을 움직이며, 청춘인 듯 분수를 넘는 열정으로 말 박차를 가하며 사냥개들의 뒤를 쫓는다. 그리고 그렇게 심각한 탈에도 불구하고 그 부분이 묵지근하게 불편한 정도일 뿐이니 여간 다행이 아니다 싶은 것이다. 웬 큼지막한 결석 하나가 여기저기 굴러다니며 내 신장의 생살을 닳게 하고 있으니, 내 생명도 마치 이제는 쓸모없고 귀찮아진 분비물처럼 조금씩 바

깥으로 배출되는 것이 어딘지 편안하게 기분 좋기도 하다. [B] 그런데 내가 무엇인가가 무너져 가는 느낌이라도 가질 성싶은가? 뭔가 언짢은 예후를 확인하기 위해 내가 부러 맥박을 재고 소변을 검사하러 다니느라 시간을 축낸다고는 생각하지 마시라. 나는 때가 되면 즉시 나의 고통을 실컷 맛보리니, 두려움의 고통까지 굳이 내 고통에 더하지는 않을 것이다. [C] 고통스러울까 봐 두려워하는 자는 두려움 그 자체로부터 이미 고통을 맛보기 시작한다. 게다가 대자연이 작동하는 원리며 그 내적 진행 과정을 설명하겠다고 나서는 이들의 흐릿함과 무지, 그리고 그들 의술이 그 많은 엉터리 진단을 하는 것을 보면 대자연이 갖고 쓰는 방식들은 아직 아득한 미지의 것임을 알 수 있다. 대자연이 우리에게 약속하거나 혹은 위협하는 것은 너무 불확실하고 변화무쌍하며 애매모호하다. 죽음이 다가오고 있다는 명백한 신호인 늙음 말고는 내 보기에 다른 어떤 병에서도 우리가 장차 어찌될지를 예측해 볼 징후 같은 것은 찾기 어렵다.

[B] 나는 추론을 통해서가 아니라 내 진짜 느낌으로 나를 판단한다. 무엇하러 따져 보려 하겠는가? 내가 원하는 것은 그저 기다리고 견디는 것뿐인 것을. 그렇게 해서 내가 얻는 것이 얼마나 되는지 알고 싶은가? 다른 식으로 하는 사람들을 보라. 갖가지 수많은 이야기와 충고에 끌려가는 그들이 자기들 몸 말고 상상에 짓눌리는 일이 얼마나 자주 있는가. 이런 위험한 증상이 가라앉고 편안하게 됐을 때, 마치 그런 증세가 이제 시작된 것처럼 의사들에게 이야기하면서 나는 여러 차례 재미있는 경험을 했다. 선고하듯 무시무시한 결론을 내리는 의사들 말을 속 편하게 들으면서, 신이 내게 내려 주신 은총에 더욱 감사드리고, 그들 의사 직업이라는

것이 얼마나 허망한 것인지를 더 잘 알게 되었다.

젊은이들에게 충고해 줄 수 있는 최선의 것은 움직일 것, 그리고 조심할 것, 두 가지이다. 우리의 삶이란 그저 움직임일 뿐이다. 나는 어렵사리 몸을 일으키며 무슨 일에나 꾸물거린다. 일어나는 것도 잠자리에 드는 것도 식사하는 것도 다 그렇다. 7시는 내게 너무 이르며, 내 뜻대로 일과를 정하는 곳에서는 11시 전에 아침을 드는 일도 없고, 6시가 넘어야만 저녁을 먹는다. 예전에 열이 나고 아플 때면 그 원인이 너무 오래 잠을 자서 몸이 무겁고 나른해진 탓이라고 생각했었다. 그리고 아침에 다시 잠에 떨어지는 것을 늘 후회했다. [C] 플라톤은 술을 과하게 마시는 것보다 잠을 지나치게 많이 자는 것을 더 나쁘게 보았다.

[B] 나는 딱딱한 침대에서 혼자, 게다가 여자 없이, 임금처럼, 따뜻한 이불을 잘 덮고 자고 싶다. 내 침대는 한 번도 무슨 난방 기구로 덥혀 본 적이 없다. 그러나 노년에 들면서 필요하다 싶을 때는 두 발과 배를 따뜻이 덮을 모포를 챙기게 한다. 사람들은 위대한 스키피오를 잠이 많다고 비난했는데, 내 생각에 다른 이유는 없이 오직 그에 대해서만은 별달리 트집거리를 찾지 못해 마음들이 불편했던 것으로 보인다.

내 생활 방식에 좀 특별한 구석이 있다면 다른 것보다는 잠자는 법이 그렇다. 그러나 일반적으로는 다른 여느 사람과 마찬가지로 필요에 [C] 적응하고 [B] 양보한다. 잠은 내 생활의 큰 부분을 차지해 왔고, 지금 나이에도 여전히 한꺼번에 여덟, 아홉 시간을 내리 잔다. 내가 이 게으른 경향에서 벗어나고 있는 것은 내게 이로운 일이며 확실히 그 때문에 내 몸이 더 나아진다고 느낀다. 변화의 충격을 조금 느끼긴 하지만 한 사흘쯤 지나면 사라진다.

필요하면 나만큼 적게 잠을 자고도 충분한 사람이 없으며, 나만큼 흔들림 없이 훈련을 견디고, 나만큼 전투의 고역을 별스럽지 않게 여기는 이도 없을 것이다. 내 몸은 꿋꿋이 버티는 일은 해내지만 갑작스럽고 격렬한 활동은 감당하지 못한다. 이즈음에는 땀이 나게 하는 격한 활동은 피하고 있는데, 팔다리가 뜨거워지기 전에 이미 힘이 팔려 버린다. 나는 하루 종일 서 있을 수도 있으며, 아무리 걸어도 조금도 지루하지 않다. 그러나 C 아주 젊은 시절부터 B 포도 위에서는 기어이 말을 타고 다니려고 했다.[327] 두 발로 걷다보면 엉덩이까지 진흙투성이가 되어 버리는 것이다. 그리고 키가 작은 사람들은 만만해 보이는 까닭에 길에서는 떠밀리고 C 팔꿈치에 치이게 된다. B 나는 누워서나 앉아서나 두 다리를 의자 높이만큼 혹은 그 이상 올려 놓고 쉬는 것을 좋아했다.

무인(武人)의 일만큼 기분 좋은 것도 없다. 그 실제도 고귀하거니와 (모든 덕 중에서 가장 강력하고 고귀하며 당당한 덕은 용기이니) 그 대의도 고귀하며, 자기 조국의 평화와 위대함을 지키는 것보다 더 의롭고 더 보편적인 유익함은 없기 때문이다. 고상하고 젊고 활달한 그 많은 사람들과 함께하는 것이 당신을 즐겁게 하고, 그 많은 장엄한 비극적 광경을 일상적으로 보는 것, 꾸밈없이 자유롭게 나누는 대화, 허식 없이 씩씩한 생활 방식, 갖가지 수많은 다양한 행동들, 당신의 귀와 영혼을 사로잡고 뜨겁게 하는 전투 음악의 힘찬 가락, 이 일의 영예로움과 그 거칠고 어려움 또한 그렇다. C 플라톤은 이를 가볍게 여겨 국가 안 여성들과 아이들도 참가하게 하고 있다. B 당신은 그 광휘와 중요성이 어떤지를 판단해 어떤

327
1588년판에는 "포도 위에서는 말을 타고 밖에 갈 수 없었다."라고 쓰고 있다.

역할이든 어떤 위험이든 당신 몫으로 할 수 있으며, [C] 자원병인 그대는, [B] 생명 자체도 뜻 있는 곳에 바쳐지는 것을 보게 될 것이니,

> 나는 전투 중에 죽는 것이 멋진 일이라 생각한다.
>
> 베르길리우스

그 많은 사람들이 함께 달려드는 공동의 위험을 두려워하거나, 서로 다른 그 많은 종류의 영혼들이 감당하려 드는 것을 주저하는 것은 지나치게 무르고 비천한 심성이다. 어린애들도 동료가 있으면 자신을 갖는다. 다른 이들이 당신보다 학식이나 품위, 힘 혹은 재산이 더 많을 경우 당신은 당신 밖의 외부에서 그 이유를 찾아올 수 있다. 그러나 영혼의 단호함이 남보다 못하다면 당신 자신밖에 탓할 수가 없다. 죽음은 전장에서보다 침대에서 맞을 때 더 초라하고 시들하며 괴로운 법이니, 고열이나 독감도 화승총 맞은 것처럼 고통스럽기는 마찬가지이다. 누구든지 살다 보면 만나게 돼 있는 사고를 당당히 맞을 준비가 된 사람이라면 군인이 되기 위해 일부러 더 용기를 낼 필요가 없는 법이다.

[C] "친애하는 루킬리우스여, 산다는 것은 곧 투쟁하는 것이라네."(세네카) 내 기억에 나는 한 번도 가려움증을 앓은 적이 없다. 하지만 가려운 것을 긁는 것은 자연이 우리에게 허락한 가장 기분 좋은 일 중 하나로서 언제든 우리 마음먹기에 달린 일이다. 그러나 그러다 보면 너무 거북할 만큼 후회가 바짝 따라붙는다. 나는 귀를 긁곤 하는 일이 더 많은데, 그 안이 이따금 발작적으로 가렵곤 해서이다.

[B] 나는 모든 감각 기관이 거의 완벽할 만큼 건강하게 타고났

다. 위장은 편안할 만큼 튼튼하며, 머리도 그렇다. 그리고 열이 올라도 양쪽 다 아무렇지 않으며 호흡도 그렇다. 내가 [C] 얼마 전 여섯 해나 넘긴 나이 오십은 [B] 몇몇 나라들에서 까닭이 없지 않게 인생의 가장 적절한 마지막으로 규정한 바, 이런 나라에서는 그 나이를 넘겨서까지 살지 못하도록 하고 있었다. 그런데 나는 비록 불규칙하고 짧기는 하지만 너무나 분명하게 몸이 상쾌해지곤 해서, 청춘 시절의 건강과 평안함이 되살아난 듯 느껴지기도 한다. 활력과 희열감을 이야기하는 것은 아니다. 나이의 한계를 넘어서까지 그런 것이 계속되기를 바라는 것은 분별없는 생각이다.

> 이제는 더 이상 폭우를 견디며 그녀 집 문턱에서 기다릴
> 힘이 없도다.
>
> 호라티우스

내 몸의 상태는 얼굴이 [C] 그리고 두 눈이 [B] 곧장 드러낸다. 모든 변화가 다 거기서부터 시작되는데 실제 상태보다 좀 더 나쁘게 보인다. 그 이유가 무엇인지를 내가 아직 느끼기도 전에 친구들이 나를 안됐다고 여기는 일이 자주 있다. 내가 거울을 들여다보고도 놀라지 않는 것은, 벌써 젊은 시절에도 여러 차례 얼굴빛이 탁하고 눈빛에 어딘가 좋지 않은 기운이 서리곤 했지만 별달리 심각한 일은 없었기 때문이다. 이렇게 겉에 보이는 징후와 관련된 속병을 찾지 못한 의사들은 나를 괴롭히는 어떤 비밀스런 정념이나 정신적 문제가 있다고 추정했다. 그러나 잘못 짚은 것이다. 영혼이 그렇듯 몸도 내가 가자는 대로 따라왔더라면 나와 내 몸이 서로 함께 좀 더 편히 지냈을 텐데 말이다. 예전에 내 영혼은 아무런 근심

이 없었을뿐더러 지금 평상시에 늘 그렇듯, 반은 타고난 기질 대로 또 반은 마음먹은 대로 만족감과 즐거움에 가득 차 있었다.

> 내 육신은 정신의 번민으로 영향받지 않는다.
>
> 오비디우스

절제된 내 영혼 덕에 내 육신이 무너졌다가도 여러 차례 다시 일어설 수 있었다고 나는 믿는다. 내 몸은 자주 맥이 풀리곤 한다. 그러나 내 영혼은 설혹 즐거울 정도는 아닐지라도 적어도 고요하고 평온한 상태를 유지한다. 너댓 달 동안 사일열을 앓았던 적이 있는데 그 때문에 모습이 말이 아니었다. 그러나 정신은 평화로웠고 나아가 쾌활하기까지 했다. 고통이 사라지면 쇠약해지거나 피로하더라도 그 때문에 내 기분이 울적해지는 일은 없다. 이름만 들어도 끔찍한 느낌이 드는 몇 가지 육체적 질환이 있긴 하지만, 이즘 세상에 널리 퍼진 저 수백 가지 정신적 광란과 정념이야말로 내 보기에는 더 염려스럽다.[328] 나는 더 이상 달리지 않겠노라 마음먹는다. 그저 나 자신을 끌고 가는 것으로 족하며, 이제 내게 시작된 자연스런 쇠락을 탄식하지도 않으려 하니,

> 알프스산 중에서 갑상선종을 본들 누가 놀라랴?[329]
>
> 유베날리스

328

종교 전쟁과 그로 인한 내전 상황의 정신적 분위기를 가리키는 말이다.

329

갑상선종은 주로 요드 부족으로 생기며, 내륙이나 산악 지방에 흔한 병으로 알려져 있다.

또한 내 수명이 떡갈나무처럼 길고 충만하지 않다고 해서 안타까워할 일도 없다. 내 상상력을 불평해야 할 이유도 없다. 깊은 잠에 들었다 돌연 깨어날 만한 그런 생각들에 골똘한 적이 사는 내내 없었거니와, 어쩌다 깨어나는 경우는 내 욕망이 빚은 사태로서 아무런 괴로움도 따르지 않았다. 나는 꿈을 꾸는 경우가 드물다. 어쩌다 꾸는 꿈은 슬프다기보다 우스꽝스러워서 대체로 유쾌한 쪽의 생각이 빚어낸 몽환적인 것이거나 공상 같은 것이었다. 그리고 꿈이란 우리의 성향에 대한 충실한 통역자라는 말이 사실이라고 생각한다. 그러나 꿈을 분류하고 이해하는 데는 기술이 필요하다.

[C] 사람들 꿈속에서 보는 것은
사는 동안 그들을 사로잡고 있는 것,
깨어 있을 때 그들이 생각하고 보고 행하는 것,
그러니 놀랄 일은 하나도 없네.

아티우스의 시를 키케로가 인용

더욱이 플라톤은 앞날에 벌어질 일을 꿈에서 알아내는 것은 예지가 맡아야 하는 일이라고 말한다. 이 점에 대해 나는 할 말이 전혀 없지만, 누구도 훼손할 수 없는 권위를 가진 소크라테스, 크세노폰, 아리스토텔레스 같은 이가 놀라운 경험들을 이야기하고 있다.[330] 역사가들은 아틀란티스 주민들이 꿈을 꾸지 않았다고 전

330
키케로의 『예언에 관하여(De divinatione)』가 적고 있는 이야기들로서, 투옥돼 있던 소크라테스는 꿈을 통해 자기가 사흘 뒤에 죽게 될 것을 알았고, 크세노폰도

한다. 또 그들은 죽인 것은 아무것도 먹지 않았다고 하는데, 이 이야기를 덧붙이는 이유는 어쩌면 이 때문에 꿈을 꾸지 않았는지도 모르기 때문이다. 퓌타고라스는 일부러 꿈을 꾸려고 할 경우 먹어야 할 음식의 조리법을 알려 주기도 했다. 내가 꾸는 꿈은 편안한 것이어서 몸을 움직이거나 목소리를 내게 되는 경우가 없다. 꿈 때문에 기이할 정도로 동요되는 사람들을 우리 시대에 여럿 봤다. 철학자 테온은 잠자면서 걸어 다녔고 마찬가지로 페리클레스의 하인은 기와지붕이며 용마루 위를 걷곤 했다.

[B] 나는 식탁에서 음식을 골라 먹는 법이 없으며 눈에 먼저 들어오는 제일 가까이 있는 것을 집어 먹는 식이라 이 맛 저 맛을 보려고 일부러 몸을 움직이지 않는다. 요리 접시나 차림 횟수가 많은 것은 무엇이 가득 많은 다른 경우들이나 마찬가지로 싫다. 나는 한두 가지 요리로도 쉽게 만족하는 편이다. 그리고 잔치에서 이제 막 입맛을 다시기 시작하는 요리를 거둬 가고 바로 새로운 요리를 가져다 줘야 하며 갖가지 새의 꼬리 부위 살로 손님들을 배부르게 하지 않는 만찬은 형편없는 것이라면서 식용 꾀꼬리 요리만이 남김없이 통으로 먹을 만하다고 이야기하는 저 파보리누스란 사람의 생각을 혐오한다.

나는 가끔 절인 고기를 먹지만, 그러나 소금 넣지 않은 빵을 즐기며 우리 집 빵 굽는 이는 이 지방 풍속과는 달리 내 식탁에 다른 것은 올리지 않는다. 내가 어렸을 적에는 보통 누구나 그 나이

자기에게 고난이 다가오는 것을 꿈을 통해 알게 되었다. 아리스토텔레스 역시 자기 친구 에우데모스가 자기 병이 곧 회복되리라는 것과 페레스 지역을 다스리던 폭군 알렉산드로스가 암살되리라는 것, 그리고 그 자신의 죽음에 대해 꿈을 통해 알게 되었다고 한다.

에 좋아하는 설탕이나 잼, 케익 따위를 먹지 않으려 해서 주로 그 버릇을 고쳐 주려고들 했다. 내 가정교사는 이렇게 맛있는 음식을 싫어하는 것이 바로 맛을 고집하는 버릇의 하나라고 생각해 늘 나를 꾸짖었다. 사실 어떤 음식을 두고 하든 무엇인가를 너무 싫어하는 것은 너무 입이 까다롭게 구는 태도이다. 어린애가 갈색 빵이나 베이컨 혹은 마늘을 고집스레 유난히 좋아할 때 그것을 고치는 것은 아이의 까다로운 식성을 바꾸는 셈이다. 자고새 요리 사이에 소고기나 햄이 없으면 고생스럽다는 듯 환자처럼 힘들어 하는 이들이 있다. 좋은 세월이로다. 그야말로 섬세함 중의 섬세함 아닌가. 평범하고 익숙한 것은 맛없다고 느끼는, 팔자 늘어진 이들의 입맛이니, C "그것을 통해 호사스러움이 사치스러움의 지루함을 달래려는 격이다."(세네카) 다른 이들이 좋아하는 음식은 그대들이나 실컷 드시라며, 자기가 먹고 마시는 것만을 특별하게 여기는 것이 이 악덕의 본질이다.

> 수수한 식탁에 차려진 푸성귀에 그대 만족하지 않는다면.
> 호라티우스

정말 이런 식 말고 달리 지낼 수도 있으니, 욕망은 가장 손쉽게 얻을 수 있는 것들에 묶어 두는 것이 더 낫다. 그러나 자신을 무엇엔가 종속시키는 것은 그래도 늘 악덕이다. 나는 한때 친척 중 한 사람이 배를 타고 다니던 생활 탓에 침대에 눕거나 자기 전 옷 벗는 것도 할 줄 모르게 된 것을 두고, 까다로운 성품이라고 타박한 적이 있다.

내게 만약 아들 자식이 몇 있었다면 나는 진심으로 그 아이들에게도 나와 같은 운명을 빌었으리라. 하느님은 내게 선한 아버지를 주셨으니, 아버지의 선함에 대해 내가 돌려드릴 것은 그저 고마워하는 마음뿐이지만, 분명 그분의 선함은 활기로 가득한 것이었다. 아버지는 내가 요람에서 자라던 시절부터 당신 소유의 땅에 있는 가난한 마을로 나를 보내 내가 젖 먹고 양육되는 동안 내내 거기서 자라게 하였으며 그 뒤로도 나를 가장 소박하고 평범한 생활 방식에 길들이게 하셨다. C "자유로움의 상당 부분은 절제된 배속에 있다."(세네카) B 아이들 양육하는 책임을 당신이 움켜쥐지 말 것이며, 아내에게는 그보다도 덜 주어라.[331] 평범한 사람들과 자연의 법칙에 따라 운명이 그들을 가르치게 놓아 두라. 습관이 그들을 소박함과 엄격함에 길들여지게 해, 그들이 삶의 혹독함을 향해 점차 올라가도록 하기보다 내려오도록 할 일이다. 아버지가 이렇게 하신 것은 다른 뜻이 또 있었으니, 나를 민중과 묶어 주고, 우리의 도움을 필요로 하는 그들의 처지와 연대하게 하려는 것이었다. 그리고 내게 등을 돌리는 사람보다는 내게 팔을 내미는 사람 쪽을 바라볼 의무가 있다고 생각하셨다. 그런 이유에서 세례용 성수반(聖水盤) 위에 내 몸을 들어 올려 붙들고 있는 일을 가장 곤궁한 신분의 사람들에게 맡기셨으니, 나를 그들에게 묶어 주려는 것이었다.[332]

아버지의 계획은 조금도 엇나가지 않았다. 나는 기꺼이 약한

331
당시 보통 일곱 살이 될 때까지 부인들이 맡던 아이 교육을 의미한다.

332
대부모와 대자녀의 관계는 세례 성사가 얼마나 장엄하게 진행되느냐에 따라 매우 강력한 것이었으며, 사회적 신분의 차가 큰 경우가 드물지 않았지만 대부분 마을 영주가 농민의 자녀 대부를 맡았다고 한다.

사람들 편에 섰으니, 그렇게 하는 것이 더 영광스러운 것이어서이기도 하고 또 타고난 연민 때문이기도 한데, 연민은 내 내면에서 무한한 권능을 행사하는 것이다. 이 시대의 내전 중 내가 단죄하는 쪽은 그 세력이 번창하고 흥성할 때 내가 더욱 혹독하게 단죄할 것이다. 그들이 비참해지고 분쇄된 것을 보면 내 마음은 능히 그들과 화해하는 쪽으로 기울 것이다.[333]

스파르타 두 왕의 아내이자 딸이었던 첼로니스의 멋진 성품을 나는 얼마나 기꺼운 마음으로 곰곰 생각해 보는지 모른다! 남편인 클레옴브로투스가 도시 국가에서 일어난 권력 투쟁의 와중에서 그녀 아버지인 레오니다스를 압도하자 그녀는 착한 딸이 되어 망명길에 올라 비참한 지경에 이른 아버지 편을 들며, 승리한 남편에 맞섰다. 운명의 방향이 바뀌고 나서는? 그녀 역시 운명과 함께 자신의 뜻을 바꿔 과감하게 이제는 남편의 편에 서는데, 파멸한 남편이 떠밀려 가는 대로 그녀 역시 남편을 따르니, 그녀는 항상 자신을 가장 필요로 하는 쪽에, 그리고 자신의 연민을 가장 잘 보여 줄 수 있는 쪽에 몸을 던지는 것 말고는 다른 선택을 모르는 듯 보인다. 나는 천성적으로 강자들 앞에서는 비굴해지고 약자들 앞에서는 오만하게 굴던 피루스의 경우보다는 플라미니우스가 보여 준 예에 더 끌리는데, 그는 자기에게 도움이 되는 사람들 보다는 자기를 필요로 하는 사람들에게 자신을 내주었다.

긴 식사는 [C] 나를 언짢게 하고 [B] 내게 해롭다. 아마도 어린 시

333
이 부분은 1588년판과 약간 달라졌는데 비교해 볼 만하다. "우리의 동란 중에 나는 그중 한 파당의 대의를 단죄하고 있지만, 그쪽이 번창하고 흥성할 때는 더욱 그렇다. 그들이 비참해지고 분쇄된 것을 보면 이따금 얼마간 그들과 화해하는 쪽으로 기울곤 했다."

절에 형성된 습관 때문인지 스스로에 대한 통제력이 부족해, 식탁에 앉아 있는 만큼 계속 먹기 때문이다. 그래서 집에서는, C 식사 시간이 짧긴 하지만, B 아우구스투스식으로 다른 이들보다 조금 나중에 자리에 앉는다. 그렇다고 그를 흉내 내어 다른 사람들보다 먼저 식탁을 떠나는 것은 아니다.[334] 반대로 나는 식사 뒤 긴 시간 편안히 쉬면서, 내가 끼어들지 않아도 될 경우에는 그저 다른 이들 이야기하는 것을 듣기 좋아하는데, 식사 전에 큰소리로 떠들고 토론하는 것을 건강에 좋고 즐거운 일로 여기는 것만큼이나 배가 부른 상태에서 이야기하는 것은 피곤해지고 나를 해치기 때문이다.

C 고대 그리스인들과 로마인들은 우리보다 더 분별이 있었던 것이, 그들은 삶의 가장 본질적인 활동 중 하나인 식사에 여러 시간, 그것도 다른 예외적 일이 끼어들지만 않는다면 밤 시간 중 가장 좋은 몫을 할애했으니, 그 모든 것을 그저 내달리며 해치우는 우리와 달리, 천천히 먹고 마시면서 갖가지 유익하고 편안하며 어울리는 데 유익한 대화를 주고받는 식으로, 더 넉넉히 향유하는 여유로움 속에서 식사라는 이 자연스런 즐거움을 확장시키는 것이었다.

B 나를 돌봐야 하는 사람들은 자기들 생각에 내게 해롭다 싶은 것은 얼마든지 내가 못 먹게 금할 수 있다. 그런 음식의 경우, 눈앞에 보이지 않으면 나는 아무런 욕구도 아쉬움도 느끼지 않기 때문이다. 그렇지만 내 눈앞에 차려진 음식을 두고 나더러 먹지 말라고 하는 설교는 아무리 해 봐야 이미 헛수고이다. 그래서

334
아우구스투스 황제는 공무가 바쁘다는 점을 들어 회식 자리에 늦게 들어오고 남보다 일찍 일어서서 나갔다고 한다.

내가 금식하기로 결심하면 저녁 식탁과 따로 떨어진 자리에서 내게 처방된 식단에 필요한 만큼만 차려 줘야 한다. 일단 식탁에 앉으면 나는 무슨 결심을 했는지 잊어버리기 때문이다. 어떤 요리를 보고 다른 방법으로 조리해 달라고 하면 우리 집 하인들은 그 말이 내 식욕이 떨어졌고 내가 그 음식에 손도 대지 않을 것이라는 뜻임을 바로 안다. 그래도 되는 요리라면 나는 거의 익히지 않은 날것도 좋아하고 숙성시킨 것, 그것도 냄새가 달라질 정도까지 된 것도 좋아한다. 내가 대체로 견디지 못하는 음식은 딱딱한 것들인데(그 밖의 경우에는 내가 아는 그 누구보다 나는 무심하며 참아 넘긴다.), 일반적인 입맛과는 달리 생선도 어떤 것은 너무 싱싱하고 너무 단단하게 느껴진다. 내 이가 잘못되서 그러지는 않는 것이, 최상이라고 할 만큼 늘 상태가 좋았으며, 이즘 들어서야 나이를 느끼기 시작하기 때문이다. 나는 어린 시절부터 아침에 일어나서 그리고 음식 먹기 전과 먹은 후에 작은 수건으로 이를 닦는 버릇을 들여 왔다.

누군가의 생명이 조금씩 줄어 가는 것은 하느님이 그에게 베푸시는 은혜이다. 늙어 가는 것이 누리게 되는 유일한 축복이 그것이다. 최후에 맞게 될 죽음은 그만큼 덜 전면적이고 덜 고통스러울 것이다. 그때쯤이면 한 사람의 절반 혹은 4분의 1 정도만 마무리할 단계가 되었을 테니까 말이다. 여기 내 이 하나가 아프지도 않고 애쓸 것도 없이 절로 빠졌다. 자기 수명의 본래 종점에 다다른 것이다. 내 존재의 일부인 이것이나 다른 몇 가지는 이미 죽었고, 내가 가진 가장 원기왕성한 것들에 속했고 꽃피던 한창 나이에는 맨 앞열에 서 있던 것들은 절반쯤 죽은 상태이다. 이렇게 나는 시드는 중이며 나 자신에게서 빠져나가고 있는 중이다. 이미 이렇게까지 진행된 추락의 마지막 작은 단계를 건너는 일을 마치 온전히 저 높은 출발점에서 떨어지는 양 느낀다면 나의 분별력이 얼마나 어리석은 것이 되겠는가? 그러지는 않기를 빌고 싶다.

C 참으로 내 죽음에 대해 생각하면서 가장 큰 위로를 받는 것은 내가 평범하고 자연스러운 그런 죽음을 맞이하리라는 것, 그런 까닭에 이제부터는 운명에게 무엇을 요구하거나 기대한다면 그것은 부당한 호의밖에 없으리라는 점이다. 사람들은 예전에는 인간이 체구도 더 컸고 수명도 훨씬 더 길었다고 믿고 싶어 한다. 그러나 저 옛날 사람인 솔론은 수명의 한계를 일흔 살로 끊었다. 옛날의 저 '빼어난 중도(ἄριστου μέτρου)'(디오게네스 라에르티오스)를 무슨 일에서나 그토록 찬미해 온 나는 적절한 중용을 가장 완벽한 척도로 여겨 온 터에, 그런 내가 과도하고 상궤를 벗어난 노년을 바라겠는가? 자연의 흐름을 거슬러서 일어나는 일은 무엇이나 불쾌할 수 있으나 그 흐름을 따라 다가오는 일은 항상 유쾌한 것일 수밖에 없다. "자연의 도리에 맞게 다가오는 것은 무엇이나 좋은 것으로 여겨야 하리라."(키케로) 그래서 플라톤은 상처나 질병으로 다가오는 죽음은 난폭하다고 할 수 있으며, 노년이 우리를 인도해 우리가 맞게 되는 죽음은 모든 죽음 중에 가장 가볍고 어느 정도 달콤하기까지 하다고 말한다. "젊은이들로부터 생명을 앗아 가는 것은 난폭한 힘이지만, 노인들은 잘 익은 과일처럼 삶으로부터 떨어져 나간다."(키케로)

B 죽음은 언제나 도처에서 우리 삶에 섞여 들고 녹아든다. 쇠락은 임종의 시간에 앞서 진행되며 우리가 상승해 가는 중일 때도 이미 깃들기 시작한다. 스물다섯 때와 서른다섯 때의 내 모습을 담은 초상화가 있는데, 나는 그것을 현재의 내 초상화와 비교

해 본다. 얼마나 여러 가지 점에서 그것은 더 이상 내 모습이 아닌 것인가! 지금 내 모습은 죽어 가며 갖게 될 내 모습보다는 저 시절들의 모습들로부터 훨씬 더 멀어지지 않았는가! 자연을 너무 끌고 다니며 괴롭힌 나머지 마침내 자연이 우리를 떠나면서, 우리를 이끌어 주는 역할도, 우리 두 눈과 이와 다리, 그 밖의 나머지 부분도 낯선 손길을 불러들여 거기 의지하라고 내맡길 수밖에 없게 하는 것, 우리를 동반하느라 지친 자연이 〔의술이라는〕 기술에 우리를 내맡길 수밖에 없도록 만드는 것은 그것은 자연을 너무나 혹사하는 것이다.

나는 멜론을 빼고는 야채나 과일을 딱히 좋아하지는 않는다. 아버지는 모든 종류의 소스를 싫어하셨는데, 나는 그 모두를 다 좋아한다. 과식하면 거북해진다. 그러나 어떤 성질 때문에 내게 해로운 음식이 있는지는 아직 분명히 모르겠다. 마치 보름달이건 기우는 달이건, 가을이건 봄이건 별 차이를 모르듯 말이다. 우리 안에는 불규칙하고 알지 못할 변화들이 일어나고 있다. 예를 들어 무는 처음 내 몸에 맞는 것 같았는데, 나중에는 맞지 않다가 지금은 다시 괜찮다. 몇 가지 경우에 내 위장과 입맛은 이처럼 다양하게 변하는 것이다. 나는 백포도주에서 연한 적포도주로 다시 바꿨으며 그러다 또 연한 적포도주에서 백포도주로 바꿨다. 나는 생선을 몹시 좋아해 남들이 절식할 때[335] 성찬을 즐기고 금식할 때 잔치를 벌이는 셈이다. 어떤 사람들이 생선이 고기보다 소화가 잘된다고 하는데 나는 그 말을 믿는다. 생선 먹는 날에 고기를 먹는 것이 마음에 걸리는 것처럼, 생선을 고기랑 함께 먹는 것도 내 식성

335
예수의 수난을 생각하며 고기를 금하고 생선류만 먹는 것을 말한다.

에는 거북하다. 내게는 두 가지 먹거리가 너무 멀리 떨어져 있는 듯 보인다.

젊은 시절부터 나는 가끔 끼니를 건너뛰곤 했다. 에피쿠로스가 많이 먹지 않고도 쾌감을 간직하기 위해 일부러 단식하고 소박한 식사를 했듯이, 다음 날의 식욕을 더 좋게 하려고 하는 것이기도 했고, 거꾸로 풍성한 식탁의 기회를 내 식욕이 한껏 이용하고 더 유쾌하게 즐기도록 하기 위해서 그런 것이기도 했다. 또 혹은 어떤 육체적 활동이나 정신적 활동을 위해 힘을 비축하기 위해서 금식을 하기도 했는데, 배가 차면 몸과 마음이 심하게 게을러지기 때문이다. 특히 그렇게도 건강하고 가벼운 여신이 술기운으로 곤죽이 되어 소화 불량으로 연신 트림이나 하는 왜소한 신과 멍청하게 짝짓기를 하는 것은[336] 내가 그 무엇보다 싫어하는 일이다. 내 금식은 또 내 아픈 위장을 치료하기 위해서이기도 하고, 혹은 적당한 짝이 없어서이기도 한데, 왜냐하면 나도 방금 그 에피쿠로스처럼 무엇을 먹느냐보다 누구와 먹느냐를 살펴야 한다고 보며, 페리안데르의 축연에 초대받고도 어떤 손님들이 오는지를 알기 전까지는 자기가 참석하겠다는 약속을 안 해 주려던 치오를 찬양하기 때문이다. 나에게는 식탁에서 좋은 사람들과 어울려 즐기는 것보다 더 달콤한 요리도 없으며 그보다 더 깊은 풍미를 가진 소스도 없다.

나는 더 맛있고 그리고 더 적게 먹는 것이, 또 자주 먹는 것이 더 건강한 식사법이라고 생각한다. 그러나 나는 식욕과 허기를 소중하게 쓰고 싶다. 의사들이 하라는 대로 하루 서너 끼의 볼품없

336
비너스와 바쿠스 신을 말한다.

는 식사를 억지로 한대서야 무슨 재미가 있겠는가. [C] 오늘 아침 동한 나의 식욕을 내가 저녁에 다시 찾게 되리라고 누가 보장할 것인가? 자, 그러니 특히 우리 노인들은 우리에게 다가오는 첫 기회를 놓치지 말자. 내일모레 무슨 일이 생기는지는 책력 만드는 이들이나 의사들에게 맡겨 두자.[337]

[B] 건강이 내게 주는 최고의 열매는 쾌락이니, 우리가 아는 지금 당장의 첫 즐거움을 붙들어 두자. 나는 금식의 법칙이 철저해지는 것은 피한다. 어떤 생활 방식으로 도움을 얻고자 한다면 그것이 마냥 지속되는 것에서 멀어져야 한다. 이 습관에 무뎌진 나머지 우리가 가진 힘이 잠들어 버리니 말이다. 여섯 달이 지나면 당신의 위장은 너무나 왜곡되어 당신의 소득이란 그저 아무런 피해 없이 위장을 달리 쓸 수 있는 자유가 사라졌다는 것뿐이리라.

나는 겨울에도 여름처럼 다리와 허벅지에 그저 단순한 긴 명주 양말만 하나 걸치고 다닌다. 감기 치료를 위해 나는 머리를 더 따듯하게 하며, 결석증을 고치려고 배를 더 따듯하게 하도록 했다. 며칠이 되지 않아 내 병은 거기 익숙해지고 일상적이 된 예방책을 거들떠보지도 않는 것이다. 그래서 머리쓰개에서 머리덮개로, 헝겊 모자에서 벙거지로 등급을 높여 갔다. 웃옷에 솜을 넣어 봤자 모양 내기에나 소용될 뿐이다. 아무 쓸모가 없으니, 거기다 토끼 가죽이나 독수리 가죽을 덧대고 또 머리에는 털모자를 뒤집어쓴다면 혹 모르겠지만 말이다. 이렇게 등급을 높여가 보라. 당신은 한참을 멀리 나가게 될 것이다. 나는 그런 식으로는 하지 않을 참이다. 행여 감히 시작했더라도 기꺼이 첫걸음에서 돌아설 것

337
1595년판에는 "희망과 예언일랑 책력 만드는 이들에게 맡겨 두자."라고 쓰여 있다.

이다. 몸 어디가 새로이 불편한가? 개선책을 써도 당신에게 더 이상 별 도움이 안 될 것이다. 당신은 거기 익숙해지게 되니 말이다. 또 다른 개선책을 찾으시라. 이렇게 해서 이런저런 혹독한 요법에 얽혀 들어간 이들은 맹신 속에서 꾸역꾸역 이 요법을 따르면서 스스로 무너져 내린다. 그래도 그들에겐 여전히 다른 요법들이 필요하고 그러고 나면 또 새로운 요법들이 필요하니, 그 길은 결코 끝이 나지 않는 길.

우리의 일이나 즐거움을 위해서는 고대인들이 했듯이, 일을 마치고 쉬는 시간까지 점심을 거르고 미룬 뒤 나중에 잘 먹음으로써 하루를 도중에 끊어지지 않게 하는 것이 훨씬 편리하다. 옛날 내가 그런 식이었다. 그 뒤에 경험을 통해 보니 건강을 위해서는 반대로 점심을 먹는 것이 더 나으며 소화는 깨어 있을 때 더 잘 된다.

건강할 때나 아플 때나 나는 한 번도 갈증에 시달린 적은 없다. 아플 때는 물론 입이 마르는 경우가 많지만 목이 마르지는 않다. 보통은 식사하다 목을 축이고 싶을 때만 마시게 되는데 그것도 한참 식사가 진행되고서야 그렇다. 보통의 남자 치고는 술을 꽤 마시는 편이다. 여름에 그리고 식욕이 돋는 식사를 할 때는 정확히 세 잔만 마시고 더는 삼갔던 아우구스투스의 한도를 넘을 뿐만 아니라, 불길한 숫자라며 네 잔에서 멈추는 것을 금지했던 데모크리투스의 규칙을 위반하지 않기 위해, 필요하면 다섯 잔 까지는 술술 넘기는데 대략 4분의 3 리터쯤 되는 셈이다. 나는 작은 잔을 좋아하며 잔을 끝까지 마셔 비우는 것이 좋은데 다른 사람들은 이것이 예법에 맞지 않다고 피한다. 나는 대체로 포도주에 같은 양의 물을 섞어 마시는데, 때로는 물 3분의 1을 타기도 한다. 집에 머무르고 있을 때는 아버지 주치의가 자신과 아버지에게 처방했던 옛날식대로 차려 내놓기 두세 시간 전에 미리 저장 창고에서 내가 마실 술을 물과 섞어 둔다. [C] 사람들 말로는 아테네인들의 왕이었던 크라나우스가 술을 물로 희석하는 관행을 시작했다고 한다. 그렇게 하는 것이 좋은지 나쁜지를 두고 서로 견해차가 나는 것을 보아 왔다. 아이들은 열여섯 혹은 열여덟 살이 지나서야 술을 가까이하도록 하는 것이 건강에도 좋고 더 온당한 일이라고 생각한다. [B] 가장 통상적이고 평범한 삶의 형식이야말로 가장 아름답다. 특별한 것은 무엇이나 내게는 피해야 할 일로 보인다. 물 타지 않은 맨 술을 마시는 프랑스인과 마찬가지로 술에 물을 타 마시는 독일인도 보고 싶지 않다. 그런 일에서는 사람들의 습속이 법인 셈이다.

나는 답답한 공기를 두려워하며 연기를 죽을 것마냥 피해 다닌다.(우리 집을 처음 수리한 곳이 굴뚝과 화장실이었는데, 낡은 건물에는 어디나 있는, 참기 어려운 결함이다.) 전쟁터의 어려움 중 하나로는 하루 종일 여름 땡볕 속에 우리를 가둬 놓는 저 자욱한 먼지를 들 수 있다. 나는 자유롭고 편하게 숨을 쉬는데, 감기가 와도 대부분 폐를 상하는 일이나 기침을 하는 경우가 없다.

여름의 혹서가 내게는 겨울의 혹한보다 더 큰 적이다. 추위의 불편함보다 더 어찌해 볼 방법이 없는 더위의 불편함 말고도, 그리고 머리 위에 쏟아지는 햇볕의 따가움 말고도, 부신 햇빛이 눈을 상하게 하기 때문인데 지금은 이글거리는 환한 벽난로 불을 마주하고 앉아서는 식사를 할 수가 없다. 책을 더 많이 읽었던 시절에는 종이의 흰 빛을 약하게 하려고 유리 조각을 책 위에 얹어놓곤 했는데 그 덕에 눈이 한결 편했다. 나는 지금까지도 안경을 쓸 줄 모르며, 예전이나 마찬가지로 또 남들만큼 멀리까지 볼 수가 있다. 그런데 해가 질 무렵이면 읽기가 곤란하고 잘 안 보이기 시작한 것이 사실이다. 독서를 계속하면 늘 눈이 피곤해지는데 특히 밤에 더 그렇다.

C 거의 느끼지도 못한 사이에 내가 어느덧 한 걸음 뒤로 물러선 것 아닌가. 한 걸음 더, 두 번째에서 세 번째로 또 한 걸음, 세 번 째에서 네 번째로, 그렇게 아주 서서히 뒤로 가다 나는 어느 날 완전히 눈이 멀게 되고 그때에야 비로소 내 시력이 약해지고 늙었음을 느끼게 되리라. 운명의 여신들은 그렇게 능숙하게 우리 목숨의 실타래를 풀어 간다. 내 청력이 어두워져 가는 것도 스스로 받아들이기를 망설이니, 반쯤 귀가 멀어 놓고도 여전히 내게 이야기하는 사람들의 목소리를 탓하고 있는 내 모습을 보게 되리라. 영혼으로 하여금 자신이 어떻게 새어 나가고 있는지를 느끼게 하려면 영혼을 팽팽하게 당기고 있어야 한다.

B 내 걸음걸이는 빠르고 단호하다. 그리고 정신과 육체 중 한 곳에 멈춰 있게 하기 더 어려웠던 것이 어느 쪽인지를 알 수가 없다. 강론하는 동안 줄곧 내 주의를 집중시키는 이는 진실로 내 벗 중의 하나이다. 모두가 다 그렇게 긴장된 얼굴을 하고 있고 부인들은 내가 보니 눈동자 한 번 까딱하지 않고 있는 엄숙한 행사 자리에서 내 팔다리 어느 부분인가는 늘 까닥거리는 것을 나는 막을 수가 없었다. 앉아 있었는데도 안정돼 있는 것은 아니었다. C 철학자 크리시푸스의 하녀가 저 양반은 다리만 취해 있다고 한 것처럼(그는 어느 자세로 있든지 늘 다리를 움직이는 버릇이 있어서, 다른 사람들이 다 술기운에 취해 있는데도 그만은 아무런 변화가 없는 것을 두고 그녀가 한 말이었다.), 유년 시절부터 사람들은 나를 두고 두 발에 광기나 혹은 구르는 수은을 달고 다닌다고 말할 수 있었

을 만큼, 나는 어느 장소에 발을 두든 늘 가만히 있지를 못하고 움직인다.

B 나처럼 게걸스레 먹는 것은 건강도 즐거움도 해칠 뿐만 아니라 품위도 없다. 급히 먹느라 나는 자주 혀를 깨물거나 어쩌다 손가락을 물기도 한다. 이런 식으로 먹는 어린아이를 본 디오게네스는 그 아이 가정교사에게 따귀를 올려붙였다. C 로마에는 우아하게 걷는 법과 마찬가지로 우아하게 씹는 법을 가르치는 사람들이 있었다. B 그렇게 먹다 보니, 적절하고 유쾌하며 짤막할 경우 식탁에서 그 맛있는 양념이 되는 담소의 여유를 나는 누리지 못한다.

우리의 쾌락들 사이에는 질투와 시기가 있어서 서로 충돌하고 서로 간섭한다. 즐거운 식사에 일가견이 있던 알키비아데스는 식탁에서 음악마저 추방해 버렸는데, 담소를 나누는 즐거움이 방해받을까 봐서 그런 것이다. C 플라톤이 그에게 제시한 근거를 따르면, 잔치 자리에 연주가들을 부르고 가수를 부르는 것은 범속한 이들이 하는 바로서 좋은 이야기와 유쾌한 대담을 나눌 줄 몰라 그러는 것이고, 이해력을 지닌 사람들은 담소를 통해 서로를 즐겁게 만든다고 한다. B 바로는 향연의 자리에 필요한 것으로서, 어엿한 자태에 침묵도 수다스러움도 아닌 기분 좋은 대화를 아는 사람들이 모이는 것, 그리고 깨끗하고 세련된 음식과 공간, 맑은 날씨를 들었다. C 잘 마련된 식사 자리는 여간한 기술로 되는 것도 아니고, 그 즐거움 또한 사소하지 않다. 걸출한 장수들도 위대한 철학자들도 누구나 이런 자리에 함께하는 일을 마다하지 않고 또 그렇게 꾸리는 방법을 귀하게 여겼다. 생각해 보면 세 차례 그런 향연의 자리가 기억에 남아 있는데, 내 젊음이 꽃피던 시절 서로 다른 시기에 행운의 덕으로 내가 깊은 기쁨을 맛보았으니, 초대된 사람들 모두가 각자 자기가 그때 지니고 있던 빼어난 육체적 정신적 역량에 따라 그 자리에 최상의 매력을 보태고 있었다. 요즘의 내 처지는 그런 자리에 나아가는 것이 전혀 어울리지 않는다.

[B] 무슨 일이건 항상 땅을 단단히 딛고 있는 나는, 우리로 하여금 육체를 가꾸는 것을 경멸하고 적대시하게 만드는 저 비인간적 지혜를 혐오한다. 또 자연의 쾌락을 역겨워하는 것도 거기에 지나치게 매달리는 것과 마찬가지로 옳지 않다고 생각한다. [C] 크세르크세스[338]는 바보였던 것이, 인간에게 주어진 온갖 쾌락에 둘러싸여 있으면서도 또 다른 쾌락을 알려 주는 자에게 상을 주겠다고 했으니 말이다. 그러나 그에 못지않은 바보가 바로 자연이 내려 준 쾌락들을 잘라 내 버리는 사람이다. [B] 그 쾌락은 뒤쫓아 다닐 것도, 피해 도망 다닐 것도 아니며 그저 받아들여야 하는 것이다. 나는 다른 이들보다 좀 더 풍요롭게 그리고 더 우아하게 그것을 받아들이며, 보다 기꺼이 자연의 성향에 나 자신이 이끌려 가게 놔둔다. [C] 우리가 이 같은 쾌락의 공허함을 과장할 필요는 없다. 그것은 저절로 충분히 느껴지며 충분히 드러난다. 병든 데다 흥을 깨는 버릇이 있는 우리네 정신은 자기 자신뿐만 아니라 이 쾌락에 대해서도 혐오감을 갖게 만드니 말이다. 정신은 만족할 줄 모르고 떠돌아다니는 변덕스러운 자기 기질에 따라, 자신과 자신에게 오는 모든 것에 대해, 때로는 미리 때로는 지나간 후에 이리저리 따져 본다.

338
페르시아의 황제. 키루스 대제의 딸을 어머니로, 다리우스 황제를 아버지로 태어나 제위를 계승한 그의 이름은 '왕들의 왕'이라는 뜻을 가졌다.

단지가 청결하지 않으면, 무엇을 그 안에 부어도 상하는 법이다.

호라티우스

삶의 즐거움들을 그렇게 정성스럽고 또 특별하게 맞아들인다고 자부하는 내가 자세히 그것들을 바라보노라면, 거기에는 바람 말고는 사실상 아무것도 없다. 하지만 어쩌랴, 어떻게 봐도 우리 자신이 바람인 것을. 그리고 바람마저 우리보다 더 지혜롭게, 그저 소리를 내고 뒤척이기를 좋아하면서 제 할 일로 만족할 뿐, 안정성이며 견고성 같은 자기 것 아닌 자질은 탐하지 않는다.

어떤 이들은, 크리톨라우스의 저울이 보여 주는 것처럼, 상상 속의 쾌락이나 불쾌함이 그 강렬함에 있어서 가장 큰 것이라고 이야기한다.[339] 그것은 놀랄 일이 아니다. 상상력은 제 마음대로 쾌락을 창작하며, 통째로 갖다 놓은 피륙에서 제 원하는 대로 쾌락의 모양을 잘라 갖기 때문이다. 그에 대해 나는 매일처럼 놀랍고도 어쩌면 바람직하기도 할 예들을 보게 된다. 그러나 거칠고 이것저것 뒤섞인 기질을 가진 나는 너무 단순한 이 상상의 산물만을 통째로 입에 물고 있을 수가 없다. 나로서는 보편적 인간 법칙에 따른 쾌락들, 지적으로 감각적이고 감각적으로 지적인 현실의 쾌락들에 뒤뚱거리며 끌려가지 않을 도리가 없다. 키레네파 철학자들[340]은 고통과 마찬가지로 육체적 쾌락이 훨씬 더 강력한 것으로

339

그리스 철학자 크리톨라우스는 저울 한쪽에 정신적 행복을 다른 한쪽에 물질적 행복을 가정하고, 후자에 땅과 바다를 모두 더 얹어 놓는다 해도 전자가 더 무게가 나간다고 판단했다고 한다. 이 이야기를 적고 있는 사람은 키케로이다.

340

서 그것은 영혼과 육체에 관련되는 이중적인 것이며 따라서 우리에게 적절한 것이라고 생각했다.

[C] 아리스토텔레스가 말한 것처럼 짐승 같은 아둔함에서 [B]그런 쾌락을 혐오하는 사람들이 있다.[341] 야심 때문에 그렇게 하는 사람들을 나는 알고 있다. 그런 이들은 왜 숨 쉬는 것은 포기하지 않는 것일까? 왜 자기들만의 것에 의지해 살지 않는 것이며, [C] 햇빛을 거부하지 않는 것일까, 머리 쓸 일도 힘 쓸 일도 없이 그냥 공짜로 주어지는 것인데 말이다. [B] 비너스나 세레스, 바쿠스 신이 아니라 마르스나 팔라스, 메르쿠리우스 신이 그들을 키우도록 해 보라. 무슨 일이 일어나는지 보게 말이다.[342]

[C] 그들은 자기 아내 위에 올라가 원의 넓이를 계산하려고나 하지 않을까! [B] 나는 우리 몸이 식탁 앞에 있는데 정신은 구름 속에 올라가 있으라고 요구하는 것이 싫다. 나는 정신이 꼼짝 못하

소크라테스의 제자인 키레네의 아리스티포스와 그 추종자들을 말한다. 이들은 정신적 평온을 추구하던 에피쿠로스의 쾌락주의와 달리 감각적, 육체적 쾌락을 적극적으로 옹호하면서 그것도 미래의 쾌락이 아닌 현재의 쾌락을 주장하고 개별적 쾌락의 총합이 행복이라고 생각했다.

341
아리스토텔레스, 『니코마코스 윤리학』 3장. "감각의 쾌락에 철저히 무관심한 사람들은 인간적 요소가 전혀 없는 이들이며, 어떤 의미에서는 동물보다 더 열등하기까지 한데, 동물은 그 나름대로 판별을 할 줄 알아서 자기 즐거움을 위해 어떤 것을 다른 것 대신 선택한다.(절도란 다른 덕성들과 마찬가지로 과도함과 결핍 사이의 중용이다.)"

342
전자는 지상의 양식이나 쾌락과 관련된 신으로서 차례로 성애, 곡식, 포도주를 가리키며 후자는 각각 전쟁, 지혜, 웅변을 가리키는 남성적, 지적 신들이다. 1588년판에는 다음과 같은 구절이 덧붙여져 있다. "이 바람 든 기질들은 스스로 만족해하는데, 헛생각이 우리 자신에게 무슨 일인들 못 해 주겠는가. 그러나 그것들은 지혜와는 어울리지 않는다."

고 들어붙어 있는 것도, 뒹굴거리고 있는 것도 원하지 않으며, 깨어 힘쓰는 것을 원하고, [C] 거기 드러누워 있는 것이 아니라 자리 잡고 앉아 있기를 원한다. 아리스티푸스는 우리에게 마치 영혼이 없는 듯 육체만을 옹호했고, 제논은 우리에게 육체가 없는 듯 영혼만을 받아들이려 했다. 두 사람 다 옳지 않다. 사람들 말로는 퓌타고라스는 명상으로만 이루어진 철학을 추구했고, 소크라테스는 행실과 행동으로만 이루어진 철학을 했다고 한다. 플라톤은 그 둘 사이에서 균형을 찾았다고 말이다. 그러나 사람들은 그저 그럴싸한 이야기를 해 보려다 그렇게 말하는 것이고, 진정한 중용은 소크라테스에게 있었고 플라톤은 퓌타고라스보다는 훨씬 소크라테스적이며, 그것이 그에게 더 잘 어울린다.

[B] 나는 춤출 때 춤을 추고, 잠잘 때 잠을 잔다. 그리고 아름다운 과수원 사이에서 홀로 산보를 하노라면 한동안 그 순간과 무관한 일들을 떠올리지만, 나머지 시간 동안에는 산보로, 과수원으로, 홀로 있음의 아늑함으로, 그리고 나 자신에게로 내 생각들을 데려온다. 대자연은 어머니의 자애로움으로 원칙을 마련했으니, 우리의 필요를 위해 우리가 따르도록 해 놓은 행동들에 또한 즐거움이 곁들이게 만들어 두어서, 우리는 이성에 의해서만이 아니라 욕구에 의해서도 그리 이끌린다. 대자연의 이 같은 규칙들을 망가뜨리는 것은 부당한 일이다.

카이사르와 알렉산드로스가 대단한 정복 사업의 한복판에서 [C] 자연스러운, 따라서 필요하고 정당한[343] [B] 쾌락을 그렇게 온전하게 즐기는 것을 보며, 나는 그것이 영혼을 느슨하게 하는 것

343
1588년판에는 “인간적이고 육체적인”이라고 쓰여 있다.

이라고 말하지 않고, 영혼을 단련시키는 것이라고 말한다. 그들은 담대함으로써 저 격렬한 활동과 고된 구상들을 일상생활의 습속에 비해 부차적인 것으로 만들기 때문이다. [C] 그들이 만약 일상생활을 정상으로 여기고 전자를 예외적인 것이라 여겼다면 그들은 현자들이다.

우리는 대단한 바보들이다. "그는 평생을 하는 일 없이 지냈다."라고 우리는 이야기한다. 또는 "나는 오늘 아무 일도 하지 않았다."라고. 아니, 당신이 살지 않았단 말인가? 사는 것이야말로 당신이 하는 일 중에서 가장 근본적일 뿐만 아니라 가장 빛나는 일이기도 하다. "내게 큰 일을 할 수 있게 맡겨만 주었다면 나도 내 역량을 보여 줬을 텐데." 당신은 당신 삶을 관조하고 다스릴 줄 알았는가? 그렇다면 만사 중 가장 필요한 일을 한 것이다. 자신을 드러내 보이고 자기 역량을 발휘하기 위해 자연은 운수의 힘을 필요로 하지 않는다. 그것은 어떤 단계에서나, 막 없이도 그렇듯 막 뒤에서도 자신을 드러낸다. 우리의 품행을 어떻게 할 것인가가 우리의 일이지 책을 쓰는 것이 우리 일인 것은 아니며, 어느 전투에 이기고 어느 지방을 점령하는 것이 아니라 우리의 처신을 질서 있고 평정하게 만드는 것이 우리가 할 일이다.

우리가 만드는 위대하고 영광스러운 걸작은 제대로 사는 일이다. 다른 모든 일들, 다스리고 재물을 모으고 건물을 짓는 일은 기껏해야 부속품이고 소도구에 지나지 않는다. [B] 균열이 생긴 적의 성벽 아래서 그 지점으로 곧장 공격해 들어갈 생각인 장수가 친구들 사이에서 거침없고 평안하게 식사와 담소를 즐기는 모습은 보는 나를 즐겁게 한다. [C] 그리고 브루투스는 천지가 함께 공모해 자신과 로마의 자유에 맞서고 있는 때에, 순찰을 도는 대신 밤 시간을 잠깐 틈내어 미동도 않은 채 폴리비우스의 저술을 읽고 주석하는 작업을 진행했다. B 일에서 자신을 온전히 분리해 내고 하던 일을 그대로 두었다 다시 들쳐 잡을 줄 모르는 것은, 일의 무게에 짓눌려 사는 시시한 영혼들의 모습이다.

> 혹독한 시련 나와 함께 견딘 용맹한 전사들이여
> 오늘은 그대들 근심 포도주에 담궈 버리라
> 내일 우리는 망망대해를 가로질러 갈 참이니.
> 호라티우스

조롱조로건 진지하게건, 소르본식 신학적 포도주라거나 그곳의 향연이 유명해졌지만, 나는 그 대학 사람들이 오전 일과를 그렇게 진지하게 학문에 바쳤으니 편안하고 즐거운 식사를 할 만하다고 생각한다.[344] 다른 시간을 제대로 썼다는 의식은 식탁의 풍미를 돋우는 적당한 양념이다. 현자들은 그런 식으로 살았다. 그리고 두 사람의 카토 안에서 우리가 보고 놀라게 되는, 저 미덕을 향한 흉내 낼 수 없는 노력은 너무 엄격한 기질을 보여 줘 거북할 정도이지만, 인간 본성의 법칙과 비너스와 바쿠스의 법칙에는 또 부드럽고 기꺼이 복종하는 것이었으니, C 그들 유파의 가르침에 따르면, 완전한 현인은 삶의 다른 의무에 대해서와 마찬가지로 자연의 쾌락들을 실행하는 데도 능란하고 통달해야 했다.[345] "섬세

344
당시에 교회 관계자들의 탐식과 음주벽에 대해서는 라블레를 비롯한 많은 작가들의 조롱이 있으며, 실제로 신학 대학이었던 소르본에서 마시던 술의 질과 양은 유명했다. 이 대목이 종교 재판으로 악명 높던 종교 권력의 상징으로서의 소르본에 대한 아이러니인지는 분명치 않다.

한 판단력과 더불어 그가 섬세한 미각도 함께 갖추기를." (키케로)

B 편하고 상냥스러운 태도는, 내 보기에 강하고 대범한 영혼을 놀라울 만큼 영예롭게 해 주며 또 그런 이에게 훨씬 잘 어울린다. 에파미논다스는 자기 도시의 소년들이 함께 추는 춤에 끼어들거나 C 노래하고, 악기를 연주하고 B 이런 일에 몰두해 정신을 쏟는 것이 그가 거둔 찬란한 승리나 혹은 그의 사람됨 안에 들어있는 완벽한 고결함을 훼손한다고 생각하지 않았다. 그리고 C 천상에서 내려온 인간이라는 세평에 합당한 조부[346] B 스키피오의 그 많은 찬탄할 만한 행적 중에, 무사태평하게 애들처럼 조개 껍질을 주워 고르거나 라엘리우스와 함께 바닷가를 따라 달리며 누가 더 여러 가지를 줍는지 시합을 하며 즐거워하는 모습, 그리고 날씨가 궂은 날이면 사람들의 가장 속되고 비루한 행동들을 희극 형식의 글로 묘사하면서 즐거움 속에서 기분을 전환하고, C 머릿속은 한니발과 아프리카를 공략하는 저 경이로운 원정 사업으로 꽉 차 있으면서 시실리의 학교들을 방문하고 철학 수업을 듣다가 로마에 있는 그의 정적들의 눈먼 시기심이 송곳니를 들이댈 구실을 줄 정도였던 모습, 이런 모습들을 보노라면 그에게서 더없는 매력이 느껴지는 것이다. B 소크라테스 역시, 자신이 노년임에도 불구하고

345

대 카토로 불리는 선대의 카토는 자신과 지기들을 위해 소박하고도 맛있는 절식법을 만들어 그들이 의사 없이도 지낼 수 있도록 했다고 한다. 한편 그는 늙은 노후까지도 여성과의 관계를 즐겨하다 상처한 뒤, 어울리지 않게 늙은 나이에도 젊은 여인과 재혼해 아이를 두었다.

346

1588년판에는 '조부'라는 표기 대신 '소(少)'라고 적고 있으며 그 뒤에 "모든 것을 고려해 볼 때, 로마인 중 첫째가는 사람"이라고 덧붙이고 있다. 그런데 이하 서술은 스키피오의 손자인 소 스키피오에 대한 내용이다.

춤추고 악기 연주하는 것을 배울 시간을 내면서 이것이야말로 시간을 잘 쓴 것이라고 여기는데 이런 모습이야말로 그의 빼어난 면모이다.

어떤 생각이 갑자기 떠올라 그를 사로잡자 그는 그리스군 전체가 있는 앞에서 그대로 선 채, 하루 낮 하루 밤을 꼬박 황홀경에 빠져 있는 모습을 보였다. 또 그는 C 군대 안의 그 많은 용맹한 사람들 가운데 맨 앞에 서서, 적들에 압도돼 있던 알키비아데스를 구하러 달려 나가, 자기 몸으로 그를 덮고, 격렬하게 무기를 휘둘러 적군에게서 그를 구해 내는 모습도 보였다. 서른 명의 참주들이 자기네 심복들을 시켜 테라메네스를 처형장으로 끌고 가고 있을 때, 이 부끄러운 광경에 모두 분개하던 그리스 시민들 중 맨 앞장에 서서 그를 구하려 나서던 것도 그의 모습이었다. 다 해 봐야 불과 두 명이 그를 따라 나섰지만, 테라메네스 자신이 나무라고 나서야 소크라테스는 이 대담한 기획을 그만두었다. 그가 연모하던 미녀가 그에게 가까이 오려 할 때도 그는 필요할 때는 엄격한 절도를 유지하는 모습을 보였다. 델리움 전투에서는 말에서 떨어진 크세노폰을 일으켜 세워 구해 주는 모습이 있었다.

그는 B 전쟁에서는 늘 앞장서서 행진했으며 C 얼음 위를 B 맨발로 걷고, 겨울이나 여름이나 같은 옷을 입으며, 자기 동료 그 누구보다 피로를 잘 견뎌 내고, 잔치 자리에서도 평상시와 똑같이 먹는 모습을 보였다. C 그는 이십팔 년 동안 똑같은 얼굴로, 굶주림과 가난, 자식들의 불손함, 아내의 발톱을 견뎌 냈고, 끝으로 중상모략, 횡포, 감옥, 쇠사슬과 독약까지 똑같은 얼굴로 견뎌 냈다. B 그러나 바로 이 사람이 예의상 술 마시기 시합 자리에 초대되어 나갈 때도 군대 전체에서 어느 누구에게도 뒤지지 않는 모습을 보였고, 아이들과 함께 개암 열매로 구슬놀이하거나, 목마를 타고 함께 달리기를 하거나 거절하는 법이 없었으며, 언제든 기품 있는 모습을 보였다.

철학에서는 지혜로운 이에게는 어떤 행동이든 똑같이 잘 어울리고, 또한 똑같이 그를 명예롭게 한다고 말하지 않는가. 그 밖에도 허다한 이야깃거리가 있으니, 이 사람을 모든 완벽한 행동양식과 처신의 귀감으로 제시하는 일을 쉼 없이 해야 할 것이다.

C 온전하고 티 없는 삶의 모범은 극히 드물며, 우리에게 매일 허약하고 불완전한 예들을 제시하는 이들은 우리를 잘못 교육하는 것이니, 그것은 단 한 가지 가르침도 주지 못하고, 우리를 오히려 퇴보시키며, 교정해 주기보다 부패시킨다.

B 사람들은 잘못 알고 있으니, 넓고 확 트인 중도의 길을 가는 것보다 그 끝이 정지선이자 지침선인 가장자리 길로 가기가 더 쉬우며, 자연에 따르기보다 인위를 따르기가 쉬우니, 이것은 고상함도 덜하고 훌륭함도 부족하다. C 영혼의 위대함이란 위로 올라가고 앞으로 나아가려 애쓰기보다 자신을 가지런히 하고 자신의 한계를 설정할 줄 아는 것이다. 그것은 적당한 것이면 무엇이나 위대하다 여기며, 각별한 것보다는 평범한 것들을 사랑함으로써 그 고귀함을 드러낸다. B 사람 노릇을 마땅하게 해내는 것보다 더 아름답고 떳떳한 것은 없으며, 이 삶을 잘, C 그리고 자연스럽게 B 살아갈 줄 아는 것보다 더 어려운 지혜도 없다. 그리고 우리가 가진 가장 야만스런 병폐는 우리가 우리의 존재를 멸시하는 것이다. 자기 영혼을 따로 떼어 내기 원하는 자는 그럴 수 있다면 과감하게 그렇게 하라. 몸이 아플 때 영혼이 거기 물들지 않도록 하기 위해서 말이다. 다른 때는 그와 반대로, 영혼이 몸을 돕고 몸을 편들며

몸이 느끼는 자연의 쾌락들에 참여하기를 거부하지 않고 함께 즐기며, 육체보다 더 지혜로운 영혼이라면 그 쾌락들이 행여 불쾌함과 뒤섞이는 일이 없도록 즐거움에 절제를 곁들여야 할 일이다. [C] 무절제는 쾌감의 천적이지만, 절제는 쾌감을 파괴하지 않고 그 맛을 돋운다. 쾌락을 지고의 선으로 여겼던 에우독소스와, 쾌락의 가치를 더 없이 높게 끌어올린 그의 벗들은 절제를 통해 가장 매력적인 쾌락의 달콤함을 맛보았던 것인데, 그들의 절제는 독특하고도 본보기가 될 만한 것이었다.

[B] 나는 영혼에게 고통과 쾌락을 똑같이 [C] 제어되고 [B] 단호한 시선으로 바라보라고, 그러나 고통은 즐겁게, 쾌락은 엄격하게 바라보며, 할 수 있는 한 고통은 소멸시키고 쾌락은 확장시키려 애쓰라고 지시한다.

> 영혼이 즐거움 속에서 부풀어 오르는 것은 고통 속에서
> 오그라드는 것만큼이나 잘못된 일이다.
>
> 키케로

[C] 좋은 것들을 건강하게 바라보는 것은 나쁜 것들을 건강하게 바라보는 것과 함께 간다. 그리고 고통은 그 연약한 초기에 피할 수 없는 무엇인가를 담고 있으며, 쾌락은 그 과도한 끝 무렵에 무엇인가 피할 수 있는 것을 담고 있다.

플라톤은 이 둘을 결합하여, 고통에 맞서서, 그리고 과도하며 혼을 빼는 쾌락의 유혹에 맞서서 싸우는 것이 용기의 직분이어야 한다고 생각한다. 이것은 두 가지 샘물로서, 도성(都城)이건 사람이건 짐승이건 적절한 곳에서 적절한 때 적절한 양을 길어 낼 수

있는 자는 행복한 자이다. 전자는 약으로서, 필요에 의해 더욱 아껴서 써야 하며, 후자는 갈증이 날 때, 그러나 취하도록까지는 마시지 않아야 한다. 고통, 쾌락, 사랑, 증오는 어린애가 느끼는 최초의 것들이다. 이성이 깃들 때, 이것들이 이성에 매달리게 되면 그것이 덕성이다.

[B] 나는 온전히 나만의 것인 어휘 사전을 가지고 있으니, 내가 '시간을 보낸다'는 것은 그 시간이 고약하고 불쾌할 때이며, 좋을 때면 나는 시간을 '보내고' 싶지 않아서 그것을 멈춰 세워 놓고 실컷 맛본다. 궂은 시간은 급히 지나가게 하고 좋은 시간에는 머물러 있어야 할 일이다. 흔히 사용하는 '시간 보내기'며 '시간을 흘려보낸다.'라고 하는 표현은 제 잘난 맛에 우쭐거리는 사람들이 사는 태도를 보여 주는 것이니, 그들은 인생을 그저 흘려 보내고 피하며 지나쳐 가고 비켜서면서, 할 수만 있으면 마치 귀찮고 하찮은 것인 양 무시하고 외면하는 것이 인생을 가장 잘 사는 길이라 생각한다. 그러나 나는 인생이 그와는 다른 것으로 알고 있다. 지금 내가 붙들고 있는 삶의 끝자락에 와서도 그것은 여전히 가치 있고 기분 좋은 것이라 여긴다. 그리고 자연이 우리 손에 쥐여 준 인생은 그 많은 유리한 조건들이 갖춰진 것이어서, 인생이 우리를 짓누르고 소득 없이 우리에게서 빠져나간다면 탓할 것은 우리 자신밖에 없다. [C] "분별없는 자의 인생은 기쁨이 없고, 그저 들떠 있으며, 온통 미래만 향하고 있다."(세네카) [B] 그러나 나는 아쉬워하지 않고 인생을 떠나 보낼 채비를 하는 중이니, 괴롭고 귀찮은 것으로서가 아니라 그 본성상 잃을 수밖에 없는 것으로서 말이다. [C] 또한 죽음을 꺼려 하지 않는다는 것은 삶을 즐거이 사는 이들에게만 어울리는 일이다. [B] 삶을 즐기는 데는 솜씨가 필요하다. 나는 남들

보다 곱절로 즐기는데, 향유하는 정도는 다소간 우리가 삶에 얼마나 마음을 쏟느냐에 달려 있기 때문이다. 특별히 내 삶의 시간이 너무도 짧은 것을 보고 있는 지금 이 순간, 나는 그것의 무게를 확대하고 싶다. 시간의 신속한 소멸은 내가 시간을 민첩하게 붙들어 멈춰 놓고 싶게 하며, 그 다급한 흐름은 내가 시간을 밀도 있게 사용함으로써 상쇄하고 싶게 만든다. 삶을 소유할 시간이 더 짧아질수록 나는 더 심오하고 더 충만하게 그것을 소유해야 한다.

나도 다른 사람들처럼 만족스러움과 행복함에서 오는 달콤함을 느끼지만, 그러나 그 위를 미끄러지듯 지나가며 그렇게 느낀다는 것은 아니다. 우리는 그것을 살펴보고 음미하며 되새김질함으로써 그것을 우리에게 허락해 준 이에게 마땅한 감사를 드려야 한다. 그들은 다른 쾌락도 잠의 쾌락을 즐길 때처럼 즐긴다. 의식하지 못한 채로 말이다. 나는 반대로 잠의 쾌락이 이렇게 모르는 새 나를 빠져나가지 않도록 잠자는 도중에 누가 나를 방해해도 좋겠다 싶은 적이 있었다. 나는 최소한 잠의 쾌락에 대해 그 기미라도 알아채고 싶었던 것이다.

만족스러운 느낌이 들 때면 나는 그것을 곰곰 생각해 본다. 이 느낌의 거품을 걷어 낼 뿐만 아니라 곰곰이 탐색해 보며, 지금은 울적해하고 까다로워진 내 정신을 재촉하여 이 느낌을 맞이하게 한다. 행여 내가 고요한 상태에 있을 경우엔? 나를 기분 좋게 간질이는 어떤 육체적 쾌감이 있으면? 나는 그것을 내 감각들만 관여하게 두지는 않으며, 내 영혼도 참여하게 한다. 거기 속박되게 하기 위해서가 아니라 그것을 즐기게 하기 위해, 거기서 자신을 잃게 하기 위해서가 아니라 자신을 찾게 하기 위해서 말이다.

그리고 영혼이 직접 그 풍족한 상태 안에 자기 모습을 비춰 보고 그 행복의 무게를 달고 평가하면서 행복을 더욱 증폭시키게 만든다. 영혼은 자신의 양심이나 내면의 정념들이 평온한 상태에 있고, 육체가 자연스런 상태에서 절도 있고 적절하게, 아늑하고 기분 좋은 기능들을 즐기고 있다는 사실을 알아보며, 평상시 당신의 정의를 위해 우리를 고통으로 벌하면서도 〔이 모든〕 은총으로 기꺼이 보상해 주는 하느님에게 우리가 얼마나 큰 빚을 지고 있는지를 가늠해 보게 된다. 어디를 보나 하늘은 그 주위에서 고요하고, 어떤 욕망, 공포, 의혹도 없으며, [C] 과거에나 현재에나 미래에나, [B] 생각을 더듬어도 마음 아플 어려움 하나도 없는, 그런 경지에 있는 것이 얼마나 다행인가를 영혼은 또한 헤아려 본다.

나와 다른 처지에 있는 이들과 비교해 보면 이 생각은 확연해진다. 그래서 나는 운명에 의해 혹은 그들 자신의 과오로 휩쓸려 가거나 내팽개쳐진 사람들, 그리고 나와 더 비슷한 처지이지만 그들의 행운을 너무 맥없고 덤덤하게 받아 든 사람들의 갖가지 모습들을 떠올려 본다. 그들은 그야말로 시간을 보내고 있는 사람들이다. 희망의 노예가 되고 환상이 그들 코앞에 흔들어 보이는 그림자들과 헛된 상(像)들을 좇느라 현재를, 그리고 그들이 소유한 것을 흘려 보내니, 이 허상들은

> 사람들 말로 죽은 뒤에 여기저기 날아다닌다는
> 환영들이나
> 또는 잠든 우리의 감각을 속이는 꿈들과 비슷하니,
> 베르길리우스

이것들은 사람이 쫓아갈수록 더욱 빨리 더욱 멀리 도망간다.

알렉산드로스가 무엇인가 해야 할 일이 남아 있는 한 자기 일의 목적은 일하는 것 자체라고 한 것처럼, 그들이 추구하는 열매와 목표는 추구하는 것 그 자체이며,

> 한 일이 아직 하나도 없다고 생각한다.
>
> 루키아누스

나로서는 그러므로 삶을 사랑하며, 하느님이 기꺼운 마음으로 우리에게 부여해 주신 그대로의 삶에 열중한다. 나는 마시고 먹을 필요 없이 살기를 원치 않거니와, C 갑절로 먹고 마시며 살기를 바라는 것도 그 못지않은 과오일 것 같다. "현자는 자연이 마련해준 풍요를 열렬히 추구한다."(세네카). 또한 B 에피메니데스가 식욕을 끊고 몸을 유지하기 위해 사용했다는 그 약을 우리가 입안에 조금 털어 넣고 지탱하며 사는 것도 원치 않고, C 점잖은 뜻으로 하는 말이지만, 손가락이나 발뒤꿈치를 통해서라도 쾌감을 느끼면서 하는 것이 아니라 B 아무 감각도 없이 그렇게 아이를 만드는 것도 원치 않으며, 육체가 욕망도 자극도 없는 것을 바라고 싶지 않다. 그것은 배은망덕한 C 부당한 B 불평이다. 나는 자연이 나를 위해 해 준 것을 C 감사한 마음으로 B 기꺼이 받아들이며 그것을 즐기고 흡족해한다. 저 위대하고 전능한 분이 주신 것을 거부하고 쓸모없게 만들며 훼손하는 것은 그분에게 잘못하는 일이다. C 온전히 선한 분이신 그는 모든 것을 선하게 만드셨다. "자연에 따른 것은 무엇이나 존중해야 마땅하다."(키케로)

B 철학의 여러 의견 중에서 나는 가장 견실한 것, 즉 가장 인간적이고 우리 자신의 것인 의견들을 더 기꺼이 받아들이니, 내가

가진 생각은 내 사는 모습에 걸맞게 범속하고 소박한 것이다. [C] 철학이 엄숙한 얼굴로 우리에게 설교를 하려 들면서 신성한 것과 지상의 것, 이성적인 것과 비이성적인 것, 엄격한 것과 관대한 것, 점잖은 것과 점잖지 못한 것을 결합시키는 것은 야만적인 결탁이라고 지적하거나, 쾌락은 짐승들의 자질로서 현자가 맛보기에는 어울리지 않으니 젊고 아름다운 아내를 향유하는 현자가 맛봐야 할 유일한 기쁨은, 마치 유용한 말 타기 여행을 위해 장화를 신듯이 흐트러짐 없는 행동을 하고 있다는 의식에서 오는 쾌감이라고 이야기하는 것은 내 보기에 유치한 수작으로 보인다. 이 철학의 추종자들은, 제발이지 자기네 신부의 꽃을 따는 순간에도 그 철학이 가르치는 이상으로는 꼿꼿함도 힘줄도 수액도 갖지 마시기를!

철학의 스승이자 우리의 스승인 소크라테스가 가르친 바는 그것이 아니다. 그는 육체의 쾌락을 그에 마땅한 만큼 평가하면서도 정신의 쾌락을 더 선호하는데, 이것이 더욱 힘차고 항구적이며 편안하고 다채로우며 기품 있기 때문이다. 그에 의하면 정신적 쾌락만 중요한 것은 아니지만 (그는 그 정도로 몽상가는 아니다.) 그것이 더 중요하다는 것이다. 그에게 절도는 쾌락의 적이 아니라 그 조절자이다.

[B] 자연은 부드러운 안내자이지만, 부드러운 것보다 더욱 지혜롭고 올바른 안내자이다. [C] "사물의 본성〔자연〕을 꿰뚫어 보고 그 본성이 요구하는 바가 무엇인지를 정확히 알아야 한다."(키케로) [B] 나는 어디서고 자연의 자취를 찾는다. 우리는 그것을 인위의 자취들과 혼동해 왔다. [C] 그래서 아카데미와 소요학파가 추구하는 지고의 선은 자연에 따라 사는 것인데도 그 때문에 규정하고 표현하기가 어려워졌다. 스토아 학파의 지상선은 그것과 이웃한 것으로서

자연에 동의하는 것이다. [B] 어떤 행위들이 우리에게 필요한 일들이라는 이유로 품위가 떨어진다고 평가하는 것은 잘못 아닌가? 그들이 뭐라 하든, [C] 옛사람 말에 따르면 신들이 늘 함께 공모한다는 [B] 필요성이라는 것에 쾌락을 결합시키는 것이 적절한 짝짓기라는 생각을 나는 떨칠 수가 없다. 무엇 때문에 우리는 그렇게 긴밀하고 다정하게 상응하며 하나로 엮어진 공동체를 따로따로 해체하려 드는 것인가? 오히려 각 부분이 서로 도우며 다시 맺어지게 해 주자. 육체의 둔중함을 정신이 깨우고 싱싱하게 만들며, 정신의 가벼움을 육체가 붙잡아 고정하게 말이다. [C] "누구든지 영혼을 지고의 선으로 받들고 육체는 나쁜 것으로 타기하는 사람은, 분명 영혼을 관능적으로 껴안고 집착하는 것이며 또한 관능적으로 육체를 멀리하는 것이니, 하느님의 진리가 아니라 인간의 허영에 따라 그가 판단하고 있기 때문이다."(성 아우구스티누스) [B] 하느님이 우리에게 주신 이 선물에는 어떤 부분도 존엄하지 않은 것이 없으니, 터럭 하나까지도 우리는 책임을 져야 한다. 또한 인간의 조건에 맞게 인간을 이끌라고 하는 것은 인간에게 그저 형식적으로 주어진 과업이 아니다.[347] 그것은 명백하고 자연에 따른 것이며 [C] 대단히 중요하고 [B] 창조자가 진지하고 엄숙하게 우리에게 맡긴 일이다. [C] 평범한 이해력에는 오직 권위만이 힘을 가지며, 권위는 외국말로 할 때 더 무게를 가진다. 이 대목에서 다시 한번 공격해 보자. "해야만 할 일을 마지못해 미적거리며 하고, 육체를 한쪽으로 정신을 다른 쪽으로 밀어내며, 서로 모순되는 두 가지 움직임 사이에서 찢긴 채 살아가는 것이야말로 어리석음의 특성 아닌가?"(세네카)

347
1588년판에는 '형식적으로 주어진'이라는 표현 대신 '우스꽝스런'이라고 쓰고 있다.

[B] 자, 그러니 어떤지 볼 양으로, 어느 날 그 현자더러 당신에게 이야기하라고 해 보라. 먹는 데 쓰는 시간이 아까워 훌륭한 식사도 거른 채 골똘히 생각해 낸 자기 머릿속 관심사들이며 심심풀이 헛생각들을 말이다. 당신은 당신 식탁 위 어떤 요리도 그의 영혼이 내놓는 멋진 이야기만큼 맛없지 않다는 것을(대부분의 경우 〔그 이야기를 듣다〕 잠들지 않으려고 눈을 부릅뜨고 있느니 완전히 자는 것이 더 나을 것이다.), 그리고 그의 이야기나 생각이라는 것이 당신의 고기야채 졸임 요리만도 못하다는 것을 알게 될 것이다. 그것들이 아르키메데스 자신의 황홀경이라 할지라도[348] 그래서 어떻다는 것인가?

나는 여기서 신심과 종교적 열정으로 드높여져 신성한 것들에 대한 변함없고 지극한 명상에 이른 존엄한 이들을 언급하는 것도 아니고, 그들을 우리 같은 어중이떠중이들과 뒤섞거나 우리를 즐겁게 하는 헛된 욕망과 상념들과 뒤섞는 것도 아니다. [C] 그들은 싱싱하고 격렬한 소망을 견지함으로써 그리스도교인들이 갖는 욕망의 궁극적 목표이고 최종 도달점이며 썩지 않고 변함없는 유일한 쾌락인 저 영원한 양식을 취하고 있으니, 불안정하고 확실치 않은 우리의 초라한 일용품에는 눈길도 주지 않으려 하며, 세속의 감각적 먹이를 살피고 쓰는 일은 육체에 쉽게 맡기는 것이다.

[B] 그런 숭고한 노력은 선택받은 영혼들의 몫이다.[349] [C] 우리

348
그는 수학에 대한 상념에 몰두해 있다 도취경을 맛보는 것으로 유명하다. 그가 욕조에 몸을 담고 있다 '찾아냈다'는 뜻의 '유레카!'를 외치며 뛰어나왔다는 것도 학자들이 맛보는 극단적 희열의 경우로 이야기된다.

349
1588년판에는 "우리의 노력은 모두 세속적인 것이며 세속적인 것 중에서는 가장

같은 사람 사이에서는 두 가지 것이 독특한 조화를 이루고 있는 것을 나는 늘 볼 수 있었으니, 하늘 너머로 가 닿는 생각들과 땅 밑으로 가는 행위가 그것이다.

C 저 위대한 인물 B 이솝은 자기 주인이 산보하면서 오줌을 누는 모습을 보았다. 그는, 이거야 원, 그럼 우리는 달리면서 똥을 눠야 할 판인가? 하고 말했다. 시간을 절약해서 쓸 일이다. 그래도 우리에게는 사용되지 않거나 잘못 사용하는 시간이 많이 남는다. 우리의 정신은 어쩌면 육체에 필수적인 일을 처리하는 데 필요한 저 약간의 틈새를 두고서마저, 자신을 육체와 분리시키지 않으면 자기 일을 할 충분한 여유 시간이 없다고 여기는 것이리라.

그들은 자기로부터 벗어나려 하며 인간인 것을 피하고자 한다. 그것은 미친 짓이다. 천사로 탈바꿈하는 것이 아니라 짐승으로 바뀌게 되니 말이다. 그들은 드높여지는 것이 아니라 무너지게 된다. C 이 초월적 기질들은 다가갈 수 없는 저 높은 곳들이 그렇듯 나를 겁나게 한다. 그리고 소크라테스의 삶에서 그의 황홀경과 다이모니온 이야기가 소화하기 어렵듯,[350] 플라톤의 경우에 사람들이 그를 신성하다 부르며 이야기하는 자질들처럼 인간적인 것도 없다.

B 우리의 학문 중에서 가장 드높이 올라 간 것이 내게는 가장 현세적이고 가장 밑바닥에 있는 것으로 보인다. 그리고 알렉산드로스의 생애에서 그가 자신의 불멸성을 두고 스스로 상상해 낸 것

자연스러운 것이 가장 올바른 것이다."라고 덧붙이고 있다.

350

소크라테스는 자기의 행실을 제어하는 '신적인 무엇'이 있다고 말했다. 그것은 내면의 소리 같은 것이었다고 한다.

들만큼 세속적이고 필멸인 것도 없다고 생각한다. 필로타스는 답신을 통해 알렉산드로스를 기지 넘치게 꼬집었다.[351] 알렉산드로스를 신들의 사이에 자리 잡게 한 주피터 암몬 신의 신탁을 함께 기뻐하면서[352] 그는 이렇게 썼다. "당신 일을 생각하니 내 마음이 참 너무 기쁘다, 그러나 인간의 척도를 넘어서고 [C] 거기 만족하지 않는 [B] 인간과 함께 살아야 하며 그에게 복종해야 하는 사람들은 어딘가 불쌍하지 않을 수 없다." [C] "너는 신들에게 복종함으로써 세상을 지배하는 것이다."(호라티우스)

[B] 폼페이우스가 자기네 도시에 온 것을 기념해 아테네인들이 적은 멋진 비문은 내 생각과 맞는다.

> 그대가 인간임을 인정하는 그만큼
> 그대는 신이로다.
>
> 플루타르코스, 아미요의 번역

자기 존재를 충실하게 누릴 줄 안다는 것이야말로 절대적 완벽함이요 신적인 것이다. 우리는 우리 자신의 사용법을 모르기 때문에 다른 조건들을 찾아다니며 우리 내면을 모르기 때문에 우리 밖으로 나간다. [C] 죽마(竹馬)에 올라서 봐야 소용없는 것이 죽마 위에서도 우리는 여전히 우리 다리로 걸어야 하기 때문이다. 그리

351
필로타스는 알렉산드로스의 명장인 파르메니온의 아들, 알렉산드로스의 최측근에서 전투를 수행하는 부대장이었으나 역모 혐의로 처형된다.

352
이집트에 위치한 테베의 신으로서 그리스인들은 이 신을 제우스(주피터)와 동일시했다.

고 세상에서 가장 높이 올라간 왕좌에도 우리는 우리 엉덩이를 걸치고서야 앉게 되는 것이다.

[B] 내 생각에 가장 아름다운 삶은 평범하고 [C] 인간적인 [B] 모범에 따라 [C] 순리에 맞고, 그러면서도 [B] 기적도, 기상천외함도 없이 이루어지는 삶이다. 그런데 노년은 조심스럽고 부드럽게 다뤄져야 할 필요가 좀 있다. 건강과 지혜를 지켜 주시라고, 그러나 쾌활한 지혜, 사람과 어울리는 지혜를 지켜 주시라고 저 신에게 이 노년을 의탁할 일이다.

> 라토나의 아들이여,[353] 내게 오직 튼튼한 건강을 허락하고
> 내가 모은 재산을 쓸 수 있게 해 주소서
> 그리고 비노니 내 정신 멀쩡하고
> 부끄럼 없는 노년이 되게 하며
> 아직도 리라를 켤 수 있게 하소서.
>
> 호라티우스

353
주피터와 '모성과 겸양'의 여신 라토나 사이의 아들 아폴로는 치유의 신이자 뮤즈들을 다스린다.

부록

몽테뉴의 서재와 천장의 금언

1 몽테뉴의 서재

1570년 법관직을 사직한 몽테뉴는 자신이 태어난 성으로 돌아가 몽테뉴의 성주로서 살아간다. 이사한 뒤 그는 창고로 쓰던 탑을 개조하여 서재를 꾸미는데, 르네상스에 신분과 재력을 겸비하고, 지적인 소양까지 갖춘 인문주의자들 사이에서는 널리 유행했던 풍조를 따른 것이므로 유별난 일은 아니다. 하지만 몽테뉴는 서재 마련을 기리기 위해 라틴어로 자못 엄숙한 현판을 만들어 특별한 의미를 부여했고, 그것은 『에세』와 관련해서 매우 중요한 의미를 갖는다. 그는 그 현판에 이렇게 쓴다.

> 그리스도교력 1571년, 나이 서른여덟 살, 3월 초하루 전날, 바로 생일날에, 이미 오래전부터 고등법원과 공적 책무의 속박에 염증을 느꼈던 미셸 드 몽테뉴는 아직 원기 왕성할 때 박식한 여신(뮤즈)들의 품안으로 되돌아갔다. 그 안에서 그는 고요와 안전을 누리며, 이미 대부분 흘러가 버린 생애에 남아 있는 적은 시간을 보내려 한다. 운명의 신이 조상들의 아늑한 은신처였던 이 집을 완성할 수

> 있도록 허락해 주기를 바라면서 그는 그곳을 그의 자유, 그의 평온 그리고 그의 여가에 바쳤다.

사각형 성의 한끝 출입문에 세워져, 안으로는 안마당이 보이고 밖으로는 경작지와 평원이 펼쳐지는 서재 탑의 위치, 4층 서재로 가는 계단 길에 그려진 벽화, 계단 옆 피신 공간(만나기 싫은 방문객을 피하기 위한), 서재 옆 작은 방의 그림들, 서재의 모양에 맞춰 둥글게 제작한 서가, 거기 꽂힌 라 보에시와 몽테뉴의 책들, 선조의 유물들과 신대륙에서 온 물건들, 그리고 천장의 대들보와 가로대에 새긴 금언들은 단순한 장식이 아닌 그의 서재를 『에세』의 특별한 산실로 만드는 요소들로 『에세』 여기저기에 언급되었다. 그중에서도 언어로 된 현판, 서가의 책들, 천장의 금언들은 그 스스로 자기 삶의 변곡점으로 여겨 기념하고 싶어 한 귀환에 구체적 의미를 부여하는 증거들로서, 거기서 창조된 『에세』의 독서에 힌트를 제공하는 보조 텍스트들이 된다. 그는 『에세 3』 3장에서 이 공간이 그에게 갖는 특별한 의미를 피력한다.

> 그곳이 내 자리(mon siège 좌석, 재판관석, 본부……)이다. 나는 그곳의 온전한 지배권을 내게 주려고 노력하며, 이 한구석만큼은 부부 공동체건, 부자 공동체건, 시민 공동체건 모든 공동체로부터 벗어나게 하려 애쓴다. (……) 제 집에, 온전히 자기 자신일 수 있는 곳, 자기를 특별히 모실 수 있는 곳, 숨을 수 있는 곳을 갖지 못한 자는 내 생각에는 불쌍한 사람이다!

보르도의 몽테뉴 성. 몽테뉴는 서재 둘레를 따라 난간을 두르려 했으나 포기했다.

(위) 서재 안. 금언들이 새겨진 천장 아래 거닐던 돌 타일은 옛날 그대로이다.
(아래) 서재 안을 그린 그림. 벽에 맞춰 둥글게 제작한 서가. 100여 권의 책이 있었다.

2 천장의 금언들

문화재로 지정된 몽테뉴 성에서 몽테뉴가 살았던 때 그대로 남아 있는 것은 서재가 있는 탑뿐이다. 나머지 건물과 성벽은 모두 1885년 화재 이후 재건축한 것이다. 그 탑의 좁은 계단을 돌아가며, 군데군데 벽을 장식했던 프레스코 그림이 남아 있는 예배실, 침실과 그 부속 탈의실, 옷 방을 거쳐 4층에 오르면, 그가 책을 읽고 『에세』를 쓴 서재에 이른다. 서재에는 책상과 궤짝 하나, 그리고 천장의 들보에 새겨 넣은 금언들만 남아 있다. 400여 년 지내며 흐릿해진 금언들은 1770년에 한 사제의 눈에 띄어 몽테뉴가 새긴 금언들임이 밝혀졌다. 그 이후 지금까지 그리스어 30개, 라틴어 36개의 문구와 자리만 확인된 9개, 총 75개의 금언 목록이 만들어졌다.

그 금언들 중 가장 많은 것이 성서(주로 「전도서」)에서 나왔고(21개), 그다음이 섹스투스 엠피리쿠스의 것이다.(11개) 전체 금언들 중 『에세』에서 인용되는 것은 28개이며, 그중 24개가 『에세 2』 12장 「레몽 스봉의 변호」에서 인용되었다. 몽테뉴가 1575년에 섹스투스의 『퓌론주의 개요』의 불역판을 읽었고, 「레몽 스봉의 변호」를 쓰는 중이던 1576년에 회의주의의 에포케(ἐποχή)를 뜻하는 '내가 무엇을 아는가?(Que sais-je?)' 메달을 만들었다는 것을 상기하면, 이즈음 그의 삶에, 그리고 이 책의 집필에 섹스투스가 얼마나 큰 영향을 끼쳤는지 짐작할 만하다.

대들보의 금언

돌출해 있는 대들보의 금언들(아래 A, B로 분류된)은 눈에 잘 띄며, 덧새겨진 흔적이 없고, 특별히 리본 같은 무늬로 장식되어 있으며 공식처럼 간결한 문구에, 수를 맞춰 양편에 네 개씩 새겨진 것으로 보아, 전체 금언들을 관통하며 뒷받침하는 의미를 담고 있다고 보아도 무방할 것이다.

A1 - IVDICIO ALTERNANTE: 오락가락하는 판단.
A2 - *ΑΚΑΤΑΛΗΠΤΩ* (섹스투스 엠피리쿠스):
나는 알 수 없다.
A3 - *ΟΥΔΕΝ ΜΑΛΛΟΝ* (섹스투스 엠피리쿠스):
공평하게.
A4 - *ΑΡΡΕΠΩΣ* (섹스투스 엠피리쿠스):
기울지 않고.

B1 - *ΟΥ ΚΑΤΑΛΑΜΒΑΝΩ* (섹스투스 엠피리쿠스):
나는 이해할 수 없다.
B2 - *ΕΠΕΧΩ* (섹스투스 엠피리쿠스):
나는 의심 속에 머문다.
B3 - *ΣΚΕΠΤΟΜΑΙ* (섹스투스 엠피리쿠스):
나는 살펴본다.
B4 - MORE DVCE ET SENSV:
관습과 감각을 안내자 삼아

대들보에 의해 세 칸으로 나뉜 공간에 가지런히 박아 넣은 가로대들에 새겨진 글귀들은 다음과 같다. 금언에 붙인 번호는 도면의 번호이다. 같은 가로대에 먼저 새겼던 흔적은 'i', 그 위에 덧입혀 쓴 것은 's'를 붙여 구별했다. 원어 끝에 괄호 안은 저자 또는 출처를 표시하는데 금언 끝에 새겨져 있는 경우에는 금언과 같은 크기로, 그렇지 않은 것은 작은 글자로 표시했다. 그 옆 화살표는 글씨가 새겨진 방향을 표시한다. "은거하는 장소에는 어디나 걷는 공간이 필요하다. 내 생각은 앉아 있게 두면 잠이 든다. 내 정신은 두 다리가 그것을 움직여 주지 않으면 나아가질 않는다. 책 없이 공부하는 사람들은 죄다 그렇다."(『에세 3』 3장)라고 몽테뉴는 말한다. 이 화살표는 그의 서재 안 산책의 방향에 맞춰 고개를 들면 읽히도록 새겨진 글자의 방향을 표시한다.

첫째 칸의 금언

1/i *ΕΙΗ ΜΟΙ ΖΗΝ ΑΠΟ ΤΩΝ ΟΛΙΓΩΝ ΜΗΔΕΝ ΕΧΟΝΤΙ ΚΑΚΟΝ* : (테오그니스)
검소하게 살기, 그러나 곤란 없이! ⇑

1/s EXTREMA HOMINI SCIENTIA VT RES SVNT BONI CONSVLERE CÆTERA SECVRVM. ECCL : 전도서에는 비슷한 구절들이 있을 뿐인데 『에세 2』 12장에서 몽테뉴는 이렇게 쓰고 있다.(「전도서」에서는 "지혜가 많으면 슬픔도 많고", "지식을 얻는 자는 노고와 고뇌를 얻는다."라고 했다.)
인간이 갖춰야 할 최고의 지식은 닥친 일을 좋게 보고, 나머지는 근심하지 않는 것이다. ⇓

2/i *ΑΥΤΑΡΚΕΙΑ ΠΡΟΣ ΠΑΣΙΝ ΗΔΟΝΗ*

ΔΙΚΑΙΑ : (소타데스)
완전한 자율성: 진정한 기쁨 ⇓

2/s COGNOSCENDI STVDIVM HOMINI DEDIT DEVS EIVS TORQVENDI GRATIA. ECCL I : (「전도서」 1장 13절: 나는 하늘 아래 벌어지는 일들을 지혜로써 알아보고 탐구하려 애를 써 보았으나 그것은 하느님께서 아담의 아들들이 몰두하라고 주신 고생거리였다.)
알고자 하는 갈망, 그것은 애간장을 태우라고 신이 인간에게 부여한 것이다.

3/i *ΜΑΚΑΡΙΟΣ ΟΣ ΤΙΣ ΟΥΣΙΑΝ ΚΑΙ Ν ΟΥΝ ΕΧΕΙ* : (메난드로스) ⇓
자기 재산을 현명하게 관리하는 사람은 복이 있다.

3/s *ΤΟΥΣ ΜΕΝ ΚΕΝΟΥΣ* Α*ΣΚΟΥΣ ΤΟ ΠΝ ΕΥΜΑ ΔΙΙΣΤΗΣΙ ΤΟΥΣ Δ' ΑΝΘΡΩΠΟΥ Σ ΤΟ ΟΙΗΜΑ* : (소크라테스) ⇓
빈 가죽 부대는 바람으로 부풀고, 인간은 자만심으로 부푼다.

4/i *ΟΥΠΟΤΕ ΦΗΣΩ ΓΑΜΟΝ ΕΥΦΡΑΙΝΕΙ Ν ΠΛΕΟΝ Η ΛΥΠΕΙΝ* : (에우리피데스) ⇓
결혼이 눈물보다는 기쁨을 더 많이 준다고 나는 결코 말하지 않으리라.

4/s OMNIVM QVÆ SVB SOLE SVNT FORTVNA ET LEX PAR EST. ECCL.9. : (「전도서」 9장 2절: 너나 할 것 없이 같은 운명이 기다리고 있다. 죄 없는 사람이나 죄 있는 사람이나, 깨끗한 사람이나 더러운 사람이나……) ⇓
태양 아래 모든 것은 같은 운명 같은 법칙을 가지고 있다.
(『에세 1』 36장, 『에세 2』 12장에서 인용)

5 *ΟΥ ΜΑΛΛΟΝ ΟΥΤΩΣ ΕΧΕΙ Η ΕΚΕΙΝΩ Σ Η ΟΥΔΕΤΕΡΩΣ* : (아울루스-젤리우스)
저렇다기보다 이렇다고 할 수도 없고 둘 다 아니기도 하다.
(『에세 2』 12장에서 인용)

6/i DVRVM SED LEVIVS FIT PATIENTIA QVIDQVID CORRIGERE EST NEFAS : (호라티우스) ⇓
가혹하다, 신이 부과한 짐, 그러나 받아들이는 자에게는 훨씬 가볍다.

6/s NVLLIVS VEL MAGNÆ VEL PARVÆ EARVM RERVM QVAS DEVS TAM MVLTAS FECIT NOTITIA IN NOBIS EST. ECCL.3 : (「전도서」 3장 11절(?) : …… 그러나 하느님께서 사람에게 역사의 수수께끼를 풀고 싶은 마음을 주셨지만, 하느님께서 어떻게 일을 시작하여 어떻게 일을 끝내실지 아는 사람은 하나도 없다는 것을 나는 알았다. :「전도서」 1장 1-3절: ……바다의 모래와 빗방울과 영원의 나날을 누가 셈할 수 있으랴? 하늘의 높이와 땅

의 넓이와 땅속의 깊이를 누가 잴 수 있으랴?) ⇓
작건 크건, 하느님이 창조하신 수많은 피조물들 중 그 무엇에 대한 어떤 지식도 우리에겐 없다.

7/i *ΟΡΩ ΓΑΡ ΗΜΑΣ ΟΥΔΕΝ ΟΝΤΑΣ ΑΛΛΟ ΠΛΗΝ ΕΙΔΩΛ'ΟΣΟΙΠΕΡ ΖΩΜΕΝ Η ΚΟΥΦΗΝ ΣΚΙΑΝ* : (소포클레스) ⇓
내 보기에 우리 모두는 환영에 지나지 않으며 무게 없는 허깨비에 불과하다.

7/s 판독 출처 불명확한 라틴어 문장.

8 O MISERAS HOMINVM MENTES O PECTORA CÆCA / QUALIBVS IN TENEBRIS VITÆ / QVANTISQ. PERICLIS DEGITVR HOC ÆVI QVODCVNQ. EST : (루크레티우스) ⇓
오 가련한 인간의 정신이여, 오, 맹목의 가슴이여!
어떤 삶의 어둠 속에서, 얼마만 한 위험 속에서 이 짧은 삶을 영위하고 있는가!

9/i *ΕΝ ΤΩ ΦΡΟΝΕΙΝ ΓΑΡ ΜΗΔΕΝ ΗΔΙΣΤΟΣ ΒΙΟΣ*
ΤΟ ΜΗ ΦΡΟΝΕΙΝ ΓΑΡ ΚΑΡΤ' ΑΝΩΔΥΝΟΝ ΚΑΚΟΝ : (에라스뮈스가 인용한 소포클레스) ⇓
아무것도 생각하지 말기. 그거야말로 가장 달콤한 인생

이다.

왜냐하면 생각하지 않는 것은 정말 아프지 않은 병이니까.

9/s *ΚΡΙΝΕΙ ΤΙΣ ΑΥΤΟΝ ΠΩΠΟΤ' ΑΝΘΡ ΩΠΟΝ ΜΕΓΑΝ ΟΝ ΕΞΑΛΕΙΦΕΙ ΠΡΟΦΑΣΙΣ Η ΤΥΧΟΥ Σ'ΟΛΟΝ* : (에우리피데스) ⇓

높은 지위에 올랐다고 자만하는 자는, 돌발 사고 한 번으로 거꾸러질 것이다.

10 OMNIA CVM CÆLO TERRAQVE MARIQVE SVNT NIHIL AD SVMMAM SVMMAI TOTIVS : (루크레티우스)

하지만 하늘과 땅과 바다를 포함해서, 이 모든 것은
모든 총체들의 총체에 비하면 아무것도 아닐 터이다.
(『에세 2』 12장에서 인용)

11 VIDISTI HOMINEM SAPIENTEM SIBI VIDERI MAGIS ILLO SPEM HABEBIT INSIPIENS. PROV.26. : (「잠언」 26장 12절: 너는 스스로 지혜롭다 하는 자를 보았겠지만 그런 사람보다는 바보에게 희망이 있다.) ⇓

자기를 지혜롭다 믿는 자를 보았느냐? 그보다는 바보에게 더 희망이 있다.

12/i NEC NOVA VIVENDO PROCVDITVR VLLA

VOLVPTAS : (루크레티우스) ⇓
어떤 쾌락도 이미 다 경험해 본 것.

12/s SICVT IGNORAS QVOMODO ANIMA CONIVNGATVR CORPORI SIC NESCIS OPERA DEI. ECCL.11. : (「전도서」 11장 5절: 배 속에서 태아가 어떻게 숨을 쉬게 되는지 모르지 않는가? 그처럼 조물주 하느님께서 어떻게 일하시는지는 알 길이 없다.) ⇓
어떻게 영혼이 육체와 결합하는지 너는 모른다. 그러니 너는 하느님의 작업을 전혀 모른다.
(『에세 2』 12장에서 길게 다룬 테마)

13 *ΕΝΔΕΧΕΤΑΙ ΚΑΙ ΟΥΚ ΕΝΔΕΧΕΤΑΙ* : (섹스투스 엠피리쿠스) ⇓
그럴 수도 있고, 아닐 수도 있다.

14 *ΑΓΑΘΟΝ ΑΓΑΣΤΟΝ* : (플라톤) ⇓
선한(좋은) 것은 마음을 당긴다.

15 *ΚΕΡΑΜΟΣ ΑΝΘΡΩΠΟΣ* : 「코린트인에게 보낸 첫 번째 편지」 15장 47절: 첫째 인간은 흙으로 만들어진 땅의 존재이지만 둘째 인간은 하늘에서 왔습니다.) ⇓
인간은 진흙에 나왔다.

둘째 칸의 금언

16/i *Η ΔΕΙΣΙΔΑΙΜΟΝΙΑ ΚΑΘΑΠΕΡ ΠΑ ΤΡΙ ΤΩ ΤΥΦΩ ΠΕΙΘΕΤΑΙ* : (소크라테스) ⇓

맹신은 제 아버지에게 복종하듯 오만에 복종한다.

(2장 12절에서 인용)

16/s NOLITE ESSE PRVDENTES APVD VOSMETIP-SOS. AD ROM.12(「로마인에게 보낸 편지」 12장 16절: 오만한 생각을 버리고 천한 사람들과 사귀십시오. 그리고 잘난 체하지 마십시오.) ⇓

자기를 현명하다고 생각하지 마시오!

17/i SVMMVM NEC METVAM DIEM NEC OPTEM : (마르시알리스) ⇓

마지막 날을 두려워하지도, 원하지도 말 것.

(『에세 2』 37장에서 인용)

17/s *ΟΥ ΓΑΡ ΕΑ ΦΡΟΝΕΙΝ Ο ΘΕΟΣ ΜΕΓΑ ΑΛΛΟΝ Η ΕΩΥΤΟΝ* : (헤로도토스) ⇓

신은 신 자신 말고 누구에게도 자만을 허락하지 않는다.

(『에세 2』 12장에서 인용)

18/i QVO ME CVNQVE RAPIT TEMPESTAS DEFER-OR HOSPES : (호라티우스) ⇓

바람이 실어 가는 어디에서나, 한순간 나는 머문다.

18/s NESCIS HOMO HOC AN ILLVD MAGIS EXPEDIAT AN ÆQVE VTRVMQVE. ECCL.11 : (「전도서」 11장 6절: 아침부터 씨를 뿌리고 저녁때까지 손을 쉬지 마라. 이것이 싹틀지 저것이 싹틀지, 혹은 모두가 싹틀지 누가 알겠는가?) ⇓
이것이 저것보다 네게 좋은지, 아니면 둘 다 좋은지 너는 모른다.

19 HOMO SVM HVMANI A ME NIHIL ALIENVM PVTO : (테렌티우스) ⇓
나는 인간이니, 인간적인 그 무엇도 나와 무관치 않다.
(『에세 2』 12장에서 재인용)

20 NE PLVS SAPIAS QVAM NECESSE EST NE OBSTVPESCAS. ECCL.7. : (「전도서」 7장 7절: 너무 지혜로운 자가 되려다 바보가 된다.) ⇓
너무 지혜롭고자 하지 마라, 바보가 된다.

21 SI QVIS EXISTIMAT SE ALIQVID SCIRE NONDVM COGNOVIT QVOMODO OPORTEAT ILLVD SCIRE. I.COR.8. : (「코린트인들에게 보낸 첫 번째 편지」 8장 2절) ⇓
자기가 뭘 좀 안다고 여기는 자는 아직 "앎"이 무엇인지 모르는 것이다.
(『에세 2』 12장에서 인용)

22 SI QVIS EXISTIMAT SE ALIQVID ESSE CVM NIHIL SIT IPSE SE SEDVCIT. AD GAL.6. : (「갈라디아인들에게 보낸 편지」 6장 3절: 사실 아무것도 아닌 사람이 무엇이나 된 것처럼 생각한다면 그는 자기 자신을 속이고 있는 것입니다.) ⇓
인간은 아무것도 아니니, 자기가 뭔가라고 생각한다면, 그는 자기를 속이고 있는 것이다.
(『에세 2』 12장에서 인용)

23/i 판독 출처 불명확한 라틴어 문장. ⇓

23/s NE PLVS SAPITE QVAM OPORTET SED SAPITE AD SOBRIETATEM. AD ROM.12. : (「로마인들에게 보낸 편지」 12장 3절) ⇓
꼭 필요한 이상으로 현명하지 말고, 절제 있게 현명하라.
(『에세 1』 30장에서 인용)

24 *ΚΑΙ ΤΟ ΜΕΝ ΟΥΝ ΣΑΦΕΣ ΟΥΤΙΣ ΑΝΗΡ ΙΔΕΝ ΟΥΔΕΤΙΣ ΕΣΤΑΙ ΕΙΔΩΣ* : (크세노폰) ⇓
누구도 확실한 것을 알지 못했고, 알지 못하리라.

25 *ΤΙΣ Δ'ΟΙΔΕΝ ΕΙ ΖΗΝ ΤΟΥΘ'Ο ΚΕΚΛΗΤΑΙ ΘΑΝΕΙΝ ΤΟ ΖΗΝ ΔΕ ΘΝΗΣΚΕΙΝ ΕΣΤΙ* : (에우리피데스) ⇓

누가 알랴, 삶이 우리가 죽음이라고 부르는 것이요,
죽는 것이 사는 것일지?
(『에세 2』 12장에서 인용)

26/i *ΚΑΛΛΙΣΤΟΝ ΤΟ ΔΙΚΑΙΟΤΑΤΟΝ ΡΑ ΣΤΟΝ Δ'ΥΓΙΑΙΝΕΙΝ* : (테오그니스) ⇓
올바름(공정함, 정직)보다 아름다운 것은 없지만,
건강보다 기분 좋은 것은 없다.

26/s RES OMNES SVNT DIFFICILIORES QVAM VT EAS POSSIT HOMO CONSEQVI.
ECCL.1. : (「전도서」 1장 8절: 세상만사 속절없어 무엇이라 말할 길 없구나. 아무리 보아도 보고 싶은 대로 보는 수가 없고 아무리 들어도 듣고 싶은 대로 듣는 수가 없다.)
⇓
인간이 이해하기에는 모든 것이 너무도 난해하다.

27 *ΕΠΕΩΝ ΔΕ ΠΟΛΥΣ ΝΟΜΟΣ ΕΝΘΑ ΚΑ Ι ΕΝΘΑ* : (호메로스) ⇓
어떤 식으로 말할지 그 방법은 수만 가지요, 반대로도 그렇다.
(『에세 1』 47장, 『에세 2』 12장에서 번역 인용)

28 HVMANVM GENVS EST AVIDVM NIMIS AVRICVLARVM : (루크레티우스 4권 598행; 인간 종족

은 모두 귀로 듣는 것에 탐욕스럽기 때문에) ⇓
인간이라는 족속은 탐욕스러운 귀를 가졌다.

29 QVANTVM EST IN REBVS INANE : (페르시우스)
⇓
모든 것이 얼마나 공허한가!

30 PER OMNIA VANITAS. ECCL.1. : (「전도서」 1장 2절: 헛되고 헛되다, 설교자는 말한다, 헛되고 헛되다. 세상만사 헛되다.) ⇓
모든 것이 헛되다.

셋째 칸의 금언

31/i 아주 짧은 가로대에 판독 출처 불명확한 라틴어 문구.
31/s SERVARE MODVM FINEMQVE TENERE: ⇑
절도를 지키고 한계를 준수하라.

32 QVID SVPERBIS TERRA ET CINIS. ECCL.10. : (「집회서」 10장 9절; 흙과 먼지에 불과한 인간이 잘난 체할 것이 무엇이냐?) ⇑
진흙과 재여, 네가 자랑할 게 무엇이냐?(『에세 2』 12장에서 인용)

33 VAE QVI SAPIENTES ESTIS IN OCVLIS VESTRIS.

ESA.5. : (「이사야」 5장 21절: 아, 너희가 비참하게 되리라. 지혜 있는 자로 자처하는 자들아! 유식한 자로 자처하는 자들아!) ⇑
지혜 있는 자로 자처하는 자, 화 있을 것이다.

34/i MORES CVIQVE SVI FINGVNT FORTVNAM : (코르넬리우스 네포스) ⇑
각자 제 성격이 만드는 운명을 산다.

34/s FRVERE IVCVNDE PRÆSENTIBVS CÆTERA EXTRA TE. ECCL.3. : (「전도서」 3장 22절로 본다: 그러니 제 손으로 수고해 얻은 것을 즐기는 것밖에 좋은 일이 없다. 그것이 사람마다 누릴 몫이다. 죽은 다음에 어찌 될지를 알려 줄 자 어디 있는가!) ⇑
현재를 즐겨라, 나머지는 네 능력 밖의 일이다.
(『에세 2』 12장에서 이 주제를 발전시킨다)

35 *ΠΑΝΤΙ ΛΟΓΩ ΛΟΓΟΣ ΙΣΟΣ ΑΝΤΙΚΕΙΤΑΙ* : (섹스투스 엠피리쿠스) ⇑
모든 논거에는 같은 힘을 지닌 반론을 제기할 수 있다.
(『에세 2』 15장 서두에 인용)

36 ...NOSTRA VAGATVR IN TENEBRIS NEC CÆCA POTEST MENS CERNERE VERVM : (미셸 드 로피탈) ⇑
우리의 정신은 암흑 속을 헤매고 있으니, 눈먼 그것은

참을 분간할 수 없다.

37/i 판독 출처 불명확한 라틴어 문구.
37/s FECIT DEVS HOMINEM SIMILEM VMBRÆ DE QVA POST SOLIS OCCASVM QVIS IVDICABIT. ECCL.7 : (「전도서」 7장보다 6장 12절이 더 가깝다.: 하루살이처럼 덧없이 지나가는 짧은 인생에게 무엇이 좋은 일인지 누가 알겠는가? 죽은 다음에 세상 돌아가는 일을 누가 알려 주겠는가?) ⇑
하느님은 사람을 그림자 같은 것으로 만드셨으니,
빛이 사라져 없어져 버리면 그에 대해 무엇을 말하겠는가?

38 SOLVM CERTVM NIHIL ESSE CERTI ET HOMINE NIHIL MISERIVS AVT SVPERBIVS : (플리니우스) ⇑
불확실성 이외에 확실한 것은 아무것도 없으며, 인간보다 더 가련하고 더 오만한 것도 없다.
(『에세 2』 14장 말미에 몽테뉴의 번역 인용, 1588년 이후 삭제)

39/i 판독 출처 불명확한 라틴어 문구.
39/s EX TOT DEI OPERIBVS NIHILO MAGIS QVIDQVAM HOMINI COGNITVM
QVAM VENTI VESTIGIVM. ECCL.11. : (「전도서」 11장. 7장 18절이 더 유사하다. 하늘 아래 벌어지는 일을 살펴보니 모든 일은 바람을 잡듯 헛된 일이었다.) ⇑

하느님이 지으신 저 많은 것들에 관해, 인간은 바람의 흔적 이상을 알지 못한다.

40 *ΑΛΛΟΙΣΙΝ ΑΛΛΟΣ ΘΕΩΝ ΤΕ Κ'ΑΝΘΡΩΠΩΝ ΜΕΛΕΙ* : (에우리피데스) ⇑
신들 중에서나 사람들 중에서나 사람마다 더 애호하는 대상이 있다.

41/i 판독 출처 불명확한 라틴어 문구.
41/s *ΕΦ'Ω ΦΡΟΝΕΙΣ ΜΕΓΙΣΤΟΝ ΑΠΟΛΕΙ ΤΟΥΤΟ ΣΕ ΤΟ ΔΟΚΕΙΝ ΤΙΝ'ΕΙΝΑΙ* : (메난드로스) ⇑
네가 가장 자부하는 것, 너 자신에 대해 품고 있는 멋진 이미지, 바로 그것이 너를 파멸시키리라.

42 Τ*ΑΡΑΣΣΕΙ ΤΟΥΣ ΑΝΘΡΩΠΟΥΣ ΟΥ ΤΑ ΠΡΑΓΜΑΤΑ-ΑΛΛΑ ΤΑ ΠΕΡΙ ΤΩΝ ΠΡΑΓΜΑΤΩΝ ΔΟΓΜΑΤΑ* : (에픽테토스) ⇑
사람들은 사물 자체가 아니라 사물에 대한 견해 때문에
고통을 받는다.
(『에세 1』 14장 첫머리에 인용)

43/i 판독 출처 불명확한 라틴어 문구.
43/s *ΚΑΛΟΝ ΦΡΟΝΕΙΝ ΤΟΝ ΘΝΗΤΟΝ ΑΝΘΡΩΠΟΙΣ ΙΣΑ* : (에우리피데스/ 소포클레스) ⇑

인간의 수준으로 생각하는 것이 필멸자에게 합당하다.

44/i 판독 출처 불명확한 라틴어 문구.
44/s QVID ÆTERNIS MINOREM CONSILIIS ANIMVM FATIGAS : (호라티우스) ⇑
왜 끊임없이 능력 밖의 근심으로 네 영혼을 혹사하는가?

45/i 판독 출처 불명확한 라틴어 문구.
45/s IVDICIA DOMINI ABYSSVS MVLTA. PS. 35. : (「시편」 35장. 36장 6절이 더 가깝다.: 당신의 공변되심 우람한 산줄기 같고, 당신의 공평하심 깊은 바다와도 같사옵니다. 사람과 함께 짐승도 구해 주시니, 야훼여.)
주님의 판결은 드넓고 깊은 바다와 같도다.

46 *ΟΥΔΕΝ ΟΡΙΖΩ* : (섹스투스 엠피리쿠스) ⇓
나는 아무것도 결정하지 않는다.

이상과 같은 금언들을 읽으면, 몽테뉴가 늘 명심하려 했던 것이 무엇인지 짐작할 수 있을 것이다. 주의할 것은 이 금언들이 몽테뉴 사유의 한 단서는 되겠지만, 『에세』 전체를 구축하거나 요약하거나 결론짓는 것이 아니라는 점이다. 일례를 들자면, 몽테뉴가 다루는 크고 작은 현실적 문제들과 역사적 사실들은 그의 인생에서, 자기를 알고자 하는 그의 계획에서, 잘 살고, 잘 죽자는 그의 기획에서, "헛되고, 헛되니, 모든 것이 헛되지" 않다. 그 모든 헛된 것들이 몽테뉴의 사유를 자극하여 『에세』를 쓰게 했다. 오히려 헛되기 때문에, 바람 같은 인생을 살다가 사라질 티끌 같은 인간(나아가 생명을 지닌 모든 것들)의 길을 찾게 하였고, 삶을 긍정하게 됨으로써 '승리자'가 되었음은 「옮긴이의 말」에서 짧게 피력했다. 몽테뉴를 따라 그 과정을 추체험하는 과정이 바로 독자의 『에세』일 것이다. 아마도 글이 풀리지 않을 때, 그래서 서재 안 산책이 필요했을 때, 자기 생각에 끼어드는 편견과 오만, 자기 견해에 대한 집착에서 정신을 해방시키기 위해, 깜박 잊기 쉬운 경고처럼 이 금언을 읽지 않았을까?

심민화

보르도에 있는 미셸 드 몽테뉴 동상의 일부.

몽테뉴 서재 천장에 새겨진 금언들.

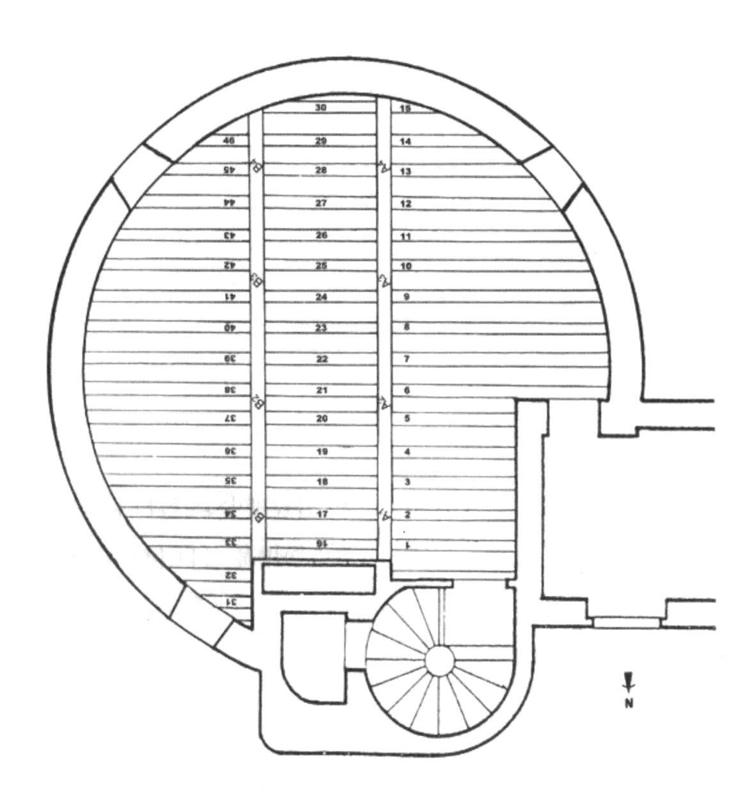

(위) 천장의 금언 도면.

(아래) 몽테뉴가 주조를 의뢰해 만든 천칭 메달. '내가 무엇을 아는가?(Que Sais_Je?)'가 새겨져 있다.

ESSAIS DE M. DE MONTA.

l'autre, d'vn melange si vniuersel, qu'elles effacét, & ne retrouuent plus la couture qui les à iointes. Si on me presse de dire pourquoy ie l'aymois, ie sens que cela ne se peut exprimer. Il y a ce semble au delà de tout mō discours, & de ce que i'en puis dire, ne sçay qu'elle force diuine & fatale mediatrice de cette vnion. Ce n'est pas vne particuliere consideration, ny deux, ny trois, ny quatre, ny mille : c'est ie ne sçay quelle quinte essence de tout ce meslange, qui ayant saisi toute ma volonté, l'amena se plonger & se perdre dans la sienne. Ie dis perdre à la verité, ne luy reseruant rien qui luy fut propre, ny qui fut sien. Quand Lælius en presence des Cōsuls Romains, lesquels apres la condemnation de Tiberius Gracchus, poursuiuoyēt tous ceux, qui auoyent esté de son intelligēce, vint à s'enquerir de Caius Blosius (qui estoit le principal de ses amis) cōbien il eut voulu faire pour luy: & qu'il eut respondu, toutes choses. Comment toutes choses, suiuit-il, & quoy s'il t'eut commandé de mettre le feu en nos temples? Il ne me l'eut iamais commandé, replica Blosius. Mais s'il l'eut fait? adiouta Lælius: I'y eusse obey, respondit-il. S'il estoit si parfaictement amy de Gracchus, comme disent les histoires, il n'auoit que faire d'offenser les consuls par cette derniere & hardie confession, & ne se deuoit départir de l'asseurance qu'il auoit de la volonté de Gracchus, de laquelle il se pouuoit respondre, cōme de la sienne. Mais toutefois ceux, qui accusent cette responce comme seditieuse, n'entendent pas bien ce mystere, & ne presupposent pas, comme il est, qu'il tenoit la volonté de Gracchus en sa manche, & par puissance & par connoissance, & qu'ainsi la respōce ne sonne nō plus que feroit la miēne, à qui s'enquerroit à moy de cette façon: si vostre volonté vous commādoit de tuer vostre fille, la tueriez vous? & que ie l'accordasse, car cela ne porte aucū tesmoignage de consentemēt à ce faire, par ce que ie ne suis point en doute de ma volōté, & tout aussi peu

1588년판 보르도본 『에세』.

1588년판 보르도본 『에세』 표지.

몽테뉴 연보

1477 몽테뉴의 증조부인 보르도 거주 상인 라몽 에켐이 몽테뉴 영지를 매입하다.

라몽 에켐이 포도주, 절인 생선, 염료 등을 취급하여 큰 부를 축적해서 도시에서 가장 부유한 집안 중 하나가 되었다. 그가 몽테뉴 영지를 매입한 것은 타계하기 한 해 전, 일흔다섯 살 때이다.

1495 큰아들 피에르 에켐이 가문에서 처음으로 몽테뉴 성에서 태어나다. 조부 그리몽 에켐이 집안 사업을 크게 확장해 가면서 보르도 안에 여러 건물과 자산을 사들이다.

영지를 갖게 된 지 삼대째인 피에르는 라틴어를 읽을 줄 알았고, 귀족 계급의 진짜 직업인 무인이 되어 군인에게 유익한 이탈리아어와 스페인어도 배웠다. 에켐 가문 사람들은 상업에서 멀어지면서 무인, 법관, 성직이라고 하는, 보다 귀족에 적절한 직업으로 옮겨 가게 된다.

1519 피에르 에켐이 프랑수아 1세를 따라 이탈리아 원정에 참가하다. 귀국 후 앙투아네트 드 루프와 결혼하다.

피에르의 처가는 정치적 영향력을 지닌 부유한 가문이자, 이베리아 반도에 살다 이주해 온 유태인 혈통이다. 모든 종류의 잔인성을 비판하고 그 시대에는 예외적이라 할 정도로 깊은 관용의 태도와 범세계주의, 여러 종교에 대한 호기심과 판단 보류는 미셸 드 몽테뉴 안에 25퍼센트의 유대계의 피가 흐르는 것과 무관하지 않다. 에켐 드 몽테뉴 가문은 보르도의 유력한 집안이 되어 거리나 망루에 가문의 이름을 새기기도 한다.

1533 2월 28일 미셸 드 몽테뉴 출생.
세례식 때 가난한 지역 주민들이 아이를 안고 있게 하다. 아버지 피에르가 어린 자식으로 하여금 가장 낮은 계층의 사람들에게도 애착을 갖게 하려는 의도로, 이는 귀족 사회의 관행이었다. 성에서 수 킬로미터 떨어진 근처 작은 촌락의 오두막에서 젖을 먹으며 '가장 소박하고 평범하게' 양육된다. 어려서부터 평민들을 가깝게 느끼도록 하기 위한 교육적 배려였다. 이탈리아 르네상스 문화를 체험한 부친 피에르의 뜻에 따라, 프랑스어를 모르는 독일인 가정교사 호르스타누스가 라틴어로만 몽테뉴 교육을 전담하고, 아침에 깨울 때면 아이가 놀라지 않도록 음악가들이 부드러운 음악을 연주했다.

1534 루터가 『성경』을 독일어로 번역하고, 1535 칼뱅이 『기독교강요』를 펴내면서 '종교 개혁'의 물결이 밀려오다.

1539~1546 새로 문을 연 명문 학교 '콜레쥐 드 기엔'에 기숙 학생으로 입학, 이름 있는 인문학자 교사들로부터 교육을 받다. 라틴어 실력이 빼어나 12년 과정 교육을 7년 만에 마치다. 마지막 한두 해에는 학교의 라틴어 연극 공연에서 주역을 맡다.
일찍부터 독서를 좋아한 그는 일고여덟 살 때 오비디우스의 『변신』을 읽었고 『아이네이스』를 거쳐 열여섯 살이 채 되기 전 베르길리우스 전집을 구입해 읽었다. 삼십 대 초반에 가면 역사와 회고록에 심취하게 되는데, 그의 폭넓은 독서는 사실 확인, 비교, 검토를 거치며 판단을 내리는, 비판 의식이 동반된 것이었다. 그곳의 많은 교사들은 에라스무스의 종교 개혁에 공감했다.

1545 프랑스에서 이교도 박해가 시작되다.
아버지 피에르는 양심의 자유를 귀하게 여겼으며 몽테뉴도 그 분위기에서 자랐다. 몽테뉴 아래로 남동생 넷, 누이가 셋이다. 셋째 잔은 확고한 개신교도였는데, 자식들을 모두 개신교로 키우려던 그녀의 노력에도 불구하고 같은 이름의 딸 잔은 가톨릭 성녀가 되었다. 몽테뉴 집안에서는 가톨릭과 개신교의 분위기가 자유롭게 섞여 있었고, 신앙과 무관하게 형제자매는 늘 화목했다.

1546~1554 보르도에서 철학을, 툴루즈에서 법학을 공부하다.

1548 보르도에서 소금세 부활로 인해 시민불복종과 폭동이 일어나 가혹하게 진압되다.

1554 몽테뉴는 아버지를 따라 페리귀 조세법원 심의관으로서 법관직을 시작하다. 시정에 여러 직책으로 관여하던 아버지 피에르 에켐이 보르도 시장이 되다.
프랑수아 1세의 정책으로 공직을 사고파는 매관제가 도입되며 이로 인해 부유한 부르주아의 신분 상승이 촉진되고 대검귀족에 맞선 법복귀족이 왕의 동맹 세력이 된다.

1557 프랑스 8곳 최고법원 중 하나인 보르도 고등법원으로 옮겨 심의실 법관이 되다.
왕의 칙령을 등록하는 권한을 가진 까닭에 고등법원의 권능은 막강했으며 종교 전쟁 기간 중 왕권이 쇠약해져 권력 공백이 생겼을 때는 정책을 결정하는 등 유일하고 강력한 제도로 기능했다. 고등법원 13년 재임 기간 동안 그는 인간 사회의 제도가 지닌 허약함을, 진실이 지닌 주관성과 상대성을, 인간이 지닌 판단력의 다양함을 명료하게 의식하게 된다. 모순과 오류로 가득 찬 당대의 사법 현실이 인간의 아둔함을 증거하고 있다고 보는 그는 궁극적으로는 판관의 자질, 덕성과 배움, 진실함이 정의를 가져온다고 믿게 된다.

1558 「자발적 복종에 대한 논설」을 쓴 에티엔 드 라 보에시를 법원에서 처음 만나 깊고 특별한 우정이 시작되다.
두 살 위인 라 보에시는 열 살 무렵 양친을 잃고 고아가 되어 삼촌의 손에서 자랐다. 그가 가진 엄격한 자기 절제와 이상주의적 성향은 너그러운 아버지 밑에서 자유롭게 자라며 어느 정도 쾌락주의적 입장을 가졌던 몽테뉴와 대조된다.
라 보에시의 때 이른 죽음이 몽테뉴가 『에세』를 쓴 동기 중 하나가 되다.
두 사람 모두 수동적이건 능동적이건 지배와 예속을 혐오하고 자유로움과 독립성을 중시했으며, 거짓 없는 솔직함을 자유로움의 일종으로 여겼다. 솔직함, 자유로움 속에서 사오 년 정도 지속된 이 관계에서 몽테뉴는 완벽한 소통의 꿈이 실현되었다고 여기며, 『에세 1』 중앙에 '우정'에 관한 장을 배치하게 된다.

1559~1563 이따금 보르도 고등법원의 요청에 따른 업무와 기타의 이유로 수 차례 파리로 가서 국왕을 만나다.

1560 보르도에서 이단자 화형식이 벌어지다. 이에 격앙된 7천여 명 개신교도들의 봉기와 처형이 뒤따르다.

1562 몽테뉴는 국왕 행차를 따라나섰던 루앙에서 브라질에서 온 신

대륙 원주민들을 만나 그들이 프랑스에 대해 보고 느낀 바를 직접 듣는다.
바시에서 예배를 위해 모였던 개신교도들이 프랑수아 드 기즈 공작이 지휘하는 가톨릭 군사들에 의해 학살되고 여덟 차례 종교 전쟁의 서막이 열리다.

1563 서른세 살이던 친구 라 보에시의 임종을 지키다.
생애 내내 그에 대한 기억을 간직하게 되며, 인간 사회의 이상적 형태를 '우애'에 두게 된 몽테뉴는 친구의 죽음을 상세히 전하는 글을 이미 돌아가신 부친에게 쓴다.

1565 보르도 고등법원 동료의 딸 프랑수아즈 드 라 샤세뉴와 혼인하다.
서른세 살인 몽테뉴와 혼인 당시 신부의 나이는 스무 살이다. 그녀 집안은 보르도 명문가이며 조부는 고등법원 원장을 지낸 독실한 가톨릭으로서 개신교와 맞선 지도급 인물이었다. 부친 역시 고등법원장을 지냈고 개신교 반군에 1년여 인질로 잡혀 있기도 했다. 가스코뉴 농민들이 미녀라고 부르는, 혈색 좋고 건강한 그녀는 몽테뉴 사후 삼십오 년을 더 살고 여든세 살인 1627년에 타계했다. 르네상스 시대의 일반적 결혼관은 열정적 사랑이 아니라 자손과 가계를 위한 배려를 중시했는데, 몽테뉴 부부의 경우도 사랑보다는 친밀한 우정에 기초한 것이었다. 일곱 딸을 출산했으며 둘째 레오노르를 제외하고는 출산 후 며칠 혹은 몇 달밖에 생존하지 못했다.

1568 부친 피에르 에켐 타계. 몽테뉴가 성과 영지를 상속받다.
이 해 늦게 혹은 다음 해 일찍, 군 장교이던 스물일곱 살 된 동생 아르노가 정구를 하다 공에 머리를 맞고 뇌출혈로 숨졌다.

1569 부친의 요청으로 프랑스어로 옮긴 레몽 스봉의 『자연 신학』을 파리에서 간행하다. 이 해 늦게 혹은 다음 해 일찍, 말을 타고 가던 몽테뉴가 다른 말과 충돌하여 낙마하면서 의식을 잃고 위급한 상황에서 기적적으로 회생하다. 이를 통해 삶과 죽음, 그 경계에 대해 숙고하다.

1430년대에 툴루즈에서 의학, 신학, 철학을 강의하다 타계한 스봉의 저술에 대해 몽테뉴는 책이 가진 약점에도 불구하고 개신교와 무신론에 대한 평화롭고 효과적인 처방이 될 수 있다고 여겼다. 몽테뉴의 번역은 능숙하고 풍성한 비유를 통한 신선함과 다채로움을 원문에 가미함으로써 스봉의 책에 '빛과 대기'가 스며들게 했다고 평가받는다. 『에세 2』 12장에 스봉에 대한 변론을 싣게 된다.

1570 자기 영지에 은거하기로 한 몽테뉴는 보르도 고등법원 법관직을 관행에 따라 인척에게 '매도'하고 십삼 년 동안의 법관직을 마감하다.

에티엔 드 라 보에시가 남긴 시들과 번역물을 찾아 헌사와 함께 편집하여 파리에서 출간하다.

첫 딸 투아넷이 태어나고, 2개월여 뒤 사망하다.

1571 모든 공직과 선을 긋고 서른여덟 살이 되던 이해 2월 28일, '공직의 무게와 의무에 지쳐' 몽테뉴 성으로 귀환, 에피쿠로스 학파 전통을 따라 그리스 라틴의 철학적 경구들을 탑 안 '서재' 천정 들보에 새기다.

샤를 9세가 그를 '생 미셸 기사단 기사'로 임명하다.

딸 레오노르가 태어나다. 그가 가진 여섯 아이 모두 딸이었는데 그중 유일하게 살아남은 자식이다.

몽테뉴 성 주위에는 새들과 동물들로 가득했다. 몽테뉴는 인간과 동물들 사이에 다른 점은 있지만 어느 쪽이 위에 있거나 밑에 있다고 여기지 않았다. 사냥의 시대라고 부를 수 있던 시기에 그는 동물에 대한 잔인한 태도를 멀리했다. 무방비 상태인 데다 우리에게 아무런 해를 끼치지 않은 짐승이 쫓기고 죽어 가는 것을 보고 견디기가 힘들었던 그는 살아 있는 짐승은 반드시 살려서 자연으로 돌려보냈다.

1572 성 바르톨로메 축일의 대학살이 일어나다. 개신교도들의 요새이던 라로셸에서 봉기가 일어나다. 수많은 죽음과 잔인한 범죄들을 목도하다.

이 혼돈의 시기에도 그의 성은 늘 개방되어 있었고 그가 사람들을 맞이하고 대접하는 방식에는 격식이 없었다. 그가 특별하게 애착을 가진 것은 좋은 대화였다. '어떤 주장도 나를 놀라게 하지 않으며 어떤 신념도 내게 상처주지 않는다.' 그가 제시하는 '교양인'의 모습은 오만함과 고집스러움에서 벗어난 세련된 사람, 솔직하고 온당한 주장을 펼칠 수 있는 역량을 의미한다. 그에게 대화란 정신의 훈련이었다. 그는 누군가를 '한 묶음으로' 판단하는 것을 경계했다. '도둑에 대해 그가 다리 힘이 좋다고 말해서는 안 되는가?'

1572~1573 『에세 1』 집필 시작.

은거 생활을 시작하며 그가 경험하게 된 것은 평안한 게으름이 아니라 고독함과 우울함이었고 고요한 평정이 아니라 이리저리 종잡을 수 없는 어지러운 생각들이었다. 능동적이 되고 고삐를 잡기 위해 그는 글을 쓸 생각을 하게 된다. 가톨릭이던 그는 종교 전쟁 과정에서 양측 사이에서 비중 있게 정치적 중재 역할을 수행한다.

세 번째 출생한 딸을 칠 주 만에 떠나보내다.

앙리 드 나바르가 개신교 지도자가 되다.

1574 라 보에시가 쓴 『자발적 복종』이 익명으로 개신교를 선전하려는 목적으로 개작되어 출간되다.
네 번째 딸이 출생 후 삼 개월 만에 떠나다.

1576 몽테뉴가 섹스투스 엠피리쿠스의 『퓌론주의 개요』를 읽다.
그는 메달을 주조하게 해 그 위에 양쪽이 똑같은 기울기로 있는 천칭과 '내가 아는 것이 무엇인가?(Que sais-je?)'라는 자신의 좌우명을 새겼다. 이것은 퓌론의 '나는 판단을 보류한다'를 몽테뉴식으로 바꾼 것으로서, 의문문의 형태로 판단 유보의 의미를 더욱 강화한 것이다.

1577 신장 결석 증상이 처음으로 나타나다.
다섯째 딸이 태어나나 그 역시 한 달 뒤 떠나다.
앙리 드 나바르가 그를 '왕실 시종장무관'에 임명하다.
그의 생애 마지막 십사 년 동안은 여러 종류의 병을 앓았다. 두통, 소화불량, 치통, 시력 감소, 직접 사인이 된 후두염, 그중에서도 가장 고약한 것은 신장 결석이었다. 그의 『여행 일기』를 보면 때로 며칠에 한 번씩, 한번은 이틀에 세 번씩 신장에 결석이 생겨서 요도를 막고 심한 통증을 유발하다 배출되곤 했다. 결석 없이도 통증이 격심한 경우도 있었고, 적어도 한 번은 그가 심각하게 자살을 생각할 정도였다고 한다. 그러나 통증이 없는 그사이 기간은 명징하고 경쾌하여, 그는 이윽고 삶이란 고통과 쾌락의 조화이며, 두 가지 다 행복에 필요한 것이라고 생각하게 된다. 몽테뉴는 그 어느 때보다 더 완전한 자신감을 갖게 된다.

1577~1580 『에세 2』 집필을 시작하다.

몽테뉴는 스토아적 의지보다는 소크라테스적 단순함과 자연스러움을 더 언급하게 된다. 동물, 야만인, 거지, 단순한 민중 모두가 자연이 부여한 경향을 따르는 데 비해, 스토아적 교조주의 철학은 희극적일 만큼 오만할 뿐 아니라 비기독교적이며 부자연스럽다고 여긴다. 인간의 판단력과 이해력이 만들어 낸 최상의 것, 즉 법, 관습, 신조, 도덕률 등은 자연의 법칙을 따라 변화의 흐름 속에 있다고 주장한다. 신앙 절대주의에 대한 몽테뉴의 회의주의는 이후 가톨릭에서 펼치는 '반종교 개혁 운동'의 중요한 수단이 되었다. 몽테뉴의 『에세』는 100년 뒤 로마교황청 금서 목록에 오르게 된다.

1580 보르도에서 『에세』 초판본을 간행하다. 파리 앙리 3세에게 『에세』를 직접 헌정, 왕이 치하하며 은전을 베풀려 했으나 겸손하게 거절하다.

이해 6월 22일부터 1581년 11월 30일까지 십칠 개월의 여행을 계획하다.

플롱비에르, 뮐루즈, 바젤, 바덴, 아우구스부르크, 뮌헨, 인스부르크, 티롤, 파두아, 베네치아, 페라라, 로마에 이르는 긴 여행을 시작한다. 로마에서 그가 가진 책들이 압수되었다 반환되고, 검열 책임자로부터 『에세』 일부를 수정할 것을 권유받는다. 그해 12월 29일에는 교황 그레고리 13세를 알현한다. 비인간성과 배신으로 점철되는 내전의 현실에 공포와 경악을 느끼던 그에게 로마는 유년 시절부터 꿈의 도시였고, 공화정을 펼치던 로마는 그의 이상적 조국이었다. 라 보에시가 『자발적 복종』에서 베네치아를 자유의 상징으로 삼고 있는 것에서 보듯이, 베네치아 역시 정치적 지성과 힘을 갖춘 곳으로서 사상과 표현의 자유가 보장되는 진정한 민주적 공화국이라 여겨졌다. 몽테뉴가 베네치아 영토로 들어간 날짜는 1580년 10월 31일, 라 보에시의 쉰 살 생일 하루 전날이었다. 『여행 일기』에서 그의 비서는 "미지의 나라를 방문하며 느끼는 기쁨이 너무 달콤한지라, 그는 자기 나이나 건강을 잊을 정도였다."라고 적고 있다. 로마에만 총 오 개월, 그리고 온천욕을 하는 곳들에서 여행 기간의 5분의 1을 보냈다.

몽테뉴가 특히 깊은 관심을 보인 것은 종교였다. 특히 다른 종교들에 관심을 보여, 유대교 회당을 방문하고 할례식을 지켜보았으며, 개신교 교회들을 방문하여 그곳 신도들이나 목사와 의견을 나누기도 했다. 교황은 그에게 교회와 프랑스 왕에 대한 계속적인 헌신을 당부하며 도울 일이 있으면 언제든 도와주겠다고 말한다. 몽테뉴는 자기가 나중에 로마 시민권을 얻게 된 것이 교황의 도움 덕이라고 믿는다. 로마에 들어가면서 몽테뉴가 지니고 있던 서적들이 세관에서 압수되었으나, 우려와 달리 '금서 목록'에 올라 있는 것은 없었다. 1580년판 『에세』는 사 개월 뒤 돌려받게 되며 교황청 검열 책임자가 주의 깊게 검토한 결과를 전하며 비교적 부드럽게 책을 비판한다. 「레몽 스봉의 변호」에 담긴 신앙절대주의는 암묵적으로 승인되었으며 지적과 답변은 대단히 정중하게 진행되었다. 한 달 뒤쯤 몽테뉴가 작별 인사를 하러 갔을 때, 그는 몽테뉴의 의도와 교회를 생각하는 마음, 역량 등을 칭찬하고, 솔직성과 양심적인 태도를 높이 사면서, 차후 다시 책을 찍을 때는 지나치게 외설적이다 싶은 부분들과 특히 '운수'라는 단어를 고치라고 주문했다.

1581 로레토, 피렌체, 피사를 거쳐 온천 지대인 루카로 여행.

『여행 일기』에서 보이는 몽테뉴의 태도는 어디를 가든 그곳 사람들의 풍속을 따라 그들처럼 사는 것을 체험해 보고 싶어 하는 것이었다. 어디에서나 그는 즐기고 찬탄할 것들을 찾아내곤 했다. 해발 1400여 미터에 위치한 온천 휴양지 라빌라는 두 번을 찾아가 따듯한 환대를 받았는데, 두 번이나 마을 처녀들을 위한 마을 춤 놀이 잔치를 베풀고 자신이 직접 어울려 춤을 추기도 했다. 라빌라에 두 번째 머무는 동안에는 열흘에 걸쳐 결석과 위장 장애, 두통, 치통을 앓다가 마침내 결석을 배출한다. 사방에서 때를 가리지 않고 덤벼드는 병 앞에서는 '인간답게' 그것을 견디기로 결심하거나, 아니면 용기 있게 단숨에 그것을 끝내거나 둘 중에 하나 말고 다른 치료법이 없다는 것이 그의 생각이었다. 앞으로 그에게는 '인간답게'라는 표현이 가장 드높은 가치를 갖게 된다. 여행이 남긴 궁극적 의미는 경험에 대한 신뢰, 타인과 세계의 다양성 확인, 그리고 연대에 대한 신뢰를 확인하는 것이었다.

이해 9월 7일, 루카에 있는 동안 보르도에서 시정관 전원 일치 찬성으로 그가 시장으로 선출됐다는 소식이 전해진다. 사양하고 싶었던 몽테뉴는 두 달이나 그곳에서 지체하고 있었는데, 왕의 긴급한 요청과 함께 11월 30일 몽테뉴 성으로 귀환하여 12월 30일 보르도 시장직에 취임한다.

프랑스 왕 앙리 3세와 모후 카트린 드 메디치가 평화 조약 체결을 위해 동생인 앙주 공작 프랑수아를 앙리 드 나바르에게 보냈는데, 이들 세 사람 모두 몽테뉴를 높이 평가하고 있었으며, 왕의 누이이자 앙리 드 나바르의 부인인 마르그리트 드 발루아 역시 레몽 스봉 번역본을 읽고 나서 몽테뉴에게 스봉을 위한 변론을 써 달라고 부탁한 바 있는 관계였다. 이들 모두의 지지가 6인의 시정관들과 24인 유지들의 만장 일치를 이끌어 낸 것으로 보인다. 시장으로서의 몽테뉴에 대한 평가는 자유로운 정신에 파당 의식이 전혀 없는 사람으로서 매우 명예롭게 시장직을 수행하고 있다는 것이었다. 이 시기 몽테뉴는 자선 사업이 교회의 일만이 아니고 시 당국도 책임져야 한다는 분명한 사회 의식을 보여 주었다.

1582 『에세 1』, 『에세 2』 초판을 가필하고 확장한 2판을 간행하다.

1582~1584 시장직을 수행하며, 보르도시의 요청으로 파리를 여행하다.

1583 보르도 시장으로 재선출되다.
여섯 번째 딸이 출산 과정에서 떠나다.
두 번째 임기는 비교적 평온했던 첫 번째 임기와 달리 매우 바빴다. 앙리 3세에게 세금 문제에 대한 진정서를 올린다. 갈수록 많은 관료, 법관과 그 가족 등에게 세금이 면제됨으로써 가난한 이들이 더 많은 짐을 지게 되는 상황을 시정하는 문제와 산티아고 순례길을 떠났다 거지가 되어 돌아오는 사람들을 위한 보호책, 빈민들이 때로 재판도 받을 수 없게 되는 처지에 몰리게 만드는 과도한 소송 비용 부담 등의 문제를 제기했다.
1583년 5월에 유럽이 손꼽는 학자 중 한 사람인 벨기에 사람 유스투스 립시우스가 몽테뉴의 책을 읽고, 그를 프랑스의 탈레스라 평하며 그 속에 담긴 지혜를 높이 평가하다.
『에세』가 아직 널리 알려지지 않은 시점에, 발간된 지 얼마 안 된 프랑스어 책을 라틴학자가 읽고 찬사를 보냈다는 사실이 책의 명성이 퍼져 가는 데 기여하다.

1584 12월 19일 나바르 왕 앙리가 대규모 수행원들을 데리고 처음으로 그를 찾아 몽테뉴 성을 방문하여 이틀을 머무르다. 전적인 신뢰와 우호의 분위기에서 함께 식사하고 몽테뉴가 내준 침상에서 잠을 자다.
발루아 왕조의 유일한 계승자였던 앙주 공작이 이해 6월 폐결

핵으로 사망하면서 개신교도인 앙리 드 나바르가, 기즈 가문의 계승권 주장에도 불구하고, 가톨릭 프랑스의 왕위 계승자가 되어 부르봉 왕조를 열게 된 상태였다.

1585 앙리 3세가 개신교에게 인정했던 권리들을 느무르 칙령을 통해 철회하다. 이를 계기로 '세 앙리의 전쟁 — 앙리 3세, 앙리 드 나바르, 앙리 드 기즈'라 불리는 8차 종교 전쟁이 불붙다.
이해 5월경, 보르도시 군대의 총사열식이 예정된 가운데 행사를 틈타 군대가 시 지도자들을 살해할 것이라는 예측이 파다했지만, 몽테뉴는 행사 취소 대신 당당하게 사열을 받고 군대가 화약을 아끼지 않고 축포를 쏘게 함으로써 분위기를 반전시켰다. 신뢰받는다고 느낀 군인들이 몽테뉴를 더 신뢰하게 된다.
이해 6월, 몽테뉴의 오랜 중재의 결과로, 앙리 드 나바르와 국왕 대리 역할을 하던 마티뇽 대원수의 회담이 마침내 이루어진다. 마티뇽은 이후 몽테뉴 뒤를 이어 보르도 시장이 된다.
이해 8월 1일까지인 시장 몽테뉴의 2차 임기가 끝날 무렵 페리고르 지방에 페스트가 퍼지다. 몽테뉴는 육 개월 동안 식솔들을 이끌고 다니며 친구나 지인 집에 머물 곳을 찾는다. 이처럼 떠도는 와중에 카트린 드 메디치가 자신이 생브리스에서 나바르와 회담할 예정이라며 그를 소환하다.

1586~1587 『에세 3』 집필 시작.
가톨릭 동맹파가 보기에 몽테뉴는 수상쩍은 존재였다. 동생 중 한 사람이 개신교인 나바르 왕을 섬기고, 남동생과 여동생이 개신교인 데다 그가 만나는 여러 사람이 그러했다. 분열과 내전으로 병든 시대에 어느 쪽 파당을 극렬하게 지지하지 않는 '온건파'는, 몽테뉴가 보기에, 갖가지 불이익을 겪는다. 공식적인 비난이나 규탄은 없었지만, 은근히 흐르는 의심과 불신을 느끼는 가운데 그는 오직 자신 속에서 힘을 찾았다.

1587 10월 24일 쿠트라에서의 승전 이후 앙리 드 나바르가 두 번째로 몽테뉴를 찾아 몽테뉴 성을 방문한다. 그 삼 개월 뒤 몽테뉴는 마티뇽 대원수의 후원 아래 앙리 드 나바르와 앙리 3세 사이 의견 중재를 위한 파리 여행을 떠난다.

가톨릭 동맹파는 그들대로 앙리 드 나바르에게 왕권이 이양되는 것을 경계하고 있었고 개신교도들은 그들대로 앙리 3세가 사촌 나바르를 설득하여 가톨릭으로 개종하게 하지나 않을까 우려하고 있었다. 파리 여행 당시 몽테뉴의 건강 상태는 그다지 좋지 않았고 여행은 위험했으며 도처에 적들이 있었다. 프랑스에 중요한 역할이라는 판단이 서자 그것을 거절할 수 없다고 생각하고 필요하다면 '피와 땀'이라도 기꺼이 내놓겠다는 것이 그의 생각이었는데, 스스로 내세우는 것보다 훨씬 헌신적인 인간이었다.

1588 1, 2권의 내용을 500여 군데 보충하고 3권이 추가된 『에세』는 그때까지 나온 판들보다 약 두 배에 가까운 분량이 된다. 그 발행을 위해 파리로 향한다.

도중에 무장한 가톨릭 동맹파의 습격을 받고 가진 것을 빼앗기는 일을 겪는다. 가톨릭 세력이 봉기하여 국왕 군대의 파리 진입을 가로막은 '바리케이드의 날'(5월 12일), 앙리 3세와 함께 파리를 떠나 샤르트르와 루앙으로 갔다가 파리로 귀환한 7월 10일, 가톨릭 동맹파에게 체포되어 바스티유 감옥에 인질로 갇힌다. 몇 시간 뒤 왕의 모후인 카트린 드 메디치의 개입으로 풀려난다. 앙리 3세는 블루아 성에서 삼부 회의를 소집한 뒤 가톨릭 동맹파 측이 왕으로 옹립하려던 앙리 드 기즈와 그의 형을 살해하게 하고, 앙리 드 나바르에게 가서 피신한다.

1589 앙리 3세가 가톨릭 수도사에게 피살된다. 앙리 드 나바르가 앙리 4세로서 프랑스 왕위에 오르게 되나 가톨릭 동맹파는 이를 인정하지 않는다. 앙리 4세가 가톨릭으로 다시 개종하고 난 다음에야 파리에 입성하게 된다. 이때 앙리 4세는 "파리는 미사를 드릴 만한 가치가 있다."라는 말을 했다고 전해진다.

6월 18일 몽테뉴가 국왕이 된 앙리 4세에게 편지로 자신의 '정치적 유언'을 전달한다. 왕은 그 즉시 파리로 와 자신의 고문이 되어 줄 것을 요청했으나 몽테뉴는 이를 수락할 채비가 되어 있지 않았다.

몽테뉴가 보낸 축하 서신에 대해 앙리 4세가 11월 30일 쓴 답장은 1월 중순에야 몽테뉴에게 도착한다. 1590년 1월 18일 자로 쓴 몽테뉴의 답신에는 왕이 지체 낮은 민중에게 허리를 숙여 절할 수 있는 것을 축하하며, 자기는 늘 나바르를 미래의 왕으로 바라보았다는 것, 그리고 그의 성공을 기원한다는 것을 알린다. 몽테뉴는 왕에게 솔직하게 이야기해 주는 조언자가 되기를 원했다. "나라면 왕에게 뼈아픈 말들을 해 주었으리라. 그가 기꺼워한다면 그의 행실을 관찰하고, 그 하나하나에 대해 단순하고 자연스럽게, 그가 백성의 눈에 어떻게 비치는지를 보게 해 주고, 아첨꾼들에게 흔들리지 않게 하면서." 전쟁, 질병, 죽음이 그가 앙리 4세와 결합하는 것을 불가능하게 했지만, 그는 마지막까지 헌신적인 국왕충성파로 남아 있었다.

1588~1592 마지막 사 년 동안 그는 1천여 군데를 작게는 한두 단어 길게는 몇 쪽에 이르는 내용을 첨가하면서 『에세』 신판을 준비한다. 1588년에 출간된 『에세』의 미제본 인쇄지 여백과 행간에 직접 손으로 적어 놓은 이 책을 '보르도본'이라 부르며 이 판본이 이후 간행될 비판적 주석본의 토대가 된다.

한층 대담성을 보여 주는 영역은 자기를 솔직하게 드러내기, 자기 시대 종교의 폐해, 그 자신의 독립적 윤리 등이다. 운명 혹은 운수란 그 자체로 좋거나 나쁜 것이 아니고 우리 행불행의 재료이자 씨앗일 뿐, 운명의 행불행을 결정하는 원인이자 주인은 우리 영혼이라는 것, 죽음 역시 그것이 삶의 끝이긴 하지만 삶의 목적은 아니라는 인식, 삶의 목적은 삶 자체라는 것, 그 점에서 삶이 주는 모든 것은 고통스럽다고 늘 피해 가거나 즐겁다고 늘 추구해야 하는 것은 아니라고 여기게 된다. 모든 인간이 너나없이 한 무리에 속한다고 생각하는 그는 있는 그대로의 자기와 타인들, 있는 그대로의 인간성에 신뢰를 보낸다.

1590　5월 27일, 유일한 자식이고 열여덟 살이 된 내성적인 딸 레오노르가 서른 살의 귀족 프랑수아 드 라 투르와 몽테뉴 성에서 결혼한다. 다음 해 건강한 손녀딸이 탄생한다.

1591~1592　생애 마지막 이 년, 이울어 가는 건강 때문에 점점 더 성 안에만 머물다.

몸은 노쇄해져 가고 있었지만 정신은 더없이 힘차고 예리했다. 남녀를 불문하고 마음에 드는 사람들, 그리고 책과의 교류를 즐기는 것은 여전했다. 그를 찾은 사람 중에는 나중에 그 역시 에세이를 쓰게 되는 영국 정치인 프랜시스 베이컨의 형 앤서니 베이컨, 추기경이 되어 앙리 4세의 개종을 담당하게 되는 아르노 오사도 있다. 결혼한 딸 레오노르가 손녀를 낳고 프랑수아즈라는 이름을 지어 준다. 프랑수아즈는 젊어서 결혼한 뒤 출산하다 사망, 또 다른 손녀인 마리 드 가마쉬 쪽으로 지금까지 혈연이 이어지고 있다. 이런저런 병이란 인간을 삶에서 떼어놓기 위해 자연이 마련해 놓은 부드러운 방식이라고 여기며 자기 생명이 이울어 가는 것을 별다른 회한이나 두려움 없이 지켜보았다. "나는 싹이 나고 꽃이 피고 열매가 맺는 것을 지켜보았다. 이제

시들어 가는 것을 보는 중이다. 행복하게…… 왜냐하면 자연스러우니까."

1592 9월 13일 심각한 후두염 증상으로 말을 할 수 없게 되었으나 의식은 또렷한 상태에서 자신의 성에서 타계. 보르도 '푀이양 성당'에 묻힌다.

1676 『에세』가 교황청 '금서 목록'에 오르다.
1966년 교황 바오로 6세의 제2차 바티칸 공의회 이후 금서 목록의 공식성이 사라진다.

1774 드 프뤼니 신부가 몽테뉴 서재에서 원고를 발견한 뒤 『1580-1581, 이탈리아 스위스 독일 여행 일기』를 출간한다.

1800 프랑스 혁명 당국이 '몽테뉴 같은 훌륭한 철학자'가 '계몽의 적'들과 함께 묻혀 있어서는 안 된다고 결정하고 나팔수들이 동원된 성대한 행사와 함께 유해를 '보르도 아카데미' 건물로 옮긴다. 이 년 반쯤 뒤 몽테뉴 후손인 조셉 몽테뉴가 '보르도 아카데미'의 확인을 거쳐, 옮겨진 유해가 몽테뉴가 아닌 조카며느리의 것임을 밝히고 원래 자리로 되돌려 놓는다. 몽테뉴의 유해 위에는 영묘를 지었다. 1886년 3월, 참나무 관에 새로 안치하여 보르도 대학교 문학부 신건물 입구 홀에 자리 잡게 했는데, 현재는 '아키텐 박물관'이 되었으며, 원래 묻힌 자리에서 얼마 떨어지지 않은 곳이다. 관에 새겨진 문장 양쪽에는 그리스어와 라틴어로 글이 들어가 있는데, 특히 라틴어는 그의 '부드러운 태도와 섬세한 정신, 막힘없는 언변과 빼어난 판단력'을, '누구도 해친 적이 없고 아첨도 모욕도 몰랐던' 사람에 대해 적고 있다.

1885　화재로 몽테뉴 성이 파괴되었으나 다음 해 건축상 약간의 근대식을 도입하여 복구된다.
몽테뉴가 『에세』를 집필하던 서재, 그가 '이곳이 나의 거처'라고 했던 탑은 화재 피해를 입지 않고 그대로 보존되어 있다.

1965　5월 5일 손우성 선생 번역으로 『에세』의 첫 한국어본 『몽테뉴 수상록』(I, II, III)이 을유문화사에서 간행된다.

* 이 연보는 기본적으로 도널드 프레임의 *Montaigne, A Biography* (1965, New York)의 서술과 평가를 토대로 작성되었다.